当代彝族女性散文选

吉狄马加　主编

阿索拉毅　执行主编

四川民族出版社

图书在版编目（CIP）数据

当代彝族女性散文选 / 吉狄马加，阿索拉毅主编.
— 成都：四川民族出版社，2018.12
ISBN 978-7-5409-7977-5

Ⅰ.①当… Ⅱ.①吉… ②阿… Ⅲ.①散文集 – 中国
– 当代 Ⅳ.①I267

中国版本图书馆CIP数据核字（2018）第220132号

当代彝族女性散文选

Dangdai Yizu Nüxing Sanwenxuan

吉狄马加　主　　编
阿索拉毅　执行主编

出 版 人　泽仁扎西
责任编辑　李　娟
封面设计　李　娟
责任印制　谢孟豪
出版发行　四川民族出版社
地　　址　成都市青羊区敬业路108号
邮政编码　610091
成品尺寸　170mm × 240mm
印　　张　38.75
字　　数　600千
制　　作　四川胜翔数码印务设计有限公司
印　　刷　成都市金雅迪彩色印刷有限公司
版　　次　2018年12月第1版
印　　次　2018年12月第1次印刷
书　　号　ISBN 978-7-5409-7977-5
定　　价　130.00元

序　言

火红的土地

吉狄马加

彝族相对集中地居住在中国西南地区，这里主要是由红色土壤堆积的高原和山地。这红色的大地几乎成为一种民族象征，因为彝族被视为太阳与火的民族。

这红色大地是母性的。她厚重，宽容，热烈，灵动，神秘，充满生命力和创造力。从古至今，这大地生长谷物、河流、雄鹰、史诗和思想，还有美丽又聪慧的女子。

这里展示的文学作品，就是一些当代彝族女性从红土中淬炼出来的话语——小说、散文、诗歌，犹如先民用红土烧制的炊具和礼器，它们都与凡俗肉体和神圣灵魂的故事息息相关。

从以往至当今时代，彝族女子的美丽、勤劳和善良为世人津津乐道，而世人对彝族女性文学却知之甚少。事实上，早在1700多年前，被彝人尊称为“圣女”的阿买妮就用古老的彝文创作了大量的诗歌、诗体故事与诗歌理论作品，其传世著作之丰硕，大概魏晋南北朝同时代的汉语诗人也鲜有能够与其相比者。清末彝族女诗人安履贞著汉语诗集《园灵阁遗草》，因以该诗集极高的成就而获得“奇女”“才女”的美誉。显然，女性先辈的才情与智慧，被当代彝族女性传承并发扬光大了。

这里编辑的《当代彝族女性小说选》《当代彝族女性散文选》《当代彝族女性诗歌选》三部选本，在彝族文学史上具有里程碑的意义。它们首次集中展示了当代彝族女性作家的群像。100多位作家，老、中、青三代，才华横溢，个性鲜明，独具风采。有人巧于叙事，有人精于议论，有人善于抒情，更有人兼具多样才情。

阅读这些作品，无论小说、散文还是诗歌，不难发现的是，强烈的民族性是当代彝族女性作家的一个突出特点。这种民族性是文学的根与家。她们探入民族的记忆，在过去与现在的生命联系中寻找对生存的感受；她们走进特殊的文化背景，从纵深的时空呼唤古老的事物与事件，并与之对话。这种民族性如此自觉而鲜明，使作品充满了厚重的历史感和社会意识。她们在勇气与自信中为生存确立了位置，也在敬畏与宁静中将灵魂送归了祖源地。母亲的血脉，是一阵低泣、一阵喃语，或者是一阵波浪的潮响。于是，植根于红土的家园，植根于红土的历史和肌体，文字和文学，情感和思想，便有了归属。

还可以看见，立足于民族性的基础上，当代彝族女性作家对时代有着深切的观察与思考。这红色的土地，不是僵硬的，不是冷漠的，更不是被遗忘的，而是一片被时代翻耕、被潮流浇灌的土地，它生长着新的物种与故事。与20世纪中期的民族文学不同，这些当代女作家，表现出的不再仅仅是简单的颂歌式的咏叹或者寓言式的赞美，而是以充满责任感和使命感的心智，以强烈的人文关怀，面对复杂多变的大世界，探讨现代文明对红土地社会生活的深远影响，思考进退，检索得失，辨析美丑。尤其是阅读这些小说与散文，让人感到，在不失女性温婉细致的语境中，传递出了对现实社会的深层认识和对人性的严肃解读。

我们也不会忽视，当代彝族女性作家表现出了极大的开拓精神，甚至是冒险精神。因为她们没有固守闺阁，也没有畏惧世界的宽广与庞大。她们的脚底沾着永不褪色的红土，心中携带着红土地赋予的力量，让身体和精神走得更远。她们拥有强烈的自我意识，对内心世界的深刻探索，让她们的作品获得了人性的魅力；她们拥有卓越的想象力，对语言的灵动把握和运用，总是能给凡俗的事物赋予诗意的象征；她们拥有对文学世界的好奇心，对不同体裁和题材的大胆涉猎与拓展，为作品注入了新鲜的血液，也使传统彝族文学的性格与面貌发生了美妙的改变。更可贵的是，一些置身于现代世界文明前沿的女作家，已经把观察的视线、思维的触觉、讲述的空间，扩展到人类文化与生存的大背景。

有趣的是，阅读这些作品，就仿佛走进了一座女性主题的话语园林，为我们带来层出不穷的享受和惊喜。多数时候，女诗人总是以细腻敏感的词语抒写着对家乡、亲人和爱情的眷恋；女小说家对社会生活、时代变迁和人的命运有着更多的关注；女散文家的笔下则充满了对传统文化、精神世界、人与自然的探索。这一切表达，又因为红土地历史与文化的渗透传承，因为独特民族情感和民族意识的滋养守护，因为别具一格的语言习惯、思维方式、叙述结构，使人们觉得那些故事、景物、情感的样貌既熟悉又陌生，显得与众不同，从而成为一种个性迥异的文学，一种彝族文学。

在编辑这套选本的过程中，我不断因这些作品而感动，而欣慰，而惊喜，而由衷赞叹，我常常不由自主地停止下来，跟随作品中的人物、故事以及情绪，陷入遐想或沉思。我无法一一描述它们，因为它们各具精彩；我也不应该一一描述它们，因为这会剥夺读者的第一享受的权力。

我要说的是，当代彝族女性作家，以她们由红土地孕育的真诚、执着和才华，为我们奉献了文学的智慧与爱。她们就是那火红的土地——厚重，宽容，热烈，灵动，神秘，充满生命力和创造力。

目 录

作者简介

李纳（1922～　），原名李淑源，出生于云南省石林县，现居北京市。

没有见过面的姑母（外2篇）

我从小喜欢听春喜鹊的叫唤，它嗓音颤抖，叫起来，好像嘴里含着清水。它穿戴朴素，一件黑色的衣服，外加一条白围巾，有一种典雅的美。我曾几次想捉来关在笼里，天天叫它唱歌，可是大人告诉我："这种鸟性子刚烈，有人捉到一只关在笼里，它不吃不喝，几头撞死在笼子里。"

所以我不但喜欢它，而且尊敬它。我长大后，一听见春喜鹊的鸣叫，便想起我没有见过面的姑母。

我上小学不久，和家族中一个姐姐结下友谊，她常约我去她家，她家的确比我家有趣，因为她奶奶喜欢女孩子。奶奶有一张长长的脸，翘下巴，总是含着笑意的嘴，她给我们讲哪吒闹海以及林黛玉的故事，所以我们都很喜欢她。有一夜，她笑笑地看着我的脸说："你的脸膛，我越瞧越像你姑妈。"

我是有个姑妈，她会挑花绣朵，也会讲《王娇鸾百年长恨》，可是我觉得我一点也不像她。聪明的奶奶看出我的心思，便说："我是说你死去的姑妈。"

这是怎么回事？为什么家里人从不提她？

奶奶说："他们太伤心了，不忍心提，你自己的奶奶就因为疼女儿，害心病死掉的。"

奶奶是我死去奶奶的好友，在家族的众多妯娌中，她不但能干，对人殷勤，而且善于盘今讲古，算是那时有"知识"的妇女。

奶奶喜欢捧个旧铜水烟锅，她断断续续地向我叙述我姑妈短促而悲惨的一生。

我姑妈幼年时就许给一家独生子，据说这人长得奇丑，抽大烟，脾气很坏，我姑妈打心里不愿意这门亲事。可是对于一个女子，做父母的哪会在意她的意志？她必须结婚。我姑妈在不得不去婆家前夕，里里外外穿了几层内衣，用针线密密麻麻缝好。我可怜的姑妈一定以为这样做就可以不受侮辱，不料一个弱女子保护自己的动机招来的是无尽的折磨。

她到底受了些什么苦？她回到娘家从来不说。每次回来，只是哭着不愿回婆家。我祖父是封建制度的保卫者，总强迫她回去，并规劝她要克尽妇道，孝顺公婆，敬重丈夫。祖母虽同情女儿，不过也不敢违拗礼教和家规，也是劝她忍耐。听说有一个阴天，她一回娘家便在父母跟前表示不再回婆家，哭着要求父母收容她，说她愿意做最重的活；说她要的不多，只是每日两餐粗茶淡饭，一张硬木板床……我祖母被她哭乱了心。祖父虽怜爱女儿，但还是不能留下她，劝她回去。她表示宁愿死也不愿再进那家的门，因为她受不住凌辱！

在当时，任何一个女子都必须服从"命运"，而我的姑妈却企图摆脱"命运"的不公平，这是万万办不到的！我祖父在极端痛苦和矛盾中说："姑娘，做父母的对你无能为力，姑娘是菜籽命，你已经嫁给人家，活是人家人，死是人家鬼，做爹妈的做不得主。你实在过不下去，也只有一条路……"

祖父说不下去，祖母和姑妈相抱大哭。姑妈擦干眼泪，转身出门。

奶奶对我说，有一天，她从姑妈家门口经过，看见姑妈头戴篾帽，身穿漂蓝上衣，面颊晒得通红，和几个雇工一同打豆糠。奶奶说："她还喊了我一声'二婶'，我心疼我那像朵粉团一样的侄女，心疼那双拿'联械'[①]的手，可我一点也没瞧出她和平常有什么不一样，万万想不到，第二天就有人来报丧！"

原来，就在那天夜里，姑妈吞了大量的鸦片，还深恐药力不足致死，又用绳索将自己悬于梁上。

事情发生后，那家人全都躲了起来，我家族的人去"遭人命"[②]时，只看到姑妈的尸体。我的家族没法儿，便沿袭当地"遭人命"的方式，在姑妈脸上搽了胭脂花粉，竖立起来，用镜子前后左右照射。祖父含着泪对姑妈的尸体说："姑娘，你要有灵有感……"据说，这样一来，冤死者的灵魂可以不死，冤冤相报。

在旧社会，法律并不保护被侮辱受损害的人，几天过去，那家人依然平安归来，没有受到任何惩罚。

但是，这件冤案给这家人的心理负担必定很重。有人传出，他家人常见一个女人，身穿漂蓝衣服，背站着，一会儿到灶门口，一会儿又到楼梯上，有时还从房顶上丢下石头。

后来这家人急于要给儿子娶媳妇，可是我们县却没一家人愿将女儿嫁他家，他家只好去邻县说亲。

娶亲的队伍很热闹，粗乐细乐齐备。走到旷野，坐在红轿内的新郎忽然闹起来，嘴里哼着含糊不清的话，自个儿打自个儿的耳光，劈劈啪啪不停。轿夫歇轿一看，新郎已经精神失常。

奶奶告诉我，后来那家人一个个死去，绝了后。那座高大的楼房也换了姓。

这悲惨的故事是这样感动我，后来我长大一点，看到春喜鹊，便想起我可怜的姑妈。我长大了，看见戏台上再现李慧娘的形象，更想起姑妈。我想，我

① 联械：竹木制的长械，用来压碎农作物。

② 遭人命：我家乡过去常有冤死的妇女，娘家得到死讯便领着大队人马，手拿锥子、剪子找迫害冤死者的人报仇。

姑妈一定不甘心死，她才二十几岁啊！

我多么想知道我姑妈的模样，问奶奶，奶奶说：“小圆脸，白净皮肤……我看到她打豆糠，可怜，小脸晒得通红……”

姑妈打豆糠的形象，无疑深刻在奶奶心上，她总是反反复复地说。

可怜我那聪明倔强的姑妈，连一张照片也没有留下来！

铓锣声

我童年时，正是军阀混战时期。在我那个县，今天黔军进城，明天川军打来，为争夺“云南王”的宝座打来打去；再加“绿林豪杰”蜂起，打州霸县，所以提起我的童年，我觉得最主要的内容就是“逃难”。

“逃难”，伴随而来的便是铓锣声。

铓锣声并不完全代表恐怖。绿林好汉来时敲铓锣，马帮过路也敲铓锣，所以如果不是兵荒马乱的时候，小孩们对铓锣怀有深深的兴趣。只要听见铓锣响，不论早晚，不论手中是端着碗或是拿着扫帚，都争着朝街上跑，嘴里喊着：“马帮来了，马帮来了！”任凭大人怎样呼喊和斥责都无法制止。

嗬，多么壮观的队伍！一字长蛇的马队，走在尽前的是带头马，头上戴着斗大的红缨，红缨当中镶一面小圆镜，在太阳下闪出夺目的光芒。带头马又骄傲、又安详，像绅士似的昂起头，迈着坚实的步伐。假如有一匹马想“冒尖”，挤上前来，带头马便警觉地折回头，还没张口去咬，那做“非分之想”的马便怯弱地后退，返回原来的位置。

我最有好感的是敲铓锣的人，他走在带头马的前面，好像随意敲着铓锣，发出的声音是“铓”，在马队最后一个敲的是“贡”的声音，前后呼应。站在街头的我们，便随着大叫：“铓……贡……”“铓……贡……”希望引起敲铓锣的人注意，哪怕看我们一眼也好。

遗憾的是，尽管我们喊破嗓子，那敲铓锣的人好像没听见似的；偶然瞧我们一眼，那目光也是骄傲和冷淡的。那一眼，反将我们一团高兴扫了回去。

敲铓锣的和赶马的，打扮太神奇了，里外小褂都钉上密密麻麻的银扣，麻鞋上是耀眼的红绒球，头上打着雪白的“套头”，马背上挂着高大的竹筒烟锅，烟锅上饰以各种小银器，还有五颜六色的玻璃球。我们从来没听他们讲过话，只听大人讲到他们时，都仿效建水[①]一带的口音，“你家嬷，你家嬷”地骂人。这样的口音，在我们乡下，既代表赶马人，也代表进驻县城的“绿林好汉”。

这些人怎么生活，对我们来说是个谜。听说他们驮的是大烟土，从这儿走向崇山峻岭。据说他们过的是极浪漫的生活，经常宿于山茅野洼里，以大地作褥，天幕为帐，渴时饮山泉，饿时烧起篝火，拿竹筒当锅做饭。大人形容他们过的不是人的日子，我们却多么希望这样的队伍留下来，让我们见识见识他们怎样生活，可是他们总像一道彩虹，一颗明亮的流星，从我们眼前一闪而过，从不停留。

赶牛车的到来，有时也敲铓锣，对人的态度比赶马人温和得多。也比赶马人“现实”，缺少浪漫色彩。他们是驮煤的，衣衫褴褛，在街上过夜，用铜锣锅烧火做饭，切草喂牛，从淘米到洗碗都站在一边。但并没看到什么新奇的，只是吃的米比我们粗糙，菜比我们简单。他们是相当辛苦的。我从没听见他们骂过“你家嬷”，这都是些老实的农民。天冷时，深夜还不能入眠，于是烧起一堆堆篝火取暖，他们既不会唱，也不会吹弹，只会对着跳动的火光，抽点廉价的烟叶，伴着牛的反刍声和铃声使寒夜更加寂寞。

还有另一种铓锣声。当这种声音即将来临时，祖父便发出这样的叹息：“××又要进城啰！”对大人，这就意味着一场离家奔跑的灾难又要来临了；对于小孩，意味着新鲜的生活又要开始了。对于“新的生活”，我们不但不觉得恐

---

① 建水：云南的一个县。

怖，有时还不免喜形于色。这和家中那惶惶的气氛很不协调，所以常挨大人的斥责：“你倒高兴，土匪的刀就要杀头来了！”

“杀头？我们才不相信呢，我们看到被杀的头挂在城门洞，那是‘土匪’呀，和我们有什么相干？”

所以当大人藏东西时，我和叔叔却商量着到乡下捉蟋蟀、打麻雀。有时忽然撞见大人藏东西，他们便惊慌失措地用食指点着我们的前额：“不许到外面说，说了，拿棍子量你的皮！”我们当然不会去宣传，知道这是非同小可的事。

听说，邻县已有土匪的铓锣声了。传说土匪头李绍宗就要带兵马杀进城，我家又陷入恐慌之中，不知怎样才能躲过这场灾难。这时，有个草药医生到我家来。这是个乡下人，常来我家。他是个走四方的郎中，祖父很看不起他，说他是个骗子。他看病时有个毛病，总是伸出右手，弯曲食指对病人说：“你家这个病啊是老毛病啊！”腔调极怪，既不像路南人，也不像昆明人，倒像布道的牧师。所以他一来我家，我们便仿效他的模样，拿腔拿调地对他说：“你家这个病啊是老毛病啊！”

他的年纪在五六十岁上下，穿着长衫，手里又拿着讲究的白铜水烟锅，非常有派头，可是对我们的打趣从不见怪。

他听说祖父决定不了我们去哪里躲藏，便来当说客：“二哥，去我那里最好，再保险不过啦。我发现一个石洞，神不知鬼不觉。有事，我带着躲进去，万无一失，万无一失！”

祖父虽对这人不信任，但在这兵荒马乱之时，也只有病急乱投医，便打发我们和他同去。祖父自己留在城里。

祖父准备了大批吃食用马驮去。原来这家人住着所破草房，茅草稀稀疏疏盖了顶，阳光和月光同样通过屋顶照射进来。土楼上堆些粗糠和杂物，我们被安排在粗糠之间睡觉，跳蚤十分猖獗，一躺下，便要迎接猛烈的进攻。

草药医生领我们去看石洞，笑话，哪里是洞？不过是一大片石头，转进石头，有一片地，可以蹲上十来个人。草药医生做前导，口沫乱溅地东指西划，与卖狗皮膏药的宣传相似。我和小叔叔仍像野马似的到处奔跑、呼啸。三叔心里有数，转回村子和我母亲她们说："这个人壳子冲得太大，信不得。"

这家人平常可能就以杂粮度日，我们来，驮来的是大米和肉菜。他家人口多，和我们同吃，所以驮来的食物很快就一扫而光。经常驮来，总是很快吃光。三叔他们早就厌嫌这里，所以托人带口信给祖父，要求回家。

可是我对他家门口那石磨和磨旁的素芹花太有兴趣了。吃过晚饭，我爱坐在磨旁的石头上，呆看戴眼罩的驴围着磨转。这时，大杨树后是一抹红云，小鸟归巢，叽叽喳喳叫唤。随着"嗡嗡"的磨声，撒下疏疏落落的面粉，像飘下阵阵白雪，磨旁飘来素芹花的香味。

而村前那道水沟更使我难舍难分。平常，伯母和婶婶们在人前都不敢伸脚，这一下，大家都得到解放，连伯母也脱光了脚，朝水里一站，任凭轻柔的水从脚上轻轻流过。

这消息传给祖父，他很不高兴，托人带口信给三叔，叫他不能让妇女们招摇。

县城的防卫能力实在可怜得很，几个团兵糊弄老百姓当然绰绰有余，而对付土匪可就不那么胆大了。枪声一响，吓得没命地跑，所以李绍宗的队伍一到，没遇到丝毫抵抗便敲着铓锣大摇大摆地进了城。进城以后，也没有抢劫，只将殷实富户召集起来，叫每户出几千斤粮食了事。于是我们全家又奔回家中。

城内变了大样，县长已逃之夭夭，行政领导归李绍宗。一个干净清爽的小城变成垃圾箱。街上尽是大兵，衣冠不整，酒气逼人，动不动就"你家嬷"地骂人。古朴的小城，大小赌场不下几十个。

土匪不过千把人，却号称总司令部。凡是宽敞一点的房屋，都成为营盘，门前插着旗，上书"××梯队""××团部""××营部"，实际不过几个人，最多也不过几十人。人虽不多，对住户的威胁却很大，凡有少妇少女的人家，还是深恐受糟蹋，将她们藏在堆糠或堆杂物的楼上。可她们的起居饮食都在楼上，天长日久，也让人经受不起，所以有的人家又将妇女们送往昆明。

给我留下深刻印象的是杀人。被杀的多半是他们自己人，倒都是些不怕死的汉子。走在路上，虽身插斩标，他们却挺起胸，一路叫着："老子过二十年又是一条好汉！"

有个排长，是我的同乡，在"入伙"之前来过我家，挺老实。家里穷，老想出去当兵，不知什么时候参加了李绍宗的队伍，也不知为什么要被杀。杀他那天，成群结队的人去观斩。他母亲抱着衣服，在街上哭喊，等着收尸。听说到了杀场，他向同伙要了一条毡子，头包"红套头"，毡子铺在树下，坐在毡上，声明要面对枪口。伙伴们去活祭，他居然谈笑自若，喝了几口酒，镇静地叫一声"开枪"，一声枪响，倒地而死。

我在家中住了不多时日，土匪的本性日渐显露，渐渐抓人拷打，要钱要粮。人们又纷纷转移到昆明。在一个春天的早上，我又随家人奔赴昆明"逃难"去了！

誓雪国耻

好像我还很小，就听家人说："中国原来是个强盛的国家，号称文明古国。"近百年来，因为清朝腐败，割地赔款。家人称这些为"国耻"。后来又听祖父讲："安南人[1]真可怜，法国人上下马，都要他们趴在地下，将脊背给法国人当马蹬。"祖父说完上一段话，总是叹口气又说："亡国奴是当不得的！"

我"逃难"到昆明，住在会馆里，这条街正是越南人汇集的地方。早上，听到的是"踢踏、踢踏"的木屐声，嘴里喊着"卖洋粑粑啰"。所谓"洋粑

① 安南人：越南人。

粑”，就是面包。

这些安南人，不分冬夏，都穿深咖啡色的衣服，长及膝盖。虽是寒冬，也不穿棉衣，不穿鞋袜。有的跟在法国人后面，在火车上检票；有的就在火车站附近卖煮鸡蛋。他们不分男女，经常口嚼槟榔，牙齿都变成黑色。“贫穷”是他们的另一名字。想起祖父常叹息的“亡国奴的苦是受不尽的！”我心中格外难过。

1931年，日本帝国主义发动“九一八”事变，一夜之间，占领了沈阳，后又吞并了东三省。消息传到我们县，祖父坐在堂屋里愤慨地说：“东洋鬼子想让我们当亡国奴，万万不能！”我叔叔当时尚在读小学，很活跃，他不但在县城演说，还去村镇宣传。他会讲许多道理，他说：“当局只管刮民脂民膏，对外来侵略不闻不问……”我就感到很新奇。我问他：“什么叫民脂民膏？”他说：“就是老百姓的血汗。”

他胆子大，举着宣传队的小旗，站在赶街人的马架子上，一吹哨，拥来许多赶街的农民。他叙述日本对中国的野心，说如果不起来反抗，不但要亡国，还要被灭种……说着说着，自己也哭了。我一站上马架子，看见众多的人头，紧张地把一肚子的义愤之言忘得干干净净。

我叔叔是我们的“头目”，他整天带领我们上山打雀、扑蜻蜓、掏蟋蟀。他思想活跃，有各种大胆的设想，他曾想在某村搞乌托邦，还真的去查看了地形。

叔叔和我们经常漫步于西门外的原野，那一带，有一孔桥，叫作“霁虹桥”。桥两旁尽是高大的松柏，河水不深，清澈见底。叔叔比我大不多，可是他会讲许多故事，他说，因为清朝腐败，所以使有才干、有抱负的丁汝昌愤而自杀；又讲李鸿章如何丧权辱国，法国本被我们在谅山打败，结果，万恶的清廷反而割地赔款……叔叔还爱赞颂华侨，他说孙中山的革命得力于华侨资助。华侨在外国，因国家贫弱，常受欺凌，所以希望有个强盛的祖国做后盾。当讲到徐锡麟和秋瑾时，他声泪俱下，我们也泣不成声。从那时起，女英雄秋瑾的形象便长存于我小小的心灵中。当我读高小时，课文上有一篇题名《返钏记》

的文章，作者徐自华，是秋瑾的挚友。她追述秋瑾为革命筹款，徐自华解囊相助，为了报答徐自华的友情，秋瑾以手钏相赠的故事。读着这篇文章，我仿佛重见亲人那般熟悉。我争着向小同学介绍秋瑾的事迹，我那幼小的心中，充满了感激和自豪。我努力背诵这篇文章，觉得女英雄就站在我身边，又觉得她站得太高，我永远也不可能接触到。

十九路军在上海抗战，举国若狂，都觉得中国人扬眉吐气了。我们演出《柏林之围》，又演出描写朝鲜爱国志士反抗日本帝国主义的戏《山河泪》。

可是不久，蒋介石又和日本帝国主义妥协。蒋介石妥协，我的心却不“妥协”。在充满国仇的日子里，我年幼的心，很容易接受古代爱国英雄的故事。我钻头觅缝地去寻找书籍，不知从哪里借到《小学生文库》以及一些别的书籍。我读到抗金英雄岳飞；读到写《正气歌》的文天祥；读到挺立而死的史可法；读到“闻鸡起舞”的刘琨……总是热血沸腾，热泪迸流。我赞美歌唱“风萧萧兮易水寒，壮士一去兮不复还”的荆轲；赞美不畏强暴的高渐离。因为对荆轲的崇敬太深了，所以当看到滇戏再现《羊角哀舍命全交》的故事时，虽对左、羊的友谊十分赞赏，可是将荆轲立于反面，却使我很反感。

我生活的小县，地处偏僻，人们很容易满足于温饱。如果没有英雄人物鼓舞着，我必然沿着祖母和母亲的足迹走下去，成为旧制度的顺民。

读历史故事，对我人生观的形成打下了基础。无论处在多么黑暗的境地，在我心中，总是闪烁着明亮的一角，使我不敢苟且偷安，与旧制度妥协；使我有勇气从偏寨小县奔向革命圣地延安。

作者简介

阿蕾（1953～ ），原名杨阿洛，出生于四川省西昌市，现居西昌市。

温暖的阿扎惹罗果（外2篇）

因为缺医少药，天花、麻疹、百日咳肆虐，住在老寨子波黑格克时夭折的婴幼儿太多，有些人家甚至生了七八个，到头来只带大一两个，人们都觉得那不是一块宜居地，于是纷纷四下搬离。寨子里大多数人搬到了吉佐罗布坡下，毗邻原大箐乡政府的乃拖加，舅舅我们两家搬到了波黑格克西面约一里地的阿扎惹罗果，与乃拖加和波黑格克形成一个等边三角形。

阿扎惹罗果译成汉语应该叫“小喜鹊沟”，也许因为寒冬腊月里，这条沟比受到特布河谷没日没夜长驱直入的寒风侵袭的卧九坝暖和，喜鹊们都喜欢聚集在这里“喳喳喳”地觅食聊天。

这沟最上边是块马蹄形的洼地，洼地周边是较陡的坡地，越往下坡势越陡，与洛尼洛嘎交汇后就成了地地道道的峡谷。舅舅我们两家在洼地的上半截靠坡根修起房舍、建起院落。我家坐西向东，记得每天太阳从东方升起，总是最先照进进门右手边的马厩里；舅舅家坐东向西，冬天下午坐在他家房檐下，靠着墙根晒太阳是一件最舒心的事。我们两家中间的院坝只用一道半尺来高的土埂象征性地隔开。小时候我在土埂上挖出许多“窑洞”，春天里杜鹃开花时，将杜鹃花倒放作小人儿蓬松的裙子，为了让花朵中的曙红、紫红斑点显现，将花翻里为外，用草梗连缀在一起做衣服，用还没绽放的花骨朵做头冠，用草梗将带着雌蕊雄蕊的子房穿在头冠两边做配饰，一个雍容华贵的新娘就做成了。没花时用带松针的青松尖倒放作裙子，撕下破衣服上各色烂布巾巾，缝衣服给小人们穿，缝带有褶皱的加施、带穗的瓦拉给小人们披，乐此不疲地编导这些小人儿的生老病死、婚丧嫁娶。有一回，调皮的弟弟毁了我的小人家园，气急败坏的我把他的脸抓了道口子，我怕他在大人面前告状，说了很多好话才让他止住哭嚎，并答应不告我的状。

舅舅我们两家将洼地下半截开出来种庄稼，两家的地中间也只是象征性地用石块隔一下，在各自的地边种上花椒，又在院子与地中间筑起一堵一人多高的围墙将牲畜关拦在院里，不让它们去地里糟蹋庄稼。在院墙向外一面挖了十几个五尺见方的养蜂巢，为了招来蜜蜂，舅舅在洛尼洛嘎向阳坡地上一块突出的石包下挖了一个蜂巢，在巢中喷了盐水后用牛粪和泥糊好，只留下一个供蜜蜂进出的小洞，等有蜜蜂在这里安家时，用专门撮蜜蜂用的竹斗将蜜蜂撮到挖在墙上的蜂巢中。因为蜜源丰富，每年秋末割蜜时总是桶满钵满，不亚于欢乐的年节。蜂巢前一溜儿种了七八棵树，一棵核桃，三棵“哥波”。入了高级社的两块地在食堂下放后还是分给我们两家作为自留地。

成立高级社牲畜折价入社，人户都集中到乃拖加办食堂后，舅舅我们两家的房子被征作生产队畜圈，为了夏天不使牲畜遭暑气，饲养员自作主张在我家四面墙上挖了好几个通风的孔。后来每次说起这事，父亲总是耿耿于怀。

父亲过厌了“一平二调”中两家人同在一个屋顶下生活的日子，食堂一下放便忙不迭地领着家人搬回阿扎惹罗果，把房子打扫干净，用石头和泥将大敞的孔洞堵上，我们家就过起了单家独院的生活。可我觉得还是住在乃拖加好，因为那里小伙伴多，其实最主要还是由于舅舅家不回阿扎惹罗果住，我就无法和爱我疼我的外婆朝夕待在一起。因为舅舅是生产队的饲养员，舅母是粮食保管员，他们觉得回阿扎惹罗果住多有不便，于是在乃拖加修了房子，不再回阿扎惹罗果。我嘟嘟囔囔地表示不满时，父亲说阿扎惹罗果是一块适合人居住的吉地——因为经常有云雀在洼地左边斜坡上卧着的那块黑乎乎的大石包上栖息，人们都说阿扎惹罗果是一块难得的风水宝地。单家独院住着，免去了许多邻居间为猪吃庄稼、鸡刨菜园发生的口角，还可避免不时光顾的猪瘟鸡瘟带来的经济损失。

父亲精心经营着家园，赶在雨季来临之前，他在生产队借了牛，驾犁在洼地周边的斜坡上开出三道排水沟，免得下暴雨时冲毁房屋和院坝；待下雨时扯来桤树苗，在沟下方每隔一米左右栽上一棵。桤树是一种耐寒、易栽活而且长得快的树种，这三排桤树长大后不仅有效地保持了水土，而且成为三道屏障挡住了寒风，使洼地更加暖和。桤树成林后，我们家秋冬扒搂树叶给牲畜垫圈便不用再上别的林子，每年还可剔得一些干丫枝做柴火。如今，这些长了四十多年的、栽在最下面一道沟的桤树已成一抱粗的栋梁之材了。最上面一道沟的桤树因为抵挡寒风，树干不像下边两道沟的笔直，但风骨遒劲，侧枝繁茂，在很远的地方就能看到高出洼地边缘的树冠形成的一条郁郁葱葱的林带。寒冬腊月，靠着墙根烤着暖暖的冬阳，一边做手工一边听特布河谷吹来的寒风掠过树梢时的“呼呼”声和对面山上的松林林涛相呼应时，更使人感到阿扎惹罗果的温暖与安谧。

当春寒料峭的早晚逆风走在空旷的卧九坝，得裹紧加施瓦拉还要捂住耳朵倒背着风走时，我家院墙外的一溜桃树已绽开粉红的花招蜂惹蝶了。那棵核桃的柔荑花序已如长长的流苏在微风中飘拂，三棵又高又直，须得仰着脸才看得见树梢的“哥波”已绽出掌状嫩叶，有一对喜鹊夫妻每年一到开春时节就兴高采烈地唱着舞着，衔来树枝在上边搭窝成家。

直到现在，我还是不知道“哥波”到底是汉语还是彝语，反正“哥波”这种树我只在我们那地方见过五六棵。我家的三棵“哥波”，其实是从一个根蔸中长出的，只二十几年，浑身长满刺疙瘩的“哥波”就窜了两层楼那么高，直径起码有一尺五，但一直不见开花结果。一直想把竹编楼板换成木楼板的父亲大概是想等它们够解木板时，再把它们砍下解楼板用的吧。可惜这三棵“哥波”在父亲去世那年，确切地说是从父亲才开始觉得身体不大舒服时，就莫名其妙地成了“站干”树。人们都说这三棵“哥波”恐怕是遭雷击了。因为我们那地方的彝人笃信烧了遭雷击过的树要长癞疮，于是将已可解板用的两棵“哥波”廉价卖给了山下的汉人。

我们家地边栽的一排花椒，即使乃拖加的花椒被倒春寒冻得颗粒不收也不会受多大影响，每年一到火把节前后，满树红果把枝条都给坠弯了。因为摘花椒的时节又是割荞子的大忙季节，人们总是清早趁露水未干时割荞子，中午打荞子或摘花椒。我们家摘花椒时总是妈妈和奶奶站在地上，甚至坐在地上把花椒枝条弯到跟前摘，我跟父亲总是各割一大把蒿草扎成蒲团放在树杈上，再垫上厚厚的垫背褂子坐在上面摘。如果不小心哪儿被花椒刺戳着，那种疼简直不是一般的疼。花椒汁溅进眼睛时，也是疼得人半天睁不开眼，但等慢慢缓过气睁开眼时，看哪儿哪儿异常清晰明亮，于是我就笃信大人们说的——吃花椒对眼睛有好处。

由于阿扎惹罗果的气候特别温暖，种啥出啥，除了种洋芋、圆根、荞子、燕麦等作物外，还可种二半山才能成熟的苞谷、黄豆、四季豆、南瓜、海椒。一到秋天，阿扎惹罗果坡地上黄爽爽、毛乎乎的豆荚中黄豆粒粒饱，大人前臂一般粗的苞谷棒子上缠绕着一串串饱鼓鼓的四季豆，剥开干豆角，里面是紫色的、蓝色的、粉红色的、紫红色的、紫蓝色的、紫中带白点的、粉中带紫点或白点的、紫红带白点的、紫蓝中带白点的，就像一颗颗珍珠玛瑙，美得叫人舍不得将它们下锅煮食。收四季豆时，孩童们总喜欢玩一种叫“碰豆”的游戏——挑选出个大饱满的漂亮豆粒儿，两两捉对各出左手或右手，十指交叉成一个圆窝，各自将自己最得意的一颗豆粒儿放进圆窝，然后将各自的左手或右手捏成拳击掌根，两颗豆子就在圆窝中跳荡，跳出圆窝的就算斗输了。就像淘汰赛，赢者和赢者再接着碰，一轮又一轮，乐此不疲地碰，直到冠军出现。地边草丛中金红色的磨盘一样大的南瓜，这里躺着一个，那里藏着一个，待瓜藤干枯该收南瓜时，摘下来挨个码在院墙头，真是爱煞人。

我们家每年总留两小块地，一块抢在布谷到来前撒上火麻，割下麻后用麻线织麻袋或用麻经搓绳子；一块地种兰花烟，供应父亲和奶奶一年的烟末。初秋将麻地里的枲麻割下，将麻桩拔去，锄松后插下青菜、白菜秧，只留雌株在地里继续生长蓄种。兰花烟叶摘得差不多了，坝子上的青椒就要罢市了，我们家间种在兰花烟中的青海椒才开始摘食。自留地上挖过洋芋撒圆根时，父母同时将白萝卜、胡萝卜、豌豆撒下，种出的白萝卜特别嫩爽特别甜，种出的豌豆尖也特别胖，收圆根时偶见有结了豆荚的，剥几颗翠绿的豌豆粒丢在嘴里细细品味，清香中带丝甜味。以前只在汉区种植的胡萝卜，因为长得深非得用锄头挖不可，然后当作稀罕物分送给亲戚小孩。在跟乃拖加大多数人除了圆根萝卜再没有其他什么蔬菜调节口味的单调生活比照下，我家的菜园可算是令人羡慕的了。

院墙外一溜的桃树春天开花时花的颜色不一样，果子的成熟期和味道也不一样。花色粉红的桃子较脆，火把节前后就可以吃了，摘下桃子在毛织品上三下两下蹭去绒毛，从裂开的中缝一掰两半，光是闻那浓浓的桃香，看看紫红的桃核周遭紫红的桃肉就已使人齿颊生津。花色粉白的桃子要迟些，有些甚至到降霜时才成熟，这时的桃子吃在嘴里又粉又糯，但甜味儿稍稍有点淡，就像很面的洋芋。有风有雨的夜晚，桃子落在圆根地里，早上端个簸箕捡回桃子，好的择来人吃，烂的倒给猪食，这样捡上一个月左右才罢市。

到核桃熟落的时候已是秋末冬初，这时的圆根叶已长很深了，弟妹们一清早起来顾不得抹把脸就去核桃树下的圆根地捡落下来的核桃。争先恐后的他们总是把圆根糟蹋得不成样子，因此经常招来大人的臭骂，但记吃不记打，每天早上总是风雨无阻地去地里拨开圆根茎叶翻找核桃，然后剥去外皮砸开壳用针挑出仁，津津有味地品咂。十个手指头、两片嘴皮被核桃汁染得褐不溜秋的，核桃早已吃光了，手上嘴皮上的褐色还久久褪不去……

如今，奶奶、父亲、母亲都相继离开了人世，弟弟妹妹们都像小鸟飞出窝一样在别的村子建起了各自的家园，阿扎惹罗果的房屋、田地、树木都换了主人。因为怕睹物思人后控制不住自己的情绪而失态，更重要的是怕在别人家流泪啜泣，人家会觉得晦气而不高兴，所以我几乎不敢再踏上那块温暖的洼地。可在梦中阿扎惹罗果依然是我温暖的家园，我还是那个生活在阿扎惹罗果的快乐女孩。每每回想起在阿扎惹罗果的快乐时光，仿佛才是昨天的事，那般刻骨铭心，那般难以忘怀。想念逝去的奶奶、父亲、母亲时，我多想回到阿扎惹罗果，张开双臂匍匐在园子里，让心紧贴着我们曾共同劳作过的、散发着泥土潮腥的土地上，轻轻哼起关牧村的“我深深地爱着你，这片多情的土地……”思念故乡的时候，也只有关牧村倾情打造的这首歌能聊解我的思乡之渴。

啊，温暖的阿扎惹罗果，我魂牵梦绕的家园！

春到卧九坝

卧九坝的春天是随着云雀的歌声到来的。

每年正月初一，云雀如期开始飞上蓝天放声歌唱。真服了这毫不起眼的，褐色中有着细细黑色斑纹的小生灵，它怎么就知道那天是农历一年的起始呢？真是奇了！

海拔两千多米的高山坝子——卧九坝，开春时节埃迤安哈山顶幽蓝的积雪还给人一种冷森森的寒意，早晚从特布河谷刮来的风吹在脸上，如细细的篾片抽打一般辣乎乎地疼。但天刚放亮，恪尽职守的云雀们就迎着料峭的寒风飞起，悬停在半空中扑扇着翅膀，“嗞嗞——叫叫——”地亮开清脆婉转的歌喉，开始它们一天中的第一轮合唱，迎接鲜活的太阳出山。第二轮合唱在太阳当顶时，第三轮合唱在太阳将要落下时，每轮合唱持续半个小时左右。在被誉为西北大草原之缩影的卧九坝，云雀的叫声成了人们的钟点，即使是乌云密布的阴雨天，听云雀开始第几轮歌唱，就能知晓该是啥时辰了。

正因为云雀守时而且歌声清脆婉转，人们认为它们是天底下最聪明的鸟。据说只要有云雀歌唱的地方，就不会生出傻子、哑巴，云雀经常栖息的地块被人们当成风水宝地，家有婴儿的人家千方百计都要弄点云雀肉给婴儿尝尝，意在使婴儿长大后能有云雀那样的心智及口才，并称能说会道的人“像云雀唱歌一样”。正因为云雀是彝人心目中最聪明的鸟，所以在关于火把节来历的民间故事中，人们赋予云雀能说会道，调停凡界与天神纠纷的德诂形象，口口相传凡界的大力士赫体拉巴把天神恩体古兹派到人间强收各种苛捐杂税的差使斯惹阿比摔死后，天神恩体古兹提出种种苛刻的赔偿要求时，云雀用缓兵之计稳住恩体古兹：“嗞嗞——叫叫——，栽得古，栽得古，海勒日古黑呢栽得古……”意思是：会赔的，会赔的，到了六月二十四的晚上一定会赔的……结果到了六月二十四的晚上，人们相邀点起火把将天神恩体古兹遣下凡界为斯惹阿比复仇的害虫全部烧死。从此以后农历六月二十四成了彝人全民同乐的火把节。

云雀不是候鸟，即使滴水成冰的隆冬，也随处可见它们在枯黄的草丛中、收割后的庄稼地里觅食，受到惊吓也只是“扑棱”一声飞向远处，绝不会乱叫。云雀在正月初一亮开歌喉后，一直唱到荞粒变黑的夏末又噤声不唱了。也许因为深深眷念着这块坝子不忍离去吧，在候鸟们冬去春来地忙于迁徙时，它们却终年都坚守在这片宽阔的高山坝子上，为人们预报春天的到来。

争着报春的还有山谷里夹杂在各种灌丛中的映山红。它们率先高擎一束束火把，红红的筒形花朵中蜜露比任何一种花都盛得多，放羊的、打柴的不分男女老幼都爱美美地守着它吸个够。有些还一捧一捧地折回家给那些还不能漫山穿梭着找蜜露的小孩。可惜到家了一路抖洒得蜜露也就所剩无几了，但身上、手上却满是黏糊糊的蜜渍与甜香。

随着云雀的歌声，天气一天比一天转暖，一些候鸟追逐着春天的脚步从洛哈山谷溯流而上，一天一站地回到了卧九坝。最先回到卧九坝的是头顶上长着一簇又尖又长冠毛的阿乌（戴胜），然后是依塞依罗、布谷、勒比兹兹、介谷依兹等等，它们都用各自不同的歌声向人们报道：春天来了！

人们根据鸟儿们各自不同的歌声给它们起名。依塞依罗起得比谁都早，天刚蒙蒙亮，它们就来到房前屋后的果树上，一声比一声急促地叫着，啼声在寂静的山村黎明中显得特别清脆，“依塞依罗——依塞依罗——”，仿佛在提醒人们一年之计在于春，催促贪睡的懒虫快起床。

布谷的歌声永远都是亲切的，因此彝人总是把对已故父母的思念之情寄托在布谷身上，把布谷的歌声比作亡父亡母的殷殷嘱咐，在怀念父母的丧歌中唱道：“……愿您老变成林中的布谷，每年随着春天来到房前屋后，有树您站树梢啼，无树您停石上鸣，即使见不着您的身影听听您的歌声，也能聊解思念之苦啊……”因此，每年一到布谷该来的时节，人们都热切地互相打听布谷到哪儿了。每年听到布谷第一声啼鸣，犁者忘其犁，牧者忘其牧，锄者忘其锄，行者忘其行，全都忘情地侧耳倾听，沉浸在欣喜与怀念的复杂情感中。

介谷依兹，总是在风和日丽的幽静灌丛中才听得到它们先一声尖利悠长似乎在呼唤的“噫——介谷依兹——”，随即传来一声低沉浑厚似乎在回应的“哦——介谷依兹——”。听得见它们的鸣叫，却从来搞不清到底是一只介谷依兹用粗细两种嗓门歌唱，还是一老一少在互相关照，或是一对情侣在热情呼应。

当各种大大小小的鸟儿们都在为新的希望鼓起舌簧尽情歌唱时，勒比兹兹却患了大脖子病似的粗嘎着嗓门咕哝着满肚子的悔恨，“勒比兹兹——，阿是日得——，仙优日得——”，意思是勒比兹兹之所以活得这般窝囊，全怪那团羊毛。传说布谷和勒比兹兹为争当百鸟之王看谁起得早，贪图安逸的勒比兹兹睡在蓬松暖和的羊毛团中做当王的美梦，布谷却拿坨线团当枕头，滚去滚来的线团使它一夜都无法安睡，自然起得早也就得了王位。从那以后，每年开春布谷随着春天的脚步一天一站地从平坝来到高山，用欢朗的歌声催促耕者、牧者劳作时，勒比兹兹一年到头窝在谷底，梦呓一般瓮声瓮气地悔个没完，却老死也不思进步。

在检验生命真相的春天里，像受到鸟儿们春之奏鸣曲的感召似的，卧九坝的万物都在复苏萌芽。蒲公英率先绽放开嫩黄的花朵，紧跟着，雏菊也怯生生地撑开淡蓝或淡紫的小花，黄色酢浆花也一丛一丛地闪现在枯草丛中。房前屋后的桃树李树竞相开放，一树红云的桃花没有一树雪白的李花那般惹眼，香气也没有李花那般清爽，但丝毫不减蜜蜂对它们的勃勃兴致。引人驻足观望的还有蓄种在园中的金黄的圆根白菜花和白中带紫带绿的萝卜花，黄黄白白的颜色招来一对对粉蝶互相追逐着，倏忽间飘过篱笆头翻飞而去，倏忽间又从篱笆头飘了进来，多么幸福、多么快乐的一对对情侣啊！

一年之计在于春。春节前后忙着备耕的人们互助合作，起圈里的畜粪，倒腾沤在院里的绿肥，砸碎野外拾来的干粪，把它们掺合在一起晒半干后堆积发酵。庄稼一枝花，全靠肥当家。一户人庄稼办得怎样，从院坝中的粪堆就可知大概。主人家要在倒粪这天煮过年时特意备下的香肚犒劳前来帮忙的人及其孩子。倒粪煮香肚几乎成了我们那一带人家的惯例，即使不装香肚的人家也得煮腊肉香肠。

正在发酵的粪堆，蒸汽在清晨的阳光下袅袅升腾着。发酵得差不多了，就开始你来我往地往地里运粪，几天之间褐色的耕地中堆了一堆堆黑乎乎的粪堆，粪运够了就开始种洋芋。种洋芋先从园子开始种起，一来园子有关栏，可防猪拱羊刨，二来园子里收了洋芋还得撒圆根，所以比没围墙的地种得早些。种洋芋的人们通常都是四人组成一个作业组，一人掌犁，一个提起元宝提篮放洋芋种，一人端起撮箕盖粪，一人提把锄头在后面巡视着将土坷垃打碎整平，把裸露在外面的洋芋壅好。刚开始役使的牛前还得有个牵牛鼻绳的，庄稼办得精细的人家除了农家肥还上磷肥，又得有个上磷肥的，这样有时一组就得六个人。如今的家庭人口少，除去读书的、放牧的，劳动力就更少，就只有采取互助或换工。不过牵牛鼻绳、盖磷肥是轻活，老人孩子都可担当。亲朋邻居前来帮忙，主人家自然少不了犒劳，经济条件好的煮腊肉买鲜肉，最不济的也要做顿清清爽爽的连渣菜或是打了油汤的、散发着嫩葱香气的洋芋酸菜汤给前来帮忙的人下饭。虽简朴，但大家都吃得其乐融融。

燕麦播下了，洋芋种下了。暮春时节热烘烘的气浪一阵阵扑面而来，地气在烈日下抖闪不止，运粪的人们走在翻耕过的松土中，隔着胶鞋都觉出尘土在发烫。环顾四周，撂荒的地里野草莓花、栽秧果花开得热热闹闹，一丛丛狼毒也争先恐后地展示着它犹如少女黄紫相接的裙子般美丽的花朵。灌木丛下白底曙红、粉底紫点的独蒜兰花娇艳欲滴，田边地角成簇生长的各种刺莓，白色的、褐色的、紫色的瘦骨不经意间坐上了一串串绿色的叶苞，过了几天绽开的绿茸茸的叶片中挂出许多小铃铛似的白色、粉色花蕾。又过几天，花蕾绽开，一蓬蓬粉的、白的、淡紫的刺莓花中，蜜蜂嘤嘤嗡嗡地忙着采花粉吸花蜜，走过花香馥郁的刺莓丛旁，使人不由地张开鼻翼深深吸上一气，顿觉沁人肺腑，神清气爽。

当远眺深箐中的野白杨泛红，近看其嫩叶能包住一粒荞籽时，就可开始撒荞了。荞子撒下了，夏天的脚步也就紧跟着到了。

2005年3月

招魂记

我小时候是个病秧子，瘦得风都能吹倒。秋冬还好，一到夏天就腹胀呃气、一身发茶，呃气时那股直冲鼻子的酸馊，腹胀时坐也不是站也不是的难受至今还记忆犹新。

说是像我这样，没病却又整天蔫蔫地打不起精神的人定是丢了附身的魂了。于是在火把节过后不久的一天，母亲托大姨在她们村子请了个吉姆毕摩。吉姆家是世代都从事祭司职业的世毕，几乎每个男子都会习诵经文，也都会做简单的法事。

在那个把毕摩归入“四旧”行列，视为专政对象的年代，比较有名气的毕摩走哪都有眼睛盯着。所以大姨就请了个平时不引人注意的吉姆家男子，趁黑夜走十多里山路到我家为我招魂。

那时招魂连只鸡都有不起。我母亲将火把节时队里分的羊肉省下一些，用盐巴、花椒腌在土坛子里，一来为我招魂，二来招待毕摩。

这个毕摩是个单身汉，瘦瘦小小的，看起来连他自己也是个病秧子。因为得在天亮之前赶回家出早工，所以他一到我家后，没摆什么毕摩的架子与过场，抽过我父亲递给的兰花烟，主客相互寒暄几句后，毕摩就吩咐我母亲准备好接魂的东西——一张簸箕、一个盛着米和盐的木汤钵、一件我最喜欢的衣服、一根穿了白线的针。又吩咐我父亲削好神枝，找来放烟的燕麦秸及招魂草——麦冬。

待我父亲用燕麦秸在门外放出请神助法的烟子，夹出火塘中早已烧红的石块丢进盛了水的长柄木瓢，上覆青蒿枝，猫着腰一边念着“硕——硕……”的洁净词，一边由里向外沿着锅庄转至毕摩跟前时，毕摩开始“硕啊——硕，硕嘛嘿叨给——”地一边念《洁净经》，一边动手插神枝。

想来是《洁净经》完了，毕摩换了另一种音调，用他那细如女声的嗓音袅袅地颂起了《招魂经》：“……归来啊，归来魂归来……别迷恋妖魔的山川田野，别听信鬼怪的甜言蜜语……归来吧，归来魂归来……魂在茵茵蓝天也归来，蓝天虽好罡风急，不是你待的地方；魂在嵯峨山巅也归来，山巅虽好山神易翻脸，不是你待的地方；魂在密林深处也归来，密林虽好那是虎豹栖息处，不是你待的地方；魂在跑马平川也归来，平川野花丛中藏毒蛇，不是你待的地方；魂在清澈水底也归来，水底虽好那是鬼蜮出没地，不是你待的地方……归来吧，归来魂归来……魂在天南也归来，魂在海北也归来，魂归自己的家园。自己家里父母面慈心也善，自己家里兄弟姐妹盼你归；自己家里火塘暖融融，佳肴喷喷香；自己家里五谷盛满仓，六畜装满圈……归来啊，归来魂归来……如若不知东和西，朗朗日月为你辨；如若不识南与北，北斗七星为你指；如若跋山涉水难，银针给你做支杖；如若返家不识路，白线为你做向导……”毕摩以如歌的行板抑扬顿挫地吟诵时，我母亲和奶奶也在一旁附和着殷殷地呼唤：“归来吧，归来魂归来，家里好看的衣裳等你回来穿，家里热腾腾香喷喷的肉饭等你回来吃……”那情景回想起来至今还令人感动得直想哭。

念了一阵，毕摩根据我的属相及命宫掐算出我的魂应当落在我家东南方小如一泓池塘的高山季节性小湖泊中，并以他自称能通人间冥界的阴阳眼将那地方形容了一番，说得母亲和奶奶心服口服，不住地点头称是。殊不知虽是月黑夜，但满天星光下毕摩路过湖边时还是把那湾小湖泊看了个大概呢。

我家背后有一块凹地，一到雨水季节就汪成一湾湖泊，湖中央较深的地方不长草，水浅处长满柔韧的水草。因为水特别清亮，一到夏天，母亲爱搬了块石板放在出水口做搓衣板，把衣服搓洗干净后将就晾在湖边开满各色花朵的草地上。我呢，独自一人也能在这里待上一天——要么在湖边追赶受到惊吓后习习抖动着红翅膀、黄翅膀，张皇地各处飞着的蚱蜢；要么挽起裤腿蹑手蹑脚地捉停在水草尖上的红蜻蜓；要么看划蝽赛艇般煞有介事地在水面上打着旋儿相互追逐，荡开一圈圈的波纹。看长腿水黾停在水面上如踏实地，看沼石蛾幼虫因地制宜，用自身分泌出的一种会在水里迅速凝固的黏性物质，将就地取材的水生植物茎叶碎块或砂粒粘成一个与它们身子一般长的筒形护身窠，那些虫子犹如一个个调皮的孩子，一伸一缩地躺在各自的窠里随着湖波轻轻荡漾着，好舒适的样子啊！

水草中还有许多小巧玲珑的绿青蛙，母亲说那是能给人们带来福气的神蛙，千万不能伤害。湖边草地上还有随处可见的、笨拙丑陋的癞蛤蟆。因为癞蛤蟆一身疙里疙瘩的，因此人们称癞蛤蟆为“麻风蛙”。说谁要是沾上它们身上分泌的白色汁液，谁就会惹上麻风病，所以从来没人敢碰它。它们永远都是一副不慌不忙的悠闲样子，不小心踩着它们或者调皮孩子用棍子将它们拨翻，它们也懒得跳一下，只是眼睛一闭一闭地蠕动下腭“咒”一阵后，又四平八稳地走它们的。直到现在我还在想：夏夜里的蛙鸣中究竟有没有它们的歌唱？

因为清花绿亮的湖中没有令人讨厌的水蛇和蚂蟥，所以酷热难耐的夏日，放牧的男孩们总是瞅着空儿把裤子脱下，扎紧裤腰裤脚浸在水中吹胀后，赤条条地骑在上面“哗啦哗啦”地打水仗。

一到干旱季节，柔韧的水草便成了金黄的绒毯，深深地吸着干草带丝甜味的清香，静静地躺在上面看云舒云卷的蓝天，或者干脆在草毯上打几个滚，这是一种多么惬意的享受啊！总之，那地方实在是一个让人流连忘返的乐园，怪不得我的魂要掉在那里了。

这个毕摩没带经书，颂起经来却像汩汩冒涌的泉水没完没了。现在回想起来，有些词句或许是他自己即兴发挥的吧，不然怎么能记住那么长的经文呢，我觉得有些不可思议。

招魂的法事不知要做到什么时候，弟弟妹妹们早已睡下了，又馋又饿的我只好耐着性子看父亲手里晕黄的明子在花椒腌肉的氤氲香气中忽明忽灭地颤动，看毕摩的影子随着火塘中腾挪的火舌忽而长忽而短地在他侧旁的墙上变幻。可是再怎么努力，眼皮还是沉沉地睁不开。“别睡着了，法事马上就要完了。”大人们一边诓一边把我拽到屋外看星星，看了好几次还是抗不过沉沉的困意原地倒头而睡。不知睡了多久，总之被大人们拽起来吃饭时已经清醒多了。

吃过饭后，母亲端起盛了盐、米和麦冬草的木汤钵，跟着毕摩到屋后的湖泊给我引魂。母亲念念有词地将木汤钵象征性地往怀里转了几转后藏在衣襟兜成的兜里，用披毡小心翼翼地护着走在前面，毕摩一边“刹刹刹”地抖响特意破成几片的箭竹棍，一边颂着《招魂经》跟在后面。回到家里时，将衣服和带线的针放在盐米上面，用簸箕罩住放在主位后的柜子上，将响竹片插在内室的竹笆上。

第二天鸡叫头遍，家人和毕摩迫不及待地点起明子揭开簸箕一看，见针头恰对着内室，一时主客都带着失而复得般的欣喜说：“啊呀，真的归来了。”“归来了，归来了，这下好啦”。

送走毕摩和大姨，对儿女一向严厉的父亲打着呵欠板起面孔教训我：“你要把人折腾死。哪天再见你到那方去，砍了你的脚！”母亲也说：“以后再也不许到那地方去了，听见没有？”

魂是招回家了，可我还是病恹恹的不见好。但父母再禁止，我总是要偷着藏着地瞅空上那儿玩去，因为我总也摆脱不了那湾湖泊对我的诱惑。

病呢，原来是蛔虫闹的，狠狠地打了回虫子后，从此再也不生病了。

作者简介

聂莹（1958～ ），出出生于贵州省贵阳市，现居贵阳市。

梦幻岁月（外1篇）

那是二十年前的事了。在杜鹃花开得最灿、鸟儿叫得最欢的季节，曾经对上山下乡当知青狂想过一阵的我，作为中学生支农队里的一员，来到香纸沟旁的一个小山村，总算圆了一次知青梦。

那时的村长都叫生产队长，每天清晨，我们总是被队长长一声短一声的吆喝闹醒，“出工喽——出工喽！”随后便听得吱吱呀呀的开门关门声，我们便慌慌张张往队长家跑。一袋烟功夫，队长家门前站满了社员，队长指点江山般分派任务：一组东面苞谷地锄草；二组负责西面肥田；三组负责南面挖土……如此这般，人们便三三两两朝劳动地点走去。

第一次出工，我就发现在这些说说笑笑的社员中间，有两位知青模样的青年，虽然他们身上发白的黄军衣、蓝中山服与农人们没有两样，但那城市人的神态是一眼就能看出来的。

学生支农队在村头一间躲雨棚里搭了一个炉台办起了食堂，食堂的对面就是这两个知青住的破房子。因此，我们就有了与他们相处的时候。

两位知青一个姓石一个姓王。石知青对人随和，经常衣袖裤腿挽得高高，经常肩扛犁耙光着脚丫噼噼啪啪走在乡间那条石板路上，晚饭后常常拿着一只手电筒串门儿，农人们称他为“贫下中农的接班人”。王知青却少言寡语，而且成天板着个脸，开始还见他与大伙一同出工，后来只见他天不亮出门天黑才归，说是被队里安排抢修水库去了。夜深人静时，他开始疯狂地拉小提琴，那些曲子一首连一首，悠远、悲凉，让人老去想伤心事，农人们一提到他，鼻子里哼哼两声便没了什么话。

石知青热情的笑脸、敢于面对生活的勇气和王知青冷漠的面孔、惨淡如诗的琴声都在我的心灵深处产生一种真切的敬慕，但他们作为知青的形象在我初入尘世的头脑里竟日渐地混沌起来，我发现无论如何，他们与这块土地实在的太格格不入了。这个观点在一次联欢会上变得更加明朗起来。

那次联欢会是生产队为欢送我们而举办的，石知青朗诵了一首苏联的革命抒情诗《门槛》，因为都喜欢石知青，农人们便尽心地听着，队长听完后小声咕噜：“这小石念的什么呀，一个门槛跨就跨吧，说那么一大堆废话，没有革命豪情。”王知青拉了一首名叫《新疆之春》的曲子，农人们全都别过脸叽叽喳喳讲话，他们讨厌王知青，包括他的小提琴，那种让人尴尬的情形我至今记忆犹新。

联欢会散尽之后，我独自一个人坐在那块空地边的石凳上想了很多很多。这是我长到十六岁第一次认真地思考人生。我在想，尽管石知青床头那么多革命之书、理想之书、真理之书，尽管他满腹改天换地的雄心壮志，但面对现实，他太单薄，太渺小；尽管王知青厌恶农村的贫困与愚昧，他一千次一万次地做着当音乐家或其他什么家的梦，但在现实面前，他太无能为力，太孤独。

在学校的时候，我曾大张旗鼓地发过立志上山下乡干一辈子革命的誓言，并把这个誓言抄成鲜红的大字报贴在学校的宣传栏上，我总是相信一个光辉的新农村会在我们这一代人的努力下展现出来。这是一种神话般的梦境，这个梦境被我从石知青和王知青那儿体味到的伤感和失望打得粉碎。

好在第二年天空云开雾散，“知识青年上山下乡”几乎与“文化大革命”一同结束，我的那个被粉碎的梦境才不再折磨我。后来也听说石知青和王知青都考上了大学。

自那以后，我走上工作岗位，从事一些我喜欢或不喜欢的工作，都脚踏实地地去干，我深刻地明白，现实拒绝口号和空想。

越南芒街印象

走进越南芒街，已是下午三点多钟。导游小姐一再强调五点准时闭关，这便是说，在越南这条街上我们只能呆一个多小时。一个多小时能干什么呢？走马观花而已。

这就是外国了？我一时还进入不了这样的思维状态。一样的黄皮肤黑头发的人，一样结构的房屋和街道，极像一个中国的县城，而且中国话与人民币在这儿畅通无阻，仅仅不同的是这街多了些许零乱和忙碌。

然而，芒街还是很特别的，只要你仔细观察。

芒街的入口处一边楼房林立，一边是草木丛生，据说草木丛生这一边是雷区，千万去不得人的，这是战争留下的痕迹。面对这样宁静的雷区，你会感觉到一种烽火硝烟后的沧桑。

最有特点的是芒街的汽车走私城，世界各地的名牌汽车这里都有，而且价钱十分便宜。导游小姐说这里是人民富国家穷，最豪华的汽车是私人买的，最漂亮的楼房是私人建的。

芒街里里外外前前后后全是高高矮矮造型各异的房屋，高档的用一流的建筑材料装饰，华丽而别致；低档的用席子竹竿简单搭就，粗糙而简陋。街道行人来往如潮，摩托车飞驰如梭，装货的汽车停的开的无处不有……仿佛都没有经过规划和安排，一切都在随意之间。

因了这个随意，视线里便塞满了商店、小货摊，所以你无法不面对商品，无法不面对沿街叫卖的小商贩。但是，走近那些琳琅满目的商品却发现没什么可买的，这些商品大都是中国产品，有些还是国内的滞销货。但这个时候，你是不可能一走了之的，因为小商贩不会放过你。见我们这群游客来了，他们眼睛便不停地搜索，看见谁有派头（当然是指男的）就紧紧地跟着，手里拿着他们的商品不停地晃悠，嘴里念念有词："买一个吧！买一个吧！买一个吧！"你是万万不可以答话的，一旦答了话，这一个多小时便无法摆脱他了，他有足够的耐心一直缠你到闭关的时间。心想随便买他一样东西打发他走了事，导游小姐却十分着急地向你摆着手说使不得，否则会引来一大群小贩更无法脱身，怕是入关返回都难了。说真的那时我倒很有些佩服他们这种不达目的不罢休的精神。

最终，我们没有安安心心地走完这条芒街。想想这不长的时间，看着这忙忙碌碌紧紧张张的城镇，肯定是不能一览而尽了，我便站在那条名叫北仑河的一座桥上，看那热气腾腾的街市，看那脸上充满希望地忙着的越南人，不由地想起小时候看过的许多越南电影，想起那个长着胡子的、名字叫胡志明的这个国家曾经的领袖……

作者简介

黄玲（1959~　），出生于云南省昭通市，现居云南省昆明市。

行走于高原

“女儿国”的女儿梦

瓦拉碧是距离泸沽湖二十多里地的一个摩梭村庄。

这里与四川相邻，当地人说，翻过坝子边上那座山，对面就是四川了。我到这天恰好是腊月十五，站在村外的田野中，看见一轮圆月从靠近四川方向的东山头缓缓升起，纯净而明亮。月亮圆的日子应该是摩梭青年走婚的好时光吧。

我希望见到的，是一个名叫阿七独支玛的摩梭女人。

听说当地的妇女姐妹在发展摩梭传统手工艺、发家致富方面做出了不错的成绩，而领头的人就是阿七独支玛。

第二天一大早，我就跟随当地朋友来到村子北头的一户人家门前，门框上挂着块牌子：永宁乡温泉村妇女之家。

这里就是阿七独支玛家的院子了。

狭长的院子有些凌乱，摆着几台织机，廊檐下堆着大包的原材料。

主人正在一台织机前忙碌着，黄色的底色上交织着红蓝色彩的线条，婉若一条瑰丽的彩虹。阿七独支玛身上有着乡村妇女少见的落落大方，我和朋友一进到她家院子，她便从织机上直起身，笑容满面地招呼我们。

因为事先不知道有客人要来，她头上很家常地包着块红色的头巾，不但包头还连下巴也兜了进去。瓦拉碧冬天的早晨空气有些凛冽，地面上还会结冰呢。她先是把头巾从下巴上解下，搭到头顶。等坐下来交谈时她看到我不时举起相机对着她拍照，又自然地轻轻扯下头上的头巾，一头黑发在脑后挽了个发髻，简洁而又大方。身上穿着一件灰色的羽绒服，下摆处露出一截流行的豹纹装饰。她不经意地把头巾扔到身后的沙发上，理理衣襟，侃侃而谈。

这才是女人，一个编织美也懂得爱美的摩梭女人。

在瓦拉碧，她不但是支撑一个家庭的家长，也是村子里最早的“知识分子”，曾经念书念到初中。她年轻时就做过干部，20世纪90年代曾是乡上的计生宣传员，每个月可以领到75元的补助，而这75元钱后来就成了她创业的“第一桶金”。

说起来，阿七独支玛的创业还和摩梭人传统的手工技艺有关系。

在传统的农耕时代，手工织品曾经是摩梭人生活中的重要内容。无论身上穿的衣裙还是头上戴的披巾，肩上挎的包，腰上扎的带子，都是心灵手巧的女人们在火塘边纺线、绩麻，然后一梭梭织出来的。它既是一门复杂的技术，也饱含着一代代摩梭女人对家庭的爱与奉献。每个家庭都会由母亲传给女儿，女儿再传给女儿，一代代流传，延续下去。

但是经历过“文化大革命”之后，这门传统的技艺失传了。

一直到20世纪90年代，这门技艺都没有得到有效的恢复。那时偶尔也会有外地的专家、学者或者游客来摩梭人的村子里采风，他们临走时总是有些遗憾，说风景倒是看了，却不能带走一份有摩梭文化特色的纪念品。有人对阿七说，你们为什么不织些披巾之类有摩梭特色的物品出售呢？城里人会很喜欢的。

聪慧的阿七动心了，既然有人喜欢，为什么不试一试呢？

于是她用自己在乡上领到的75元工资买回一包线，开始了创业的实验。那时她的母亲还健在，在图案和技术上都给阿七很多指导。她边做边摸索，终于织出了第一批产品，而且卖了一百多元钱。这对阿七来说是个很大的鼓舞，那一百多元拿去买线，再织再卖。积累到五千多元的时候，她办起了属于自己的编织厂。

虽然女儿国的女人可以做一个大家庭的家长，但办工厂做社会性的事业，这还是有史以来第一次。女儿国女儿对生活的梦想，在阿七这里得到了实现，更重要的是，她的行动还影响带动了村里的妇女们，也开始得到妇联、民委等部门的关注和支持。2005年，她被授予“丽江市手工艺传承人”称号，2006年，被授予“云南省非物质文化遗产传承人”称号。阿七付出的辛劳有了回报。

阿七既是一个普通的摩梭女人，还是村里的干部，所以她追求的不仅仅是自己发家致富，还要带领更多的人一起发家致富。她的眼光和视野使她具备一种开拓创新的精神，并不满足于挣点钱改善生活这样的目标，而是渐渐地把民族文化的传承和发展商品经济有机地结合起来进行。2006年她为摩梭传统手工纺织厂办理了工商登记手续，2008 年又用自己的名字注册了“阿七独支玛”的商标。商标上有一个特殊的标志，一枚抽象的钥匙图案，源自于老祖母身上佩带的古老的钥匙，象征着摩梭人家老祖母在家庭和文化中的地位。在上过大学的儿子阿七尼玛次尔的帮助下，还在淘宝网上开了网店，创办了“摩梭人非物质文化遗产网站”。

虽然是第一次见面，但和阿七交谈很愉快，有一种姐妹似的亲切感。

她说周边的妇女们逐渐地参与到编织活动中来，先是二三十人，后来增加到七八十人。2004年民委开始关注这项活动，2006年还组织技术培训，给予资金上的扶持。有一年民委给村里每家配备一个架子，一架纺车，给了很大支持。

后来不仅本村的妇女参加进来，就连四川边界一些村子的妇女也来向她学习。去年阿七注册了手工专业合作社，以比较新颖的方式来组织妇女的纺织活动。

她指着院子里堆着的原材料说："周围村子的妇女会赶着马来驮材料，拿回家去织，织好了再用马把产品驮来交给合作社。一个妇女每个月可以有三四百元钱的收入，对家庭有些帮助。更重要的是她们可以坐在家里工作，可以兼顾家务和孩子。而且她们可以不出成本，交了货就能领到手工费。现在已经有上千妇女参与到这项特殊的工程中来。"

说到这些话题，阿七独支玛脸上有一种凝重的表情，她说："对山区的少数民族妇女来说，没有比这更好的赚钱方式，每个月坐在家里可以挣到几百元，既可以贴补家用，也能让她们在家庭中提高自己的地位。这些人都是摩梭人，以及普米族、彝族等各民族的妇女。"她的话语诚恳而质朴，透露出对各民族妇女同胞的关爱之心，让我频频点头。在女儿国的土地上，更感受到只有女人才最懂女人。

最难得的是做了大事业的阿七，一点也没有骄矜之态，还是保持着质朴的本色。她说，对摩梭手工编织成为民族文化的内容，自己成为非物质文化传承者，除了高兴更多的还是感受到有压力。她笑着说："一想起来就害怕得要死哦！责任太大了呢！"

她现在的主要任务是产品的设计、管理、销售。总在想着要怎么才能做得更好，每年都要设计新的花色品种才能跟上市场的需求。还有些人见她的产品销路好，开始出现仿造的、机器生产的产品，有的还冒用她的商标。这些都是让人操心的事。

但阿七脸上始终有一种淡定的微笑，一种沉着的自信。无论作为一个家庭的家长，还是一个村子的领头人，她都已经积累了丰富的经验，找到了自己的方向。何况还有各级部门的关心支持，她的路会越走越宽的。

临走时到她的库房里看看，里面堆满成品和原材料。除了围巾还有服装、饰品等，品种繁多，工艺精致。每一样都是一件既实用又具有审美价值的艺术品。它们让我凝神沉思，这是一双双各民族妇女的巧手加工出来的艺术品。她们的手要干农活、做家务，撑起一个家庭的一半天空。现在又从这门古老的传统技术中获得新的价值，一梭一线都承载着一个女人的勤劳与希望。那些买了漂亮围巾的游客，是否知道这一点呢？

在女儿国的土地上，阿七独支玛和各民族的姐妹们正以自己的双手编织着美好的梦想和希望。女儿国的女儿梦是她们手中五彩的图案，是天边美丽的彩虹，也是她们人生价值最真实的体现。

她们在努力创造着。

鼎雅家的树屋

摩梭女儿国是女人的天下，这已经是不争的事实。可是我却突然想到一个问题，如果一个家庭生的全都是男孩，这个家庭又如何确立家长，如何传承谱系呢？一位摩梭朋友笑着说这很简单，允许其中一个儿子把媳妇娶回家就是了。

“鼎雅树屋”，离泸沽湖5公里。这户人家正好有三个儿子，没有女儿。听人介绍说他家的三个儿子一个娶了台湾女子，一个娶了青岛女子，一个出家做了喇嘛。当然吸引很多人来此地的，还是他们家那个造型独特的“树屋”。

大儿子名叫鼎雅鲁汝，二儿子鼎雅金汝，三儿子鼎雅扎西。

所谓树屋，就是建在树上的屋子。既要有一棵能承载一定重量的大树，还要有精心的设计。这可不是一般那种为了好玩而建的屋子，而是可以住人的旅馆。

鼎雅家的大门很幽深，两株老树的枝丫温情地拥抱着这户人家。春天到来时，这里一定是个绿荫环抱的所在。树下的牌子上简洁地写三个红色大字：鼎雅家。

首先就是直接奔传说中的树屋而去。这是一棵高大的桑树，树叶落光后正好可以清晰地看到它的形状，如同一只张开的手掌，托起一间全木结构的屋子。这间屋子虽然小巧，却和一般的房屋一样有瓦顶，开窗户，四面还有一道精致的走廊环绕。树的主干承载起屋子，有的枝干则巧妙地从屋子中间穿过，令人叹为观止。如果是春夏之季，坐在走廊上就可以在绿荫中感受自然的气息，还可以摘到桑葚的果实。

据说这都是鼎雅家大儿子和二儿子自己设计的。不巧的是今天这两位设计师都不在家，只有他们的兄弟——穿着红色喇嘛服的鼎雅扎西迎接我们，并领我们参观树屋，介绍它的设计和功能。树屋的旁边还有两栋木结构的建筑，也可以称为“树屋”。虽然没有建在树上，但有个房间在修建时竟然保留了两株树干，古朴而独特。设计者的奇妙构思创造了人与树同居一室的景观。

然后才去到扎西家有五六百年历史的院子里。门框上钉着的牌子表明，这是一个摩梭母系家庭的“重点保护民居”。房子虽然低矮陈旧，却更有一种历史的沧桑感。同时他家还保留着一个有五六百年历史的家庭经堂，更增添了这个家庭的特殊氛围。据说去年一位国家领导人还曾经光临他家，和他家的人一起在院里手拉手跳舞。

通过两道门才进到摩梭家的“祖母屋”，喝了一杯香醇的苏里玛酒。然后听扎西给我们介绍摩梭人的家庭文化。鼎雅家的三儿子扎西喇嘛很年轻，从安宁佛学院毕业后现在在西藏学习。他的表达能力很强，语言简洁，重点突出。把摩梭人的文化讲得生动形象，印象深刻。

先从门说起，摩梭家的大门有三重不同的寓意。第一道门为好客之门，表示主人会在此迎接宾客的到来。第二道门是财富之门，给主人家带来好运和财富。第三道是丧葬之门，当家里老人去世时，要在此迎接远方的亲友来吊唁。

进祖母房也要先进两道门，相当于“玄关”。而且门槛比较低，进门得弯腰、低头，也间含着对长辈必须有的礼节。祖母房顾名思义，是家庭中年长女性生活的地方，是供奉祖先神位的地方，也是一家人聚集的地方，所以也是烧火塘的地方。和云南的很多民族一样，火塘是家庭的中心，劳累一天的家人回到家，守着明亮温暖的火塘也就找到了家的感觉。祖母房里还有一张“祖母床”，临火塘最近，供年长的女性休息用。一家人吃饭、议事都在祖母床前进行，让老人不会有被嫌弃的感觉。

同样是火塘，摩梭文化中也有很生动的解释。火塘上有三只脚组成的铁制圆架，象征着一家人团结、和睦共处。烧火时还有讲究，只可以从火塘下方顺着把柴火送进去，柴火不可以乱放。架子上的水壶嘴永远只能向着上方的祖宗牌位，否则会被视为没有礼貌。

因为火塘上方是供奉祖先牌位的地方，所以一日三餐之前摩梭人家都会在那里摆放祭品，把第一筷菜肴先敬祖先。关于这种习俗，扎西喇嘛说也是有来由的。传说很久很久以前，一户摩梭人家的女儿下地干活，母亲每天给她送饭。结果有一次在给她送饭的路上得了病，倒在路上再没有起来。女儿非常悲伤，每天下地干活都会先在地里祭祀母亲，以表达自己的怀念之情。后来母亲托梦给女儿，说她这样做太辛苦了，以后只消在火塘边祭祀就可以。一代代传下来，就有了今天的习俗。杀鸡时就献鸡头，哪怕是煮面条吃，也会先在盘子里放几根煮好的面条，才能进食。

祖母屋中有两根高大的柱子，也是非常讲究的。它们必须采自同一棵树的树根和树梢，左为男柱，右为女柱。上部有横梁从中穿过，把两根柱子紧紧连在一起。据说象征一个家庭中的兄弟姐妹同根又同心。而且当摩梭家的孩子长大后，男女的“成丁礼”就分别在男柱、女柱旁边举行。

所谓文化传统，正是蕴含在这些生动活泼的民俗中，一代代流传下来。再加上扎西生动的介绍，一瞬间我的思绪仿佛穿越了，看见一代代的摩梭男孩和如花似玉的女孩们，站在这两根高大的柱子旁在郑重的仪式和亲人的祝福中走向成熟。

火塘边正对祖母房的方向还有一道特殊的门，不注意是会忽略过去的。这叫财门，又叫生死门。它的后面隐藏有一个类似于仓库的房间，有多种特殊的用途。比如可以堆放家里的粮食、财物。当女人生孩子时，也可以在里面坐月子，方便祖母照顾。老人去世后这里也可以是存放遗体的地方，等待亲友到齐后再举行葬礼。这扇门看起来并不高，大约得弯着腰才能进去，没想到却有着这么多的秘密用途。在摩梭人那里，生与死都是人生的大事，都会郑重地完成应该完成的礼仪。

说到摩梭的婚姻习俗，“走婚”是无论如何都绕不开的。尤其是商品经济时代的旅游宣传中，摩梭人的走婚往往容易被误读成庸俗的“看点”。以为走婚就是女人可以拥有很多丈夫，可以自由建立两性关系。

扎西说要理解这一习俗，也得从一个民间传说讲起，它最早体现的其实是姐弟亲情。

从前摩梭家庭的婚姻实行的也是男婚女嫁，某户人家的姐姐出嫁后在婆家过得不幸福，受到虐待。正好她的兄弟路过村子，看见姐姐悲惨的生活后非常心疼，于是把姐姐接回家中奉养。慢慢才形成了“男不娶女不嫁”的婚姻习俗。

在外界充满神秘色彩的习俗，在扎西这里得到了另一种充满人性色彩的解读。坐在古老的祖母房里喝着苏里玛酒，听着扎西喇嘛认真细致的介绍，摩梭人的历史文化也如同苏里玛酒那么醇香诱人，充满厚重的意蕴。

在今天的这个时代，摩梭人利用他们的聪明才智经商、赚钱，让生活变得更加美好。难得的是他们对自己民族的传统文化的重视，把发展经济和传承文化有机地结合在一起。扎西那么认真细致地给我们讲解，其实也是在对摩梭文化进行宣传和保护。与其让那些不懂的人东拉西扯地乱发挥，不如自己来进行宣传介绍。我似乎有些明白他的用意了，看着他年轻的面孔，心里涌起些感动，还有一份理解和尊重。

临别时，扎西喇嘛送我们到路边，远远地挥着手。车子开出好远，回头去看，他红色的身影还站在路边，保持着淡定的姿势。

老姆登人家

一

“老姆登”是怒族语，据说是因为山的形状仿佛依偎于母亲怀抱的意思，听起来非常温馨感人。一个与山为伴的民族，山就是孕育生命和文化的母亲。

对面山上有一个著名的景点叫“皇冠山”，因山的形状远远看去状若皇帝头上的王冠而得名。

老姆登村是福贡县匹河怒族乡的一个行政村，地处乡政府东面13公里。公路边一个岔路口有个巨大的指示牌，一把巨大的琴立在路边，上面写着“知子罗记忆之城”。由此可见知子罗的知名度。

沿山盘旋而上，终于来到了传说中的“知子罗”。

这是一座因为落寞而容易引发怀旧情绪的小城，也曾经有过历史的辉煌。它是原碧江县的县城，1974年州政府驻地搬到六库之前，这里还一直是怒江地区政治、经济、文化的中心。但我现在所见到的却只是一个落寞的小镇，和一些有20世纪七八十年代风格特色的建筑。站在空寂的原图书馆三楼楼顶放眼望出去，群山如同起伏的波涛，气势雄伟而壮观。

老姆登作为山区，经济作物主要为茶叶种植和加工。同行的朋友指点着让我看路边那些村民的茶园，那些茶园像梯田一样，一层层盘旋在山腰，形成了另一种美丽动人的景观。若是采茶的季节来这里，肯定能见到怒族妹子采茶戏蝶的生动场面。这山上住的大多是怒族人家。

二

中午到了位于山腰的老姆登村，在朋友带领下到一家名为“怒苏哩”的人家吃饭，正是在这里，我遇见了一个独特的怒族男人郁伍林。

他家开设的是家庭式旅游吃住一条龙服务。前院的三层宾馆式建筑刚刚完工，别具匠心地用当地特有的篾片装饰墙面，既环保生态又有独特的风格。墙面、楼顶上还拉起几排小彩旗，显得喜庆而祥和。后院则保持了怒族人家的传统二层干栏式建筑，篾片为墙，木板为顶，屋檐下挂着一排金黄色的玉米，几串火红的辣椒，走廊上堆着一堆红皮大南瓜。农家纯朴诗意的生活气息扑面而来。

37岁的郁伍林长得高大魁梧，身穿灰色夹克、牛仔裤，头戴一顶米色卷边帽，完全是一身西部牛仔的装束。在深山里见到这么一位时尚的怒族男人，真是有些出乎人的意料。

一位同行的当地朋友笑着开郁伍林的玩笑，说他是有“国际艳遇”的怒族男人。郁伍林笑了，有点不好意思。一个男人羞涩的表情是非常可爱的。

从他家老屋的阳台上可以看到对面的群山，坡下不远处就是传说中的老姆登教堂，倒影在池水中荡漾。在这里可以多角度地满足一个人对传统、现代、历史、现实的追求。虽然身居深山，但是郁伍林的经历说起来还真是丰富多彩。

1998年之前他曾经在上海的民族村工作，那时年轻，唱歌跳舞非常快乐。1998年从上海回乡后，因为他家离老姆登教堂近，看到来参观的人多，萌生了开餐馆的念头。他家是全村搞旅游接待的第一家，虽然条件比较简陋但来的人还是比较多。去年才贷款盖起了我们见到的三层楼的宾馆式建筑，有十多间房，三楼准备搞成民族餐厅。

他的妻子是来自独龙江的独龙族姑娘，名字叫鲁冰花。可惜不在家，下地干活去了。问起他妻子名字的由来，郁伍林笑着说他不知道岳父是不是看过那部有名的台湾电视剧，才取的这个名字。反正20世纪90年代他在上海民族村认识妻子时，她就已经叫这个名字了。两个从怒江深山峡谷中来到都市的青年，很自然地就走到了一起。同去的朋友张溢和他家很熟悉，介绍说郁伍林家两口子都是见过世面的人，2001年“五一”节还曾经参加了国家民委在宁波主办的“全国电视婚俗节”，分别代表怒族和独龙族青年参加全国56个民族青年的集体婚礼。郁伍林还是村里的干部，是村级协调员，几次到北京参加项目培训。

难怪在郁伍林身上既有现代的气质，也保持着纯朴的精神。

三

喝着他家醇厚的高山茶，郁伍林的“国际艳遇”再次被提起。他先是不好意思地笑而不语，后来在别人的讲述中补充完善了一个浪漫的国际故事。

具体是哪一年他说记不大清了，大约是2008 、2009 年，他家的“怒苏哩”来了个法国姑娘叫雅瑞。她毕业于剑桥大学，是个人类学专家，在昆明的一所大学留学。来到怒江是为了进行怒族语言的研究调查，刚来时语言都不太通，后来还会说些简单的怒族语了，是个聪明的姑娘。在这里一住就好几个月，和郁伍林一家成了很好的朋友。法兰西民族是个充满浪漫精神的民族，雅瑞喜欢上了怒江的山水风景，也喜欢上了勤劳能干的怒族男人。和中国人含蓄内敛的性格不同，法国人的性格热情大方开放，想到什么就敢说出来。所以雅瑞大胆地说她爱上了郁伍林这个高大风趣的怒族男人，要把他带回法国去，还和他的妻子“商量”要多少万“转让费”。

郁伍林笑着说：“其实都是些开玩笑的话，传出去就成了我的‘国际艳遇’了。”我注意到他家阳台的旧条纹沙发上，放着一把旧吉他，没有弦。便问他：“这是谁的吉他？”他回答：“是雅瑞留下来的。”

他说现在偶尔雅瑞还会打个越洋电话过来，好像已经结婚了。说起这些他的表情很平静，但那把没有弦的吉他还是让人感觉到了一丝淡淡的莫名惆怅。也许一切都只是一个玩笑，但关于法国姑娘的传说似乎在这把无弦的吉他中留下一些无声的韵味。

郁伍林说还有一个来自韩国的女客人，也说过类似的要把他带走的话。临时走在路边还大胆地跳起来拥抱他，他妻子正在附近田里插秧呢。弄得周围的人都拿他们夫妻开玩笑，好在妻子是个大方的女人，相信丈夫的人品是靠得住的。

帅男人抢手啊！做他的妻子一定很累。

从郁伍林身上让人看到了一个现代而浪漫的怒族男人的形象。他曾经走南闯北，见过都市的繁华，但现在却能守住怒族山乡宁静的日子，实实在在地创造着一家人幸福美好的生活。他还是村干部，还要考虑全村生产生活的发展。一个男人肩上能承担的任务他都承担着。在他家旅馆的墙上除了营业执照、餐饮许可证外还张贴着一张世界地图，格外引人注目。郁伍林说近些年经常会有“老外”来怒江，旅游、考察调研的都有。

他刚刚就接了一个电话，一个在昆明工作的美国家庭要预订房间，说春节时要来“怒苏哩”过年。

怒苏哩，就是怒族人家。

从郁伍林身上，我看到了真实的怒族男人形象，也看到了怒族人家蒸蒸向上的新生活。理想和希望如同高山上缭绕的云雾，为老姆登的山乡蒙上一层美丽动人的诗意。

鲜花盛开的原野

一

我来到传说中的香格里拉，时间正好是六月。

田野里大片绿色的青稞、金黄色的油菜花交错起伏，铺展出春天般的诗意。白云悬浮于头顶，悠然飘荡过山冈、原野。村子边立着的高大的青稞架也是藏区一道独特的风景，等到秋天到来上面挂满青稞的景象一定另有一番收获的风韵。

这就是高原藏区，一片人神共居的乐土。

神如何生活我们不知道，但人的生活却那么真实具体地呈现在眼前。这里的人民勤劳善良，在大地上挥洒汗水播撒着理想，织出七彩绚丽的景色。

迪庆，在藏语中意为“吉祥如意的地方”，是云南省唯一的藏族自治州，位于云南省西北部，滇、藏、川三省区交界处。其州府所在地香格里拉更有名一些，它代表着人类对理想之境的寻觅与期望，也是世外桃源的代称。

一位藏区朋友曾经向我阐释过“香格里拉”的理念，说它有好几层意思，比如代表着各民族和睦相处，没有种族、信仰、习俗的隔阂。同时也代表人与自然和谐相处，对自然索取有度。总之它体现了人类文化的永恒主题：和谐、自然、发展。这是一片圣洁的土地，有耸入云端的雪峰，有鲜花盛开的原野，更有藏、傈僳、纳西、汉、白、回、彝、苗、普米等9个千人以上民族和其他民族16种，和睦共居共同创造着幸福美好的生活。

这里除了藏传佛教外，还有天主教、基督教、伊斯兰教等多种宗教并存。但社会安定，宗教和谐，是人们寻找心灵皈依的圣地。

香格里拉的一位朋友告诉我，他记得小时候曾经听一位大德高僧预言过，说多年后乡村和城市将一样生活。以前以为只是个预言，现在这预言却正在香格里拉一点点实现着。

二

第一次到这里的人，心里都会充满期待与好奇。

藏区风情从走下飞机那一刻起，就扑面而来包围了我。蓝天映衬下的机场建筑就带有鲜明的藏式风格，让人耳目一新。由机场进城的道路两旁，到处是野花盛开的草甸，还有牦牛散布在草甸上悠然吃草。

一切都带给人清新特异的感觉，天空似乎格外低，也格外纯洁，流淌着水洗过一般的纯净。白云在头顶飘浮，不断变幻出美丽的图案。

藏传佛教经典中的“香格里拉”指人与自然和谐共生的美好境界。站在这块土地上才能领会其中的真正含义，仰头之间有洁白的雪山耸入云端，俯身大地有苍茫的森林覆盖大地。清清的河流把草甸分成八块，代表着传说中的“八瓣莲花”。人们生活在美丽的日光城、月亮城，安享和谐幸福的人间生活。

位于建塘镇的县城不大，但藏族特色浓郁。据当地朋友介绍，以前的香格里拉远没有现在这么漂亮。近年来当地政府投资一千多万，对县城的临街建筑进行“立面包装”之后，县城几条主要干道的面貌焕然一新，体现出浓郁的藏式风格。

一大早，突然看到院子里有一队身着盛装的藏民围成圆圈翩翩起舞，非常令人惊喜。不过年不过节，为什么能看到这么喜庆的场景呢？是表演还是有什么活动？带着种种疑问过去找人打听了一下，原来今天是个吉祥的日子，一对年轻人要在这里举行婚礼。

从四面八方赶来的亲友们早早就聚在院子里，男人弹着弦子，女人们轻歌曼舞，营造出欢快而喜庆的气氛。女人们身上的藏袍色彩鲜艳华丽，都以盛装的方式表达对婚礼的重视和祝福。她们的舞和舞台上的表演完全不同，因为婚礼时间尚早，她们的舞跳得自然而随意，有人边舞边打手机，有人边走边嗑瓜子，非常生活化。但举手投足之间有一种自然天成的神韵，能感受到舞蹈是她们最自然的身体语言。

我问旁边一位闲坐着嗑瓜子的妇女："在这里藏族和汉族可以通婚吗？"

她噗噗地吐着瓜子皮，笑着回答："可以啊，藏族和汉族是一家嘛！只要两个人相爱，什么民族都可以。"

我还有疑问："年轻人可以这么想，但是他们的父母会同意吗？"

她淡淡地说："会同意，婚姻自由嘛。今天举行婚礼的这一对就是藏族和汉族的结合。"如此巧合让我非常意外，也收获了一份惊喜。

三

没有想到竟然有这样好的运气，赶上了参观一对不同民族青年的婚礼。

以前曾经在一首歌里听过这样的咏唱："太阳和月亮是一个妈妈的女儿/她们的妈妈叫光明/藏族和汉族是一个妈妈的女儿/我们的妈妈叫中国"。现在则是从现实中亲自感知这种团结和睦的民族关系。和我交谈的不过是位普通的藏族妇女，她的表情自然而亲切，全没有任何说教的意思。她表达的也许就是她内心真实、朴素的想法而已。

在婚宴大厅门前的大幅照片上我看到了今天举行婚礼的一对新人，真的就是一对藏、汉结合的青年。新郎不但是汉族，还是一位来自陕西的军人，名叫刘自强，已经在香格里拉当兵十多年，长得英俊潇洒。新娘则是位美丽的藏族姑娘，名叫尼玛楚姆（意为早上的太阳），长得白皙、文静，还是位大学毕业生。

一场意外相遇的婚礼，让我得以从一个侧面感知到香格里拉藏族人生活的内容。关于民族的平等、团结，生活的水平和质量，完全可以体现在日常生活的每一个细节之中，能带给人真实、生动的感受。我在一个房间找到新郎新娘，向他们送上一份真诚的祝福，简单地交谈了几句。新娘羞涩的表情和新郎掩藏不住的喜悦，都让人难以忘记。我问新郎："今后要和藏族妻子一起生活，会说藏话吗？"他笑着说："在藏族地区当兵多年，已经学会了一些基本的生活用语。”“会喝酥油茶吗？”回答也是没问题。

我再次祝福他们美满幸福，在雪域高原创造出自己的新生活。

院子里那些欢快起舞的藏族男女老少，他们来自四面八方的乡村，脸上写满了最真诚的祝福与快乐。我向一位中年藏族汉子打听，现在跳的是什么舞，他笑着回答：“旋子。”还补充一句：“我们藏族会说话就会唱歌，会走路就会跳舞。”

那一刻我感受到了他话语中体现出的民族自尊心和自豪感。

场院里围观的人渐渐多了起来，场子中间那些跳舞的人似乎受到了鼓舞，舞步开始变得更加欢快。女人们舞着长袖加快步子，男人抱着弦子跳得更加富有激情。有几位外地游客忍不住心动，跃跃欲试地加入到跳舞的队列中，扭捏着跟在别人后面开始手舞足蹈。现场的舞者和观者都欢呼起来，院子里弥漫着一种喜庆、吉祥的气氛。

突然觉得这个婚礼现场，就是对香格里拉民族生活现状的最好注解。

四

有时在书本上学习知识，远不如到生活中亲身体验。

在香格里拉理解民族团结、平等这些概念，就容易得多。到处有生动直观的例子，让你用以自己的心灵去发现和感悟。街头随处可以看到身着红色僧袍的喇嘛边走边打手机，身着藏装的老人在月光广场摇着经筒为家人祈福……

尊重一个民族的生活方式，就是最好的理解与交融。

藏族是全民信教的民族，也是一个懂得敬畏，对生活充满美好理想的民族。千百年来他们生活在美丽如画的高原，与大自然和谐共处，创造着美好的生活，同时也形成了自己独特的文化和习俗。

在香格里拉的几天中，我已经学到了一些关于藏族习俗的知识。

比如伸出一只手，五个指头会有不同的功用。大拇指代表赞美，食指则用于战斗和杀生，中指用于搅拌糌粑，小指用于恋爱。了解了这些基本的知识后，不同民族之间的沟通交流就有了基础的平台。

藏语“好”的译音为“牙雄”，在香格里拉街头，不时会听到游客兴致勃勃地学着用藏语说话“牙雄——牙牙雄”。

在这片鲜花盛开的原野上，随处盛开的民族之花真的是“牙雄——牙雄——牙牙雄”。

山之魂　江之情

一

从六库到贡山独龙族自治县，一直沿着怒江而上。

这是一条吸引外界目光的路，因为它一直通向全国唯一的独龙族自治县，沿途还可以饱览怒江的“峡谷”特色。但是在这里除了江，就是山。这里的山峰都险峻陡峭，如同刀劈斧凿，是大自然的鬼斧神工之作。

因为是冬季，怒江收起它的奔腾气势，显出难得的柔顺。如同一条蜿蜒千里的玉带，在峡谷的怀抱里多情地缠绕出无尽的诗情画意。

很多人可能只是冲怒江的景色而来。其实在美丽的景色后面，不可否认的是自然资源的严重匮乏。单是存身之地就那么有限，在山外随处可见的平地，在这里变得如此奢侈。江边只要稍有一块平整的地方，就会闪现出房屋、村庄的身影。

有些人家选择山上有限的平地而建，房屋依山形而由高到低一路散落，从山下望去宛如一个被挂起来的村庄。因为高山峡谷的挤压，才造就了如此壮观的景象。这是自然之力多大的手笔，竟然把一个村庄高高挂在百丈崖头！

作为风景确实壮观，但看到那些画布一般的山上人家，心里总会冒出些念头：这样艰险的自然条件下，这里的人们祖祖辈辈到底是如何生存的？

当地一位朋友笑着说过，山有多高水有多高，水源是没有问题的，地里也能种出可以饱腹的粮食。这几年经过电网改造，山上也通了电有了电灯照明。

路上确实看到很多电杆从沿途的山头一路散开，把蛛网似的线路密布于怒江两岸。但是总还是让人看得有些揪心，总会想到山上的人家下一次山有多么艰难！孩子上学怎么办？生病求医怎么办？生活用品又怎么搬上山？

在看怒江风景的同时，更想知道那些生活在风景中的民族是如何生存的。

二

每一个来到怒江的人，对独龙乡都情有独钟。

作为一个人口只有五千左右，而且远居于深山峡谷中的民族，独龙族一直吸引着很多人关注的目光。我也很想进独龙江，去实地看看那里的变化。但我在一月中旬来到贡山县时，当地人却告诉我目前已经封山了，要等三四月份才能通车。我问，除了独龙乡，外面的乡镇还能见到独龙族吗？

当地人说可以，有一个独龙族聚集的村子就在丙中洛乡，叫小查腊村。

小查腊是丙中洛村委会下面的一个自然村。全村共43户140多人，除4户傈僳族1户藏族外，其余全是独龙族。这里的海拔1153米。

我搭车一大早从贡山县城出发。

一辆越野车上满满地挤了五六个人，除了干部还有小查腊新村建设施工方的工程师。沿着怒江行驶十多公里后，汽车开始转入山道，一直都在上坡。一条通往小查腊的简易公路刚刚完成路基的修筑工程，勉强可以让车辆通行。但路面狭窄，弯道多，一路都在颠簸中前进。必须紧紧抓住前排座椅的靠背才能勉强保持平衡。说这是一场艰险的行程，也不为过。

同行的工程师说今天还好是天晴，如果赶上下雨车要上去就更困难。

这是一条9.4公里的公路，由山上的小查腊村通往山下丙中洛乡的公路，2012年7月开始动工，目前还没有铺水泥，只能算一条粗糙的毛路。但对住在山上的小查腊村人来说，已经称得上是一个天大的喜讯。

一路上看到已经有人在路上骑摩托车，驮着些刚从山下买来的物品。

据说以前山上的村民就算有钱买得起摩托车，也只能寄放在山下的朋友家，再由人把东西背上山去。因为只有人走的山路，没有车走的大路。

途中经过一个山箐，一座钢筋水泥的大桥才完成一半的工程，架子都还没有拆去。在怒江的深山峡谷里修路，成本和人工都会比山外高出许多。所以很多人听到国家在独龙族地区投入的资金动辄上亿，以为很多了，只有身临其境才明白，这些钱和山外的实用价值是不能画等号的，还得加进因为自然条件限制带来的人工成本。之前就听当地一位朋友告诉我，沙子在外地是论方卖，到了怒江就得论斤卖。

现在的路面比较窄，如果遇到对头车要错车都不可能，但是独龙村的村民们还是很高兴，祖祖辈辈以来终于有了一条下山的大路。

那种喜悦，是写在他们脸上的。

三

终于来到了山顶上的小查腊村。

这个村子正在进行的建设属于政府的独龙族“整乡推进整族帮扶综合发展项目”。在山梁上一处比较平整的地上新建了43套新房。都是按独龙族传统的建筑风格建造的，只是建筑材料换成了钢筋水泥。一栋栋房子已经基本成形，只差盖上屋顶便可以住人。工人们还在紧张施工，据说要赶在过年前让村民搬进去居住。

站在这个山梁上举目四望，风景非常优美。

对面遥遥可见的是碧落雪山美丽的姿容，身后就是高黎贡山的雄伟身影，站在山头还可俯瞰怒江如玉带般蜿蜒而去的画境。如果单为观赏风景而来，确实不失为一绝好的角度。但是这里作为人类的生存之地，条件又确实艰难。贫瘠的土地上只能用传统的耕作方式，也只能生长传统的玉米和土豆，我在村民组长李春龙家火塘边见到的土豆，竟然只有拇指大小。

安居新房建成后，这里将会出现一个传统和现代相结合的独龙族村子。

每户人家的房屋，用支撑结构使房屋高出地面几十厘米，形成一层“楼”的形式。保持了独龙族传统的住房样式，但现代的建筑材料又使它比传统的独龙族民居更加坚固结实。每家都设计了三至四个房间，可以分成客厅、卧室、仓库。据说还要在新房旁边单独建一个可以烧火塘的厨房。和很多云南少数民族一样，独龙族的火塘也是一个家庭聚集的中心，是一个不可缺少的重要内容。

在一张安居房效果图上，我看到了建成后的独龙族新居的模样：褚红色的屋顶，在前后两座著名雪山的衬映下展现出非常美丽的视觉效果，灰色的墙体上画着具有独龙族风格的红绿蓝条纹，一道走廊把人引导到主人家生活的场地。传统和现代在这里体现出完美的结合，使独龙族人的生活提升得到形象体现。

李春龙笑着说，你下回再来就可以见到我们已经住进新房了。

听着他的话，我眼前已经开始闪现出一幅幅画面，那是他们搬进新房后幸福生活的场景……

人神共居的丙中洛

一

丙中洛是很多人向往的地方。

到了怒江怎么能够不去这个传说中的圣地看看。

丙中洛镇地处“三江并流”世界自然遗产核心区域，有许多美誉，比如“藏在怒江峡谷的一颗明珠”“人神共居”的世外桃源等。它有许多吸引游客的美丽景观，比如丙中洛的田园风光、石门关、怒江第一湾、怒族村庄秋那桶、雾里村等等，在网上都是很有人气的景点，正在通过越来越多的宣传为外面的世界所知晓。

这里的民族主要为怒、独龙、傈僳、藏、汉等。

我来到丙中洛的那天正好是周末，在当地并不认识任何人。便有了极大的自由，把自己放逐在一条不长的小街上，悠闲自在地漫步，细细感受这里的宁静与平和。一条不长的小街，不到十分钟就走完了。依次看过去，最多的是通常所见的商店、旅舍，商店门前摆满了花花绿绿的廉价商品，不过是个极普通的乡村小镇。当地人说现在刚刚过完年，景色不漂亮。如果再过几月来，油菜花开时又会是另一番景象。我信了，因为确实在网上看到过丙中洛油菜花开时的景色。

不过现在的丙中洛，也有一种简朴的安宁。

作为旅行者，总是希望被发现所刺激，让感官在这刺激中生发出活力。所以，丙中洛注定只是一个中转站，要看到更多风景，必须沿着怒江再往里行进。几乎美丽的风景都藏在深山，引诱着旅行者的脚步。

比如每一个来到丙中洛的人，想看到的一定还有这里的教堂。

早就听人说起过这里多民族共处，多种宗教和谐并存的美好传说。这里主要有藏传佛教、基督教、天主教、原始宗教等多种形态。甚至在一个家庭里各人可以有不同的宗教选择，各种宗教的形态也能和谐共存。这也是吸引很多旅游者目光和脚步的因素之一。

传说中重丁村的教堂是最美丽的。

重丁村属于丙中洛甲生村村委会，距离镇上大约3公里。因为没有公交车也没有人同行，我便独自步行而去。沿途基本没有人，只是偶尔有一辆车飞驰而过。一个人行走在一片完全陌生的土地上，却没有恐慌的心理。冬天的田野偶尔有一只鸟雀在觅食，并不怕人，神态安详自得，它们才是这里真正的主人。

抬头回看，丙中洛后面就是雪山的身影，当地人说每座雪山都是一座神山，是丙中洛的保护神。田野里弥漫着收割后的宁静，鸟儿从地上飞起，从我头顶低低地掠过。山与水都那么纯净，心灵也获得了难得的安宁。

一个人的田野，一个人的天空，这是多么奢侈的时刻。

可以走大路，也可以率性地跳下路基到地埂上行走，还可以从零落的村子里穿行。当然，必须有不怕狗咬的胆量。因为我发现这里几乎每一户人家的路口，都有狗的身影在闪动，这绝对不是那种城市里被人抱在怀中宠爱的狗，而是身材瘦削，眼神里充满野性和警惕的动物。它们盯着路人，如果你没有僭越，便只是目光的追随，稍有不慎便会发起一场进攻，瞬间鸡飞狗跳。

我为了抄近路在一户户人家的菜地间穿行时，心里其实是有许多胆怯与提防的。它让我想起插队当知青时那遥远的时光。嗅着大地的气息，行走在乡村的菜畦之间，这已经是什么时候的事情？

二

重丁是中国乡村最基层的组织——村民小组，这里海拔1750米，共有52户人家。位于石门关、雾里村、秋那桶等景点的必经之地，自然风景迷人。

还没有进入重丁，路边就看见一个木牌，上面写着“一个教堂使一个村庄闻名遐迩”。呵呵，宣传意识不弱啊！木牌的内容告诉我，这里流行的四种宗教分别是藏传佛教、天主教、基督教和原始宗教。而且各教派之间互相尊重、各自信仰、互不干涉、和谐相处，以“四教并存”“东西方文化交汇”之地而闻名。

走着走着，远远地就看到了教堂的身影，那么突兀地进入视野。

一时之间竟然让人有些惊诧的感觉。那是一座欧式风格的建筑，高高耸立在蓝天之下，再加上背后雪山的衬托，突然就让人生出了些梦幻般的遐思。

教堂有着哥特式的尖顶，雪白的墙壁上画着宗教内容。都说每逢周日，圣歌会引领你很快找到教堂。果然是真的。十一点左右大路上开始陆续有人出现，问了两个妇女，都说是去教堂做礼拜的。

回过头来教堂果然已经开门，村民从四面八方朝这里走来，男女老少都有，我随着他们一起进到教堂。几位老年妇女开始扫地，孩子在门前跳跃，男人在屋侧吸烟、聊天。他们有怒族、藏族、傈僳族，但语言上似乎并没有隔阂。一位藏族老奶奶坐台阶上，面色有些憔悴，汉话说得不太好，伸出手指比画着说她已经84岁了，每个周日都要来这里做礼拜。身体也不好，经常生病……

教堂一侧有一座水泥坟墓，是教堂创始人法国人任安守神父（1856—1937）的墓地。教堂是1935年修建，1996年重新修建，墓地是2005年重修的。

一个法国人长眠在异乡的土地，总会让人心生感慨。

乘着还未到礼拜时间，我和一个怒族小伙子交谈了起来，他说父母信佛教，他信天主教，互相都不干涉。另一位姓丰的怒族小伙子说他父母什么教都不信，但是对他信天主教也从不干涉。两个小伙子说他们都是新入教的，本想问问他们为什么入教，又觉得有些不妥。选择一种宗教也许有很多理由，也许只是听从心灵的召唤。在重丁这样一个风景如画人神共居的地方，心灵的自由才是最重要的。

高耸的教堂和远处的雪山交相辉映，形成了重丁村一道独特的风景。

钟声悠扬地响起，村民们进入教堂开始礼拜。上台去布道的人先是用藏语讲，然后用傈僳语讲，大家竟然都能听懂。我站在最后一排看着前面男女老少的背影，有一种深深的感动。教民们唱诗的声音明亮而动人，他们来自不同的民族，却能唱出整齐相同的韵律和歌词，真的让人非常惊讶。一首接一首，歌声从教堂飞扬出来，在重丁的天空下飘扬。

宗教和谐，民族团结，在重丁就是以这么自然而朴实的方式体现着。

一位刚从教堂出来的村民告诉我，逢年过节这里的活动是很多的，既是各个民族的村民们自己的娱乐，还能吸引远方的旅游者，增加经济收入。

继续徜徉在路上，褐色的土地上植物刚刚冒出新绿，雾气从山崖间缓缓升起，为这块土地罩上了一层朦胧的诗意。

人与自然和谐共处，人与人和谐共处，这是峡谷里最美丽的景色。

作者简介

巴莫阿依（1961～ ），出生于四川省越西县，现居北京市。

送灵回归祖源地

人死归祖

每当打开书架，视线落在用棉纸书写的《指路经》上，我会隐约听见指路送灵的喃喃低诵，似乎还伴着铜铃声，由远及近，而后变成耳畔朗朗的高歌，使人沉湎，令人肃穆：

……从格勒嘎惹（地名）起身，到达莫木凉凉（地名）；从莫木凉凉起身，到达莫木古尔（地名）；从莫木古尔起身，到达莫木普古（地名）。

在《指路经》的吟咏中，在悠远的铜铃声里，毕摩指引着亡灵，一站又一站，一程又一程，回归祖先居住的地方“莫木普古”。（《指路经》）

就在这铜铃声中，在这毕摩的吟咏里，两位我最尊敬的阿妈踏上了归祖的征途，回到祖先的乐土，“随祖擀毡，随妣纺线”去了。她们中一位是莫色尔维，一位是曲比尔布。

远在十六年前，我在西昌市银厂乡亲自参加了莫色阿妈与其丈夫马黑克迪的“尼木措毕”送灵仪式，留下了十四本仪式记录本。近在两个月前，妹妹曲布嫫在美姑伙姑洛乡洛觉村出席了曲比阿妈与其丈夫金曲阿加的“尼木措毕”送灵仪式，带回了数百张照片和十多盒仪式录音的磁带。送灵是将夫妇俩的亡灵一道送归祖地。有彝族谚语曰：“在世时，父亲为大；送灵时，母亲为大；只言送母灵，不言送父灵。”

“悬崖上的老树，晚上还傲然地挺立着，早上便消失了；畜圈中的老牛，早上还恰然地吃着青草，晚上便不见了。”死亡是每一个人都要面对的现实。与许多民族一样，在彝族人的信仰世界中，死亡并不是生命的结束，死亡仅仅意味着肉体的灭亡，生命的另一种形式灵魂会将得到永生。而灵魂的最后归宿对于彝族人来讲就是莫木普古——祖先的世界，传说中彝族祖先发祥分支的地方。

莫木普古——祖先的世界是什么样的？千百年来，激发过多少人的想象？引起过多少代的遐思？彝族人的祖界，绝不是一个阴森冥冥、凄凉漫漫的地方，而是一个世外桃源般的乐土：

莫木普古哩，是个好地方。屋前草秆结稻谷，稻粒金灿灿。屋后苦蒿结荞子，荞粒沉甸甸。此地有河流，水中鱼儿跃。此地有森林，林中兽成群。山中有山崖，崖上挂蜂窝。莫木普古呢，坡上好撒荞，坝上好放牧。莫木普古呢，山上好打猎，崖上好采蜜。你父在此住，父亲膝下好玩耍；你母住在此，母亲膝下好玩耍；从此之后呢，你就住此地。（《指路经》）

“是不是人人死后都能到祖先那里去报到？‘跟着老祖先去擀毡、去纺线’呢？”我好奇地问巫达毕摩。“不是，只有那些死前留有儿子的人，才能进入祖界成为祖先。”

原来，按凉山彝族人的传统，凡是生前有儿子的人，死后都能荣耀地提升到祖先的地位，回到祖先的世界，加入祖先的行列，福佑儿孙，享受子子孙孙的供奉与崇仰。没有嗣子，或只有女儿的人死后，不能得到祖先的殊荣，最终只能成为孤魂野鬼，饥寒交迫，作祟于人，受人驱赶，遭人咒骂，就是说生有儿子，对家支的血脉延展做出贡献，是死后祖灵与鬼魂的分水岭。在这一点上，莫色阿妈和曲比阿妈是幸运的。她俩子女双全，儿孙满堂，自然不愁没有那张进入祖界的门票。

“汉人有钱买田土，彝人有钱做‘尼姆，（送灵）。”人死后，其灵魂必须通过“尼姆措毕”送灵仪式方能成为祖灵。归祖是死去的祖先生前最大的心愿与最高的目标，为祖先送灵也是活着的子孙对父母、对祖先所尽的最重要的人生义务。

送灵毕摩

没有“尼姆毕摩”即祭祖送灵的毕摩们，阿妈的灵魂不能附着在灵竹上，还在高山、深箐游荡；没有祭祖送灵的毕摩们，阿妈的灵魂找不到归祖的道路，还在森林、河溪徘徊。巫达毕摩常常以“尼姆毕摩”祭祖毕摩而感到自豪。莫色阿妈的送灵仪式，让我明白了为什么“尼姆毕摩”在毕摩阶层中享有特殊的地位和崇高的声誉。

“尼姆措毕”祭祖送灵仪式长则二十一天，短则七天。其目的除了表达子孙的孝心，送亡灵回归祖地，另一方面仪式中也向祖妣祈求人丁兴旺，五谷丰登，六畜发展，家支壮大。整个仪式程序复杂，禁忌繁多，内容丰富，主司毕摩只有具有特殊素质与条件的“尼姆毕摩”即送灵祭祖毕摩才能胜任。

毕摩世家的背景，博采群经的学识，以及高超的毕术自然是做祭祖毕摩的先决条件。但我认为最有意思的是彝族人对祭祖毕摩的生理条件的要求和行为活动的规定。按巫达毕摩的话来说：祭祖毕摩一要使祖先完满，二要使后代完满，首先毕摩自己必须完满。身有狐臭，有麻风病、痨病家支病史的人不能做祭祖毕摩。“仨滴”即身体有缺陷的人不能做祭祖毕摩，年老的毕摩不能做祭祖仪式。按巫达毕摩的解释，身体上有明显的伤疤，甚至牙齿脱落了的毕摩都不能做祭祖。身体有疤痕，意味着毕摩的法力受到损伤；齿落，“克阿古”即嘴不牢，说话不算数，祖先、神鬼不会信其言语。

人们喜欢选择面善、身材高大、五官周正的毕摩主持送灵祭祖仪式。因为毕摩的体貌将影响到主祭者，特别是其后代的长相与素质。因为祭祖的仪式主要是为后代做的仪式。相反，选择专司咒人咒鬼凶性仪式的毕摩，长相越奇特，越有法力，甚至面目狰狞的毕摩，越能镇住鬼怪。

祭祖毕摩的另一个重要的条件是其儿女双全、子孙健康。这样主祭家才能兴旺发达。禁止无生育能力的毕摩祭祖。因为彝族人认为，人和物的繁衍与发展同毕摩的生育能力有关系。无嗣或绝嗣的毕摩，只能做一般的仪式，至于祭祖是万万不可染指的。

祭祖毕摩除了完美的身体条件，还要具有完美的品行与操守，严格地恪守行为上的诸种禁忌。禁食、禁止打杀灵长类动物，禁食耕牛肉，恐其污秽，使毕摩失去法力。忌讳在两性关系上不严肃的毕摩与有偷盗行为的毕摩祭祀祖先，恐其玷污祖先，污染后代。忌讳祭祖毕摩与做凶性仪式如咒人和断凶死鬼路仪式的毕摩吃同一锅饭菜。祭祖毕摩，不仅是毕摩也是彝族人的楷模。

说起祭祖毕摩，我不禁想起1994年我到昭觉县古里吉克村调查，该村的毕摩们继承家传专做祭祖送灵等吉性仪式。唯有吉克阿育毕摩一人因出生时有一只眼是瞎的，只能做“日毕”毕摩，即凶性仪式毕摩。阿育不能与同村的祭祖毕摩同饮食，甚至不能同照一张相片。为此，我专门给阿育毕摩单独照了一张单人照。

还要提及的是，送灵仪式的主司毕摩只有一人，但远近闻声赶来辅助仪式的毕摩毕徒不限。据说，盛大的送灵仪式，参与的毕摩毕徒达数人甚至数十人。送灵仪式也是一次毕摩聚会。毕摩们走到一起共同切磋，相互学习。

“马都果”招灵做灵

高山招云雾，不招则不来，我们灵毕招就来；深谷招细雨，不同山招万雾，不招则不来，我们灵毕就来；沃土招青藤，不招则不来，我们灵毕招就来……你（指亡灵）有关节二十四，竹也有节二十四，招附竹根上，为你来做灵。（《招灵词》）

为阿妈招灵的画面、为阿普招灵的余音，至今还刻写在我的脑海里。那是一个刮着呼呼寒风的冬日，收割后的庄稼地上腾起一缕缕青烟。青烟旁，一位身披黑色披毡的毕摩一手持着带有竹根的竹竿，一手摇着神铃，呼唤着游荡的亡灵。竹竿上吊着一束招魂的麦冬草和一只招魂黄母鸡。毕摩从森林、湖泊呼唤亡灵，从高山、深谷呼唤亡灵，呼唤亡灵速从东、南、西、北四方归，从姻亲族亲各处来。如果招魂鸡在唤灵声中剧烈抖动，就表明亡灵已经附在了灵竹上。

可那天，我陪着巫达毕摩待在寒冷的庄稼地里足足有一个多小时也不见黄母鸡的动静。蹬着、站着，站着、蹬着，我不断地换着姿势，静静地注视着招魂鸡，生怕一声咳嗽，一个喷嚏，惊走了莫色阿妈的亡灵前来附灵竹。那旷野里，青烟还在升腾着、散发着，毕摩长声呼唤：“来呀，魂附竹；来呀，魄附竹；今天是吉日，为你来招灵；今日是良辰，为你来做灵。”莫非阿妈贪恋人世，不愿魂归祖地？莫非有鬼纠缠，阿妈难以附竹灵？莫非阿妈嫌祭品不够、祭牲不大，滞留世间？据旁边的人们说，这么长的时间，亡灵不附竹，是少有的现象。突然，闭着眼睛的黄母鸡惊醒起来，扑打着翅膀，在竹竿上跳起舞来。巫达毕摩松了口气，主人家也放下心来。因为亡灵附竹与否关系到送灵是否成功。

彝语“马都果”，“马都”为竹灵，“果”意为招，意思是招亡灵附竹。把亡灵招附竹灵后，毕摩从附有亡灵的竹根上，取下大如玉米粒的竹节做竹灵

"马都"，祖、妣的竹远形状以男女发式为据，做法有别。彝族男子椎髻，头发前梳；女性戴帕，头发后梳。制灵后，用纯白色的羊毛把削制好的竹灵包裹上，代表亡灵的披毡。然后，将竹灵装入手指粗的"阿基"树枝做成的"柱梧"灵桩中。

当亡灵依附在竹灵上，送灵仪式便有了确定的对象，后代便可以向亡灵献祭，向亡灵祈求福佑，毕摩也可以为亡灵除秽，为亡灵治病，送亡灵归祖了。当我的思绪还停留在被招附于竹灵上的"马都"竹灵时，约且嫫拉着我说："走，快去看'特依聂'。"

"特依聂"纸祭

"特依聂"意为剪纸，指用纸剪出各种图案，这些图案代表不同的祭品祭献给祖先。因为要参加莫色阿妈的送灵仪式，仪式前，我特地向巫达毕摩学习剪纸技艺。剪纸场上，阿巨克得村的毕摩与毕徒们纷纷参加"特依聂"剪纸。剪好后，分发给主祭各户献给祖先。

跟巫达毕摩学的两手还真管用，一串串太阳、月亮，一弯弯祖路、天梯，一只只羊蹄、羊角，一个个火镰、木盔在我手下出现了。我的剪纸赢得在座毕徒的一阵赞叹声。剪纸是祭祖送灵毕摩必具的技能。送灵仪式上，常以毕摩剪纸的精美，图案品类样式作为评价毕摩、毕徒的标准之一。

银厂的吉克毕摩们用白纸作材料剪的图案是送给祖先的，用色纸作材料剪的图案是送给风湿病鬼的。送给祖先的剪纸图案有太阳、月亮、北斗星等星宿；有帮助亡灵归祖的祖路、天梯；有火镰、弓箭、大刀、二锤、擀毡篾等工具和武器；有畜蹄、畜角代表的家畜牺牲；还有木勺、木盔、三角腰包和领牌、领花、梳子、篦子等。剪纸的内容是凉山彝族生活的真实写照。如火镰是旧时取火的主要工具，尽管今天已很少有人用火镰取火，但火镰依然保留在祭送祖灵的剪纸中。擀毡篾至今仍是彝族制作披毡的重要工具。可见，纸祭乃是基于对祖先世界的构想，而祖先的世界是按照现实世界的模型营建而成的，是现实世界的翻版。牺牲等实物献祭只能为祖灵在另一界的生活提供一个方面的用度，纸祭采用象征的方式，能够满足祖灵多方面的需要，为祖先祭献出一个世界。

毕摩毕徒替送灵祖先的儿、女各户剪完各种图案的纸祭品后。要举办一个“只格者布阔”仪式即颂酒祈福仪式。由毕摩将剪纸祭品做成的纸祭幡交给主办仪式的各户，成为各户向祖先献祭的祭品。各户的男主人分两组单脚下跪向毕摩敬酒三巡表达感谢，儿子各户为一组，女儿各户为一组。前两巡酒，毕摩回请敬酒者喝，第三巡酒由毕摩和毕徒喝下。接着，由巫达毕摩念诵《颂酒经》为祖灵的儿女子孙们颂酒祈福。各户给毕摩和毕徒1角、2角、5角、1元、2元的小额纸币，比赛哪家给的张数多，得到的福禄多。毕摩在诵经中，用非常美丽动人的诗句，刺激人们，争着给毕酬，争着要福禄。在快结束时，巫达毕摩这样念道：

在座的族亲，在座的姻亲，金银献给毕，子孙九代俊；大刀献给毕，子孙九代有势力；牛羊献给毕，子孙九代富；五谷献给毕，子孙九代饱；骏马献给毕，子孙九代勇；猎犬献给毕，子孙九代聪。爬到山顶上，捉得被鹰叼伤的雉鸡；行至森林里，猎得九只獐和麂；走到深箐里，遇见拴着绳子的野猪；行至悬崖边，取得九蜂巢的蜂蜜；下到大河边，捕得美鳞鱼……财富堆成山，美酒流成河，眼如月亮明，寿如大路长，道德与风范，就像湖水清亮与明镜。

整个仪式气氛热烈，主办仪式的各户人家不断地向毕摩和毕徒敬酒、敬烟、给钱。虽然我也剪了纸，做了贡献，但我发现没有人给我敬酒，没有人给我钱币。“这个毕徒白当了。”仪式后，我对巫达毕摩开着玩笑。巫达毕摩还真的从他口袋里的一大把纸币里摸了两张塞到我的手中。

送灵牺牲

从宗教产生的那一天起，牺牲就与宗教仪式结下了不解之缘。从中国古代的太牢、少牢到印度婆罗门的马祭人祠，从摩西时代的整牛整羊祭到基督徒圣餐礼上象征耶稣身体与血的饼以及葡萄酒，牺牲作为人与神鬼之间交往的媒介，在宗教仪式中占据重要地位。

可是直到参加毕摩的仪式，尤其是送灵仪式，我才真切地理解到宗教与牺牲的关系，了解仪式牺牲的丰富内涵。记得那是送灵仪式头天的中午，山风凛冽地刮着。合千和几个小伙子吆喝着从邻村赶着羊，抱着鸡，来到莫色阿妈的院子中。因为这天晚上要举行送灵仪式的序场“涅此日”咒鬼仪式，合千带着我早早地就从乡上赶到村里。合千的任务是去村里各户选羊选鸡，为送灵仪式准备牺牲。合千掰着手指算着数，“曲此瓦补曲”一只白公鸡；“绸仗约洛曲”一只白色公绵羊……“什么是曲此瓦补曲？什么是绸仗约洛曲？”我好奇地问合千。合千因出发在即，答应回来为我解释。合千是莫色阿妈的女婿，为妻子的母亲送灵，女婿筹划与操持是彝族的规矩。因为彝族有句谚语：“自己的脑壳自己不能剔。”即本家的人去世或送灵，要由姻亲家做具体事务。

合千带着一身寒气，回到火塘边。穷追不舍，我又提出了我的问题。合千告诉我说，凡是做毕必有牺牲。而送灵仪式不仅所用牺牲数量多，而且所用牺牲种类多。送灵仪式是综合性的大型仪式，包括很多小仪式。每一种仪式对牺牲有不同的要求，因此，得谨慎备牲。我一听，来了兴致，仪式牺牲还有一番“学问”，得打破砂锅问到底。

“送灵牺牲有哪些要求呢？”我问道。合千背起了一串口诀“曲此（仪式名）瓦补曲”洁灵仪式白公鸡；“绸仗（仪式名）约洛曲”献祭仪式白色公绵羊；“灵尔（仪式名）瓦补曲”，换灵仪式白公鸡，在仪式中要把用“阿基”树枝做成的灵桩换成用青杠树做成的新灵筒；“枯砍（仪式名）瓦妈诺”隔鬼仪式黑母鸡，该仪式的目的是将亡灵和鬼怪隔离开来；“杰尔（仪式名）纳补诺”除祟祛污仪式黑公牛……嚯，原来牺牲在彝族人这里有那么多的功能。

“除了动物牺牲的种类、雌雄公母、颜色，还有哪些讲究？”合千接着介绍，彝族人祭祖还忌讳祭祀牺牲“仨滴”，即牲畜有残疾或缺陷，并认为若用有残疾或有缺陷的牺牲祭祖，后代中也会发生同样的残疾或缺陷。若用斜眼的公绵羊祭祖，这家人的后代中必有人是斜眼；用了患摆头病的公绵羊祭祖，儿孙中必有人患摆头病。合千说，彝族人在选择祭祖牺牲时，还忌讳瘦弱的牲畜。因为选用肥壮的祭牲，取悦祖灵，后代也会强壮。合千举了另一个反面例子。“文化大革命”中，一位叫杰里俄莫的人送灵祭祖，私下弄来了一只羸弱的公绵羊做仪式牺牲。结果，这家的后代全得了软骨病，不能直立行走。

后来，在田野调查中，我开始关注起牺牲，发现在献祭上彝族人讲究活献、生献、熟献、血祭的不同形式。在献祭前，要报献祭者姓名，清洁祭牲。无论做任何仪式，都有叙述牺牲来源（如《羊的来源》、《牛的来源》）的惯俗。

对付一些小鬼，彝族人不像送灵祭祖那样在牺牲上大动干戈。但即便是小小的仪式，也要用家畜的油或鸡蛋，也要念诵家畜的来源经。如“沙布呐”咂畜鬼仪式，“沙布”是一种畜鬼，嘴馋，专害畜群。仪式用羊油、猪油、牛油、鸡蛋放在烧烫的石板上，用冒出的油烟引来馋嘴畜鬼后，把石板与畜鬼（草鬼）一起送到远离畜群活动的地方。家畜的油或鸡蛋，实际上也象征着仪式牺牲，即祭品。

送灵仪式最壮观的场面之一，恐怕就是“莫卓博”展示祭牲那场。朝着“莫木普古”祖界的方向，打头的是“莫补翁”开路猪，接着按儿子先女儿后的顺序，把各家给亡灵的祭牲展示出来，祭献的牺牲由亡灵带到祖界去。独立成家的儿孙一人一大畜（牛或绵羊）在前，未分家的儿孙一人一小畜（猪）排列在中间，由近及远的亲戚每户奉献的一只（头）牺牲排在末尾。祭牲的多少、大小，既代表着子孙的多少，也表现了后代的经济状况和社会势力的大小。

写到这里，我想算一算，一个送灵仪式究竟要用多少牺牲。正好，曲比阿妈的儿子金曲尔戈在北京，他刚参加送灵仪式回来，他说得打电话回去问哥哥金曲木石。第二天，金曲尔戈回电话通报，他家的送灵仪式牺牲：牛2头，羊7只，猪9头，鸡48只。

神枝的仪式

彝语“古瓦”指仪式时插在地上的树枝，大家习惯译成“神枝”。“古瓦簇”，即插神枝，是一件令人饶有兴味的活动。不过，记得我初次参加仪式时，感到很挠头。为什么要插树枝，树枝代表着什么？深入进去后，才发现，彝族人的仪式不仅是牺牲的仪式，也是树枝的仪式。毕摩用树枝布置仪式场是凉山彝族宗教仪式的另一重要特点。

毕摩做仪式要根据仪式的性质、规模，砍伐特定的树枝，削制成长短在一两尺不等被称为“古瓦”的神枝。有的神枝是带叶的“树枝”；有的是不带叶只留一杈的“树杈”；有的是无叶无杈的“棍”；有的全去皮，称作白色神枝；有的半去皮，称为花色神枝；有的不去皮，称为黑色神枝。然后，按照一定的规则插于选定的场地，构成仪式场。树枝的功能有二，其一分别代表祖先位、神位和鬼位，届时毕摩或请祖先、神灵附于其上享用祭品，帮助毕摩做毕，或把鬼怪、邪祟囚于其中，享用祭品，听候毕摩打发。其二是营造出特殊的仪式时空场景，如森林、湖泊、神域、鬼蜮、祖路、神途、鬼道、人路，以适应仪式活动的需要。

关于神枝的插法，经书里有神枝图，可按图索骥。但一般来讲，有经验的毕摩早已谙熟于心，指导毕徒，随场随插。为了当好毕徒，在仪式前，我跟巫达毕摩学过各个仪式神枝场的插法，并在我的笔记本上画出了全部的神枝场图。不好意思，我的绘画本领太差。尤其是在神枝场上安排牺牲时，我就没了辙。巫达毕摩可找到了笑料，跟合千说，阿依要做主人家的话，牺牲就会降等，鸡成了老鼠，牛成了羊，羊与猪也分不开，当毕摩的就该倒霉了。

不是毕摩倒霉，而是主人家差点遭了殃，因为我的失误。我与阿巨克得村的几个小毕摩一起砍制神枝。大家一边聊着天，一边砍削。巫达毕摩过来催促，把我砍削的部分拿起来“审查”。我猜想，他一定会表扬我。因为虽然我的速度慢，但我做得很细致，凡是出自我手的神枝都一样长短。可巫达说，不成。“西阿即呢，古阿及”即不削底部，不成神枝。原来插到地里的部分，一定要削一下。按巫达的说法，如果不削那一下，就与普通的树枝没有区别，插神枝时，就不知道哪头是插入地里去的，会将头尾颠倒，神灵、祖先或鬼怪就不会附于其上，达不到仪式目的。而我没有注意到那个细节。看来，毕徒不是好当的。仪式中这样的禁忌很多，得事事小心，要不就会闯祸。

插好了神枝，为祖先、神灵、鬼怪安排好位置，毕摩毕徒就位，主人家就位，参加仪式的客人们就位，仪式才能开始。有彝族谚语曰：“牺牲备得不够，伤着的是主人家；神枝插得不够，伤着的是毕摩毕徒。”所以插神枝对毕摩来讲是件严肃的事儿。

牺牲备齐了，神枝插好了，为祖灵治病祓祟的仪式就要开始了。

祛病祓祟度祖灵

“为祖灵治病除祟？”这是当时我感到最不好理解的问题。活着的人会生病，亡灵也有病要治？怎么给亡灵治病除祟呢？事过多年了，我仍还记得参加莫色阿妈送灵仪式时的兴奋与激动。七天的仪式，每一天都是新的挑战；数十个仪式活动，每一个都增加着我对彝族祖灵信仰的认识。

合千是父亲巫达最好的助手，也是我最好的现场指导老师。他一边检查着主人马黑家准备的草药，一边对我说：“就像人一样，人会生病，祖先也会生病；活人会受到鬼怪污秽的纠缠污染，祖先也会。再说，祖先还带着生前的疾病和鬼祟。有病，祖先会疼痛，有鬼祟污秽的缠绕，祖先会不安。不仅去不了路途遥远的祖地，还会纠缠儿孙，让儿孙得病，让后代不安。因此，把祖先送走前，要给祖先治病除祟。”

在一般人的心目里，祖先与后代有着血缘关系，祖先的义务是庇护后代，后代的任务在于提供祭品，遵从祖制祖规，荣誉祖先的英名。看来，彝族的祖先不尽然。彝族族人除了纸祭、牲祭，为亡灵在祖界的生活提供用度，还有为祖先祛除疾病鬼祟的任务。送灵仪式中的“则烁”“杰尔”“枯砍”“死刹”“赤克”“曲此”等等仪式就旨在帮助亡灵脱离鬼祟，成为干净、健康、强壮的祖灵，能够回到祖地，保护后代的善灵。

“则烁”，意为除污。“杰尔”，意为脱去邪祟。“枯砍”，意为砍断与污秽之物的联系。“死刹”，意为除病苦。“赤克”是用山羊来带走亡灵的邪祟。“曲此”意为清洁亡灵。单从以上仪式名称就可以看出，彝族人为了亡灵祛除疾病鬼祟所费的苦心。

合千把备好的草药带到仪式场，由巫达做“火”收式，可译为蒸汽除病仪式。首先，设立除疾场，称为“火得”蒸的地方，即为亡灵除疾祛病的地方。其方法是，在仪式场上挖一小土坑，搭一灵架于其上，东西南北四方插神枝，以示封锁各路病源。接着，将烧红的铧口放在灵架下的土坑里，把祖灵桩放在灵架上。巫达毕摩右手持生鸡蛋向外（顺时针）绕祖灵桩两圈，同时念诵《疾病附蛋经》，经文的内容是将祖灵头、腰、足、内脏的疾病引到鸡蛋上来。然后，将草药捣碎放在烧红的铧口上，再把鸡蛋打在草药上，顿时冒出蒸汽，直冲灵架上的祖灵柱。毕摩把神扇盖在灵架上，口中念道：“锁住东方来的病，锁住西方来的病……阿妈（女亡灵）病愈，阿普（男亡灵）痛除。”然后，对蒸治过的祖灵桩进行占卜，推测男女亡灵在除疾前患过什么疾病。在“则烁”除污仪式和“死刹”除病苦仪式中都有这个蒸治亡灵的程序。

用草鬼用移祟牺牲带走邪祟病鬼是毕摩仪式的特点。但用野生动物祛病除祟恐怕很少有人听说过。在银厂期间，我曾到白马乡去访问著名毕摩吉克则伙，则伙毕摩告诉过我，从前为生前患有麻风病、痨病的亡灵送灵时，要举行除病鬼仪式，用蛇来引走麻风病鬼，捕猴子来牵走结核病鬼，山鸡来带走肝病鬼。其具体做法是，在送灵仪式结束时，把仪式中为祖灵治病的草药及各种鬼像背负在动物身上，作法念咒后，挖掉动物的眼睛，送住远远的荒无人烟之地，以防其寻路返回。这使我想起跟马学良先生学习的云南楚雄彝文古籍《作祭献药供牲经》。据经中记载，为患传染病死亡的亡灵除病时，“树端猿净邪，水中蛙净邪，荒原蛇净邪，祓除入祖行，祓除入祖列”。也就是指这种用断生动物祛病除祟的仪式。

求育与交媾巫术

莫色阿妈的送灵仪式一直对我开着绿灯，直到进入“治着”仪式，阿妈的小儿子马黑硕铁告诉我不能“看”这个仪式，接着还有个叫“博”的仪式也不能参加。原因很简单，女性和儿童不能参加。

仪式前，合千向我传达过这个信息，有的仪式我不能参加。但到这时，越不让我参加，我越想参加。究竟什么仪式非得是男性的仪式，连看也不让妇女儿童看。我知道，合千不会帮我，也帮不上，我得求助于巫达毕摩。果然，还是老毕摩说了算。主人家不再坚持，尽管有些不悦。

我带着忐忑的心理站在离仪式场十步许的地方，观看了“治着”求育仪式。仪式依着一棵枝叶繁茂的果树举行。树前用插神枝搭一象征性的小房，将男女祖灵置于其中。备烧烫的石板，上置母猪油和一束招魂草。仪式参加的人员是送灵祖先的成年男性子孙。他们依长幼辈分秩序围小房和果树跑九圈。每一圈，接过毕摩递给的蘸有母猪油的招魂草放入自己的裤裆。仪式后，巫达毕摩解释说，这样做是祈求亡灵保佑子孙生育更多的后代，像果树一样，根深叶茂，果实累累。同时，毕摩念诵《治着求育经》。经文大意是：远古时，因不做“治着”仪式，人类不发展。到了那布时，开始做“治着”仪式，人类发展繁衍起来。“治着”求繁衍，子孙千百万。

“博”系彝语古语，意思是交媾、交合的意思。仪式将黑猪和白公羊的四肢相交对放在仪式场上，作性交状，把装有祖灵桩的灵筒放在猪、羊的身子中间，表示祖妣再次婚媾。同时，旁边有白蛋、黑蛋（染成）、白羊毛布、黑羊毛布、甜荞、苦荞，穿有白黑两色棉线的针公、针母，白酒、红酒各一杯。毕徒在仪式过程中，配合经文，把白黑两色的各类物品混合在一起。巫达毕摩念诵《博》经文。经文描绘马、鸡、狗等动物发情交配的情状，似乎是引诱男女祖灵。用“马驹的四肢”喻男器的粗壮，用“石磨的磨口”来喻女器的宽深。经文的结尾说：“阿普阿妈交，白羊黑羊交，白酒红酒交，白蛋黑蛋交。白布黑布交，甜荞苦荞交，针公针母交，喔……嘿嘿。”

可见“博”仪式不仅旨在人类自身的繁衍，也旨在人们赖以生存的生活资料的增加与丰产。彝族人在生产、生育的实践中直观地体察到人的增殖、家支队伍的壮大离不开食物的供给、物质生产的扩大，因而在祈求人口繁衍的同时也祈求物的增殖。“博”是男女祖灵的交合、人的交合，也是牲畜、庄稼的交合。

我在调查时曾为在庄严的送灵祭祀上，在死亡的仪式上施行繁殖巫术，举行着生的礼仪而感到困惑不解。而了解了彝族人关于死亡与生殖、毁灭与新生的观念，了解了彝族人交感的思维法则，对彝族人以老一辈的死亡求来族裔的繁衍、增殖，对彝族人祖灵信仰与生殖崇拜的交织、混融也就茅塞顿开，知其所以然了。难怪，成功的送灵仪式在彝族人看来，预示着丰产、多子，展示着无尽的希望。

送　灵

阿普与阿妈，左手拿皮鞭，右手握木杖，吆喝赶畜行；阿普与阿妈，左肩挎粮袋，右肩挎酒囊，抖擞赶路去；阿普与阿妈，左手握锐矛，右手持利剑，出征御敌去；阿普与阿妈，左肩挎神弓，右肩挂箭筒，刺杀拦路鬼……

（《指路经》）

祖地虽然美好，但归祖之途道远而凶险。阿妈的亡灵要经过许多的艰难险阻才能到达目的地。因此，在送灵仪式上，有许多导灵、助灵，使亡灵离开人间回归祖地的活动与措施。

“莫玛”指路送灵是送灵仪式中最重要的活动。“莫玛”的意思是教路、指路。送灵仪式中专有一场指路仪式。毕摩一边摇着神铃，一边念诵《莫玛特依》（《指路经》）。向祖灵指明通往祖地的具体的路线，从家中的火塘开始一站站地送归兹兹普乌（昭通）。彝族在历史上是一个频繁迁徙的民族，指路就是沿着先祖迁徙的路线一站站回归祖先发祥、分支的地方。归祖路上，“兽啸似锣鼓，猿嘶声雷鸣，豹聚黑云浮”。毕摩告诫祖灵：“路边红脖蛇，拦在大路上，你不必害怕，吹着笛子哩噜去，蛇摇头又摆尾，慌忙逃开去。”并告诉祖灵，用打竹篾的方法赶蝇，学布谷叫驱蛆虫，用牲肉喂拦路狗与挡路鸡，用扫帚清除挡路的大毛虫。除了野兽和动物阻挡祖灵归祖，归祖途中还有魔鬼邪怪来阻挠。凭亡灵自己的力量不够，还得采用“和觉”转棚，以生者集体的力量来护灵开路。莫色阿妈的“和觉”转棚队伍，打头的是儿子家，接着是女儿家，以后以族亲与姻亲排队，我也站在队伍的末尾。有的男子身披铠甲，有的手执长枪，有的挥舞着大刀，有的手握着长矛，还有的拉着、赶着牲畜。这俨然是要进行一场跟鬼魔的战斗。“走开，走开，鬼魔快走开。我头上有角，我手中有刀，角要戳着你，刀能砍着你。”人们威慑、砍杀着归祖途中的鬼怪。仪式围绕专为送灵仪式搭建的祭棚转三圈，以转棚的人多、牲多，队伍壮大、叫吼声大，放的枪弹密且时间长为吉利。

在亡灵归祖中，牺牲也起了举足轻重的作用。牺牲在送灵中主要是用作交通工具、引路、开路。

“果姆”灵马。把骏马呈献给亡灵，念诵赞马词：“良种骏马驹，鼻孔冒白云，尾似竹梢摆，马镫鹰翼翔，漆鞍供灵骑。”同时，向骏马洒水，直到马抖动身体，表示亡灵接纳。仪式后，灵马驮灵筒到“瓦也”岩洞——本家支共同存放祖灵筒的地方。牵马驮灵的人，灵魂容易随祖灵而去，因而事后主人家得出鸡、羊，请毕摩为其招魂。

“莫补翁”开路猪。在转棚送灵时，一人拉着开路猪，走在前面，为亡灵开路。“莫补翁”要选择没有配过种、无残疾和无缺陷的小猪。到展示牺牲仪式时，由助手强行把开路猪的嘴按入泥土中，使其闭气而死。彝族山村，猪都敞放，猪的特点是用嘴拱地掀土，寻找食物。仪式处置开路猪的方式，也意味着将为祖灵开路寻路。

以前我总以为，送灵仅仅是表示孝道，尽后代的义务。通过参加莫色阿妈和马黑阿普的送灵仪式，我发现送灵不仅关系到祖灵，更重要的是关系到后代。送灵归祖。一方面使祖灵在祖界与远近之家支祖先团聚，永享子孙的供奉，而不致沦为孤魂野鬼无所依托、受人驱赶；另一方面，使祖灵找到归宿，而不滞留人间，作祟后代。因此，如何让祖灵顺利归祖，不滞留人间是送灵仪式最基本的目的。

魂兮归来

《指路经》的末尾部分是招魂词，可称为“指路经·招魂篇”。毕摩在送走祖灵后，继续念诵《招魂篇》，招后代子孙魂、家支魂、姻亲魂（舅家魂）、村子魂、庄稼魂、男子附身魂、女子生育魂、福禄魂、运气魂、兹魂（统治者）、莫魂（谋臣）、毕魂、格魂（工匠）、勇士魂、六畜魂、五谷魂等回来。

族人认为，祖灵会带走各种魂灵。一方面，祖灵与人一样，对于自己生前创造的家业、自己的后代、自己熟悉的一切，均有依恋难舍之情，“不离不忍离，不忍离田地，不忍离牛羊，不忍离五谷”“不离不忍离，不忍离家支，不忍离村寨”，因而难免有带走这些魂灵之嫌。另一方面，族人、后代对祖先怀有敬仰之心、感恩之意，其灵魂亦有随祖先而去之疑。在笃信生命与灵魂不可分割的彝族人看来，“日无魂不亮，月无魂不明，人无魂难活”“庄称没有魂，颗粒无收成”，失魂意味着衰败，意味着死亡。因而在送灵之后又有招魂之举。

“抬来九坛招魂酒！”为祖灵指路完毕，巫达毕摩叫道。

各户带着自己家的招魂鸡和招魂草来到“招魂”仪式场前。由毕摩按儿子、女儿、族亲、姻亲的顺序招魂。其做法是，用酒杯在祖灵筒上绕一圈后，递给男主人喝下。同时，嘴里念道："别带主人的魂，别带主人的灵，别带后代的魂，别带子孙的灵。"最后，招毕摩毕徒和法具的魂灵，每一户都给毕摩毕徒招魂钱。

肯定生命的价值，追求现世生活是彝族祖灵信仰的主题。从送灵仪式中，我们不难解读出这样一组对立统一的二元结构，即死亡—生命、祖界—人间、祖灵—子嗣。从表面上看，彝族送灵仪式的指向是死亡、祖界、祖灵，但实质上，探讨死亡、祖灵、祖界，正是从另一个思维向度来强调生命，关注子嗣和现世生活。因为祭祀祖灵，其目的最终是为了祈求他们赐福后代，保佑家支的繁衍发展。

"莫木普古地，草上结稻穗，蒿上长荞麦；背水装有鱼儿回，放牧牵着獐麂归……"阿妈们、阿普们，在美丽富饶的祖界乐土安息吧！那里不再有疾病、不再有忧虑、不再有贫穷、不再有死亡。安息吧，莫色阿妈，曲毕阿妈。

作者简介

古西格玛（1962~　），出生于广西壮族自治区隆林县，现居广西壮族自治区西林县。

陪天堂里的爸爸说说话（外2篇）

一年一度的彝族人传统的祭祀日子又到了，我们又匆匆赶回老家，相聚在爸爸的陵墓前，怀着沉痛的心情，为爸爸扫墓。十年前生离死别的真实场景又一幕幕清晰地浮现在眼前，耳边仿佛又传来了爸爸依依惜别的话语，疼痛的心灵仿佛穿越了时间隧道，到遥远的天国，陪天堂里的爸爸说说话。

爸爸：您还记得吗？在十年前那个充满生机活力的美丽五月，死神却偷偷光顾了我们的家门口，面对即将终结的生命，您说要休息了！您竟然如此坚强、如此从容、又如此轻松地走完了最后的人生。您对待生命的态度，令世人叹服，却留给了我们一家满腹的忧伤和无限的哀思，二〇〇〇年五月二十九日这一天，成了永远烙在我们心灵深处的伤痛日子。

爸爸：您还记得吗？在您将要走的半个月前，女儿抱着一线希望，把奄奄一息的丈夫转院到外地求医，出发的路上，是您送了女儿一程又一程，因为有您的陪伴，女儿才不觉得孤单无望、孤立无助。当您转身离去的时候，女儿泪水模糊的眼睛已无法看清您瘦弱疲惫的背影。在医院里守护在丈夫的病榻前，与死神争夺丈夫生命的日子，女儿真实地体会到了度日如年的感觉，然而，更加让女儿收获了来自您身边血脉相连的姐姐、弟弟和妹妹们关爱的温馨情感，温暖的亲情一直陪伴着女儿度过了艰难困苦的岁月。

半个月后，当女儿拾回丈夫一条小命出院归来时，才得知您已病入膏肓，生活中的种种不幸接踵而至，女儿心如刀割，却万般无奈。其实，您已重病多日，家里每天都挤满了前来看望您的邻里乡亲，只因不愿让女儿承受更大的打击，您把确诊为癌症晚期的消息封锁了起来，让女儿过上了几天太平的日子。当女儿回到您的身边，泪水就情不自禁地像断了线的珍珠不停地滑落下来，默默地在内心虔诚地祈祷，希望您能好起来，期盼奇迹能够在您的身上发生。

奇迹真的发生了，来得比女儿预期的还要快，下午四时许，您安静地躺在弟弟的怀里，吩咐大家围拢到您的病榻前，您慈祥的目光一一拂过身边的每一张面孔，然后平静地对我们说："你们把锅头洗干净，烧上火吧。"没等您把话说完，与您相濡以沫几十年的妈妈就领会了您的意思，深情地对您说："是要宰一头小猪吗？"您亲切地望着妈妈，轻轻地点了点头。接着您又平静地对我们说："如果我今天走了，明天午时就可以下棺了，下棺前要宰一头小猪祭奠，然后才能下棺，下土的时间可以选择在猴场天或是马场天，安葬的地点就选择在对面大路下的那块地里吧。"

当时围拢在您身边的邻里乡亲都静静地听着，仿佛在寺庙里接受主持庄严的诵经洗礼。过了一会，您继续说："我的葬礼由阿累姆（阿累爸）主持，一切请按照彝族风俗办理。"

按照我们彝族人的风俗习惯，老人家百年归天后，家里都要宰杀一头黄牛祭祀，但您平时喜欢养经济效益较高的水牛，为了减少家里不必要的负担，您对我们说："家里现在还有三头水牛，如果我走了，你们就用家里的一头水牛去与邻居换一头小黄牛用作祭祀之用就可以了（彝族人有换牛的习惯）。”因为水牛的市场价格要比黄牛高得多，您做了一生的善事，哪怕是您人生最后一次所用之物的差价产生的利润也不忘了让相处了一世的邻居享用。

按彝族传统的风俗，如果家里的老人过世了，都必须要去说客的。彝族人说客是一件非常严肃的事情，家族们要认真研究，根据对方与自家的关系因缘，来确定说客的对象，而且要一一派出人马，亲自登门告送，通知对方前来参加逝者的葬礼，以此表示对客方的尊重。尽管今天的现代通信已十分发达，但彝族人从不轻易改变一直沿袭下来的这种古老的风俗习惯。为此，您耗费了近半小时的时间，交代了需要出席您的葬礼的三十六户亲戚说客的名单，并耐心、清楚地一一说明了他们成为我们家说客对象的原因和理由。

接着，您把从小就失去父母的堂姐叫到身边，对她说：“我走了以后，按照彝族人的道理，你是要用一头牛来祭祀的，但现在你很困难，到时候就不用牛了，用一只山羊祭祀表表心意就行了。”您在生命的最后一刻依然关心着您已经照顾了一生的堂姐，令在场的所有人都感动不已。

肝肠寸断的妈妈无比悲伤地对您说：“孩子他爸，我和你生活了几十年，现在你要走了，为何一句安慰我的话也没对我说呢？”您深情地注视着妈妈说：“我留下孩子们给你，况且你还可以要一些猪菜，养一些猪，我就不用安慰你了。”多么朴素的诀别啊，已胜过千万次的叮嘱和安慰！您和妈妈含辛茹苦培养教育的我们六个兄弟姐妹，如今我们都已立家成业了，把妈妈托付给我们，您尽可以放心长眠了。

姑姑是您在这个世上唯一同胞共奶的亲人，可怜的姑姑早已站立不稳，泣不成声，泪水像雨点似地滴在您的被子上，她哽咽着对您说：“哥哥，我们两兄妹在这个世上就像一双筷子，您走了，谁来照顾我呢？”您安慰姑姑说：“我很想照顾你，但是没有办法了，我走了以后，还有侄儿侄女们会照顾你的，你不要太难过了。”

彝族人自古有一种说法，当一个人生命危在旦夕时，如果能熬过月底跨到月初，病人就会慢慢地好起来。那天是农历四月二十六（公历五月二十九），正好都是月底，虽然女儿不迷信这些说法，但心里总是笼罩了一种不祥之兆。

对于彝族人的月底生命理论，您一定比女儿相信更多一些，于是，女儿努力地寻找千千万万个能让您留下来的理由。女儿说："爸爸，姐姐去地里摘菜还没回来，您一定要等待她回来啊！"您说："你们通知她回来了吗？"我们告诉您已经通知了。您若是没看到姐姐就走了，对您和姐姐都将是多么遗憾的事啊！为了让您好好休息，在等待姐姐那一刻，我们虽然彼此都没有说话，沉默中我们通过眼神的相互交流，读懂了属于您生命终结的密码。姐姐到了，我们哀求您说："爸爸：您一定要坚持下去，过了今天您一定会好起来的！"您语重心长地对我们说："你们大家都不用等了，我是猪年生的，今年六十六岁了，今天是猪场天，我要回去了，我要休息了。"说完这番话，您安详地、永远地闭上了您那慈祥的眼睛。

爸爸：您走了，在您生命历程中却留下了许许多多让儿女们永远也解不开的谜团。您在猪年里降生到人世间，因为您八岁就成了孤儿，是否还是猪月猪日出生就无从考证了。那天正好是猪场天，您去猪场乡里办事，回到家里就感到身体不适，从那天起，病情就日益加重了。在您生命将要走到尽头的时候，您叫我们宰杀一头小猪，最终又在猪场天的日子，您永远地离开了人世。您从第一个猪场天日子开始生病，到第二个猪场天日子离去，只不过是短短的六天时间，我们却经历了人间与天堂的对话，体验了生离死别的苦难人生。

爸爸：发生的这一切与"猪"有关的事情难道都是一种巧合？"猪场天"难道是您与死神签了生死契约的日子？当您站在生命的轨道上，死亡的脚步向您逼近，您奋力地与死神赛跑，以自己临终的生命竭力争取宝贵的时间，选择了这样一种最祥和的诀别方式。这一切，难道是您作为这一方彝族人德高望重的毕摩，您的生命中已经注定要创造跨越阴阳两界的神奇的彝族生命文化迹象？

爸爸：虽然您离开我们整整十年了，冥冥之中，女儿依然感觉到您的存在，您仍然活在全山寨人们的心中。人们不会忘记，在您担任山寨队长几十年的时间里，历尽艰辛，给山寨留下了丰富的物质财富和宝贵的精神财富。早在20世纪70年代初，我们的山寨就通了电，有了碾米机、粉碎机、自来水，让周边的寨子羡慕不已；您十分重视教育，决不因贫困而让一个山寨的孩子失学，创造了今天仅有三十多户人家的彝族山寨，却拥有二十八名大学生，造就了从我们山寨走出“一厅七处十科级”领导干部的辉煌成就，成了远近闻名的秀才村。

改革开放以后，包容多元文化的春风吹到我们彝家山寨。由于您的不懈努力，才使经过“文化大革命”洗劫而濒临失传的一年一度彝族“火把节”得以发扬光大；为了拯救传统的民族文化，您牺牲了个人宝贵的时间，不计得失，不厌其烦地为彝族人的婚娶宴庆占卜择日，为丧葬逝者亡灵超度送行，使得灿烂的“彝族毕摩文化”得予传承；因您神奇的“离世”，创造了跨越阴阳两界神奇的彝族生命文化迹象，震惊了西南四省区的彝学界。

爸爸：时间虽然过去了十年了，但记忆却像一块浸透盐水的纱布，时常轻轻地擦拭女儿那从未愈合过的伤口，时常感到刻骨铭心的疼痛；每每想到病魔折磨您的时候，不能终日在您的病榻前尽女儿的一片孝心而深感内疚。十年了，通往我们家里的路已变成了宽敞整洁的水泥路，在我们的老屋旁已建起了一栋漂亮的小楼房。唯有那间充满温馨、盛满您和妈妈情感的老屋，依然完整地保留着。因为妈妈相信您的灵魂一定会时常回家；妈妈甚至猜想您也许会转世又来到人间，也许有一天又会重新回到您曾经生活过的老屋。

爸爸：是您用一生的艰辛养育了我们，是您的言传身教让我们学会了做人的友善、慷慨和包容。您留下的精神财富，已经成为我们生活的强大精神动力，我们将世世代代传承下去。爸爸，您安息吧！

铺满杜鹃花瓣的小路

听说九道沟的杜鹃花开了，又勾起了我对外婆的无限思念，仿佛又回到了儿时和外婆一起走过的九道沟那一段铺满杜鹃花瓣的小路。九道沟地处隆林素有活的少数民族博物馆之称的德峨乡约20公里的地方，从乡政府所在地往蛇场方向出发，一路上，山青林茂，春意盎然，景色迷人。坐落在山里的村村寨寨，房屋建筑风格各异；公路两旁，过往的各族同胞着装各异，多姿多彩。饱览着一路风景，很快我们就来到了九道沟。

车子在公路边宽敞且视野开阔的地方停了下来，大自然神奇地将这里的大地辟成石头山和泥土山两种决然不同的奇妙景观。回望身后，山峰巍峨，重峦叠嶂，随处可见雾气升腾的幽深峡谷。山谷之间，矗立着一座气势磅礴，高耸入云的山峰，一条石阶路弯弯曲曲环绕着山峰，在悬崖之上嶙峋的怪石和苍天的古树之间穿过，如游龙般时隐时现地在山中盘旋。山腰呈现出了一块宽几十亩的平台，远远望去，宛若一个精妙绝伦的盘子，稳稳当当地托在半空中突出的山崖之上。平台上，晨雾缥缈，古木苍天，悬崖边，藤蔓缠绕，十几户弗典科的彝族同胞就深居山中，智慧的彝族人就地取材建造房屋，具有独特风格木竹结构的小楼掩映在石林和绿树丛中，若非亲临其境，难以想象人间竟有这般仙居之处。

举目眺望前方，又是另一番景象，一座座舒缓的土山绵延逶迤，杜鹃花漫山遍野竞相开放，红红火火宛如天边燃烧的彩霞。在万花丛中，偶尔还有紫色的杜鹃花一丛丛零零散散地点缀在其间，显得格外耀眼。更有白色的杜鹃花杂生在红色的海洋里，长满花朵的树枝随风摇来晃去，就像洁白的云彩在红红的晚霞中飘逸流动。

山脚下，开阔平坦，一块块待插秧苗的田灌满了水，像无数片镜子在阳光照射下闪闪发光。田边的旱地上，一尺多高的玉米长得郁郁葱葱，青翠欲滴，充满生机活力。阵阵山风吹过，成片的玉米绿海翻腾，山上杜鹃万紫千红，随波逐浪，如云似水，如花似火，如梦似幻。

朋友们都被眼前的景色迷住了，个个手里提着照相机，兴高采烈地在花林里来往穿梭，时而卧在地上，时而仰面朝天，时而攀在树干上，用各种不同的姿势，从不同的角度捕捉最美丽的瞬间。

我不仅仅迷恋九道沟秀丽的风景，心中还珍藏着许多童年时代的秘密。沿着熟习而又陌生的小路，我找到了小时候曾经攀爬过的那棵苍老的杜鹃树，树上依然开满了杜鹃花，站在树下，我黯然伤神，风中凋谢飘零的花瓣仿佛又听到了爸爸诉说他不幸的童年。在爸爸8岁那年，因缺医少药，爷爷和奶奶双双离开了人世，从此年幼的爸爸和姑姑就跟随他们的外婆一起生活，居住在这九道路沟的半山中。是外婆含辛茹苦把爸爸兄妹俩拉扯长大的，后来年迈的外婆也离他西去了，爸爸不愿留在让他伤心的地方，才搬回到了离这里较远的现在老家。从我记事开始，每年的清明节，爸爸总是带着我们一家人到九道沟来扫墓，每到这个时节，一路上总是开着杜鹃花，墓地的周围也开满了杜鹃花，这些美丽的风景填补了我们许多忧伤的心境。

九道沟不但印记着爸爸艰辛苦难的童年，也演绎着我和外婆许多往事。我的外婆家在一个叫举波的彝族村寨，距九道沟十多里路，九道沟是通往外婆家的必经之路。往返外婆家要翻过九道梁，走过九道湾，淌过九道沟，穿过这段长满杜鹃的九道沟的丛林。记得有一年春天杜鹃花开的时节，一个春雨绵绵的一天，外婆牵着我路过九道沟的时候，雨停了，太阳出来了，万道霞光从洁白的云层里喷薄而出，照耀在挂满水珠的杜鹃花丛上，整片花海变得流光溢彩，姹紫嫣红。当们我们走进杜鹃丛中的小路，到处迷漫着醉人的花香，小路上，铺满了春风细雨中飘落的杜鹃花瓣，一条铺满杜鹃花瓣的小路，宛如一条粉红色的丝带，蜿蜒向密林中伸去。外婆牵着我的小手，走在铺满杜鹃花瓣的柔软的小路上，潺潺山泉流动声和小鸟欢歌声一路伴着我聆听外婆讲述九道沟美丽的传说。

传说在远古的时候，有一只美丽的凤凰飞到了九道沟，当她看到这里到处是高山峡谷，千山万壑，九分石头一分土，人们因少土缺水，生活十分艰苦，感到很难过。于是，她决定去找土地神帮忙，祈求改善这里的地貌。土地神却告诉它说，除非美丽的凤凰自己变成一座大土山，若能这样，你的头就会变成山顶长出茂盛的森林，你的身体和身上缤纷的羽毛就会变成开满杜鹃花的九道山梁，你的双脚就会变成山脚下肥沃的平坝，你那长长漂亮的尾巴就会变成九条清澈的山泉和无数的小溪，滋养山上的花草林木，浇灌山下田园。善良的凤凰听了后，就将自己变成了一座大土山。人们为感激凤凰的恩泽，每当经过这里的每一道沟时，都要喝上一口沟里甘甜的山泉水，久而久之，人们把这里简称为九道沟。

从此以后，我每次路过九道沟，都会想起外婆和动人的凤凰故事，都会情不自禁观赏周围的环境，让人惊叹是，自然与传说竟然会如此神奇的巧合，眼前那主峰顶上苍天古树奇异的造型，洽似凤凰扬起的头冠，那开满杜鹃花的山腰洽似凤凰身上五彩缤纷的羽毛，那九道山梁之间的九道山沟中，奔流的泉水在山脚下汇聚成若干条小水沟，流动在田地之间，宛若凤凰打开漂亮的凤尾，形成了一只活生生的美丽的凤凰，构成了一幅秀丽的山谷田野风光。

春去秋来，年复一年，时间虽然过去了几十个春秋，也许是因为美丽的传说一直感动着当地一代又一代人的心灵，这里的生态保持完好，景色依然如故。所不同的是，在连续不断的花海间，通往蛇场乡的油路宛若一条银色的飘带系在山中，让这原始的林间增添了几分现代的气息。昔日悬在崖上无人问津的张家寨古民居，如今已开发成了旅游胜地，当地各群众的生活水平也在日益提高。

此时，正好两天前刚下过雨，我沿着游人踩踏出来通往杜鹃花海的林间小路，走进花海深处，去寻找遗失已久的铺满杜鹃花瓣的小路。柔和的春风轻轻地拂过面颊，潮湿清新的空气伴随醉人的花蜜幽香，沁人心脾。阵阵微风吹动，片片杜鹃花瓣如彩蝶般纷纷飘然而致，悄无声息、重重叠叠地洒满一地，一条铺满杜鹃花瓣的小路又跃入我的视野里，默默地伸向远方。阳光穿过花叶间，晃动的影子斑斑驳驳地洒在落满花瓣小道上，树影珊珊中仿佛又看到了外婆那枯瘦疲惫的身影，山泉潺潺中仿佛又听到了外婆细细地呢喃，轻风拂过，仿佛又感受到了外婆牵手时那暖暖的体温。我仔细地感受着回味美好童年的惬意感觉，让这美丽的瞬间永远地定格在我的记忆中。

怀着满腹的追忆和怀念，我依依惜别了让我魂牵梦萦的九道沟，当车子驶过山梁的时候，又一次情不自禁，回眸俯瞰，金灿的夕阳照射着花海，瑰丽的景色撩人心醉，那条铺满杜鹃花瓣的小路在我的脑海里变得更加清晰迷人了。

山寨情缘

比古，是一个在地图上几乎找不到的小小山寨，她坐落在西林著名的王子山余脉之上，那里居住着28户自称侬族的人家。也许是我对王子山久仰的缘故，对居住在王子山余脉的比古也情有独钟，自从2007年调到县妇联工作，不辞辛劳，多次深入到比古开展扶贫工作，每一次到那里，都有不同的感受和感动。直至今日，每每想到比古，就会让我莫名地惆怅，萌生出想要记叙比古的一种冲动，对这个山寨的惦记也与日俱增，始终无法忘怀。

那是一段刻骨铭心的日子，2010年的春季，中国西南遭遇了历史上罕见的旱灾，我县的灾情也十分严重。我带领单位的两位同志从县城出发，专程到古障镇周约村比古屯开展抗旱救灾工作。这个本应该是树吐新芽、山花烂漫、莺啼燕语、彩蝶飞舞的美好季节。可是，这一年的春天，一路走来，所到之处，大地焦渴，田地干裂，草木枯黄，火灾四起。一辆辆送水、拉水管、水泥的抗旱物资车，一辆辆插着防火小旗子的巡逻摩托车和一张张憔悴的面孔从车窗外一一掠过。

天蓝得出奇，即便是在遥远的天边偶尔飘过几朵云彩，也洁白得像医用的棉花一样，没有带来一丝雨的信息，车内的收音机烦躁地重复播放着旱情依然继续的预报，仿佛这个旱季没有尽头。

一辆农用车满载着我们四处奔波募集来的抗旱物资，艰难地在路上爬行。火辣辣的太阳直射路面，形成五颜六色的热浪在路面上好像火苗一样飘摇不定。沥青公路被烤得渗出黏糊糊的一层油脂，车轮辗过路面，发出撕扯烂布般的声音。我们的车子刚行驶出十多公里后，车胎就无法承受高温的烘烤和摩擦，喷出一股烧焦的气味便瘫软在路上，动弹不得了。路边没有一棵让人可以乘凉的树，司机师傅顶着烈日，紧挨着被太阳烤得发热的铁板车身，冒着高温酷暑，更换着轮胎，汗水顺着他的发尖不断滴落，浸透了身上的衣服，尽管如此，我们唯一能够效劳的也只是递上一瓶矿泉水罢了。我们陪着师傅，脚下的路面好像刚刚从炉子里倒出来的煤渣，烫得让人难耐，即便是隔着厚厚的鞋底，还依然感觉到一阵阵的疼痛。

车子一路停停修修，修修停停，费了九牛二虎之力，终于艰难地走出了柏油路段，通往村级公路上的泥沙早已被来来往往的车辆辗成了泥粉，厚厚地铺在路面上，山风吹过，烟尘滚滚。在强烈的阳光照射下，山上的草木无力地垂下头，原本被绿荫遮掩住的嶙峋怪石裸露了出来，显得满目沧桑。路边往日流淌的山泉断流了，偶尔还有一两摊污浊的浅水，一些蝌蚪之类的水生小动物奄奄一息地在小水塘里垂死挣扎，让人看了感觉忧虑不安。

车子顺着山梁艰难地往上爬行，车子的轰鸣声在山谷里回荡，仿佛要唤醒沉睡的连绵的大山。比古，几十户人家毫无规则，稀稀拉拉地布满一面山麓，由于山寨地势较高，山上原本饮用的水源已经干涸。没有水，青年男女开始外出打工，在家的中年男女则忙着到山下肩挑马驮去取水，山寨里只有一些年老和行动不便的人，一时间，整个山寨变得空空荡荡，一片寂静。

山边的一户农家开着门，几位60开外的老汉聚在一起，其中的一位双手扶着两尺长的水烟筒，老大爷耷拉着脑袋，斜歪着嘴角，不停地抽着烟，干瘪的面孔显得万般无奈。旁边还有两位老大爷昏头昏脑地喝着自家酿的土酒，也许是不愿意清醒地面对这样干渴的天气，但烟也只能给他们一时的消遣，酒也不能让他们长醉不醒，生活仍然要艰难地继续过下去。

听说我们是政府派来的抗旱工作队，并拉来了抗旱物资，他们显得很激动。抽烟的老头急忙拿起手机向家人报喜，不到一小时的工夫，整个山寨沸腾起来了，村民们从四面八方赶了回来，七手八脚把车上的水泥、水管卸了下来。我们走进他们的家中了解生产生活情况，组织发动群众积极投入抗旱救灾行动，力所能及帮助他们解决实际困难和问题。在山寨的这段时间里，我们和群众一起上山下沟找水源，开沟拉水管、修水池。经过大家齐心合力、团结奋战，不但使整个山寨喝上了干干净净的自来水，而且为群众解决了100多亩农田的生产用水问题。

竣工的这一天，刚巧碰上了一年一度的“三八”妇女节，群众为了把我们留住，特地派了几位妇女同胞“看护”，陪着我们到山顶观光。我们也被山里姐妹们的热情和真诚所感动，直到这时，我们才回过神来用心欣赏一下这里的风光。其实除了旱灾给大山带来了满目苍凉外，这里视野开阔，群山尽收眼底，让人想象力丰富，意境深远。站在这里，我感受到了大山给予了我宽广的胸襟和对人对事的更多理解、包容。

我们从山上返回到寨子，一股股饭菜的清香扑鼻而来，群众已经为我们过“三八”节准备好了饭菜，在寨中央宽敞的院坝上摆开了一字长宴，寨中的男女老少喜笑颜开、兴高采烈像迎接新娘一样欢迎我们。

组长告诉我们，这些土鸡、麻鸭 、干鱼、腊肉、香肠都是群众自发拿到这里集中煮好的，一来是为大旱季节通水庆贺；二来为县妇联的领导干部和山寨的全体妇女同胞过节。他还说，山寨已经很久没有这样热闹了。在你们身上，群众看到了干部的工作作风，更看到了光明、看到了希望，值得庆贺。大家欢聚一堂，共度佳节。席间，大家相互庆贺，一对对一辈子不曾举杯相敬的老夫老妻相互敬酒致谢的场面十分感人，作为山寨客人的我们，早已被山寨群众的热情所感染、陶醉。

天下没有不散的筵席，几十名妇女姐妹送我们到山下小河边，“送君千里，终有一别。”大家在我们用捐助的30吨水泥建造起来的便民桥上合影留念，难舍难分，依依惜别。

车子开动了，山寨渐渐消失在重重叠叠的大山之中，山里村民那一张张朴实的面孔，深深定格在我的脑海里。大山养育了山寨的人，使他们得以丰衣足食，但连年的开发耕种，使大山变得缺水土瘦，不堪重负，又加上连年不断的自然灾害，山里大多数群众的生活水平难以得到提高。改变山区民生，任重道远，大山里的比古成了我时常惦记的山寨。

作者简介

杨亚（1962~　），出生于云南省石屏县，现居石屏县。

走出自我（外1篇）

好久没有上山了。有朋友邀约到上山走走，但因四个月还不见老天爷下一滴雨，我愁山上恐怕枯燥无味。但不下雨，山路好走，还是去了。

走过一段平整的河谷干田，上山便是那条通往红河的古驿道。这是一条用石头铺过的毛路，路的两旁是些自然生长的灌木丛。在这抢生抢长的灌木丛中，夹杂着些叫不出名的草科、蔷薇科植物，开着许多奇异花朵，比起家门前那颗只要一缺水就枯焦的香树，这野岭山花的确有令人惊羡的生命力。想必这植物世界也像人类世界吧，越没有条件成就某些事，却越要创造条件去做出成就。唯有如此，才演绎出许多动人的故事。

置身于这样鲜活明丽的大自然里，我整个的身心顿时充溢着一种难以形容的美妙和欢愉。以往繁杂的公务和家务离我远去，与蚁类相比的心思全无，大鹏的雄心，鸿鹄的志向在心头更加明朗。我终于认识到放牧心灵对于世人的重要性。大自然中一棵小草，一株幼苗，或者一点刚刚萌发的春芽，会出人意料地点化我们，让我们悟出许多意想不到的真理和欢喜……

再想一想异龙湖的秋季，荷叶映衬着粉融融的荷花悠然地在晨风中摇曳，荷花花瓣在美丽的霞光里绽放。徜徉其中，让人的灵魂和心智都得到陶冶，这就叫走出了自我。

是否如此，只有您自己去体验。

母亲、小鸟和我

——乡情琐记

母亲对我说："你小时候像个小子，三岁就和哥哥姐姐们玩泥巴了。"

是的，小时候我一天也离不开泥巴，常和三四个伴儿围坐在泥地上，分开两腿，忙碌地把泥巴掼光滑，砸成四方形，做成泥碗，呸呸地吐上吐沫，用小手指抹滑，再底朝天地使劲地掼在地上：

叭！叭！叭！

一朵朵泥花开在地上。那是胜利之花，可赢得对方一小坨够补开花处的泥巴。我们每天嘻嘻哈哈，玩得开心极了。然而收工回来的母亲是绝容不下我那个脏样子的，念叨着舀来一盆热水，找一片烂瓦碴，近乎狠心地摩擦我手上黢黑的地方，疼得我龇牙咧嘴直跺脚，哭哭笑笑地讨饶。但第二天我还照样去玩泥巴。直到有一次玩"打死救活"的游戏，在争吵中和一个男孩子打起架来，才知道男女有别，从此便规矩了许多。

同别的姑娘一样，我也爱干净、爱美。但小时候的我实在太丑：四颗虎牙均分在上齿和下齿间，又黑又瘦，还是母亲明智，劝导我到牙科医生那里做了拔牙手术，幸而我五官还算端正，所以除掉虎牙，也还有几分顺眼。可比起那些生得俏的姑娘，还是愧得不敢抬头。人说女大十八变，越变越好看，于是我渴望长大，看看到底能不能变得好看一点，最好像隔壁二奶奶家的兰姐那样白如桃花，亭亭玉立。可以穿漂亮的花衣服，参加队上的宣传队，擦上胭脂抹上粉，好美、好神气!

不知不觉中，我长到了期盼中的年纪，但容颜未改不说，心里倒添了许多儿时想不到的烦恼。高考落榜后的我回到家里，觉得太委屈了，一缕缕挥不去的愁云缠绕在心头。我想：除了务农，或许我还能干点别的什么，但又拿不准该干点什么。时光飞逝，和我同岁的七八个“虎姑娘”都纷纷出嫁了。在为她们祝福的同时，我感到一种莫名的惶恐，茫然和孤寂，我在心的枯井里挣扎。怕见人，怕与人交谈，怕听别人的笑声，甚至于怨恨别人的笑。我游离了周围的一切，独自徘徊在孤寂之中，完完全全地成了一个“怪物”。家里人见我情绪异常，便百般地讨我的欢心，而他们越是关心、爱护我，我心里的疙瘩就结得越紧，就觉得更加对不住他们。

哦！我不再是那个单纯快活的小女孩了。再也不做那痴心妄想的美梦，我长大了！可惜我却像一只瞎了眼的大黑熊，整日里在思想的沙漠里乱闯，找不到希望，找不到生命的绿洲，哭丧着脸，哭丧着心，在思想的沙漠里跋涉，终于病倒了。头疼，像有两只残酷的手在挖剥眼球，那是一个怎样的晚上啊！我的心在无望中哀号：天啊！尘自于土就归于土吧！我坚信，仁慈的上帝会让我从无望和病痛中解脱。于是我穿上衣服，等死神来叫，然而死神终究没有来，夜是那样黑，那样沉寂，仿佛整个世界只有一个孤零零的我。母亲和家人在一天的劳累之后都已熟睡，哪里理会得到病痛中的我是怎样绝望，又怎样想到快乐的死呢？窗外下着毛毛雨，阵阵寒气从开着的小木窗袭来，直透我的心。没有光亮，我感到恐怖，更恐怖的是心和窗外的夜一样黑，一样沉。我想逃遁，但又能逃到哪里？在万分惊恐中，我猛然想起了母亲，想到了希腊神话中能从大地母亲那里获得无穷力量的安泰。生我养我的母亲，您能不能把我从心的死湖里拯救出来呢?

于是我带着硕大的问号走进母亲屋里，在她身边躺下，直到天亮。

就是那一晚，母亲均匀的呼吸伴随着我，我想：是什么力量促使从没干过农活的母亲在这块向她提出挑战，给了她无数艰辛和坎坷的土地上立足下来？二十多年了，母亲从十八岁开始，就用她那白嫩的双肩担负起生活的担子。父亲长期在外工作，母亲一个在家里扮演着双重角色，除了挣工分，还要料理五个孩子的衣食住行。为生活所迫，忍着泪，咬着唇，去争着干那些男子汉都要咬紧牙关才吃得消的重活，为这个家日夜操劳着。究竟是什么原因使得她在人们眼中和心中显赫地铸造了一个农村女丈夫的形象？就在昨天，她指着一只飞来阳台上寻食的鸟说：“小亚，快，快瞧那只鸟。”我轻手轻脚地走过去，悄然地趴在窗口偷看那只异样的鸟。我的天！那是只怎样的小鸟啊。跛腿，没有下嘴壳。因为没有下嘴壳，它的上嘴壳显得格外突出，它每向前一步，就要在地上滚一下，伸出舌头去舔一粒撒在阳台上的碎米。望着它，我的心禁不住一阵阵发酸、发热，我蓦然起身，想去舀一碗米喂它，哪知道却吓着它，小鸟就地一滚，趁势飞走了。

看着飞去的小鸟，我的心久久不能平静。一个自然界的小精灵遭到如此不幸，居然生存下来，是什么力量支持了它？是什么使它如此顽强的追求生的希望？从小鸟，我又想到母亲，想到她大半辈子的困苦与艰辛……我想啊，想啊，整整想了一夜，有许多问题我还想不明白，但有一点，我感到我的生活该有一个改变了。

花开花落，一晃五年过去了。我结了婚，有了一个可爱的宝宝，但至今，我还常常想起那一段难忘的日子，想起曾经给了我生的启示的那只不幸的小鸟。

作者简介

杨格（1963~　），出生于贵州省贵阳市，现居上海市。

血脉（外3篇）

门铃响了，送快递的人奔跑着上来，递给我一包东西，然后返身下楼。包裹是从贵阳寄来的。我小心的剪开包装，竟然是一本书，是我舅舅所著，书名《李仲群传》。李仲群，我的外公。在我们这个家族中，外公的威望是最高的。我幸运我是这个血脉的一支，秉承着外公的理念一直持续至今。

毕节是我的祖籍之地，我去的不多，但外公的事迹耳有所闻。舅舅的书梳理了外公的人生轨迹：1931年，外公创办毕节第一所中学，赞同共产党抗日救国的政治主张，支持地下党的革命活动，并在校首招女学生，实行男女合校，开风气之先，学校被誉为“毕节当时的革命发源地”和“共产党的大本营”。该校提倡学生自治，按新课程教学，受到社会好评。1933年，聘请进步青年秦天真、邱在先等人到校任教（中华人民共和国成立后，秦天真等成为贵州省的领导人）。1947年，外公接办毕节私立弘毅中学任校长，以“求实、民主、自治”为办学方针，深受师生拥护。学校不接受国民党、三青团员入学，也不准学生加入国民党、三青团组织，并驱逐混到校内的国民党特务，这让国民党反动当局所不容，外公几至生命不保。中华人民共和国成立后，外公曾任毕节中学校长、毕节一中校长、毕节县各族各界人民代表大会副主席、毕节县政协副主席、贵州省人民代表等职，直到“文化大革命”。

“文化大革命”期间，外公被罚扫校园、厕所，时常被抓去开批斗会、写检查，说他是“国民党的残渣余孽”“国民党特务在毕节特务外围的大头目”。外公那时也是近77岁的老人了，这些批斗使他的身体遭受重创。舅舅在书里记叙了外公生命的最后一刻：“1976年1月8日，中国人民最敬爱的周恩来总理逝世，全国人民沉浸在一片悲痛之中，以泪洗面。7天之后，仲群的生命也到了尽头，就在他过世前的前两天，因为解大便吃力，用力过头，导致人中萎缩，下唇增厚，坐在便盆上闭目无神，萎靡不振。16日一早，他的好友刘新基（毕节名中医）来给他诊脉，当即做出诊断：‘已经不行了，准备后事。’于是，就把他安排在外间的单人床上躺下，他还不停地念叨：‘我还不到那一步，我还要出去游呢。’侍奉在他身边的亲人就是他的小儿和儿媳。为了让他在外地的子女能够见他最后一面，学校校医弄来了细胞色素给他输液，希望能尽量延续一下他的生命。傍晚时分，有亲友来探视他，他神志还清醒，还能叫得出人家的名字来，没有一丝痛苦。入夜，他逐渐昏迷，双目已不能睁开，呼吸越益微弱。11时40分，一声轻微的咳嗽，痰上喉头，仲群永远停止了呼吸。”

我已经没有关于外公的记忆，小时候，姐姐是从贵阳送到外公外婆处带大的，而我是送到水城奶奶处带大。直到要读书了，父母才将我们接回贵阳。但我经常听父亲讲述外公，外公到省里开会，父亲去看望他，外公就牵着父亲的手，介绍给他的老友。父亲到毕节开会，也去看望外公，晚上有蚊子，父亲帮助点着蚊香。父亲对外公非常尊重。

有一年，我带着儿子回贵阳探亲，姐姐一家也从广州过来。我们应舅舅之邀去毕节。原本要一天的路程，我们坐了两小时车就到毕节了。可见毕节变化之大。到达后，舅舅带着我们一行人去外婆的墓前扫墓。我看着浩浩荡荡的李家后代，感慨外公血脉也浸透在他们心中，这个家族会越来越旺盛。之后，舅舅又单独带着我和儿子去外公墓前祭拜。那天一大早，天雾沉沉的，吻合我们沉痛的心情。就是埋葬在这里的外公，成为一个家族的骄傲。舅舅在书中写道："外公追悼会这天，大雪纷飞，人们顶着飞扬的雪花，顶着凛冽的寒风，汇聚到一中礼堂，来参加老校长的追悼会。……追悼会之后，一部分人又在飞扬的雪花中送仲群上山。担任抬棺的桂花村村民表示，尽管到墓地有4至5公里的路程，途中还要经过响水滩大坡，他们也不借助运输工具的帮助一定要用肩膀将老人家抬上山。在经过响水滩陡坡时，仲群的家属、朋友也争着与抬棺人换肩，他们虽然不专业，但努力协调步伐，齐呼着号子，一步一步往上走……到了职工陵园，由于坡陡，积雪过膝，大家前拉后推，七手八脚，深一脚浅一脚地在雪中跋涉。经过大家齐心合力，终于把老校长送到了墓地，让他老人家永远的安息了。"

外公走了，但他的精神不灭。

家族除外，外公曾经创办的毕节一中的老师们也怀念这位老校长。时任毕节市教育局副局长、毕节一中党委书记胡清珍在撰写的文章中写道："网上查看毕节一中相关资料，在厚重的历史画卷中，毕节一中的根和魂越来越清晰地显示出来，特别是学校创办人李仲群老校长的形象愈来愈高大，让我久久仰视心中的教育圣贤。来到毕节学院'仲群楼''弘毅楼'，感到格外亲切，这是毕节一中、毕节学院两兄弟身上流淌的相同血脉。"现在，毕节一中新校址建有一条仲群路。毕节一中还把外公办学思想制作成条幅张贴出来，条幅上书：一、以诚待人，团结互相；二、己立立人，师作表率；三、廉洁办学，不谋私利；四、激发兴趣，持续热情；五、教者生动有趣，学者主动积极，课堂气氛活跃；六、开展课外助学活动，推动身心健康发展。

外公的办学思想至今仍然有积极的作用。

今年清明，我的弟弟一家跟着舅舅一家去毕节为外公、外婆扫墓，血脉的传承穿过久远时光依然在后人的心里流淌。

现在，这个家族的人基本都到贵阳生活了，唯一留在毕节一中的是舅舅的二女儿。不管在贵阳，还是在毕节，甚至广州、上海、深圳，外公的精神使终萦绕在我们心间。

辛苦舅舅，花了好几年时间，把外公的故事呈现出来，留给我们一笔精神财富。

2017年8月18日

父亲走了

父亲走了，我久久难以相信。

在医院重症观察室，姐姐、弟弟、弟媳和一些亲戚轮流照顾父亲。我们都期待着父亲能挺过病痛，再一次站起来。但这个愿望没有实现。

我从上海飞抵贵阳，直接去医院看望父亲，这是今年3月25日下午。见到父亲，我轻轻地抚摸他的头顶，父亲伸出右手握住我的左手，我赶紧用右手握住父亲的右手。我没有想到这是我最后一次与父亲握手。他最后对我说的一句话是“今天特别累”。

26日，一天阴雨绵绵，母亲站在窗前看外面的雨景，我知道母亲想去医院看望父亲，但我不敢带她去，她骨质疏松严重，一不小心就会出意外。前些天，弟弟开车接母亲看望过父亲，所以我想过了26日，天气好了再带母亲去医院，我万万没有想到26日会是父亲在世的最后一天。

死神在27日凌晨2点接走了父亲，姐姐、弟弟他们目睹了整个过程。泪水模糊了他们的双眼，悲痛令他们伤心欲绝。

父亲在他82岁这年走完了他的人生。在家中的日历本上，父亲在6月1日那页上写了“生日”两个字。父亲是孤儿，他不知道自己真正的生日是哪一天，所以选了六一儿童节，和孩子们一起过生日。每年，弟弟一家都来给父亲过生日。小孙女还给爷爷戴上纸帽子，像圣诞老人。但今年，他没有等到生日的来临，自从去了医院就没有再回家。弟媳回忆说，父亲问她有没有钱，给他一点，他要坐公交回家。

家，没有等到男主人归来。父亲40多岁生病后，就一直在家，他忍着病痛写了札记，写了他的父亲、母亲，写了他自己的经历。父亲走路很慢，在家里如一个忍者，静静的做家务。他坚持看新闻，看凤凰卫视。“我们的领导人看看这些客观的事实，会对国家治理有好处的。”他对我说。就在这个家里，父亲慢慢听不见了，他靠电视上表明的文字看内容；再慢慢地，他的眼睛也看不清电视上的字，他就看画面了解大意。无论经受各种疾病的折磨，父亲始终保持乐观。姐姐（姐姐在广州）和我基本春节都回去，就是回到这个家里。母亲告诉我们，父亲已经把床单、被子都铺好了，怕我们冷，还铺了电热毯。父亲细致到关照我们临睡前一定要关闭电热毯。我们用过的盆，父亲也标明记号，便于我们使用。有一年春节，我返回上海时，父亲煮了4个鸡蛋让我路上吃。

这就是父亲在医院病榻上还期冀着回去的家。

往昔如昨，关于父亲的点点滴滴浮现脑际。

父亲喜欢古典哲学和古典文学。在我们很小的时候，他给我们讲故事，如孙膑与庞涓的故事、伍子胥一夜白了头的故事、越王勾践的故事，还有《水浒传》等等。除了讲故事，他还喜欢带着姐姐和我翻越一座小山到另外的区去买菜，通过爬山锻炼我们的意志。

我对父亲记忆最深的是：写作文。父亲认为姐姐作文写得好，我的却是流水账。于是，每次写作文，父亲都要亲自修改。修改完了，再让我抄一遍。无论多晚，父亲都会陪着我完成抄写。有一次，父亲出差，我得自己完成写作文的任务，没有父亲把关，我心里没有底。母亲、姐姐都睡了，只有我自己思考怎么写。等我写完，已经是深夜了。第二天把作文交了，但内心里很忐忑。父亲出差回来，询问我写作文一事，我如实告诉父亲我的构思，父亲很高兴，认为我有进步。

语文老师的习惯是把写得好的作文本放在前面，我发现我的作文本在前面，内心高兴不已。回到家向父亲报喜，父亲也非常高兴。从这以后，父亲没有再修改我的作文，让我自己思考。

久远往事已经成为记忆。

看着躺在花丛中的父亲，我久久凝视。30多年与病魔抗争，这需要怎样的坚强意志，父亲做到了。父亲一生就想做一名大学老师，但组织上安排他做行政工作。从政20年后，他如愿做了大学老师，可这时他患上疾病，无法上课。这个家，印记着他的无奈和不甘。最后，他把无奈与不甘化成动力，留下了厚厚的札记。

这些札记我们每个子女都有一份，这是父亲给我们的家族宝藏。

父亲走了，他的骨灰盒落葬在一座墓林山上，每年的清明，我们会遥遥地祭奠父亲。

母亲没有再回这个家，弟弟把她接到自己家里，后来姐姐、姐夫把母亲接到了广州。母亲随身带着父亲的照片，只要一看照片，母亲就会伤心落泪。

是的，我们的伤悲会留存在心里。

2016年11月11日

记忆中的底片

搀扶着母亲，我们朝三宿舍走去。那是我们一家住过的地方，我童年、少年的印记都刻在那个家的氛围里。父母一直都住在贵州师大，搬迁3次，最后在校园最好的地段安居至今。几十年中，校园不断有新楼拔起，所剩的老楼已经不多，三宿舍幸运留存。遗憾的是，它前面的树林没有了，那片绿荫成为我记忆中的底片，始终不褪色——多少童趣凝聚其中啊！

三宿舍垂垂老也。我们走进一楼，从西头可以一直看到东头，这是学生宿舍的格局。通道很黑，与我们所住时不同，通道里没有煤炉、杂物，这是我们搬离后学校为每户搭建了煤卫所致。一个中年男人从我们身边走过，正好听我在说："这么旧的楼还有人住吗？"他好奇地打量我们，母亲赶紧解释："我们在这里住过，孩子来看看小时候的家。"男子显然被触动，一边开自家的门，一边回应："是，现在还有人住。"我从他打开门的一刹那朝里张望，看到一个普通的家境呈现。男子关上了门。

我们走到了东头，母亲上楼已经不便，我独自踏上二楼，楼梯已经由我们所住时的木楼改成了水泥铺设。我站在二楼东头的最后两间屋前，一一摄下它们现在的情形，而我心里，还原的是它们旧日的面貌：一间是卧室，一间是吃饭、日常生活的房间。过道被利用起来，成为厨房。那时没有拍照的意识，尽管是我们如此重要的生活之地，却没有留下一张照片。

其实，离开家乡的20多年中，大部分的春节我都是回来度过的。每一次，我都要去三宿舍看看，当年的邻居已经如同我们一家，搬离了此处。可能是我对三宿舍一直坚持的记忆，冥冥中感动上苍，它给了机遇让我们与往日的邻居相遇。

第一个遇到的是三石。三石还有一个弟弟遥遥，兄弟俩长得很帅。在校园门口，三石唤着我们的小名，尤其叫我"格格"，贵阳话的"格格"和普通话不一样，三石唤着，那份大哥般的亲切和友好令我感动。"你的关节好了吗？"三石关心地询问，他竟然记得我小时候的病状，夏天还需要戴着护膝。"我听你爸爸说，你去北京读书后，关节自然好了。到上海，就更加没有复发了。"我没有想到，留在三石记忆中的底片是关于我关节生病的细节。而我记忆中的三石还是年轻的样子，"上山下乡"之前，他到我家，与父亲长谈了很久，父亲鼓励他好好锻炼，三石是父亲眼里一个有抱负的青年。

三石一直在这所校园里工作，尽管是芸芸众生中的一个，不显赫，不发达，平凡而普通，岁月的痕迹也无情的显现了他的些许苍老，但我记忆中的三石依旧英俊、洒脱。

与邻居穆阿姨迎面而过，姐姐叫住了她。她记得姐姐，但已经不认识我了。待姐姐说明，她高兴地与我们攀谈。穆阿姨70出头，但没有老人的垂暮，一如往昔，着装讲究、得体。她的先生姓刘，曾经玩笑般形容我们姐弟三人“杨植杨格逗杨钟”，此语像广告般在校园传播，成了我们姐弟的概括——因为弟弟比我们小六、七岁，我们经常逗着他玩。穆阿姨家两个孩子也都离开贵阳，远去广州、深圳，他们老夫妻如同候鸟，冬天到儿女处住上半年，夏天回到贵阳避暑。在我记忆的底片上，印象深的是他们的侄女周慧，她正好从同仁到贵阳读书，寄住在穆阿姨家。唐山大地震那年，周慧母亲正好出差到此，不幸遇难。没有周慧母亲的遇难，唐山大地震不会深刻的印记在我的脑海。那时，几乎每一刻我们都在等待周慧母亲的信息，不相信她真的会遭遇不测。时间一天一天过去，绝望的周慧终于明白她已经失去母亲。更不幸的是，周慧母亲的遗体没有找到。她和无数丧身者一起，成为唐山土地里永远的灵魂。

三宿舍里，承载了一个本来应该远离灾难的悲剧。

阿玲是姐姐的同学，也是我们在三宿舍的邻居。那天相遇，在校园的路上，她两手拎着大包小包的菜。姐姐与她聊天的时候，我站在边上不禁回想起小时候的一次“战斗”。姐姐与阿玲发生口角，扭打起来，阿玲母亲竟然一脚踹到姐姐肚子上，姐姐疼痛得蹲了下去，我一时怒气冲天，跳起来冲着阿玲母亲就是一耳光。此情正好被路过的父母同事看到，立马上来劝架，我的“勇猛”名声由此“鹊起”。这个举动是记忆中我如同男孩般的写照。往事久远，姐姐与阿玲已经相逢一笑泯恩仇。

与三位三宿舍邻居的相遇，如那深色底片，是一种沉淀而属于珍藏心里的内容了。

鼓里的生命

——看杨丽萍《云南的响声》有感

一个偶然的机会，舞蹈家杨丽萍看到了一种鼓。那是在没有任何机械设备的时代，人们用纯手工制造的巨型乐器，最大的有3米多高，四条汉子也抬不动！那是鼓的祖先！是鼓的化石！她决心不惜一切代价，收集这些流浪在外的鼓。经过千辛万苦，终于用牛拖马拉，把几十面大鼓从中缅边界热带雨林的许多原始部落里，拉了回来！堆放在一起，变成了一片鼓的森林。于是，她有了创作《云南的响声》的灵感。

寻找这些鼓，杨丽萍花了9个月的时间。云南人把鼓做得和大象的腿一个模样，这和遥远的非洲大陆的鼓的形成是不谋而合的。鼓一个一个而至。去年11月，《云南的响声》拉开排练大幕。今年5月在昆明首演。

6月4日，上海大剧院大厅，这些鼓中的小部分摆放在显眼的位置，吸引观众视线。一张说明上写道："我们常见的鼓，鼓桶是用一条一条拼解，粘连制作而成。而这些鼓桶，则是用树龄上千年的大树，整体挖凿雕制出来的。具体制作的工艺尚不清楚。"观众先看了鼓，然后入席看《云南的响声》。

鼓里的生命是《云南的响声》的魂！

在云南人口死亡率很高的历史岁月里，女人生孩子的时候，部落里的人要打着鼓，载歌载舞地为女人"催生"。女人不生孩子，或者少生孩子，会给整个部落带来灾难，就像不能让田地荒着不长庄稼一样，男人最重要的事情，就是不能让女人的肚子空着。杨丽萍演绎这个生孩子的女人。序·胎音："那一月，我转动所有经筒，不为超度只为触摸你的指尖；那一年，磕长头匍匐在山路，不为觐见只为贴着你的温暖；那一世，转山转水转佛塔啊，不为修来生 只为途中与你相见。那一瞬，我飞升成仙，不为长生，只为佑你平安喜乐。”舞台上，表演者将出家人吃饭的家私“钵”，当成一种乐器！鼓的声音里有了神的音韵。这是一种首创。钵发出的声音，是人和人，神和人，心和心的共鸣之声。是每一个新生命在母腹内发出的胎音。杨丽萍在一个大鼓上辗转反侧，苦痛、挣扎着护着肚子，等待小生命降临。大鼓四周是各种形状的鼓，人们敲击着鼓的节奏，等节奏里的那一声啼哭！

第一场·催生：“曾经岁月里，女人生孩子，如过鬼门关，生死未卜。所以，民间歌谣有道：人生人吓死人，娘奔死儿奔生。每当这个催生时刻，全村人都当击鼓为孕妇助威使力。”舞蹈中，一个女人沿着鼓铺成的路，走上祭坛，踯躅在阴阳两界之间……这个女人就是杨丽萍！女婴降生了，母亲去了天国。

从网上的各种资料中看到，杨丽萍有过做母亲的愿望。但医生的结论是：女性脂肪必须在22%以上才可能生育。杨丽萍为了舞蹈长期节食，达不到生育的标准。如果选择生育，她必须增肥，这样预示中舞蹈生命的结束。她放弃了做母亲的念头。这个决定几乎危及她的婚姻。采访她时，我直截了当提出她扮演催生是否想表达做母亲的情结和遗憾，她笑答没有，说：“民间就有着这样的习俗，我跳舞只是好玩。和我的付出没有关系。”她的回答令我心里十分震惊。我无法确定她的回答是否真实。

艺术家最在乎心灵深处的东西。作为女性，面对放弃一个永远不能再有的愿望，心里一定苦痛过的。所以，她的洒脱一下堵截了我询问的思路。边上一个男子仿佛希望结束这个话题，诚恳的感谢着我，让我停止询问，“我们还有事，今天就到这里吧！”他说。

回到演出中。最后一场是“喝醉了的鼓”。“似醉而非醉之时，男人的状态最佳，女人的状态最美，男人和女人发出的响声最动听。……在鼓的森林里，几乎所有的人都喝得差不多了。酒喝到出现幻觉的时候，鼓打到忘我的境界，突然一声呐喊，全场安静下来。一阵熟悉的歌声传来，似乎是那位逝去母亲的声音！在蒙昽的醉意中，人们仿佛看到了阴阳相隔的母亲和她的女儿共舞。”杨丽萍出场了，演绎那位逝去的母亲，母女在鼓声中舞蹈，长长的头发甩动着。女儿也穿着与母亲一样的蓝色衣服，预示着生命的延续！

就生命过程展示，杨丽萍出现了两次——在鼓声中生完女儿后离世；又以灵魂再现的方式与女儿在鼓声中共舞。《云南的响声》传达给观众的还有很多，如：云南的每一片叶子都会跳舞，每一个石头都会唱歌，蝴蝶拍翅膀的声音都是节奏，谷子拔节的声音都是旋律。演员们惊人的创造力、表现力，连杨丽萍都很震惊。千百年来，人们顺手拔一根竹子，挖一个孔就可以吹奏；随便摘一片树叶，两手一搓，就是一个吹管，吹完就扔了。许多乐器都是在田边地头就地取材，随手制作，即兴创造。植物的根、茎、枝、叶、花、果实、种子，甚至手里的镰刀、锄头，家里的坛坛罐罐，石磨水车，凡是能发出声音来的东西，都有可能变成乐器。

这就是《云南的响声》！

杨丽萍还有一段舞：牛铃舞。权且把它作为一个力量的表达吧！连牛铃都可以响出音乐的声音，可见杨丽萍是把云南能挖掘出来的声音都展示出来了。遗憾的是，如果在这个舞蹈中，杨丽萍能够即兴引导演员群舞，全场观众一定会在节奏中兴奋的舞动，首创一个灵性般民族舞的互动场面！把剧院也当成田间、树林，让大城市的人们放松一把，学几个杨丽萍柔润、柔软的动作，如同练了一招瑜伽。

这也是生命中需要的沉静和沉淀。就像那些鼓，从“文化大革命”后被废弃直至杨丽萍找回来重新赋予生命，也正是沉淀后的一种灿烂啊！

所以，撇开杨丽萍个人情愫，观众应该是要感谢她的：2004年推出的《云南印象》，云南已经修专门的剧场，长期演出；2007年与容中尔甲推出的《藏谜》，九寨沟也修建专门剧场长期演出。对杨丽萍而言，这是一种最大的认同和安慰！和《云南印象》不同的是，《云南的响声》在排练中已经被订购了50场巡演。

2009年6月5日

2009年6月6日修改

作者简介

李梦（1963～ ），出生于云南省个旧市，现居个旧市。

回家（外1篇）

故乡，宛如父亲思想深处的一棵树，随着岁月的流逝，日渐茁壮，枝繁叶茂，青翠碧绿，四季常青，在父亲的梦中摇曳着思乡的情愫。父亲总是喃喃地说：“我要是能常常回家看看就好了。”此时父亲的故乡就像天上的月亮或是星星，甚至乌云，引得父亲频频抬头，仰天长叹。

父亲的故乡是一个依山傍水的村子，依的山叫小瓢山，傍的水叫异龙湖。村边有一寺称为水月寺，在很多年以前，寺在湖中的一个小岛上，进寺烧香要坐船才能到达。父亲当年走南闯北，在城里安家以后，做了领导和城里的人，家乡的亲人是十足的风光，三伯在村中常常说我弟弟怎么样，许多人就会闭上嘴听着三伯的话在乡村美丽的田野飘荡。20世纪50年代末，父亲一身挺括的毛呢中山装带着新婚的母亲回到村里，气宇轩昂，一副衣锦还乡的样子，对村里的来访者，一例几颗糖，亲戚家一例小手帕或一截棉布，那时这些都属稀罕的东西，只有常常到北京开会或到外地出差的父亲有这样的机会和能力买到。父亲那时在城里是高薪阶层，一出手给奶奶的100元钱，让乡亲们瞪直了眼。父亲可谓是耳里灌满乡邻和玩伴的赞叹声。回城里的父亲每月寄给奶奶的20元零花钱，奶奶一定是见人就说，而三伯一定是要揣在上衣口袋里，露出汇款单的一只角，在村子里走上两三天。这时，常会有人问："三叔，你家老四又汇钱了？"三伯就很高兴地点头，甚至掏给人家看，也不管人家是否识字，然后，才会到县城的邮局取回钱来。天长日久，三伯没了兴趣，才由上初中的大哥代替了这件事。

以后的日子，父亲是每年回一次老家，总带着姐姐回去。城里的女孩小公主一般，总是要睡家中最干净的床，奶奶就只好将父亲给的一床床单，留着招待这对父女。回家的前三天，父亲就开始寝食不安，进进出出收东西，自言自语，极不正常。父亲照例要将城里省下的粗细粮一并背回乡下，当父亲的吉普车一进村子，就有小孩早已告诉奶奶，你家老四回来了。母亲很少去，母亲成分不好，做人就要自卑一些，面对乡亲的热情的赞扬，母亲总有欺骗他们的感觉，心里就怯怯地不敢多去。奶奶也不在乎，儿子、孙女回来就成，媳妇是人家的，她从来就不会想得慌。直到1964年，奶奶去世，我出生，父亲回家的日子渐渐少了。再后来，时局变化，父亲既不能回家乡避难，又不再有回家的欲望了。日子就这样将父亲思乡的情愫磨得无影无踪，磨得父亲沉默寡言，以酒为伴，父亲再不提回家的事，对于父亲来说，回家本来是千百种幸福中的一种，落魄的父亲整日挨批挨斗写检查，担心再犯错误的父亲有什么幸福可言呢？直到父亲恢复了工作，父亲回家的念头又开始滋生起来，又听见父亲时不时念叨几句，要抽时间回趟老家。20世纪70年代中期，弟弟出生以后，父亲有了回家的机会，从通知他到老家出差的那一天起，父亲开始坐立不安。后来，第一次因为钱和母亲吵嘴，此时，他才发现，家中的经济已经远非50年代可比，最后斗争的结果是母亲拿出了过年家中留着的200元钱让父亲终于还算体面地回了一次老家。我的父亲此次回家后，有5年时间再没向母亲提过回家的要求。他深知，他已经不是从前李家的老四了。

我考大学那年，父亲亲口对我说，今年小妹考不上大学我就要回老家，母亲说可以，暗中却对我说，你一定要考取，否则你爸回老家，妈这些钱又白存了，我果然考取大学走了。父亲也确实失去了回家的机会，但父亲仍然很高兴，这是父亲在我记忆中失去回家的机会却没有生气的唯一的一次记忆。

在我大学4年里，每次放假总是急急忙忙赶回家，我开始理解了父亲的心情，我常听父亲向母亲提着要回家的事，母亲总说，等小妹大学毕业才去，领着小妹去一趟，父亲此时的性格已韧性了许多，母亲每说以此，他就不再开口。终于在我大学毕业的那年，回到父亲的老家，才到村子的边上，父亲的脸色就激动得红起来，脚步格外地快，我们剩下的4个人，被父亲远远地抛在后边，他边喊边不停地走，走过村子时，不时有人说："四叔，回家了，好几年不见。"父亲边忙着招呼，边匆匆往家去。走到父亲的老屋前，父亲却愣住了，属于父亲的老屋已经塌了，三伯家的老屋已变成一幢崭新的瓦房，父亲的表情古怪而痛苦，我赶到父亲面前时，父亲只说了一句："我的家不在了。"眼睛忽然晶莹起来，我大喊："三伯，三伯。"三伯慌不择路，赤脚奔了出来。兄弟俩的见面，才打破父亲的悲观，但失去了往日兴高采烈从这间屋走到那间屋的情景，默默地坐在三伯家的堂屋里，听三伯谈这几年家中的种种变化。我们一家就栖息在三伯家宽敞的新房里，半夜我轻轻走到天井里，父亲如我意料中的那样，面对他倒塌的老屋神情悲伤，我轻轻地说："爸，睡觉吧，你以后想回老家我们重新盖一间房子就行。"父亲叹口气说："姑娘，这是你爷爷留给我的祖屋，何况重新盖一间，谈何容易。"说完低头走进了房里。这次回家对父亲来说是一次打击，父亲落寞多了。一晃10多年过去了，父亲真的没有能力回家去盖房子了。家乡的人由于政策好，又勤劳，家家都有了新房子，父亲倒塌的老房地基在周围林立的新瓦房、楼房中愈加可怜，此时的父亲回家的次数多起来，却是一次比一次伤感，一次比一次失落。每次回家归来总是说"你大哥家养鱼了""你妹妹家养牛蛙了""甘蔗今年价钱好了，家家都有了大笔的钱""农村盖房子的市价又涨了，靠工资别想回去盖房子了""算了，我死在城里你们把我拉回去埋算了”等等。后来父亲索性不回去了，倒是家乡的亲戚手里有了松动的钱到城里来得很多，父亲念回家的事时，总有人说：“不盖房子了，跟我们住，现在日子好过了，你那点工资自个用，吃的我们供，保你日子舒心。”父亲总是点点头，事后却总对我说：“又不是自己的房子，是住在别家。”那意思很清楚，这不是回家，万万不能天长日久，人家会厌烦。而母亲早已习惯，一副稳坐泰山的样子，任父亲唠叨不开口搭一句。每每这时，父亲总要急急问一句：“你表个态行不行？”母亲就回一句：“你盖得起房子就回去。”父亲就不再说一句话，自顾自抽烟去了。直到有一天，我这一辈的大哥来到家中，父亲高兴得连叫：“李家的大儿子来了。”按规矩在农村这是小辈中说话算数的人，才开始吃饭，父亲就开口了：“老大，我已经退休了，我想回老家住呢，房子又已经倒了，住别家不方便，但我死后一定要埋在老家，跟你爷你奶在一起。”神情很严肃。大哥连忙说：“四叔，只要四婶同意，一切事情我们会替你办。”父亲提起酒瓶给大哥倒满酒说：“那就拜托你了。”大哥说：“四叔，别见外，只是现在农村人有钱了，办事复杂起来，要花很多钱，妹妹她们有这个能力吗？”父亲急问要花多少钱，大哥说送一个人上山要花两万元左右，父亲惊得说不出话来，表情比哭还难看。这顿饭不愉快地结束了。

父亲是说这些话的第二年去世的。去世的头几天他就像是有预感一样，老说我死后就火化了，放在公墓，他们好来看我。我总想阻止他说这些话，可打断他又说起来，我心知，他是怕我们背债，怕拖累我们。父亲走的头一天，他精神挺好地出去玩，回家时碰上殡葬政策的宣传车，随手接过一张材料回到家里在沙发上坐了半天，母亲生气地将他手中的宣传单拿掉扔在垃圾袋里才算了事。谁知第二天父亲吃完饭睡下后就永远地走了。我将他送进太平间时却意外地在口袋里发现了那宣传材料，我按材料上的电话号码给父亲联系了有关事宜，第二天清早一辆车接走了父亲。此后，便是父亲落棺的日子。赶来的大哥在父亲的骨灰盒放进公墓后突然说一声：“四叔，你安安心心的，在老家在这里都一样，你在这儿生活了40多年，这儿也是你的家。”我的心沉沉地落下去，再也起不来了。

然而，父亲回家的事，远未结束。在父亲去世后的半年，三伯因为肺癌去世了，我们一家急忙赶回老家奔丧，刚踏进三伯家的院子，老家的六婶把母亲拉进房里，问母亲是否为父亲奠过祖，母亲摇摇头说没有。六婶并说她几次梦见父亲头发花白地在老屋门外转悠。母亲和我听得心里阵阵发酸，父亲阴魂不散，在另一个世界还在想回家的事。六婶说你们出一点，和你三伯一起为你爹奠祖，然后招招魂，他就可以回家了，还可以上桌子同祖先们一起吃饭。我连忙掏出身上所有的钱交给六婶。傍晚的时候，六婶抱来了一只鸡，在老屋院子外插一块仙人掌，烧了“银子”，脱下了弟弟的衣服和裤子，挂在椅子背上。一块长6尺6的白布，一边在弟弟的背上，一边搭在椅子上，椅子上放了米和纸符，六婶和一位请来的先生口中念念有词之后，我们边叩头边说：“爸爸快来穿衣服了，穿好衣裳就回家了。”叩完头，弟弟在前背着白布的一头，我与姐姐抬着椅子拉着白布的另一头，请来的先生在一边喊着：“让开，让开，回家了。”弟弟嘴里也高声喊着：“爸爸，我来背你回家了。”进屋后，六婶将白布迎着灯光仔细看了半天，指着上面一个清晰的印子对我说：“招回来了，回家了。”我的心终于落了下来。第二天一早，弟弟刺破手指，经过一番仪式隆重的奠祖后，我想象我的父亲终于按六婶们描绘的那样在这老屋的院子里走来走去了，吃饭的时候他和祖先们已经在供桌上吃饭了。当丧事办毕，在我离开这间老屋的时候，我却觉得丢下父亲的感觉格外强烈，我心酸地想：爸爸，让你以这种方式回到你想了40多年的老家，实在是儿女们的无能。

我从变化巨大的村子中走过时，心想父亲就站在老屋的门口送我，突然间我依恋起这里来，原来这也是我的老家。那些跟我一脉相承的先祖们永远留在了老屋里，我也将会常常念叨起想回老家看看的话了。原来老家就是这样代代相传永不被人忘记的一种牵挂，是醒着梦着都会扯痛一段相思的浓情，从不因为你身在异乡、心在四方而改变。

在生命的月色下

不是每一个人都会拥有月色的……

我似乎属于那种把想念放在心里，把无奈握在手中的人。因此，月色对于我，也是一种奢侈。

15年前，我与我的大学同学去登青城山，入夜后，青城山的月色似乎也比别处的月色更美丽。我坐在一块银光闪闪的石头上，双手抱膝，沉默地看着天空中皎洁的月儿，神情从未有过的专注。我的一位同学认真端详着我，突然说了一句："阿咪，在月色下你好美。"我不禁笑了，月色真的美，而我只是被月色美化了。

而现在，我却不敢轻易地说月色如何迷人、月儿如何美丽了，赏月除了是闲人闲心的一件雅事外，如今的月儿早已无往昔的风采了。

有一年中秋，一位朋友从家中打来电话，告诉我他在家中的屋顶上赏月，月儿是多么美丽，让我也走出户外去看看。我步入天井，抬头只见一方小小的夜空，无数明亮的窗，月儿却是躲在高楼的背后，让你千呼万唤始不出。

有一天半夜，我突然从梦中惊醒，久久无法入眠。我翻身时，却无意发现窗帘被月光穿透一般迷蒙动人，遂急急披衣下床，拉开窗帘，推开窗户，急急地抬头赏月，却发现夜空如墨，除几颗星星外，哪里有什么月儿。原来是一盏明亮的路灯在万户寂静之后，格外地明亮起来，心中不觉无限地感叹，一方小小的天井哪里会有月从高楼的缝隙中升起呢。

一年中秋节，我蓄足了一个夏天、半个秋季的浪漫和雅兴，与家人来到公园里共度佳节。我在草地上铺好席子，静静地等待明月的出现。夜色渐浓时分，我的眼睛突然一阵刺疼，意识里突然一片空白，我知道公园里怒放的华灯将我深深地刺伤了，从眼睛到心灵。

有了一再被骗的感觉后，我开始将月色的纯美从心里去遗忘。这个世界强烈的东西太多，诱惑太多，满街的华灯耀得人眼花缭乱，早已将月色挤出人们的视野，使人们已经忘记凭借月色在林中散步或是赶路的那份浪漫或感激。这样耀眼夺目的夜晚，教我如何从“满天星”“梦中月”“银河系”等豪华的彩灯、宫灯、顶灯、吊灯、路灯，从灯路、灯塔、灯屋中将月光区分出来。美丽的、纯洁的月亮必须以墨盘般的天空为衬，繁星为伴，这个世界让我们从华灯闪烁的繁华中忘记了月色，我如此耿耿于怀，只能说是一种迂腐吧。

我其实是真心地想拥有一缕月光，让它从遗忘的门缝中悄悄地洒满一地，让我疲惫困顿的心灵于暗夜中被银装素裹。在突然惊觉的深夜，有月光陪伴和感动自己，然后，让双眼噙满泪水，用潮湿的双手抚摩干裂的心灵，并喃喃地轻吟“天涯明月共此时”……

其实，这个世界怎么能有永恒，拥有太阳，就会被阳光晒伤；拥有月色，就会被寂寞占有。在世间闪烁不定、频频更新的霓虹下，我已分不清月色和灯光，只能像一只受伤的兔子一样，躲在暗影中怀念生命的月色。

我因此只敢想念月色了……

想念月色，我就有了一份奢侈的幸福。我把月儿在心中画成喜爱的形状，满月、月牙、半圆，每个夜晚在心中变幻它们的圆缺，在心灵的墨盘里放几颗星星，摆一枚月儿，月光便开始在心灵的夜空里恣意泼洒下来，泻满心间。这时我开始在月色中温柔起来，吟诗舞蹈、举杯饮泣，让一切轻来轻去，只有我深知这份美丽里别样的凄凉和忧伤、宁静和从容背后，难舍的珍爱和无奈。

我只有想念月色了……

听够了虚伪的表白，看腻了做作的潇洒，朴素的月光就成了心灵的鸡尾酒，让人虽难品其中滋味，却注满诱惑，让你在繁华处频频回首，却不想，也不能放弃世俗的诱惑，随清白的月色沉浮此生。只有在心灵的草地上升一轮明月，温柔自己；洒一地月光，抚慰自己。让自己在心灵的月色里找到归宿。

在这个只能将月色写进诗歌和散文的季节里，我只能坐在生命的月色下，托腮遐想……

这个世界，除了想念是一种真实外，还有什么让你相信永恒……我不禁想起一句话“学会放弃”，我不知该放弃什么，只好闭上眼睛，邀月色共枕，牵月色伴眠，然后，在生命的月色下，珍爱自己，拥抱心灵的明月……

1999年3月

作者简介

巴莫曲布嫫（1964～ ），出生于四川省昭觉县，现居北京市。

走近鬼魅：美女与鬼源（外1篇）

相传，很古的时候，在天和地的中间，在大地的中央，有一个终年被一团团红云和一片片白云掩映着的地方。天上的神，地上的人，只有在红云和白云交替的时候，才能看得见这个美丽而神奇的地方。这个被称为“苏祖”的地方，就是巴布凉山。

1992年初春，我为完成国家社会科学青年基金的研究课题，从首都北京回到阔别已久的家乡凉山，选择彝族传统文化保持得最为深厚的腹心地区——美姑县，开始了为期4个月的田野定点调查。作为本族人研究本族文化，在学术上被称为“本位研究”或“自观研究”，其最难避免的调查失焦就是对自己所熟悉的文化现象熟视无睹。在凉山生、在凉山长的我，初到巴布腹地时还是有些漠然，尽管有详尽的调查提纲，但几天过去之后，发现自己一无所获，十分懊丧。直到有一天在下乡的途中，我这被铁锈锈住似的感觉突然被深深触动了。

那天，我坐早班车前往维其古（天鹅之乡）。须臾之间，车出县城便爬上了蜿蜒盘回的山道。是时天色微明，河水上流动着乳白色的、湿意颇浓的晨雾，山坡上的村寨影影绰绰，远处的山峦也在朦胧中依稀可见。溢满兰花草烟味的中巴车时疾时缓地前行在树冠之间，就在这种黎明昧爽之中，有一种发现在瞬间突破了感觉的滞重：雾气缭绕下的一簇簇树叶反射着破晓微颤的晨光，就在光的影动中，我看见一排排树干上有草绳捆着的一块块木板。“哪是什么？”我脱口而出，身边的一位白发长者带着诡谲的目光告诉我说：“那是鬼板。”接着他便口若悬河地讲起了一个关于鬼起源的神话——《紫孜妮楂》：

天地混沌渐分明，六个太阳七个月亮的时代已经过去。雄鸡鸣晓，云雀飞旋，天色渐亮，在彝族贵族首领阿基君长的领地，小伙子们吆喝着猎狗踏上出猎的山路，向森林走去。随着一声狗吠，一只花白色的獐子被撵出了竹林。白獐在奔逃途中，碰上了举世闻名的英雄——阿基君长的武士罕依滇古，不论白獐怎么请求和劝说，还是挡不住罕依滇古的射杀之箭，白獐被射中，箭折其颈，直穿其尾。人们跑到白獐倒下的地方却不见白獐的影子，这时人们听到前方有猎狗的吠声，便顺着声音前去查看，发现猎狗群正围着一棵开着红花的大树在叫。罕依滇古认为这棵树中藏有东西，他连忙拉弓搭箭向树射去，树枝被射落了一枝后就不见了，而站在他面前的是一位美丽的姑娘，她就是容貌漂亮无比的紫孜妮楂。

一天，另一个部落的彝族贵族首领兹阿维尼库带着猎犬进山寻猎，与紫孜妮楂不期而遇，一见钟情，紫孜妮楂跟随阿维尼库来到他的部落寨子，两人幸福地生活在一起。第一年紫孜妮楂是一位花容月貌的美妻，第二年紫孜妮楂是一位聪慧能干的贤妻，但到第三年，紫孜妮楂开始变了，变得凶恶无情，寨子里开始莫名其妙地连续死人。第四年后阿维尼库生了病。一天他询问紫孜妮楂的家世和来历，她如实地告诉了阿维尼库。阿维尼库听后大为惶恐，开始谋计整治紫孜妮楂，便佯装病重。紫孜妮楂为了给阿维尼库治病，一天，变成一只赤羽的山鹞，瞬息间飞到大海中的小岛上寻回天鹅蛋；一天，变成一只花斑的豺狼，转眼飞上高耸的大山，钻入黑熊的胸腔取回熊胆；一天，变成一只水獭，一溜烟潜入江底找回鱼心……但均无疗效。一天，阿维尼库说除了武则洛曲（即四川境内的贡嘎山）雪山顶上的白雪能够治好他的病以外，什么也救不了他了。紫孜妮楂救夫心切，便决定不论怎样也要去千里以外那关隘重重的雪山采雪。

紫孜妮楂出门后，阿维尼库随即请来了寨头的九十位毕摩（祭司）和寨尾的七十位苏尼（巫师）在家中念经作法。而此时紫孜妮楂已历尽千辛万苦，正从雪山归来的途中，因毕摩、苏尼的诅咒她慢慢变成了一只灰白身褐红尾的山羊，而她为阿维尼库采来的雪还夹在蹄缝中、卷在皮毛里、藏在耳孔中，裹在犄角上……即使知道自己性命将绝，也要驾着风从雪山上往回飞。她要把雪送回来，表达她对阿维尼库至死不渝的爱情。而阿维尼库又遣来九十个男青年，用箭射杀精疲力竭的山羊，并将它捆缚起来打入山头的崖洞里。没过多久，紫孜妮楂变成的山羊从崖洞里被水冲到河中，落入乌撒君长家的三个牧人在河里布设的接鱼笼里后，被不知情的人们剥皮而食。结果，吃了紫孜妮楂变成的山羊而致死的人，又都变成了到处害人的鬼，乌撒拉且、维勒吉足、果足吉木、笃比吉萨等部落支系的彝人都被这些紫孜妮楂变来的鬼给害尽了，各部落的毕摩、苏尼都在诅咒紫孜妮楂，千咒万诅，都说鬼的来源是紫孜妮楂。

神话讲完后，老人接着说，从此彝家延请祭司毕摩来举行咒鬼仪式都要选用山羊作为咒牲，并在木板上书画各类鬼的形象加以诅咒，所以称为“鬼板”，并将之送往通向鬼山德布洛莫（在甘洛县境内）的山道旁，以示将鬼驱送回鬼蜮。在祭司毕摩的彝文经籍中还有一部《咒鬼经》，又名《紫孜妮楂》，以五言兼以七言的诗体形式广泛流传于大小凉山彝区。该经即讲述“鬼”的起源，因为按彝族宗教仪轨，咒鬼必先叙述“鬼”源。听了这个古老的神话，我深深地沉浸在这个爱情悲剧之中，虽然彝人认为“美女附妖灵”，痴情的美女成了鬼之妣娥，但我还是为她至死不渝地忠贞于爱情而喟叹不已。

从内涵上看，《紫孜妮楂》是一部怪、力、乱、神的宗教“鬼话”——鬼的起源，同时也是一篇感人至深的爱情佳话——人鬼之情。怎样来看待这部作品的内容价值呢？首先，作品是彝族原始宗教祭司关于鬼的起源的诗性阐释，以述源的方式，仿佛是“事实”般地叙说了万鬼之源——一个由白獐变成的美女紫孜妮楂。显而易见，这是一篇关于“鬼”的神话叙事长诗，仅仅从女主人公紫孜妮楂的“变身”来看，其神话色彩颇为浓厚的幻想性叙事特征就已经十分显然。其次，在彝族原始宗教中为什么把如此美丽、聪慧、对爱情坚贞不渝的彝家女子，说成是人人惧怕并拒之千里的“鬼”之妣娥呢？如果我们仅从表层上看，这反映出彝族原始宗教中的“女性不洁观”，也反映出彝族民间心性中的一种俗信，“美女附妖灵”，美女即妖女，美女的魂极易被鬼精灵缠住而变成“活鬼”，一般认为她们会给外人带去病症和灾祸，故不能随便走家串户。加之，彝谚有云：“獐麂后盾是森林，姑娘后盾是娘家。”“贤女依凭的是生育魂，圣男倚靠的是护身魂。”紫孜妮楂固然貌美聪慧，却没有强大的“娘家”做后盾；与阿维尼库同居数年仍无生育，这样在彝族传统社会必不受重，或遭鄙弃，或招诽谤。

但从深层上来做分析则有两种途径：一者，在远古的神祇中，鬼多为女性，神则多为男性。实质上这是母权制逐步向父权制过渡的特定历史时期，男女两性之间勃豀争衡的余音远唱；二者，彝族民间有种种关于紫孜妮楂的传说，基本情节与毕摩经籍是一致的。经有关学者研究，认为经书和民间传说中所描述和记载的几个人物如兹密阿基、罕依滇古、默克达则和阿维尼库都是东汉时期的彝族历史人物，兹密阿基君长即妥阿哲（属六祖默部后裔德施氏），其部落后裔以其名命名为阿哲部，享誉天下的英雄罕依滇古是其武将，曾跟随他征战几十年，最后因其谋臣默克达则的暗害而死于悲凉之中，彝人在火塘上方立起锅庄石，以标识对这位英雄的纪念。也有传说认为乌撒（德布氏）部和其他几个先民部落之间曾发生过为争夺美女紫孜妮楂而大动干戈的部落械斗事件，其中某个部落施毒于山羊而害死了其他部落的许多人。如果说传说中的确有历史的影子，那么这篇祝咒经诗产生的历史背景也就可以如此解释：因争夺紫孜妮楂的两个或两个以上的部落发生械斗性质的战争，由于各方都有许多彝人死于这场械斗而变成了鬼。

因为在彝人的信仰观念中，人死之后或成为祖灵，或成为鬼灵，取决于死亡性质的正常和非正常，战争中丧命者属非正常死亡，其灵魂无疑会变成荒野上四处游荡并作祟于生者的鬼。故而将造成战争的原因——美丽的紫孜妮楂也视为鬼源了。那么，这篇祝咒叙事长诗以其想象或幻想的方式，融神话和现实为一体，并附着上一定历史时期的史事传说，曲折地反映了远古时期彝族社会此起彼伏、“衔冤则世代相累”的血族械斗和部落战争，给紫孜妮楂造成厄运的正是战争和武力。

一到目的地，我便急不可待地请刚认识的彝家小伙史铁跟我去拣鬼板。那知史铁一听便面露怯色，他为难地说：“不行，鬼板不能碰，甚至都不能看，否则鬼会附身作祟，给人带来灾难。”我执意要去，史铁勉强跟在我身后。

不知为什么，就在我伸手去够那树丫间的木板时，一种莫名的冷颤从指间传入身体。我本能地缩回了手，回头望着站得远远的史铁，一时不知所措。史铁不紧不慢地甩出一句话：“你这是违犯山里的禁忌。”我还是不想空手而归，终于鼓起勇气解开了草绳，两块粘连着血迹和鸡毛的木板滑落到地上，我俯身细看，只见木板上用血画着几个小人的模样，还有鸡和羊一类的动物形象。这时，过路的几个山民发出“啧啧”的惊呼，随即便向地面连吐几口唾沫，以迅疾的步子仓皇离去。史铁说这是为了避免鬼跟随他们。回到住地，史铁再三嘱咐我不能把鬼板拿进房间，随即找出一堆报纸让我把拣回的鬼板裹起来，放在屋外的墙脚下。一个多星期后，我返回县城。临走时，史铁特别认真地告诫我：“千万不能让司机或乘客发现你带着鬼板乘车，否则一定会把你赶下车的。”我小心翼翼地用报纸把鬼板包了又包，藏进行李。尽管一路上忐忑不安地唯恐泄露了包中的秘密，但这一次“犯忌”使我收获到了我视如珍藏的五块鬼板。

因了这次颇为神秘的体验和经历，我领悟到了改进调查方法的某种启示：

这是一方万里无云的山野，心之巢窠不应再有既往记忆落下的影子。也许那瞬间的感悟只是季节里的阵雨，但寂寥的山原已因之闪烁出深藏未知的湿亮。

把调查定位于彝人的鬼灵信仰与祝咒仪式后，我只身在山里的日子也开始有了一种特别的色彩。我从画鬼板进而发现了扎草鬼、塑泥鬼、雕祖灵、绘神图、制剪纸等毕摩仪式中的巫祭造型手段，便开始认真地追寻山里人的万物有灵观念与鬼神崇拜，严肃地思考每一块神图鬼板上所凝结的文化内涵与民间心意。此后在美姑，我最深的感触便是每天都处于激动之中，每到一寨、每访一户都能找到调查的兴奋点。也许是由于我对“鬼”的痴迷与执着，山里的乡亲们渐渐不再避讳谈说“鬼”了，并给了我一个特别的名字——“巴莫鬼”。

1996年3月

走近鬼魅：神图与英雄

神图也是彝族祭司毕摩在宗教仪式上与鬼神相通的重要手段之一。彝族创世史诗《勒俄特伊》中的射日英雄“支格阿鲁”（相当于中原汉族神话中的后羿），他出生于龙年龙月龙日龙时，是龙鹰之子，有神奇的身世，具备降魔伏鬼的特殊本领，乐于为民除害和主持公道，关于他的神话传说在彝族民间可谓家喻户晓、妇孺皆知。而在毕摩的神图中通常也是以支格阿鲁的形象为主体进行构图，以简洁的线条浓缩了他降魔伏鬼的神迹异事。

图中的“支格阿鲁”，头戴铜盔，手持铜矛、铜箭、铜网，头顶日月，脚踏大地，一幅威风凛凛、正气浩然的神人模样；神话中他是总管人间一切不平事的大神，是毕摩治癞病和咒人、咒鬼时的护法神。神图中有他乘骑的九翅飞马“斯木都迭”，意为长翅的天马。传说它三天在天上，三天在地下，三天在空中，可变化成云、雷、雨、雪，支格阿鲁乘此马可以征服天地间的魔鬼妖怪；还有神孔雀“苏里伍勒”，叫声如蛇，蛇闻其声来聚集即被它吃掉，为“蛇鬼”的天敌；最下方为大蟒神“巴哈”，这吃蛇鬼，可以吞食一切“初”鬼。故而，毕摩则通常在驱鬼咒鬼的仪式上使用这幅神图，以示以借助支格阿鲁的神力来助法并降服一切鬼怪。此外，彝家通常延请毕摩绘制这种神图于木牌上，视为神牌，挂于家宅的门楣两侧，以示以支格阿鲁的神力来镇宅驱鬼。

从这幅拙朴的神图中我们可以看到日月二象及神人飞马之象。此外，按毕摩的解释，支格阿鲁的身体呈方形则喻示着大地四方，其头戴铜盔是与雷神斗争的象征；其手持的铜矛、铜箭、铜网则是其降魔伏鬼的象征，因为在彝人的观念中，鬼惧怕铜器。神图中的神禽神兽皆为支格阿鲁的助手。同时，这幅神图中还隐喻着一个悠远的、古老的关于部落发生史的神话——“蒲莫列依嫫感孕鹰血而生支格阿鲁”。从此一个古老部落的孕育与诞生便十分美妙地在毕摩的宗教绘画中被凝固为神图而与诗歌——创世史诗《勒俄特伊》发生着内应和联结。

毕摩通常在驱鬼咒鬼的仪式上使用这幅神图，通过作法念咒，将自己的法力附着在神图上，以示以借助支格阿鲁的神力来助法并降服鬼怪。故而，神图在仪式上实际起着符咒的巫术功能。毕摩正是在巫术观念的支配下，赋予咒经以有声语言的神秘力量；将文字构筑成咒词书写在神图上，使图画与文字组合成咒符，或托以神意，或施以法力，在与仪式的结合中，使其发生驭使、指令性的作用以达到目的。

支格阿鲁神图除了绘制在毕摩的咒经之中成为凝固、静态的宗教经籍插画以外，通常还以动态的方式运用在咒仪之中，而且神图成为一种具有强大灵力的咒符，从而与具体的仪式环节交相呼应。据笔者在凉山腹地美姑县的田野调查而言，神图使用的仪式场合主要有以下三种：

其一，多用“初几”“初尼木”等咒麻风病鬼的仪式。彝族民间最为惧怕的疾患是麻风病，俗称“癞病”，通常认为“初”即麻风病鬼是病源；而且“初”鬼往往在云雨雷电之中以蛙、蛇、鱼、水獭、猴及蜂等动物形象出现，侵入人体后便引发或传播麻风病，同时也往往将有顽固性皮肤病的人也视为如麻风病一样加以躲避。只要发现有皮肤顽疾、村寨遭受雷击或以某种征兆为据，认为有麻风鬼侵害时，就要举行驱逐或预防“初”鬼的仪式。一般法术不高、技艺不精的毕摩也往往不敢妄为这类仪式。由于神图在仪式上的主要功能是借助神话英雄支格阿鲁的神力来降服一切“初”（麻风病鬼），民间又习称为“防初图”或“降初图”。

其二，有时也用于当地一年一度的“伊茨纳巴”（招魂仪式）中。“伊茨纳巴”大都在每年彝年前的冬季举行，因为彝人俗信在过去的一年之中，由于出行、放牧、耕作、狩猎、送灵等户外活动较多，自己的灵魂可能会在某一时段已离体而游荡在山野谷地之间。故而在新的一年即将到来之际，必须举行招魂仪式，而且必须与反咒仪式“西俄补”结合起来进行，即招魂前必先进行“西俄补”，该仪式具有反咒、解咒、防魔、祛邪、净宅之意，似为所招之魂扫除一切障碍，以便使走失的灵魂欣然地平安归来。故而“西俄补”时，毕摩反咒的鬼怪邪魔中也包括“初”鬼，要诵《防初鬼经》，挂“防初图”。

其三，用于防卫仪式“斯叶挡”。在美姑彝人的观念中，家支和亲族中先辈有人患过麻风病，或当前有得麻风病的，就要举行这种防卫仪式。仪式前劈砍好一块杉木板，绘上支格阿鲁神图上的所有图画，并写上咒语，视为“神位木”，即神牌，再用黑杨树木做成三块边沿上刻有齿纹的木板，与神牌捆在一起。然后举行一次小型的“西俄补”反咒仪式，由毕摩作法施咒于木板之上，最后用神牌在主人家周围转圈，再在每人头上触碰一下，就挂于家中正屋的门楣之上，以示镇宅防卫，阻挡“初”鬼。以后凡遇家中举行“西俄补”反咒仪式时，都要将神牌取下来让毕摩祟信做法念咒，以使其继续保持灵验的法力。

此外，彝家通常延请毕摩将这种神图绘于纸卷或木牌上。每逢彝年时，家中有此神图的人家要将之挂在屋内主人位上方的“哈库”间外壁上，因在彝人的宗教观念中，认为过年家家户户杀猪打羊，“初”鬼也会前来找好吃的，故挂上此图可防其侵害，并笃信只要有此图在，“初”鬼就不敢前来。

从以上拙朴的神图中我们可以看到日月二象、神人飞马、孔雀蟒神、蛇鬼初鬼之象。对谙熟史诗《勒俄特伊》和神话《支格阿鲁》的彝人来说，神图上的每一个图纹都有其神话的原型，每一个彝文字都讲述着远古射日英雄“支格阿鲁”种种神迹，都透发着神人祖先的强大神力，从而与仪式发生着紧密的联系，并成为与仪式行为相呼应的一个阐释系统。以下，我们来看神图中的神话原型：

龙鹰之子。这幅神图首先隐喻着一个悠远的、古老的关于部落发生史的神话——“蒲莫列依嫫感孕鹰血而生支格阿鲁”。龙鹰之子——支格阿鲁，是彝人妇孺皆知的先祖起源神话，毕摩尽管不着一字，却将这个古老部落的孕育与诞生十分美妙地凝固在毕摩的宗教绘画中而成为充满神意的图画。而经有关学者考证，彝族神话中的文化英雄支格阿鲁也绝非只是神话中的人物，而是彝族上古以鹰为图腾的先民部落“古滇国”的部落酋长，其母亲蒲莫列依嫫所属部落则以龙图腾，这也是支格阿鲁乃是龙鹰之子的历史根据。这则神话不仅说明古代彝人的龙鹰崇拜已经有了始祖崇拜的含义，而且神话中这一经置换而推导出来的仪式关联也是十分彰显的：蒲莫列依嫫感鹰血而孕生支格阿鲁，而鹰则被凉山彝人视为神鸟，有着通达天庭和神域的灵力，故被祭司毕摩视为自己的护法神，因此也同样视龙鹰之子支格阿鲁为护法神。由此，支格阿鲁成为神图的中心，由他的神力来延伸并构架了神图的全部，并使神图上的所有图纹与文字都与神话和史诗发生着内应，并与仪式功能相联结。

日月二象。“六日七月”并出，支格阿鲁射日月、请日月的壮举是沟联神图中日月二象的神话原型。神图中还有这样的颂词：“支格阿鲁惹，左眼映红日，映日生光辉；支格阿鲁惹，右眼照明月，照月亮堂堂。”日月沉浮，沧海桑田，支格阿鲁敢于征服威力无边之日月的精神和勇气，也正是彝族先民于溽暑酷旱的自然劣势中得以再生和繁衍的亘古之歌。彝民族先民正是以神话的叙事和想象，颂扬了本民族的英雄在与大自然的无畏斗争的茫茫史路上，于灾难中求生存的壮举，于逆境中寻发展的豪情。故日月二象所凝固的射日月神话，自然也联结着毕摩咒仪的功能与意义：与魑魅魍魉的斗争便直接指归于与威胁彝人生存和发展的疾病和灾难相抗衡。

铜器诸象。使用铜器是支格阿鲁与雷神斗争的主要工具。在神话中雷神蒙直阿普不许人们推磨，否则就会打人，因为推磨声扰了天神。支格阿鲁得知铜可避雷，便身着铜蓑衣、头顶铜帽、手持铜网、铜绳、铜叉与雷神较量，降服了骄横跋扈的雷神。在彝人的观念中，鬼也惧怕铜器，又认为凡遇雷击必有不祥之事发生，尤其是雷电通过树木等会给人们带来麻风等传染病之患，因为“初”鬼在云雨雷电中产生，故必须延请毕摩举行仪式，并以神图来驱逐病鬼。所以神话中支格阿鲁头戴铜盔，手持的铜矛、铜箭、铜网的形象进而成为仪式中降魔伏鬼的象征。

飞马。神图中写道：“支格阿鲁惹，脚下骑长翅神马，栖于太空之云端。”飞马有其神话原型：支格阿鲁在寻找母亲的遥途上，看见人间出没着毒蛇和妖魔鬼怪，牧人送给他一匹赤色神马，支格阿鲁便骑着这匹四蹄生风、尾巴剪云的飞马，一边为人们除妖降魔、消灾灭祸，一边寻找被吃人女魔掳走的母亲。

孔雀与神蟒。神图中的神孔雀与神蟒皆为支格阿鲁的助手，这也许是从神话中支格阿鲁呼请独日独月时曾得到各种动物帮助的情节中延伸而出的，神图上各配有诗句用以解释：“孔雀伍勒子，栖于子子额乍地，立于依莫湖之边，飞于合姆底车山，过于合石之上方；食黄茅埂之毒草，饮阿莫合诺之水，闻其者耳聋，食其胆者死，吃其肉者绝。招至主家防癞吞邪乎！……”“神蟒阿友子，栖于底波合诺海，立于高高巍峰巅，饮阿莫合尼水，至于主之家，毕惹招尔引尔至主家，来寻癞吞癞，来寻癞吞邪，来寻痨吞痨，来寻蛙吞蛇。神蟒阿友子，猴痨各顽疾，大刀来劈之，传染之病驱除乎！”

蛇。神图中的蛇“斯戈阿之”象征着闪电之状，被视为“初”鬼来犯的最初表征，认为雷电大作时，蛇即随之来到地上，变成各种各样的“初”鬼，神话中的毒蛇便是“初”鬼的原型。

四极。按毕摩的解释，支格阿鲁的身体呈方形喻示着大地四方，象征着支格阿鲁脚踏大地、头顶天宇。这与《勒俄特伊》中的开辟神话所叙述的天神恩体谷兹、四方之神、仙子司惹、天匠阿尔师傅、九个仙姑娘和九个仙小伙怎样开辟四方、打柱撑天的宏伟场景也发生着呼应。

英雄不死。画面中颇为突出的阳性之物喻示着支格阿鲁的子孙后代繁衍昌盛。在神话中支格阿鲁娶了两姊妹为妻后，一直忙于制服人间妖马牛怪，妹妹出于猜忌和情妒，剪去了飞马的三层翅膀，致使支格阿鲁葬身大海。尽管神话中支格阿鲁英年早逝，没有生育，但其英雄的业绩与降妖伏魔的精神并没有死。这一带有永存意义的信念，既通过神话中众鹰搏击在支格阿鲁坠海的水面上而体现，也借助了仪式中唱叙后世许多著名毕摩神祖降妖伏魔的传说去连接，更以神图的方式复活了支格阿鲁不死的神力。故而，毕摩也认为自己的咒鬼驱鬼的宗教司职是在继续着支格阿鲁的未竟事业。所以凉山彝人都以自己是支格阿鲁的后裔为荣耀，毕摩更尊支格阿鲁为自己的护法神。故而神图中的这一阳物之象除了有生殖崇拜的观念之外，还有着更为深长的生命信念与宗教寓意。

在具体仪式上，毕摩为了加强祝咒的形象性，提高祝咒语言的魔力，除了辅以神图外，在咒诗中往往讲究用典，即引用神话典故。很多作品不仅仅只是罗列众神的神名，而且在化用古老的神话典故之际，赋予神灵以宗教或巫术的玄秘和义理。如反咒仪式“哓补”的尾声，毕摩往往以彝人妇孺皆知的神人支格阿鲁的神话为咒诗的内容与神图交相引证来结束仪式：

支格阿鲁成年时，白天六日出，夜里七月升，蛇长田坎粗，蛙长箩筐大，蚱蜢如阉牛。支格阿鲁成年后，射日剩独日，射月剩独月。打蛇成指粗，压在田坎下；打蛙手掌大，压在田坎下；打得蚱蜢如火镰。从此主人家，反咒去的鬼怪返不回！骏马长不出角前，石头开不出花前，反咒去的鬼怪返不回！

正如法国当代著名的哲学家、文艺理论家和美学家雅克·马利坦所说，“关于诗人的概念—想象—词语的三合一相当于绘画中的自然的外形—感觉—线条与色彩的三合一。”（《艺术与诗中的创造性直觉》），祭司毕摩作为彝族传统文化的集大成者，往往也是史诗、绘画、经籍的正宗传人。

迄今为止，凉山彝族民间依然沿传着形形色色的巫祭仪式活动。可以说，每当彝人面临着一种生存危机时，仪式便作为渡过危机的转折方式有了举足轻重的意义。也正是当彝族山民面临生存困惑的时候，当他们的愿望和现实不一致的时候，当他们的需求得不到充分满足的时候，他们就会自然而然地寻求仪式的帮助，让仪式带着他们渡难关向吉顺，让仪式带着他们实现梦想，并笃信通过仪式可以与主宰命运的神鬼进行沟通，从而达到人—神—鬼之间的和睦相安，可以求得与大自然的和谐与统一，如此便能一次次地渡过生存的危机。仪式活动实际是人类文化的历史产物，是意识形态的外化。因此任何民俗行为都是人的主体精神和客体社会或自然相互作用的反映与表现。可以说，山地彝族的季节仪式最完整、最丰富保留着人类群体文化演进的历史轨迹，其主题一向是对人类生命繁衍的讴歌，对族群生活理想的希冀，故而成为研究彝民族文化史和思想史的珍贵材料。

1996年3月

作者简介

陈阿依（1965～　），出生于四川省甘洛县，现居四川省西昌市。

暖（外2篇）

我不止一次地集合脑子里的那些个废旧老细胞为那幅画描线、着色，如同一个虔诚诵经的圣徒在油灯下一页一页地翻诵泛黄的经文，只为陶醉于寻觅那顿悟、静寂的出凡世界。这样的功课，如断了手掌的乞丐趴在街上，用粉笔一天天重复写下一长串无人问津之韵文的心路。拙于言辞的我，难以用上帝赋予我的语言将此示人，更缘由文字的疏于修炼，使得描摹那景、那人和那个夕暖下午的欲望，成为一个倍加让自己自惭形秽的心结。一来一去依稀恍惚的当口，灵魂深处存在不存在的执拗、渴慕、炽烈、淡然已经把时间又甩了一程。或许，这原本就是个不需要解语，也无法用笔端描画的一切。生命，只需要真实静默地显现。

那是秋意深厚的时候，一切收获的喧嚣和忙碌都留给了撕去的日历，所以，这个季节的世界是相对安静的。当世界相对安静，阳光饱满，且质感很好地肆意泼洒时，最是无边心界蔓延之际。秋日没有春阳的明媚，却是实在的洁净。此时，穹宫空旷碧蓝不容纳一丝云霭，纯粹得可以洗去一切杂念，几颗星星闪烁其中，如钉在上面的补丁，使得神仙逍遥的居所有了几分真实。

太阳欲走还恋地叼住山头，黄昏开始由远及近地降落 。夕光舒缓地从侧面最低的山谷掠过数十亩或者百亩浅浅开着粉红色花朵的草地浸漫而来，花草吸吮最后一抹光亮，光亮注入其中，把谷底编织成光色饱和度足够的细碎花布。山脚下低矮些的树丛黝黯地充满着诱惑，让人遐想。谷底与山脚之交站着笔直的银杏，叶子在洁净的夕光下闪耀着金属般的光泽，黄金的叶片有风没风都窸窸窣窣着纷飞而下，如蝶。地面添加了一层秋暖，不悲不凉。

暖阳投射到正前方的时候，给一泓清水吸住了。尽管水下面或许依然幽暗深邃、沟壑纵横，有大量的浮游生物和腐殖质，水面却因为没有舟船木浆很安静，只接纳了满满的黄亮后有些含糊起来，像极了一块青铜镜，清也不清、不清也清，晃晃儿地分明要摇曳人心思。

一个近褐色的木屋独独地守住这面镜子，木屋给夏日里挂着硕硕果子，而今剩下些尚未衰落叶子的树林子围住，恐怕只候着再迟些时候晚风穿过，欲诉还休。暖暖的、暖暖的西下秋光，是透过木屋前面一颗衰老得枝干如伞架的大树投递过来的，虽然光影斑驳，却也射穿了屋檐的蜘蛛网，放大了房梁上的粉尘，聚焦了廊檐上斜靠在廊柱上的女人和她脚边那只花白的狗。

女人有些年岁的身体安静地依着柱子，目光平静而坦诚地望着踯躅在山坡上的恹恹夕阳。这是一个不需要太柔太缠绵、太虚太多变的爱情，更不奢求太冷太僵硬，太残酷太抽象信念的年轮。光辉漂染了女人的发际、眉梢和脸庞、皱纹、衣裳，狗依偎在她的脚边佯睡着。几只麻雀飞过，狗警觉地睁开了眼睛，麻雀们可是从叫“诺亚”的方舟里最早出来找寻枝叶的群类？一眨眼，数千年，却把女人的头颅、目光，引向了对岸高耸着的经年积雪不消的山麓，雪山和女人隔着一块镜子成了两个彼此遥望的孤独坚守，在各自的信念里念经，打坐，修炼。恰此时，一个男人糙糙吆吆的声音从远远的雪山下面过来了，带着雪的苍凉，又掺和进了夕光的悠扬，听不清词，辨不明调，如一首悲悯肉躯和灵魂的神曲，颤动了屋檐的蜘蛛网，浸湿了女人眯缝着的睫毛。

温暖包围在身边，寒凉远远地观望。一闭眼，一滴泪，暮色已见苍茫，让人窒息。

暖啊！这暖不如中国画的虚无缥缈，实在是西方油画的真实。是需得远山寒雪覆盖，眼前夕光辉映才有的。这般的暖，让女人一次次注入体温和心跳，找寻到快乐经验和安静信仰。

每一个孤身独处的时候，我毫无例外地要杜撰这个场景。或许安静到古老的、简单的生活，一直都在啜饮我心灵的荒芜，才让我对早已颓靡的内心世界不懈地做一次次殷勤的摇尾乞怜。这个画面因为我的腐朽愚钝，每一次的景物、季象虽大体不变又都不尽相同，当我置身其中，有熟悉的东西在进入我的身体，听到浑浊的眼珠子里溢出热热的液体，噗地融进了布衫。

这是个阳光普照、万物吐暖，安静到就要休眠的世界。安静于我这个事事欲休而不休的中老年女人，很多时候就是温暖，这是我想要的温暖生活。我想要的生活，其实就是在这样的夕暖中，渐渐地、渐渐地安静下来的一切和自己。

那只猫

那只猫，在对面盯着我。

那只灰黑相间、毛色漂亮异常，圆形眼睛、金黄色眼球的猫，在这样一个碧空如洗、微风徐徐的秋季早晨，以它出类拔萃的反应神经和平衡感，拖着疲乏的步伐于直线距离不到两米的对面办公楼楼顶边缘困倦而不失警惕地盯着我。

老式的开闭式窗户用铁条做了防盗栏深陷在楼房的凹洼里，挂在窗户外面的世界，是一个纵横两米的关乎办公楼的立体银幕，这个两米的世界和我，宛如一对金婚的两口子——关系笃定，缺乏新意。一年少有日子，阳光能渗入通道照亮墙头后，把房间映亮。我在铁窗内大白天都开着灯，得心应手地过着淡泊而不明志的半隐居生活，偶尔想起陶渊明来，以为先生未必不是自己那个世界的“囚犯”。

对面楼顶上，春天，有人会种上几颗玉米和撒下菜秧，无意地让铁窗内的人侥幸捡到以点概面的想象而偶得绿色心情。冬天，寒风萧索淫乱那些稀疏的枯草，可以给房间里的人醒神。我推开窗户伸展四肢准备吐故纳新之时，那只猫正好走进了两米的视线内。身体干净，毛色油亮，尽兴的夜生活让它看上去非常困顿而步伐缓慢。猫在白天的视力比人类差，但由于它除了有异乎寻常的收集光线的能力外，还具备那高性能的听力及惊人的集中力。所以，它仍然很准确地在一扭头之间就锁定了我。人生几十年里一直为之躲避不及的眼睛，就在这样一个秋风袭来的早上，再次猝不及防地相遇了。

它的目光虽略显迟缓却不失敏锐地扫过来的那一秒，我正要舒展的手臂立刻毫不迟缓地定格在一个画面，骨头里那不知道有没有缝子的缝子间，明确有一丝丝的寒气在嘶嘶地游走。大脑深处，昨晚其相互引诱、追逐、交欢时，那可以把人带到冥府的惨绝撕叫，嗤的一下从耳心里像弹棉花一般带着余音窜出来，让我在已知天命的坎上，再次体验了“凝固”这个化学名词的生动。

来不及考虑如何规避，眼神已经对上了。它依然是敏锐的、直视的，我依然是畏惧的、慌乱的，如同每一次和它以及它的爹娘、姊妹、兄弟、舅子、姨亲姑舅表不期而遇一样，总能将囤积在我体内那千年乌龟万年鳖的心虚和胆怯，像天庭的马群被调皮捣蛋的弼马温同志开闸放养一般轰腾出来。一如既往让我因为极度惊悚，瞬间地被钉在原地，仓皇地忘记了左右东西。鸡皮疙瘩和眼泪，死不改性地像旧病复发，在0.1秒内集合紧急，0.2秒内充盈眼眶。

东方圣贤之人多半少有脂肪。那个劳其心志致力于国传医学和养生，有着圣雄甘地般的体态、猫一样烁烁眼神、犹大面孔的男人，把着我的脉，盯着我看了稍许后说：“你的病根是你心气不足，这跟你多年积淀下来的惊恐和不安有关。”当对面半透明的两枚玻璃弹珠杀伤力极强地隔空扔过来，耳边再次响起昨夜撕破宁静的嘶叫时，我知道，我的恐惧由来已久……

我醒过来的时候，陌生的被子散发着浓浓的肥皂和阳光味，我眨巴着当时还未成型为双眼皮的、不太招人喜欢的单眼皮小眼睛，惶恐不安之时，房梁上的瓦片有了窸窸窣窣让人头皮发麻的动静，传来一声“喵——”，与此，耳边响起保姆曾婆婆那分贝很高的老猫式的尖叫声：“不好好待着，猫会逮你去的。”对于一个四岁半，远远没有能力去思索猫和人之间的竞争能力的孩子来说，婆婆的话是有绝对的智慧和威慑性的，也就此为我日后那莫名的恐惧埋下了伏笔。我用了那个年纪稀缺的毅力和勇气，将恐惧和针刺一样的感觉磨牙吮血在体内，不肯吱声地把眼泪从眼眶憋回喉管，吞咽到了肚子里。

那个年代贫困的仅仅是物质，生活丰富得至今还历历在目。就如眼下充盈的仅是物质，日子却匮乏得眨巴一下眼睛就啥都想不起来。白天，嚼着少有油荤的萝卜、白菜忆苦思甜和“斗私批修”，用“万岁”“伟大”的口号让精神饱餐“物质极大丰富”蓝图的牙祭。夜晚，总是能听见谁家的母亲在训斥孩子：“再哭，再哭就让猫来把你叼走！”煤油灯下，出身“地富反坏右”，一辈子都喜欢烧香拜佛的“牛鬼蛇神”母亲，于缝补着裤子上膝盖和屁股墩的破口子时，得心应手地用她从小就耳濡目染的深厚民间文化，给我们讲述些很不像话的“封建迷信”的故事来打发精神饥渴。比如：人死了要守夜，是因为猫们会来扰亡灵，猫从尸体上过去的时候，僵硬的死尸会因为惊扰坐立起来。在那样一个月黑风高的夜晚，在我那性感大嘴（改革开放后才知道的）忘记了吞咽口水的当口，一只或者几只猫正在房梁上妖魔鬼怪地叫着。

父亲总是在周末的时候，邀约上一两个志趣相投的人下河捕鱼来给孩子们补充点营养。渔网需要自制，坠子是父亲将熬好的锡浆灌注到同样是自己用两块石板子做的模具里成型而来。锡来源于废旧的电瓶，在那个抓革命、促生产的年月，除了老婆孩子和锅瓦瓢盆，很多东西都不可能成为私人财产。记得那是一个月朗星稀的夜晚，做好了里应外合的准备后，父亲的兴趣爱好让他耐不住地逼迫觉得有失共产主义接班人身份而含着委屈泪水的我和哥哥，趁着夜色潜入县人民医院，成功演绎了一场敌后武工队的样板戏。在夜深人静清洗电瓶的当口，一只黑猫代表“工宣队”踏夜色而来，让我慌乱地将电瓶的酸液溅在了一年才有可能穿上一条的崭新咔叽布裤子上，无疑成就了一副绝版的布渔网和那一年的心酸。

早出晚归捕捞回来的鱼，总是经过小姑娘的手，认真地刮去鳞片、去掉内脏和鱼鳃，再将剪下来的鱼翅与自己这样那样的制约一生行为的奖状并列贴在一起，构成各种稀奇古怪的图案，倒也算是一版精神物质双丰收的墙报。在夜色、酒、收音机的嘈杂掩盖下，悄无声息地突然出现在脚边偷袭内脏的那只明显因为缺吃少喝、毛色没有光泽的流浪猫，让我在惊起落地之间，完成了体育课一直都不可能达标的立定跳远。

重庆北碚是一个依山环水、树木茂密的城市。树林和雾霭是西南师大绝佳的掩体。某一个夜晚，我一抬头就与宿舍窗户上一只全白的、有着茶色杏仁形状眼睛的猫发生了“正面冲突”。它阴森森的瞳孔因为折射光线而又圆又大，我在它的逼视中，一如既往地败下阵来。镜子从我手中抛物线地出去落地开花的同时，屁股下的凳子早就如孩子撒泼一样地躺在地下。

猫与狗的不同之处，在于它绝不会把自己和人定位在主仆关系上，它的妖冶和灵异，让我想起了“猫王”，一个能够将乡村音乐和布鲁斯巧妙结合，并以狂野不羁的姿态引出摇滚狂潮的一代音乐枭雄。

我的耳畔响起了《猫》，这部公演长达二十多年、九千多场的音乐剧的著名唱段“Look，a new day has begun...”看哪，新的一天已经开始。这样技巧高难度的、对声线要求极高的曲子，非拥有一双猫眼的，倔强、固执、敢于接受各种挑战，擅长用古典音乐中女高音的唱腔来演绎的女人——芭芭拉.史翠珊莫属。

那只灰黑相间、体积庞大的猫，盯了我三十秒后，眯缝着眼睛扭过头，缓慢地走开了。据说猫在相互引诱成功交配的时候，雄性猫会从身后一口咬紧雌性猫的脖子，昨晚那最后惨烈的一声嘶叫，正是来源于此。而它是哪一只呢？这样的嘶叫又会扰我多少年呢？三十秒里，我的记忆像一支扔出去后飞回来的碟，带着一次次惊慌失措的记忆，已经穿越了人生几十年恍惚之间的岁月。我放下胳膊，收敛起鸡皮疙瘩和眼泪，脑子里关于它的性福、我的惊悚，都在如烟而过。

我照着那个猫一样的男人的指示，每日里为了养心血、养肾，用热水泡脚。我想，我何时才可以正视它的眼！

伫立

这确确实实是一个日新月异的年代。在如万花筒一样瞬息可变的诡异缤纷世界里，成功与失败、得到与失去、享受和折磨，考验着意志。情感、价值取向、人的社会属性，都在发生着传统已经无能为力的破碎和分离。如何面对大一统被颠覆后的落差和悬殊；如何调试人生定位、价值取向；如何搁置一个几千年厚重的文化体系和癫狂了的人文精神。如何来给富裕小资和温饱挣扎分配快乐。是让信仰、情感、道德都成为筹码，让一切都在纯属娱乐的喜剧中，轻松地愚钝和腐烂下去，踊跃地做一个娱乐工具；还是直面人生的喜怒哀乐，让一种最本位、最真实的善、道德、人格、人性来指导、拯救和创造生活，让真实不断地来唤醒上苍赐给的知觉，而不至于沉溺？或许在不为所动中追求最简单的、最自然的幸福才是真谛。

于是，我伫立。

我伫立于最本位的人性之巅。

左手执仁慈之矛，右手拿真诚的盾，独立于“万物静观皆自得”的绝顶。固守着没有谋略、毫不设防，畅饮没有为权利和金钱污染的最原始的气息，拥抱值得讴歌的道德和价值的山峦群峰，任由天际吹来让人温暖、平和的真情之风，塑造我的枯发，灌满我的陋体，荡涤凡尘俗灰，清洁创伤和记忆，让心湖在朗蓝天日中纯净清澈，让目光漫游功利和效益，看淡人生浮华；让思想无视价格而追求价值，延伸至一种无便有的禅境；让灵魂自由穿梭于巨人和侏儒、卑微和博大之间，找到一种天地之间的宽容，于一片苍茫之上无拘无束地快乐。

贪婪附着人格的猥琐，凶残依靠良知的泯灭。二者在我的眼界中前前后后、迂迂回回，我因了惯有的愚钝和虔诚，具备了斗志，挥舞人格和道德的长袖，将扑向我的，或似恶煞或似妖魔的贪婪、猥琐驱散。于飞渡乱云找到凌驾，找到了初人，于是我成为鹰。翱翔，魂魄无以羁縻地驰骋，俯瞰道连三楚、天低四野的绸缪，翻飞于云层上下。聆听人之初，俯瞰性本善。于是，我脱离了凡界和俗物，在一种能够净化心灵的能量中，成为接天连地的一颗纽扣，安放在这幅绝伦绘画里，让宇宙的画里有了我而生动。

我以为自己可以像普罗米修斯一样，挂在悬崖上给巨鹫啄食一千年，可是，谁又明白我渴望在能够支撑我头颅的肩头哭上一场，在温暖怀抱里安睡一晚的企盼。

我伫立在心灵的初春暮雪。看暮雪像柳絮一般铺天盖地而来，白了山，白了树，白了水，这是给世间清洁和丰茂做的一次告别，我期盼它能够净化人的灵魂。此时，我分明听见白雪覆盖着的石桥下的溪流，欢唱着春天强大生命力到来的信息。我伫立于时光的晚冬雪地里，看人心算计得比针眼还细，人情满目疮痍的现实，被一统的皑皑白雪覆盖。穿过漫天的芦絮，望到了傲放于雪山之巅的莲花和沙场尽头燃放的狼烟，有了一种玄妙的悠远和荡气回肠的壮烈。回头瞥见了炉火和嘴里吐出的热气，终为生命本质的搏动抽泣，而让迷恋得到延续。

春风夹杂在雨雪里，阳光带着不一样的温暖悄悄到来，心灵的树尖枝头，在不知不觉中抽出了嫩芽，远山渐绿、树木葳蕤、蜂蝶翩然。慢慢地感受着肢体如蚕虫脱壳，心界桂树抽枝展叶成就参天之冠的痛快，是任何利欲熏心不能写就的“离骚”。我习惯迎着清晨春日的阳光，心无旁骛地走在干净的路上，看见初春清透耀眼的光芒，穿透每一个清冷的黑暗角落，感觉到它照进我心灵幽静的僻所，覆盖一种生机盎然。一边嗅着风从茂密山林、丛生草地里吹度而来的涩涩味道，从复苏的土地里带来调和后的幽香，一边幻想着大自然满眼的锦绣，而忘却一种被贫寒和被卑微。

这样的草绿花肥对于我，是一种何等恩惠的赏赐。雪花落在肩头化成水后，是如何湿漉漉地渴望一份担待，一个可以倾倒众生温暖的温度奢求。

我伫立在思绪的晚秋暮霭。

秋的长空那么清透而悠远。雁群时而现不等号，时而呈省略号在上面移动，宛如人生每一次的坎坷。秋月下的湖水如此平澜清奇，足可以让龌龊和邪恶战栗。这是一个道德萧瑟而又富饶着贪婪的癫狂时代，而自然的轮廓依旧在丰收中唱着挽歌越来越清晰。看沉甸甸的满目斑斓，品秋意的浓香，听着蟋蟀的欢叫，大自然不用索求的给予，是千金难买的心灵丰腴。我把自己放在身后灿烂秋天的落日余晖里，拖下长长的影子来感受一种仙界的融化，于是的我，有了很多世俗无法干预的蔓延无边之快慰、幻想，因了万物的色彩有了喜悦的颂唱欲望。

我愿意站在这金黄中，手捧着来自快乐和苦难的满世界丰收，凝视赤裸裸的秋月钉在如海水一样的碧天照亮我的空白，颂唱一首荣耀归于我主的圣歌。秋夜的云，像了我对金钱名利，薄淡而轻浮，弹指可破。而善、博爱如同峰峦深暗地实实在在尽显在视线尽头。一切的一切像夜雾偷袭着包抄过来将我在这个世界抹去的时候，我已经将世界装满了心田。

我伫立在情感的寂静岸边。

瞩目经年没有如此奔流的河床，体会灼热夏季的凉风夹杂着毫无做作的慈悲、淳朴穿肩胛戏脸颊而过，看怪石如同人生中的嶙峋，听河水奔流拍石成花的喘息，感受几千年的传承而负重不起的心率不齐，恍然大悟：河流其实是土地的一根根血脉，地球的心脏借了流水的声响在喧嚣着生命。因了河流涓涓的、湍湍的、翻滚的流淌，此时此刻，一首遥远天边的老歌旋律悠然地陪伴着我，此景此地，所有的世俗荣辱、红尘名利都成了虚妄！我端坐于被水包围着的巨石上，感受凉飕飕河风的侵袭，实实地因为天地与我并生，万物与我为一，有天地揽入胸怀的泰然。

远山近林终成了身后的背景，天地间只有这石头的面积和这一方面积上怀揣着定海神针的我 。

我伫立在生命的无尽流程。

咀嚼来者莫忙去者莫忙且坐坐光阴不为人留，功也休急利也休急再行行得失无非天定的深邃意境，在忍受困窘、病痛和无视尊严中，去体验生命力无穷尽的魅力，了却一世的眷念。我从此开始把自己当作一片树叶，陪风而生长、伴风落下，不为功名利禄，只求得左右琴书自乐的闲适，只为了心如止水地看淡伪装的情感和奸诈的言语，鄙视一种无法面对的怯懦和没有约束的恶习，勇敢地找寻上苍给予人类最完美的姿态而赋予生命一种最高的尊严。

回想美好的生命。

我细细地品味，深深地觉悟。等待用一种拯救的牺牲，为偷欢、丑陋、卑劣进行清洗，去觉悟那苟且的灵魂，由此找到一种最生动的归去来兮。

作者简介

禄琴（1965~　），出生于贵州省威宁县，现居贵州省贵阳市。

梅魂缕缕（外1篇）

我是在一个细雨霏霏的日子走进水西公园的。此时，园内几乎没有游人，我踽踽独行在园中的小道上，怀着虔诚的心情寻觅着水西女杰奢节的墓。最早知道这位美丽的彝家女子，是在和父亲平时的一些叙谈中了解到的，父亲对奢节十分敬佩，他总是用形象而生动的语言来讲述当时的一些惊心动魄的战事。后来，知道了黔西的水西公园内有奢节的墓，于是总想亲自到她的墓前凭吊。此趟出差贵阳，路过此地，便抽空前来拜谒。

“烈姬冢”在绵绵的雨中静谧地耸立着，墓碑造型有如一支熊熊燃烧的火把，四周生长着一些梅树，梅树中有一亭阁，静静地伫立在墓的旁边。我想，寒冬时，这些红梅一定会竞相怒放的吧。“骑白马，善使双刀，美丽善良，充满仁爱之心。”这是心目中的奢节，这是我一次又一次听到人们对她的评价。

奢节是元大德年间水西（今黔西北）地方的首领。她是在丈夫阿里逝去后，继任水西总管府总督之职，成为水西首领的。她文武双全，有胆有识，宽厚爱民、扶持农牧。在水西地区很有威望，深受百姓拥护。

闲暇时，奢节还亲自组建并训练了一支由女子组成的青衣军，个个身手不凡，骁勇善战。奢节钟爱梅花，因此头上总是以梅花形的银饰作装饰品，她喜欢穿着长长的百褶裙，骑着白马在草地上驰骋。我想，当时的阳光一定是明媚而灿烂的：青青的牧草，满坡牛羊，驰骋的骏马。人们安居乐业欢度自己的节日，在篝火旁载歌载舞，其乐无穷，其乐融融。

我的目光轻抚“烈姬冢”的每一棵草，总是不能平静地凝视它，那铭刻碑上的墓联“欲铸红颜成黑铁，独留青冢向黄昏。”是奢节一生的写照，它就像那一朵朵在白雪中闪烁着光芒的梅让我内心情不自禁地飞升出崇高的敬意。

其实，这墓中只葬着奢节的一些衣冠，因此也称“衣冠冢”。奢节是在远离故土的乌撒（今威宁县）就义的。奢节去世后，水西百姓按彝族的风俗将其火葬，骨灰撒于青山绿水间，将其衣冠葬于她在郭张（今黔西县）的指挥台下，即今水西公园梅亭处，以表永久的缅怀。

元成宗大德五年（1301）年四月，元军将领刘深率军远征今泰国、缅甸一带的八百媳妇国，取道水西，每到一个地方，均“纵横自恣，恃其威力，虐害居民。”大肆横征暴敛，强占马匹，搜括丁夫粮饷。

水西地方当时被元朝列为“国家级”牧区，是中央政权重要的战马产地之一。每年都要向朝廷进贡马匹和彝族的羊毛披毡。此次元军经过此地，竟额外强迫水西地方出黄金三千两、良马三千匹。“民疲于馈饷”，苦不堪言，谁能堪此重负呢?

奢节面对这一切一筹莫展，她不可能顺从刘深去盘剥百姓。在毫无退路的情况下，为了百姓，奢节只能孤注一掷，她义无反顾地团结起周边部族奋起反抗元军的暴虐。

“官兵为所腰斩，十丧八九。”奢节率领的起义军声势浩大，他们渡过鸭池河，攻克贵州城，战果赫赫，大败刘深所率的数万大军，刘深“率众奔逃，仅以身免。”

奢节骑着白马，手握双刀指挥着水西义军同元军进行了40多战，皆战无不胜、攻无不取。

元统治者面对这样的局面，只好采取欺骗手段“以征八百媳妇丧师，诛刘深，笞合刺带、郑祐，罢云南征缅分省”。罢征以及停止进攻水西。善良的奢节认为“斩刘深”，大难已除，元军会就此停战，当初起兵的目的达到了。于是产生了轻敌情绪。不料，大德七年（1303）正月，元军大举进攻，墨特川（今赫章县）大战，奢节惨败。劫难后的墨特川，留下一片狼藉，留下了一片寂寞与荒凉，留下了一些永难抚平的痛，在大地上蔓延。

雪覆盖着阴冷的土地，奢节忧郁地踯躅，苍白的面容沐浴在圣洁的月光下。将士们的鲜血凝固了每一寸泥土，奢节抬头茫然向远处望去，他们曾在此翻山越岭，沐雨栉风，转战南北，希望能走出一片和平宁静的天空，可是现在……

墨特川战后，元军以搜捕奢节为借口，在水西驻扎军队，大肆搜括财物，欺压百姓无恶不作。奢节看到了水西人民日益受到战祸的荼毒，她听见了马匹粗重的喘息声和人们疲惫而无奈的叹息声，每一下都敲击着她的心房。何况现在是春季，正是播种的季节，百姓该拿起手中的犁铧为秋天的收获耕种了。于是，她把自己的生死置之度外，派人同元军谈判，以元军撤离水西作为自己放下武器的条件。同年四月，在元军同意谈判条件后，她毅然放下手中的武器出降。而后英勇就义，时年二十八岁。水西大地为之潸然泣下。

昔日的刀光剑影早已深埋地下，早已消失在历史的角落里了，但只要侧耳倾听，还能听见马蹄由远而近，由近而远的响起，还能感觉她遗留在时空里的不屈的精神，依然那么炫目，照耀人们的心灵。

记忆属于历史，辉煌属于太阳，时间融入水流，生命却永不熄灭。当冢上的草春荣秋枯，当历史不断演进，而奢节在这片土地上却依旧那么年轻、美丽，依旧那么风姿秀逸。她那赤诚的爱民之心如同她的名字一样闪烁着金子一般的光芒。

水西的夕照久久不落，久久不落。远天一片壮丽的红云，是这位彝家女无私无畏舍己救民而抛洒的鲜血。当我面对这些岁月无法荡涤而去的故事，我真切地感受到一种从时间的渊薮中透射出来的生命之光。

我认为“烈姬冢”应该是诗，是一首浑厚奇绝的壮丽诗篇。它凝视水西，情系水西。

此刻，夕阳竟奇迹般地在雨过处露出微笑，站在静谧的梅亭下，看着西天的夕阳，一些彝族的五言诗句缓缓进入我的视野：

天连的夕阳
红如鲜血染
久久不西下
欲哭又无泪
静静立山头
向着烈姬冢
安息吧奢节
水西的百姓
永远记住你
水西的大地
梅魂飘万里
繁星在闪烁
缀满了苍穹
北斗七星旁
最亮的一颗

就是奢节女。

我仿佛看见了一树树红梅在怒放，迎着寒风，迎着冰雪。“已是悬崖百丈冰，犹有花枝俏。”正象征着奢节这位水西的女英雄为正义而牺牲的高尚品质和不畏强暴的民族精神。这是一种正气，一种如孟子所说的“充塞于天地之间的重大至高的浩然正气。”

这位勇敢的有着乌蒙山一样坚挺脊梁的女子啊！一缕缕梅魂正袅袅向天穹飘去……

超越生命

像一缕白云飘逝在天空；像一颗流星瞬息便寻不见踪迹。就这样，9月25日，一个阴沉沉的日子，陈学书老师永远离开了我们。

傍晚时分，我来到老师的灵前，默默为他送行。他宁静地躺在那里。绵绵的秋雨，淅淅沥沥地下着，哀哀怨怨，如泣如诉……

生与死之间竟会如此突然和接近。记得今年4月，他看上去还很健康，那时他正精神饱满地准备去参加全省文联委员会。结果，临出发的头一天，病痛发作，住进了医院。

9月初，他从北京肿瘤医院回到毕节的第二天，地区文联党组书记高永英带着文联的同志去看望他。他躺在床上，用手招呼我们坐下。他显得很消瘦，消瘦得让我几乎认不出他来，我不愿相信自己的眼睛，我以为他一定在另一间屋子里看书写作。可眼前的事实不容否认，他缓缓地一字一句地说：“从北京回来的路上，护送的医生认为路途遥远，担心我挺不过来，我不是还好吗？”他显得很平静，语言中丝毫没有泄气的成分。可万万没想到，死神这么快会突然降临！仅二十多天的时间，他就悄然离开了自己生活了五十五个春秋的黔西北大地；离开了他深爱的亲人朋友；离开了他为之奋斗的文学事业。

早在师专读书时，我就知道陈学书老师的名字，开始读他的一些作品和他编的刊物《高原》。他的作品故事性强，读来很吸引人。《远山》《山国女子》《普阿山轶事》等等均是带有黔西北地方特色的好作品。当时，他已颇有名气了，是黔西北唯一的一位中国作家协会会员。后又在地区工会门前的橱窗里看到他的照片和简介。那时，他刚获得全国“五一劳动奖章”。被誉为自学成才的工人作家。于是，在心中对他自然崇敬起来。

有幸初次结识陈学书老师，是在地区民族文学讲习会上。他端坐在讲台上，绘声绘色地讲述文学作品的细节描写，他说：“所谓细节，即细小的情节。细节好比是长梯上的台阶。如缺少细节，作品就会变得苍白无力，所以要认识到细节的重要性。”记得他还举了《香菊》《剪辑错了的故事》等作品中的例子。并联系自己作品中的细节讲体会。他讲得生动而有条理，听座席上时而响起热烈的掌声。会后，我拿着笔记本找到他，很虔诚地请他签名留念。他毫不推辞，微笑着热情、诚恳地在我的笔记本上写下一行漂亮的文字“祝我们都成功！”我非常感动，这对于我是多么大的鼓励。就在那次讲习会上，他不厌其烦地给一位又一位作者辅导、修改文学作品。就在那次讲习会上，我所创作的散文诗在他的辅导、指点下登载于1987年第四期《高原》上。

后来，依然是怀着对文学的这份挚爱，1989年，我调到地区文联《高原》编辑部工作，陈学书老师又成了我的直接领导。我为能时常聆听他的教诲而感到由衷的高兴。在后来的岁月中，他始终关心、扶持着我在文学道路上成长。

一次，他递给我一本吉狄马加的诗集，然后对我说：“小琴，你要多读读马加的诗，他是你们彝人的骄傲和自豪！他的诗写得非常漂亮，写出了那种民族的自信心和自豪感。”我翻着手中的书，那是吉狄马加的第二本诗集《一个彝人的梦想》。陈学书老师告诉我，他跟马加在一起开过会。当时，我还因此而羡慕不已，问他马加老师什么样子。“他个头不高，胖胖的，很壮实，人非常豪爽。”他用手比画着给我介绍。至今我一直珍藏着这本诗集，闲暇时，常一遍又一遍的读它。

有时，他拿着我的诗会说：“嗯，不错！你写诗的感觉很好，你一定要写下去，并要保持这种淳朴自然的风格。”

记得去年12月的一天，我推开他的办公室的门，他正跟毕节一中的刘建国老师交谈，见到我，他招手让我坐下，并说：“把你的诗集《面向阳光》拿一本给建国，我们正在谈你的诗，想请他写一篇评论。”

而今再也听不到老师亲切的话语了，没能真正的向老师请教和学习，因为他总是很忙，要忙政务，要编《高原》，又要忙创作。他给人的感觉是最早上班，而又最迟离开他的办公桌。总是忙忙碌碌地度过每一天。每一天对他来说都是充实的，因为他在编织着生活中的故事、编织着《高原》风景。

为了《高原》，他曾亲自驱车往返赫章、叙永的印刷厂。有时，路途上车坏了，又亲自下车修理。常常弄得自己双手油渍、满身污泥。可他毫不在乎，上车后又继续他的“土地堂”的故事；继续他对未来的设想。《高原》成了他耕耘的一块园地。

就在他去世的前几天，我去探望他，他上身斜靠在床头侧卧着，我强作笑颜说了一些安慰他的话，希望他早日康复，并转达外界一些朋友对他的问候。他关心地询问起《高原》的情况，叫我们一定要把《高原》办得更好。就在病床上，就在死亡的阴影笼罩着他时，他心里想着的还是怎样进一步办好《高原》。这本与他相伴了十几年的刊物留下了他多少艰辛的足迹，临终他还是放心不下这本他眷念着的《高原》。为了《高原》，他付出了心血，倾注了热情。

在工作之余，他还埋头创作，辛勤耕耘。他是一位创作态度严谨，勤奋不息的作家。不时有新作发表，在小说、诗歌、散文等方面均有建树。近几年，他先后由贵州人民出版社出版了贵州文学丛书小说集《命运魔方》；儿童诗集《星星小雨点》。《高原》（1997-4期）上又刊载了他20多万字的长篇小说《故土》。他在《命运魔方》这本集子里讲述了普通人的命运，表达了他认为人只要活着就没必要对苦难怨天尤人的思想。他这种对待生活的乐观、豁达的态度，读来让人感慨万千。而他同时拥有一颗童心，在《星星小雨点》这本儿童诗集里，他用一颗童心去揣摩儿童心理，编写儿童歌谣。在他的长篇小说《故土》中，依然离开黔西北这片土地，他讲述了这片土地上的人、物、景，讲述这片土地上的人与人之间永不停息的情感。我第一次读到他这些描写故土的作品时，仿佛老师没有远去，而是在伏案创作他的另一部长篇小说，娓娓讲述他对这片土地深深的眷念之情。

“一叶落而知秋。”在这深秋时节，让人真正感觉到秋的寒意不是这季节，而是这季节的氛围中金灿灿的落叶。我想，老师去了，可逝去的是他的躯体，超越他躯体的是他的著作，是他著作里散发出的活着的灵魂。他是黔西北这片土地上的一位优秀的作家。他留给我们的是那颗献身文学事业真挚的心。

在这样一个风雨绵绵的夜晚，伫立窗前，想起徐志摩先生的那些诗句：“悄悄的我走了，正如我悄悄的来，我挥一挥衣袖，不带走一片云彩。”

沿着秋风而去的老师，安息吧！

作者简介

吉胡阿莎（1966~ ），出生于四川省雷波县，现居四川省西昌市。

长江漂流记

有人死了，我活了下来，我的生命必然将翻开崭新的一页。

就因为那一条广播

我当了警察，爸爸妈妈自然也很高兴，而且他们特别希望我能在公安系统待下去，也走一条从先进到入党，从普通公安到刑警队队长、再到公安局长的路子，但这种“顺理成章”不在我的计划之内。

分到西昌市公安局的时候，我也就18岁，因为单纯，所以也做出了不少令人觉得“幼稚”的事。公安人员不能烫头，可是我老是要烫，即使有明令禁止，我也要让自己的头发“洋气”起来。以前在警校生活的时候，我也是个让领导挠头的“反骨”，学校不准女生留长发、烫头、化妆、穿牛仔……可是我从来是我行我素。

我的做法确实有破坏纪律之嫌，但这种叛逆却防止了我像别人一样做“乖孩子”。对于我的天性没有被压抑，我真要谢谢当时还能看到我的优点从而容忍我任性的老师们。我喜欢画眉毛“臭美”，四川警校校长一次跟我偶遇后就微笑着对我说：“哎呀，这个阿莎，你看你的眉毛长得就好像画的一样。”其实它本来就是画过的。不管校长是讽刺还是夸赞，反正他没有恶狠狠地让我失去画眉的自由。不过，即使他恶狠狠，我也一样喜欢画眉、喜欢打口红、喜欢穿得漂亮……我是警校学生，我是刑警，但我也是一个女人，何况把自己打扮得漂亮又不影响工作。

从警校到公安局，我离不开统一的着装，我喜欢警服，也喜欢便装，但最喜欢的还是我自己综合了的“特警服装”——一件小号的上衣、一条特大号的掉裆男裤，配一双黑色的半高跟靴子、一副墨镜，骑在摩托车上。这难道不像特务阿兰吗？或者更像骑着马的真由美。到了工作单位，我非常卖力，可是作为女孩，怎么可能舍得放弃打扮呢？我喜欢骑着摩托在西昌的街道以及邛海边溜一圈，那时候的机动车本来就少，所以很多西昌朋友总是会发感叹说：“那个吉胡阿莎，那一身打扮，还戴一副墨镜，哇！”

生活的节奏在一个平常的清晨里被打破。随着每天六点准点播放的高音喇叭，我照常在操场中一边跑步一边听着喇叭里中央人民广播电台的新闻，这时有条新闻吸引了我：“中国‘长漂’第一人尧茂书在通天河牺牲了，现在中科院四川分院准备组织一支漂流队，组委会已经在成都建立。”

就是这么一条消息，我心里一动：这个事真好，挺有刺激性的。也没搞清楚究竟人家要不要人，自己合不合适，对于“长江”这个概念，只是在地理书上学过，有个基本概念，但并没有具体的感觉。金沙江由于在家的附近，倒是很熟悉，虽然没有小河那样的“哗啦啦”，但给人的感觉却有移动山石的力量，船要划到对岸都很难——她没有瀑布的威风、没有溪水的喧闹，平静的表面下反而藏着更大的能量。

反正，一种坚信自己就应该属于这种活动的念头就树立了。于是我向自己的直接领导口头请示了一下："头儿，我能不能请假去趟成都？"

领导说："干什么去啊？"

"就是去办点事。"就这样，我就到了成都。

到了省会成都，也不管人生地不熟，一个人直接找到了中科院四川分院，一打听，漂流队刚开始进行集训和筛选工作。于是我赶紧要求报名，人家要求还挺严格：首先要你自愿，一切后果自负；其次需要得到单位的批准。

对着考核的人，我当然吹开了："要漂流首先要会游泳，我游泳肯定不错啦，从小就在金沙江边长大的。我还能代表公安系统，代表彝族同胞，代表妇女群体，这些还不算优势么？而且，你去我单位打听打听，问问四川警校、问问西昌公安局，看看他们怎么评价阿莎的。而且你们不也有筛选吗，我要是不合格走人就是了。"就这样，人家对我这个"自来熟"的家伙点头同意了。

报名以后，还要进行基本的体检，由于我中途报名，又当过刑警，所以得以直接跟随筛选过的那批人进入培训阶段：高原训练与河上训练。

对我来说，高原不是问题，这得益于大凉山以及彝族祖先的赐予，到了高原，我身上一点异常都没有。有人说在高原身体特别沉，连运动都成问题，可对于我来说恰恰相反，越到高处，我越是兴奋，感觉身轻如燕，即使在海拔七千多米的高度。

高原反应和个人高矮壮弱无关，很多在平原待久了的健壮男人一上高原便蔫了下来。我还记得在当时有个美国队员就是因高原反应缺氧得了感冒而牺牲，而我们这边的一位领导也是因为没有及时下高原，得了重病。在高原，一旦患了感冒，如不及时下来，无异于自寻死路。

就在这样的高度面前，很大一批的应征者因为身体的不适应而放弃了，我相信这肯定不是畏惧——年轻人有的是勇气。

河上训练就在泸州的大渡河上，内容很多，主要还是掌舵技巧以及遇险救急之类，不过，在大渡河或许还能掌握方向，可是一到金沙江，你就知道什么叫渺小了。这样的训练，其意义也许就在于让将要参加漂流的队员懂得最基本的生存手段，最起码在心理层面能做到心中有底。

毫无疑问，训练与测试都成为我淘汰别人的关口。在雷波中学的时光，除了读书，最好玩的事情就是运动会，我曾代表雷波县参加凉山州举办的田径、排球、篮球比赛，还代表凉山州参加了省里的游泳、体操比赛。不过，我就像京剧《红灯记》《智取威虎山》里的一个龙套演员——随着紧密的锣鼓声，一窝蜂跟着主角举着旗子“呼呼呼”地翻腾或者小碎步跑上来，最后的定音锣一响，主角动作一定，来个“出场亮相”的Pose，而我们的任务就是等待主角要够威风再转一圈，不明主题地又“呼呼呼”地跑下场。同一种服装，同一种面具，有哪个能记得我呢？混个脸熟，只不过从来没有得奖。或许那个时候，参加任何运动的动力就是好玩，能够和充满活力的同龄人在一起快乐，得不得奖又有什么关系呢？

参加了那么多的运动，却从未得奖的我成为一个江湖笑话，他们说：“十处打锣，九处有你还不要紧，可是那个阿莎跑步还要闭着眼睛从1道跑到5道去，真是个滥竽充数的家伙。”可是现在想一想，要不是各种运动我都积极参加，从而锻炼了自己的反应、耐力，到后来，能得到“长漂第一女勇士”的光荣称号么？这不是比几块金牌更值得让人回味么？

在孩子的时候，也许我们都拥有同样的梦想，但当一个人到了自己可以选择的时候还不敢于承担，走出一片天地，那就会失去神给你的“A计划”，如果继续畏首畏尾，接下来的“B计划”或者“C计划”都不会垂青你的命运。就好像这条广播，也许在别人的心目中不过是条新闻，而在我的眼中却拥有无限遐想的前景。如果我没有那种选择，那么就会像很多人一样，茶余饭后和朋友们谈笑风生：“你们知道吗？有这么一个人居然还要漂长江，死了真可惜……”

踏上征途

早在1984年，美国著名的急流探险家肯·沃伦申请到我国首漂长江，他以85万美金向我国购买首漂权。但由于尧茂书抢在前面，特别是尧茂书遇难的消息报道出去后，肯·沃伦在香港的两个华人赞助者撤销了赞助，致使他1984年的“扬子江探险”没有实现。

1985年，肯·沃沦又召集了世界一流的急流探险家20人再次以35万美元向我国购买首漂权，并和国家体委组成“中美长江联合漂流探险队”，在美国集训了一年，雄心勃勃地要完成“地球上最后的征服”。

首漂长江应该由中国人自己完成！这是我们这群血气方刚者最坚定的信念，尽管我们从来没有急流探险的经验，经费也困难——当时只有攀枝花钢铁公司赞助的5万元钱，但是我们必须抢在技术、装备都胜于我们的外国人前面，只有抢在前面，才能实现首漂！

我所在的队伍包括科考与探险两支队伍。探险队自然是在水上漂流的人员，而科考队则依靠我们采集的标本进行研究。

《四川日报》的记者曾报道：“1986年4月21日，‘中国长江科学考察漂流探险队’在成都成立，并受到了四川省委、省政府强有力的支持。这是一支来自川、黔、鄂、京、津、沪、甘、吉、皖以及解放军共10方，包含藏、羌、彝、汉、回等5个民族，长者50岁、少者18岁的50余人的队伍。其中，漂流队员、公安武警人员、随队记者各10余名，科考队员6名，来自4所研究所。他们是全国数百报名者中的幸运儿。”

我现在还能记得当年的朋友们：《人民画报》的刘启俊，《川报》的奉友湘、赵坚，上海《文学报》的周桦，四川电视台的姚遥、秦军，贵州电影摄制组的沙颖，武警参谋余成，中坚队员杨斌、宋元清、许端祥、王琦、颜可、杨欣、冯春、王岩……

征途的起点还是比较惬意的，因为我们首先飞进西藏，那也是我第一次坐飞机，一路上我就没有离开过窗户，外面的世界就像我的梦境。我想起小时候在雷波的山坡上和小伙伴们向天空的飞机打招呼，所以也试图向下张望，看看能否看到一两个人影，但能看到的除了雪山，就是云层。

西藏自然不同于内地，下了飞机，就会觉得空气特别的纯净，在这样的气息中，我不由得兴奋，不停地找别人说东谈西，可我的很多同伴们却昏昏欲睡。好在到了拉萨有很多印度风情的丝巾与饰品吸引着我，充满神秘的气氛冲淡了从盆地初上高原的陌生。对于布达拉宫，我也许只会感动于它前面的蓝天，人工的建筑物包括以后看到的金字塔或者巴黎埃菲尔铁塔，我会惊叹人的创造力，但却从没有从心底感动过。当然，为了给漂流讨一个好兆头，我们全体都进入了布达拉宫祈祷。

当我到了唐古拉山，到了高原的雪线，感受的就是彻底的震撼，心头只剩想哭的感觉，这种感受就和后来我走到希腊海边时候是一样的。在此行漂流的日子里，当我透过帐篷的窗口看到满天的星斗或者清泉洗过的月亮，也会深深地感动。

唐古拉山的跋涉并不如常人想象的那么危险，高原的难度在于海拔的递增和空气的稀薄，路面相对平缓的，远不是凉山地势那样的险峻。那时候，青藏公路已经到了唐古拉山兵站，而现在，我倒是很想坐着火车再去看看那里的风情。

从长江源头出发

我们乘车，骑马，走路来到海拔5231米的唐古拉山。在燕石坪，我们欢送洛阳8名队员上源头，同时我们雇了一批牦牛驮上物品，队员步行，10天后到达长江发源地——格拉丹冬雪山的姜吉迪茹冰川，在尧茂书遗留草帽之地立下了“长江之源”这块纪念牌。长江的源头我没有机会看到，也没有太想去看，因为冰川太多，任何一滴水都可能是长江的起源。从源头下来的水很浅，船根本不能漂流，只有到了通天河，万流汇集的长江才显出庞大的气势。所以我们在开始的时候需要光着双脚拖着船只移动。

6月6日我们在沱沱河举行了正式漂流仪式。没有过多的语言，只是插上国旗，队员们做出自己的承诺，那个时候还没有电视直播，我们面对前方的征途，也没有那么多“作秀”的机会。

长江全长6300多公里，落差约6500米，金沙江段的落差高达600多米，特大甲等、乙等险滩700多个，只有将这些险滩一个个漂过才能打破日本著名探险家植村木一在世界第一大河——亚马孙河创造的世界纪录。

在沱沱河流经的区域，相当一部分是泥泽，我们从第一天起每天需要在冰雪中光脚拖船10多个小时。没有雨鞋，没有防冻霜，刺骨的疼痛融化在汗水的滋味之中，不知不觉中，我们的脚指甲渐渐地被泡软、泡脱。

长江上游的气温变化很大，夹杂着冰雹的鹅毛大雪成了家常便饭。这个时候，人和船上的行李只有湿透的下场，没办法，为了保护队里的照相机，我们都不得不奉献出自己仅有的雨衣。

到了黄昏，终于能够靠岸搭起帐篷，一碗汤、一块压缩饼干就是一天唯一的食物，带的食品有限，给养一天天消耗，无法补充，要维持到下一站就得时刻算计。在800里无人区中，任何货币都成了废纸。其实，谁又在乎吃什么呢？边嚼饼干，心里已经边在忙着想睡觉了。把打湿的鸭绒被用力拧，等到基本上拧不出水来时，把雨衣盖在里层，鸭绒被搭在外面，混混沌沌地也就对付过去一晚上。

两天过去了，终于到了每一个队员的情绪都很高的一天，这是因为我们真正见识到长江源头的迷人风光，这种美丽，简直令人发狂：湛蓝得令人泪下的天空，雪山和冰川如同梦幻的境界。那成群的牦牛、野马、白唇鹿悄悄在河边吮吸，上万头羚羊奔跑不息。那种静谧，那种野性，深深地印在我的记忆中。

漂流队里拍电影的、拍电视的、拍照片的从早到晚忙得不亦乐乎。文人们更是动情，每天在船上划了一阵后，就拿出自己的得意作品朗诵一番，别人卖力气，他们就供大家消遣（也乘机偷懒）。业余歌手就更多了，大家最喜爱

《伏尔加船歌》，那悠扬、深沉的旋律始终回荡在沱沱河的上空，惬意极了。

好景总不会太长，到了第四天，我们就陷进了被称为“死湖”的一片水域。其实地图上没有这个概念，河水本来的宽度是一定，可到了这样一个地方，人的眼前顿时出现了一大片水域，连应该往哪里去的感觉都找不到了。

这里根本不能划船，只能靠我们赤脚下船拖着走，“死湖”真大啊！整整拖了一天，我们的船才得以靠岸。“死湖”也真凶险，到了晚上，狼和熊就在帐篷周围从晚叫到天亮，害得我们时刻提防着，本来困乏的身体更加劳累。

从“死湖”出来，我们总算在第五天连拖带拽地“漂”到了长江第一滩“烟帐挂”。船队刚一拐弯，突然两只黑熊从山上跑下来向船直冲而来。我们大吃一惊，但随即却有了兴致，居然不怕死地纷纷拿起随身携带的照相机一顿猛拍。

四川电视台的记者姚遥一人驾一条橡皮船壮着胆子还朝老熊划去，正在独自拍摄时，透过相机镜头，眼看老熊就要扑过来了，“啊——”他吓得大吼一声，丢开相机划起船桨就想逃命，幸好，队里的武警三朗鸣响了手枪，关键时刻，还是武警战士比秀才管用，那两只知道了厉害的黑熊呆头呆脑地调过头向山上逃了。

我们正在互相取笑，“哗”，船突然下了滩，落差之大，我们连回过神来的时间都没有，一阵猛烈的倾斜，船上仅剩的四箱食品罐头全部倒入江中。等花费九牛二虎之力把船靠岸后，一小时前还兴高采烈的我们就乐不起来了——口粮只有一小口袋白面了。

开饭了，清汤寡水的面糊糊一锅，半饥不饱的每人一瓢，再加上如狼似虎的队员们，没有一分钟，每一个人就吃完了自己的一份。队员们拿着空碗你望我、我望你，男人们特别希望我们几个女的能发扬一点风格，但这只能是一种幻想。在这里男女是绝对平等的，同样劳累，同样饥饿。就连平时最怕身体发胖的卫生员小田，她也舔着嘴巴不停地回味刚才面糊糊的滋味，还不断唠叨：“只要能吃一顿饱饭，长重50斤也不在乎了，还参加啥子健美比赛哦！”

"瞧，地主让老熊吓惨了。"为了转移肚子的注意力，我们把"斗争的矛头"指向了壮如公牛又很有城府的肉头地主——姚遥，他正端着碗坐在河边发呆。听到这句话大吼一声："是老子把老熊吓跑了。"说完将碗狠狠摔在河里，转身向帐篷走去。

没想到，这顿面糊糊竟是我们"最后的晚餐"。

忍饥挨饿的岁月

两天，两天没有吃什么东西，大家都感到恐慌了，到马场还有10天左右的路程，能活着回去吗？有些队员后悔地说："早晓得是这个样子，连饭都吃不上，老子肯定不会来。"

然而，后悔也罢，抱怨也罢，都要漂下去，没有多余的选择。在这与世隔绝的无人区，没有人烟的另一个世界，什么高雅情趣、文明教养统统荡然无存，一个个变得粗鲁不堪，船上再听不到抒情诗，谁也无心欣赏高原奇景，吃饱饭、睡好觉就是最大的满足。

又是黄昏，大家再也没有前几天的兴奋，搭好帐篷，蒙头大睡。可我肚儿空空，饿得心慌实在难以入睡。我在半夜爬起来，围着帐篷转来转去，希望能找点吃的。到了河边，从船上拽出防水袋，翻遍了，只找到一点饼干渣渣，趴在河边喝一肚子水，又回去昏睡。好不容易蒙眬入睡，梦中出现的全是关于吃的场面，好多精美的食品，可老吃不到嘴，一急又醒了，想着梦境直吞口水，巴不得又赶快回到梦中去，可是再也睡不着，胃猛烈地抽动。

透过小小的帆布窗口，仰望寒冷的高原天空，无数的星星挂在天上好不自在，我的妈妈也会看到这些星星吧，她不会想到自己的女儿居然还饿肚子的，我好想家！

白天，永远是单调的，枯燥无味的漂流。队员们一边懒洋洋地划桨，一边兴致勃勃地谈论各自家乡的特产。成都的杨斌大吹他们成都名小吃如何香飘四海，重庆的李大放摆出山城的火锅，"京油子"王琦大肆宣扬北京烤鸭如何驰名中外，我就大吹而特吹凉山老彝胞实实在在的“砣砣肉”。大家听得直舔嘴巴，好像真的一碗“砣砣肉”吃下去了一样，画饼充饥，只能是越想越饿，越饿就越想，干脆睡在船上，骂骂咧咧地任其漂流。

抽烟，成了我们的安慰。武警参谋于诚心眼极小，什么东西都藏得很深。一天，和他一条船上的小田因为没分到一颗“大白兔”糖，向全体透露说，于诚还藏有一条“阿诗玛”，这一爆炸新闻使全队热情起来，尤其是烟民们。每个人一见到于诚就大声喊道：“阿诗玛，你在哪里？”

野生动物很多，却不敢轻易招惹，并非因为保护珍奇动物，而是枪法不准。幸而是这样，否则野牦牛发怒向我们扑来，我们是招架不住的。因此，和平共处，互不侵犯是维护安定局势的唯一办法，只能眼睁睁望着它们肥美的身躯，在心中动一动吃的念头。

又一个星期过去了，6月21日，一早漂出去，河水好像干净多了，没有死牛烂马腐尸，远处传来声声鸟叫声，“啊！鸟！快看，是个鸟岛！”成千上万的鸟儿在上空盘旋，叽叽喳喳叫个不停。全队立即亢奋起来，一个个涨红了脸，强烈的食欲驱动大家，“弱肉强食”的心理油然而生，心想野牛不敢碰，鸟儿总敢整几只来吃，于是士气大振，奋力划船赶到鸟岛上。我的天！整个岛上全是一层白花花的鸟蛋，一个个都有拳头那么大，所有的人都拿着能装东西的桶呀盆呀什么的，争先抢着向岛上冲去，个个埋头苦干，喘着粗气，手忙脚乱，拾蛋、拍照，疯了一般。

这群“疯子”当中，就有《人民画报》社的摄影记者刘老头，作为全国第一画报的大记者，他在国内外采访时候，每到一地都受到较高待遇，根本想不到在这个漂流队连饭都吃不上。对于一个老头，实在有点残忍。他很勤奋，心眼极好，大家都叫他“刘大叔”。他从不偷懒，也最爱发火，有一次和贵州摄制组徐老头为争抢一个镜头差点打起来。特别是他的唯一的一双雨鞋，在前一天晚上，因为臭气冲天，污染了帐篷里的空气，被杨斌于凌晨4点召开的“公判会”上判处“死刑”，由杨辉执行，甩在江中后，大叔就只有光脚套一双袜子当鞋穿，他能不发火吗？但他看到这么美的鸟岛，布满皱纹的脸上终于舒展了。他虽长得又矮又胖，腿又短，却跑得像鸭子一样飞快，在一窝鸟蛋旁一坐，调焦、定位准备拍照。那些鸟，有的已破壳而出，有的已将脑袋伸出蛋壳外睁着一双眼睛惊奇顾盼，这些鹅黄色的小鸟儿真是漂亮极了，刘老头等不得它们慢慢出来，就帮忙把蛋壳剥开，把小鸟儿一只只弄出来，选择每个角度，拍摄它们的憨态。

至于其他队员，不仅捡蛋，在过程中还不小心踩坏了很多蛋。上海《文学报》记者周桦，感情丰富、细腻，目睹这伙人的“暴行”，简直像强盗将鸟岛洗劫一空，眼泪都快流下来。他站在那里又跳又叫，大声抗议：“我一定要向国家生态平衡委员会控告你们残杀弱小动物的行为，特别要控告刘老头！”听他大喊大叫，大家只木然地望他一眼又埋头忙着拾蛋，再也没有理他。斑头雁声声凄厉的哀鸣，听来令人心碎，深深地打动了我，心中悲楚无比，为了活下去，我们的理性没有了，同情心没有了，更没有想到什么一级珍奇保护动物，只知道要特级保护自己。

一大锅香喷喷的鸟蛋汤煮好后，大家都挤在灶边，争着和掌瓢的汉布攀谈着，要他注意到自己的存在，希望他给自己多分一点。哪知他居然不买账，算了，每人能分得一大碗，这也很不错了，端起来忘情地喝下去，绝了！没有什么比这更好吃的了！我用心看了一下周桦，他正吃得津津有味，还厚着脸皮找汉布希望再添一点。

把剩下的孵化过的鸟蛋煮好后，剥出壳内的小鸟，将身上绒毛扯掉就吃，就这样维持了接下来的生活。

曾记得父母、老师从小就教育要珍惜粮食，以前这一观点在头脑中仅仅是抽象的概念，而现在，短短的几天就让我尝尽了滋味，刻骨铭心地记住了。

到了下午，跟我同船的电影摄影师沙颖很诡秘地告诉我：“我还有一块巧克力……”“什么？你还有巧克力？”我简直高兴坏了，马上在他耳边说：“千万别告诉别人。”

哪知，不一会儿所有的人都知道了。平时队员们各漂各的，有的在前，有的落后，但这天大家的感情似乎很好，都不愿离开，相互“依偎”着一直漂到下午。沙颖见人多也就没有拿出来的意思，可有几个队员终于忍不住，高叫着让他把巧克力贡献出来。无奈，只好分了，不小心刀子把手也戳破了，由于大家的注意力高度集中于巧克力，见分好了，每人抢一块就跑，我更是眼明手快，拣一块最大的就往嘴里塞。回头看看沙颖，他居然低头不语，“这个人也太小气了吧？”我顺手推了他一下，他却倒在船上，手在不停地流血。糟了！我赶快叫来卫生员杨一兰给他包扎，然后招呼别的队员：“哪个还没吃的把巧克力拿来还给他。”晚了，大家早已吞到肚子里。

沙颖是由于饥饿、低血糖又加上流血昏过去的。

当一会儿“媳妇”吃一顿肉

从开始漂流算起来，15天过去了。一路冰雹，一路风雨，漂流队艰难地前进着，两岸的雪山不断向后移动，狰狞的秃鹫总在头顶上盘旋，这些吃尸体腐肉的猛禽在寻觅着，等待着。15天的漂流在我的记忆中是那样的漫长，绝不像电视剧《长江第一漂》中朱时茂那么潇洒、那么浪漫，还配着动人的音乐，给人美的感受。

高原紫外线很强，把我们的脸晒得一层一层地脱皮、嘴唇翻裂，我们的眼睛也被晒得发红，布满血丝像红眼狼一样。第16天，突然，在眼前出现了青青的草坡，白色的羊群像一片云一样飘过来。

人！看到了人！我们惊喜若狂，尽管我们不是一个人单独漂流，但依然感到十分孤独，仿佛被隔绝于另一个世界。看到我们的同类，激动的泪花含在眼里，此时我才真正感到尧茂书的艰难，尧茂书的伟大。

我们这群蓬头垢面，分不清男女的队伍就像一群土匪那样背着、扛着东西，乱七八糟向藏民的帐篷跑去。在家的女人和小孩看见这群欢呼雀跃的“天外来客”，个个惊恐万状，女人把怀里的孩子抱得更紧。我们也顾不得这些了，跑进帐篷就四处搜寻，巴不得遍地都是吃的。

不管怎样，今天是能够饱餐一顿，我们也就放心地放下东西休息一下。突然，前面山上冲下来一群骏马，就像在放一部美国西部片，够味！其中一匹，浑身乌黑油光，一根杂毛也没有，如一匹黑缎子闪闪发亮，这是我一生中看到的最漂亮的一匹马。

马上的藏民们更有特色，天下着雪，但他们半个膀子露在外面，每个人腰挎一把藏刀，威风极了，真帅！看得发呆，我却本能地马上把盘在帽子里的长发解下来——表明我是女的，我们不是强盗。

语言不通，就打手势，意思是换点吃的东西，我们继而拿出药品、首饰赠送他们。看到这样的诚意，好客的藏民们热情地拿出糌粑面，不客气的我们也敞开了肚子，每个人起码吃了半脸盆，有几个男队员吃的都站不起来了。

到了晚上，在这么温暖的帐篷里，我盖着藏民热乎乎的羊皮大褂，很快就睡着了，感觉仿佛到了天堂一样。半夜，男队员骚动起来，几个女队员睁眼一看，他们个个脱了衣服全神贯注地找虱子，掐得噼啪作响。上帝！虱子哪里找得完？我也不由得后背一阵发麻……

第17天，早上7点，开始收拾、上船。我们都舍不得离开，生怕在继续的旅程中遇不到人家而挨饿，可是不得不走，我们只得依依不舍地告别藏民，向前漂去。

我们船上的杨斌，曾是四川省队游泳运动员。此人风趣幽默而又油嘴滑舌，头天晚上他吃过糌粑后又把藏民家的一盆酸奶哄到手，还一人独吞。由于吃得太多，所以这时开始拉肚子，吃了几次药也止不住。才漂出几公里，他就恶声恶气命令我们赶快靠岸。

别的船都漂在前面，我们自然都不想落后，又不知道他要耍什么花招，一边划着向岸上靠拢，一边问他要干什么，只听他尖声叫道："我要解手！"话音未落，就一个跟头翻进河里，原来他实在憋不住了，准备在水中方便。雪水浸骨头，冷水一激，他解不出来，肚子又痛，他只得又爬上船，刚上船还没有站稳就拉了一裤裆。大伙儿一见他这狼狈样，开心得哈哈大笑："完了，杨斌，再也不会有女娃儿喜欢你了！"

大家七嘴八舌说笑，他已经顾不得一切，忙着脱裤子洗屁股，还恶狠狠地吼我和小田不准朝后看。

还好，从这以后，几乎每天都会遇到人家，填饱肚子没有问题。

提到肉，大伙都很馋。第18天的晚上，周桦和几个记者到帐篷里来约我一道去找肉吃，一听到“肉”，哪里还有拒绝的理由？我毫不犹豫地跟着他们一起去了。

我们来到一户带着两个儿子的老藏民家，在门口我们很有礼貌地将双手并在胸前说：“扎西德勒。”接着说：“老乡，你好。”

老藏民答：“不知道。”

“牛肉的有没有？”

老藏民答：“就是。”

这都是些什么乱八七糟的呀，我忍不住要笑了，周桦掐了我一下。老藏民很客气，把我们让进去，拿出酸奶酥油茶款待我们，拿来什么，我们就吃什么，一律不客气。

吃完了，我们几个仍赖在那里没有离去的意思，怎么表示要吃肉呢？周桦精灵得很，双手在头顶作牛角状，嘴里发一声牛叫，老藏民懂这个意思，但表情冷淡，没有反应。

几个记者东张西望，看看他的两个儿子又看我，眼睛一亮，马上开始打手势，比画了半天，老藏民脸上终于露出了一丝微笑，他的两个儿子却笑开了——他们懂了，意思是把我留下给他家当儿媳妇来换牛肉吃。

我心想：亏这些家伙想得出来，但只要能把肉哄到手，暂时当当“儿媳妇”也没关系。因此也配合默契，尽量跟老藏民嬉皮笑脸。老藏民高兴了，起身到后面拉帘布，啊呀！硬是有半边鲜牛肉挂在那里，顿时所有的眼光射在肉上，再也移不开。老藏民拿起刀子割下了几砣肉，撒上盐，在牛粪炭上烤了一下，我们就大口吃起来，也顾不得牛血顺着嘴角往下流。我上警校时，常听我们班上的藏族同学谈起生牛肉如何好吃，当时无法想象吃生肉，今日尝来，味道果然鲜极了。当刑警时落下的怕肉的毛病，在这一刻也早就忘了。

酒足饭饱，自然就是溜之大吉。我刚起身，老藏民一把抓住我的手，示意那几个男的可以走，但我得留下。糟糕，玩笑开大了，情况不妙，他的两个儿子把门堵住，门神一般。怎么办？靠着我们刚吃了饱饭而且人多力量大，对方也没什么准备，费了好大的劲儿我们这群吃“霸王餐”的才狼狈地逃回营地。

其他的队员见我们吃得满嘴油水，也不问一下我们是怎么搞到的，就一窝蜂地向藏民家冲去。人家藏民上当受骗还在气头，看到这一群人竟然厚着脸皮又杀了过来，于是放出10多条狗，把他们全轰了回来。

就这样，到了第19天，我们终于漂到马场——曲麻莱县。现在想来那日子像做梦一样，过的完全是非人的生活，历尽了艰辛，却有无穷的乐趣，我永远也不会忘记无人区的18天。

大战通天河

从沱沱河漂过来，就到了通天河，这时候，雨季开始了。

通天河上洪水暴涨，漂流探险提前在这里拉开了序幕，整个队伍开始有了担忧的情绪。对我来说，危险是肯定的，没有危险那这次活动有什么意义呢？但我们这么多人，不同于尧茂书一个人单独作战，我只觉得就好像舞台的幕布刚刚拉起，轮到我表演的时候到了，这样反而还有了激情。

很多同伴在不同的危险面前选择了暂时的放弃，可我在整个过程中却没有退缩的念头，我相信越在关键的时刻才越能显出英雄本色。通天河以后，我在探险队中最喜欢的队友沙颍也选择了打包退出，这让我有些失望，他的乡村歌曲，他的绝妙英文，顿时失去了魅力。“长漂”中的男人们，尤其是沙颍，当他们选择放弃的时候，给我的感觉也是这样的。尽管我很想敬仰他们，可是他们的表现却不配这样的敬仰。

只是负责摄影的沙颍并不是漂流队员，他没有义务坚持下来，这一点我是理解的。对于作为记者的人，我也能体谅、照顾他们的。周桦是一个白净的书生，但是摇船却没有我熟练，那时候我们把几只船绑在一起，就好像航空母舰一般，坐在中间船只上自然要安全得多。随着环境越来越恶劣，我就把自己在中间的位置让给了周桦，自己坐在了边上的小船上，这倒不是为了逞英雄，只是我觉得他的才华值得我付出关照。

顺便说一句，我很欣赏周桦这个“小生”，他不仅口琴吹得很棒，而且文笔异常的优美。虽然漂流过程中其他人都诟病于他没有作品，但他最后在《文学报》上发表的连载作品让全中国都知道有这么一个优秀的上海男人——现在他已经是奔走于曼谷与上海之间的“大亨”了。

离开曲麻莱的第一天，有七八个人就连续翻船落水。平时有几个男队员老抢着一个人划条橡皮船，老想在电视、电影里多露几个光辉形象，这时也因水势凶猛，纷纷要求并船，增加船的浮力，以求一线的安全。

中午12点，大家在船上一边吃饼干，一边把船里的水往外淘。水的流速很快，只需艄公把舵掌好方向，船刚穿出一个峡谷，接着又是一个跌水。第一条船从一个险滩的边缘绕过去，回头一看，8米高的大浪和跌水太凶了。他们赶快靠岸，跑上山坡，向我们的后面的船队鸣枪警告。后面的船要靠岸已经来不及，我们只有做好自救的准备，刚抓紧保险绳，船就载着7个人“栽”进了浪谷，并连着的3只船挣扎着，大船两侧的小舟翻扣在它肚下，10多秒后才穿出水面。

睁开眼一看，船上只剩下了3人，沙颖居然还一手抓绳，一手举着摄像机，我和许瑞祥相互对喊：“王琦呢？周洪京呢？”当值的艄公刘辉也不在了！

船无人掌舵，横在江心差点翻掉，我赶紧抓一支备用桨把船打正，以尾作首，代替了艄公。举眼船边有一红色物体，我还当是自己脱下的羽绒裤，用力拉起一看，却是王琦！接着，周洪京被周桦拖上船。

就差刘辉了，他在哪里，水面上没看见。好一阵，刘辉才从一个大旋涡里旋出来，眼镜没有了——他是个高度近视眼，离了眼镜看什么都是模糊的。只见他无力挥动胳膊，绝望地喊道：“我不行了，救救我！”……

我迅速脱去羽绒服准备跳入江中，只觉一只大手抓住我的后腰，周桦的声音在耳边响起：“你下去不行！”我失声地喊：“刘辉，往左边！”

一个大浪将刘辉托到浪尖又狠狠地抛下浪谷，船无法减速，除了我手中的舵桨，其余的工具全飞了。船进入左岸回水，那里有一只准备救护的单船，杨帆等3人见刘辉出现在回水外100米处，解开绳子向他冲去，终于在下面两公里处把他救了起来。

这一天，漂流队损失了14部照相机，还有胶卷、行李包，折合人民币10多万元。更惨的是很多队员只剩下身上穿的短裤短衣。上岸后大家回头再看险滩，无不感到阵阵发怵，感到害怕，此时大家才真正意识到漂流的凶险、冷酷。

在这样的害怕中，有3个队员翻山越岭离开了。我们当即宿营开会，研究下一步的计划，向全队宣布："要走，要留，取决自愿。"就在这次会上，表现突出的我第一次作为艄公，代表我船队员参加现场指挥部召开的会议。在会上，也有人提出了退出，一些有家的人当然必须要考虑自己的妻儿。愿意走的自然我们也不能勉强，不过我的态度依然坚定——你们爱走就走，我一定要漂完。

晚上，两个帐篷挤着20多人，根本没有地方躺下，我只得独自找一个角落坐上一夜。外面风雨交加，江对面的山上泥石流崩溃，声如闷雷，令人心惊胆战。雨水从四周流进帐篷，所有人就全身湿漉漉地熬到了天亮。

第二天，河水暴涨了4米，这哪里是水流，完全是泥浆夹杂着石块狂吼奔腾而过！到了中午1点，我们才终于决定大小7条船并联漂流——如航空母舰。坐小船最危险，但不能没有人，只有两侧小船不断与岩石撞击，保持平衡才能维护大船的安全，我和老戴坐上了右边的小船。

"航母"很有气势向泥石流形成的滑坡滩冲去。在跌水中，由4条大船组成长方形，船身一下成了90度直角，"压浪！"五个小伙子齐身向船头扑去。左边小船与岩石撞击，船破泄气，杨欣、许端祥翻身进了大船。右边小船上的老戴和我则被一个大浪连船带人反扣在大船上，我的脑袋和船上固定的备用桨相撞，顿觉火星四冒、头昏眼花。

转弯必有滩，滩中必翻船，这也是规律。每一个漂亮冲滩，绕礁石，过跌水，都会使我们狂喜兴奋不已。

在与队友的小舟共济中，我重新认识了他们。随行的很多记者不是漂流队员的队员，他们完全没有必要去冒这种正式成员都不愿冒的风险。但始终坐在小橡皮舟上的他们，常常是无所畏惧。他们的勤奋、严己、公正以及人品赢得了我们的尊敬，他们不愧是最优秀的记者！

4公里长的阿霞滩非常危险，这一段因为没有太大的名气，即使不漂也不会有人报道。领导们也许考虑到保持队伍的战斗力，所以不太同意我们“老老实实”地漂完，但我们几个初出茅庐的年轻人怎能就此罢休？如果没有把长江全部的征服，我们的到来有什么意义呢？我和杨斌作为最坚定的“主战派”向领导“发难”，许瑞祥也加入我们的“请愿”，好在周桦等人也表示了支持，我们总算上了船。

不过，豪言说得轻巧，壮举却是艰难的。有一次翻船，水急、浪高，始终没有机会将船翻正。我们的手就抓着船绳，在滩里冲了几十分钟，绳子深深勒进肉里，口中不断呛水，我真想把绳子甩了，然而这样，只有送命，所以我不断暗暗告诫自己，除非手断了，否则绝不可以弃船。又一个回水区，船在不停地打转，趁这个时机，强壮的小伙子们把船翻了过来，把我们一个个拖上岸倒着提起来，这才把肚里的黄汤吐出来。

从危险中“吐”过来之后也没什么可想的，只是觉得又过了一个险地，我全身放松，只想躺在地上一动不动地任由口鼻呼吸……

死亡，就在身边

“为什么要‘长漂’？”这是我常常要面对的问题。“爱国主义”，确实过于高调，虽然我确实要争当第一，而且我要代表中国战胜美国。但是，当每次回想起牺牲的那11个同伴，“爱国主义”就显得苍白了一点，毕竟，生命的脆弱可见一斑。

金沙江从我的家乡经过，从小就听到关于她奇丽而迷人的传说。而她的上游，更是诱惑人的。“长漂第一人”尧茂书，就在金沙江通加峡遇难。

通天河以后，因为人员的简编，我们开始分组漂流，比如这7个人漂这段，另8个人则坐车到下一段起点等待。因此，当我们到下一段起点之前，上一队就出事的情况时有发生。由于当时我们经过的地区充满着不可知性，随时而来的猛兽、险地，都能置体力、精神处于健康边缘的队员于死地。不仅是失事队员，寻找他们的队员也充满了危险，尤其是天黑之后。

我们的一支小分队和“洛阳队”再次相遇一路漂流时，在冲过通加峡、穿出直门抵达白玉县叶巴时再次翻船，除霍学义上岸，其余两队7名队员全部失踪……

在巴塘的下一队只截到一条红色橡皮船和几个防水袋，没有发现队友们的踪影。这一下，所有的人员手足无措，立刻，十几个寻找小组在当地军民的配合下开始沿江寻找他们。

当时的领导们考虑到环境的危险，所以要求剩下来的我们等天亮了再前去搜救。但是时间就是生命，要知道，遇难同伴正徘徊在生死的边缘，何况我们是战友！

救人，刻不容缓，这就是我当时的态度！

最危险的时候，人往往会想到自己的安危，可是每一个人都想着自己，谁还能依靠、相信别人呢？

我们这一组有4个队员，两名武警一路向着西藏方向逆江而上沿岸去找。山高路陡，沿江很少有路，走得趴下，累得我直想哭。我们彝家的凉山就是以山高山峻而著名，尤其是雷波，我以前经常出现场、侦破案子几乎就是爬大山，但和这里的山相比也差远了。

太阳很大，我走得鼻血直流，渐渐的，我落在后面，爬坡、下坡又到江边，我努力赶上时，他们捞到一件救生衣和一只木桨。看见这熟悉的东西，大家的脸色阴沉下来，他们究竟怎样了？如果活着，不及时找到他们，就完全可能被冻死和饿死。

3天过去了，我们顶着太阳爬大山、穿森林，差点迷路，吃完带的食品，就摘山下的野果充饥，老吃野果也会上吐下泻，3名队员都中毒了。

我们的周围，高山气候显著，天一黑就下雨，每人裹一件雨衣在岩洞边就可以睡一夜。4天后，远远看见绿油油的庄稼，几间土房和果园，我们连走带跑来到一家，门开着，静悄悄的，没人。到另一家，同样。

我们以为主人可能上山放牧，或出山驮货，也就独自烧水，摘了一堆核桃吃完喝尽，铺些草在房中倒头就睡了。

不一会儿，突然感到身上奇痒，闭着眼东抠西抓，实在受不了，翻身一看，我的天啦！铺天盖地的跳蚤在我们身上跳来串去，我怀疑这是跳蚤吗？怎么会有这么多。很快，咬过的地方就红肿了，抖也抖不完，赶也赶不走，“三十六计，走为上！”我们赶紧跳到附近的河里洗澡，好过一点就准备另找了地方住下，穿过一片核桃林时，发现一具小女孩风干的尸体——我们马上意识到：这地方可能是某种疾病的流行区，事情不妙！

果然，到了第二天，我们身上大片红肿，抠烂了流血、流黄水。吴涛说：“这样下去，不但找不到他们，连我们自己性命也难保。”我们只好从原路返回，可抬头一看那大山，我们都失去了信心，于是只好从西藏游过金沙江到四川——放心，这一段是金沙江的缓水区，很短，不过吴涛还是差点被冲下“拉瓦滩”。

5天后，我们满怀希望地回到巴塘。可是却得到了这样的消息：“老孔完了，阿莎。我们是眼睁睁地看着他被卷走没法救他！”杨斌说。

他真的死了吗？我小声对自己说，多么熟悉的一张脸，永远也见不到了吗？我的脑袋一片空白，死亡就在眼前，可因为尸体无踪，我还是觉得老孔会在某一天从某处冒出来。此时此刻，我却说不出一句话……

年轻的军官，常穿件挂满军功章的军服叫人给他拍照，喜欢吹牛说大话引得大家发笑的孔志毅，是漂长江发起人之一。他是全国二级英模称号的获得者，军委保送他上国防大学，通知书发到手上也被他放弃了。他参加了漂流队，用血凝结了金沙江的丰碑；他付出了生命，人们真正认识了他。

8月，肯·沃沦的队伍到了玉树。这对我们的压力更大了，我们付出了高昂的代价，就为了要抢在他们的前面，因为我们代表着世界上最大最古老的一个民族，在自己国家的江面上与外国人奋争！

落选“敢死队”

虎跳峡——世界第一峡谷，当地人形容老虎可以跳涧而过，我们赶到一看，这一形容果然很适当。

虎跳峡全长约16公里，落差约200米，玉龙雪山和哈巴雪山对峙形成的深谷高出江面约3000米，最窄处不过30米，18个特大险滩散落在上、中、下虎跳。几公里外就能听到虎跳峡雷鸣般的吼声，对于我们每一个漂流队员都是一场严峻的挑战。近百名记者蜂拥而至，各种报道铺天盖地而来。

“洛阳队”人少精干，在迎接“魔鬼大峡”的挑战中，先于我们“科漂队”首先漂过中虎跳峡（最凶险地段），他们在虎跳峡的显赫战绩为中国人的“长江漂流”打上深深的烙印。

9月12日，“洛阳队”孙志岭和郎保洛钻进了密封船，金沙江以巨大的能量把密封船甩进“满天星”。岸上千百双眼睛盯着这个没有动力驱动的小小“球体”在大浪中沉浮着、翻滚着，被摔裂、被解体。

一个人头闪了一下，接着没影了，他是孙志岭。郎保洛抱住半边密封船被一股水冲到一块礁石上被卡住，只见他艰难地爬上岩石，就这样被困了整整四天四夜。直到成都军区派来一支特种部队，在当地老乡的配合下才把郎保洛救出。

《青年世界》记者万明采访这一新闻，晚上赶回发稿经过一个瀑布时，不幸被飞石击伤遇难，年仅23岁。当天，一个看热闹的老乡也从山上掉下摔死了。等下午回到桥头镇，就听说一辆载有人的货车翻进了虎跳峡，十多俱尸体被冲入金沙江，全进了虎跳峡。当地好心的老乡纷纷找到我们说：“这个地方有神，你们冒犯了神，给我们也带来了灾难，你们还是回去吧。”

“洛阳队”的创举使科漂队再也坐不住了，虎跳峡是我最想挑战的“敌人”，我不止一次地积极要求，申请不知道写了多少封，可惜都被领导们否定了。我想：也许是因为我以前提出了许多不服从他们的意见——既然我这么愿意“出风头”，这样的机会就越不让我去。直到现在，我还对领导们颇有微词，但如果他们是为了保护我这个女流之辈而拒绝我，那我也确实不厚道。

不管怎么说，落选了征服虎跳峡的“敢死队”成了我最大的遗憾，不过我也知道这不是我不够勇敢，而且我已经很努力，后来我被批准征服“老君滩”，也或多或少补偿了这一点遗憾吧。

9月24日，王岩、颜柯乘“中华勇士号”密封船从“两家人”下滩开漂，密封船上密密麻麻地捆着几十个防撞轮，一股水柱般的大浪袭来，它被冲到一块离江岸只3米的礁石上被卡住了。王岩在里面通过无线电对讲机，一次次发出呼救：“没有氧气，受不了了，赶快来人把船撑下去！”

此时，我站在离江边约200米高处的地方，看得清楚，听得明白，队友的呼救仿佛要自己的命一样，于是我拿起木杆和武警木呷直跑下去。这哪里叫路，我们连滚带爬，总算“跑”到了江边，接着我和木呷齐力用木杆把船撑了下去。

看着密封船又正常的漂流，我心里才一块石头落地，缓缓向山上爬去。草很深，我只感觉脚下一堆软绵绵的东西，定睛一看：妈呀！两条碗口粗的蛇，正受惊伸头向我的脚缠来！我吓得失声尖叫，拔开脚亡命地向山上冲，一口气跑上指挥点，趴在地上再也起不来。就在气喘吁吁的时候，只听我们头儿喊：“阿莎，快漂成功了，颜柯要给你讲话。”

我一听，就犹如被打了一剂强心针，从地上一跃而起，跑过去挤进人群，抢过对讲机说：“颜柯，祝贺你们！”

“感谢你了，阿莎！”

颜柯的声音使我激动地流下了眼泪，虽然我落选了，但他俩的胜利，同样也是我的胜利！最关键的是，他们没有牺牲。

牺牲，这是我没有想过的事情，即使我站在长江源头看到尧茂书的遗物，我也不会对死亡发出什么感叹，因为我根本没有死的念头。虽然在我的冒险中，就在我的身边，我的战友、我的同志都被死神夺走生命，可我始终只把这种事看成与我擦边而过的问题，仿佛这个跟我并没有关系，我坚信自己永远不会死，如果我这么坚持，即使有那么一天，我也不会感觉到了，我又何必感叹呢?

如果真的要谈论到死亡，也许只有你怀着一种对死亡的畏惧才真正会遇到这样的情景，就好像在我的记忆中，牺牲的老孔就是心事重重、眉头不展，好像永远都有驱不散的乌云，而我则把冒险当作好玩的事来看，心里则一直想着鲜花与掌声，如果你自己不去感应，或许死亡真的能远离你。

这一点，也许真的应该学习郝思嘉的精神，“Tomorrow will be another day”，明天又是新的开始!

我是“*No .1*”

成功漂流虎跳峡的当晚，全队在下桥头镇痛狂饮，烂醉如泥。我却想哭，真想痛哭一场，哭我永远失去的这次机会，哭我的希望一次次破灭。作为一个漂流队员，不能漂流特大险滩还有什么意义?

金沙江，还留着一个“滩王”，如再失去这个机会，干脆回家……

想到这一切，我等不及了，连夜找了指挥部领导，最后一次请求漂“老君滩”。我恳切提出：“我们4个女队员是代表全国的妇女，而我又是公安干警又是少数民族，代表性强。”

攀登珠峰有妇女，到南极考察有妇女，漂长江既然有妇女参加，同样应该和男队员们一道施展自己的能力和体现当代妇女特有的风采。何况“老君滩”在凉山彝族自治州境内，我作为凉山唯一的代表，全州人民都在关注着我，我非漂不可!

在我坚决请求下，指挥部决定由我、宋元清、杨斌组成漂“老君滩”小分队。

9月中旬，“中美队”在叶巴受挫，队长肯·沃沦及4名队员失踪。4天后，他们回到巴塘，漂流队宣布解散。至此，我心里不免遗憾，当初激励我来漂长江的一半原因是那些有关“首漂权”的传说，此刻，我已经觉得这种激励有点动摇。

“老君滩”号称长江“滩王”，全长约4公里，落差40多米，两岸从山上滚下的600多块岩石阻碍在4公里的江中，形成巨大的旋涡。10多米高的岩石很锋利，密封船与它相撞很容易被划破。靠云南方向，“老君滩”的二道滩下有一个老君洞，洞口比密封船大5倍，三分之二的江水被它吸进，因此漂“老君滩”需要特别好的机遇：运气好，船没有进洞，漂流成功把握很大；万一进洞，那么搞接应的人只能看着我们进洞而无法采取任何救援措施。

我们3人做好了充分的准备，每人带一把匕首，如果船进洞，只有用刀破门而出。然而就算是侥幸出了洞，躲过一个滩，4公里长的滩都能躲过吗？脑壳与岩石相碰，后果可想而知，所以一旦离船，生还的机会几乎为零。

北京夏令时14点整，我们在国旗下庄严地宣誓，喝了壮行酒。“风萧萧兮江水寒，壮士一去兮不复还。”悲壮的气氛中，我们与领导、队友、记者们一一告别，与两岸的老乡告别，我匆匆顾盼了一眼家乡的山水，大大地呼吸一口气，先钻进了密封船。

如果要说在“长漂”中最恐怖的时候，我可以说不是在水上，也不是在疫区，而是独自走进密封船的时候。密封船实际并不能完全密封，外面用5厘米粗的绳子将几十个防撞汽车内外胎加固在船身上，两个门窗外面用木板将内胎固定，用绳子挂死。整个空间较小，只能装两袋氧气，全身蜷在橡胶味道之中，让我感受到了什么叫最恐怖——以至于我以后的噩梦环境都是我被活埋在黑暗之中。

恐怖的感觉一寸一寸吞噬着身体，从脚袭向腰间，再漫到脖子上，就好像清醒地被活埋在土里，要是那个时候还要让我独自多忍耐10多秒，我肯定坚持不下去了。正在我准备放弃的时候，杨斌、老宋的及时下来，一下子驱散了我恐惧的念头，我紧紧握住他们的手，随着杨斌一句：“你怕啥子嘛？”和他们带来的诸如“今晚的《新闻联播》说不定要播我们哦。”的玩笑声，我的一颗心也安稳下来。这样的恐怖即使在漂流最危险之际也不能相比，直到我们漂完以后，为了做报告，在从上海去北京的火车包厢里，我才又有了那样的感受。从那以后，我对电梯、地铁等狭隘的空间也避而远之。

14点10分密封船“中华勇士号”载着我们摇摇晃晃地向长江的最后一个隘口滩王“老君滩”发起了最后的冲刺。

三个人挤在一起坐在里面无法伸直腰，我夹在两个膀大腰圆的壮汉中间，更是透不过气来。经过头道滩时，船和人都失去了平衡，像掉在空中一般。

紧接着就是二道滩，突然从10多米高的跌水上栽下来和岩石猛烈碰撞，船体急剧翻滚，水不断从窗门挤进来，一下就有齐腰深。我在中间把报话机保护在胸前，他们两人用背各堵一个窗口，水仍然不断地涌进来，一旦灌满船又不能排水，我们就有淹死在里面的危险。情况危急，而我们在里面完全失去控制，脸上挨一拳，身上被踢一脚，三人的“少林功夫”是施展完了。突然一股臭气扑面而来，脸上顿觉热乎乎的，用手一摸，黏糊的米饭、鸡肉、海椒吐了我一脸，这是宋元清干的。

一阵恶心，船里充满了恶臭，终于，三人忍不住相互乱吐起来。呕吐物浮在船内的水中，这些脏水加食物不时呛进鼻孔，喝进嘴里，相互都尝了对方吐出来的东西。耳边，全是雷鸣般的吼声，天崩地裂，仿佛世界末日来临一样。

黑暗中，水已淹到胸部，报话机湿透，我们和外面失去了联系。我们这时真正害怕了，内心充满了恐慌，胃不停地翻滚，吐、呛水，使我们晕头转向，搞不清东南西北。

完了！今天要在这里送命了！临死前巨大的恐怖使我们三人的手不自觉地紧紧握在一起。嘴上谁也不宣布自己害怕，但在这一瞬间，我感觉到大家死也死在一起的心理。真的要死了吗？这种死法？谁也看不见，连尸体都找不到，我可没有真正想过。起码应该有很多人看着我们是如何死去的，呵，那一份浪漫而悲剧的美！

正想得昏沉沉的，听老宋说道：“是在漂还是进洞了？”杨斌说：“乘现在还有点力气，破船出去吧，老子闷得很！”说着就摸出刀子准备划开船，我也很想出去，能够“见天死”总比闷死在里面好点。

“再等一会儿，等一会儿。”老宋说。三个人最后一次带着希望等待着。

“突突突”的声音，由远而近。“马达声！冲锋舟！”三人喊了起来。有救了，冲锋舟在虎跳峡的二次接应相当成功，我们毫不怀疑他同样会把我们安全接上岸，因此满怀希望。

可慢慢地，冲锋舟的声音消失了，希望落空，我们不由得在里面大骂起来：“这些小子，我们快要死了，难道不知道？是不是想试验一下我们命有多长？”又听到船顶上有说话声，有人用刀子把门窗外缠绕的绳子割断，我们一个个爬出来，一看，空空江面哪里还有冲锋舟的影子。一问才知道冲锋舟在滩尾接应我们时已被大浪打沉了，4个接应队员慌忙爬上我们的密封船，我们救他们还是他们救我们？

于是，7个人趴在船顶继续向下漂。船的重心不稳，一个大浪就底朝天，连续翻滚，我们不断掉在水里，马上又朝露出水面的部分爬去，累得筋疲力尽。密封船毕竟没有动力，所以始终无法靠岸，救援队长王岩在漂了20公里后决定：“大家准备好跳水游泳上岸！”

“不行，我们不会游泳。”木呷和拉雍急忙说。

“啥子？不会游泳为啥来搞接应？”大家吼了起来，心想这不是拿生命开玩笑吗？要出没本事的风头也不是这种时候嘛！无奈只得放过一个又一个的上岸机会，尽管很冒火，但谁也不会丢下他俩独自逃命，在这种时候，我才真正领会了“同舟共济”这个词的含义。

天渐渐黑了下来，江面风很大，船上的我们毫无办法只得顺江而下。漂了30公里以后，两条乡亲的木船出现在江边，船上的人在打捞国家的木头，尽管是违法的，而对我们来讲他们就是救星，大家撕开嗓子齐声呼救。不明白怎么回事的老乡对我们指点着、说笑着，小孩挥舞着衣服向我们欢呼着什么。

船很快又漂下去，往前一看，数百米外接连几个大滩，只见白浪滔天，只听水声很大，凭我们以往经验，这不是一般的滩！正在这时，正好岸边又出现一条渡船，船上的人知道“漂流”，很快把船摇过来，可小船只能上3个人，大家让不会水的人上了船，小船载着他们向岸驶去。

剩下我们几个了，“跳！”王岩边命令边跳下水去，我和杨斌紧跟着跳入水中。一下水，糟啦！我的长裤滑到大腿，提不上，又脱不下，上身穿的充气救生衣没拴紧，从头顶一下冲跑，加上水的潜流把我往下扯，我顿时感到慌张，半天浮不出水面——先上岸的拉雍还以为我在这种时候还想露一手。

头刚露出来，王岩、杨斌已要靠岸，我蹬掉长裤，追赶着，再一望，他俩已上岸了。我绝望了，没有了信心，50米、30米、20米……我以同等的流速向滩冲去。我不想死，我太想活了，本能的求生欲望把绝望变为最后拼搏，10米，就这10米之差，我游进了滩前的最后一个回水，借助回水的力量，抓住这救命的机会我游上了岸，抱着水边一块石头，我说不出一句话。

抬头，岸边的人都张着嘴呆望着我，一股无名火往上冲，这些家伙不说丢根绳子来救我，哪怕就是几句鼓励的话，对我来说也实在太重要了！

遗憾，他们仿佛在等待一个奇迹的出现。当王岩和杨斌赶紧把跟老乡借的毛衣脱来巴结我时，我再也不想理他们了。“快看，老宋！”我随着陈庆福喊声朝滩中望去，密封船驮着宋元清被险滩玩耍着，很快连影子都看不见了，天啊！

打着光脚，跟着老乡回家，一路上我想着老宋。我无法接受眼前的现实，一个活生生的人，一个风趣幽默的人，而且开口没有门牙，过通天河时我们老拿他的门牙取乐——船上杨斌问：“老宋，你的门牙咋个没得的？”老宋认真地说：“我结婚那阵，当地兴抢亲，在抢亲那时被女方亲属打掉的。”

“哈哈哈……”

现在，我们沉默了。

胜利归来

“汪汪汪”，一阵狗叫声，到家了，这里是云南省东川区拖布卡乡。船老大介绍着，听说我们是从“百合滩”游出来的，老乡都出来热情接待我们，老乡们都说：“凡是进了（百合滩）的人没有一个是活着回来的。”后来洛阳队漂“老君滩”，接应失败，队员雷志就是在“百合滩”前没有游出来，尸体在下面20公里处的江面才漂出来。

我们被招呼进一位老乡的家里，首先就写了电报请老乡连夜拿到区上去发，这里的老乡比较贫困，主人家却把家里唯一只鸡都给我们吃了。女主人见我披散着长发，光脚还穿着湿透的运动短裤、短袖，打开木箱，拿出自己结婚时穿的绣花鞋，一件对襟绣花衣服和“的卡”蓝裤子，全给我换上。梳好头发用红毛线一扎，照着镜子上下打量，嘿，简直就像一个农村的新娘子，再加上几个男队员不着边际的吹捧，我更是飘飘然了，刚上岸时的恼怒烟消云散。可是，一想到老宋生死未卜，心情沉重下来。

第二天一早，又是一座高高的大山等着我们爬上去，我简直服了，这辈子也不愿再爬山。带路的老师打开小收音机，正好收到中央人民广播电台播送：“中国长江科学考察漂流探险队的吉胡阿莎、宋元清、杨斌等3名男女漂流队员一举征服老君滩，向国庆献了厚礼……”顿时，我的确认为自己了不起，我的爸爸妈妈也很骄傲吧！

经云南东川，昆明返回会东，沿途受到云南人民最热情的接待。

至于宋元清，虽然他失去了最后一个主动逃生的机会，却只身创造了夜间漂流100公里的纪录，他在云南的“巧家”，居然被机动船打捞上来，被发现时已昏迷不醒——他见江面灯光辉煌，还以为到了宜宾。谢天谢地，经过抢救，他脱险了！

自漂流完“老君滩”后，我的思想很放松，以为下面定是一帆风顺。沿岸的老乡放着火炮，我俨然一副英雄形象，好不得意：唱完了喜爱的歌曲，还朗诵起“北岛”“舒婷”。那两岸的青山秀水，山间高飞的鹰，想到它们都目睹了我漂流的英姿，惬意极了。

下午5点，终于漂到了家乡。岸边早已是人山人海，我的“帅哥”爸爸和“预言家”妈妈身穿着彝族节日的盛装，站在显眼的位置，可他们明显消瘦了好多，我再也压制不住自己的感情，悲喜交加和父母拥在一起，我泪流满面，只为自己回来了！

我不曾想到，爸爸妈妈这时的痛哭也为着我的哥哥，他这时因为被人冤枉被关在了监狱，同时，我这个女儿却生死不明了这么久，他们能不消瘦吗?

作为“英雄”的我，必须为自己的哥哥、自己的父母打气，心情可想而知了。可惜的是，一年后我哥哥的冤案虽然得到昭雪，但这样的打击让他失去了活下去的信心，长期的喝酒导致肝硬化从而夺取了他年轻的生命，好在现在他的孩子们在英国剑桥生活的非常健康，我觉得他在天之灵也能得到安慰了。

当时，看到家庭的这幅景象，我突然觉得自己真正成熟长大，我的所作所为不光为了自己，更是为了整个家庭。我是他们的希望，无论怎样恶劣的环境，我不能倒下，我只能成功，不能失败。我回来的一天，就是我衣锦还乡的一天。

从雷波到宜宾——金沙江最后一段，危险已结束。尽管最后庆功会上全队人员猛增到107人。但作为15名主漂队员中唯一的女性，我感到非常自豪。宜宾以下江阔水宽，航运繁忙，对更多的人来说是一次难得的旅游，只是两岸人民空前隆重地欢迎使我难忘。

1986年11月27日，漂流队进入黄浦江，最后抵达上海市。上海市公安局的彩船向我们驶来。彩船上话筒传来一个声音：“吉胡阿莎在哪里？”我听得明白，挥舞着“中国妇女号”的旗帜，示意我的存在。

“古胡阿莎，上海公安局向你致敬！”彩船绕我们一周，听到这句话，我骄傲到了极点。

北京，中国新闻社用许多种不同的文字和照片向世界各国报道：“中国第一个女探险家，22岁的吉胡阿莎成为征服长江的第一位女性。”我阅后得意的心情可以想象。

然而真正从内心感动我的，使我难忘的不是鲜花和赞誉，不是崇拜的热情，而是在我们最苦，最需要帮助的时候，在我们面临死的时候遇见的那些老乡。是这些最普通，连名字都不知道的老乡，是他们救了我们的命，在我的心目中，他们就是我最亲爱的朋友。

漂流尽管获得了成功，却付出了高昂的代价，包括“中美队”一共有11人壮烈捐躯，这是何等高昂的代价！

在武汉，孔志毅白发苍苍的妈妈抱着我时，失去儿子的悲痛，使她大小便都失禁了；老孔两岁的女儿，从出生还没有见过爸爸的面，就永远没有了爸爸。在成都的庆功会上，尧茂书的爸爸及妻子以及所有的遇难者的亲属都到场了，望着一张张凄楚的脸，我深深感到，死难的队友们和尧茂书一样，是永远的漂流英雄，是长江的英魂，我永远不会忘记他们……

从宜宾到上海的漂流，其实已经没有意思了，在我的心里，离开了金沙江，剩下的“冒险”也就仅仅是作秀而已。因为爸爸妈妈还等着我，漂流肯定要继续，我不仅要坚持下去，而且还要平安地回来。

完成漂流，我又要回到公安局，奖励、提拔，这些都是必然的。我突然觉得，要是这样的话，“长漂”仿佛失去了意义，尤其是我漂过了“老君滩”以后。

有人死了，我活下了来，我的生命必然将翻开崭新的一页。

作者简介

张菊兰（1966~　），出生于云南省禄劝县，现居禄劝县。

一路仰望（外1篇）

史实、传说和诗歌，像三双有力的大手，拽着我走向凤家城。

虔诚地捧着一颗心，我一路仰望。景物变化无穷，心绪随景迁移。喜怒哀乐，酸甜苦辣，应有尽有。

走向凤家城

2013年6月30日，正逢端午。午后的天空澄碧如洗，阳光格外耀眼，菖蒲、雄黄的气味弥漫着小城。扯着阳光的金线，我们走向凤家城。

凤家城，很早就吸引着我，但真正出行，心情却复杂无比。史料、诗歌和传说，在脑海里如跳蛙一般蹦来蹦去，搅得我心绪不宁。

罗婺大地长大的人，谁没听过凤家城的故事呢？可知之甚多者寥寥无几。一上车，大家就七嘴八舌，问这问那，话题总绕不开凤家城。堂妹夫去过凤家城，简单介绍了石大人的狰狞可怖，凤家城的断垣残壁。我没去过，但查过资料，听过传说，读过诗歌，正好可以卖弄，便缓缓地复述着《凤家城遗址简介》：“罗婺部凤家城遗址，位于禄劝县屏山镇克梯办事处密打拉村北侧的三台山顶，现已坍塌，但轮廓尚可辨。凤家城建于宋（大理国）时期至明代早期。明万历、天启年间剿灭凤阿歹之乱时，毁于战火。整个遗址坐西向东，地形呈三级台阶状，中轴线上依次有前院、中院和后院等房屋建筑遗址。现存的内外城遗址占地面积约18000平方米，内城墙周长360米，面积8000平方米。保存有雕刻精美的石鼓、柱基、瓦片等建筑构件。遗址遗存较为明显的有后院五间正房，由规则的石板与条石浆砌而成的厚1.5米，高2米，长46米的残墙。遗址边缘东、西、南、北方向均有用不规则的石块垒砌的外城墙基。该遗址是研究宋（大理国）至明代时期彝族政治、经济、历史文化的珍贵实物史料。1986年公布为县级文物保护单位，2011年公布为市级文物保护单位。……”

我想随着简介的指引，寻找祖先的辉煌，寻找一个民族伟大的灵魂。

支离破碎的史实，纷纭杂沓的传说，萦绕脑际。许多许多的话，卡得我的喉咙生痛，却出不了声。心，酸酸涩涩；眼，朦朦胧胧。我用心灵的隔音墙，隔断掌鸠河的流响和车内的聊天声，遥望凤家城方向，在心底一遍遍朗诵彝族诗人普驰达岭的诗句：“今天我以一个彝人顶天的身影，让风线装着走近这座倒塌的城堡。凤家城啊，我该以怎样的头颅靠近你？我该用怎样的眼神审视那段被烧焦的历史？”

清风丽日，群山无语。车子拐了一个“丁”字，由禄撒路进入克梯村委会乡村公路。静静悠悠的流水，在田边地头萦绕；郁郁葱葱的秧苗，在阳光下拔节。传说凤家的兵丁不少于一个师团，家奴有“三斗三升芝麻”之多，田地宽阔无边。在禄劝团街，有凤家的一片稻田。栽秧时候，凤家的奴仆手拉手，从武定坝子他家的田边一直连接到相隔八十里的团街秧田坝传递小秧。收谷子时，奴仆们排成队把谷子从武定田坝传递到凤家城。凤家的金银多得数不清，据说凤家在禄劝鏨子岩藏了一岩银子，茂山打马坎也藏了一岩银子，其他不知地点的还有多处。又说，三台山顶建凤家城的材料，不是人背马驮，而是从山脚排好队递送上去。……

巍巍三台山，煌煌部落史。隋唐时期，罗婺部落逐渐兴起，以强大的政治实力和经济实力"雄冠三十七部"。有明确的世系记载则从阿而为罗婺酋长起。自罗婺四世土官矣格至明嘉靖十二年（公元1533年）的281年间，中央王朝屡封凤氏官爵名号，凤氏朝觐不绝，贡使往返不断。元朝封的有北路土官总管、罗武（罗婺）路土官总军、亚中大夫；明朝封的有武定军民府土官知府、云南布政司右参政、中顺大夫、中宪大夫等。其间，赐十六世阿英（凤英）姓凤（凤土司之称由此而得）。"罗婺雄冠婺七部，势震明廷凤家城"。在西南地区辉煌显赫近千年的凤氏家族，在最鼎盛时期，选址三台山修筑了城堡，成了罗婺部凤氏土司管理所辖疆域的大本营。……

车轮摇动万花筒，把秀丽婉约的景致摇进车窗。充满诗意的田野，竹林掩映的村庄，露出迷人的笑容，欢迎我们的到来。心，甜甜蜜蜜；情，痴痴迷迷。祖先的辉煌，像一幅幅画面，展现在我的脑际。

水泥路面消失在村头，车子出克梯村上坡。狭窄而坑洼的黄土路面，陡斜斜的坡度。坐在副驾驶座的我，胆战心惊，双手摁紧胸口，生怕稍不略神，心会跳出喉咙。惊悸充塞着每一个毛孔，心蜷缩成一团。

蛇样爬行了一阵，绕过一个山坳，路面较为平坦，悬着的心稍稍放松。突然一堵悬崖从对面扑入眼帘，崖顶树木葱绿，平坦开阔。千仞的峭壁，壮观、霸气、有王者之风。我臆断，这就是耳闻中海拔两千多米的三台山了。我思索着，传说中被挖断的龙脉在哪里？

禄劝民间故事说，一位高明的地理师为凤继祖的父亲撵了一块坟地。地理师知道，凤家如葬了这块万盏明灯之上的坟地，自己将双目失明。就对凤土司说："此地大有来龙去脉，你看它：左边青龙高万丈，右边白虎回头望。你家葬了这坟地，在你手上出宰相。但是，当你家老爷下葬以后，我必定双目失明，本人是光棍一个，无依无靠，如何是好？”凤家人承诺，择地之后，会将风水先生好吃好喝供养起来。开初，凤家对他不错。时间一长，逐渐冷淡。他们将先生安排在磨坊没日没夜磨面，吃粗茶淡饭，穿破衣烂衫。后来，先生的徒弟云游到此。先生将凤家龙脉的秘密告诉徒弟，并说：“只要挖断龙脉，凤家必起萧墙之争。”徒弟按照师傅的吩咐，挖断凤家龙脉，毁了凤家根基。

罗婺的天空，阳光依旧灿烂，可先祖的灵魂再也无法保佑子孙，庇护不了故园家土，凤氏家族衰落了。无论传说的版本多么不同，被人挖断龙脉的说法惊人的相似。龙脉确乎是被人挖断了，可挖断的龙脉在哪里？

车子又一次上山，慢得如蜗牛在爬。悬崖岿然不动，专注地望着我们围着它转了一个半圆。紫色、白色、红色的洋芋花，在山半腰灿然地绽放，壮观而凄美。密打拉村子，稀稀拉拉的肆意散落。土房青瓦的农家小院，遗留着古风民情。牧羊老人几声长长悠悠的吆喝，唤起悬崖一连串的回音。那震耳欲聋的声响，似悲似切，似怒似怨，似声声含泪的倾诉……我的心，苦苦涩涩。

物换星移，沧桑巨变，昨日的兴衰已成历史。只留给多愁善感的人，无尽的遗憾和伤感。

“凤家城在岩子对面。”

妹夫随口一出，吓了我一跳。那样雄壮的山不是三台山。三台山该是怎样的气势？

仲夏马樱红

目光移向三台山。群山环抱中的三台山，巍然屹立，高高在上，有鹤立鸡群之势。远远望去，只见树木葱葱，芳草萋萋。一个部族的辉煌，被历史的土层无情的淹没。遗憾、伤感一起袭来，我的心无比疼痛。

一棵灿然绽放的红马樱，擦车窗而过，我兴奋得眼珠都要跃出眼眶，大叫“停车”。彝族人自古喜爱马樱花、崇拜马樱花，把马樱花视为吉祥物，有些地方的彝族还把马樱花作为图腾呢。无论是娶亲嫁女、打柴狩猎、走亲访友、出外买卖，只要碰到马樱花，彝家人都认为是吉利的，都要祈求它保佑。马樱花在贫瘠的彝山随处可见，她不嫌贫穷、不畏严寒、迎风傲霜的顽强精神，宛然象征了彝家人。她艳而不俗，妖而不媚的品质，确实像扎根彝山的彝家姑娘。

人们都赞美春寒料峭中显示出旺盛生命的马樱花。可有谁知道，马樱花还有不怕酷热的精神呢？今天，我们的的确确见证了开在仲夏的马樱花。烈日烘烤，暑气蒸腾，许多树叶打着卷躲在枝柯下，可几株马樱花神采奕奕，精神抖擞地和酷暑对抗，展示出她特有的风采。她像一棵熊熊燃烧的火把树，照亮了寂寞的山野，镀亮了我的目光，镀亮了我的心情。不是神话，不是传说，一种梦幻般的美丽笼罩着我，神秘的氛围扑面而来。我怀着无比崇敬的心情，走向花树。一棵翠绿的嗑松树和一树彤红的马樱花并肩站立，枝叶交错，像极了相依相偎的亲密夫妻。红花绿叶间，缀着成双成对菠萝样的绿色松果，红的红得绚烂，绿的绿得深沉。红艳艳的花朵，沉甸甸的果实，共处一处，把春和秋完美地结合在一起。那灿烂辉煌的气势，那生机盎然的景致，难道想暗示我，季节可以浓缩，时空可以穿越？

如苍鹰划过阳光的蔚蓝，像飞天做穿越时空的展翅，我想遥感这里曾经有过的辉煌。

商胜、萨周、商智、瞿氏、索林……罗婺历史上的女土官，像几朵艳丽的马樱花，曾经灿烂地开在罗婺大地上。商胜是最艳丽的那朵红马樱，映红了罗婺的天空，永远开放在子孙心田。在凤氏家族众多的土官中，影响较大的首推商胜和凤英，他俩是罗婺历史上除了阿而以外最有名的部落酋长，也是罗婺地区最著名的历史人物。商胜是弄积的妻子，1380年袭夫职，为罗婺部继阿而以后的第九任部落酋长，也是武定军民府第一任女土官知府。

这位英姿勃勃地走进《云南志》和《明实录》的罗婺女子，和许许多多彝家女子一样，美丽端庄、落落大方，心灵手巧、贤淑善良。她以相夫教子、侍候公婆为己任，以挑花绣朵、织布做衣为天职。她的丈夫弄积，光彩照人、智慧超群、大有作为，世袭了土官总管之职，而且“以功升兼管八百司元帅，加升亚中大夫”。至此，凤氏势力扩展到八百司（今泰国清迈、清莱一带），官至亚中大夫（从三品）。《武定凤氏本末》这样说：“至是，凤氏且兼制全滇，势愈大。”商胜以丈夫为荣，满足于做好贤内助，幸福染红了她的双腮，她像红马樱样美丽耀眼。

“天有不测风云，人有旦夕祸福”。元朝末年，丈夫弄积的华丽桂冠被明军的锋镝所粉碎，积劳成疾的弄积，抛下商胜和幼子，撒手人寰。

一个乳臭未干、鼻涕拖地的十岁儿童，怎能担当坐镇一方的重任？

依彝俗，遵“如酋长无嗣，则立妻女为继”的祖训，商胜众望所归，继承了其夫职位。面对突如其来的大任，商胜措手不及。但商胜就是商胜，她擦掉腮边的泪滴，抛下绣花针，毅然接过大印，用软弱的肩膀挑起千斤重担。谁也不会想到，像马樱花一样漂亮娇艳的商胜，有着男子汉无法比拟的刚强，秀口一吐，便辉煌了西南半壁江山。她的风范，让堂堂须眉也为之汗颜。她智慧超群，深明大义，深谋远虑，为罗婺部立下了赫赫功勋。

商胜从小在兵荒马乱中长大，深知战争带给人民的灾难。她不愿烽火在罗婺大地燃烧，她不想看到生灵涂炭。一番审时度势后，她做出英明的决策。据《明史.土司传》《武定府志》等记载，明洪武年正月，傅友德、沐英攻云南，商胜把元朝授予的金牌及土官金印交给武定千户长徐某。备粮千石，亲自翻山越岭，不辞辛劳，到昆明金马山接济明朝大军。传说，商胜带部迎接沐英大军时，以彝族最高礼仪，搭数里青棚，杀猪宰牛，大摆宴席，敬拦门酒，唱敬酒歌。三日三夜，灯火通明，歌舞不绝。

明军统帅沐英大喜过望，上奏朝廷请求给予商胜封赏。洪武皇帝朱元璋特赐商胜“金带一条，授中顺大夫、武定军民府土官知府”。商胜带着封赏，回到武定，诏谕人民归附明朝。罗婺部避免了战火摧残之苦，境内民众安居乐业，秩序井然。《镌字岩石刻. 凤英自题世系碑》载曰：“洪武十五（1382）年内，奉钧旨差徐千户领军赍榜到府守御，彼时曾祖婆（商胜）令把事阿也等，将元所授金牌及本府印信，送付徐千户处缴纳，后自备米一千石，带领把通（通彝、汉语者）接济大军，开通道路。前赴金马山投拜归附。蒙总兵官钧旨，委任本府，诏谕人民。”

高瞻远瞩的商胜，进一步和朝廷搞好关系。迎接明军回府后，于洪武十六年（1383）派遣亲叔父阿额率领通晓彝、汉语言的黑次、曲里、使迷、赵寺等贡马二十四匹，赴京朝觐。《太祖洪武实录》载曰：“洪武十六年（1383年）六月……武定府女知府商胜叔阿额来朝，贡马。诏赐胜锦二匹，阿额锦一批，及袭衣钞锭。”商胜没等阿额等回来，又于同年七月，自备马匹，亲自赴京朝觐。行至四川泸州纳溪，遇朝廷差官冯执中同阿额一起奉旨带印信金带到此。商胜自然欢喜，但她一不做二不休，风餐露宿，马不停蹄地赶往京城谢恩。九月二十五日抵京，十一月初一日，皇上授“甲字八十一号世袭诰命”一道，授商胜为中顺大夫（正四品）、武定军民府土官知府，差官廷马景先伴送回还。《太祖洪武实录》中，朝廷针对商胜，说了这样一段话：“洪武十六年冬月辛未朔……诏授武定军民府女知府商胜诰曰：朝廷致治，遐迩弗殊，德在安民，宜从旧俗，惟尔黔中之地，官皆世袭，间有妇承夫位者，民亦信服焉。前武定府土官法叔之妻商胜，质虽柔淑，志尚刚贞，万里来归，诚可嘉尚，是用锡之以衣冠，表之以显爵，仍抚其民，以遭声教。可特授中顺大夫、武定军民府知府。尔其小心事上，保境安民，以称朕一视同仁之意。”

朝廷一句“质虽柔淑，志尚刚贞”，让我们看到这位风华绝代，美丽善良的彝家女子的智勇和仁厚。虽然滇中、滇东北地区土官叛服无常，但商胜始终与明朝一心，致力于保境安民，发展经济，使地方夷民安居乐业，得到朝廷的嘉奖和人民的爱戴。正德《云南志》卷十九《商胜传》末尾一句评价：“胜虽女流，然质直慈爱，夷民安之。”

有时我憨憨地想，这位一呼百应，让罗婺部族大呼大吸的商胜。她的美貌和风姿，谋略和智慧，肯定让无数男人倾倒，俯首听命。大概是因为闪闪发光的智慧光环，掩盖了美貌吧，我没有找到描写商胜外貌的句子。但我们不妨从她之后的第四位女土官瞿氏身上，找点影子吧！明代文人顾起纶来滇，曾在安宁遇到去省城的瞿氏，大加赞叹，写了一首《武定歌》：

碧鸡关下凤君过，
白头紫绶锦阑那，
毗卢冠子犀皮鞋，
小蛮细马雕鞍驮。
青鹊巢、白鹊巢，
毽髻半额交双娥。
前军后军齐踏歌，
帐里币麻呼叵罗。
金叵罗，银叵罗，
凭陵博具朱颜酡。
夜来野宿空山阿，
月落吹芦渡黑水
客子听之泪如何！

从瞿氏威风凛凛，风华绝代的英姿，我们不难想象商胜的风采。我仿佛看到，商胜骑着装饰着金马鞍的枣红马，穿着紫色绣花锦缎衣服，脚踏昂贵的皮鞋，头戴色彩艳丽的鹦鹉帽……她轻启朱唇，指点江山。罗婺大地，一片灿烂。

一个喜欢绣花、唱调、讲故事的彝家妇女，就这样辉煌了罗婺大地。她就像路边这棵马樱花，在百花凋零的仲夏，也能红红火火地开放。这是何等的气度啊！

目光移向路那面，也有三棵开得正艳的马樱花，在微风中轻轻摇动，和这面的马樱花树打着招呼，或许是跟我们打着招呼。细看整面山坡，马樱花树不少，但花朵早已零落成泥。

这四棵反季开放的马樱花，显得神秘无比。彝家有姑娘死后变成花树的传说，我又一次想到罗婺凤氏女土司：商胜、萨周、商智、瞿氏、索林……罗婺部族《指路经》中，还有用马樱花寻亲的说法呢！

难道冥冥中，真有神灵？

拜谒石大人

山路更加崎岖狭窄，只好下车徒步。蛇形于鸡肠小道，不到一里就有石阶。沿阶而上，山势越来越陡峭，怪石嶙峋，奇草异木，藤萝古树。阳光被挡在山外，酷暑被阴凉隔断，如六月里喝了凉水，周身舒泰。三步一景，五步一色。有巨石形成的关隘，有“石上生树，树上长石”的天然屏障，有苔痕斑斑、树上长树的奇观，有草丛间知名不知名的菌子……幽深、神秘的气息，迎面扑来，一行人不约而同地放低声音。是怕打破大自然的宁静，还是怕惊扰了祖先的魂灵？说不清，也不想说清。

抬头仰望，丽日当空，林木苍翠，芳草鲜美。俯瞰山下，克梯坝子一片葱绿，良田千顷。不得不赞叹，当年凤氏选择在此山顶筑城的高明。传说，凤阿英当年选址于此，意图在于“南昆明，北成都”。凤家城正处管辖地盘的制高点上。我私下认为，凤氏建城于悬崖峭壁之上的三台山，除了听信风水先生的说法，看中其“一夫当关，万夫莫开”的地理位置，建立起他的政治中心和屯兵基地。想凭借地理优势，防御外族入侵，也想防御上国兵马，足见当时形势严酷。

正想就着石阶息口气，赫然看到通往山顶的石阶道旁巨石上，两尊摩崖造像刻于高十米的峭壁上。这就是把守凤家城寨门的不累将军，俗称“石大人”。左右两尊石像，一大一小，一粗一细，都凶神恶煞，一脸怪气。我自认为胆大，却还是被吓得胆战心惊，魂飞魄散。手摁胸口，闭目静心，许久许久，才敢抬头细视。

摩崖总面积约24平方米，共造像2躯，刻于峭壁上，表面施彩，已剥落。右边的大石像是“大圣摩诃迦罗大黑天神”，左边小石像是“大圣北方多闻天王”。大石像高4.52米，宽有2.4米；身材魁梧，戴盔贯甲，衣褶飘扬，腹前作结；浓眉怒目，虬髯四臂，佩骷髅璎珞，露腿跣足；肩伸四臂，右前手持戟，右后手垂握佛珠，左前手屈肘于胸前，左后手托塔。其右上方刻有楷书“大圣摩诃迦罗大黑天神”字样。小石雕，高3.06米，宽有1.4米；双目圆睁斜上，高鼻阔嘴，宝冠戎装；右手持戟，左手叉腰，右足踏狮头牛角怪兽，两角之间及项下各佩一骷髅。其右上方刻有楷书“大圣北方多闻天王”八字。两个造像互相关联，高浮雕和浅浮雕互相配合运用，构图饱满严谨，疏密有致。气势雄伟的悬崖，雕琢精湛的造像，反映了往昔罗婺部的强盛。摩崖造像的确切创作时代尚无定论，根据铭文题记、造像风格及其他史料，初步断定为南诏政权时期所刻。

石大人身旁的巨石上，还刻着密密麻麻的蝌蚪样一般人看不懂的彝文，百位毕摩可以读出百般内容。这就使石像更加神秘莫测。可惜经上千年的风吹雨打，已经剥落得看不清了。

这杀气腾腾、威风凛凛的石像，似妖非妖，似怪非怪的，更非神仙。它的狰狞面目，据说来自异域。有史料载，当年印度高僧来云南，罗婺部族引为座上客，高僧留下两个异族神仙。传说，当年罗婺部是用石像来镇三台山的，石像背后还埋着大量的金银珠宝呢。凤氏土司世代把石大人敬为山神，常年祭祀，祈求保佑。香烟袅袅中，祭祀牲畜的血迹，让岩壁绚丽多彩。

石大人忠心耿耿地守护着罗婺凤家城，守护着罗婺的一方山水。罗婺部在此择山筑寨，席卷半壁江山，领地夹大小凉山、金沙江长水、滇中、滇东，成就了一方霸业，谱写了一段耀眼的部落史。

如果不是凭着罗婺部强大的实力和“一夫当关，万夫莫开”的自然优势，异域的神仙能守住彝族的关隘吗？莫非祖先是想告诉后人，如果宽厚仁慈解决不了问题，最好以恶治恶，以暴制暴？还是想说，只有海纳百川，取人之长为己所用，才能立足乱世？两尊雕像，杀气腾腾，骷髅项链令人恐惧，前人是要后辈记住“雄冠三十七部”的辉煌是用铮铮白骨穿就的？还是想告诫子孙，处于乱世，必须遵循弱肉强食，适者生存的自然法则？

几丝金线穿进树缝，石大人眼里喷出火花。史料记载，明嘉靖四十五年（1566），经过一个月大火的焚烧，作为凤氏统治中心的凤家城变成一片废墟。那把火将宋代大理国时期直至明末改土归流，一直“雄冠三十七部”的凤氏统治中心灰飞烟灭。那熊熊燃烧的火焰，定然深深地烙进石大人的眼眸。石大人守住了这堵峭壁，或许还守住了传说中的金银，却无法化解家族内部为承袭土职的仇杀，更无法阻挡大明朝“改土归流”的脚步。

明朝末年，凤氏与周围其他土司征战不息，家族内部为承袭土职的仇杀不休，为维护领土特权，不得不七次反抗明朝将实行的“改土归流”。大明王朝以武力平息，继而实行“改土归流”。降凤思尧为武定军民府经历，以承其祠，不久也被革除，凤氏自此停袭。大明王朝在凤氏统治区实行“改土归流”，采取“剿”“抚”结合的办法。镇压反叛的同时，从凤氏家族中寻找听命朝廷的来管理，实行“以夷制夷”的政策。我认为家族内讧和明朝平叛就像一个人的左右手，两只手一起用力，轻松自如地点燃了那把火。

仰望石大人，我沉默许久。心绪像奔腾的骏马，驰骋进历史的断层。凤氏土司认为，只要守住关隘，不能说高枕无忧，至少也可稍作喘息。殊不知，天衣无缝的里应外合，凤家城倒坍在无情的篝火里。

石像两面悬崖边，各有两株马樱花树。她们一律举着苍老的叶片，在风中簌簌作声。是想告诉我们她们曾经的灿烂？还是想说，绚烂过后的冷落更加难耐？马樱花啊！不管你寂寞了几个世纪，不管你埋没了多少年头，春天来了，你一定会绽放出美丽的花朵。那时，石大人眼中的火，会熄灭吧？难说凶神恶煞的石大人，也会变得慈眉善眼呢。

我转身望去，对面那堵霸气十足的悬崖，似乎警惕地打量着我们。峭壁间肯定掩藏着许多秘密。如果我报请家门，它会悄悄向我展开珍藏吗？也许有比金银珠宝更重要的东西呢。

伫立废墟旁

我以一个彝人的虔诚，伫立在凤家城的断垣残壁前。满目乱石垒垒，树木参天，芳草萋萋；昔日的显赫和辉煌，随风而散。只有两米高的断墙上，当风劲草簌簌作响，似乎在诉说凄清哀怨的故事。该怎么面对这段历史？我很纠结，思绪起伏不定。

凤家城遗址在三台山顶，相传建文帝曾三次于此避难藏身，故民间称“龙三藏”。古城堡为粗条石垒砌，城墙的石块打磨成六面状，石块与石块之间用石灰加红土加固。城墙厚1.5米，残留段最高2米，周长360米，内径南北向118米，东西向102米，为坐北向南并呈台降的四重院。正堂后墙与左右山墙，为精工细条石石灰浆砌，墙厚1米，条石长1米，厚0.2米，宽0.3米；残留山墙最高为19层石灰浆砌条石，高4米；正堂格式为5开间6架9梁无柱的彝族古式居宅建筑。城堡的四周，分别建置有晒场、粮仓、兵营、监狱、引水设施等，与主建筑一同构成一个完整的生产、生活体系。

据史料记载，1968年在遗址内试掘，发现有大量的木炭，出土的遗物有飞龙纹、莲花纹、灵芝纹瓦当及刀剑、箭镞等。古城堡遗址，残砖碎瓦散落于荒草中，许多条石上刻有精致的浮雕花纹图案。石墙入口处，有两面直径1米、高1.5米左右的石鼓，一面保持着原来的挺拔形态，一面横躺在灌木丛中。不远处，一只石制水槽静静卧于草丛中。整个城堡结构严密，布局得当，反映了当时彝族的建筑工艺水平。

伫立废墟旁，自豪、忧伤一并涌上心头。断墙残壁间，能翻出罗婺部历史的辉煌，势力的强大，生活的富足，感受到罗婺人超人的智慧和创造力。又不得不想起，凤家城金碧辉煌的千间广厦，在熊熊燃烧的篝火中倒坍，化为灰烬，淹没在历史的断层里。那展示彝族精湛工艺的精雕细琢的万字不到头如意图案，雕鹰画虎的石栏，花纹精致的瓦当……都灰飞烟灭，复归于土。

阳光被树木挡住，几声清脆的鸟鸣，增添了寂静。透过树缝，环视四周，一架连一架的群山，郁郁葱葱，参差错落，与三台山遥相呼应。东有轿子山，西有狮子山，南有西山，北有火期山（彝语：洛尼白）。东西南北四座大山，像擎天四柱，撑起蓝天，把凤家城安放在正中。其意图“南昆明，北成都”，不该只是幻想。在地图上看，凤家城就像一个人的鼻尖，占领着整个地域的制高点，武定、禄劝就是呼吸的鼻孔，距离近，便于提供给养。城郭四周悬崖峭壁，只有一条羊肠小道通到山顶，有“一夫当关，万夫莫开”之势。

地理的优越，风水说的影响，让凤阿英决定在此建造统治中心和养兵基地凤家城。我惊叹于罗婺凤氏先祖选址的精妙。

天静静地蓝着，云白白地飘着，寂静中有神秘的肃穆。我屏住呼吸，感受着罗婺远祖低沉的呼吸，似乎感觉到他们的灵魂在树林间、芳草中注视着我，与我会心地交谈。仪表堂堂、雄才大略的凤英，清晰地浮现在我的脑海里。杨继渊在《罗婺甸那一家人》中说，弘治三年（1490），阿英进京献贡，朱孝宗皇帝看见跪拜在长殿里朝会时的阿英，身着翡翠羽衣，英姿飒爽，便不禁失声赞叹阿英朝拜的威仪，说："凤朝天子，太平盛世。"精通汉语的阿英连连磕头："谢万岁隆恩，赐草民凤姓。"于是，彝族罗婺部凤姓自此始。凤英是如此的气宇轩昂，令大明皇帝都赞叹不已，我的心中充满骄傲和自豪。

凤英彝名普嘎阿杜，又名阿英，字时杰，别字世守，是鋆子岩石刻记载的第十二位土官。世袭土官后的阿英，治理有方，举止得体，深受明朝廷赏识。他意气风发、战果累累。朱孝宗又晋升阿英为中宪大夫，赠其母索则妻索国为恭人。弘治十一年（1498），大明朝任命凤阿英征竹子箐梁王山，以功进亚中大夫；弘治十五年（1502），命凤阿英征贵州普安，以功进云南布政司右参政，持授"尽忠报国"金带一条。凭着大明王朝稍微宽松的政策和阿英的韬略雄才，罗婺部族进入了登峰造极的辉煌，堂而皇之地走进了大明历史。《明史录》载："正德二年（1507）五月甲辰，云南武定军民府知府土官凤英，以有军功，升布政司右参政，仍知府事。至是请乞金带，礼部查无例，上以英既累有军功，准赏级花金带一束，不为例。"

大清乾隆年间的禄劝县事檀萃所著的《农部琐录·武定凤氏本末》更有生动形象的诗文记载：英之在官也，正已爱民，勤于政务；四礼正家，一经教子；开辟四野，教民稼穑；历练武勇，弓马娴习；当道交荐，故所至有功。又知人善任，麾下乐为用命。既已功高，中涓厕养，皆被爵宠。其自梁王山归也，偕宾佐泛舟掌鸠河，勒功石壁。其徒为之，歌曰：

天生世守身堂堂，
文谋武略真殊常。
膂力过人善骑射，
胸中筹策更无双。
帐下相随多才俊，
一心一德以身殉。
忠肝义胆俱凛然，
田文多土畴堪并。
左右赞襄不辟难，
奋身勍敌取当前。
折馘执俘风烟熄，
边疆安靖人民安。
九重圣主验功赏，
升爵加官金万两。
海内争驰赫赫名，
殊勋显著坚珉上。
管家义官吴者二，
勤干操持有才技。
传名普得及凤仪，
更有凤伦同者尼。
四子有功俱受赏，
冠带荣身耀里间。
瓦禄勤干称总率，
阿珀阿而俱曲觉。
几度捐躯锋镝中，
将斩贼兵心胆落。
把事董傅赵文衡，

亦荣冠带以功升。

世守亲之如手足，

勒石应垂万古名。

凤英凭着他超人的智谋，在政坛残酷的权利斗争中左右逢源，如鱼得水，立下不朽功勋。他怀着对部族未来美好的憧憬，于明正德六年（1511），在盛名赫赫中，心满意足地闭上眼睛。站立，他是一座挺拔的大山，撑起罗婺部族蓝莹莹的天；倒下，他是一条笔直的河流，指引子孙后代的路标。

时过境迁，沧桑巨变，凤英怎么也不会想到，他的后裔在更为复杂的政治斗争和家族的权利斗争中中箭落马。一把火，一把彝人崇拜的火，连续一个月的焚烧，一切化为灰烬。我仿佛看到，殷红殷红的血，在篝火中绽放成鲜艳的花朵，那是痴情的爱吗？我仿佛听到，唏唏嘘嘘的抽泣，泪在篝火里流淌成小溪，那是不屈的魂灵吗？树梢头眼波样时隐时现，发着亮光的，是祖先的灵魂吗？历史已远，只有废墟在风中站立了一个又一个世纪。

我吐一口沉郁之气，压低声音吟诵普驰达岭的诗句：

今天，就在我站立于被历史烧焦的城池之一刻。

在我石质的呼吸里，我期望我的痛苦，在废墟里被即将到来的黎明一口吐出。从此，也让我的伤口像这座城堡，在南高原这片红土地上，一站又是一个一千年！

穿过树缝，我望向山脚，掌鸠河岸稻田葱绿，禄大公路车如流水。有着千年辉煌历史的罗婺部落，像展翅的雄鹰，正在飞向赶超先进民族的行列。天蓝地宽，阳光明媚，我不该被历史的网眼缠住。

缠满记忆的山坳

久居小城，思乡之情如窖藏的彝家小锅酒，越来越浓烈。于是，家乡的一山一水、一草一木，常常像电影镜头，不断在我眼前闪动。尤其对范堡（彝语，意为有洞的岩子）的记忆，尤为清晰、深刻。

范堡是“山”还是“坳”？恐怕没人能界定清楚。

从穿村而过的那条河溯流而上，钻过一片浓密的树荫，就会看到两棵围把粗的大黄连树，肩并肩苍天耸立。树下躺着一块青色大石头，两弯澄澈的溪流从两条不同的山箐窜来，如久别重逢的恋人，在石头下拥抱亲吻，然后合二为一，顺着河道流去。

面朝范堡，依着青石悠闲地站立或哼着山歌轻松地坐在石上，无意间，就会有一个脸盆般大小的清冽冽的龙潭映入眼帘。秀气婉约的潭水，在潭中一阵呢哝软语后，露出娇滴滴的笑容，依依不舍地走出龙潭，扑入两条溪流汇聚后的河流。三股水流聚会之处，树林特别茂密，彝名叫“以孜丝”（彝语，意为树林浓密有水的地方）。

伫立以孜丝，翘首仰望，直立的崖壁披着青葱的灌木和藤萝，范堡就是一座陡峭的山峰。

如果从东北或西南方向绕道爬上范堡，除了西边的以孜丝是向下的峭壁外，其他三面都被大山包围着。东边是一座节节拔高，似乎欲撕云摘月的巍峨挺拔的大山，山顶三棵出类拔萃的松树，犹如长在了蓝汪汪的天空中；南边是连绵不绝、终年郁郁葱葱的一条山脉，像是范堡忠实的卫士；北边是一面无法攀爬的赤色悬崖，悬崖上长着奇形怪状的知名或不知名的树，悬崖顶端撑起一座近乎圆形的山峰，如彝族老人头上层摞层的大包头。

年年岁岁，范堡温暖舒适地躺在山们的怀窝里，做着甜美的梦。这不是一个典型的山坳么？

山坳南北两面，各有一弯泪泉般纤细的山溪，长年躲在灌木丛中浅唱低吟，应和着啁啾不绝的鸟鸣，给这方水土增添了无限韵味。北面溪边草肥花香，溪水和悬崖间，有一块肥沃的椭圆形黑土地，土地上轮番种植着洋芋、萝卜、苞谷等；南边溪水静静地躺在陡峭的山脚下，溪边藤萝密布、绿意盎然。

得天独厚的自然条件，造就了范堡多棱的自然景观，成了村里人放牧牲畜的好场所，深深吸引着少女时的我。

范堡是一块四周被树木包围着的平地，地上长着牲畜永远啃不光的青草，还有牛羊嘴边漏下的野花。偶或一两只蜜蜂或蝴蝶，在草丛和花朵间蹁跹，整片草地就灵动起来。平地东边大多是落叶树，最多的是杜鹃，春天姹紫嫣红，夏季浓荫匝地，秋日黄叶飘飞，冬季满目萧条；南边和西边几乎是松树，长年蓊蓊郁郁，很是养眼；北边溪流旁是浓密的灌木丛，树林间常有鸟儿叽叽喳喳争吵，松鼠蹦来跳去嬉戏。平地中间有一处漏斗形的凹地，凹地上覆盖着密密匝匝的藤萝。小心翼翼地蹲在“漏斗”边仔细观察，你会发现藤萝最浓密处隐藏着一个水井样深不见底的洞，洞里一片灰暗，洞壁好像是坚硬的岩石。我想，范堡该由此得名吧？

村里的老人说，这是一个落水洞。夏天山洪暴发，从三面山上奔腾而下的雨水，漫过小溪，汇到这个“漏斗”里。洪水从洞中挤下去，就从西边山脚以孜丝的龙潭中涌出来。据说，为了证实这点，村里曾有人趁洪水进去时，端了一撮箕米糠往洞里倒下去，米糠果真顺着水流从以孜丝龙潭里淌出来了呢。我相信这说法，因为以孜丝的龙潭水春秋冬三季水量都不大，而且清澈凉爽，一到涨水季节，水流极大，浊浪若奔，不时裹着腐叶和杂草。

既然是落水洞，有水进去，从山下出来，这不奇怪。可春秋冬三季，地面没有半点水进洞，以孜丝的龙潭水从哪里来呢？这个问题，一直悬在脑际，勾起我少女时强烈的好奇心。于是，只要有机会放牛（寒暑假或周末），我就把牛吆到范堡，蹲在“漏斗”边仔细观察、思索。可每次都没能看出个所以然，就被吓跑。一阵风来，洞里隐约传出呜呜声，似悲似戚，似怨似怒，似声声啜泣，像极了奶奶故事里女鬼的哭声，让我感到毛骨悚然，又觉得神秘莫测。

最终，好奇心还是战胜了恐惧感。我一次次被吓跑，又一次次到洞口流连。清楚地记得，当年（包产到户之初）我常放两头耕地的黄牛和三头黑猪（一头架子猪，两头小猪）。黄牛很乖巧，一般只会在草地上悠然地摇着尾巴晒太阳、啃青草，只有几头黑猪喜欢东窜西跑，有时还会不知天高地厚地钻到“漏斗”旁的藤萝下拱地皮。要是不小心掉下“漏斗”去，就死翘翘了！因此，每次蹲在洞口，我还得竖起耳朵，聆听周围的动静，提防猪们靠近“漏斗”。幸好猪也有可爱的一面，只要一发现它们钻到藤萝下，我就立刻退到平地上，“咯啦唻唻”地吆喝两声，猪们就会“嗯嗯”地答应着，跑到脚下轻轻拱我的脚板。每当这时，我就会从身上斜挎着的布包里，掏出几粒苞谷籽，奖赏它们。

可那一天，活该出事。暮春午后，平地上青草柔嫩鲜美，东面的杜鹃落花纷纷，我看到牲畜们没有偷溜的迹象，也没听到附近有牛铃叮当（如果有别的牛群走进，都会把他们分开，否则会发生械斗），就一心一意扑在“漏斗”边。金黄的阳光暖融融地洒在身上，层叠的藤萝枝叶柔软地托着我的身躯，有种飘飘然的舒服。有风经过，洞里的“嗡嗡”声也很轻微，没有了往日的可怕。几瓣粉红色的杜鹃花，轻轻飘落在我身旁，似要和我一起探究洞里的秘密，又像想窥探我心中的秘密。我盯着洞口，猜想着洞内的情形，专心致志、心无旁骛，忘记了一切。

又一阵风后，周围的树木大合唱般“簌簌”作声，几只乌鸦“呱呱”飞过头顶，两条黄牛“哞哞”叫唤着主人，洞里的声音也似乎逐渐变得凄清。猛一抬头，目光正和微黄的斜阳碰触，晃得我睁不开眼。该回家了！

揉了揉眼睛，我拾起丢在一旁的牧鞭，急忙回到平地上。两条黄牛并肩站在草地上，甩着尾巴，昂着头，眼巴巴等着我。多可爱的牛儿啊！我露出山茶般淳朴的笑，伸出稚嫩的小手，分别拍了拍两条黄牛的长脸，既是鼓励，又是安慰。

扬起鞭子想吆喝牛儿回家，可三头淘气的猪还没影子。我摸摸身上布包里的苞谷籽，开始呼唤。一遍，两遍，三遍过后，那头架子猪才慢腾腾地带着一头小猪，“嗯嗯”答应着，从北面小溪边的刺窠里钻出来。

三头猪一般都不会分开的，可那个花腰杆小猪呢？我傻眼了，一边给来到脚下的猪撒苞谷籽，一边焦急地继续呼唤。一遍、两遍、三遍……十遍、二十遍，喊得我口干舌燥，急得我泪盈满眶，还是没有“花腰杆”的影子。两条黄牛，三头猪是我家当年的生活保障。家乡的山地“种一皮坡，收一箩筐”，犁田耙地全靠牛；架子猪是当年的过年猪，来年十二个月锅底不生锈得靠它；两只小猪一只预备做第二年过年猪，一只养大一点卖钱，就是我和弟弟的书本和学费。丢了咋个得了！

我把布包里苞谷全抖出来，扔到草地上，让两头猪耐心去拱吃，然后去找小猪。边喊边走，边走边喊，不知在平地周围转了多少圈，还是没有小猪的影子。整个下午，没发现猪到“漏斗”周围，应该不会掉进洞里。小阳猪虽然调皮，但附近没有放牧的人，不可能跟人家的猪跑了。这年头，又没有山猫狸、豹子、老虎，小猪到底去哪里了？我心里一阵阵发慌、害怕，眼泪稀里哗啦往下落，却无法可想，又担心其他两头猪跑远，只好回到牧群旁，瘫坐在草地上，怀着一丝渺茫的希望，等待那只小猪回来。

斜阳一步三回头地离开了范堡，吵嚷了一天的鸟雀也飞到山背后去了，寂静的山野陡然凄清起来。两条黄牛疑惑地望望我，又望望回家的路；两头猪“呜呜”哼着，一副想跑又怕挨鞭子的神情。哭是没有用的，得想办法！我记起，村里小伙伴们丢失东西时，都会用的那些占卜法。我曾多次讥笑过小伙伴们迷信，但此时此刻，也只好“病急乱投医”，试试看了。

想了一下，先从比较文雅的“松毛占卜法”开始。我就近擒了一把绿茵茵的松毛，认真理整齐，双手握紧凑到嘴边，闭着眼睛默默祈祷，嘴里轻声念着：“山神树神，求你保佑，让我找到我的小猪。请你告诉我，小猪在哪里？”念完后，把手里的松毛直立于地面，使劲往顺时针方向转一下，急忙放开手，青松毛就在地面形成一个扇形。扇形往哪个方向，丢失的小猪就在哪个方向。一般重复三次，次数多的方向为准。

我认真地重复做了三次，每次都很虔诚，但三次的方向都不同。我不合年龄的长叹一声，又用第二种办法——“鞋子占卜法”，希望这次能得到想要的答案。我把脚上的绣花鞋脱下来，默念祈祷后，双手丢到地面，看落在地面的鞋尖方向。两只鞋的鞋尖方向一致为定，也要重复三次。可丢了三次，有两次方向都相反，只有一次一顺，鞋尖朝着“漏斗”方向。小猪难道被藤萝缠着了？我心中升起一线希望，慌忙跑到“漏斗”边，一声声呼唤着，像找绣花针一样仔细搜寻，可还是失望。

我灰溜溜地回到草地上，仍然不甘心，用起第三种方法——“唾沫占卜法”。我攒足唾沫，吐了一大泡在左手心里，凑近嘴默念祈祷后，用右手中指使劲一弹，看唾沫飞往哪个方向。依旧重复三次，次数多的方向为准。可弹了三次，三次飞往三个不同的方向，无法确定。

这些占卜法，本来就只是小孩子幼稚的游戏，怎能寄希望于此呢？我哑然失笑。山野渐渐灰暗，只好忐忑不安地吆着牲口回家，硬着头皮准备挨骂。

一进大门，见到拎着猪食从石阶上下院子的阿妈，我忍不住“哇”的一声大哭起来。阿妈见到我失魂落魄的样子，吓得手中的木桶“咣当”一下掉在地上，猪食撒了一地，她也来不及管，连忙搂过我，关切地忙问究竟；等在堂屋里准备吃晚饭的阿爹，听到动静，慌忙跑出来，惊慌失措地询问；阿弟和阿妹，扶着堂屋门框探出半个头，莫名其妙地望着我。我的泪像决堤之水，肆意汪洋，无法吐出一个清楚的词语。

“是不是小猪丢了？”阿妈看到跑到脚边“嗯嗯”找食的两头猪，恍然大悟地说问。

“嗯，嗯嗯——呜呜——”我带着哭腔。

“莫哭了！哭也没得用，说说在哪丢的，应该找得到。”阿妈拍拍我的肩膀，安慰说。

“莫着急，慢慢说！”阿爹温和地说。

出乎我的意料，没人骂我，甚至没有半句责备的话。一股暖流倏然流遍我的周身，我尽力平静自己，说出当天的情况，当然隐瞒了我观察“漏斗”忘记看牲口的事。阿爹听完我的话，连晚饭都没吃，拿着手电筒就出门。

我随便扒了几口饭，有心没肠地上床躺下，脑海中却一遍遍不断地描摹那只小猪的样子，直至疲惫入睡。不知什么时候，被隔壁房间里爹妈的对话声惊醒。

“咋才回来？天都快亮了，你还没吃晚饭呢！找不到猪，反倒弄坏身体，不划算！”

“唉，闺女说的地方都找了，没猪的影子。不甘心，又去问了附近几个村的放牧人，也没结果。本来都回到房背后了，想起法陀卧村那个毕摩，白天风声紧，只好趁夜去找他。”

“你不是不信这个吗？”

“不是没办法的办法么？”

“他咋个说？”

“翻了翻《搾数》，掐了掐手指，说能找到，就在太阳升起的方向。从我家所在的方位确定，闺女放牛的地方不就是太阳升起的地方么？我觉得他说的有几分道理，等天亮我再耐心去找。”

……

第二早，我被喜鹊的“喳喳”声唤醒，披衣走出房间门，便看到一只喜鹊站在我家牛圈楼顶金灿灿的阳光中，对着堂屋叫唤。那喜气洋洋的景象，顿时让我神清气爽，忘记了头晚的烦恼和忧伤，露出山茶般灿烂的笑靥。突然，木大门“吱呀”一声被推开，阿爹怀抱着那只花腰小猪，满面笑容地走进来。

“哇！哪里找到的？”我惊喜地雀跃着，奔到阿爹面前。

阿爹把小猪放在院里，摸了摸我的头，用自豪的语气，笑盈盈地讲述了他找猪的过程。到范堡时，天刚亮开，他又一次仔细搜寻范堡及附近地方，连“漏斗”周围的每一根藤萝都不敢放过，但仍然无所收获。“活不见猪，死不见尸的，一定掉进‘漏斗’里了。”他笃定地想，“如果真是那样，小猪还能活命吗？”

正当他心灰意冷之际，毕摩的话又一次回旋耳际，让他再一次升腾起希望，他决定下“漏斗”去找。可里边黑咕隆咚，阴森怕人，从没人进去过，不清楚有没有落脚之处。下去凶多吉少，不去又不甘心！犹豫再三，阿爹鼓足勇气，双手拽紧一根比较长的藤萝，双脚顺着“漏斗”壁，嘴里“呦呢呦呢”地唤着小猪，小心翼翼地往下滑。滑了大约三米左右，蹬着崖壁侧耳聆听，隐约听到小猪的“嗯嗯”声。

阿爹心里一喜，动作越加谨慎，声音越番温柔。再往下滑几步，他的右脚摸索到崖壁上凸出的一块石头，小猪的“嗯嗯”声越加清晰。左脚刚在竹凳般大小的石块上站稳，右脚就探到紧贴崖壁蜷缩成一团的小猪了。他把藤子拴在腰上，一手抱起小猪，一手抓住藤萝，双脚奋力上蹬，终于出了“漏斗”。

阳光铺满小院，喜鹊唱着欢快的歌谣飞走，三头猪在木槽里“噼啪噼啪”吃食，一家人沉浸在失而复得的喜悦中。

范堡的景致是那样的美丽神奇，范堡的经历是那么的惊心动魄，范堡还有我甜美的回忆呢。

深秋的一个午后，我放学回家，便背着竹篮想去约小伙伴找猪草。刚到房后，就见到村里阿文哥向我走来，神秘兮兮地说，他看到范堡北面那堵岩子上有一株野柿树，树上挂着许多熟透了的柿子。他爬不上去，让我叫叔叔想办法。

“啊，柿子？”一听到柿子，我大声惊呼，不断地咽着口水。柿子的味道多么诱人呀！可要吃到柿子，却不是件容易的事。整个村子三十多户人家，没有哪家有柿树。吃过三回柿子，还是阿爹上街时抠下生活用品钱买回的。每次买柿子，阿爹都是计划好的，六个柿子，我们姊妹三个每人两个，也就是让我们尝尝味道的意思。竟然有这么好的事，这不是天上掉馅饼吗？可阿文哥是村里爬树攀岩最厉害，绰号为“山耗子”的主。他都上不去，叔叔能行吗？

可不试，咋知道行不行呢？我想象着柿子的样子，垂涎欲滴，没有心情找猪草，挎着空篮子回家。左等右盼，直到时近黄昏，叔叔才回来。一听我的话，叔叔来不及吃晚饭，忍住饥饿，披着棕衣，挎上砍刀，带着我和弟弟，急匆匆来到范堡。

赤色的悬崖在微黄的晚霞中肃然屹立，岩缝间偶或一株造型奇特的树，不是深黄就是浅红，显得绚烂多彩。岩子半腰最陡的石缝间，一株伞状的柿树，抖动黄色的叶子，举着红艳艳的果实，招引着我们。仰头望着柿子，我和弟弟激动得不知所以，恨不能马上把它们吞进嘴里。可岩子这么高，这么陡，叔叔爬得上去么?

我一遍遍审视叔叔，叔叔却眨巴着眼睛，仔细端详着柿树。我担心叔叔打退堂鼓，心里那个急哟！弟弟比我还急，一个劲催促。叔叔宽容地“嘿嘿”一笑，砍掉岩脚的两蓬刺丛，把棕衣折成褡裢状挎在肩上，扔下砍刀，双手揪着岩壁上的荒草或树枝或岩石，双脚蹬着陡成九十度的岩壁，艰难地向上攀登。

望着叔叔像猴子一样贴着岩壁，攀爬而上，我的心紧张得“咚咚”直跳，可看着鲜艳欲滴的柿子，我咽了几下口水，拍着手，喊着“加油”。快了，快了！柿树就在叔叔头顶。我的心狂喜地跳跃，“加油”的声音更其响亮。突然，叔叔一只手没抓稳岩石，整个人掉下岩子。吓得我闭上眼睛“啊啊”惊声大叫，弟弟“哇哇”直哭。

等我睁眼，看到叔叔骑在岩缝间一棵手臂粗的棠梨树上，树承受不住重量而摇摇欲坠。树断了，叔叔肯定摔得不轻，可怎么办呢？我的心悬在嗓子眼里。都怪我嘴馋！望着可爱的柿子，我咽了咽口水，喊着让叔叔放弃。叔叔好像没听到，或是装作没听到，他蹬着树干一跃，一手抓住杂草，一手抓紧岩壁，又往上攀登。终于，他像一只壁虎，贴在那棵碗口粗的柿树上，把果实全都摘了下来。

当他忍着满身瘀青的痛感，捧着蓑衣里红得耀眼的柿子，笑意盎然地站在我面前时，我已经泪眼迷蒙了。总共三十个柿子，我们姊妹三人一人十个，他却不肯尝一尝野柿子的味道。

经透风霜的野柿子特别香甜，直到今日想起，还不禁唇齿生津、满口甜香呢。

离开家乡的时间越久，思乡之情就越浓烈，尤其对范堡的记忆越来越清晰。近几年来，听说范堡南北两面的溪流把自己弄丢了，悬崖上的野柿树不知去向，“漏斗”周围的藤萝也枯死了不少，平地上没有了牛铃叮当，只有荒草疯长。我只能不停地用回忆，医治心灵的创伤。

作者简介

雄书阿雪（1967～　），汉名安志莲，出生于贵州省织金县，现居贵州省贵阳市。

风雨外婆（外1篇）

母亲已经走了，离开我们好几年了，但我的外婆还在。

我可怜的外婆跟我舅舅、舅妈住在我老家一座小镇上。母亲离开我们以后，我常常想起外婆。人生三大不幸，外婆都遭遇了。

据外婆讲，她从小就失去了母亲。幼年丧母，这是外婆的第一大不幸。但外婆出身大户人家，虽然家早已风光不再，但外婆身上，大家闺秀的风韵犹存。外婆不识字，但外婆会画画，擅长画花草，而且画得非常好。外婆不仅擅长画花草，还擅长刺绣。我小的时候，常常让外婆给我画花草，教我绣花。外婆还会讲故事，在我童年给我讲了不少故事，那些故事伴随我的童年，让我生出许多的梦想。

谈起外公，外婆的脸色变成了红云。我看着外婆，外婆肤色尚好。我想，外婆年轻的时候一定很美。我们对外公没有印象，因为在我们的母亲年幼时，一场伤寒，他已撒手人寰。对外公的了解全来自外婆，据外婆讲，外公是一位军官，不管走到哪里，前前后后总跟着一大群随从。外公年轻时英俊潇洒，风流倜傥，风度翩翩。我看过母亲珍藏的外公唯一的一张已经发黄了的黑白照片，外公戴一副眼镜，身穿一件长长的呢大衣，身材魁梧，气宇轩昂，文质彬彬，特有气质。外婆生下我们的母亲，外公非常感激外婆。外公回到家，就把母亲藏在他的大衣里。外公给母亲取名为“珠珠”，也就是掌上明珠的意思。只是这样的日子非常短暂。母亲感染了伤寒，伤寒会传染，一家人全被传染上，最后传给了外公。那个年代，伤寒不好治。外公走了，外公走的时候，母亲才三岁。外公走后，留下外婆，还有两个女儿。外婆病得非常重，双目失明，全身瘫痪。安葬外公时，外婆被人抬上山，见外公最后一面。外婆对外公说：“你先走一步，我把两个女儿安顿好，随后就来。”青年丧夫，这是外婆的第二大不幸。

外婆把两个女儿送人，求一条生路。然后，外婆就一个人躺在家中的病床上，等着与外公在天堂相会。这时候，路过一位中医，好心的邻居领了中医来给外婆看病。后来，外婆的病被中医奇迹般地治好了。这位中医却是一个人鳏居，看见外婆年轻貌美，向外婆求婚。

外公跟外婆在一起的时间虽然短暂，但外公对外婆的爱，足以让外婆回忆一生，伴随外婆一生。

外婆想起在外的两个年幼的女儿，于心不忍，心想这条命也是捡来的，就答应了这门亲事。外婆把母亲接到身边，这时我们的母亲已经7岁，而我们母亲唯一的妹妹，被送人后，不幸夭折了。外婆把母亲接回来，中医对母亲也不错。母亲和父亲结婚后，生儿育女，带我们回去，中医对我们相当好，他把我们当亲外孙，我们把他当亲外公。据外婆说，她后来又生了两对双胞胎和我们的舅舅，外婆一生共生育了7个儿女，最后只得了一大一小：母亲和舅舅，两人同母异父，其他孩子都夭折了。外婆到了中年，再度丧夫。

老年丧女，这是外婆的第三大不幸。我们的母亲从小身体就不好，与父亲结婚后，因为父亲家庭出身不好，在那场史无前例的“文化大革命”中，跟着父亲吃尽苦头。母亲患有风湿性心脏病，43岁中风偏瘫。母亲瘫痪十年零一个月，53岁心脏病突发，离开了我们。外婆晕车，坐不了长途汽车。母亲瘫痪后，外婆曾经从故乡老家坐了几个小时的长途汽车，来城里看过母亲一次，陪母亲住了半个月。母亲病故，因外婆年事已高，我们不敢让外婆知道。白发人送黑发人，怕外婆承受不住。但后来外婆还是知道了，是一位远房亲戚去看望外婆，说话无意中让外婆知道的，外婆当时就立即昏倒在地，好半天才苏醒过来，在床上躺了好多天。

母亲在的时候，有一年寒假，我和姐姐曾经去外婆家陪外婆过年。我们离开时，外婆依依难舍。安葬了母亲后，我们去看望外婆，外婆问起母亲的后事，泪水止不住往下流。

现在，外婆老了，足不出户，一个人守着我们的舅舅过日子，我们经常去看外婆。外婆毕竟年逾八十了，头发花白了，面部刻满了皱纹，腰也佝偻了。外婆离不开她的家，离不开我们的舅舅。外婆历经风雨，可往日的风采还在。我们每次去看外婆，外婆知道我们来了，总会急忙把我们拥进了家，忙着生火做饭，给我们做吃的。我看见外婆经常悄悄地焚香烧纸，虔诚地敬供观音菩萨和祖宗，祈求荫佑子孙。

吃过晚饭后，我喜欢围着熊熊的火炉，听外婆讲她年轻时的事，直到深夜。外婆讲起来，兴致勃勃。我从中会明白许多做人的道理。

外婆慈眉善目地看着我们。我看到外婆的身影，常常想哭。我曾想接外婆到城里和我们住，外婆不肯。母亲去世后，这几年我们经常去看外婆。外婆动作变得迟缓，她的笑容与慈爱却一如从前，永远在我的心里。

外婆的脸已被岁月凿刻得满脸沟壑。每次看见我们，她浑浊的两眼流出喜悦的泪水，撩起衣袖擦拭湿润的双眼。外婆说：“你们的母亲没有得享你们的福，我倒得享了！”外婆虽不能再出远门，但她却还能在屋子里弄出一桌子菜饭，非常难得。我们每次去，她步履蹒跚，已很不灵便的手脚没有片刻停过。

我们去看外婆，外婆很劳累，脸上却洋溢着喜悦。明君举起相机，要记录下外婆。趁外婆不注意，明君从侧面疾速摁下了相机的快门，留下了一张外婆和佳希的照片。这张照片，值得我们珍藏到永远。

我的一天天走向风烛残年的外婆，在述说着世事沧桑。

化起小镇

化起小镇，虽然没有江南的小镇闻名，但却是我生命中一个最温暖的地方。

我不知道化起有多少年的历史，但从我记事起，化起就在那里，那时叫化起区，后来撤乡建镇，改为化起镇。我的外祖母住在化起。母亲在世时，多次劝外祖母来跟我们住，外祖母每次来，没有多久，她就着急要回去，留都留不住，母亲没有办法，只好由着外祖母。外祖母如今已经九十多岁了，还住在化起。我就不时地要回到化起，去看望外祖母。

在童年时，我就听母亲和外祖母无数次说起化起，说起化起是我的出生地。

“你出生的那一年，化起下了一场雪，你是在化起下雪的时候出生的……”

那是20世纪60年代末，公元1967年1月21日，农历腊月十一的那一天，一场雪降落化起小镇。

雪，覆盖了化起小镇的山、覆盖了化起小镇的树、覆盖了化起小镇的街、覆盖了化起小镇的房屋！雪，覆盖了化起小镇的一切！

雪晶莹、雪洁白。在雪的覆盖下，化起小镇成了一个童话世界。

这时，从化起的一间石板房里，传出一阵婴儿的啼哭声。与雪同时降落的，还有一个天使般的孩子。

那个孩子就是我，我是在化起出生的。

但是在我出生后不久，我们就随父亲工作调动，离开了化起，到了县城，辗转几个地方，最后到了省城。

童年时，我们生活在县城。我们一家7口人靠父亲每个月48元的工资收入养活。由于家中姊妹多，我们的生活是极为艰难困苦的。那时，我们一天只有两餐，在我们的餐桌上，既没有牛奶、面包，也没有米饭。我们的主食是苞谷饭，还有红苕干、莲花白拌饭、洋芋饭等。不仅一天只吃两顿饭，有时还吃了上顿没下顿的。后来长大后，我们随父亲工作调动，举家搬迁到遵义，这时我才发现我们过去的生活中缺少了一顿早餐。那时，只有到了化起，我们才能吃上米饭，以致后来才发生妹妹说出的“吃大米饭，不下菜都可以！”的笑话。

那时，化起是我们最梦想去的地方。化起，是一个美丽的地方，是我们梦想里的人间天堂。

化起在离我们很近又离我们很远的地方。说它近，因为化起距县城不过二十多公里；说它远，因为交通不便，我们很难得到化起去一次。化起是我的出生地，又是母亲的娘家，我们的外祖母就住在化起，为此我对化起有一种很特殊很亲近的感情。

化起小镇在一座山坡上，山上有山，在山上还有一所小学——化起小学。在化起小学下面，有一池塘，因其形状酷似月亮而得名月亮塘。

我的外祖母家就在化起小学下面的月亮塘旁边。生活在那里的人们，每天在月亮塘旁边，过着日出而作日落而息的生活。在月亮塘四周，全部用青石板铺砌。人们用月亮塘里的水把青石板冲洗得非常干净，明亮。不过，月亮塘里的水只是用于浣洗、淘猪草和供牲口饮用，人们不吃月亮塘里的水，那里的人饮用的是井水，因为井水更为甘甜。

水井并不远，在化起小学的后面是一块坝子，那里有两口井，在井的周围是一片片稻田。在我的记忆里面，那一片片稻田总是绿油油的，我仿佛闻到了稻香。有时，我和外祖母去挑水或洗菜，外祖母怕我掉到井里，让我远远地站在旁边，我就去看那些稻田，稻田总是绿油油的，让人百看不厌。

只要到了化起，提起月亮塘和化起小学，就没有人不知道。在成年后，当我到了敦煌，到了鸣沙山，到了月牙泉，我就想起化起，想起化起外祖母家门前的月亮塘，遗憾的是后来不知是哪一任政府下令把月亮塘填了，化起失去一道美丽的风景，让居住在那里的人们后来一切用水只能到井边去，挑水洗菜洗衣裳都只能靠那两口井了。

我的外祖父是一位老中医，在镇上给人们看病。在外祖母家里，只有一个舅舅还在读书。外祖母一家的生活过得比我们好。到了化起，我们才可以吃上白米饭。那时候，父母会让我们几姊妹轮流到外祖母家去小住一阵子。不过，那样的日子不长。到了上学年龄，父亲要让我们在县城读书，加上生活困难，我们就很少去化起了！以至于我十一岁那年，外祖父病故，当时因为我们在上学，加上家里穷，我没有能去化起看望外祖父最后一眼，这成为我生命里的一件最大的憾事。母亲当时借了一点钱，分成两半，一半留下给我们买粮食吃，一半带去化起为外祖父奔丧。母亲只带着年幼的弟弟去为外祖父送终。知道外祖父去世的消息，我彻夜未眠，泪水湿透了枕头。想起外祖父对我们的好，外祖父的音容笑貌，化起成了我的一块伤心地，在我人生中的第一次失眠，我第一次流下许多悲伤的泪水，是为我的外祖父，是为化起！

以后，外祖母多次给我讲述我的出生："你出生的那一年腊月十一，化起这个地方下了一场雪，你是在下雪的时候出生，你就出生在吴顺枝家的石板房里！"

那时，父亲是在离化起不远的一个乡中学教书。与母亲结婚，婚后曾在化起租房子住，租了一户叫吴顺枝的家里两间房子，我就是在那里出生的。我出生时，正值"文化大革命"开始的第二年，父亲得到消息赶回来，看见一个肌肤白白净净的女儿，得知又是下雪的时候出生，非常欢喜！因为我是与雪同时降落的，身为教师的父亲就给我取名为"雪"。

后来我多次到化起，但我从未看到化起下雪，可能是我去的时节不对，即便是冬天去，我想我不是去得太早，就是太迟，总是错过化起那一场雪。我很想到化起看雪。不过我想，就让那场雪留在外祖母的记忆里，留在我出生的那一年，留在我的期盼之中……

记得我有一次到化起，经过我出生的地方，吴顺枝家屋前，外祖母就指给我看，说："你还记得不？这里就是你出生的地方。"

我顺着外祖母指的方向看，那是几间石板房。

外祖母现在还住在化起镇上。不过，外祖母老了，外祖母已经九十岁高龄了，我时常想念外祖母，想念化起！

化起是我的牵挂，是我魂牵梦萦的地方。我时常回想起化起，当我回到化起，去看望外祖母，外祖母时常说："你们的父母没得享你们的福，我倒得享了。"

到了外祖母家门口，遇到化起的人，有认识我们的，说："又来看你们的外祖母了？"那声音非常熟悉、非常亲切、非常温暖、非常动听！

长大后，我才知道，比化起美的地方很多。除了江南的那些闻名的小镇，还有我们后来居住过的花溪。不过在我的心中，那些小镇永远不能同化起相比。

化起，更让我相思！

作者简介

卓美（1968～　），出生于贵州省盘州市，现居盘州市。

黔灵山众生相（外3篇）

那些远处或近旁为生活卑微或骄傲的动物们，在以我们的姿态活着。

黔灵山和它的名字一样，包揽了贵州大地从地心到地表的那股子灵性和生机。山有山的壮阔气势，水有水的万种柔情，城市在一隅繁华他的，与这山山水水各表一处，毫不相干。黔灵山这山水家园有大美的风光，有生灵演绎光阴的大舞台，在这舞台上出场的生命或矜持或狂妄，或高雅或破绽百出。

黔灵山最多的动物就是在树上挂着的，地上抢食的，还有那些在随处追逐打闹的猴子了。小时候在家乡的赶场天见到的猴子，无一例外都被一根绳子拴着脖子，主人的铜锣一响，身穿小红裤衩的猴子就撅着屁股翻跟头，磕头拜谢以博得众人开怀，讨来主人恩赐的零星食物。也见到过小猴子被耍猴人毒打的场面，那凄楚的尖叫声总会将耳膜震出一道裂口。在那些场面里，我为猴子哀伤过，也为自己无能为力、不值半毛钱的哀伤而哀伤过。今天见到黔灵山的猴子如此这般自由，如此这般与人相亲相近，不禁为它们的自由幸福起来。见到那几位背着或者抱着幼崽的母猴跃上跳下时，我的感动持续了很久。母猴的目光机灵而狡诈，似搜索引擎一样在人们身上扫描，唯恐错过一次并不能饱腹的施舍。母猴胸前，一只粉红色的细乳头直愣在众目睽睽之下，另外的那只被小猴牢牢含在嘴里，当母猴扭过身子，那乳头如橡皮筋一样的被扯出好长。感觉那“橡皮筋”里面流不出一滴乳汁，从而枉然地担心那小宝贝会为此挨饿。紧贴母亲腹部的小猴，似一个巴掌大的挂件绑在母亲腰上，它细长的小手臂就是那可爱挂件的两根绒毛带子。小家伙扭着脸，用茫然的亦有几分恐惧的幽黑瞳孔看着树上树下的一切。当我的目光掉进它举目无亲的眼睛里时，我心底突然又生出一股新的悲悯，也突然想起曾经看过的一则新闻：一只小猴被人从母亲怀里撕开，当着小猴的面，餐馆老板将母猴的脑瓜开瓢……我不知道自己该不该泪湿眼底，也不明白我流泪是因为眼前的小猴还身在母亲怀抱中的幸福，还是因为它幸福中的眼神并不见快乐。怜悯，这个浅薄而没有可信度的词语，在人类制造的关于善与恶的天平上时而向左时而向右倾斜，很多次我站在这善恶天平的面前，添不上也拿不掉一枚可以影响善恶结果的砝码，空余一腔悲愤折磨自己。

在那两只白虎的房舍前，我们待了很久。一只白虎躺在木台上熟睡，神态安详，听不到一点呼噜声（或许老虎根本就不会发出像人那样嘈杂的声音），它华丽的肚皮铺在木板上，轻缓有节奏地浮起来又落下去，长长的尾巴神鞭一样搁在旁边。另外一只白虎安坐在隔壁的房子里，正在用平和淡定的目光看栏杆外面的世界，猜不透它在想什么，我们想在老虎面前多站一会儿，即便无语也当成是一时的陪伴吧。我和女儿轻声赞叹白虎的威武，它的眉宇和眼神，它有棱有角的阳刚之脸，就连它稠密有度，长短有致的胡须都投射出精致的美。如果要用一个词来概括，非“气宇轩昂”莫属。气宇轩昂这个从古到今用来形容美男子的透着无限光芒的词语，用在老虎身上更为合适。现在很多男人即便英俊无比，可还是配不上气宇轩昂这个词的。能和气宇轩昂沾边的男人，除非有发至骨髓的骄傲和坦荡，有傲视群雄、支撑朗朗乾坤的正义之气。

毛毛雨一帮帮从大树顶上奔下来，老谋深算的天空，总是要弄出许多无端的花样来显示他天大的本事。实际上，这样的毛毛雨清洗不掉大地上的污浊。这样的毛毛雨，也如生活里的鸡毛蒜皮一样，根本影响不到生活原本的伟岸。很多人在毛毛雨中举起手机对白虎拍照。只有一个男人对拍照没有兴趣，他趿拉着拖鞋，湿着滴油的头发，旁若无人地用外衣去轰熟睡中的老虎，还将手里的、地上的烟头扔进虎舍，老虎没有被他的努力吵醒。见白虎没有醒来，自感无趣的男人走到另外的白虎面前，几次三番跳起来朝白虎吐口水，还用挑衅的口吻压低他莫名其妙的话语："有本事出来！来啊，你狗日的有本事出来嘛！"有些细小的、没有力量的口水被风吹回男人自己的脸上。白虎没有喜怒，眼神镇定如初，它静静地看着眼前的男人，像看一棵挂满瘪谷的稻穗被风摇摆，像看一块会动会跳会出声的招摇布片，勾不起它一星半点的兴趣。女儿似忍无可忍："无聊，神经病！"我示意女儿小声说话，我倒不是怕得罪老虎，我是怕那个朝老虎吐口水的男人。这之后，我突然想起徐乡愁的那句诗："活着，是人类的帮凶。"我不知道此刻想起这句诗是不是时候，或者是否合适。

那只影只形单的鸵鸟，开始它的头被水泥柱遮挡的时候，我以为那里是一堆绑拖布的碎布条。驼着脊背的鸵鸟裹着它被雨水打湿的短大衣，它的短大衣也实在短得可怜，就连它的大腿根也没有盖住，它老着它修长的、如老妪的脚后跟，泥着那三根嵌进泥地里的脚趾站在毛毛雨里。好在它总是瘪着上翘的唇角，很和善很知足的样子，这多少给我一些它还温暖着感恩着的错觉。一只孤单的鸵鸟，我无法问及它的故乡和亲人，无法知道在这即将月圆的中秋之时，它要如何面对背井离乡的身世，我更无法清楚它将看客当成朋友的始末。我大老远过来看鸵鸟，却愧对起它这友好的表情来。我总是用同情的眼光看生灵百态，也总喜欢用优越感去面对那些猫狗牛羊，连自己也不明白，这样接近病态的心境到底是可歌可泣的善良，还是彻头彻尾的恶毒可恨。或许，鸵鸟也会同情我，同情我这多余的多愁善感。但愿吧，如果鸵鸟真的也同情我，我心底的轻松会多一些，我脑海里也会少出现几次鸵鸟站在毛毛雨里的孤独身影。

那两头大黑熊出双入对，它们有相互动武的机会。在某种程度上，有竞争的对手，生活会少些寂寞，会多出一些激情和斗志。那些手里拿着爆米花的人像神父一样站在高处，将一颗颗扔下熊场的玉米花当成了圣水，沐浴那两头空有一身力气的黑熊。为了那一粒爆米花，黑熊一上午都仰着脖颈，伸着脑袋，还像人一样的站立起来张嘴以待。不时它们又互相撕咬，在撕咬时发出沉闷冷冽的怒吼声。为此，人群也相继发出一阵阵哄笑，确切地说，人们是在耻笑，耻笑黑熊馋嘴丢失颜面的姿态，耻笑黑熊贪图小利而同室操戈的低劣行径。为此，我也想起早上在公园门口，那两个为了抢夺生意而扭打在一起的男人，所以，我着实笑不出来，即便想耻笑，也绝对不是针对黑熊。

最让我心安和羡慕的，是那池塘水面上悠悠荡过的白天鹅和野鸭。虽然那几只野鸭与白天鹅同池共游显得逊色了许多，可这并不影响野鸭的心情，它们各自将两片如枫叶一样的脚掌别在尾巴底下，样子很滑稽可爱。那两片“枫叶”反反飘着，很少见它们挥动，偶尔用一片“枫叶”往后推一下水，也就算是勤奋的了。而那几只优雅无比不食人间烟火的白天鹅，始终昂着骄傲的头颅，不见慌张，不见争风吃醋。那水塘中心的小岛上绿树成荫，有饲养员刚刚倒下的食物，天鹅不为所动，它们已经身在红尘俗世之外，早已经不为饥寒所累，不必为五斗米折腰。两个词浮出脑海：“清高”“骨气”，只是在这之后，我又自顾糊涂和纠结起来：清高和骨气在林林总总的诱惑之下能否站得稳江山，骨气和温饱之间，到底哪一个更重要，哪一个更具有杀伤力。

越往上走，天空就越小，密林就越深。等到了黔灵湖边的时候，天空让了出来，烟波浩渺的黔灵湖出现在眼前，白鹭急急飞过靠岸的水面，几叶小舟横斜远处或水旁，雨点打出的万道涟漪相互交织成花成纹，那数不清的纹理网住整个湖面，连鱼儿也被这密密麻麻的纹理按在了水面之下。还未站稳脚跟，已经三分醉意。正执伞凝目时，身后不远处有两个白白的胖男人从草丛中钻出来，悄无声息地溜到了水里，我担心他们会将这宝镜一般的湖水污染，因此我甚至在心里骂他们：“大白猪，竟然跑到这里来洗澡！”我特意用洗澡替换掉游泳，我感觉“洗澡”更能贬低他们。虽然怕水，我还是经不住家人去“摇桨赏烟雨”的怂恿要了小船。因左右力量不一，小船在湖面扭扭捏捏，没有方向，且倾斜。也因为怕掉到水里，我几次三番低头检查救生衣的袋子是否系好，也暗自埋怨那救生衣的带子太过纤细，怎么能将一条生命拴回岸边，也因为那自小就有的对水的恐惧，我开始到处寻找那两头“大白猪”，我渴望“大白猪”能游到小船附近来，我希望万一有个闪失的时候，以“大白猪”无敌的水性一定能救我们于水深。我开始对“大白猪”产生好感，开始佩服他们，敬重他们，并提前把他们当成了英雄。至此，我也开始承认，我的好恶随着境遇的改变发生了逆转，我的品质还是露出了破绽。在危险面前，我自以为是的品质还是败给了渴望活着的生命。

从黔灵山回来的路上，我湿着一颗心，但始终没有拧出一滴水来。

湿身竹海

面对今天盘县城乡的巨变，我心底总有无法抑制的喜悦，并且这喜悦之心动不动就会生出一波接一波的涟漪来。我们有古银杏，还有更古、更久远的鱼龙化石和盘县大洞，因为这片土地，我骄傲过无数次。

“北有周口店和山顶洞，南有盘县大洞。”仰视盘县大洞，恢宏之气震撼人心，青山之处，鬼斧神工砍就的崖壁之上满是风雨的锈迹，细小的、形态各异的岩浆石稀疏地悬挂于峭壁之上，仿佛崖壁的饰物，也因为这些小装点，峭壁减去了少许的锋利之势。

大洞前，有一幢据说是当年建来供考古队员居住的现代化房子，离大洞之近，以至于让其与大洞格格不入。越往上走，越接近洞口的时候，两旁疯长至台阶的杂草越是让人顿感荒芜与冷清。站在洞口眺望，六月的庄稼长势喜人，新农村欣欣向荣的图画与这洞口的景象形成对比。

低矮、厚而老旧的木门与洞很般配：沧桑与质朴同在。进洞后才明白之前看到的洞口尽管恢宏，可比起前洞和后洞实在是太过狭小，借着前洞的光线，眼睛摸索着后洞的大致格局、丈量着洞的高度和宽度，不禁赞叹这栖身之所的绝妙，感叹古人英明的选择。在这可容纳上千人的理想住所，前有活动场，后有出洞通道，通风、防洪、避敌、撤退条件皆具备。站在空旷的大厅中央，想象古人类在洞中繁衍生息的场景，想象我们的老祖先以怎样灵敏或笨拙的身姿出出进进。没有照明设施，一行人看不清楚彼此的脸，也看不清大洞的真实面目，在黑的笼罩之下，30万年的时光坚如磐石，纹丝不动，也薄如蝉翼，吹灰可破。举世闻名的大洞，恍若隔绝的大洞。

“全国重点文物保护单位”是大洞至今未被开发利用的主要原因，如竹海镇彭巩书记所言，出于保护的初衷，如今的大洞似待嫁的大家闺秀，眼光高，身价高，她的“出嫁”要国家文物局的审批。俗话说“好女不愁嫁”，话虽如此，可在盘州旅游风生水起的今天，这“深闺靓女”的处境着实让人牵挂与惋惜。偌大的洞，没有藏住我淡淡的感伤。好在，30万年前就有人类居住的大洞不怕时光渐老，即便再过30万年，她也一样的容颜依旧，一如初见。只是，尽管山门有锁，可一批批入洞参观的各级来访者和探秘者随意地踩踏甚至攀爬于大洞是否也是一种破坏？如果有一条装有护栏的木栈道，如果有一个带栅栏的观景台，如果装有恰当的照明设施，如果……我固执地认为，关于大洞，真正的保护实际上还未拉开序幕，保护性的开发利用迫在眉睫。从大洞出来之后，“文学盘州行”第一站竹海行的横幅已经展开，合影的时候，我鲜艳的衣裳没有掩盖住那一刻的内心。

身处云端的狗跳崖太过险峻，伸着脖子往下看的时候，我甚至双腿打战。我无法勾勒云竹当时万念俱灰的心境。好在，如今阿海、云竹及爱犬跳崖的惨烈场景已经不见痕迹，葱茏的大自然自会遮掩一些不堪的画面，让我们只领会传说背面的精神。

俗世将千金小姐与长工分成不同的两种人，两种身份迥异的人相结合无疑违反了势利之人的择偶标准。平心而论，文明发展到了今天，依然有爱情在经受权力与贫富的考验，有人因为身份的卑微爱得艰辛和谨小慎微，而有的人因为拥有荣华富贵而爱得霸道、爱得随意。

在阿海与云竹这场身份悬殊的爱情中，真爱落下了山崖，而云竹的爱犬，也以跳崖的方式诠释了它对主人的忠诚。爱，真的是一个沉重而温暖的字眼，它被扭曲，被扼杀，更被万般的崇尚与呵护。因为爱，我们活得窃喜、活得心花怒放，也因为爱，我们活得艰辛和备受熬煎。我对爱一度产生过怀疑，可站在狗跳崖，我不得不为自己的怀疑深感羞愧。山脚下有无数的合欢花在摇曳，粉粉嫩嫩的小花扇夺人目光，花叶两相依，光阴静好，阿海与云竹修得了地久天长。

有人说，来过情人谷的人即便青春远逝，也有“想谈场恋爱”的冲动。的确如此，当我独自一人走在竹林深处的时候，总感觉这幽静的、充满诗情画意的小路能撩拨内心深处的某种情愫。当然，除此之外，一个人漫步于竹林间，别的美好也一样会凭空而出。那一刻有高贵的孤独产生，那一刻是奢侈的光阴。回到自己的内心，静下心来去关注身边的一根草，一朵花，稀疏的鸟鸣和潺潺的溪水，用几秒钟的时间与一棵竹子成为知己，用心捕捉竹林中一切细小的意境。用目光从竹根爬到竹尖，试着像竹子一样有节有度地成长、不为寒暑低眉弯腰。

相思屋就建在有竹根水流淌的地方，房前屋后除了溪声就是竹笋拔节之声。目光穿过玻璃墙，我看见相思屋中温馨的板壁，看见照在雪白被单上的橘色阳光，那位坚守诺言、将青丝等成华发的孤单女子已经不知去向。有一对情侣偎依着从我身边走过，随即，花香不知从何处飘了过来。

夜从别处赶来的时候，我不得不回到喧嚣而贫瘠的城市，回到我不得不继续的生活。踏上归程，人在车上，还在竹林深处游荡的心却怎的也唤不回来。同行的张辉老师将车拐了一个小弯去看望了他的母亲，我们两手空空地同他前往。张大娘要煮土鸡蛋给我们吃、要给我们拿她刚刚采来的鲜竹笋，她拉住我的手盛情挽留的时候，我看见了和我母亲一模一样的眼神，握住了和我母亲一模一样粗糙而温暖的手……

树屋一夜

几棵大树高举树屋，就像举着世界的全部。

两扇窗户，一北一东，光线奢侈得让人动容。一张实木的小床和透着木香的板壁以及一桌一椅都仿佛出自同一棵树。闭上双眼做个深呼吸，再睁开眼睛时，我已经幸福得不成样子。就这样，我生平第一次体会鸟的富足，鸟的安逸；生平第一次用鸟的心情相处山水；也生平第一次懂得鸟儿的欢愉或孤独。

之前，我不相信自己有独居幽林的勇气，因为不想错失这和自然相亲相近的机会，更确切地说，想寻找一种说不清道不明的情愫。以此，我背了简单的行囊住进九龙潭的这间树屋。从某种意义上来说，我是从城市落荒而来，我暂别的不仅是家人，还有我卑微若尘的生活角色。之所以一直想来这里小住，还源于这溪流丰沛的地方曾经给过我灵魂上的某种好处。

我曾经无数次不失浪漫地妄想过：在故乡辽阔的草原上或者在某处有流水哗啦的地方，有懂我之人赠我半间木屋供我回顾半生风雨，供我看花开叶落、品茗听雨。可是，在这聪明透顶的人世间，谁能傻到无药可治，肯不计回报地为一位正在老去的妇人打造她的心中的楼阁。况且，即便真的有这样一位傻人，我的接受又怎会心安理得。今天，承蒙“盘州九龙潭”风景区的厚爱，用这悬在树梢的木屋款待于我，一生的夙愿，得以了却。

因为对那两扇大窗户太过满意，使得我铺一张小床也用去了一个时辰的光阴，那窗外有无数的热情鸟儿来呼唤我、看望我，有橙色的夕阳斜过树林，有屋前延伸到密林深处的木栈道。笔记本电脑文档的光标在闪烁，我提醒自己及时记录一些感悟，不然一些词句肯定会被蝴蝶或乌鸦、喜鹊们给勾引了去。

天色将暮未暮之时，太阳的光辉已经不见踪迹。杉树在暮色中站成挺拔勇敢的姿势，以鼓励我用强大的内心去迎接黑夜。我懂得杉树的心意，走过去拥抱了它们中的几位。没有什么可害怕的，一个人住进九龙潭的树屋，正适合我端详和挖掘小说人物的神态和品性，适合我深切体会小说人物的周遭并活进他们的世界里。收拾好行李，我在心底燃上一盏灯火，披着暮色去了山下的“甩饭厅”。

拉家带口的游人正在陆续返回尘世。临桌几位来吃晚饭的客人在聊生命的短暂，聊他们朋友的离世是多么的猝不及防，言语中叹几分生命的无常与短暂，还说人生是多么的没有意义。再后来，我听见酒话中带有几分哽咽。能平安活到老是一件不容易的事情，我不由得为自己还没有遭受意外而深感幸运。我的豇豆炒肉和酸菜汤配辣椒水在不知不觉中露出苍白的碗底，意犹未尽时，我不禁伸出手指来计算连菜带饭我究竟“甩”了几碗，语文太好的人对数字总是很伤神。

时隔近四十年，我再次将脚手伸进溪流中冲洗，我突然感觉时光清晰了许多，也矮小了很多。那个动不动就用哭天抹泪当撒手锏的小女孩是如何掉进水塘的，又是如何从此往后，只要看见水塘，无论深浅都要惊慌失措地逃到十米开外去。嘿嘿，胆小鬼！我骂的是过去的自己。

山林比白天更深，更稳重和矜持。蛐蛐对我说一些或长或短的话。此刻，九龙潭的一切风物都入了夜的胸怀，杉树伸出大气的手臂去接纳夜的柔情与甜蜜。风吻我脸庞的时候，我发现它们很轻，轻得让我的骨头都跟着酥软起来。这宁静的树林没有被风打扰，反而在风的抚摸下更安然地睡去。

我没有睡意，我习惯和自己相处，习惯一个人在白天或黑夜自说自话。目光随意停落天空或大树，此刻，我是这片林子和这间树屋的唯一主人。远处的天空被城市的灯火点亮，想起那些喧嚣的街道，我开始同情此刻在灯火下操劳的人们，他们正绞尽脑汁地生活，正在用烫金的磨石毁掉率真的性情，正在对痛恨的人说恭维的话。我还是将话说得诗意一些吧，因为人与人之间总隔着一首诗的距离，在此岸与彼岸，所以，这也是我喜好独处的原因之一。既然选择独处，就万不能再说孤独的坏话。在一番大彻大悟之后，总会发现所谓的孤独其实就是内心的“空”，我虽然惧怕那些“空”，可我明白，只要用一本称心的书，用一段满意的文字就足可以让那些“空”滚出我的生活。

我坐在木栈道连接树屋的小走廊上听溪水朝远处而去，经久不息的潺潺之声减去了山林的几分寂寥。天空没有星宿，我不知道它们为何要藏着掖着。夜再深一些的时候，几声猫头鹰的叫声将我撵回树屋。我关上门站在窗前，想好好听清楚那“夜呱子”的叫声中到底有多少是人类强加进去的险恶隐喻。无法判断这具有无边穿透力的声音到底来自哪棵树梢，只感觉这孤独的、孤傲的“呱——呱——”声逼向夜空。山林肃穆之际，这声音一声高过一声，直抵肺腑。逐渐地，我从恐惧到放松再到理解。再后来我甚至认为，喜鹊那“咔、咔、咔”的投人们所好的声音实际上是多么的浅薄、势利和俗气。细想下来，夜晚就应该有猫头鹰这深远的叫声才地道，这叫声和黑夜相辅相成、缺一不完美。百鸟之中，也只有这“夜呱子”才能发出这旷世之声。我打开门，我想象猫头鹰缩着脖子蹲在枝丫上的样子：它深谋远虑的扁脸，细细的小鼻孔，弯弯的灰玉一般的嘴儿，还有那对土黄色圆圈之中的闪着幽深黑光的、能洞穿骨髓的大眼睛。没有什么！实际上黑夜一丁点都不可怕，一切事物表面的黑都不可怕。昼和夜其实也没有区别，只不过白天是太阳正在去往远方，夜晚是太阳正从远方赶来而已。相对而言，夜晚给人的希望更多一些。我进屋坐在电脑前，开始让光标徐徐前进。

不经意间，有窸窸窣窣的声音传进树屋，我打开窗户，一丝丝清凉的雨点飘在脸上，“滋、滋”的声音就像皮肤在经历淬火。难怪没有星宿，原来天空在酝酿一场雨。没有雷声，雨就像辛勤的织布机疏密有致地织了一整晚，以至于远山的那盏灯光无数次地对我眨眼睛。我看见，那些被树屋灯光捕捉到的杉树正用心对待这场夜雨，它们回应雨的真情时，微微地抖一下它锯齿的叶，随即，无数颗硕大的水珠纷纷而下。

夜已经很深，躺在床上听雨的感觉妙不可言，想象也似没有缰绳的马匹自由奔去。我不知道我是在哪一段想象的马匹中睡去的，竟然一夜无梦。

确切地说，是鸟儿叫醒的我。对此，我对鸟儿报以真诚的感激。如果不是这样，九龙潭清晨的样子定然是要被我错过的。还没有换掉红色睡衣的我披头散发出了树屋，其间裙袂绊落一些叶上草上的露珠，那些还完好挂在杉树叶上的无数小珍珠晶莹剔透，它们正沐浴朝阳，正急忙将那朝阳的五彩光辉反射到我的眼睛里。

溪水已经换了模样，它们更凉、更清澈，也更欢畅。溪上有轻轻的灰白雾气，那雾气沿山谷深处浮在一整条溪水的面上，久久地不愿意离去。我不知道雾与清溪是否在雨停之后就温存至现在，以至于它们太过用情而无法面对即将的离别，以至于让我看见溪与雾之间挥之不去的幽幽惆怅。

回到树屋时，我突然想起一句适合安插在我短篇小说中的话，其实一开始只是这句话的芽尖，可只一刹那，这芽尖就无处可寻。我有些懊恼，失魂落魄地从树屋出来朝木栈道的左面走去，去的路上我不敢和鸟儿打招呼，我甚至用最轻的脚步走路，我还不敢坐到秋千上去，我怕秋千晃跑我正在萌生的意念。苦思冥想过后，终于将这句话捉了回来：“阿乌像一个刚刚逃离牢狱的囚犯，自由的灵魂跟着一场大风在原野上狂奔。”幸好，九龙潭给了我灵感和提示，不然，我不知道还要为此苦恼多久。我贪婪地呼吸有白雾和阳光交织的空气，我张开双臂拥抱九龙潭的早晨，并感谢这一切带给我的美好。

换好衣服，几位起早的老人已经从城市赶来，正朝天梯而去。我没有爬天梯之意，经过一夜独处山林的洗礼，我已经爬过灵魂的天梯，正步入思想的天堂。

走读麻郎垤

说起来惭愧，身为彝族的我不会写彝文，母语也只会说些简单的诸如切土嘛哦、廓莫嘛哦之类的无米、无板凳的词句，所以在初次听到麻郎垤村名的时候，我并不懂其中之意。直到后来我特意为此向麻郎垤村的甘正贵大哥请教，甘大哥是麻郎垤村土生土长的人，也是现今麻郎垤村唯一的毕摩，他对村名的解答当然是具有权威性的。麻郎垤村是本地区种麻、掑麻纺线最早的地方，麻郎垤村名之意为：在寨子中央的坝子上，大家相互学习织麻纺线技术。也就是说，一个大山深处的彝家寨子，用纺织业的发展史（或者说是一段学习纺织新技术的佳话）做了村名。

麻郎垤是纯粹的彝族聚居村，在盘州市，如麻郎垤村一样保留了彝民族最地道、最完整民族文化的小村庄恐怕并不多见。走在麻郎垤村的时候，无论村容村貌还是村民的精神风貌，我的心底总会生出敬佩和喜悦的情愫，原来，我们彝族人的日子也可以过成如此这般！话出有因，我深切体会过亲人在贫穷生活中的状态，贫穷让人木讷、萎靡和冷漠，我想说的是，贫穷对灵魂摧残的程度是无法想象的。所以，麻郎垤人阳光的精神面貌当然是以好日子作为支撑的。

麻郎垤人懂得自己的魅力所在，更懂得如何展示自己的魅力。麻郎垤村有自己的文艺宣传队，文艺宣传队演员也都出自本村，这当然并不是什么难事，彝家人个个都是天生的艺术家。我不知道有多少人懂得我说的意思，这不仅只是组建一支村级文艺宣传队那么简单，更不仅仅是跳达体舞、海马舞、唱山歌酒歌这么简单，时代在发展，在少数民族文化“汉化”迹象随处可见的今天，主动生出文化保护意识尤其难能可贵。

一个真正伟大的民族，一定能在前进的征程上审视自己的来路，一定能正视自己的不足并敢于担当改正错误的责任。关于这一点，我想，麻郎垤村是其他彝族村庄学习的榜样。多年来，众所周知我们彝家人操办丧事的奢靡程度，可以说深受其害的人不计其数（包括我）。这不仅仅是对金钱无谓的浪费，更重要的是道德观念在模糊，即便薄养也要厚葬成了不争的事实。无论是家中的老人，还是正当壮年的亲人去世，逝者的家属会不惜重金邀请搽脂抹粉的歌舞队来喜气洋洋地表演歌舞，甚至演唱《今天是个好日子》，礼花鞭炮用车拉，晚上放不完的白天继续“烧钱”，猪羊都已经是不值一提的“小物件”了，即便是借钱欠账也要牵上一头大牛上祭以示“孝顺”和“风光”。劳民伤财的变味丧事。每当身在这样的场合中时，当亲人生前的冷清和身后的热闹形成十万八千里的反差之时，我总会无限的悲凉，我不知道找谁去问缘由。

在麻郎垤村，我看见了彝民族的伟大之处。麻郎垤村有自己的红白理事会，除了婚丧嫁娶再无其他酒宴，操办婚丧嫁娶也有规格，亲人仙逝拉牛上祭的历史已经一去不返。对于倾尽一生积攒也要浩浩荡荡操办丧事的彝家人而言，这算不算一场革命？麻郎垤人懂得“病根”所在，懂得在传统文化中除糟粕取精华，敢于刮骨疗伤。不得不承认在很多地方，民风淳朴这个词已经派不上用场，可是在写麻郎垤村的时候，我必须让这个词出现，我要用无限虔诚之心将“民风淳朴”这个词举出皎洁的纸面，麻郎垤村配用这个词！

前年，因为想了解更多的毕摩文化，承蒙段胜高老师的推荐，我只身去了麻郎垤村，认识了甘正贵大哥一家人，从那之后，麻郎垤村成了我了解毕摩文化的源泉，也就是从前年起，毕摩以及毕摩文化的现状和命运就成了我内心无法释怀的部分。

白天的麻郎垤人都去各自忙碌，广场上只有几位老人和孩子在陪阳光谈心，我随处闲走，想坐就坐，想和哪位老人聊天就坐到他的身边。虽然麻郎垤村有很多值得骄傲的地方，但是麻郎垤村也同样面临民族文化衰微的尴尬境地，就拿这个小村庄从以往的五位毕摩到如今只剩下一位这一现象而言，不得不承认，彝族毕摩文化面临后继无人的境地。对此，身为毕摩的甘正贵大哥更是万分无奈，他说：“恼火了！辛辛苦苦带出来的徒弟也都做不长毕摩这一行，陆陆续续都到外地打工去了！”毕摩是彝族的“知识分子”，彝族的文字千百年来仰仗毕摩一辈辈地守护和传承。今天，彝文除了毕摩之外会写的人少之又少，不仅在麻郎垤村，在我的老家松河乡也一样，我的姑妈们说母语都已经不如从前频繁，更别提会书写彝文了。我父亲受彝族文化影响颇深，所以近年来总在不断提醒我们，在他百年后一定要请毕摩来为他“指路”。面对毕摩越来越少的境况，即便父亲百年后能请到毕摩来念“指路经”，可是我们的百年后、我们的儿女百年后呢，是否还寻得到毕摩的身影？如果这些都还是其次的话，找不到了民族的文化根脉、遗失了自身一路而来的文化记忆和文明是不是大事？数十年后、一百年后，同玛雅文字一样古老的彝文是否会成为一个传说？

交流的时候，有可能是对老人的话感同身受，我忘记了询问被我称之为大爹的老人贵姓什么，而老人询问我的话我至今都难以回答，他问我："四川、云南那边剩下的毕摩还多不多？""剩下"一词像一把无形的刀。

夜晚的麻郎垤村最热闹，仿佛那些地里、家里的人们忙碌一天的意义都要体现在广场上。甘大嫂饭后洗了把脸，重新梳理了头发，将白天所穿的塑料拖鞋换成了金丝绒的黑布鞋，她走路的时候，风围着她的长裙。音乐响起，海马舞跳起。彝族祖先数次迁徙的果敢和艰辛，一路而来勇往直前、披荆斩棘的气势都淋漓尽致地体现在了海马舞上，所以在海马舞激荡的节奏里，我会万分激动。夜空中有繁星点点，幽幽的星宿，像祖先对我们寄予厚望的目光。

甘正贵大哥家院子门口有一棵李子树，上面结满了李子，甘大哥、甘大嫂邀我一个月后再去他们家吃红李子。我不由得想到，哪一天甘大哥的徒弟也能如此这般的"桃李满枝"，并且，所有的"桃李"都不会弃毕而去……

作者简介

何凌云（1968~ ），出生于云南省石屏县，现居石屏县。

渴望窗子（外1篇）

钱钟书先生说得好："窗子打通了大自然和人的隔膜，把风和太阳逗引进来，使屋子里关着一部分春天，让我们安坐于享受，无须再到外面去找。"

我和丈夫刚结婚，就被调到家乡的乡村小学任教，从此拥有了自己的家。我们的房子是老式的传统的正三间瓦房。房间没有窗子，阴暗潮湿，霉气扑鼻，一到了阴雨连绵的严冬，更感到寒气袭人。渴望拥有一扇窗子的愿望随着时间的增长，一天天在我心里滋生，直到愿望似盛夏繁茂的草木挤满心田时，不得不向丈夫说出我的想法。丈夫先是一愣，接着说桃园的房子从来都不开窗子，是因为贼会破窗而入；后山墙开窗子，媳妇会跑掉……我知道丈夫是个孝子，但房间没窗子的日子我实在过怕了。于是，我天天想方设法对丈夫大谈特谈窗子的好处：清新空气有益身心健康；窗子开侧面，侧面朝东又是菜园，晨熹微露就有天光走来向我们问好，旭日东升就有朝霞装满房间；窗子一打开，过滤了一夜的草木泥土味无比清新地与你撞个满怀，欢快鸟语更是令人心情舒畅。

丈夫经过一段时间的思想斗争，终于找来木匠打窗子。好心人劝丈夫："阿亮，不能开，媳妇会跑掉。"接着列举出一串桃园开窗子媳妇闹离婚的例子。我怕丈夫动摇，不得不向他吐出我的积怨："我来你家才半年，你姐夫有外遇，把你姐及两个嗷嗷待哺的儿女赶出家门，你爹受不了这一打击，脑溢血病危瘫痪。从此，我平静的生活犹如掷入一块巨石，整个人淹没在哭声叹息声中。在这霜雪双降的家中，在这语言不通的氛围里（桃园人全讲彝话），我孤独，我苦闷，无数次徘徊在离婚的念头里。可你怎么办？你是这个风雨飘摇家中的顶梁柱，虽说你算不上最优秀的男子，但是是最适合我的爱人。我怎么会离开你？我怎忍心让我不足三岁的儿子失去完整的家？"

窗子顺利打好了，我们请人动手挖墙洞装窗子。厚实坚硬的土墙在山锄板锄来回挥动下，渐渐錾出一个土洞。"咚——咚——咚"的挖墙声仿佛一枚枚手榴弹在村中开了花，左邻右舍走马灯似的跑来观看。我和丈夫成了众人唇枪舌剑的靶子，我更是唆使丈夫不守祖规伤风败俗的坏女人。但我终于拥有了渴望已久的窗子。站在顶风冒雨安好的窗前凝视窗外，明媚灿烂的冬阳正温柔地抚摸着青翠欲滴的瓜棚豆架，慈爱地把温暖洒向迎风颤动的幼芽，心中有种无名的感动，无言的启迪，但心情怎么也轻松不起来——自挖墙之日起，婆婆就不曾与我说过话，脸色比三九寒冬还冷，我明白在我与婆婆之间，隔着一堵比土墙还高还坚硬的心墙。

我把我所有的心智、感情投入打开比土墙还要陈旧落后封闭的心墙上。终于，我安上了一道心与心流通的窗子，真正拥有了一片精新、温馨的晴空。

无怨无悔娃娃头

中考报志愿时，我认为自己适合做娃娃头，便读了中师。如今，我已在彝家山寨从教六年。

刚到彝家小学报到那天，办事处领导为我们接风洗尘，望着他们为新老师的到来忙碌而高兴的样子，心里有了一种到家的感觉。

花了两天时间备了第一堂课，自感娴熟自如，没想一声“起立”，齐刷刷站起一班和我个头一般的学生，稳妥妥的心顿时七上八下，深深地吸了口气又轻轻吐了出去，心跳才渐渐平息，一节课下来，早已汗湿衣衫。

初来乍到，山寨的民风民俗，自然景观令我耳目一新。秋收后进入农闲，月明星高的夜晚，粗犷的山歌、欢快的烟盒、脆响的巴掌从四面八方向学校飞来，我不懂歌中彝语词句，但能听出唱的是丰收的喜悦和幸福的甜蜜。冬夜，善良的父老乡亲邀我烤火，一群人围火夜话，熊熊火焰伴着融融话语，一种亲情、一种温暖遍布全心。春在山娃娃的眼睛里，他们簇拥着我，撷来一把黄迎春，采来一束紫丁香，抱来一捧红杜鹃，我的屋成了春天，我的心成了花园。夏日，我和娃娃们一起上山拾菌，一枚一枚的惊喜装满了竹篮，装得我心头一片阳光灿烂。我愈来愈感到一种来自灵魂深处的安宁和恬淡，一份美好的心境使我深深爱上这块灼热的红土地。

彝家人的纯朴厚道，向来尊敬西主（彝语：老师）。谁家遇到讨媳嫁女，要把老师请去写对联，贴对子；夫妻不和要叫老师调解；送娃娃上学要叫老师取个名字。在他们眼里，教师是神圣无比的。山寨人见识窄，常常因不识字、不懂法，闹出可笑可悲的故事。有一农妇不识字，多撒了“扑草净”，使得那块田两年寸草不生；有一男儿因其父五天不让其进家而吃敌敌畏。桩桩事例使我感到让山民脱盲是当务之急。于是，我利用自己的休息日、节假日，找回失学儿童并给他们补课、家访，动员学龄儿童入学。

为了教好书，我把所有的精力都投入在教学上，精心设计每一堂课。为了提高业务水平，我每年都订业务刊物，翻阅书报，寻找别人教书育人的好方法，结合当地实际情况，把自己所学的知识融汇成一眼鲜活的泉水，汩汩地浇灌着学生干渴的心田。教学成绩上去了，我被光荣地评为镇优秀教师，并得到奖励。乡亲们的称赞、学生们的爱戴，令我活得充实而快乐。同来的同学一年后陆续回城或调到了好的学校。我再三思量后，在山寨安了家。与学生们朝夕相处，让我觉得每天的太阳都是新鲜的。在他们纯真粲然的笑脸上，我看到人生是多么快乐幸福。从他们纯净美好的心灵深处，我呼吸到空气是那么清香甜美。只要三天不和学生见面，我心中便会产生失落与惆怅。每到桃李飘香时，就要送走一批品学兼优的好学生，我此刻的心呀，却比吃了水蜜桃还甜。

娃娃头难当，娃娃头劳累，娃娃头艰辛，我知。山寨落后，山寨闭塞，山寨贫穷，我晓。山寨缺教师，山民纯朴憨厚，山娃好学进取，我难舍。为了托起山寨明天的太阳，我无怨无悔。

作者简介

冯定英（1969～ ），出生于贵州省盘州市，现居盘州市。

乌蒙大草原（外3篇）

一直在想象能有一个地方让疲惫的脚步歇息，让浮躁的心停留，让忙碌的身心放松下来，在这钢筋水泥的城市，喧嚣、繁杂、浮躁、急功近利的气息充满着每一丝空气，汽车在山间蜿蜒盘旋，不知又将到哪里？

山越来越高，越来越陡峭，道路弯弯曲曲，路边那些常见的高大乔木越来越少，那陡峭的山坡上长满了粗壮的松树，郁郁苍苍，像士兵在列队欢迎我们。汽车在山间爬行，越来越吃力，前方有几许雾气，跳下车来，极目远眺，那绵延起伏的群山远了，前方是由几个巨大山峰组成的长条形大山，山顶平缓成一条直线，像一个巨大的绿色屏风屹立在天地间挡住了视野，道路两旁的山坡上松树越来越少，到处都是灌木丛。

道路平缓起来，前方突然变得开阔，映入眼帘的是一望无际的绿色，是

“天苍苍，野茫茫，风吹草低见牛羊”的绿色草原，我这是在哪里？我不是在云贵高原吗？怎么会来到了大草原！心里满是疑惑，更多的却是惊喜，那漫无边际的绿色就像是绿色的梦幻！我难道不是一直梦寐以求这样一个不染尘埃、宁静、广阔、美妙的世界吗？那平坦的草地，那缓缓起伏的山坡绵延不绝，望不到尽头，好想在这草地上打几个滚，大叫几声，像一个重获自由的囚犯，满是激动和喜悦！

平地是绿色的，山坡也是绿色的，层层叠叠、铺天盖地，就像一个巨大的毯子。走在绿草如茵的松软毯子上，是那样心旷神怡，什么都可以想，什么也可以不想，是那样的自由，无拘无束，眼前只有浩瀚无垠、安宁、温柔、绿茸茸的草原。走在松软的草地就像是走在那《一千零一夜》里的神毯上，浮想联翩，远离了喧嚣、远离了浮躁，只有那轻柔的风拂过脸庞，绿玛瑙般的草原在风的吹拂下碧波荡漾，就像那浩瀚的海洋。

勤劳憨厚的牛在低头吃草，偶尔抬起头来注视远方，那从容、淡定的目光映照出我这个旅人的心浮气躁，好想让疲惫不堪的身心得到沉静、安放。一群群洁白的绵羊游来游去，一会儿低头吃草，一会儿抬起头来四处观望，是那样的悠然、从容，似乎也被这广袤的草原景色吸引，却不曾想它们已成为草原的风景，洁白的羊群就像是给这绿色的巨毯绣上了白色的花朵，和天上的白云相辉映，真分不清哪是白云哪是羊群？那些黑色的小山羊在山坡上奔跑，弯弯的羊角高高耸起，像一群顽皮的孩子在追逐嬉戏。那些黑色、白色、棕色、杂色的马，个个膘肥体壮，激起我跃跃欲试、驰骋千里、天马行空的愿望，心在广袤无垠的草原上奔驰，海阔天空、无所畏惧。草原就像一幅没有边框的画，像心一样宽广，让我自由穿行。随意躺在草地上，漫无目的地看着，闻着青草香，静听草原的呼吸，身心放松，轻得像一片白云，在辽阔、湛蓝、高远、透明的天空飘荡，那一道道飞溅的小瀑布，那一条条奔泻的小溪，在草原上流淌，在阳光的照射下晶莹剔透，像一串串璀璨夺目的珍珠，像一条条闪闪发光的银项链。忍不住扔掉鞋跳进小溪里，溪水清澈见底，溪流叮叮咚咚地从我的脚上流过，那些各色的鹅卵石按摩着脚底，掬一捧清泉在口里，清冽、甘甜、凉爽直达心里，心和草原一样一望无垠，和孩子们打起水仗，追逐嬉戏，恍若梦里……

那些五颜六色的小野花在风中摇曳，诉说淡淡的思念和欢喜，就像五彩缤纷的童年，充满幻想和好奇，高高的秋千架在空中飞来荡去，好想扯一朵云彩藏在怀里，带着我们飞到那天上去。那呼呼直吼的高大风车，像我们的梦想旋转不停，像堂吉诃德一样地勇往直前，只为坚守内心那份执着、正义，却从未想过结局，不知飞快旋转的风车可听到我内心倔强的声音。那汪清澈、平静、柔美的湖水——长海子，亲吻着湖岸，随风而起的涟漪就像那脉脉含情的眼神，荡漾在那次最初的相遇，是谁还让我这般眷恋、着迷？谁又还在牵挂着我的消息？该不会是大约在冬季，那纷纷扬扬的雪花就是最好的消息。美人鱼的眼泪会不会流淌在这高原上的草原里，谁也说不清那前世的约定，沧海桑田，全都被滋润成绿草如茵，生长成那份广阔、厚重的碧野千里。

那最高处2857米云雾缭绕的佛光台，就像一个洁白的圣坛，祭奠那最初的年华和稍纵即逝的岁月，抬起头来仰望，天空就在不远处，似乎伸手就可以抓到那片飘来飘去的云彩，我怀疑这就是嫦娥仙子裙裾飘飞、长袖曼舞的舞台。探出头来往外看，陡峭的山峰，深不见底的谷底，云雾在山间缭绕，如临万丈深渊，陡峭的山峰就像一把把锋利的剑刺向天空，浓浓的云雾、洁白的云彩相互缭绕，仿佛置身天庭，高处不胜寒、起舞弄清影。我双手合十微闭双眼，虔诚的祷告藏在心里，在这天地的交汇处，万能慈悲的佛祖定能听见我内心的低语。那高高狭窄的台阶是不是通往天庭的阶梯，风在我耳边呼啦啦作响，摆一个优美姿势定格在相机里，真想将这美轮美奂的人间仙境配上淡雅的文字邮寄给远方的友人，让他们也好好感受这碧波荡漾、绵延起伏、白云悠悠、牛羊悠然、骏马驰骋、溪流潺潺、山峰叠翠……好想在这最高处做一次完美的飞翔，让胸中的汹涌澎湃、激情万丈直冲九霄，在这天地的交汇处，在这辽阔无边的草原，才发现自己是多么的渺小、微不足道。那些无谓的得失、牵挂、伤痛就像那些乌云，风一吹就烟消云散、无影无踪，学会放下就是最好，没有负重的飞翔才能飞得更远更高！

美丽的草原啊，你怎么拥有这么神奇的力量，你那大海般的胸怀容纳、成就了多少梦想，让卑微、怯弱的心充满了力量，狂妄自大、桀骜不驯的都安静得像那些可爱的绵羊，浮躁、忧伤的心都被安抚得宠辱皆忘……你的美丽、宽厚、宁静、安详让我的身心得以好好安放。多想永远停留在你的怀抱，在这天苍苍野茫茫中去追逐、流浪、梦想，让思绪飞扬，无拘无束地在天地间荡漾，哪怕变成一片片白云、一只只欢快的羊、一头头恬静的牛、一匹匹剽悍的马或是一株株柔韧的碧草、一汪山涧的泉水，我都将在你怀里快乐地奔跑……

春日草原

观光车在山路上蜿蜒行驶，远处是绵延起伏的山脉，春寒料峭，风在耳边呼啸，周围浓雾紧锁，什么也看不清，车厢里谈笑风生很是热闹。

这情景是这样的熟悉，我是在哪里？想起来了，也是这样一个寒冷湿润的清晨，我十八岁那年和我的一帮同学坐着拉货的敞篷大卡车，行驶在这条通往草原崎岖不平的山路上，寒冷和颠簸丝毫没有减少青春年少的兴奋和热情，肆无忌惮的欢笑声和鬼哭狼嚎般的歌声在草原上回荡，我好想告诉同行的朋友们，这眼前的情景和我十八岁那年是多么的相似，清凉湿润的云雾在我们身边游走，草原和天空连在了一起，似乎伸手就可以够着天了，展开双臂想抓住天上那片白云，浓得化不开的白雾却从指缝间穿过，萦绕在身旁的浓雾紧紧包裹着我们，就像是行走在天庭，朦朦胧胧的又像是走在梦里。

在天底下草原一碧千里，却并不是一马平川，茫茫无际的草原上有高低起伏的小山丘，更远处是莽莽的山脉，而我矮小的身体在这辽阔草原上就像一只小小的蚂蚁，成了看不见的圆点。踏着厚实柔韧的草地，疲惫的心一下子放松下来，顺势躺在草地上，惊喜地发现那熟悉的白地果，还有卓美告诉我那神奇陌生的火草，那长条形灰绿色的小草晒干后，牧羊人用它来和石头摩擦生火，做燃火的火种，我似乎看见了那袅袅炊烟在寒冷的草原上升起，还有那披着羊毡子的牧羊人，不知他会不会吹响那思乡的牧笛，忠实的牧羊犬在一旁静静地听。难以形容的芳香浸润全身，青草、各种不知名的杂草野花，风吹过散发的香气弥漫过来，如山泉般提神醒脑，沁人心脾，生命中最初的意识苏醒，忘记了所有的委屈、困顿、忧伤，只想这样走下去。

棕黄色、花色的牛安静地啃食着青草，啃食青草的声音和那牛铃声脆生生地传进耳朵里，我们的惊呼声嘈杂声没有引起他们半点注意，我疑惑他们难道不知劳累过后终究要被屠宰的命运，悠闲这一刻，别无他想却是最真实场景，我们却还在羡慕他们的自由自在、无忧无虑。乳黄色的绵羊和黑色的山羊也在山坡上吃草，和我以前看见的一样。

盛夏那如水晶项链般晶莹剔透跳跃在草原的溪流不见了踪迹，仿佛从没有过，可是夏天我甩掉鞋子和孩子们在小溪里嬉水打闹的情景还历历在目，溪水中斑斓的鹅卵石把我的脚咯得痒痒的。丰沛清澈的长海子瘦了一大圈，显露出憔悴枯槁的容颜，是不是遭受了整整一冬的肆意摧残，还是对春的日夜思念，清瘦的长海子水面微微荡漾着，好似一把琵琶，那一波接一波细细的波纹，不就是那琵琶的琴弦吗？微风轻拂琴弦，如诉如泣。

高大的风车也隐藏在云雾里，对所有天旋地转的苦难、伤痛、挣扎守口如瓶。观佛台就像一个美轮美奂的舞台，飘荡在云里雾里，裙裾飘飞的嫦娥仙子去了哪里？只留下朝圣者虔诚膜拜的背影，祈愿岁月静好，世间和平，我一直以为我们的眼睛可以看到很远，可在这春日浓雾的草原上却恍若梦里。

走在漫无边际的春日草原是这样欢畅快意，机灵的云雀直插云霄，浮翔于空中，柔美嘹亮的歌声响彻草原，载歌载鸣，高唱如云，我惊叹这和麻雀形状有些相似的鸟儿却有着如此不同的习性，云雀喜栖息于开阔的环境，草原、沿海一带的平原，巢多营造在开阔的地面上，从不在树枝和建筑物上筑巢，喜欢在空中做高难度的飞行，能“悬停”于空中，边飞边唱，往往听到其歌声，却难以见其鸟，在这春日的草原，有幸在同行陈伟老师的指引下看见这“告天鸟”矫健的身影，听见这婉转清脆的歌声，着实有些惊喜。告诉自己哪怕身在最底层最艰苦的环境，只要你竭尽全力，也会直插云霄飞到你的梦想。

追寻这草原之音，一大片花海呈现眼前，红的、粉的、紫的、雪白的花儿，鲜艳、纯净、璀璨、生动，目不暇接，一簇簇、一丛丛、一片片在绵延起伏的草地、山坡间争奇斗艳，用尽整个春天的热情和笑容拥抱着我们，如云似锦，让人眼花缭乱，沉醉不已。每一朵花都盛满着春的气息，绽放着春的热情，在这高海拔一般树木都难以成活生长的环境里，竟然孕育出如此的灿烂美丽，是历经了怎样的磨难和艰辛，集聚了怎样的力量，让我在最荒芜最寂寥的时刻遇见你，期盼了二十几年的这一刻终于来临，如痴如醉在这场美丽的相遇。我们在杜鹃花丛中肆无忌惮地奔跑欢笑，摆出各种随心所欲、夸张的姿势和杜鹃花亲密合影。娄老师和董师傅耐心为我们拍照。在这鲜花的海洋好想变成花仙子在花丛中翩翩起舞，赵寒老师的纱巾派上用场，我和思思美女却怎么也舞不出赵老师的那份飘逸仙气，两位摄影师在一旁忍俊不禁。

被婀娜多姿娇艳的杜鹃花变成了花痴，才发现大部队不见了踪迹，慌忙寻找，白雾中远远看见三岔路上有一个人影，跑上前去询问，才发现是林英老师，腿脚不灵便的他不知在雨雾中等了我们多久，才发现他的头发衣服上打湿的痕迹，我的眼睛有些模糊了，又想起了十八岁那年一群少年在草原上欢呼雀跃的情景，时间流逝中沉淀下一些美丽的珠贝，岁月开出繁花似锦，那颗热爱大自然的心和那伴随着花香而来的淡雅情谊一直都在我身边不离不弃。

我爱的是那花、那草、那雾、那云吗？我爱的是生机勃勃、多姿多彩的大自然，还有和那大自然一样香醇、朴实、纯净、宽厚的友情，就像那如云似锦的杜鹃花总是在我最荒芜、最寂寥、最落寞的时候为我盛开，淡雅的花香，沁人心脾，让我一直就想这样走下去，满怀珍惜与感激……

古银杏树下的情怀

阴沉了好久的天气有些晴朗起来，天空中还晃起了太阳的影子，难得这样的好天气和周末，不冷不热的、秋高气爽正适合户外活动。一大家人从不同的地点朝一个目的地进发——妥乐，这里有远近闻名的世界古银杏树群。

离妥乐还有一段距离。一阵清香扑面而来，弥漫在空气中令人沉醉、心旷神怡。难道是天女散花散发的香味？我们好像走进了妙不可言的仙境。我仔细辨认，不是桂花香。到底是什么香味呢？我们好奇地往前走着，走着……

古银杏！一棵高大粗壮茂盛的银杏树迎面而来，就像是一个热情洋溢的巨人张开了巨大的怀抱欢迎我们的到来，香味原来是从古银杏树群里飘逸出来。我们被他伟岸高大的身躯所震撼，被他热情宽阔的胸怀所溶化，英姿飒爽、英俊伟岸就像那梦中的白马王子让我们屏住呼吸、不知所措。

远处的另一棵银杏树上有人在打银杏（白果）。一直以为这白果从树上摘下来就是灰白色硬壳的果实，今天才看见白果从树上打下来是黄颜色的，像黄色的杏子，外面包裹着一层柔软的黄色的皮，只是没有杏子大。这层皮要用手剥掉，再用水将核冲洗干净，然后放在太阳底下晒干，最后才是我们看见的米白色的白果。在剥白果时，皮肤敏感的会生“白果疮”呢！这美味可口还可入药的米白色的白果，不仅是几百年、上千年古银杏的结晶，也是艰辛劳动的成果。

我们怀着虔诚、好奇的心情漫步在树群里，看着那些古朴沧桑却郁郁苍苍的古树就像一群远古的使者在向我们颔首问好，古老的石拱小桥依然静静地卧在千年古银杏之间，就像那梦中的虹桥依然款款深情牵动着每一根神经，触动我的思绪，似曾相识的场景恍如梦里。古朴、灵秀、安静、从容，不知她静卧了多少年，有多少代人、多少猪马牛羊鸡狗从她身上走过，她承受了多少重负，看过了多少花开花落、叶青叶黄叶落。清澈的溪水从她的身下流趟，流走了多少欢乐、哀伤和无声无息的时光。古老的渠道、流动的溪水，不知承载了多少代人的欢乐和梦想，就像一首古老的诗歌让我们静静回想凝望。

对面那红色的房子、红色的砖墙里，有多少人在对着沉默不语的塑像虔诚的祷告。这连名字都与众不同的"西来寺"，始建于1632年，位于妥乐古村寨对面的山腰上，坐东朝西，寺院占地600多平方米，为一组四合院建筑，和水塘丹霞山的护国寺并称古盘州两大名寺，与妥乐古村寨和古银杏林隔河相望，这是一座最美山水、最美树林、最美村寨的寺庙。怪不得连那古老茂盛的千年古银杏也"千枝朝佛"，是那样的虔诚恭敬。千枝朝佛的树龄800多年，树高13米，冠幅132平方米，胸径80厘米，令人奇怪的是此树左侧寸枝不生，右侧则枝叶繁茂并竞相生长向对面山头的西来神寺，给人树怀佛心，虔心事佛之感。连树都这么充满虔诚和灵性，让人叹服！还有那棵号称美发王的千年古银杏，就像那忠义英勇的美男子关公，那俊朗的面容，那挺拔潇洒的身姿、让人眼前一亮，为之动容，让人联想起三国时期面如枣色骁勇善战忠义贤良的关羽。那些数不胜数的千年古银杏就像一群远古的贤德圣人、忠义之士、睿智的老人聚集在一起谈古论今、吟诗作对。那些古老树木的根系深入地底盘根错节，裸露在外的根须有些比树冠的面积还要大，形成一级级的阶梯，似乎好让人顺着它生长的轨迹去探寻它生机勃勃、千年不老的秘密。

大部分的古银杏都靠近房屋生长，几乎所有的古银杏都和村寨相拥相依，融为一体，那些古银杏树和村民、各种动物、植物形影相依，连那口古井还以不变的姿势静躺在那里，年年如此、天天如一，热情不减当年，一直默默地隐藏在山壁里，只露出两只清澈明亮的眼睛，深情地凝望着和她形影相依的古银杏林，汩汩流出甘洌的清泉滋润大地万物、荡涤人们的心灵，似乎在向我们诉说那古银杏的千年风云、古老传奇、历尽风霜的沧桑和美丽。

我俯下身去，掬一口在嘴里还是那样甘甜清新。

郁郁葱葱、生机勃勃的千年古银杏、古老的寺庙、安静的村落、质朴的村民、古朴的民风，相依相偎融为一体，就像一幅幅美妙温馨的图画，一个世外桃源让人流连忘返，不忍离去。让我们不由自主地驻足，停留，低首，安静下来和大自然相融交流，让漂泊迷失在钢筋水泥喧嚣繁杂的心回归最原始的森林，还原心儿最温柔、敏锐、善感、淳厚、单纯的活力，让心儿尽情地释放，感受这无边的美景和无穷的魅力、神韵，沉醉在这无边无际、活色生香、古朴厚重、郁郁苍苍的古老传奇。

它的美不仅是外表可见的美丽风景，更是那千年的古韵和神韵，已融入每一片枝叶；融进每一丝空气；融入密密麻麻的根系；融进了每一寸土地。每一棵树、每一寸土地都充满了灵性，我们似乎还能听到他们的呼吸。我畅想着，在夜深人静的时候一定还能听到他们的低语。

看着这些历尽千年风霜的古树、古老风景我不忍离去，却又怕打扰了他们的生活、他们的宁静，他们的美、他们的神韵让我不由得放慢了脚步、屏住呼吸。但是，让他们安静地生长、自由自在地呼吸才是对美最好的认可和尊重，也才能让美丽得以延续和绽放，让那千年神韵源远流长、生机勃勃、生生不息……

哑巴爷爷

有一天女儿突然兴冲冲地跑来跟我说：“妈妈，我看见哑巴爷爷了，我看见哑巴爷爷在福利院门口。”“哑巴爷爷？他在哪里？”“就在福利院门口！”女儿边说边拉我去看，哦！多年没有见到的哑巴爷爷真的就在眼前，他消瘦佝偻的身体，蜷缩在有些宽大的旧中山服里，一顶深蓝色的帽子在陪伴他沐浴着暖阳，和松树皮一模一样的手背上布满了青筋，脸上的皱纹，被经年的凄风苦雨冲刷成道道沟壑，浑浊不堪的眼睛，茫然地望着远方，几年不见，他的背，已然也被岁月拉成了弯弓，他比原来更苍老了。

这位哑巴爷爷不知姓什么名什么，只是在我很小的时候就看见他了。他和我爷爷家住一条街，住在街道边的一间瓦房里，瓦房是那种木门前有一道木门槛，门的右边墙有半人高的位置伸出一个长方形的石台阶，石台阶上是一排活动的木板，白天把木板卸下来就是窗户，墙是用土和河沙筑成的土墙，是那种很老式、很典型的土木结构的瓦房。听妈妈说他们年轻时常常去河里捞河沙建房子，好多房子都是他们捞河沙建的，一切都是取之于大自然，然后又回归于大自然，哑巴爷爷家的房子一定也是他捞河沙自己建的吧！

记得小时候河里的水清澈见底，清晨常常有人到河边去挑水。当下大雨河水变浑浊时，人们就去河滩上挖一个坑，放一些河里的鹅卵石铺好，用水瓢把浑水舀干净，清水慢慢地浸出来就成了一个可以饮用的水井。哑巴爷爷家住的那条街有许多真正的水井，那条街水井多是出了名的。那里还留下一口古老的官井，已有好几百年的历史了。

哑巴爷爷家就住在离官井不远的地方，哑巴爷爷家以前有三口人，老伴是一个健康爱干净的女人，经常爱去井边洗菜、洗衣服，经常在水井边忙来忙去，家里的桌子、板凳经常抬到水井边洗得白花花的，哑巴爷爷经常和她一起在水井边洗洗刷刷的。她老伴边洗边和人拉家常，说说笑笑的。哑巴爷爷高兴地听她们说着，手不闲地做着事情，看见年纪比他大的老人来打水他抢着帮忙打水，小孩子来他也抢着帮他们打水，并噢噢噢地示意小孩们不要靠近水井，很危险！惹得那些孩子们哈哈大笑，哑巴爷爷涨红了脸却并不责怪他们，低下头来默默做事。哑巴爷爷家里收拾得井井有条，家里还有一个残疾、神精也不太正常的哑巴儿子，经常摇摇晃晃地在街上转来转去，常有一些不懂事的小孩和无聊的成年人逗他做一些荒诞怪异的举动，惹得路人哈哈大笑，但哑巴爷爷和他老伴从不介意，默默地把哑巴儿子哄回家把被弄脏的衣服换干净，看热闹的人也就无趣地散开去。后来不知什么时候哑巴爷爷的老伴和残疾的儿子相继去世，平时清贫却温暖热闹的三口之家只剩下了哑巴爷爷一个人，好多时候看见哑巴爷爷孤零零地坐在他家门前的石凳上呆呆地看着过往的行人，有时一坐就是一整天，面无表情地呆坐在门前……

我想他一定是在想他的老伴和儿子，想那些清苦却温暖的时光。家里依然收拾得干干净净，只是没有了往日的热闹和温暖。他一个人孤单单地去井边挑水、洗衣、洗菜，一个人打扫卫生，经常还见他在水井边忙来忙去，忙着帮老人、小孩打水，忙着清扫水井周围的烂菜叶、垃圾，只是他脸上的笑容少了。他家门框上面常常贴着写有清洁字样的红纸条，他家门前周围被他打扫得干干净净。后来我到了另一个城镇工作不常回去，偶尔回去路过他家门口看见厚重的木门紧闭着，整个房屋已有些倾斜，似乎一碰就会轰然倒下，就像哑巴爷爷那孤单悲苦的身影，让人不忍直面！有一面墙已经落掉许多土在地上，墙面露出坑坑洼洼的鹅卵石，就像哑巴爷爷那张历尽孤独风霜的脸，刺痛着我的心脏。门上的红色对联和福字却完好如新，却不见了哑巴爷爷那孤独的身影，不知道他去了哪里？慢慢地我已不再记起这个年迈孤独的老人……

没想到在女儿的指引下会在这儿又遇见他，我们又成了街坊。我天天路过这儿以前怎么没有看见他？可能是我一天只顾匆匆赶路，只关注一个小小的自己，而忽视了周围的一切，我为自己的狭隘而羞愧，远不如一个满怀关爱之心的小女孩。听福利院的人说，哑巴爷爷脾气很好，很和善，人勤快，爱干净，很喜欢小孩子，经常帮忙扫地带小孩，他还会经常跑去他原来住的地方，一段几十公里的路程、一个他现在不熟悉的城市，我不知他是如何从这个陌生的城市找回他的老家的？难怪他门上的对联完好如新！

家无论贫富都是我们的根，见证了我们的成长，容纳了我们的快乐和忧伤，浸满了我们的气息和亲人的味道，留下了太多的记忆和温暖。每当我烦躁不安、孤独忧伤、悲伤失意时，一回到那古老亲切的小城，走在那条熟悉的街道上，我的心情顿时变得轻松起来，这也许就是所谓的乡愁吧。也明白了哑巴爷爷为何常不辞辛劳回到他那早已无人居住的家，那里有他熟悉的亲人的味道和影子，有着太多岁月的记忆，有着他曾经的欢乐和悲伤，有着他曾经的团圆和温暖，有着他无尽的思念。他虽然不能说话，但他的心里盛满了对家乡的眷恋之情，盛满了对家温暖的记忆，家是我们一生魂牵梦萦的地方，家永远是我们梦中的天堂……

作者简介

张晓娟（1969～ ），出生于云南省昌宁县，现居昌宁县。

扣碗·老街（外1篇）

昌宁澜沧江外，有一条茶马古道荒芜后遗留下来的老街。这街中住着来自五湖四海的人，他们姓氏各异，那是上辈子的人沿着丝绸之路来到这里安了家，时至今天，这些老街中的人已经在这里扎了根，不知是谁在这老街中发明了扣碗这道饮食，还是从山外世界流传进来的，已经无从考证，只是扣碗这道美味的席上菜却一代又一代地流传下来，深受人们的喜爱。

所谓的扣碗就是小碗扣在大碗里，取去小碗留下一道圆形的菜在大碗里，这道菜里内涵了把本来不圆满的事不团圆的情变成团团圆圆，美美满满的意思，是老街人办喜事时酬谢客人的一道主菜，它代表了老街人对人生的美好愿望。

现在我只能用我最直白的方式把这道老街人做了一辈又一辈的菜，细说给朋友们听，让更多人来感受一番昌宁酒乡苟街古老的情趣。扣碗是由三道菜组成的，分别是蛋包圆、炸肉、千张。它们如何得名我无法知道，做扣碗的过程算不上神秘但工序是有些复杂，还有就是需要最好的猪肉和调料。

老街人办喜事是要热闹上三四天的，第一天是自愿来帮忙的人相继到来，俗称为“拢相帮”。第二天才是正客也就是办喜事的高潮，扣碗这道菜也只能在这一天才能上桌，好客的老街人总是多备几桌扣碗，剩余的总拿来酬谢帮忙的人。老街人办喜事个个都热情主动，洗洗刷刷把生活料理得井井有条，忙而不乱。扣碗就在老街女人的精心制作中成了美味佳肴。

首先是做蛋包圆。阿妹阿嫂或者婶婶老大妈们其间还有爱哭爱闹的小孩子。这样年龄各异的女人围坐在烧至通红的腊炭火盆边。说说笑笑就开始做蛋皮，我们称它为“炼蛋皮”。首先用新鲜的土鸡蛋，一个一个地打在盆里，装上适量的盐。用一大把筷子拼拢快速地调匀蛋白和蛋黄，直到蛋白与蛋黄完全相溶；做多少蛋皮要看主家客人的多少酌情增减。调好蛋清勤快的姑娘就会捧出一大捆小吕勺子（盛饭用的那种小勺子）再备上一大碗切成小块的猪板油。等这些小勺子嵌在火上烤热，用筷子夹一块猪油抹擦勺底，让勺子热度到能溶化猪油的程度就伸到蛋清盆里，由打蛋清的小孩或婶子打一大勺蛋清分别倒进伸来的热勺子里，握勺子的人轻轻摇晃勺里的蛋清，让它们在勺面上形成薄薄的蛋皮，再把来不及成皮的多余蛋清倒回盆内。随即就把贴着蛋皮的勺子拿到炭火上再烤，烤至八成干了用筷子轻轻一扒，一张圆圆的，软软的，油渍渍的蛋皮就从勺子里落了下来，落到备好的大盆里，再由大妈们整理成一叠一叠的，十六个为一叠，也就是十六个蛋皮一个碗，手脚麻利的姑娘嫂子们每人三四把勺子交替着烤，不用几个小时的工夫就把几百张蛋皮弄好了。

蛋皮做好厨子们就会端上一大盆剁得非常细碎的上好猪瘦肉，这瘦肉里加了盐加了草果粉和香料。巧手的姑娘把蛋皮放在手心里肉泥放在蛋皮的中心，然后轻轻把蛋皮对折叠整齐；捏平包了肉泥的部分，捏成半个弯月亮的样子.依次包完这些蛋皮和瘦肉，用一点菜油抹在碗底（起到掀小碗时蛋皮不粘碗底的作用），就能把这些金色的半个月亮背靠着背密密地排码在碗里。这碗里不满的空间是用来装绿冬瓜或莴笋的。这种做蛋包圆底子的冬瓜小块是要在肉汤里煮至八成熟，放足调料还要保持鲜绿的蔬菜来充当。最后一道工序就是把这些放好的小碗装到蒸笼上蒸熟了。出笼之后把这小碗连同冬瓜一起倒扣在大碗里；加上一大勺掺了姜未葱花的骨头汤就可以上桌了，挑破圆圆的蛋圆子就会露出绿绿的蔬菜底子，又美观又好吃，小孩子们特别喜爱这道色美味好的菜。

说起做鲊肉，先选薄一点的带皮肥猪肉，煮熟切成薄薄的长方形小块备用；倒出炒得黄黄的鲊面，鲜面是由三分之二的大米面掺上三分之一的糯米粉制成的。然后在鲊面里掺上熬得很浓的骨头汤：拌得不能过湿，要掌握在捏起来能成团，放下去就会散开的那种湿度。这道菜还要加上用菜油炒得透熟的红薯小方块拌入调湿了的面里，加上茴香粉、草果粉，放上少量的盐，再加上切好的肥肉片；用手捏捏拌拌让面均匀地沾到肥肉片上：以做蛋包圆的方法从面里拣出沾了面的肉片，十六片一扎让它们皮贴碗底整齐排放，碗里自然空出一个不满的空间，这空出的部分是用来装鲊面的。把面放到与小碗超出一寸左右．因为面熟了会缩了些。蒸熟了轻轻把小碗倒扣在大碗里，鲊肉就做成了。有人爱吃带点甜带点润滑的鲊面；有人则爱吃沾了酢面的肥肉，这肉片有点腻但腻得恰到好处，味道很特别。在餐桌上人们各取所喜，凡遇办喜事主人总会多备些红薯多备些酢面。把拣了肉片的酢面剩下一大盆，蒸熟了客人们可以随意吃也可以随意带走，带给亲朋好友们品尝这道菜在古老的肴街就像小孩子的零食，可以用手抓来捧着吃，也可以用袋子装了带走。这菜不仅风味独特，还是主人对客人的一番谢意，更是走串亲戚时孩子老人们喜欢的礼物。

最后就是做千张肉了。做这道菜需要上好的三线猪肉。切成大块大块的煮熟，然后在这些肉皮上抹一点腊蜜和米酒汁，再把这些抹好蜂蜜和酒汁的猪肉块皮朝锅底放到油锅里，把皮儿炸黄炸酥后放到冷水里凉透。这凉了的肉就成了酱油一样的颜色。把这酱黄色的大块肉改切成小方块，跟做鲊肉一样十六片贴碗底排码好。这不满的空间不是用红薯填了，而是用腌菜填的。这腌菜是有讲究的，要腌制很好的优质腌菜，不能有一丁点的异味，在腌菜里加上姜未、酱油、蒜仁、味精、草果粉和胡椒粉拌均匀后加满碗口：这道菜扣出来黄澄澄的，用蜂蜜米酒汁渍过的用辣油炸过的皮蒸出来又酥又软口感非常好。这样的肉块略带点酸。吃过很腻的红烧肉再尝一口调得很可口的腌菜，那才是一种荤素交替的美好感觉。就连怕胖的花季少女也忍不住要挑几片千张入口。

这就是老街人办喜事的主菜。没有了这三道菜就少了喜气；没有了这三道菜就不成圆满的一桌；这扣碗，这美丽美味的扣碗；圆了江东老街人的心愿；愿这道菜如人愿，一切都圆圆满满。

穿行在我命脉里的人

我命里有过许多的人，亲人，朋友，还有一些随缘而来与我萍水相逢的人。

——题记

疼在心里的那个女人

我要说的这个女人从我能记事时就入住我的心土里，直到我也做了女人做了母亲，四十年沧桑岁月流过也不曾更改。我苦命而美丽的女人啊！

我心中的女人生在旧社会是裹脚老太太的小女儿。她在中华人民共和国成立前期受过很好的教育，是那种穿当年流行的姊妹装（用布纽扣的那种对襟衣衫）的女孩。青春年少时女人也有过美好的爱情，许多男孩爱过她，只是等到她要婚嫁的年龄就遇上了家庭成分高于一切的时代。那些日子，爱情的分量实在抵不过根红苗正的阶级理念，多少情爱中的男男女女就这样痛失心爱的人，顺应了时代留给人的无奈和抉择……

20世纪60年代，女人也出嫁了。我无法追问她是否拥有爱情，只是我隐约知道，女人自从嫁了人就只会埋头做农活，低头默默辜负着她的美丽，她的素养，甚至是她能写的那一手娟秀柔美的文字。在我的印象里，她终日穿着古老的彝族服装，不分昼夜地奔走在山地与田坝之间，哪里有女人铲挖土地的声音哪里就有我的哭声。黄昏，那一丘丘田埂浸在冰冷的晚风里，就连最后一只鸟儿也都归家了，队长此时走过来问："老妹，你还要铲几个大埂？"那不知死活的女人一口气数了十几个埂子，为了一分工分（大集体按劳分配时记的一种分数）多铲一丘田埂，女人无视我的饥渴我的存在，忽略我撕心裂肺的哭喊，以致这种夜风里发出的铲挖土地的咔嚓声一直阴魂不散地跟着我，年年月月地震彻着我的心谷。

女人嫁在大家庭里，是四个儿子中最小儿子的媳妇。老太太对小儿子的爱很特别很专横，决不能把儿子的爱平分一丝一毫！于是，两个女人之间有缝隙，而我就是夹在这道缝隙里的人。老女人说："女人不够孝顺，生气！"小女人说："老女人古板，俗气！"老女人时常煎了油饼趁女人还没下工之际让我吃下去，吃下去一定要吃得堂姐那么胖；小女人也时常在老女人睡熟的深夜煎黄了鸡蛋，叫我咽下去，咽下去一定要快快长大。而我在两个女人的威逼下总也长不大，最后竟然只长到妹妹的肩膀高就不再长大，真恨这两个拼了命一样的女人！有些时候我觉得小女人很傻，女人下早工做饭时，老女人在漆黑的里屋用大铁勺在还有大半截猪油的罐口沙沙地来回刮着，告诉女人油没了。女人烧了一小团盐巴丢到青菜汤里拌着玉米饭吃了，没事一般上工去了。女人的娘家送来蜂蜜让我端给老女人，老女人说："虚情假意，不吃。"老女人蒸了麦面包子让我送给女人，女人说："黄鼠狼给鸡拜年，不吃。"我不能违抗老女人，也不想背叛小女人，哎，这两个折磨人的女人啊！

女人背地里告诉我，我们家庭成分不好完全是因为老女人不懂政策，中华人民共和国成立初期人们纷纷变卖田地，而老女人却为她的四个儿子买进了一大片田地，于是一大家族就被评为富农，以致我的堂哥们上小学时没有资格戴红领巾，也牵连到我和堂姐放猪，一天中午贪玩的姊妹两丢了猪群吃了几口集体的豌豆，被社里的老伯狠狠骂了一顿。

我的女人时常被人欺负，总也是在六月炎热的薅秧田边，我的五妈总是不知什么原因骂我的女人，而女人总是不发一言，到了第二天中午五妈的饭盒里有几片薄薄的腊肉，五妈问我吃不吃？我为女人抱不平狠狠直瞪五妈，而女人硬是逼着我吃下了五妈的腊肉，还一脸微笑地让我谢谢五妈，那时我想女人真是没骨气！这份委屈还算轻的，我本家大妈在烈日下割树叶子大概是累疯了，跑来说是女人偷了她割的叶子，天啊，女人和堂嫂一直都是骑在一棵老树上割叶，她们割了一把就丢给树下的我，难道女人有分身术让另一半去偷她的树叶子吗？我真想女人会申辩或者狠狠骂她，更痛快的是把手里的镰刀直接扔向发癫的泼妇！然而，女人什么都没有说，只是默默地割着叶子。多年以后我对女人的沉默有了很深的理解，在那年那月申辩与挣扎，或者诉说都是徒劳的，只有默默承受才是最好的生存。

女人身边的嫂子妹子们纷争着、喧闹着撒了一地的风流韵事，而身边泼妇怨娘们无法懂的她却能懂，她知道三字经、熟识人情伦理，会解大侄儿课本上的方程式，她总在背地里说："骂，就让她们骂吧；做，我一定要做赢的。"所以女人自留地的玉米棒子总是比别人家的长，女人菜园里的瓜果总是比别人家的肥，年终的工分册子女人的总要比别人的厚实，然而这一切女人都埋着，埋在她的不言不语里面。

三十六岁那一年，女人走了。因为多次流产，也许是贫血过度，那时的大山寨什么医疗条件都没有，大队医疗点能买到几片安乃近、注射几针庆大霉素就是最好的治疗了。我想我的女人不是死于疾病，而是死于无方无药的落后时代。

这个女人就是我的生母，给了我生命的那个女人！许多许多年我的眼里没有她，甚至我的脑海里也找不到她的影子。可是，她却一直在我的心底，一直让我疼，一直、一直地让我疼……

长大不由我的那个人

俗话说："儿大不由娘。"我的儿子就是这样，在我儿子很小的时候，猛然的一天会叫我："妈妈！"又在突然的一天有了数字意识，看着我买回来的酸奶说："哦，妈妈，是两瓶啊！"那份高兴的模样让人又怜又爱……

儿子三岁时，我在河边种菜。烈日炎炎的也没有一棵遮阳的树；每一天儿子都会在田边玩得像个泥巴人，等我种完那一丘菜，才发现儿子被晒得漆黑，有一天洗去儿子脸上的尘土时，发现儿子的脑瓜皮都被太阳晒裂了，细细碎碎的横七竖八的，用手轻轻抚摸一下，儿子竟咯咯地笑了起来，不说疼也不喊痛。

我儿子上一年级时，有一天晚自习回家，大冬天的风风火火地闯进家门，挂着一脸兴奋的笑；仔细一看我那才六岁的儿子竟用一根铁丝斜背着一大捆干树苗。解下树苗儿神秘地对我说："妈妈，我发财了！你看这些树苗都还活着呢，别人以为它们死了丢在路边不要了，我捡回来了。"他边说边用小手指甲掐开干瘪的树枝皮，露出一层绿绿的树芯子。我也跟着兴奋起来，我们等不得天亮立马就把它们栽在院角，浇上水才放心地睡觉。过了十几天一排小树都泛了绿意冒出星星点点的芽苞，春天来了叶芽都散开了怒放成一排绿生生的冬青树。

那排院角的冬青树四季常青，我们一家人快乐地给它们修枝剪叶，就因为儿子那一句"我发财了"的话！我们戏称它们是儿子的"发财树"。

我家院里种了许多花花草草，随着季节上演着一茬接着一茬的繁华。大部分的花草都是儿子捡回来或是到山林里找来的，儿子捡回来的这些绿色生命我们一直都舍不得碰，小心地呵护着，砌围墙的时候也是千叮万嘱师傅不能碰坏儿子的宝贝。那份真心亦如呵护幼小时的儿子。

从儿子上学开始我对他说得最多的一句话就是："哎，走边边，一定要走公路的边边。"儿子的回答总也没变："嗯，好啊！"儿子上高中那天，我和儿子一起走在大街上，我又习惯性地对儿子来了一句："喂，走边边啊。"这一次儿子突然放声大笑起来，那笑声里明明是："我长大了，我长大了，不要说这句话了。"然而，儿子一定不明白天下父母心是收不住这份叮咛的！

去年夏天下着很大的雨，我坐下来点开已经看了无数遍的《士兵突击》，想在阴雨绵绵的日子再看一遍。儿子和他的同学就在身边玩游戏，儿子的同学看到我的屏幕随口说："这部电视剧早就播过了。"我儿子悄声对同学说："不用理会我妈妈，她一直不太正常。"敢情我在儿子的心里竟是一个有点神经、不太正常的人，我装聋作哑地看着儿子，而顽皮的儿子一脸笑意地加上一句："实话实说的，妈妈。"儿子一天天长大，时不时地冒出许多想法和妙论，总是弄得我措手不及云里雾里不知该怎么说才好呢！

儿子常常是以乖孩子的面貌出现在我的面前。偶尔遇到老师总忍不住问一下儿子的情况，老师说："你儿子一般情况都非常可爱，而有些时候却被他气得只想打他。"因为同学们都在做早操，而我的儿子却还在耷拉着衣裳揉着眼睛慢慢走出来。更过分的是，在中考英语时的最后五分钟，静静的考场就差我儿子一人了，监考老师最后通报假如儿子再不来就取消他的考试资格。当同学找到他时我儿子却还在宿舍里大睡特睡呢！这一些事我一直不曾知晓，假期里同学取笑他时我才知道的，而此时儿子刚刚读完了高一。

就在同学和儿子的相互取笑与诉说之间，儿子的小错误小缺点总是不小心地窜了出来，我也才知晓儿子曾经有过的那些可笑可气的往事。有个周末儿子回家，一大群孩子就坐在我们院落的葡萄树下，七嘴八舌地谈论着校园里的趣事，儿子冲口就说："上数学课的时候我忍不住看了一页《读者》，结果站着听了一个星期的数学课。"我正想说是活该！想不到儿子接着又说，"有一天班主任上语文时，我实在忍不住睡着了，老师气不过赶我出教室。"我听了也气不过猛然地站起来走了出去，儿子哈哈笑着顿时没有了下文。也只有我知道儿子的这些小情节还将继续延长，因为知儿也莫过于娘啊。

突然有一天儿子打电话来说："妈妈，我要学画画，钱交了、画纸笔都买来了。"等他周末回家我装着一脸茫然地问儿子，你会画几棵树、描几根草以后要做什么呀？儿子自信地回答："做园艺啊。""哦，帮人家编篱笆啊！"我恍然大悟地叫了起来，儿子也马上装出欲哭的样子："妈妈，真不懂还是假不懂啊！"又一天儿子再次来电话说："妈妈，我改读文科，已经报了，书也订了。"从小学到初中，语文一直是儿子的难题，我从来没有见过他一篇完整的作文，也没见过儿子一页清秀工整的作业，写字马虎又贪玩的儿子却坚定不移地要读文科。儿子长大了能由我吗？他不再问：“妈妈，我能怎样？”而是变成：“妈妈，我要怎样。”

我每次出远门儿子最担心的就是怕我给他买衣服，出门时要再三说：“妈妈，衣服一定不要买，一定不要买！”甚至还要打电话时再说一遍：“妈妈，买一点好吃的就好了，衣服就不买了。”假如我忍不住给他买回来一两件衣服，他就会笑眯眯地说：“妈妈，你穿吧，你穿着好看呢！”那份爱不着的表情就写在脸上，我儿子从懂事开始就自己买衣服，他爱上的衣服就缠着我一定要买，我一直记得有一年冬天下了很大的白霜，凌晨六点上学的儿子不肯穿厚厚的棉裤，他一定要穿宽大招风的大短裤。拗不过我儿子大哭起来，我被闹得心烦就气呼呼地说：“随你吧。”儿子破涕而笑立刻穿上短裤，裸露着两个小腿高兴地上学去了。许多许多次送儿子上学，我们娘俩不知何时互换了角色，不是我在叮嘱儿子，而是儿子一遍遍地嘱咐我：“妈妈，没什么重要的事，你不要打电话给门卫叔叔，又让门卫叔叔来找老师，老师又来找我，妈妈，你不知道这样要麻烦多少人啊？还有，妈妈你千万不要趁我不注意时在我包里塞吃的东西，我真的不要。”妈妈不要这样，妈妈不要那样，儿子说个不停。我竟然也傻了一般向儿子保证：“好，好！下次不这样啦。”

“儿大不由娘。”是谁说的？她一定是有缘遇到了像我儿子一样的孩子，要不然她说不出这句话。

决定我命运的那些人

我生母的离开，调皮捣蛋的我变了，我变得胆小如鼠，我变得不敢说话。或者可以说，我从此就怕了一切的事，一切的人。见了生人就会躲，只要老师提问就要哭……

读小学时老师从来没有骂过我。因为老师瞧我一眼我就哭了。当时老师一定是被我吓着了，对我只好轻语轻声的，那时周围的人都说我是眼皮很薄的女孩。

升上初一，有一天早上老师在黑板上讲解方程式，提问用到的公式，老师叫了我的名字，我站起来回答。因为我的声音很小，说了三遍老师都听不清楚，老师突然就暴怒起来："你给我大声回答问题，说得细如蚊声哪个听得见？假如下次再这样，你不要听我的课，我会让你滚出教室！"平生第一次被人狠骂一顿，我呆站着竟动不得了。我忘了那天早上我哭了还是没哭？我只知道那天早上老师天翻地覆一般骂醒了我，我再也不敢小声说话，拼着命大声大声地讲话。时时说我喃喃自语的女友忍不住笑话了我好多年。

如今，我的老师已经两鬓斑白，我也人到中年，我一直认为是老师的那顿大骂帮了我，我才能一生放开心情微笑，才能对喜欢的事、喜欢的人滔滔不绝地诉说着……

我很想说的是我的班主任张国君老师，我是老师教书生涯的第一班学生。当时老师刚从学校毕业，也只是比我们大不了几岁的大男孩罢了。我很喜欢老师讲的语文课，那时只要同学去问老师作业，我就一定要跟着去，趁他们问作业的时候快速地浏览一下老师案头大本大本的文学书目，那些书我从来没有见过爱得不得了，我毕业之后偶尔有一次又回到学校，已成师母豁达得有点过分的女友对我说："你爱看书，趁你们张老师不在，你爱哪一本就赶快拿吧。"我笑了起来，师母哪里知道，对文学有着很深造诣的老师一定也很爱那些书，假如我拿了，老师回家时一定要像找孩子一样找它们的!

当时在我们班里，我绝对不是老师看好的学生。然而，在我的人生旅途里，老师又是或远或近地鼓励着我的人，给我一份抉择的人。

我毕业回到家里，一直是放牛、割草、挖草药，满箐满山地跑，把我最最年轻的青春年华都挥霍在那撮闭塞的小小山寨里。我不知天高地厚地乐呵呵地熬到二十五岁，我猛然地彷徨在失恋、失业又极度失意的深渊里，我甚至想过："干脆离开，不再痛苦！"实在想不通的时候我给张老师写了一封信，老师当年在保山党校进修，是他的一句话救了我，他对我说："经过了那么多的纷杂和努力，你拥有现在的痛苦也不容易了。"老师的话竟如雨后阳光，温暖了我。那段寒冷的日子我就拥着这句话取暖，走过了我人生里最困惑的那道坎。

十八年前，在县城老同学开的服装店里，我的老同学说："嫁了吧，嫁远一些。你的爱情好浪漫啊。"而张老师在旁边随意地递过来一句："哎呀，你不要跑那么远，跑那么远做什么？"而我也就莫名地安定了下来，留下来回到故乡乖乖地嫁了人，做了母亲、做了裹在农事里的那个农妇。我对当年的选择没有一点遗憾，因为无论远近什么样的年龄就应该完成什么样的人生旅途，漂泊的心空才会得到充实。就像杨明军老师说的："先把自己安顿好，选择好好生活然后才能做自己喜欢的事。"老师们的话对我的一生受益不浅啊！

这些年我和我的老师们各奔各的生计，不常联系也来不及联系，只是又在偶尔的一年夏天，与我的张老师相遇，见到老师的名字就忍不住打一个电话过去，在拥挤的人群里我们师徒也会选择在一张桌子上吃饭，就在吃着饭的空隙里说说家常话，说得最多的是："故乡老家的烤烟长势如何？核桃结不结果？"再说一说："故乡的老人和孩子、亲人和朋友，相互传递一下故乡的变迁和家乡人的近况。"看似情分不深，平平常常的样子。而只有我才知道老师一直是走在我命脉里的人，给了我许多鼓励的那个人！

作者简介

刘元鑫，出生于云南省红河州，现居深圳市。

多头羊（外2篇）

听一位朋友说，她曾与两位家庭主妇一起在菜场买到过半只多头羊。

听着就让人纳闷，一只羊也就一个头，半只羊如何长得几个头？除非是怪胎。若真是多头怪胎，早就被科研机构调走或是被马戏班的人带走了，哪里落得到那几个平民妇人的手里？再继续听下去，终于知道了多头羊的来历。

那是秋冬季节，正是进补的好时机，现代人讲究食疗和保养，一年四季的饮食都春、夏、秋、冬地各有一套，秋冬进补以狗羊为首选，那三个妇人相约到菜场去买羊肉，又合计好了一起称半只羊，回家后再进行分割。绕着肉贩摊挨个瞧了一遍，终于选中了半只被开了膛躺在案板上的白皮红肉的羊，怕羊老板短斤缺两，三人六眼目不转睛地盯住称台，羊老板嘴里不停地“阿姨放心”，手法麻利地将半只羊卷成肉筒放进秤盘，又神速将秤砣赶到位，三个妇人查验无误，羊老板三下五除二，眨眼工夫把称盘中的羊肉筒倒进黑色大胶袋，笑嘻嘻地递过去，妇人们接过沉甸甸的胶袋，之后是给钱，走人。回到家里，三个妇人准备对那半只羊进行分割，三人合力把沉甸甸的袋子倒提起来，咚隆咕噜，滚出四个五官齐全毛发无损的黑羊头，而且都死不瞑目地瞪着白眼儿，像是来索命的，三个妇人吓了几跳，叽里呱啦一阵后才反应过来；那羊老板不仅没有短斤缺两，而且还“重重有赏”，她们不仅花钱买回了半只羊，也花钱买回了可能与半只羊重是相等或是比半只羊还要重的四个黑羊头。那羊老板是如何将四个黑羊头变进袋子里的？妇人自我检讨了半天也不认为自己的眼睛犯了错，怎么想也不得明白，只好一致通过关于推举羊老板为世界顶级魔术大师的议案，接下来是你一个我一个地把羊头滚来滚去，面对多出来的那一个不知如何处理，只好由得它在地板上自由滚动，滚到谁的脚边就跟谁回家，最终还是我那位倒霉的朋友多领了一个羊头回家。

在同情三位妇人的同时也痛恨那“头入”高手。三位妇人合资购羊为的是还个便宜价，以图节省开支，其勤俭美德自然可颂，但最终花出去的钱却比原想省下来的还要多，面对狡猾的对手却束手无策。在此给善良的人们提个醒，在你制定购物消费计划时千万要提高警惕，当心自己被别人给“计划”了进去。

夕阳无限好

——与洛宾老人共舞

每次听到“在遥远的地方”，我就想起那位给世人留下许多传说的充满神秘色彩的老人。

我与洛宾老人相识共舞是在一九九三年二月，他应邀到台北去讲学，路经深圳小住几天，并看望一些朋友，我友杨天晴正是洛宾老人挚友的女儿，我跟在杨大姐的屁股后面见到了王洛宾。

王老说这次是民间私人行动，不愿让媒体跟踪，所以，我到深圳来是“打枪的不要，悄悄地”。因为是悄悄地，我们与王老见面的地方就选在一套静逸又散发着幽香的女韵十足的房舍里，这是我另一位挚友李小英女士的寓居。那天，在这所平时有点静得过头的房舍里跳动着许多精灵。

洛宾老先生个高、额头也高，老花镜片挡不住他炯烁的目光，灰白的胡须藏着他大悲大喜的人生经历，他微笑着站在我们对面，他站在那里，气宇不凡，好像一座山，他的五官十分端正，且有东方人少有的雕塑感，我甚至推断老人家年轻时定是一位美男子。终于见到他，我仿佛在看一幅又老又旧的名画。

“在那遥远的地方”“半个月亮爬上来”“可爱的一朵玫瑰花”“在银色月光下”……这些传世名歌曾使幼小的我强烈地感受到艺术的巨大魅力，没想到此时，为这些歌曲付出终身幸福而遭受巨大苦难的老人就与我对面而坐。在他与大家交谈的时候，我静静地感受那颗背负着太多苦难同时又满载更多希望的心。

能与洛宾老人在一起，自然使我们欢喜，我们不想浪费与这位艺术大师在一起的时光，我立即调整自己的情绪，不再为老先生坎坷的命运而感叹。走到钢琴前，我弹奏起那首大家十分熟悉的旋律，“在那遥远的地方，有位好姑娘……”，王老动情地唱起他的传世经典，那首有中国人的地方就有人演唱、有中国人的地方就能够听到的不朽名作。我们随王老的歌声走进他的艺术世界，他用依然灵活的十指在钢琴上敲击着、忘我地唱着，深醉在斟满音乐的酒杯里，仿佛在艺术的世界里他从来就未曾长大过，更永远不会有衰老。我们被他的激情所感染，与他一起唱着他的歌，一首接一首，我们的生命被他牵着走。老先生越唱越起劲，我们也你晃脑袋我耸肩地越发活跃，老先生弹奏出一首我们从来未听过的旋律，这是他创作的未经公开发表的作品，是一首男女声表演唱，歌中表现的是爷爷和孙女去赶“巴扎尔”（集市）时的情境；淘气的孙女向爷爷索要许多东西，爷爷一一给予满足，最后孙女还要英俊的小伙子，爷爷大呼不得了："多少钱买小伙子也买不到。"之后拉着孙女回家了。这是一首十分诙谐风趣的歌曲，王老一句句地教我们演唱，然后邀我与他一同表演，我们便在厅里跳了起来，王老的动作非常灵活与协调，而且独具新疆舞蹈特有的韵味，我们时而行进，时而交错，时而对舞，时而旋转……我们彼此配合得十分默契，把歌中爷爷和孙女那一老一少的形象活脱脱地展示出来。一遍又一遍，我们尽情地唱啊、跳啊，整个房舍里溢满了欢乐的艺术激情，在每个人心里流动着，在每一根血管里沸腾着，我根本就忘记了身边的这位艺术家已是年过八旬的老人，我突然有一种热爱生命的冲动，我想拥抱他，那位尽情享受阳光和坦然面对风雨的老人，不，那不只是一个人，那是一份生命，那是一种精神。

我们继续"爷爷呀""孙女呀"地唱着，丝毫没有在意悄然而逝的时间，直到小英姐把热腾腾的汤圆摆在桌面时，我才意识到该让王老休息了，王老满面红光意犹未尽，若不是我们执意要让他休息，他一定还要唱下去、跳下去，一直陶醉在自己的艺术世界里。

快乐在时间面前永远是输家，我们不得不和王老告别了，临别时王老还与我约定等他一百岁生日那天我们再一起共舞，我还演孙女，他还演爷爷，我被他热爱生活的挚热所打动，眼里含着泪水目送他远去。

告别了王老，我的心久未平静，这位热爱生活又命运多舛的艺术家在经历了太多苦难之后终于迎来了火红的晚霞，正如一首歌中所唱到的："最美不过夕阳红，温馨又从容，夕阳是迟到的爱，夕阳是陈年的酒……"他有权力去享受生活，因为他用生命歌唱生活，我们每一个心地善良的人都应该为他祝福。

与洛宾老人相识共舞的那一日将永远不会变老。那以后的日子里，每每从新闻媒介知道有关他老人家的行踪和情况，我都会在心里又一次地祝福他，我相信他真的能活到一百岁，我一直等待与他再次共舞的日子。

仅用悲伤和惋惜不足以说明我对洛宾老人的谢世所产生的心情。他充满信心地活着，他一样充满信心地离去。在夕阳中，他生命里最后的那一片厚厚的、浓重的红色是那么强烈地感染着我、震撼着我，我感觉他一直活着，活在夕阳那浓重的红色里，与他的艺术在一起，他将是永恒的，因为艺术是永恒的。

我又听到“在那遥远的地方”，我又想起那位来自遥远的地方的老人……

母 亲

母亲生长在穷困贫瘠的彝山，吃苦耐劳是她最令我感动的品格。

母亲十六岁那年，民族土改工作队进驻彝山，帮助彝族同胞进行土地改革，母亲在姐妹们中间是个小头目，自然是民族工作队接近和发展的对象，怀着好奇和兴奋的心情，母亲先是和工作队接近，后来就为工作队做些小事，几个月下来，母亲成了汉彝对话的翻译，也成了村里的青年委员会委员，工作队离开村子的那天，母亲悄悄地跟随工作队离开了村子，但三个月以后，母亲被外婆的亲信给“押”了回来，已经见过大世面的母亲虽然被“押”回山寨，心却不安分了，她向往有意义的工作，她向往精彩的生活。因为有美好的信念，母亲边陪外婆做农活边充满信心地等待时机，终于，几个月后，民族工作队又来了，这一次母亲除了继续为工作队做事外又积极地做着准备，在工作队再次离开村子的那天，母亲又一次悄悄地跟着队伍走了，这以后，母亲正式加入了民族工作队。在工作队里，母亲慢慢地成长起来，这以后，外婆再也没有派人来“抓”母亲。若干年后，母亲带着父亲和我的姐姐哥哥回去看望外公外婆。若干年后，外公外婆说当年母亲选择的路是对的。

刚参加工作时，母亲不懂汉字，和许多不识字的人一起到扫盲班去学习，短期的培训使母亲掌握了基本的文化知识，凭着刻苦和努力，母亲又学会了计算法，在土改工作结束后，母亲被安排到银行去工作，后来又调到歌舞团任会计，再到教研室任会计，几十年里，母亲一直与数字打交道，我佩服母亲对数字的记忆和冷静，而我，看4位以上的数就会眼花，三位以上的数相加就会把我搞得头昏脑涨，在这方面，再给我十辈子，恐怕我也不及我的母亲。

母亲生我们三个儿女，无条件地把母爱给了我们，从幼年到童年、从童年到少年、从少年到青年、从青年到成年，再到哥哥姐姐都做了父母，几十年的岁月中，母亲的手从纤细到粗糙，母亲的背从挺立到佝偻，母亲的脸从白皙光亮到满面皱斑，母亲的头发从乌黑浓密到白发稀苍，母亲从年轻灵秀的女子变成体臃行缓的老太，唯一不变的是母爱。无法计算母亲为我们烧过多少顿香甜的饭菜，无法计算母亲为我们搓洗过多少件衣服，无法计算母亲为我们忍受过多少辛酸，更无法计算母亲的爱有多少斤两，面对母爱，我们用尽一生的时间也无法回报。

记得那年，我偷偷地逃离父母和家乡，我无知地在外面的世界里闯荡，在近两年的时间里我与家里断绝了联系，我忘了想家。母亲孤身一人到远离家乡的城市去找我，她四处打探我的消息，甚至许多天连续到我曾居住过的地方久久地站立，希望遇到她日夜牵挂的女儿，就在那几天，有一次我乘车路过曾经居住的地方，我在车上突然看到立在风中的母亲，我惊呆了，待我证实那确实是母亲的时候，汽车已经驶过那条大道，我最终没有勇气跳下车去扑进母亲怀里喊一声“妈妈”，因为我一事无成，因为我一无所有，加之我遍体鳞伤，我无颜面对我的母亲，我不能再令她伤心。几个月后，我还是拖着重创的身心回到家乡，母亲敞开从未对我关闭的胸怀接纳我回家疗伤，她不问我在外面的遭遇，她不提我令她伤心的往事，她甚至不说一句责怪的话，她安静地用母爱守护着我这个不懂事的女儿。又过了一年，我不安分的心又开始躁动起来，我悄悄告诉母亲我想到更远更大的地方去闯一闯，母亲拿出自己仅有的千余元积蓄递到我手里，然后平静地说：“如果不好过就回来。”这就是母亲，几十年的风雨沧桑和艰辛在她的沉默和坚韧中败退；这就是母亲，一辈子的希望寄托在儿女平安的路上；这就是母亲，用一生心血为儿女开垦成长的土壤；这就是母亲；不辞辛劳不图回报地继续为儿女操劳。我想对她说一声：“母亲，慈母，谢谢您。”

自从我在深圳有了安身之地，我就希望母亲能与我住在一起，让我尽点微薄孝心，但母亲两次来深圳我都几乎没有时间陪她，倒是让母亲又为我洗衣做饭，深圳的高消费和高气温令母亲很不习惯，我只好随了她的愿让她回到家乡。

这些年，我每次回家，说是看望父母，其实更多的时间是和昔日旧友相聚而很少在家，母亲没有怨言，每天做好我喜欢吃的饭菜等我回家。每逢春节，母亲都盼望我和哥哥一家回家过年，当全家人都到齐，平日里较为清静的家开始热闹起来，不善于表露情绪的母亲满足地笑了，那笑容溶化了她不曾表露过的苦难和辛酸。

几十年来，母亲一直管理家政、操持家务，家中的大事小事都由她去打理，我们享受着母亲为我们创造的一切，而我们几乎没有为母亲创造过什么。

我还是禁不住要感叹一句：天底下最伟大的爱是母爱。

母亲，我爱您！

作者简介

殷德荣（1969～　），出生于四川省冕宁县，现居四川省喜德县。

竹林听雨（外2篇）

入夜，秋雨声声，敲碎了五更残梦，翻来覆去，辗转难眠，昔日往事，如潮涌来……

曾记得，小时在故乡，每当下雨，或大，或小，或急，或缓，漫洒竹林，沙沙沙沙、沙沙沙沙……如一首美妙的乐曲，如一支清婉的笛。即使独自一人，面对无尽的黑暗，我也消除了恐惧，听得如痴如醉，那种温情似母爱的安全感顷刻充溢弥漫开我的全身，再慢慢地带着憧憬进入甜甜的梦乡。

雨，带给我祥和，带给我温馨，带给我亲切，带给我诗意，带给我浪漫，带给我幻想，也带给我深深的忧伤。

常常静坐竹林，看看天地曼舞的雨丝，如剔透如玉的精灵，在空中轻盈漫舞；再听听缠绵悠长的雨声，淅淅沥沥，如泣如诉。静数思绪，痴痴迷迷，牵牵连连，如潮湿的雨季，稠密而厚重。

喜欢在雨中独自行走，撑一伞寂寞与相思，漫步独行于竹林幽径，静静体会雨的情韵，雨的牵挂，雨的思恋，雨的孤寂，雨的诉说。

雨后的竹林，与众不同，清新靓丽，旷世苍翠，竹韵俊逸，张扬妩媚，漫洒芬芳。竹叶盛开温柔，竹枝绽放刚毅。风弹竹叶，竹叶婆娑，妙音流动，或急或缓，或浓或淡，或深或浅，或轻或重，或浅浅莞尔，或款款漫舞，简单清丽，空灵安然，真可谓“一竹一妙音，一竹一世界，一竹一天堂”。

生自烟雾缭绕的西南山区，造就烟雨蒙蒙的性情，置身烟雨的静谧，看遍烟雨的孤清，爱尽烟雨的缥缈。嗅着烟雨中竹林的幽香，回想起多少往事、多少故人、多少眷恋已于竹林烟雨中飞逝，千丝万缕的烟雨裹挟着千丝万缕的悲悲喜喜，漫卷着千丝万缕的聚聚散散，飘洒着千丝万缕的离人泪。

随山风而至的云朵里隐着谁的故事，随山雨而去的心里又藏着谁的静候。

蒙蒙烟雨，缥缈轻盈，从古滴到今，滴不尽离人泪，滴不尽爱恨情仇，滴不尽悲欢离合，滴不尽喜怒哀乐。漫天雨丝缠绵萧萧竹林，缥缈落尘，爱恨交织千年记忆，释放期待守望永恒。

前世的山风，今世的迷尘，来时的山雨，最终都是匆匆的过客，只留一碧的竹林依旧笑春风。

别

二哥毅然把手向打紧的背包上一抓，使劲一提，往肩上一扛，待稳稳实实后，便迈开步子，他摇晃了一下，但很快又恢复了往日的矫健，踏着坚定的步子毫不犹疑地向家外走。

英默默地紧跟其后，默默中，心里有心酸，有痛楚……

昨天，就在昨天，大嫂、二嫂、三嫂不愿借钱让英当学费，父亲大发雷霆，与她们吵了个天翻地覆。

——很冷啊，尽管是初秋，可就像严冬一样刺人肌骨。

昨天，昨天已经过去，今天英在亲朋好友的赞助下踏上了上大学的路。不知走了多久，英发现父母跟在后边，还有可爱的小妹，牵着她每天放的小牛，他们都努力地挤出一丝笑，但在英看来多么凄惨，比哭还难受。英甚至不敢再看第二眼，尤其是小妹那楚楚可怜的泪眼，因为此生，英最对不起小妹。为了攒钱让英继续求学，家里值钱的东西都全部变卖了，家徒四壁，无钱再供小妹读书，小妹失去了今生读书的机会，让她在家放一条小牛……英的内心思绪万千，波涛汹涌，翻江倒海，左冲右突，狂涛猛烈地冲击着脆弱的胸膛。

英的泪，泪啊，这可恨的泪就要雨滴般纷纷垂落了，英低着头，紧咬下唇，硬生生把泪咽回了肚里。

默默地走，轻轻地走，走过了一道弯又是一道弯。家乡古老斑驳的山路啊，永远那么崎岖坎坷，承载了多少祖祖辈辈千年的脚印，千年的奢望，却怎么也走不出贫穷与落后。

“妈，您回吧——”突然一声低沉的男中音传入英的耳鼓。英举头一望，是二哥在说话，他正关切地望着母亲。啊，英怎么就没发现，母亲的两鬓在一夜间斑白了，发丝凌乱而沧桑，在风中无助地战栗，红肿的双目蓄满泪意。英的内心更加狂乱，心底狂呼：妈，您为什么不置一词，默默地跟在后面？为什么你的眼那么红肿，眼神如此呆板，无神，忧伤，为什么呀？哥叫您回也充耳不闻，您内心难道也纠结着感情的狂澜吗？您难道想听女儿说一两句话吗？或者叫一声妈也可以，是吗？不，妈妈，原谅我这笨嘴拙舌且感情脆弱的女儿，许许多多的话溢满喉头，却难以开口。

忘不了呀，妈妈，忘不了您在烈日下挥动着沉重的锄头，开荒种地；忘不了您在滂沱大雨中拼命插秧；忘不了您在寂静幽深的密林里采摘山药；忘不了您在刺骨寒流中采捞青苔；忘不了您在昏暗油灯下忙碌地缝补；忘不了那淫雨霏霏的日子，您早早起床冒着刺骨的秋雨，走进丛丛密林——那是为了拾菌子卖成钱为我攒学费。有时累了一天仍不见菌的踪影。甚至有一次迷了路，到深夜浑身湿透疲惫不堪地回来。脚上全是累累伤痕，斑斑血迹……忘不了呀，妈妈，永远忘不了。

英下意识地摸摸口袋，钱硬硬的还在——这东拼西凑，凝聚了许许多多亲朋好友血泪和祝福的钱啊……顷刻，英的泪再也忍不住了，低着头，泪在滴，一滴一滴滴进了脚下沉默、黝黑、厚重、古老斑驳的土地。

默默地走，轻轻地走，走过了一条溪又是一条溪，溪水在缓缓地流，足音在细细地响……

一顶马拉的白篷车下坐着的英变成了木头人，父亲、母亲、二哥、小妹、小牛都徐徐向后退去，越来越小，最后成了几个剪影，渐渐模糊。

——喔，远离的是自己，英终于明白：父亲、母亲、二哥、小妹仍留在那里，留在那个古老、沧桑、封闭、贫穷、落后的小山村。

洁白如梦

喜欢莲，尤其喜欢白色的莲，喜欢她的亭亭玉立，喜欢她的温柔雅静，喜欢她的简单淳朴，喜欢她的真实自然，喜欢她的洁白如梦，更喜欢它的出淤泥而不染，濯清涟而不妖。

昔日，同座问："你那么喜欢莲，莫非你的前世就是一朵莲，看你一有空就不停地描画，千篇一律都是莲，你不嫌烦吗？"我不烦，我的眼里心里，全是一朵朵娉婷袅娜的莲，于池边、于湖畔、于微风中轻轻地摇曳，清丽高雅、静美脱俗，不浓不淡，风姿曼妙，像着一袭白衣的仙子，在烟雨迷蒙的孤寂日子里，给人慰藉，给人安暖，给人希望。我的眼里除了莲的身影还是莲的身影，我的心里除了怜爱还是怜爱，除了莲的清丽还是莲的清丽。所以我笔下的莲花就是一个个千姿百态、性格迥异、清丽脱俗的女子，每一朵都有不同的姿容：有的含苞待放，娇羞可人；有的肆意绽放，浪漫泼洒；有的气韵清芬，婉约淡雅；有的安静从容，亭亭玉立；有的青罗碧裙，娇媚动人。

曾记得，莲开故乡村口的池畔，多数是白莲，那么端庄俊美，优雅高贵，娇嫩雅致，香气沁人心脾，在阳光下熠熠生辉，在月光下默默散香。我们一群顽童常常去采摘，把莲花插在头上，插在腰间；把莲叶当伞，晴天遮阳，雨天避雨。小手小脚小脸满是泥，配上洁白的莲花，那真是滑稽可笑的装扮，但在当时那贫困的日子里，那是一种呆傻的妩媚，也是一种绝美的享受。

后来，故乡的莲池被填平种起了稻子，顽童们也长大了，各奔东西，摇曳一池的莲花一去不复返，成了一段摇曳在梦中的动人记忆。

现在，常常在旅游景点一抬头间，猛然撞见莲花，内心的激荡难以言表，看那莲花红白相间，满池生香，婆娑起舞。我又惊又喜，犹如遇见一位久别重逢的好友，忍不住轻抚莲叶，柔滑水嫩；轻嗅莲瓣，芳香醉人。久违的熟悉浮现脑海，久违的馨香溢满心田，内心的浮躁与不安会顷刻间荡然无存。

多想乘一叶扁舟，携一帆柔风，载一船清辉，吟一首采莲曲，再一次在故乡的池子、湖泊采莲，感受那份亲切自然。低眉举手间，看蓝天碧水，水天一色，绿叶白莲，含笑出水，娇羞水灵，柔婉可人；看雾气潋滟，烟雨空蒙，翠蒲绿苇，参差美丽，靓丽可人；看莲花于青山绿水间洁净一身，宛如少女，清眸如水，黛眉如烟，脉脉含情；看微风摇落莲叶上滚动的露珠，就如漫天繁星洒落，洒落成一池相思，一池爱意，再晶莹成软玉，缀满莲瓣，写满心间；看莲一路铺花，绽尽芳容，爱写满叶子，情洒满花瓣，静等有缘人的青睐。

常想化作游鱼一尾，嬉戏莲底，让莲花陪伴左右，让莲爱漫溢一生，让人生无怨无悔亦无憾。

夜夜梦回，故乡莲池，打点心情，驾起扁舟，于故乡采莲，采摘一池相思，一池爱意，一池安暖。

今生，莲是我不解的缘，是我最美的遇见。真想夜夜拥莲入怀，枕着莲花幽幽的清香入梦，体会静默如初，让一世安暖无忧。

作者简介

姚静（1970～　），出生于云南省剑川县，现居云南省漾濞县。

户撒，一个可以终老的地方（外1篇）

一

如果能择一地以终老，我选择户撒。

当我第一次站在户撒观景台上俯瞰户撒坝子时，一种“众里寻他千百度。蓦然回首，那人却在，灯火阑珊处”的意外和惊喜涌上心头。就是这里了，一个我的想象无法抵达的地方。

蓝天白云下，群山远遁，起伏成一道厚实的背景圈住一方静谧的坝子，几缕雾气缭绕其上，弥漫出些许仙境的气息。亚热带植物浓酽的绿从山上倾泻下来，层层叠叠、深浅不一地漫过整个坝子，盖住丘陵、溪涧。大大小小的村寨散落其间，上百户或十来户人家的青瓦土墙自然搭配出疏密有致的格局，人间烟火味道裹带着诗意而来。一丘丘田地围着寨子涟漪般荡向远方。田里青苗苗壮，菜花盛放，碧绿，金黄，浓墨重彩涂抹出一幅醉人的田园景象。难怪英国人美福特把户撒坝子称为“灵谷”，这般明朗秀丽又岂是一个“灵”字能概括？

传说佛祖想到人间建造一个花园，左找右寻都没有心仪的地方。他失望地返回天庭时，却邂逅了美丽的户撒坝子，当即决定把花园建在这里。户撒，便有了“佛祖花园”的美誉。连佛祖都心动的美景，无须言说，不可言说。

清朗，宁静，淡泊，安详，陶冶性情，颐养生命所需的气质户撒全有了。

户撒是全国唯一的阿昌族乡，属德宏州陇川县。户撒观景台上立着两根圆柱，两条青龙攀附其上。两根圆柱的顶端用一把满弦的弓箭连接起来，下面是两头甩着鼻子，奋蹄前行的白象。这是阿昌族标志性的建筑，青龙、白象象征着幸福吉祥，弓箭则讲述着一个弩弓射日的故事。在阿昌族的创世传说中遮帕麻和遮米麻开创了天地，让人们过上了自由幸福的生活。这引起火神和旱神腊訇的忌恨，他造了一个不升不落的假太阳，日夜炙烤着大地。后来遮米麻造了一把巨大的弓箭射落了假太阳，挽救了人类和世间万物。这把重整大地秩序的弓箭成了图腾，永远悬挂在阿昌族的祭坛之上。

田园，传说，图腾，神话，引领我深入户撒腹地。

于我而言，旅行不仅要看如画的风景，更要感受叠加其上的人文内涵。

户撒虽然偏居祖国边陲，却有着丰厚的历史文化底蕴，让人一看再看，恋恋不舍。

在这个251.5平方公里的山间小盆地上有着“五山、八寺、九塔、五会、八摆和四十七奘”的说法。“五山”是猫弄山、赖吉山、芒来山、南补尖和拉起山，它们秀峰突兀，终年青翠地环护着户撒坝子。“八寺”是皇阁寺、芒刚弥勒寺、芒困保音寺、姐别庇鹿寺、芒东观音寺、圆通寺、寿福寺和三教寺，这些寺院历史悠久，佛音深邃。“九塔”指曼捧马鹿塔、芒旦金鸡塔、芒门老象塔、海喃乌龟塔、芒那老象塔、邦寺玉兔塔、腊撒芒旦高山寺塔、拉起老熊塔、腊撒户姐仙牛塔。户撒佛塔大多为缅式佛塔，或洁白素雅，或金碧辉煌，大小各异，高矮不同，塔身都塑有鸟兽和花草。这些佛塔大多会选择一种动物作吉祥兽，并以它为塔名。“四十七奘”是说户撒有四十七座奘房。奘房源自缅语，意为佛教寺院，是从事宗教活动的场所。“五会”“八摆”相当于我们说的庙会，是集宗教、商贸、娱乐为一体的庆典性祭祀活动。

这一连串的数字，告诉我们佛教在这里曾一度繁荣昌盛，奘房和佛塔随处可见。我不知道还有没有一个地方像户撒这样？“出门见佛塔，处处有菩萨”，佛教在人们的生活中浸淫得如此深远。

可惜上面列数的佛塔、奘房大多在“文化大革命”中被损毁，现在我们看到的佛塔和奘房一大半是后来重建的。那一场浩劫令人扼腕，但并不影响我们感知这方圣境虔诚皈依的精魂。

户撒奘房多为底层架空的干栏式，全木结构，青瓦覆顶，比之钢筋水泥的建筑它的温暖触手可及。有亭塔式样，精巧灵秀；有重檐设计，典雅端庄。奘房是供奉佛祖的圣地，还藏着贝叶经，韵板和铓锣，是整个寨子宗教文化活动的中心，信徒们在里面听经，诵经，祭拜，祈祷。四角飞翘的檐下庇护着芸芸众生不可知的前途命运，现实的苦难在这里得到缓解，无望的追求在这里寄给了来世，佛祖的悲悯大爱让躁动的灵魂平静下来，安妥下来。

户撒明社村加孔大寨奘房房顶为三重檐，三层瓦顶一层比一层小地往上收束，这在建筑学里又叫“三滴水”。所谓“三滴水”便是雨天雨水要顺着鱼鳞般的苍黑瓦片滴落三次才能流到地上。试想，雨天，诵经声里，有雨水滴答而下，清晰悦耳。三重檐有着诗的意境，歌的韵律，还有着哲理的深度。加孔大寨奘房苍黑的瓦片上积攒着数百年的衰草灰尘，木质的门、窗、隔板，柱子也呈朽旧的颜色，处处散发着神秘肃穆，既源于它是宗教活动场所，也源于久远的岁月。一个个日子的堆积，一个个季节的轮回，一代代人的供奉，连墙角的苔痕，屋顶的瓦草都有了佛性和禅意。

据说加孔大寨奘房有着千年的历史，它见证了众生平等，行善积德的佛理生生不息，也诉说着天地间无可替代的一种抚慰，触动人心。

有奘房的地方就有佛塔。户撒佛塔有独塔，也有由主塔和附塔组成的群塔。

群塔或独塔，在户撒你总会不期而遇。

在碧绿的原野上，一组大小不一的金塔矗立，闪闪金光流溢在高高矮矮的塔身上，耀眼夺目，连带塔下的草地都神圣起来。或是在黄澄澄的稻田边，一座素白的独塔伫立起来，灵秀婉约，神韵绝妙，令周边的村寨也随之浪漫起来。

佛塔是这片土地的魂魄和思想。面对佛塔你百般不解又豁然大悟。

2011年户撒修建了一座“千塔之塔”，又叫“千尊佛塔”。由一个主塔和999个小塔组成的。晴日阳光下，千尊佛塔流光溢彩，不凡气象充斥天地之间。晚上夜色里，千尊佛塔与朗月星光辉映，另是一番神秘莫测的瑰丽奇幻。

佛经上说佛塔是诸佛的法身和意所依，转佛塔可以积功德。我围着佛塔右绕三匝，我相信一切念想，所有心愿都会实现。

遍及每一个村寨的奘房，随处可见的佛塔，让户撒“佛祖花园”之美称名至实归。户撒聚合了田园之秀与禅寂之美。

户撒不适合匆匆一瞥，你要捡一家客栈住下来。

这样你才可以在清晨走过田垄，看菜花在一夜风摇后凋零满地，看麦穗在阳光里一点点泛黄低头，看遍野的蔷薇花在清凉的露水中徐徐绽放，明艳俏丽的花朵能点燃所有黯淡的心情。人生的真相就在花开花落，草荣草衰之间慢慢泄露；这样你才可以在黄昏，踏着古老的野草漫浸的青石板路走进阿昌族山寨，看佛塔在夕阳晚照中金碧辉煌，听吊在塔尖的风铃，摇动着百年前的音律，还有奘房里信徒虔诚的诵吟。古老的旋律里轮转起前世今生的秘密。

肃穆，神秘，虔诚，敬畏，在暮色中扬起。

或许你会遇到一个阿昌族老妇人，她倚着院门，嗫动嘴唇在嚼烟。阿昌族有嚼烟的习惯，他们把石灰，还有两种叫绿子和撒吉的东西掺杂在烟丝里放入嘴里咀嚼。据说可以消除疲劳，消烦解闷，还能防治牙病。用这么辛辣的东西来消烦解闷？在我是匪夷所思的，可就是这么嚼来嚼去还会成为一种嗜好。初学嚼烟的人嘴唇会被这些东西的辛辣灼伤。嚼烟时间久了牙齿会漆黑如墨，他们会笑眯眯告诉你，这漆黑如墨的牙齿一生不害牙病，到老不掉。此话不论真假，一般人大多是不敢去尝试的。

在老妇人缓慢的咀嚼中，你听到光阴零落。

阿昌族没有自己的文字，经文用傣文记录，僧侣用傣语讲经，信众用傣语念经，这是阿昌族佛教的一大特点。许多信徒对佛经不甚了了，这不重要，心诚即信仰，善良即宗教。

在这片神灵眷顾的土地上，我绕着佛塔，一遍一遍，细细品咂蕴藏其间的虔诚，躲避其中的旧事，天地恒长，岁月久远，真相影影绰绰。

二

说起户撒，沐英这个人是一定要提的，他是明朝开国功臣，朱元璋的养子。

明朝洪武年间，沐英征麓川（今云南瑞丽）时曾屯兵户撒。相传户撒皇阁寺就是他筹资所建。在赖吉山葱郁的树林掩映下皇阁寺典雅大气，分为上下两寺。上寺塑着玉皇大帝的神像，故称皇阁寺；下寺塑释迦牟尼佛像，叫报恩寺。道佛共处一处，却也融洽和睦。皇阁寺为汉式建筑，在其一侧却立一飘逸的缅式佛塔，中原与边境的建筑审美在这里相遇，却也相得益彰。远远望去，寺院巍峨，佛塔秀逸，只觉那山川草木都灵动起来。

沐英当年屯兵之地，后为沐氏勋庄，至今尚存遗迹。只是兵革铁马远去，战鼓号角声息。沐英屯兵戍边，为明朝开疆拓土的功绩静静尘封于史册，后人的评说里我们读到的只是“南征北战”“马不停蹄”之类的词语，浴血奋战，舍身犯险都如云烟散尽。

当年明朝军队进入西南边疆后，长期的征战需要补给兵器。明军发现当地的阿昌族工匠会打刀，便在此基础上对他们进行指导，很快中原先进的技艺与民族传统的方法结合起来，阿昌族刀具打造技术如虎添翼，到了刚能断玉、柔可绕指的程度，户撒一度成了明朝的兵工厂。户撒刀声名鹊起，远销到四川、西藏等地，甚至出口到东南亚一带，成了古代南丝绸之路上的紧俏商品之一。到了清朝初年，“云南王”吴三桂也把户撒占为自己的勋庄，并以户撒为基地做起了兵器买卖，赚得盆满钵盈。

户撒，这静谧柔情的佛祖花园里打刀造剑之声不绝。历史在这里开了一个玩笑，让慈悲的佛祖与杀戮的刀剑并存。又或许正是寒光闪闪的实战军刀让人们更加向往太平社会，勤念“阿弥陀佛”。

户撒的制刀业在明清时代就规模宏大，许多工匠都有自己的拿手绝技，各个寨子也有别具特色的招牌产品，有以打制长刀出名的，有以打制匕首见长的，还有专门从事刀鞘生产的……分工细致，管理规范，让户撒刀的打制技艺不断精进，最终成了中国少数民族三大名刀之一。

有关户撒刀的神话听了让人目眩神迷。据说有的老工匠打制的长刀刚柔兼备，柔软时如腰带可围系腰间，用时抽出一抖，立马变成一把银光闪闪、锋利无比的长刀，令对手望而丧胆。这情景似乎只在武侠小说里才见踪迹。户撒刀中还有一绝品，叫作“七彩刀”，是用一种混合钢千锤百炼锻制而成。抽刀出鞘，只见刀面上一道道花纹光彩夺目，灿若霓虹，因此有“七彩”之称。那七彩花纹由里至外透出，起伏变幻，神秘莫测。七彩刀算是冷兵器中一美貌绝色女子。

走进李德永家的乡村文化遗产展览馆便是走进了刀的世界，我在这里见识了此生见过的最多的刀。长刀、砍刀、腰刀、藏刀、匕首、宝剑、菜刀……或静静置放在刀座上，或成箱成捆堆放在货架底；材质各异，工艺不同，价格也种种不一。抽出一把价格不菲的长刀，只见刀型流畅，刀锋寒冽，夺人魅力无声而泄，令刀剑爱好者的目光再也挪不开。我不识刀，只听主人介绍说淬火一流，砍铁不伤等等，心里也不由得充满了敬佩，对刀，也对打刀之人，更对这代代传承着的打刀技艺充满了敬佩。

李德永家的展厅里有一把巨型阿昌族佩刀让人叹为观止，此刀长7.35米，宽0.88米，重1.35吨，可谓佩刀之王。展厅里还有一把硕大无朋的菜刀，长6.35米，宽1.9米，重2.626吨，称为“天下第一菜刀”。游客们都纷纷在这两把巨刀下留影，户撒刀的声名将会随着它们越走越远，会有更多的人来一睹其风采。

我无刀剑喜好，只买了一把菜刀，在我做一日三餐时这把菜刀会让我想念户撒。

主人把菜刀包装好递给我说："三十年后你再来找我。"三十年？如此长久的陪伴这刀真要变成贴己之物了。

户撒刀的锻制技艺被列入第一批国家级非物质文化遗产名录，这精湛的民族工艺是阿昌族世代传承下来的一笔财富，这里面有沐英和他的军队的一份功劳。人们缅怀沐英对稳定边疆，传播中原文化所做的贡献，在户撒观景台下为他立了一座雕像。

岁月不曾走远，我们还能听到这位镇滇将军的铁骑之声。

到了户撒，过手米线是一定要吃的。户撒是过手米线的发源地。

户撒盛产稻米，家家户户都能做一手好米线。用来做过手米线的米线要香糯软滑，不结团不粘手。再选上好新鲜的猪肉一块，猪肝一块，放到炭火上慢慢烤至七八分熟，细细剁碎放入一大碗中，然后把豌豆粉、杨梅汁、红辣椒、大蒜、香菜等配料倒入搅拌均匀，这便是过手米线的馅儿，我们方言叫作"帽子"。准备就绪，可以开吃了。洗洗手，用筷子挑一团米线放在手心里，再挑一团馅儿放上去，一并送入口中，那酸辣滋味，从舌尖一直爽到心里去。

过手米线的做法不复杂，重要的是各种调料的搭配，酸辣的味道，多一点不成，少一点不行，要刚刚好才爽口。吃过手米线的乐趣全在"过手"二字上，一团雪白的米线捧在手心，加一点拌了红辣椒的肉馅，色泽明媚，惹人流涎。一群人团团坐了，随意亲切，热闹浪漫。

过手米线作为户撒的招牌小吃，实在是当之无愧。

户撒真是一块佛祖眷顾的土地，四季宜人，田园如画，处处古寺古塔，还有这风味可人的小吃食。

户撒的宝贝似乎掏不尽，它还有让人意外的东西，那就是三月油菜花黄时的阿露窝罗节。

油菜花开了，一块接一块的艳黄镶嵌在碧绿的原野上，户撒进入了油画季，阿露窝罗节也就到了。

阿露窝罗节是阿昌族的传统节日，起源于阿昌族创世史诗《遮帕麻和遮米麻》。

相传遮帕麻是天公，他造了天空、太阳和月亮；遮米麻是地母，她造了大地，造了海洋。天公地母结合之后，生下了一颗葫芦籽。葫芦籽发芽，牵藤，结出了一个大葫芦。大葫芦里面孕育了阿昌、汉、傣、白、纳西、哈尼、彝、景颇、德昂等 9个民族。为了感谢遮帕麻和遮米麻的创世之功和数次挽救人类的恩德，每年初春，阿昌人都要举办一次祭祀天公地母的活动，这就是阿露窝罗节。

这一天人们要搭窝罗台坊，用竹片和纸扎青龙、白象，还有射日神箭。来自四乡八寨的人们围着窝罗台坊唱歌跳舞，热闹非凡。当地人把这一集体性舞蹈叫作“蹬窝罗”，因为这一舞蹈多为蹬腿的动作，“窝罗”据说是大家聚在一起跳舞的欢呼声。人们齐唱的“窝罗调”，曲调古朴，雄浑刚劲，不时加上一句“窝罗”的叫声，激情飞扬，欢快无比。“蹬窝罗”用来作这一舞蹈的名字，形象有力，有着满满的场景感。

阿昌族在欢庆节日，婚丧嫁娶时都会聚在一起“蹬窝罗”，“蹬窝罗”又被解释为“堂屋旁边的欢乐”，一种可以随兴而起的舞蹈，一种可以张口就唱的歌谣，快乐在这里来得如此简单，或者说在这里简单就是快乐。

信步户撒，镜头可以随时捕捉菜花，蔷薇，佛塔，奘房，思绪可以任性飘扬到明清时代，琢磨一个个打刀的传奇故事。累了，饿了，喝一口阿昌米酒，捧一把过手米线。一段浪漫时光，在蓝天之下，田园之上掠过。

有诗云：择一城终老，遇一人白首。

原来最美的事，不过是在户撒，与君共度朝夕。

记忆的山坡开满波斯菊

铺天盖地，波斯菊开满我童年的记忆。

一到秋天，林场的大路旁、小路边、沟畔、地头……灿若锦霞般开满了波斯菊。仿佛一个极健硕极善生养的母亲繁衍出的兴旺家族，波斯菊在秋天日渐荒寂的原野上弥漫出一大片一大片的明媚鲜艳，令人眼眸一亮，心头豁然。波斯菊有八个精致的花瓣，呈暖洋洋的小太阳形状，有粉红、深红和雪白的颜色，它们在湛蓝高远的天空下酣畅淋漓地绚烂着，像一个即将远走不再归来的游子，举办着一场倾家荡产的告别盛宴。

不过那个时候我不知道这开得铺天盖地的花儿叫作波斯菊，我不知道它有这般美妙动听的一个名字。小伙伴们也不知道。林场的职工们也不知道。大家都把它叫作芫荽花，只因为它的叶片细碎，和种在菜园里的香料芫荽有点相像，人们因形赋义就给了它一个乡气扑鼻的称呼。这种取名方式在当地很流行，尤爱用在给人取绰号的时候，肩宽臂长，凸嘴凹眼的叫“猴子”；鼻子大得突出醒目的叫“象鼻”，绰号往往叫出一个人的精髓神气来。波斯菊被唤作了芫荽花，却没有因此随着芫荽家常化去，它妩媚灿烂，开出与芫荽花截然不同的绰约风姿来。

林场第一粒波斯菊的种子源自哪里？林场位于大山深处，风的力量显然不能把波斯菊的种子带到这里。我依稀记得最初见到的一丛波斯菊开在看守鱼塘的老人家门前。

看守鱼塘的老人又来自哪里？在我的记忆里林场有了苹果园才有了鱼塘，有了鱼塘才有了他。之前我或许是见过他的，只不过年纪太小没有记忆，我记住他时，他是一个看守鱼塘的老人，没有来处亦无去处。

记不清确切的日期，只记得那是一个晴朗的时刻。“轰隆隆”林场开来了两辆履带拖拉机，后面跟着一群人，肩扛油锯，手提铁锨斧头。几天后，我家门前的那一大片树林不见了。树林里住着许多小鸟，它们啁啾的鸣啼曾吸引着我去探访林子深处；树下开着许多野花，各式各样，各种颜色，从春天开到深秋，它们的绽放萎谢提醒着我：寒霜何时会冻住大地。树林里还有好几个菌子窝。野生菌有成群在一个固定地方生长的习性，我们把那个固定的地方叫作“菌子窝”。每年夏天我都能从那几个地方找到成群的青头菌、羊肝菌……我眼睁睁看着油锯伐倒了树，履带拖拉机掀起了树根，小鸟仓皇地飞走，野花绝望地被铲倒，菌子窝也被挖了个底朝天，状如小伞的菌子再也长不出来了。那片树林带给我的诸多乐趣灰飞烟灭。我心里怀着小小的遗憾和小伙伴们整日坐在草地上看那笨拙的履带拖拉机开过来倒过去。履带拖拉机拖着雪亮的犁铧把一个个树根，一团团草根掀翻出来。树根带着滋润潮湿的气息，条条根须都充满着生命的浆液，它们疼痛地从泥土里翻滚出来，呻吟着晾晒到太阳底下。草根也一样，斩断的根须渗出汁液如血，痛苦地翻卷在犁铧之下。我们回家吃饭时，每人会拖走一个树根，堆放到自家门前，晒干了用来当柴烧。草根无用，只能在新开垦出的土地上枯萎朽烂。

随后，林场的职工在新开垦出的土地上挖出一个个四四方方的坑，种上了一棵棵苹果树。一个近千亩的苹果园诞生了。在苹果园的最南边人们挖出了两个大大的池塘，蓄满水，放上鱼苗。林场便有了鱼塘。有了鱼塘就有了一个看守鱼塘的老人。他个子高大瘦削，背微微驼着，我们叫他林爷爷。

苹果园和鱼塘成了我们新的乐园。春天，我们穿过开满苹果花的果园，到鱼塘边上看漂浮在水面的苹果花怎样被鱼儿吞食掉；秋天，我们穿过果实累累的果园，顺手摘下又大又红的苹果揣进衣兜，然后趴在鱼塘边上一边吃苹果一边钓鱼，不时把苹果皮丢进塘里。那是真正快乐的时光，不谙世事，甜蜜的幸福和灼人的痛苦都还在路上，一如白纸的心里，恬淡清宁。我渐渐忘记了这苹果园的前身是一片树林，也渐渐忘记了曾住在林中的鸟，开在树下的花，躲在草丛中的菌子窝。

林爷爷就住在鱼塘边的一幢泥墙小屋里，我从未进去过，不知道里面是怎样一番景象。只记得小屋门前是一方干干净净的空地，周围种了几丛花草。波斯菊便是其中的一丛。那年秋天，林爷爷的小屋门前有红的粉的白的波斯菊绽放，让秋季空旷的田野显得暖意融融。我时常见林爷爷对着波斯菊嚅动嘴唇，喃喃自语。我悄悄走过去，想听听他对花儿说些什么，却总是听不清楚，他口音怪异，说得又含含糊糊。那一年的波斯菊谢了，一朵朵柔媚的花经历了日月风霜的洗礼后便萎谢成褐色针状的一小撮花籽。花籽随风散去，繁衍开来，下一个秋天，鱼塘周围，小屋前后都开满了波斯菊。再一个秋天，波斯菊以星火燎原之势迅猛占据了林场的旮旮旯旯。我家的门前，小伙伴家的门前，篮球场边，公路两边，苹果园里，都开着波斯菊，它们甚至还向附近的村庄蔓延而去。

秋天不再冷寂，林场刷着白石灰的土墙房在一丛丛波斯菊的环绕下诗意盎然。

我童年的一大半岁月被波斯菊的明艳浸染，以至我一回想从前，脑海里跃出的总是一大片一大片浪漫得叫人心醉的波斯菊，许多过去的人，许多过去的事便慢慢从花海里走出来，整个人就跌回到旧时光里。

波斯菊，开满故园的山坡，开满我记忆的时空。

大人们偶尔会提起林爷爷，从他们的只言片语中我知道了林爷爷是国民党员，还是一个不大不小的军官。在我儿时看过的电影里，国民党军官都是坏人，他们头戴美式大檐帽，腰间别着小手枪，骄横跋扈，无恶不作。可是我见到的林爷爷却是一个微驼着背小心翼翼对着花儿喃喃自语的老人，哪里有半点骄横跋扈的气焰？我一头糨糊，却隐约知道这便是林爷爷来到我们这个小林场的缘故。从大人们的言语里我还知道林爷爷是挨过批斗的，被绳索捆住手臂，低垂着头听人们细数他的罪行。细数他罪行的人们说到激愤处会给他一顿拳打脚踢，这也是常有的事。

林爷爷来看守鱼塘的时候已经结束了挨打挨骂挨批斗的日子，所以我看到的是一个安详的时常自言自语的老人，那些暴风骤雨般的日子已经过去了，如果说留下一点痕迹，那就是他微微驼着的背吧。那微微驼着的脊梁让人觉得他背负了太多，那被绳索捆绑，被棍棒击打的经历似乎还压在他的身上。听说和他一起挨批斗的一个难友受不了那样残酷的折磨，偷藏了一个雷管，在半夜里咬响自杀了。选择这样血肉模糊的死法，对人世该是怎样的绝望死心？而当时就在一旁的林爷爷心里该是怎样的惊骇恐惧？兔死狐悲，物伤其类，他是否毫无信心地遥望过自己的前路？是否满腹悲凉地想象着自己的结局？

血淋淋的往事，听来让人心惊。制造这些惨烈往事的人却又平凡如你我，并未长出三头六臂来。曾听说某某的爸爸在运动中批斗人时最凶最狠，常打得那些“反革命”失声哀号，听得人心抽搐。可我时常见某某的爸爸从我家门前走过，脸上笑笑的，有一次他还给了我一个苹果。人心有善恶两面吧，当恶占上风把善挤到了一边时你才是一个恶人。

因为这些往事，我便深信不疑，林场第一粒波斯菊的种子是林爷爷带来的。

我已经记不清林爷爷的面容，他的眉眼都被一朵朵波斯菊代替了。只依稀记得一个高大瘦削，微驼着背的身影，他几乎不和林场的职工来往，他活动的区域仅限于那两方鱼塘的周围，更多的时候他一个人在小屋前侍弄花草，一边喃喃自语。来自同类的伤害，揭发，污蔑，莫须有之名，欲加之罪，太无情太残酷，比血雨腥风的战场还让林爷爷恐惧，他因此远离了同类，独来独往，宁愿对着一丛丛花草喃喃自语，也不肯再和同类多说半句。想来在他的心目中那些花草是长着耳朵的，它们听得懂林爷爷所有的低语，所有的埋怨。所有的冤屈，所有的愤懑不平尽悉可以向花儿倾诉，花儿不会出卖他，不会揭发他，不会陷害他。花儿多好！林爷爷心里一定有过做一朵花儿的想法，他一定想过做一朵波斯菊，于是他便从很远的地方，抑或就是他的故乡带来了波斯菊的种子。他小心翼翼地包好几粒波斯菊的花籽，放在贴着心口的衣袋里，带到了孤寂清冷的鱼塘边来。这鱼塘边的小屋在他看来并不安稳，谁知道那暴风雨般的批斗何时又起呢？那些穿着干部服装的人一向鱼塘走来，林爷爷的心就紧缩成一团。过去的历史他交代了一遍又一遍，交代材料慢慢变成厚厚一沓，记录的都是他的“恶行劣迹”，多得令人震惊。只有他自己知道事实不是那样的，许多“罪行”是在那些人不停地点拨提醒、殴打恐吓之下一分分增多，一点点具体起来的。复述的次数多了，连他自己也恍惚了，或许这些事自己真的干过？真假他都不能分辩，也不敢分辩。人生已经如此无奈，种一丛波斯菊吧，给心一点点依靠。波斯菊明艳的花朵是点燃在绝境中的希望，它开了又谢，谢了又开，一个又一个秋天也就过去了。

再后来林爷爷退休了，竟然有一个长着波斯菊般娇艳面容的女子来接他回老家。这女子是林爷爷的女儿，原来他并非鳏寡。林爷爷的故事这才凑了个完整。林爷爷的老家在川西一个安静的小镇，祖辈世代行医。当战火烧到家门口时，年轻的林爷爷毅然投笔从戎，参加了中国远征军。怒江，腾冲，松山……一一从他的脚下走过，一次次惨烈的战役之后他活了下来。

林爷爷曾有过一个温馨的家，有过一个妻子，还有一个女儿。运动开始后林爷爷因历史问题被关押审查，惊吓之下他的妻子一病不起，不久就撒手人寰。当时林爷爷不在她的身边，她只好把尚未成年的女儿托付给一个闻讯赶来的女子。这个女子，是她从前的贴身侍女。这个女子带走了林爷爷尚未成年的女儿，悄然在一个荒僻的乡村，担起了一个母亲的责任。数年后，覆巢之下的女孩儿长成了一个秀美的大姑娘。

我的眼前闪现着三个女人的面容：含泪托孤的母亲，忍悲受命的养母，惊慌失措的女儿。这是一个好凄惨又好温暖的故事，可以拍一个极缠绵、极虐心的电视剧了。

林爷爷的女儿，还有那个隐身在她身后的善良的女子，她们更让我深信不疑：林场第一粒波斯菊的种子是林爷爷种下的。

妻亡子散，背井离乡，林爷爷既怀念着早逝的妻子，又牵挂着年幼的女儿，还担忧着那含辛茹苦的养母，一颗心早已碾作了碎屑粉末，每一天每一分每一秒都是煎熬。种一丛波斯菊吧，这来自故乡的花。花籽或许还是他幼小的女儿采摘来的。带去吧，爸爸。想我的时候就看一看波斯菊吧。于是在深山的小林场就有了一丛波斯菊的绽放，开一段绵长的心事，开一段苦痛的历程。

我没有见过那个替林爷爷抚养女儿的女子，可她在我心里却眉眼清楚。那个年代有几部极煽情的电影：《天云山传奇》《牧马人》《巴山夜雨》……其中女主角冯晴岚的勇敢坚韧，李秀芝的善良纯朴，刘文英激烈思想斗争之后的善念一闪……她们让观众潸然泪下。我坚信替林爷爷抚养女儿的那一个女子一定有着和她们一样的眉眼。在那动荡不安，人人自危的岁月里，她坚守了人性中最美好的品质——善良，把一个生于覆巢之下父母都无力顾及的女孩儿抚养长大，她顶着的岂止是吃穿用度的窘迫艰难，更多的是来自精神上的打压和恐惧，她熬过来了，留下一段佳话，给那场浩劫添了一抹暖色。正如波斯菊，在叶落草枯，日渐冷寂的秋天，开一片灿烂，给人惊喜和希望。

林爷爷走后，另一个人接替了他看守鱼塘的工作。那人经常酗酒，没过多久就在醉意朦胧中失足掉进鱼塘溺亡了。许多人围着鱼塘打捞他的尸体，我站在远处，不明白他心里的愁闷赛过林爷爷吗？要终日用酒去浇。又有一个人接替了看守鱼塘的工作，只是这个人不种花也不酗酒，他终日背着双手在鱼塘边转悠，看到我们靠近鱼塘就呵斥一声：嗨！不怕被抓去做替死鬼啊。人们说淹死的人他的鬼魂会一直留在淹死他的水塘里，他若想要投胎转世，必须拖一个人下水去作替死鬼，所以淹死过人的池塘隔个三年五载又会有人淹死在里面。自此，这两方鱼塘给我们的恐惧多过了乐趣，渐渐地就很少去了。

我再也没有见过林爷爷，他带来的波斯菊却在林场安了家，每一个秋天都开得铺天盖地。后来我也离开了那个小林场，可记忆中仍有满坡的波斯菊在盛放，每次忆及耳畔就响起林爷爷对着波斯菊喃喃自语的声音，我听懂了，他是在对他的妻子，他的女儿，还有那个在危难中向他伸出援手的女子说话呢。她们是开在林爷爷心里的波斯菊。

长大后，每逢遭遇凉薄人心时，我就想一想故乡的波斯菊，想一想栽种波斯菊的林爷爷，想一想那个替他抚孤的女子，在那样不堪的年代依然有爱如斯，心里便不至于全然绝望。

有一次到了腾冲，我去了国殇墓园，看着那些寂然无声的墓碑，就想起了林爷爷：这些寂寂的墓碑之下，或许就有和林爷爷一起浴血奋战过的战友。忽然间就热泪盈眶了。

作者简介

师立新（1970～ ），出生于云南省文山市，现居云南省昆明市。

南边之南（外2篇）

又一次来到广州，好像很熟悉了，并不喧腾的情感，如传统而不善表达的家人，面上淡淡的，却很温暖。

时光慢慢打磨出这座现代化的城市，因为临海，从古至今，这里海运畅达处处人声鼎沸，每一阵路过的风，都浸透着岭南人语速的幽绵，并灌满亚热带地域的热辣。

曾记得某年盛夏到上海，江南的闷热和当地方言的软糯，让我在些许纠结中仍然为生于祖国南边而欣慰。有温度的地方就便于许多故事繁衍，而南方人的语言大都很轻柔，娇软的语丝就是所有故事的交织媒介，想到这些就觉得南边挺可爱。

我的生活轨迹似乎总和南边有关，少年时客居南海边的军队大院，长大后居住的南高原，再辐射到成年后与生计有联系的活动地方，似乎一直没有脱离过大中华南边的疆土。而广州应该是南边之南最让我亲切的城市，也许因为数次到访，也许还因为别的因缘，比如那些好似亲情的氛围，那些在此生根发芽的发小。时光里的牵挂，入心入髓……

对广州的留恋是多面的，除了友谊，还有人文、地理、美食，也有我不会淡忘的过于火爆的温度。以往总是来去匆匆，以至于我对这座城市只有因友情而派生的惦记，这次略有闲暇，闺蜜莹就全权安排了我的行程，很有面见风物的意味，还调侃：再高的气温都只是为表达欢迎你的热烈。为这份热烈，我俩一大早就在三十多度的高温下前往“陈家祠”。

早已听说过这颗“岭南建筑艺术明珠”，来到实地却还是让我一向淡定的从容心境，瞬间凌乱。那些与我的大西南建筑截然不同的精雅元素，用一百多年的时光在开放诱惑。木雕、石雕、灰雕、贝雕、泥雕、砖雕，放眼全国，几乎没有哪座祠堂能集中这么多璀璨的雕刻。尤其砖雕，以前从没见过，查看祠堂导游词得知，这是古代汉民族建筑雕刻的独特艺术形式，已进入国家级非物质文化遗产名录。青砖上的山水人物雕刻线条粗放，造型古朴典雅，层层叠叠站成高处的风景，装饰了屋顶院墙也装饰着延绵的岁月。我被这些艺术表达震惊，在倾情享受中思绪也因之丰盈，真的，精妙在民间！走在厅堂、院落、厢房及长廊迂回的建筑群里，脚下的青石路面被嗒嗒叩响，想到大宅高墙外的车水马龙，这里的幽静如隔世的花，安静弥扬。

莹是最可爱和贴心的闺蜜加发小，她大有把全广州体现文化底蕴的元素全塞入我脑海的架势。热辣辣的正午，我们赶往广东省博物馆。路上，她不时说起那里边的深邃和博大，可现实却给了遗憾的冷脸，时间不对，当天是闭馆日。在小小的失落还没有泛滥开时，我俩突然相对一笑，不约而表的意思都是：不看也没什么不可。是的，人生偶尔会这样，某一个原有的策划会因意外打扰而错过，但在于事无补时淡然视之未必不是正确的，况且，一切未知中也许还能因此有别的偶得呢。果然，在馆前树荫下小坐，隔秀丽珠江，远处广州地标建筑小蛮腰就鲜活地迎面招摇，再看眼前，发现运用“宝盒”设计理念的场馆造型是那样别致而独特，颇具震撼力；无意间，捕捉到许多异美街景入了相机；听三两路人和我们同样入门无果时轻轻叹惋，目光追逐着一对小情侣在博物馆门前甜蜜地嬉戏，心底猛生悠然，上天关闭一道门，自然会留下一扇窗。闻风观景，让我们的步履慢下来，这也是心情，用心甘情愿的态度对待随遇而安的状况，生活原本就是酸甜交织色彩富饶的。

或多或少我有点小小的矫情，怕热。在我的寄居地，四季如春的南高原大环境长年累月娇宠下，我已习惯天气的不温不火，猛然的浓烈热度，竟有点晕乎起来。过了几处刨冰屋和茶水间，总算与咖啡厅相逢，闪入，休憩。

一直嗜爱咖啡，也总认为城市里最能体现文化和人文素质的地方当数咖啡厅。入座，与特大份冰咖啡加冰激凌疯狂亲密，苦中带甜的深邃，冰冰凉凉的舒爽，让每一个毛孔都浸透欢喜。这里厅堂素淡，简约的现代风格，大玻璃门外游人如织，都是快乐的面孔，忽视广州高昂热烈的气温；屋内，满座的人，低缓的音乐中，低语、看书、写作、打盹或上网，一切都如此恰恰的好，黄种人、白种人、黑人，长者、青年，都在午后的时光被安静解析。几位服务生在忙碌，穿梭卡位间，脸上阳光饱满，带几丝阴柔的美，都长着细长单眼皮，帅得像韩星，做出的小甜点也与人相似，品相俊朗。没有任何现象是孤立存在，这种综合的气息很多元，包罗万象，符合这座城市独特的气场，很广州。

又逛了国内最大的白马服装市场，美衣如云。我喜欢那些美丽的色彩，撞色感极强的民族风或者明快的时尚味，心跳有澎湃感，但安静地飘过，没有惊扰。

许多时候，潮起潮落，却可以什么都不为的。

阳光，给予了这座城市无尽的蓬勃。人、物、环境，静的与动的，都茂盛出向上的朝气，却没有浮躁。我在遍布大街小巷的朝气里停顿，等一等自己日日忙乱的灵魂，和以往不时窜出的颓废挥别。

这让我感悟而美好的南边！

傍晚的雅客西餐馆，萨克斯风流淌出绕指的质感，见到时隔多年未曾谋面的童年伙伴。富态的小华和清瘦的凤，四个女人不约而同，都穿裙子化淡妆，落座，熟女的味道竟然华丽弥漫，引得几处旁桌频频侧目，那份秀美很像我曾写过的一句诗：落座之时，好像花在开！

大门大窗的空间，几盆绿萝，长条形餐桌上插着花，高脚水晶杯中冰水剔透，雅致的餐盘装着鲜虾饭和鱿鱼卷，一旁茶几上有零散的书，可这些情愫此刻全在翻腾，我们，谈得风生水起。诉说不可绕过的童真、成长、工作、现实、孩子、鲜花、衣食，还有美容和文学。今天在这城市一角，几个女人没有惊天动地论及人生或救赎，只提到许多貌似微不足道的小事，生活不会全是风花雪月，我们幻想着有海阔天空的襟怀，远谗佞，把尘世上的荒凉感，一点一点地弥补。就想做个细致的凡人，于角落自在开放，不为取悦于谁，但能灿烂得让生命有所不同，能绽开独立而随和的品格。这段时长里，我们轻易就懂得了大道至简，而平常心就是道。

临别，姐妹们情切切叮嘱：要常来，不然，晃晃咱们都老了。瞬间我的眼里热开，人生都是孤单的生命旅程，那份孤独从出世就开始，且被贯穿整个生命。因而，行走时在谋生中谋爱，这爱可以来自肌肤相亲的男女情欢，也可来自生存路上同性或异性的朋友。有爱就会有乡情，背上行囊是过客，放下包袱到故乡。我想，我是无可救药地爱上了这座城。

小华是极爽朗的女子，很豪迈宣布将组织小伙伴们前去高原访我。相信这是真话，因为这么多年的友谊，我们早已成了亲人，个中情感可以席卷天下所有情分。

某日，为参加个活动找件佩饰，不期翻出莹送的珍珠项链。戴上，想起了她当时一再地说明：此物，可明目可养颜。不经意，情绪就有了花开的声息，远方之南的温度，突然如四溢的芳菲向我涌来。“初淅沥以萧飒，忽奔腾而澎湃”，我，暖暖的沸腾。

在此心透明

南马河守着清丽的山水，南卡江和南垒河注视着经年的“贺罕”，历史温暖的痕迹安寂在遥远的茶盐古道上。翠绿，娇羞欲滴；古朴，深幽浓郁。日子在静静流淌，如同一直在等着我，风尘仆仆，远道而来。

依稀记得还是年幼的时光，一次在电视上与孟连邂逅，那承载厚重傣族文化气息的金色王宫、奇妙的龙血树、浓荫里的土司避暑山寨、袅娜的傣家女子，以及大曼糯之最壮观得近乎伟岸的身影，便成了萦绕心头的一个梦，不时召唤我行走的脚步。

季节在这里并没有明显的诠释，我梦想成真地站在了统治孟连600余年刀氏土司的府第“贺罕”——孟连宣抚司署前，而多年来持续向往的热情和随处相遇的葱茏一样，茂密着，盛放开来。

其实，对于古迹我也算赏览无数，巍峨的北京故宫，古旧的西安老城，娟秀的苏杭古寺，还有许多已记不清命名的亭台楼阁。只是一个边地民族的辉煌王室，东南亚傣族人民心目中的圣地，如谜一般的气势，始终让我魂牵梦萦。也许，世间之事就是如此，神秘总能挑动无限的遐想和长久的希冀。

孟连宣抚司署所处的娜允古城，有着三城：上城、中城、下城；两寨：芒方岗寨、芒方冒寨的构架。当我的步履在云南唯一的傣汉合璧的大型建筑群四周轻轻叩响，当我看见有数百年历史，文明在树叶上闪光的叶贝经满含神奇的形态，心潮便在储存久远的情感里澎湃起伏。这是怎样的一座城池哦，穿越孟连土司和家奴的居住地上城，紧靠金山的上城佛寺，用慈祥的经诵荡涤了我一路尘埃，那个传说中来佛寺听经布道的神龙，似乎从来都在护佑这方净土，不然何来现在傣文化与佛事的昌盛？敲响搁置在宣抚司署议事厅左侧的象脚鼓，打开尘封傣家人抗击外敌的记忆，幽静的空中似乎传来议事厅楼上，土司召集傣族、拉祜族、佤族、布朗族头人议事和决断政务的低沉嗓音。长叹，达官显贵也好，平民百姓也罢，大家终将是历史的过客。

在当年宣抚司署的官员及家属居住的中城，我崇敬的气息缓缓拂过佛殿、僧房、大门、走廊、八角亭，我的目光抚摸着中城佛寺外板壁上装饰的孔雀、宝塔佛像、乐舞、花卉和木制织布机织成的土布；翻阅青石板铺成的阶梯及砖墙上的壁画，将身体轻轻依偎百年老宅的土墙，傣族封建领主制的等级森严从沉淀的风雨中渐渐清晰；原来议事庭长和几位官员的住处下城，在永远的暖阳中优雅鲜活，毁于大火的下城佛寺并没有带走这里的平和安详，时光穿梭在树枝条的天空间隙，不信？看看芒方岗、芒方冒两个当年专为土司撵山打猎的寨子，现在的村民都兼营纺织傣锦和傣包，生活在南来北往游人的熙攘里，变幻出一副副惬意的模样。

光阴荏苒，季节轮回，多少辉煌被沧桑凝固，多少前尘往事随岁月走远，我无法评断前人的是非，只能让怀古的思绪一遍遍流连这座昔日的王宫。一座城一个世界，从遥远到现在到未来……

午后的阳光在冬日里竟泛起点点燥热，正好，我趟进了世界上最古老的树木寿星，龙血树的群落。这种树干灰白色、剑形叶片集生于茎干顶端、叶长尺许宽半寸余的单子叶植物的美丽，我只能用飘逸来描述。一份纤弱的妖娆，当以漫山成片的姿态扑入眼底，却也生出许多坚强的味道，想来，千百年的风雨，并不是谁都可以经受的。

暮色里由八个小塔环抱一个主塔构成的大金塔风玲叮当，散布浓重的佛国梵音，与“贺罕”相对遥遥，环视塔体，始终搞不清，为什么金塔四周雕刻的游龙身旁都有一只仙鹤相伴？从傣族的传统习惯及所处区域特征来说简直无法找到答案，在我百思不得其解之际，“外实内空”地宫竟被告知是女人禁足之地，失落开始向空中星星点点飘洒，而金塔外面盘腿静坐，给游客拴线祈祷平安的佛爷却对我微笑着，淡淡一句：姑娘，心意到了，佛祖无处不在！睿智的语言，宽慰了我小小的女儿心。

夜晚不知不觉到来，我留宿傣家的竹楼，乡村质朴的氛围在四周弥漫，此刻，感觉自己就是在这破土而出的新竹，摇摆在温润的山风里，清新舒展，须臾，安然入睡。

当朝霞拨开芭蕉叶亲吻上竹楼的窗棂，我也享用完傣族爽口的酸肉米线，去赴勐外土司避暑山寨之约。

一路的山灵水秀，一路的风景如画。绿色是这里的主色调，但绝不呆板，因山势的方向和延绵，树木和翠竹的疏密程度不一，这里的绿也被层次鲜明地分为多种。或深或浅，或淡或含有点点鹅黄，与无处不在的流水相随，滋润万物生灵，也引诱着过往的人们，想立刻伸手去拥抱去沉浸其中。这种苍翠缠缠绵绵，无限延伸，与天相接，难怪傣族传说勐外就是容易上天的地方。

依山傍水，丛山密林庇护的土司山寨恬淡地看着我，世间万物的美不外乎由静与动合成。寨门口的水车流转出清幽，敦实憨厚的通天石亘古依旧；古朴的勐外佛寺，佛幡飘扬。

这里是一位备受民众爱戴的土司的长眠之所，感觉像封在两块天然的巨石里，与山河同在，与自然交融。想起现在动则大兴土木广建恢宏“活人墓”的后人，刀派约土司的高洁毋庸置疑地可媲美先圣，豁达得让我仰视；同时喷涌两个泉眼的“夫妻井”、放生池边两棵“夫妻树”，爱情的忠贞，亲情的温暖，在远离喧嚣的日出日落中倾诉平淡是真的幸福。

沿着竹制的梯子登上萨拉亭，亭旁的林子间鸟儿婉转歌唱，松鼠轻快舞蹈；举目眺望，斜映的枝丫于亭外微笑，与我对坐看我品茶；古老的寨子在参天浓绿和柔软摇曳的竹林里兀自从容，一副看淡世事沧桑，内心安然无恙的淡泊；缕缕灰蓝充满生机的炊烟从寨子里冉冉升起，升起山寨一轮行板如歌的生活；绿水绕寨，田园牧歌，鸡犬相闻、三两傣家女子袅娜隐现，远离红尘的祥和荡漾在山风下，令人心旷神怡，这时的我，如王，占领了历代土司来此避暑的悠然。

步转景移，进入天然氧吧大象山，身心休憩的港湾。密林深处斑斓的冬日舒缓着，林里竟然还有花儿绽放，老树新枝自成一道风景，许多粗壮的大树上寄生品种不一的植物，错综的根节，匍匐在大地，网结成时间的经络。或盘错纠结或枯藤裂痕的根，是山中绿色的灵魂，纵横在石头之上，而随处遍布的苔藓，又安顿下多少痴守和流放？我站在佛雨树下捧接圣水，祈祷安康。相传，佛祖在大象山上讲禅，并向众人抛洒可祛病消灾、平安健康的圣水，圣水尽，可后来者仍络绎不绝，无措中佛祖将手执的树枝插于地上，生成此树，终日滴答祝福。

山有多高水就有多长，耳边传来潺潺流水声，清澈的泉水总是在猝不及防地时刻突然出现在眼前。从山的角落，从树的身边，日夜不息流淌在杂草荆棘丛和树木之间。所有的生命依附水的指向生长，所有的生灵跟随风的姿态张望。水，生命之源。

将挥别，可我的不舍在禁锢离去的心绪。清愁凌乱，不紧不忙，我再次徜徉在幽深的村巷里，多想霸着这方山水做只修行千年的白狐，邂逅一幕荡气曲折的回顾；更想站在干栏式的竹楼下，轻盈艳丽筒裙，停泊住芳菲的年华……

必须离开了，大曼糯之最——世界第一大的榕树在不停呼唤，赶到棵旁，我惊讶得张大嘴。天！这哪是一棵树，这分明是一片林子！有资料翔实记载：树高48米，冠幅面积4336平方米，基部直径35.3米，需要68个成年人手拉手才能合围，树洞更是夸张得可以并列两辆汽车从中同时驶过。满眼枝繁叶茂在安抚来了去、去了来的枯荣，收纳下所有的不期而遇，我，傻傻地迷醉。

我把匆匆的身影定格在平凡却不平淡的孟连，心境纯粹得透明，在这里，走过往事辗转的颠沛和光芒，触及过一段历史的宽和长，牵手过一片亚热带景致的轻舞飞扬，足够了。我的心海，从此，停放这一隅无限的明媚和向往。

人在旅途

当机场的广播又一次响起温柔悦耳的声音，通知“乘坐××航班的旅客，我们再次抱歉地通知您，您乘坐的航班因为空中管制，无法按时起飞……”时，我淡定地翻阅手里的散文集《在滩的日子里》，在横光利一的田园风光中安静，目光没有半点游离。

不时出差，不时会陷入在陌生的地方和陌生的人共处的状态。因而，似乎已产生对许多突发状况的免疫力，学会了在陌生的环境安顿自己，渐渐能够遇事不急不躁，静观其变，而书成了我旅途的最亲密情人。不管长途还是短程，带书行走已成为我的一种生活习惯。

可人在旅途，哪怕再想自我沉默，却总会有许多的不可预知出现。

某一次，一中年男子与我相邻坐于候机室，眼角余光发现其对我数次扫描，索性合上《宋词赏析》的书页偏头一旁。果然，他发问而来：“美女可是大学老师？”在“美女”一词泛滥到等同于“女人”的时代，我对这种搭讪真的没有多少应答的兴趣，但出于礼貌，还是微笑着摇了摇头。他又指着我的书说：“这本书不是专业人员很少有人看的，而你的气质一看就是玩文字的人。”我淡淡地回他：“谢谢您的夸奖，喜欢罢了。”他却一再穷追：“你就不要谦虚了，我的眼睛很毒的，你这样很大气的女子，应该是学者。”罢了，无法解释，我只能没有内容地报出一声“呵呵”。脑子里想起张爱玲当年在一篇散文中写过：如果爱说话，可以去教书，海阔天空肆意驰骋；还可以请人吃饭，别人因吃请不得不委屈自己，听着八卦让耳朵受累。爱玲的文字颇有调侃意味，但我不可对其明说，只能在心里悄悄窃笑，幸好，登机通知适时响起，不然真不知此兄还想再说什么。

行走越多越感到老话“人上一百，形形色色”说得太好，人与人，真的是绝对大不同。思维习惯、行事方式，总各有特色，某些怪异的做派，甚至可冠以当今“怪咖”的通称。年前出差返回，一位手执书本的男士与我隔着座位通道同排。飞行途中，也不知他什么时候注意到我在读诗集，于是，在通道那边挥舞着手里的《少林寺第八铜人》，大声质问：“你怎么会看诗嘛，要看就看九把刀的啦，你看那个多虚呀，有意思吗？”尽管我被突如其来的莫名轰炸片刻发蒙后，小声辩解，平时也会看别的书，包括九把刀的等等，但并不影响我喜爱诗词，可他仍用伤感十足的语气说：“人生、文学，九把刀才是最有力度的！”一副痛心疾首的样子，俨然作家“九把刀”的忠实粉丝，他大嗓门嘈杂的音量引得旁人纷纷侧目。平白无故，招惹来这一个事，当时，我诧异得打开舱门跳下去的心情都有。

有时，思维也会发散感慨，在人生的许多过往中，因为种种缘由，会被一些过客不请自来地闯入，就算其转瞬即逝，但仍会留下些印记，或甜美或平淡或尴尬，并且，在不经意间从记忆里走出来，脉动于眼前。

某次刚进入机舱找到座位，跟在后面的一帅哥就很自然地帮我把箱子拎起，放进行李舱。本来以为是邻座，没想到他放好箱子还不等我的道谢出口，早已如同完成分内之事似的到后两排就座，速度利索得让我都没看清人家的模样，但心里的感激之情，久久不衰。也有事出左招与书无关的糗况，同样也在候机大厅，不同的只是时间与机场。一位爽朗的大男人，在和熟人高亢地谈论了近半小时后，来到我座位旁的垃圾箱边气壮山河地一阵大咳，然后声势浩大地对着垃圾箱一次再一次吐痰。原本在他刚过来时就想立刻离开，出于礼貌没走，可几分钟后实在忍到无可再忍，终于站起来拖上行李箱，落荒而逃。好在，这种极品事并不常见。

忙碌贯穿生活的当今，在路上，也会遇到偶得的温暖，不管时间过去多久，依然不能忘怀。曾在广州白云机场，过了安检，一直隐约的胃疼加重，强忍着慢慢向登机口走去，不曾想，场内电瓶车悄然停在了我身边，工作人员很关切来问：“您好！是不是不舒服？我送您到登机口好吗？”把我送达，又仔细询问，得知我无大碍后方离开。那份体贴和蔼，至今想起仍无比美好。

也会在旅途中写诗写散文，我从来都自嘲不算文人，许多天不落一字的日子常有。还好，我还算个与文字相爱多年的人，总能用责任心和小感受来忠贞于我的内心，用一些笔墨记下每个喜欢的角落，用文字回首我走过的那些路是否颠簸。某年秋天，曾独自在成都，几天的烟雨蒙蒙，让心情颇为起伏。夜晚，静坐酒店，窗外一棵柳树，尽管枝繁叶茂却湿漉漉的样子，茫然的孤独把自己紧紧包围，于是写下短诗《迷失》：“懵懂闯入一座城/我的灵魂无处安放/午夜的街道空无人迹/我的心事却在路上拥挤/万盏灯火的时刻/爱在迷茫流浪/雨中 /沦陷自己/往日风笛叠印出光阴的翅膀/蜿蜒四方/我/找不到太阳。”

人生，会与许多人或风景相遇，但由于时间和精力的先决限制，基本上是擦肩而行，不会完全牢记。不断地行走，让我学会了胸怀感恩之心，学会思考和感激。人生在世，毕竟没有谁天生就有义务对别人好，心里充满温暖的生活才是淡然和幸福的。

罗素说过，知识、爱和同情心是生活的动力。人在旅途，以这样的心情陪伴，也应该会有点境界了。

作者简介

卢春兰（1970～　），出生于云南省弥勒市，现居云南省蒙自市。

饮水思源

我生长在彝乡。

绵延百里的彝山，养育了山一样粗犷豁达的民族，孕育了热情奔放的阿细跳月。

春节，妹妹从家乡打来电话贺年，手机里笛声悠然，木叶清脆，三弦震天，人声鼎沸，热闹非凡，好一片欢乐的景致。

小时候在家乡，春节最大的乐趣是去看跳月，有时自己也跑入跳月队伍，手舞足蹈玩个痛快淋漓。只是有年初一，当伙伴们兴高采烈地去跳月时，因家里缺水，我家姊妹仨人揣着歆羡的心情往村外约八公里远的长湖背水。从此，每到春节总会想起这件事。

遥想当年，我刚进城上学，放寒假回家，每天都有小伙伴到家里玩，玩得高兴，大年三十忘了取水，大人说除夕夜洗好脚能走出好前程，三姊妹挥霍了许多宝贵的水。初一早饭时发现水缸快见底了！村头寨尾弹响了动听的琴声，小伙伴们都来了，等我们吃完饭去跳月。外婆说，你们玩去吧，水我会背。外婆已七十多岁，我们不忍心。年幼的小妹长得俏丽可爱，大人们跳月都乐意带着她。大妹不同意，二话不说，抱出最大的一个葫芦，用网兜装好递给小妹，葫芦形状非常漂亮，在地里时怕别人摘走提前采撷，皮很厚，还没灌水已觉很沉。我和大妹把罐子装在背箩里背着，领着小妹去背水。出门时，我帮小妹把用棕叶编织的网兜搭在背箩上，返回时，小妹力小，我们背的太多，路上休息了好多次。快到村边时，天空下起了雨，小妹想把葫芦里的水倒掉，被大妹制止，第一场春雨，水里掺杂尘埃，人不能喝。我们落汤鸡似的回到家，此时从远处飘来男孩的号啕声，跑过去看，原来是孤儿寡母家的阿荣背水进门时被门槛绊倒，装水的葫芦全摔坏了，抱着葫芦碎片伤心痛哭。阿荣母亲生病卧床不起几个月了。小妹急忙跑回家抱来一壶装满水的葫芦送给他，邻居也提了一桶清水送过来。

家乡流传着一个传说，以前有个妇女，带着小孩干活，口渴时把小孩放在地边树下去汲水，跑过几个山沟几座山梁，提水回来时小孩早被狼叼走。村里人格外珍惜水，送人一壶水是浓浓的一份情意。

家乡遍布山石，属喀斯特地貌。虽然山峦青翠，林木葱茏，但大部分村寨都缺水。我们生活的小村以前并不缺水，村尾有口古棠梨树环绕的水塘，终年有水。有些调皮男孩到水塘边掏白泥做小车玩耍，掏过白泥的地方会流出涓涓细水，村民规划把水塘扩开，引水到山脚，把玉米地改造成水稻田。美好蓝图促使全村老少齐上阵，夜以继昼，挖地掘土，却在塘底挖出了一个大窟窿，水漏光了，只好全村凑钱买来水泥拌浆灌底，想尽办法，每年储蓄的水过不了几个月就干了。后来在村头又挖了两个大水塘，还是没法满足需求。

有人说，清晨或黄昏在村前的东山脚屏息静气，能隐约听到潺潺流水声，或许村寨附近有地下河流。当时，外公担任大队书记，他看到村里饮水困难，曾想带领村民挖水。听人说离我们不远的一个村庄，村主任带领村民入深洞寻觅水源，闷死在里面，他两个兄弟进去救人，也相继死在里面，留下老母亲孤独生活在世上。外公放弃了自己掘井觅水的念头，托人找地质队帮忙，地质队说有水，钻探费用太高，只好作罢。

村里取水，还有一个比长湖稍近的地方，要穿过郁郁苍苍的一大片原始森林。大森林里，三伏天路面也是潮湿的，每迈一步，脚底全是落叶，透过高大茂密的林丛抬头望天，只看得见树梢的一点点蓝。在林中穿行约六公里远，有一个用石头围拢着的龙潭，龙潭不大，却是“泉眼无声惜细流，树荫照水爱晴柔”。今天把水提完舀干，第二天又满了，水又不会溢出龙潭口，甚是神奇。每次装满水，坐在龙潭旁千年棠梨树下休憩，眼前棠梨树、桃树落英缤纷，满山林木随风起伏，绿浪滚滚，沐浴着和煦的微风，暂时忘却了缺水的困境和吃水的艰辛。

龙潭水清澈甘甜，邻村常有人走遥远的路来挑水、背水。那年春天，好久没见邻村汲水的人，村里人说，邻村忙于农活，没时间赶远路挑水、背水，喝了村中池底的红泥污水，很多人都得了伤寒病，县上组织医疗队进村救治，有些病情严重，拐着木棍来看病。

我们村挂在高高核桃树上的大喇叭连日广播，严禁村民走亲串寨、禁止男女青年约会，以防疾病传染。

深夜，外婆坐在长年不熄的火塘边，拨弹着幽幽的口弦，向我们讲不能挨近“波么来补”（彝语：大山）旁新村山。

家乡有一座“波么来补”，它是弥勒西山地区比较高的山峰，新村山紧挨在它南面。有一年，我们几个小伙伴去新村山砍柴，当我埋头挥舞镰刀砍柴时，有东西“咚”的一声碰在头上，抬头一看，是一把破烂不堪的月琴，褪色的琴带和扯断的弦线在随枝拂动。我问，月琴是不是逝者生前的心爱之物？小伙伴说，树旁边全是土堆，不像是坟，不会是逝者遗物。外婆告诉我们土堆其实都是坟。很久很久以前，新村许多人得了一种病，病倒的人没有康复。人们刚把亡者埋葬，埋人的又倒下病故了。整个村，没活下几个人，活着的搬迁到山外去了。外婆说，有时走过可远眺新村山的小路，外祖父总要扯一根地上的藤条让外婆系在腰上辟邪。邻村的伤寒病，医疗队及时救治预防，县里又出动消防车派送生活饮用水，总算有惊无险，没人撒手人寰。

20世纪80年代后期的一个冬天，凛冽的寒风里传来一个温暖人心的消息，政府组织实施山区饮水工程。家乡开始修建家庭水窖。乡上派出技术人员指导，给每个家庭水窖配套1500元的补助经费。人们纷纷拿起锄头铁锹，挖坑垒石，拌砂灌浆，兴起了修建水窖的热潮，几年内，各家各户有了家庭水窖，有些人家甚至建了三四个。当飘洒的春雨洗尽屋顶的灰尘后，人们便用屋檐集雨水到水窖里贮藏，积蓄的雨水无污染，久储不变质。春收夏播的暑热季节，喝上一瓢透心凉。家庭水窖给阿细彝人带来了实惠，给每逢冬末春初全村老小取水的历史画上了句号。

改革开放后，随着经济的复苏和发展，弥勒西山靠近水源的村寨开始架钢管引自来水，清清的泉水流进了阿细彝家，流进了厨房。我的村庄，也出资用水泵从山外抽取质清味甜的清水进村头的水塘，供人们饮用。碗口粗的清水天天汩汩流淌着，人们说，这是幸福的歌唱，这是幸福的水。

水是生命之泉，更是致富之源。我的家乡，有栽种烤烟的传统，只是栽种范围小，仅限于龙潭附近的土地。包干到户后没几年，政府帮助村民修建地边水窖，每个地边水窖建好后补助1000元，人们纷纷建设地边水窖。遍布田间地角的水窖犹如星星之火，燎原了缺水地区的家乡人致富奔小康的劲头。村里人用水窖之水浇灌地里的作物，灌溉稚嫩的烟苗。生活开始富足起来，村里有个红河州劳动模范，他带领家人，用勤劳的双手建起了村里第一幢漂亮的楼房，安装了太阳能洗澡器，建盖了卫生猪圈，用生食喂养猪，建起了沼气池，用沼气做饭，村民纷纷效仿，全村用柴量少了。村里因势利导，实施封山育林，砍柴限在年前闲季一个月，家乡的林木更加枝繁叶茂，群山更加苍翠秀丽。

多年以后，生我养我的小山村发生了翻天覆地的变化。土坯房换了新容貌，红墙青顶的砖楼洋房错落有致，电视机、电话、洗衣机走进了宽敞明亮的寻常彝家，村里大部分人家有了摩托车，部分人家开上了汽车，城里的公交车每逢集市还开到各个村寨，村里修建了平坦的水泥路，安上了路灯，许多村民喝上了干净甘甜的桶装矿泉水。

家乡的人们渴求清水，看重清水般纯洁的感情。彝族阿细人质朴，真挚，崇尚自由恋爱，热恋到想成为一家时，男方把姑娘接到家中，帮男方家砍柴背柴。三天后，两位恋人返回女方家时，邀约一位能说会道的男伴同去说亲。到女方家后，男青年去挑水，挑回的清水如果能顺利倒进水缸，女方父母表示同意了这门亲事。清水定姻缘，男方挑满水缸，便可娶回如意的新娘。家乡的人们开始喝桶装的山泉水。有时，真担心挑水娶妻的千古礼俗能否持续沿袭？

小时候，常见外公扛着锄头到处挖水塘。每选一个点，地势较高处挖人饮的水塘，水池一般较小，挖得比较深，在内壁用石头垒好，便利人们取水；地势较矮处挖较大且有点浅的水塘，专供牲口饮用。当时他在大队当书记，除了我们生活的村子，到大队驻地寨子的沿途路边，到处有外公挖掘的小水塘。一些靠近山脚的水塘，水从没干涸过。

公交车开进山寨，以前要走四个多小时的山路，现在不用一个小时可抵达。散落在各条小径边的水塘，除晚归的牛羊偶尔饮用，村人早已弃置，故亦没有了昔日的喧嚣。倘若不是水边疏枝密叶的棠梨树和肆意生长的灌木丛相伴，我想，这些水塘定然会觉得孤寂和落寞。

彝族阿细人视水为圣洁之物，是上天赐予的甘霖。彝族史诗《阿细先基》言：“清莹莹的水啊，水喝到嘴里，嘴里甜蜜蜜甜；水咽到肚里，肚里蜜蜜甜……”水不仅是阿细人生活的保障，更在人生中占有重要的位置。婴孩出世，热水沐浴；说亲嫁娶，挑水定情；老人辞世，家人则派人以“乞水”形式告知亲朋好友，用水向亲人作最后的道别。

春风乍起，吹皱一池清水。村里人而今告别了人背马驮的缺水困境，走上了幸福的康庄大道。

饮水思源，父老乡亲喝着清凉的甘泉，过上了几辈人梦寐以求的幸福生活。

游子旅天涯，梦魂归梓里，最怜故乡水。

“山青青，水盈盈，快乐的阿细人。”古老的歌谣吟唱着新的希冀。彝乡山常青，碧水更长流！

作者简介

蔡维丽（1970～ ），笔名丹雯，出生于云南省南涧县，现居云南省开远市。

大黄（外1篇）

一座青青的山坡上，一群黄牛在静静地吃草。一位身披蓑衣、手拿长竹条的小姑娘，一边哼着歌儿，一边嬉戏着一条摇着尾巴的棕黄色大狼狗……这田园牧牛图时时闪现在我的脑海中。其实，这女孩就是童年的我，那条大狼狗就是我童年忠实的伙伴大黄。

大黄比我大半岁，是从亲戚家抱来养的。我小的时候，大人农活忙时就常常把我放在竹箩里和大黄一起锁在家里。大黄也忠于职守，我在它的看护下慢慢长大。

我长到6岁就开始放牛了。我们村在深山且只有3户人家，因此童年我没有一个小伙伴。所幸的是，我孤独的童年生活中有大黄做伴。有大黄跟着一起放牛，我敢把牛群赶进深箐密林，让它们吃到最鲜最美的青草。有大黄的保护和帮助，我从没放丢过牛，有时还会有意想不到的收获。记得那是初秋一个多雾的上午，我把牛群赶到后山上的一片树林中。我正精心地编着野花环时，突然听到大黄尖厉的叫声。我寻声找去，只见在牛群不远处，大黄正与一只灰色的狐狸搏斗呢！大黄紧紧地咬住了狐狸的喉咙，任凭狐狸挣扎。过了好一会儿，狐狸软软地躺在地上，喉咙处直流血。我不知从哪儿来的勇气，连拖带扛地把狐狸弄回了家。第二年的同一个季节，大黄用同样的战术又捕获了一只狐狸。20多年过去了，那两张狐狸皮至今还保留在父亲的枕边。在大黄陪我放牛的岁月里，我已记不清它捕获了多少野兔和山鸡。

我9岁那年到离家5公里的一所山村小学读书，每天要早早起床，带着午饭去上学。大黄常常不声不响地把我送到令人毛骨悚然的大龙潭附近，它就蹲在地上，看我消失在山路上才返回家。每当我放学回家，大黄便会跑到大龙潭欢迎我，看我回来就摇摇尾巴，舔舔我的小手……

岁月如梭，我一天天长大，大黄却在一天天衰老。

我14岁那年考取离家40多里山路的县重点中学。当我离家时，大黄眼含泪水挡住了我的去路。我再也忍不住了，抱着大黄痛哭流涕。因学校离家远，我很少回家。父亲写信来，说大黄几次张开嘴就闭不下来，不能吃不能喝，甚是可怜。我知道大黄老了，那是下颌骨脱臼，它要受多大的苦啊！

为了看上大黄一眼，一个星期六下午，我独自一人步行40多里山路回家。到家时已是次日两点。一进家门，就看到大黄蹲在大门边，它的下颌骨又脱臼了，嘴大张着，痛苦地呜咽着，眼巴巴地看着我。我的心一阵刺痛："大黄！你受苦了。"我再也忍不住伤心的泪水。天亮了，已一星期没沾饭水的大黄被父亲用绳子吊在树上，准备送它到另一个世界。大黄命大，不仅没被吊死，反而嘴合拢了。流了点血，吃了些饭喝了些水后，大黄便一头倒在我怀里静静睡去……

因怕耽误我的功课，父亲写信再也不敢告诉我关于大黄的情况。当我放假回家时，我已找不到大黄的影子……父亲说，大黄去了，是因为多次下颌骨脱臼的折腾，最终它走上了黄泉路。

大黄，我童年的好伙伴，你在另一个世界还好吗？

母亲的眼泪

母亲老了，可看上去比她的实际年龄更老，简直就不像才六十岁的人，倒仿佛已有七八十岁一般满面皱痕；眼睛也不再如往年一般又黑又大，充满神采，也不知是漫长的岁月给那慈和的双眼蒙上了灰蒙蒙的色彩，还是因为流了太多悲伤眼泪的缘故，而今那双原本圆圆的眼睛已变成了一条细窄的缝线。

母亲的一生是在苦难与悲痛中度过的。早在母亲15岁时就已饱尝了失去亲人的痛苦，双亲的过早去世，使母亲成了孤儿，一个人如秋日里落叶一般在漫长而艰辛的人生旅途中飘零、跋涉。其中，不知流了多少眼泪。嫁给清贫但却忠厚善良的父亲后，母亲就已下定了愿跟父亲吃一辈子苦头的决心。

母亲38岁那年，弟弟来到了人间。此时，母亲已有了一个儿子和四个女儿，她说弟弟是不经意间来到这个世界的，尽管如此，弟弟的到来还是给母亲及我们全家带来了一片欢乐，已上中学的哥哥更是喜得合不拢嘴，他抱着刚出世不久的弟弟喊："妈，我可以当兵了！"当时哥哥那股高兴劲，倒仿佛弟弟不是母亲生的，是他从外面捡来的大宝贝似的。哪曾想，哥哥这一喊，却注定了母亲将要失去一个儿子，要流好多好多的泪……

母亲泪流得最多的是哥哥牺牲的那一年，即1979年。1978年冬，哥哥离家入伍，母亲一路无声地流着泪把哥哥送到村口，眼看着就要分手，母亲仅说了句："你想去就放心去吧，常写信来……"话未说完，早已泣不成声了。

哥哥走时，父亲仍卧病在床，想不到哥哥这一走，与我们一家竟成了永诀。

哥哥走后还没满一年，传来了他英勇牺牲的不幸消息。父亲是最先知道这一消息的，他怕母亲经受不起这一打击，一直不敢将此噩耗告知母亲，直到部队慰问人员即将进村，父亲才不得不将深埋心底的那份沉痛告诉与自己朝夕相伴数十年的朴实善良的妻子：“国宝（哥的乳名），他去了，他先我们一步走了，牺牲了……”

母亲一惊，不相信似的瞪大双眼看着父亲的脸，手中的碗筷不觉“啪”的一声掉落在地摔得粉碎，两行泪珠从她双眼中溢出，变大，变亮，缓缓滑落到地上。“儿啊！”接着一声撕心裂肺的哭喊，母亲滚倒在地上痛哭起来，不久便人事不知了。

自此以后的那段悲痛欲绝的日子，全家人不知是怎样度过的，中年丧子的打击使双亲在极短的时间里变得苍老多了。然而，母亲并没有在如此巨大的悲痛中倒下，仍如以往一般上山砍柴，下田劳动，料理家务，只是每当置身寂静的深山荒野，又或到哥哥在世时经常出没之地，她总要悲痛地大哭一场，边哭边高声呼唤着哥哥的灵魂，直哭得天昏地暗，死去活来。当时弟弟年幼，但也懂得悄悄跟在母亲身后，见母亲一哭就急忙跑回家叫人去将母亲背回家。

每次母亲哭过之后，又开始无休止地埋头操劳，只是言语比以往更少了，其劳作的身影也充满了机械与麻木，只是对我们姐弟五人却更加疼爱，更加关怀了。

母亲和父亲一道，在家乡那片贫瘠的土地上，用粗糙而勤劳的双手辛勤地耕耘着，苦苦将我们姐弟抚育成人。如今，父母双双被当地人称为“光荣家长”，因为他们养育的6个子女，一个是英雄、一个是大学生、一个是中专生、两个是高中生，还有一个致富能手。

我是全村第一个大学生。上大学临离开家时，母亲将借来的五百元钱亲手缝在我的内衣袋里，边缝边抹泪，嘴里还不停地念叨：“四年哪！四年……”言语间流露出太多的不舍与怜爱。

念完大学，我来到了对父母米说完全陌生的滇南，离父母及那片熟悉的故土更远了，然而，我的心却仍时时牵挂着不愿离开土地而孤寂地守着那十几亩责任田和一座宅院过活的双亲，我的思亲情结便在漫长的岁月中与日俱增，有时真恨不得肋生双翅，飞越高山大川，回到父母身边尽尽女儿的孝心。然而，虚幻中我又总仿佛看到母亲正微笑着对我说：“好儿女志在四方，你安心工作吧，我们有你姐弟照顾呢！”

不知多少次，在梦中，我又看到了母亲的泪眼和父亲的白发，以及他们粗糙而又背筋暴突的布满皱纹的手；在梦中，我一次次地仰望母亲刻满了岁月痕迹与人世沧桑的脸，为她抹去那浑浊的辛酸泪……

作者简介

杨银（1970～ ），出生于云南省南涧县，现居南涧县。

烟火人生（外2篇）

周末在家休息，约了几个好友小聚，多做了几个菜。解下围裙走出厨房的时候，我闻到自己周身弥漫着烟熏火燎的味道，洗了两次手，这种味道仍然挥之不去。突然，心中窃喜：这是人间烟火的味道！

我是一个称职的家庭“煮妇”。对于我来说，做饭是一种愉悦的享受，美妙而温馨。当我起身忙碌在厨房，享受着为人妻、为人母的艰辛和快乐的时候，悄然溜走的时光，会在我不经意回眸的瞬间，把一缕温情的阳光透过厨房朝东开的玻璃窗送到我的身上。于是，厨房里便多了一份温暖，多了一份温情，多了一份感恩。

每次做出了儿子和老公喜欢吃的菜，看到他们心满意足地品尝时，我都会有一种成就感，身体的劳累瞬间便被这种温暖裹挟住，进而消失得无影无踪。

我想这就是女人的小幸福吧，零碎的、点滴的在生活里慢慢扎根、蔓延、繁茂。每天下班的时候，我都会想，如何在最短的时间里为他们做出简单而可口的美食？

一把勺里装着一家人的胃，在锅里轻轻地沸，微微地响，在那儿兀自低语。慢工细活地熬汤，动作熟练地煎炸，猛火之下的快炒，恰到火候的焖煮……紧贴着家人的口味。

一桌菜就像一个小历史。父亲喜欢清淡；小弟喜欢吃酸辣鱼，不喜欢吃蔬菜；儿子和老公都不是挑食的人，我做什么就吃什么，即便不太可口，即使色差味欠，他们也能“笑纳”，不贬低、不打击，我为有这样不挑食的老公和儿子而感到满足。开饭了，一家人围桌而坐，谁的喜好，谁的咸淡，举筷、舀汤之间已然尽显。

饭后，把锅碗盆碟收拾在一起，在清凉流水的洗刷下，看着那些细瓷的碗儿碟儿由脏污变得洁净，里里外外，哪儿都洁净明亮清爽，这样的感觉瞬间让人心生愉悦。

现代社会，生活节奏快了，工作压力大了。我们的生活常常是紧张、急迫、匆忙、受挤压的，整日在东奔西赶，忙工作、忙生活，就像个满地转悠的陀螺，迎来晨曦，送走夕阳，倦鸟归巢般穿梭于闹市之间，忽略了身边的风景：路边的行道树又发了新枝，街心的盆景熠熠生辉，街上叫卖的兰花沁人心脾……伴随着生活节奏越来越快，人们也渐渐地丧失了慢的能力，快餐、快递……凡事似乎都想着快，吃药求即刻见效，盖房恨不得三天落成……似乎总有一种快而欲更快的焦虑如影随形。

“快中求慢”是一种生活的享受。一家人围桌而坐，吃着平常菜，聊着家常事，已经成了一种奢侈。民以食为天，“小火慢煨”，看灶上的锅欢快地吐着雾气，闻弥漫了整个屋子的香味，在氤氲的热气中，在菜肴飘香的味道里，在人间浓浓的烟火气息里，让浮躁的心慢慢趋于平静。减慢生活节奏，从从容容地过“慢生活”，以一种平和的心态，在暖暖质感的光阴里守着一份属于自己的幸福！

泪眼看老父

“想想你的背影，我感受了坚韧。抚摸你的双手，我摸到了艰辛。不知不觉你鬓角露了白发，不声不响你眼角上添了皱纹。我的老父亲，我最疼爱的人。”每当我坐在电脑前听着刘和刚唱的饱含深情的《父亲》这首歌，我心中会不自主地涌起一股酸楚，脑海中会浮现出父亲深沉、坚毅的背影，心一阵阵地痛。我又开始流泪了。

小时候、长大后、成家后，往事一幕幕涌上心头。每次在大街上看到背影相似父亲的人，都会不自主地想起已离我而去的父亲的样子，总会在心中一遍遍的怀想，若是父亲还在我身边该多好！

2012年11月23日，我的父亲安详地睡着了，永远地睡着了！任凭我们怎么呼唤，他都一动不动。父亲走了，永远地离开了我们，走完了自己的人生旅程。没有人会长生不老，我知道父母迟早会离我而去，也知道到时会很痛苦，但没想到当这一天突然来临，我会如此痛苦。现在才知道，即使父母活到一百岁，别离的时候也会撕心裂肺，因为潜意识里你根本不会希望他们走。

我的父亲是个地地道道的农民，他勤劳、朴实、忠厚、善良。在我的记忆里，父亲总在不停地劳作，盘田、种地、种菜、养猪、跑生意……他不是去田地里侍弄庄稼，就是赶上马车去拉赶街人。他一天到晚总有干不完的活，使不完的劲。父亲的一生，辛苦操劳，把我们姐弟六人养大成人，受尽了生活的磨难与艰辛，但父亲没有倒下。父亲走了，小弟对我说：“姐，我觉得天都塌了。”是的，父亲是我们的天。父亲走了，天黑了，天塌了！

父亲去世时75岁了，之前身体一直都很好，直到去年脚疼去医院做了全面检查，医生诊断出他的心肌肥大，导致腰椎间盘突出，随时有生命危险……从此，药就像一日三餐必吃的米饭一样，成了父亲每天必不可少的依赖。

由于父亲年事已高，再加上年轻时过分透支了体力，父亲的身体每况愈下。父亲的食欲明显不如以前，即使吃得不多仍然有上腹闷涨不适的感觉。即便这样，父亲仍然活得超常的坚强。面对孝敬他的儿孙和衣食无忧的生活，他怎么舍得离开这美好的世界呢？他每天坚强地被护士用针扎来扎去，两只手臂青一块紫一块的，但他从不说疼。每次我们问他病情，他总是轻描淡写地说："没事，好多了。"

一个人，无论你多么坚强，在病魔面前，总是显得那么惨白无力。由于病痛的折磨，父亲吃不下东西，他的身体越来越虚弱，人变得很消瘦，体重减至八十多斤。病痛严重时，需要注射特效止痛药才能入睡。看着父亲每天这样在痛苦中煎熬，作为儿女我们真不知该如何是好。一方面，想尽量延长父亲的时间，让他多享享福；另一方面，我们又不想看着父亲被病痛折磨啊！我们都有一个共同的心愿：哪怕不能根治父亲的病，也要用营养液维持父亲的生命。父亲年轻时，我们兄弟姊妹多，日子过得艰难。现在日子这样美好，让父亲多活一天是一天，我们都想让父亲在最后的日子里，留给我们姐弟几个点儿尽孝的机会。

时间如水般流逝。父亲离开我们已经快半年了，半年的时间仿佛就在昨天。他佝偻的身影始终萦绕在我的脑海，永远定格在他逝去的那一天。半年，丝毫没有让我淡忘一丝关于父亲的点点滴滴，我总是觉得他还健在，推开家门他就坐在屋子里。半年前还那么鲜活的生命，如今却变成了一堆黄土。父亲，您已经在黄土地里沉睡半年了。父亲，您在那边还好吗？看着那些贡品纸钱瞬间化为灰烬，这阳间的举动到底为阴间的您送去了什么？是思念还是渴望？今天太阳很好，可天很冷。

回忆与思念，是最珍贵也是最奢侈的东西。隔了天地，隔了流年，它依然附在时光的天梯上，一级还有一级，无穷尽，无绝期。在我内心里，有些离去，从来就没有道过别。父亲虽然走了，可是他的爱还在，而且会一直在。

陪儿子一起走过高考

就要高考了，我的心脉似乎和儿子紧紧地连在了一起。所以当高考的时针慢慢地指向那个决胜的时刻时，我能感觉到儿子那激动的心跳及紧张不安的情绪。

高考的日子终于来临。高考那两天，我和爱人特意向工作单位领导请了假去陪儿子。为了让儿子适应新的居住环境，六月五日晚上，我们一家三口住进了学校附近的酒店。平时睡眠很好的儿子在床上辗转反侧。儿子懂事，他怕影响我的情绪没有表露，但我还是从儿子日常的习惯中发现了他的忐忑不安。整个晚上，我的脑海里就像过电影，一点睡意都没有，渐渐地，儿子发出了均匀的呼吸声，儿子睡着了，我也就踏实多了。

六月七日一大早，儿子就醒了。虽然高考前经历过无数次模拟考，但他的心情还是稍微有些紧张，也许今天的日子对他来说太重要了。要在平时，没有我的大呼小叫他是不会早早醒来的，可今天五点刚过他就在被窝里伸起了懒腰。我把头靠近他，问他睡得好不好，儿子闭着眼睛点了点头，我隔着被子拍了拍他，示意他时间还早，再睡一会儿，他点点头，却只是静静地躺着。我知道，他不会再睡着了。

吃过早点，把儿子送到学校大门口，为了不让儿子紧张，我装作很淡定的样子跟儿子挥挥手，让儿子自己去找同学随集体一同乘车去考场。望着儿子走进学校，我折回住处拿保温锅去同乡的小饭馆准备午饭。同乡的小饭馆离我们的住处大约有5公里，乘坐公交车要倒两次车。我得算好时间，避开上下班乘车人多及堵车的因素，在考试结束时间前40分钟准备好饭菜，用保温锅装好，再迅速乘车返回住处。这样才能保证按时接到儿子，让儿子按时吃饭，按时午休。

前来接考生的家人特别多。大家都在围绕着高考的话题不停地谈论着。我也来到实验中学东大门，站在阴凉处等儿子。

接送考生的爱心送考车到了，考生一个个从车上走下来。考生们的脸上似乎并没有考后的那种兴奋，而更多的是冷漠、阴郁，抑或是疲倦！只有少部分考生神情轻松，边走边和家人和同学交流着语文试卷和自己的答题情况。

又来了很多发广告的。她们怀里塞着厚厚的广告传单，在人群中来回穿梭着，把一张又一张宣传单散发到广大考生和家长的手里。很多家长把刚接到手中的宣传单顺势抛到垃圾箱中。家长们现在最关心的是：孩子累了，赶紧带他们回家休息一会儿，休整一下！

我看到儿子从车上下来了。我细心地观察儿子的脸色，他脸上带着自信的微笑，嘴里嚼着口香糖，一副胜券在握的样子，这一刻，我紧绷的心弦终于松弛下来。我接过挎在儿子肩上的包，顺势爱抚地摸了一下他的头。儿子轻松地对我说：“妈妈，作文写同学关系，虽然有点意外，但我还是写完了。遗憾的是白居易的《琵琶行》我只想起了一句。”我对儿子说：“考完一科放下一科，别影响情绪。我们不谈考试的事，好吗？”儿子听了我的话，会意地点点头。

回到住处，安排儿子吃早饭，然后再午睡一会儿。看到离下午考试的时间差不多了，再叫醒儿子，又急忙把儿子送到学校门口。

下午考数学。数学是儿子的强项，但他告诉我题目有点难。我说：“题目难对你不是坏事，数学是你的强项。你觉得难别人就更难了。如果真的很难，你不是更有优势吗？”儿子说：“是的。”从儿子的简短的答话中，我还是嗅到了比较放心的气息。

吃过晚饭，儿子去上自习。学校为了便于管理好学生，虽然高考，照常上晚自习，只不过比平时更放松一些，学生可以自由复习，也可以聊天。在这种时刻，同学之间哪怕是互相聊聊天，对于他们来说也算是一种宣泄。在等儿子的间隙，我在学校操场上散步。晚饭后的操场热闹非凡，到处是学生。他们三个一群两个一伙，也有一个人坐在墙角的。他们手里拿着书，有自问自答的，有你问我答的，还有的三五个人齐声背诵苏轼的“大江东去，浪淘尽，千古风流人物……”白居易的“大弦嘈嘈如急雨，小弦切切如私语。嘈嘈切切错杂弹，大珠小珠落玉盘……” 我一边走一边听他们朗诵，似乎又回到了我的学生时代。

经过了六月七日、八日两天的考试，儿子终于完成了他高中三年的学习，跨过了人生的一道坎——高考。人生能有几回搏？高考，参与拼搏的是孩子，心里备受煎熬的是望子成龙、望女成凤的家长，虽然大家也知道高考不是人生的唯一出路。

生命的河流不息地流淌，父母为孩子护航的时间毕竟有限，不可能陪伴孩子一辈子。此时，唯愿儿子能坚强地选择出理想的航向，愿他像雄鹰一样在风霜雨雪中练就一对矫健的翅膀，在今后的人生道路上积极向上，顽强拼搏，去迎接每一次类似高考的风雨。

和儿子一起走过了紧张而又残酷的高考，我在分享他快乐的同时，也在感受自己的成长。加油，儿子——告诉自己：I can do it！ I'm the best!

作者简介

王丽佳（1971～　），出生于贵州省威宁县，现居贵州省毕节市。

人生四季（外1篇）

佛家往往以天人合一为人生追求的最高境界，而佛外之人也同样与自然界有惊人的契合点。

一年之中四个自然时令的变化折射出人世悠长的一生。人生如四季。

春季人生正如朱自清先生在他的散文《春》中所写："像一个初生的婴儿，一切都充满新奇……"短短九十天的日出日落却让我们走了十几年的光阴。春季人生总是阳光灿烂空气清纯，不是说少年不识愁滋味么？此时的人生如一株出土的幼苗，在对未知世界的渴求与师长的关爱中沐风浴雨长成挺拔但稚嫩的树，感受周围花瓣的颤动蜜蜂的轻吟，不断从物质和精神上吸收壮大，其间虽偶有电闪雷鸣的瞬间，但那只是一段打破沉寂的小插曲，影响不了成长大树的主旋律，阻挡不了人生迈向另一个季节的匆匆脚步。

步入夏季的人生似乎已经枝繁叶茂了，便不自觉地吟唱些诸如“惜秦皇汉武，略输文采……”之类的诗词，大有“给我一个支点，我就能把地球支起”的派头。这时候的人生其实是脆弱与危险多于自信的，因为现实与梦想之间横亘的不仅是汹涌的河流，还有彪悍的鲨鱼，而需要到达彼岸往往会耗费很多的时间与精力来造桥，且要冒着被洪水与鲨鱼吞噬的危险，事情的结局只有两种，要么面对激流放下幻想学会从头筑桥，要么退缩不前从此猥琐而生，更多的人这时便成了永远达不到彼岸的守候者。

夏季人生介于成熟与不成熟之间，很多时候，星点的挫折与失落都会让人生出沧海桑田的感慨，而稍许的成就却急于炫耀卖弄，宛如夏季枝头那些青涩却又忙着摇头晃脑的半生果子，留给人们的只能是失望。

经过春夏的耕耘，秋季人生已名正言顺地翻到收获的一面。纵然有相当部分的杰出人士早在夏季就步入成功的殿堂，但他们是天才与我们这些凡夫俗子无法相提并论，对于大多数流汗流血的跋涉者来说，金秋的硕果的确醇香四溢，这是个享受人生的好季节，那份秋高气爽的好心情足以抚慰已经疲惫的身心，秋季人生其实是人生中最迷人的一道风景线，成功虽然不是人生追求的唯一，但却是用艰辛的付出构筑的一道最佳的景致。

冬日是不掺杂丝毫虚假的季节，褪去了花叶的掩衬蜂蝶的喧嚣，一切都淡泊宁静。迈入暮冬的人生其实是一部厚厚的哲学书，它里面珍藏着许许多多或深或浅的哲理。的确，风花雪月雷鸣电闪他什么没有经历过呢？冬季人生更多的是睿智与冷静，回想曾经的患得患失，一切如过眼烟云，于是笑看熙熙攘攘的尘世永远重复上演的四季人生剧。

四季人生。

心　雨

我一直坚信人世间的某些东西是上苍在冥冥之中做好安排的，不是么？在你即将随会议代表团离开这座小城的那个晚上，我们却无意间结识了。在异乡遇到师妹的喜悦如灿烂的笑容挂在你真诚的脸上，其实，我又何尝掩饰得住那份激动与快乐呢？

我不知道人与人之间究竟有多少复杂的情感，但长久以来，有多少所谓“坚如磐石”的情感在一遍又一遍的誓言中灰飞烟灭，那些不曾掺水的情感在一步步地延伸着与我们的距离。而你举手投足言行语态间流露出的热情却都盛满了朴实与自然呵！正是这种不事雕琢的纯情深深地感染了在座的每一位友人。

在聆听你侃侃而谈的时候，一直没敢告诉你在这个长长的雨季里我潮湿灰暗的心情，因为你写满真诚的面孔和闪亮的眸子在时时提醒我这次难得的相聚。干吗要把不快揉碎来分给友人？于是，我努力让自己保持最愉快的心情与你交谈。

你告诉我，人这一生转瞬即逝，不应该太刻苦自己，其实，我何尝不想如此，但我心里清楚，环境固然可以影响甚至改变人性的许多方面，可对于那些深藏于骨子里的东西，要想更张易弦实在不是件简单的事情，你是记者，搞文学创作大块文章的，不会不明白这其中的道理啊！当时，我微笑着接受了你的善意，因为并不是谁都可以在这幽静的夏夜陪我谈这么多做人的道理。

人的一生注定要走一条深浅莫测的路途，成败之间也许仅是一步之遥，花香盈袖掌声潮起的时候会来，失败挫折痛苦无助的时候却也会不期而至，但所有的这一切又怎能抵得上朋友间的一句轻柔的问候呢？哪怕这问候曾沾满异域他乡的扑扑风尘，哪怕这问候只寄托于一张薄笺与几丝墨迹。

L.G，不知你是否记得那夜有浸满花香的清风迎面扑来，不知你是否还记得那位有些不快的看门老头。当然，白日的喧嚣困倦可能早已催你入梦，而我，却毫无睡意，于是伏案写下这些浅陋的文字。能否告诉我，它可表达了你的一点心迹么?

作者简介

李淑芝（1971～　），笔名李莎诺亚，出生于云南省武定县，现居武定县。

冬日温情（外2篇）

我的家在插甸乡上乐美村。

俗话说“冷插甸”，的确，家乡的冬天确实很冷。

记得小时候我们的生活很艰苦，在我的记忆中我最痛恨冬天。

因为，冬天太冷，上学又要起大早，那时候的环境没被人为破坏。所以每天早上去上学，都是踩着大白头霜去的。家里穷添不起衣服，一件衣服总是大姐穿了二姐穿，二姐穿了我再穿，我穿了才轮到小弟穿。我们兄妹四个就在那样的环境中穷长身体。不过，聪明、贤惠、温柔的母亲总是想着法子变着花样助我们成长，逗我们开心。家里养几只母鸡隔三岔五下个蛋，母亲总是小心翼翼地把鸡蛋拿到米缸里攒着，等到街天就会把它拿到集市上换成钱然后会买上一小袋白砂糖或者是几块用土碗做的红糖。在上学、放学的路上，很多时候我会在裤兜里摸到一小块红糖，当然这都是母亲趁我不注意时悄悄放在我兜里的。这些在我们村同龄人的眼中是相当幸福的事。也让他们非常羡慕我。

我童年的记忆里还没有“冰棒”，不过让我记忆犹新、最最怀念的是母亲专为我们制作的“持制”冰棒。

一次看见母亲在最寒冷的冬夜找来两个瓷盆和两个土大碗，拿了一小坨红糖将它化成水然后分别倒在瓷盆和土碗中，又分别放一截稻草在里面，再端到菜园摆好。我和弟弟感到好奇就一路跟在母亲身后。夜深了母亲叫我们去睡觉，可我和小弟总是撒谎说：我们想要去尿尿！经过母亲允许后我们却一路小跑来到菜地迫不及待地去盆里捞，可是令弟弟和我失望的是什么也没有捞着。就这样折腾了N次之后，我和弟弟感到有些失望。那一夜我和弟弟几乎一夜无眠，因为一晚上都说要上厕所，其实是跑去守菜园里那几个盆子。

天快要亮时，倒是睡着了，一觉醒来太阳已经老高。

这时母亲已从田地里劳作收工回来，手里提着月饼似的东西笑着向我们走来。我和弟弟睁大眼睛看着母亲，因为我们都很惊诧这冰是什么时候结成的？弟弟和我对视了几眼之后都开心地笑了。当然母亲和大姐、二姐是不会知道我和弟弟的小秘密；母亲郑重地将“冰块”分到我们姐弟四人的手中。我们兄妹四个都小心翼翼地提着稻草用舌头“滋溜溜、滋溜溜、滋溜溜……”地吸吮着用红糖制成的冰棒。大姐和二姐年纪比我和弟弟大好几岁，她们懂得好吃的东西是宝，得慢慢享用，于是她们就一口一口吮吸，似乎那是她们从长这么大吃过的最好吃的东西！可是弟弟和我就没有她们那样秀气的吃法，而是大口大口地咬在嘴里还“嘎巴——嘎巴——嘎巴——嘎巴——嘎巴……”费力嚼，不一会儿我和弟弟的冰块就没有了。看着大姐、二姐那有滋有味的吃法，我和弟弟都愣住了，我们开始情不自禁地慢慢挪着靠向她俩。可这姐俩看破了我和弟弟的意图，各自让开了；这时我向弟弟使了个眼色，于是弟弟和我就开始放声大哭。这时母亲慌慌张张地从屋里跑出来，问明原因之后再寻那俩女时人已不见踪影。

俗话说：“老儿老女是妈的心头肉！”

我和小弟正是利用了母亲的这种心理。

为了哄我们母亲只得扯开嗓门大叫，不一会儿大姐老老实实地回来了，并且把手上的冰块分给了弟弟和我，只有二姐装作没有听到母亲的叫声。可见二姐的狡猾程度有多高？四姐弟中就数大姐最老实、最听话。这下我和弟弟都高兴了，我们学着大姐、二姐慢慢用舌头舔吃，也把冰块吸吮得“嗞嗞”地响，那种滋味别提有多幸福！母亲总是笑着看我们吃，而且总是惯着我们小的这两个，可是她却舍不得尝一口还说她不吃冰凉的。

也就是从那时候起我就开始喜欢老家的冬天 。

如今我都已经是四十好几的人了，父母离开我们都已经二十年了。可一到冬天只要有空回到老家，我就忍不住学着母亲的样子信心满满地弄上几盆放到菜地，可是每次都让我失望而归。我这一做法总是引来小辈们的唏嘘，但我不想和他们做任何的争辩，因为他们并不理解我们这一代人的生活，我又何须自寻烦恼呢?

随着全球气温变暖，我的老家插甸也不例外，水里结冰的现象已经微乎其微。

如今，街上什么样的冰棒没有，可我还是怀念我儿时的冬日温情，怀念我那温柔、善良的母亲。

可如今，我和母亲只能阴阳两隔……

乡　恋

从寨口到镇上是1080米，从镇上到寨口还是1080米。我走过的次数已经不计其数，这条再熟悉不过的小路，少年时代的我闭着眼睛都能摸到镇上。

多少次我停留在风中，站在城里的高楼大厦上，凝望着那轮遥远而皎洁的故乡月，夜光在月色中充满着诱惑。

长大离开家乡后，在家乡小路上漫步是件多么令我向往和惬意的事。因为这里有无穷的乐趣，家乡湛蓝的天空和新鲜的空气伴随着稻花的清香令我陶醉、让我痴迷，朦胧的月光让我如痴如醉。家乡彝寨破旧的瓦房和小土楼如今已难觅踪影，焕然一新的是崭新的钢筋混凝土和砖垒砌成的洋楼和别墅。当年彝寨少男少女对歌的小土楼也荡然无存，对于20世纪七八十年代的我们来说还勾起了许多留恋和不舍的回忆。现在农家小院到处充满了欢声笑语，以前家乡人一直羡慕城里人。认为城市人脚穿皮鞋踏着干净的水泥地面，身穿漂亮的服装。所以，他们天真地以为幸福只在遥远的城里。可是，他们并不知道城里的游子对于家乡的眷恋究竟有多深，有多爱，因为那里曾经留下了他们成长的全部。那里有他们的歌声和欢笑，那里有他们的泪水和故事，更重要的是那里还有他们懵懂的初恋……在外的游子终于明白："城市套路深，我要回农村！"这话的含意。其实，家乡的曾经才是他们最大的快乐！

步走乡间小路，好久没这样悠闲了。曾几何时在乡间的小路上散步已成了我的最爱。看够了城里的形形色色和世间的纷纷扰扰，我还是情愿回到家乡的田间地头去呼吸新鲜的空气，然后洗涤我心灵的尘埃，清除我灵魂的污垢。因为，故乡永远是你最好的心理疗养基地。在那里，不同的季节你会看到不同的景致，也更能体味到截然不同的人生。慢慢地乡恋带着亲人的思绪在不停地召唤，就像父母的唠叨和期盼。在外的游子就像一只放飞的风筝，而拽那风筝线的人却是故乡和亲人。无论你在外面从事什么职业，当多大的官？只要家乡的父母和亲人一拽手中的线你就得乖乖地放下手头的工作，千里迢迢地赶着回去。即使你实在丢不开手中的工作，但你的思绪和魂魄也飞到了家乡。此时，乡恋、乡愁、乡结、乡亲……占据了你的全部，你的七魄已经飞离你的身体。你觉得坐立不安，你望着家乡的方向泪水模糊了你的视线。"当官只是一阵子，做人却是一辈子。低调做人你会一次比一次稳健，高调做事你会一次比一次优秀！"这些语句你坐在乡间的田埂上读一次就多一次的收获和启发。成功的时候你得意到忘记了一切，失败和受挫的时候你首先想到的是家乡和亲人。

此时，父母的乡音在你耳畔想起：“孩子，做不了的事情就不要硬做，扛不动的东西就不要硬扛。命里一尺就别求一丈，老天爷早就为你安排好了的一切，该你的就是你的跑也跑不脱。他当他的官，我们做我们的平民百姓。他过一天我们也过一天，最终的归宿还不是一样。回来住几天吧，我们想你了！”泪水就像泉涌般奔来，只有父母才是真心实意、不计成本为你立下账户的人。亲情账户、成长账户、守护账户……但现在也是该我们加倍奉还的时候，可是我们却老是让他们操心。多少个白天？多少个夜晚？送走了多少轮明月？又换来了多少次阳光？多少个游子？多少个阔佬？他们已拥有了许多的物质财富，可谁敢说他们不思念家乡的日、月、山、水、草、木和亲人，他们风光的背后，谁敢说没一丝哀愁和凄苦？

记得在二十多年前的一天晚上，天空没有一片云朵，一轮圆月在没有边际的海空里孤独地航行。它把它的月光毫无保留地撒向地球，地上的每个犄角旮旯都披上了银灰色。夜——静悄悄，一群少男少女在彝寨的小河边窃窃私语，密谋商谈着什么？空气有些沉闷，天空不知什么时候飘来了许多云朵，月亮被堆积的云层遮住，一群年轻人的心能永远地拘束在这贫穷落后的彝寨里吗？不能……不能，这群年轻人几乎发自内心地呐喊。就这样平庸地过一生，那不是他们这代人的做法。是走出这大山去看看外面的世界还是继续留在这里？城市好像有一种不可抗拒的力量在召唤着他们，内心的渴望和传统的观念引来他们激烈地争辩。所有的渴望都没有区别，激动的渴望、幸福的渴望，除此之外，再没有什么激荡着这群年轻人的心。人声嘈杂，好像整个村庄都被他们震动了。为了去外面闯荡，就这么离开？说起来多么潇洒，做起来几番迟疑。他们站在寨子的十字路口争吵着、徘徊着，这里就好像是他们人生中一个最关键的岔路口。这时，月亮从云层的牢笼里逃出来了，大地又一片光亮。此时这群年轻人的心正激情荡漾，因为不管怎么样，他们都要做出一个决定，最后的结果是他们打破了传统的观念偷偷地离开彝寨去外面闯荡！任何改革的成功，都需要一代年轻人的激情作代价。他们在争论、在思索、在回答、在纠结，与其这样平静地过下去，还不如走出去看看外面精彩的世界。于是，这 5 男 2 女的年轻人在那天夜里就在彝寨消失了。这在当时的彝寨和父辈们的心里却荡起了不小的风波。无论如何，他们都勇敢地迈出了他们人生中最艰难、最关键的一步。本来做一件开端的事情就很不容易，更何况还必须有更大的勇气！可是当他们来到城里后，他们所期望的幻想和美好并没有来，而他们不曾料到的嘲笑和艰难却随之而来。不过他们想：好不容易得来的机会，怎能轻易放过？既然从家乡跑出来了，那再苦再累都得咬牙坚持扛住。在城里他们学到了在家乡从来不曾有过的经验，渐渐地他们变得见多识广、圆滑老练。与其说他们适应了社会和生活，倒不如说生活和社会教会了他们！无论如何，他们在城里算是站住了脚跟。因为有了他们的先例，从此，读书辍学的少男少女就再也没有安分地留在彝寨。他们越走越远，越飞越高，以致拽风筝线的故乡和父母、亲人几度迷失了对“风向”的判断。不过，他们也慢慢习惯在外游子们这种“暂隐”的做法。渐渐地把风筝线放松了，兵书上不是说“将在外军令有所不受”吗？你拽得太紧了反而会把绳子扯断，不过你大可不必为他们担心，他们只是暂时的隐退。如果不出什么意外，只要年关和火把节接近，不用故乡和亲人拽绳他们也会自动聚拢，结伴回来。

家是什么，在外的游子比任何一个人都清楚、明白，家是他们避风的港湾，他们会在家里洗去一年在外闯荡和拼搏时留下的辛酸。异乡的夜晚是伤感的，孤独的心和寂寞的人有谁知晓，他们摘一把乡愁、带一把泥土和伤感，陪伴他们去流浪，他们把对故乡和亲人的思念深埋心底。迷失的方向和才干与财富的困惑让他们放弃了自我，回乡的念头无数次打动过他们的心。可是，泉涌般的泪水过后，他们咬牙艰难地挺住了。执着地追求在城市的大街小巷上演，他们的青春却在汗水中消逝，他们无私的奉献换来的却是别人鄙夷的眼神和那么一小沓零钞，何为情，何为爱，他们都没认真想过。从彝寨走出的年轻人从一两个到一群群、一批批，他们从事的职业各不相同，有公务员，有工人，有军人，然而有更多的从业者是流动式的农民工。但无论他们在外受了多少委屈和痛苦，他们都不会向故乡亲人诉说。他们不想让亲人为他们担惊受怕，他们从来都是只报喜不报忧。而且，他们在外已经形成了一个不成文的规矩，除了生死之外，他们有事只让在外漂泊的人群知道，再苦再累都会咬牙挺住，等家乡亲人知道时，都已经成了过去的故事。在城里奔波久了，他们会有种放弃的想法。于是在夜深人静的夜晚，他们常常会扪心自问：城里究竟有什么好？当初的选择是对还是错？为什么城里并不是到处都有金子可捡？为什么城里人会那么冷漠？我们为什么还不如城里人手里牵着的一条狗？城里的天空为什么没有蓝色？城里为什么找不到乡下的那种快乐？后来，他们心中的诸多问题都换作了对家乡的思念。他们心里留下的只有家乡纯朴的民风和新鲜的空气，还有阿妹那张甜美、诱人的笑脸。这种念想伴随着他们度过了多少屈辱和心酸，只有他们自己知道。可无论他们怎么拼命，城里都没他们的安身之地，因为他们的根和魂，都在故乡，故乡的一切，已经深深镌刻在他们的脑海里。

花海之殇

看到微信里已被朋友圈刷屏了的马鹿塘杜鹃花海，我的心动了。我要爱人陪着我去，但我想到：出门去游玩人少会显得太单调！于是约上平时就很要好的几位朋友和我们一起去。一行9人，两辆车飞似的向目的地禄劝县马鹿塘乡上火房村赶去。一路上走走、停停，车窗外的风景伴随着我们的笑声从眼前一闪而过、稍纵即逝。越往马鹿塘方向走，山路越崎岖，海拔也越来越高，土地也越来越荒凉。路边的农作物主产也只见到土豆，还有一些青稞麦。

一路走来还算顺利，但快要到达目的地时却发现在上火房村的乡间小道上睹车了。我们有些着急，但没有办法只好在那里等着。不一会儿，车子稍微有了一点点松动，我们的车子又挪了大约 1 公里左右。后来实在是挪不动了，我们只得下车步行，同行的毛大哥只得守两辆车。远远望去红红的杜鹃就在向我们招手，我们热情高涨，大步流星地向前迈去。我们忘记带上食品，匆匆步行大约两公里后我们终于到达了山顶。起初跃入眼帘的是一丛丛低矮的小杜鹃花，并且并不是很起眼。在花丛的下方还有一户农家在用最原始的方法来耕地，马拉着犁，男主人扶着犁，女主人在后面种荞。这种播种的动人画面引起了我和许多游客的浓厚兴趣，我们靠近去仔细观察了一阵才慢慢地离开。我非常留恋这场景，但不远处的杜鹃花在向我招手。我一步三回头地向前走去，越靠近山顶杜鹃花的清甜香味越浓。但我们因出门太匆忙，什么食品都没带。于是肚子饿得前胸贴后背，立刻就有一位友人被饿得打了退堂鼓自个下山找吃的去了。我们一行6人的意志有些动摇了，但已经看到了花的踪迹，我们决定不达目的决不放弃。正为此事犯愁之际，哈哈、碰到了一群熟人，俗话说：走的早不如赶的巧！刚好他们手里提了一大包吃的糕点之类的食品。这不，还用得着说吗？他们伸出提着的糕点让我们拿来吃，我们连客套的话都顾不上说一句，都忙着拿过来塞进嘴里。那时也顾不得形象之类了，只有肚子饱才是最要紧的事情。现在终于体会到了什么叫“饱汉不知饿汉饥”这话的意义！吃了两块糕点之后我终于有力气吼叫啦。我这才回过神来说：谢谢朱师，你终于把我们的肚子给搞饱了！只听他答：“把你们的肚子搞饱了倒小事一桩，别把你们的肚子给搞大了那可就麻烦了！”此言一出，逗得漫山遍野的游客都哈哈大笑。我却被弄得囧态百出，无言以对。但无论怎么说都得感谢人家给我们补充了能量，我们又可以雄赳赳地向花海进军了。你还别说吃饱了、笑够了，我们浑身都是劲。一路的拥挤和疲惫都被我们丢到脑后，我们所向披靡、忘乎所以地向杜鹃花的摇篮奔去。

不知不觉，我们已经来到了花丛中。我望着漫山遍野的杜鹃花不知所措，这片纯属纯天然的、无任何人工栽培的花海简直让我陶醉、令我窒息。我被眼前的美景惊呆了，我不知所措，我无从下脚。因为脚下是一丛丛、一簇簇娇小、玲珑的杜鹃花。它们有的是粉色，有的是淡红色，有的是大红色，有的洁白无瑕，有好几种颜色我是无法描写出来的。因为我浅陋的知识只能将它述个概况而已。这时我才知道自己的文化程度和写作技能是多么的贫乏，我悔恨不已，为什么当初不听父母的劝说而好好读书呢？现在才后悔为时已晚，人心不古，光阴不再，时光再也不会倒流，我的情绪一落千丈，我陷入了怀旧的悲伤之中……突然山顶上一群游客的大声尖叫将我拉回到现实中来，原来他们走上去后发现了更美、更大的花海。面对这么美丽的杜鹃花海，我张张嘴伸出舌头舔干我流下的泪水，重新调整好情绪。心想如今我都快要奔五的人了还想这些伤心事做什么？最重要的是：攥住今天才能把握好明天！想开了之后，我发现以往非常苦涩的泪水在杜鹃花面前却变得相当清甜。我和友人经不住那些游客"鬼喊辣叫"的诱惑和他们夸张的表情，于是三步并作两步爬，终于来到了一个小山包上。抬起头我喘着粗气，哇！我面前出现了一望无际的杜鹃花。什么叫花海，站在这个立足点我才真正地明白！万亩鲜艳的杜鹃花发出清香的味道，正在和我诉说着悄悄话。我趴下身体静静地洗耳恭听，因为我觉得自己已经累了，需要在这里小憩。我和杜鹃就近在咫尺，我要和它好好诉诉我的衷肠。这样近距离地与它作身与心的接触，我这一生除了爱人和女儿外再没有他人和它物了。但今天我却破例了，我把自己整个人和身心都交给了它——这些美丽的杜鹃花。我也不管不顾了，无论爱人和女儿会怎么说，我先豁出去了。或许我对杜鹃花的爱也算得上是"爱的出轨、情的越界"，我像个做错了事的老顽童悄悄地躲进了花的怀抱，花儿伸出它那温柔的双手慈祥地抚摸着我的脸膛和身心。这温暖的画面将我找回了儿时母亲的拥抱和抚摸的感觉，一股股温暖的思念又激荡起我心中的千层波浪。我发现母亲就在轻轻地帮我梳理着我的乱发，我轻轻地叫了一声："妈妈！"只听花儿在风的帮助下，嗯、嗯地回应着我。我又非常任性地大声地叫了几声妈妈！妈妈这个远离了我20多年的亲切字眼今天在这片花海中又让我重新拾起，泪水就像这夏天的雨似的一阵接着一阵向我倾泻而来。我不管不顾，我就让它尽情地流下吧、流下吧、流下吧……悲情之后一定会有一片更丰富的感情阅历等着我收获！在这片美丽的花海中我没有必要去有意克制我的感情和情绪，因为人们的视觉根本就不会注意到我的存在，他们在美不胜收的环境里会另觅新欢。而我也在这里洗涤着我的灵魂，清理着我积满污圬的胸膛。在这里我不用戴着虚伪的面具，我一层一层地把我的胸膛拨开，让他全部裸露出来。我发现我的心情舒畅极了，突然有种拨云见日的感觉。这种感觉以前好像从未有过，我把自己全部赤裸裸地展现在这片花海之中，杜鹃用它的宽容和厚爱将我的烦恼和困惑全部释放和消融。我又回到了无忧无虑的时代，我要尽情地去享受美好的生活和大自然赐予的恩惠。我展开双臂做出了拥抱的姿势，然后来了几个深深地呼吸。我要把杜鹃花的灵气和精髓吸进我的体内，再把我体内的毒素全部给排放出来。我站在花海中吼叫着：我亲爱的杜鹃花，我爱你！这时候我发现我变成了一只美丽的蝴蝶，我在美丽的花丛中憧憬着、飞舞着，我的舞姿是多么的优美。我上下翻飞，尽情地在花海的上空畅游。我陶醉在花海的上空，漫无目的地飞翔……突然，我的左翅好像被人类给折断了。我顿时从高空摔落，吓得魂飞魄散，还被折磨得半死不活的，我用微弱的声音发出求救。可还没等我吼完，就被身后另一群刚登上山顶的游客鬼哭狼嚎的叫声给逼停了。把我从梦境中拉回到现实，我的耳膜快被震破了，我下意识地抬起双手迅速地捂住耳朵。我开始厌恶这种不文明的叫声，我也意识到我刚才的行为给大自然和游客带来了不同程度的伤害。一股歉意顿时向我袭来，我如同吞了只苍蝇一样难受。我的手脚开始发抖，无心再赏花，于是我双手合十瘫倒跪在杜鹃花丛中，默默祈求花海和大自然的原谅。

不知道过了多久，我的友人们在前面大声呼叫着我的名字，我这才回过神来跌跌撞撞地爬起。他们风趣地说："你贪花、饮花也太厉害了吧，已经接近花痴了！你是在跪拜哪一树花仙呢？"他们全都笑了，而我却笑不出来。同行的友人他们哪会知道我内心的恐惧呢？我欲善其行而来弥补我的过失。我悄悄地叹息一声，然后转过身重新投入花海当中去。这次，我学会了用心去观察，用灵去感受。我静静地坐在花海之中，远远地偷窥着游客的举动。那些游客也和我刚才一样忘乎所以，矫柔造作、千姿百态地扮着怪相。不过这一次她们的所作所为都没有逃过我这个俗人的双眼，他们做梦都不会想到在这美丽的花海中还有一个清醒的我，但清醒的我此时此刻却更想做个糊涂的人，因为我再也不想看下去。一幕幕让我心酸的场景出现了，游客有的睡在花上，有的坐在花上，有的把花折断，更有甚者却把花扯来编了花篮戴在头上……突然我看到一丛丛杜鹃花在流泪、流血……我忍无可忍大声地吼叫着：不要伤害到它们，不要伤害到它们……但我孤寂的声音很快就被漫山遍野游客的嘈杂、嬉戏声所掩盖。我无助地望了一下四周，发现竟没有一个人理我。我到处寻找着我的爱人，想让他也加入我的护花使者的队伍里来，但可恨的是他也不知道跑哪里贪花去了，我只能悄悄地把嘴巴闭紧。望着被人类无情地摧残的杜鹃花，我的心也在滴血、在哭泣，但面对这些无情的举动我却无能为力。我从内心深处鄙视我自己的胆怯和懦弱，我平日里的勇气哪里去了？面对这些杜鹃花我流下了惭愧的泪水，我有些后悔今天根本就不应该来这里打搅它们。我们人类的增多会给它们的生存环境造成一定的破坏，如果地方政府和相关的部门不及时制定出有力措施控制人类进出和约束人类行为规范的话，恐怕用不了几年时间，这片自然生长的花海就会彻底地从人们的视线中消失。我这不是耸人听闻的话语，我的担心是有科学依据的。那么，我们人类要为这片花海做点什么……我感到迷惘和困惑。我不顾同行的朋友，并飞快地离开了那片“滴血”的花海。在返回的途中，朋友回味无穷地谈论着花的漂亮和壮观。我一言不发，眯着眼睛假装小憩。她们说：“瞧瞧、瞧瞧，我们的开心果疯累了，要休息。”我一语不答，因为我的心正在为哭泣的杜鹃花而伤感！

回来后，我好几天都闷闷不乐，无论做什么事情都静不下心来。因为我在担心着那片美丽的杜鹃花海，它们被人为地摧残的场面历历在目，我没日没夜地为它们恐慌着、担忧着。一周后，我终于听到了一个非常令我激动的好消息，管辖区域所属的有关部门已经采取措施开始控制车流和人员的进出，而且还制定出对人类恶意破坏的一系列相关惩罚条款，这样一来就可以约束人类不文明的行为，为花海起到一定的保护作用，这时，压在我心中的一块巨石终于落地了！

作者简介

张自莲（1971～ ），笔名木高阿朵族，出生于云南省武定县，现居武定县。

狮山魂

火把节，不来楚雄你后悔，不来狮山你更后悔！

激情火把，魅力武定八月八，我们到狮子山耍起……陌生的言语之中，渲染着狮子山，将彝人的节日投映在我眼中，放射到我心中。趁人心未老，我在微信圈里疯转，让更多的人知晓我们武定，邀请他们来武定过彝族的传统节日——彝族火把节。

这宣传武定的微信还真魅力无穷，才发出去，杭州的老友陈晓丽就说要带女儿来狮子山看看。我听说陈晓丽要带女儿过来玩，听说她女儿刚考过导游证，除了参观狮子山的自然景观外，还想来听听建文帝的奇闻怪事。便欣然答应了。谈到建文帝我虽然听说一些，但不是很多。“有朋自远方，不亦乐乎！”这是我热情待人的一向风格。我不能随便应付我的朋友，于是我想请一个精通武定历史文化的人陪同。免得一问三不知。可找谁呢？我只知道张飘老师最精通，可他九十多岁的人了，行动起来会有风险。叫谁比较合适呢？大过节的，大家都忙着过节去了。我把所有“狮山通”的电话都翻了个遍，一个个电话号码跃入眼帘，三思之后我觉得我侄女老三最合适。一来我们是一家人，在一起过节也理所当然；二来，她曾经是狮子山的导游，对狮子山的人文历史比较了解。我想来想去就给老三打了个电话。八月五号我和老三商议，请她免费给我们当一次导游，她便欣然应允了。

八月六日天刚明，我就接到了小陈的电话：“她说她跟她女儿已经从杭州来，快上飞机了，大概三个小时以后到达。”我一看时钟，七点差五分。那她们不是十点就到昆明长水机场了吗？我赶紧起床洗漱，准备到昆明长水机场迎接。

当我风驰电掣般把车开到飞机场时，刚好十点。找了个车位挺稳，就接到了小陈的电话，我赶紧跑到了B区，询问她穿啥衣服，我转了一圈好不容易才找到她们。

一路上我们有说有笑，不到十二点就赶到了武定。我们在一品鸡吃过饭，就直奔狮子山了。

在老三的悉心介绍下，我们步入了狮子山，我以学者的身份一一去听老三解读狮子山。

盘山车道尽头，崖麓林荫托出一座布满苍苔的石场，上刻一联：“山藏龙伏隐高峰，永作滇云盛世；天遣狮蹲留宝地，祥钟罗婺灵源。”“罗婺”指宋明时武定古彝部族，其凤代土司一直统治该地。“藏龙”即指建文帝遁隐，一来就为此山的不凡设下悬念。近坊拾级而上，过山门，又一道斗拱飞檐金碧辉煌彩饰的牌楼高高在上，正面楷体题额“西南第一山”，背面草书“狮子山”三字，皆系金书，熠熠生辉。旁有大幅彩色壁画，名曰：“建文帝逊国”无疑是“藏龙”的形象图释了。历史烟云在画里升浮，那一夜之间剃去头发披上袈裟丢下至尊宝座沦为流浪和尚的年轻皇帝千里迢迢专徙而来：他名朱允炆，朱元璋的长孙，登基号建文帝，但才三年半光景，因大力削藩，连废五王。其叔父燕王朱棣即以“清君侧之恶”为名发动“靖难之役”，从北平起兵直捣南京，赶他下台。他临急打开太祖所遗铁匣，内有度牒、袈裟、剃刀并暗道出逃妙策，遂依计而行，改法名应文，辗转两湖、巴蜀，来到云南投奔沐晟。晟父沐英是太祖的干儿子，与建文帝父朱标感情甚笃，沐晟亦自幼与建文帝共居宫内，情同手足。建文帝到来，沐晟当予庇护，但害怕朱棣权势，采取“既不扶之以开衅，又不卖之以邀宠”，派心腹将之送到狮子山正续禅寺来。壁画中这些端绪在正史里虽未确载，如《明史》只说：“都城陷，宫中起火，帝不知所終……或云帝由地道出亡……自后滇黔巴蜀间，相传帝为僧时往来迹。”但在明末李贽《续藏书》，清初谷应泰《明史纪事本末》及云南诸多方志中则祥有著录，历代口碑更是有鼻子有眼睛。真情往往在民间，我看不敢有讹，想必写正史者缺点徐霞客功夫，对建文帝行上的追踪是鞭长莫及了。

入牌楼，穿过天王殿，豁开一个花木扶疏的大院，便是建文帝寄身的正续禅寺了，有关建文帝的遗迹格外多。该寺于元至大辛亥年由蜀禅师朝宗创建，后于元延祐时经印度指控禅师扩拓，依山错落，布局严谨。正面主建筑壮观。殿前一大一小两株孔雀杉高耸入云，大者粗约五人合抱，相传为建文帝所植。故称“乾坤双树”。左侧高坛上一株古山茶青翠欲滴，只可惜我们来的不是季节，要是三月，更是美艳诱人，据说也是建文帝从滇西洱源移植于此。

绕到大殿背后，八米高的石砌平台建了两层藏经楼，却是典型的皇宫格式：正面无阶梯，由两侧仅容一人的石阶“九龙口”上达丹墀，石栏柱头雕了一只活灵灵的望天猴——皇宫前帝王宫，悬着金字黑匾“帝王衣钵”，内殿塑有真人大小的三尊像，中为披袈裟正襟危坐的建文帝，其旁五爪金龙盘柱欲飞。侧立二僧，是跟建文帝流亡的御史叶希贤（应贤）和吴王教授杨应能。

如此格局当然不是“藏经楼”了，所以便称“惠帝祠阁”。阁间诸副楹联，多咏述建文帝“衮龙换袈裟，抛却东北五尊；飞风易芒履，来隐西南第一山”的事。金澄太守知武定时所题名联尤耐咀嚼：“僧为帝，帝亦为僧，数十载衣钵相传，正觉依然皇觉旧；叔负侄，侄不负叔，八千里芒鞋徒步，狮山更比燕山高。”朱元璋从皇觉寺僧而至皇帝，建文帝从皇帝而到正觉寺为僧，祖孙循环何巧，总算一桩离奇史事！这怪不了谁，只怪建文帝天真少决断；大臣早提醒他警惕朱棣野心，他却说：“骨肉至亲应无他变。”靖难役中，朱棣曾在夹河陷入重围，满可生擒，而建文帝又发善心：“勿使负叔父名。”竟让朱棣安然鸣角穿营而逃。等到燕军重来，系被他重用的征虏大将军李景隆和谷王穗打开金川门迎接而城陷，叔父却不讲客气，轮着他的只是自烧皇宫之名边缴。正如寺内出土诗碑所叹：“无伤叔父情偏渥，一语应为胜败由。”实在是个铭心的教训。至于“狮山”高于“燕山”倒未必，建文帝人格虽善，但永乐帝的才干，雄略和作为都比建文帝强多了。但他是暴君，始终不得民心。建文帝虽然才登基三年多，但他施行仁政，虽落难也有人跟随，保住了性命。所以，我认为是德跟才的较量和对比。

站在祠阁遐想良久，又出至已改为陈列室的“从亡祠”——耿耿侍随建文帝的翰林院编修程济等九个大臣，有名有姓，却又改号了马公、云门僧、雪和尚、葛衣翁、樵夫、补锅匠等等。我不禁想笑，但一想当时是打掩护以蔽燕王鹰犬耳目的，用心良苦，他们危难共赴，决不卖主求荣，疾风劲草，忠胆凛然，使我生出些沉重感，笑到嘴边又缩回：无论如何，做人总得有那么点气节与良知啊!

离祠不远，是新辟的很大的“西南第一大牡丹园”。只因来得不是时候，牡丹已经凋零，只能解读她的历史。据说，牡丹是建文帝手下一大臣之女，其父因愤恨篡权之逆。而自刎报君，牡丹便随建文帝等十人一起出逃，此后经过长途跋涉，牡丹已经双脚溃烂。牡丹害怕自己脚痛而拖累建文帝，于是撞石身亡，并变为一株牡丹，建文帝伤心至极，并随身带之，当建文帝最终经过长途跋涉历经艰辛来到武定狮子山时，便削发为僧。于是，把牡丹植入土中，数年后已是嫣红一片，传至今天，狮子山牡丹就名扬天下。建文帝亲手所植的牡丹，历经七百多年的风风雨雨，岁老根枝愈壮，年年绽开粉面桃腮，花大如皇冠，直径达28厘米，曾被中央电视台称为“中国牡丹之最”。听到侄女的一一讲解，小陈一行，希望明年的牡丹花开时再来，我也表示欢迎。虽然不是花开季节，但听侄女一一讲解，陈晓丽激动得邀请我们在这棵牡丹树下留影，我们也欣然应允了她的请求。

照完相，我们步出正续寺南门，是难于穷尽的巉岩秘境，亦有不少帝迹。在游路一侧高树下有一月牙大潭，清冽山泉从壁间龙头喷出，潭底雕有蜿蜒石龙，水漾龙动，栩栩如生。相传建文帝初到，派去十公里处菜鼋河挑水，回头在此歇脚，无意间把扁担往下一戳，留下月牙形凹坑，翌晨竟有一汪清流，就坑深凿，遂成大潭，终年不干不溢。从潭西“别有天”石坊往上，沿石磴攀登，经狮头崖，走贴壁栈道，越过险隘“玉玄关”，来到倒悬的客松下石栏围砌的凌空平台，一览大观，有摩崖刻诗称之为“一目千山唯此胜”。山雨归来，又烟树蒙蒙一片，浑如置身玉女玄宫。陡壁上天然石缝酷肖大门，旁有崖画数帧，有一女像，宽额纳衣眉目秀魅，或言建文帝所绘，明为女尼，实为焚宫时赴火裂殉的马皇后，借图以寄他怀恋之情。进至平台西北，仰望高处，有磐石从峭壁横空伸出，宛如一只遮天巨掌，掌尖一株劲松直刺青霄，掌心建有小阁，传言大旱年建文帝以“天子”名义常于夜间来这儿参拜星斗，虔求布雨，故名“礼斗阁”。阁后端有石如棋盘，是建文帝参斗后与僧下棋处。

由于时间关系，匆匆访游一圈，晓丽他们也和我一样，对建文帝饶有兴趣，养花弈棋优哉游哉，其实不然。看看史料乃知，他一直东躲西藏，居无定所，饱尝忧患，出宫后潜至吴江、襄阳、祥符、浦江、连州、杞县、定海等地，明成祖朱棣为寻找建文帝下了好大的气力，让胡世与刘杰、史霈分赴吴楚黔蜀查探，命严震借出使安南之机到沐府密查，后传闻建文帝黔海而出，又派郑和屡出觅踪，郑和下西洋赫赫壮举幕后天机竟也“意在捕蛟龙”。如此紧锣密鼓，建文帝无好日子过了。他到狮山后，三次走避于邻近的三台山。永乐二年（1404），他离滇经重庆至天台、雁荡寻旧臣未果，1406年返滇，避于昆明白龙庵。后庵被毁，迁往浪穹（今洱源）由从臣应能、应贤募建的大喜庵，一住十年，仍时而生避于鸡定山。通海秀山，时而潜回狮山，还住过鹤庆观音山眠龙洞。“洞天偶因困龙眠遗愁万古。石乳难充真主渴饮恨千秋。”直至1424年朱棣病亡，公案了结，才得松口气。

建文帝能诗，有数首流传于狮山，所叙所抒皆与他的流亡生涯相印证。有一四言诗据传原题于洞壁上："我行至东，山深水贫，虎迹蛟踪。我行至南，地炎何干，貐猰巢环。我行至北，黑雾白雾，独龙沉色。我行至西，阴雨霏霏，弓矢野施。我凄我徨，何地为行？"活画出他的狼狈情状和幽怨心怀。另有《淡菜歌》："老菜根，老菜根，名固贱，用何尊。种锄和尚走，灌溉道人奔。长虽新地方，成实旧天恩。休厌淡，莫嫌村，嚼来滋味胜鸡豚。亏他日日饱黄昏，聊将性命存。"诗中"和尚"即建文帝自己，"道人"指从臣程济，其种菜嚼菜的情景宛在眼前。惠帝祠阁内还有一块诗碑，上刻他的七律《述怀》："牢落西南四十秋，萧萧白发已盈头。乾坤有恨家何在，江汉无情水自流。长乐宫中云气散，乾元阁上雨声收。新蒲细柳年年绿，野老吞声哭未休。"诗写于回京之前。正统五年（1440）春，他自感已临垂暮，想新帝朱祁镇，已是隔了数代的晚辈，谅不敢加害于己，便决定东归大内。到东后经太监吴亮辨认，被迎归西宫，称之"老佛"，翌年老死宫中，享年六十有四，葬北京西山，不树不封。这八句诗可说是为他大半生虎口挣扎做了总结。从"野老吞声"看，他是赢得了百姓的感情，四十年功夫没有枉费。

这就是我在狮山认识的，一个富有个性的皇帝和尚。访游归来，那劲凛的山风仍似不安的魂猛叩我的心扉，好像他的魂魄追随着我下了山。

同行的陈晓丽和侄女们也在窃窃私语："都说是他的一段传奇故事使狮山活了起来，其实狮山的魂在此。"我也觉得，于是疾书。狮山活了，真的。因为有建文帝，狮山火了，他就是狮山的灵魂。当然，狮山的自然景观也确实很迷人，但我觉得，好些游客都是冲着建文帝的故事来的。所以，我认为狮山有魂，狮山的人文历史，就是她的精气神。

作者简介

任晓薇（1971～　），出生于云南省大姚县，现居大姚县。

松毛席上的年味（外2篇）

青松毛是我们彝家人万万不可缺的年货，大年三十那天在家里铺上青松毛，寓意一年四季“轻松”“清洁平安”“除旧迎新”“迎客”。

腊月里，陆续有人开始杀年猪。杀年猪当天，主人家就会铺上绿松毛，方便在地上清理猪肉，又方便热热闹闹的席地而坐，吃饭时油渍也不会弄脏地板。从吃杀猪饭起，我家一日三餐都吃松毛席，干了再去山上搴。绿油油的青松毛一直垫到过完年。

搴青松毛的任务一般都落在我们娃娃身上。最好搴的松毛是那些低矮的蓬松树，“嚓”的一声，绿油油的松毛就搴到手，一边搴，一边往身后的篮里扔。有时，我们也会故意的去搴高松树上的松毛，嗖嗖嗖几下爬到树上，折下松树上的绿松枝扔到树下，抱到篮子周围，坐着边休息边搴。折松树枝我们有一个约定，不准折树头，避免松树长不直。如果谁要是折了松树头，他就会遭到同伴的批评。

在松针上有白白的小颗粒——松毛糖。我们常常边搴松毛，边享受舌尖上那细细甜甜松毛糖的回味。松毛糖是松毛叶光合作用产生的淀粉和蔗糖。搴青松毛之时，正是老家杜鹃和山茶花盛开之际。一树树、一坡坡，漫山遍野，这儿一片红，那儿一片粉，洋溢出春天的浪漫温馨气息。采摘一些含苞欲放或者开得正艳的山茶花和野杜鹃，插在篮子周围、松毛表面，背在身上喜在心里，你追我赶一路小跑着回家。搴回家的松毛还是天然冰箱和恒温酒窖，可以把粑粑、豆腐、甘蔗、蔬果等储存在松散的青松毛堆里暂时保鲜，也可以利用摁紧的青松毛堆散发的自身热量来焐米酒或焐霉豆腐。

年前，阿妈把香香的糯米用清水浸泡一两天，再用甑子把糯米蒸熟，一部分用来舂糍粑，一部分则用来酿米酒。蒸熟的糯米饭放到杵臼里用木杵舂，舂细舂黏后，取出，分成若干个小球，做成一个个扁圆的糍粑，放进清香的青松毛堆，粘上些青松毛，收放在家什里，周围塞上松毛，短时间既不会发霉，也不会干燥裂开。想吃糍粑，就拿一个在炭火上烘烤，青松毛的清香霎时弥漫，烤到脆黄的糍粑蘸着蜂蜜吃，脆香甜糯。在拌匀酒曲、香甜糯米饭的搪瓷盆或是陶罐的周边塞紧厚厚的青松毛，三四天后，焐酿得青松毛水汽蒸腾，青松香味浓郁，甜腻腻的米酒香就从松毛间飘逸出。年到了，我还没喝就醉了。

年三十那天，当阿爸在院子里栽上天地树——有三个丫杈的小松树，我便在天地树下撒上少许松毛和阿爸一起拜神坛，祭献天地祖先。祭拜活动一结束，我们娃娃便在各自家里的堂屋把松毛铺上，接连三挂鞭炮过后，纷纷从家里出来到村子的老槐树下集中。待人到齐，像检阅部队一样，从村头串到村尾，比比哪家囤积的青松毛最绿、青松毛堆最高，看看哪家地上铺的青松毛最厚。青松毛堆最高，地上铺得最厚的那家，既证明这个娃娃最勤快，同时也就意味着他家晚上就是我们娃娃集会的场所。

待一阵阵酒肉香在村子里穿街过巷扑鼻而来时，我迅速回到家中帮忙大人贴对联，把喷香的饭菜摆到松毛席上，阿爸燃响爆竹，一家子坐到软软的松毛上，开始吃年夜饭。红红的对联、绿油油的青松毛，喷香的饭菜、大人的劝酒声、娃娃的欢笑声融成了浓浓的年味。大人有侃不完的白话，喝不够的酒。我们娃娃也自有乐趣，吃过年饭，便到中午选定的那个小伙伴家摔跤、立跟斗、骑大马、扭松毛虫、编松毛螃蟹和松毛公鸡。老槐树下的篝火燃起来，铮铮的弦子弹起来，开心的左脚歌舞唱起来、跳起来，大人、娃娃才离开那软软的松毛，用另一种方式欢度春节，品年味。在老家过年，我总爱把被盖搬到堂屋的青松毛上，邀约上一两个好玩的小伙伴睡那天然的绿色席梦思。尤其是家里来客多的时候，那更是我睡松毛席的最佳时机，还被夸为“懂得礼让的好娃娃”。

老家的年一直要过到正月十五（彝族小年）后，正月十六那天，焚烧撕下的旧门神、对联和灶君，收扫堂屋里的青松毛，年味也随之渐渐淡去。

为什么要垫青松毛？传说，先秦时期，部落与部落之间连年发生战争。在一次战争中俚濮人（彝族人）战败后，我们俚濮头领指松树为誓：“此树为例，风吹不倒，雪压不垮，不屈不挠，四季常青。”坐在松毛席上品年味，我们品的不但是我们彝族的一段历史文化，传统习俗，更能从一叶叶松毛上读出青松树的坚毅果敢、铁骨铮铮的硬汉精神。正因为有了遍布彝乡山山洼洼的青松树，于是，彝山的景美了，山活了，风动了，云涌了，雨多了，泉响了……就连彝山上的一草一木、一石一鸟也有了灵气。

难怪阿妈会说：“在钢筋混凝土的房子里接不着地气，过年也感受不到年味。只有回到老家，坐在松毛席上年味才浓！”

歌唱的裹背雀

“布——谷，布——谷，布——谷……”一大早，浑厚嘹亮的布谷鸟歌声便穿透钢筋混凝土越过窗子，传进了耳膜。

裹背雀的再次歌唱让我随小暑又回到了老家。

今天是小暑节，裹背雀（彝家人叫布谷鸟为裹背雀）再次提醒庄稼人赶快栽秧。由于天干，地里的苞谷叶子和渠边上的野草全卷成了麻花，蔫蔫地低垂着脑袋。连平时飞到地里啄食的鸟儿也招架不住太阳的烘烤，钻进树林里乘凉去了。树上的知了一个劲儿地喊着“热、热、热、热……”歇斯底里的叫声给人心里平添了许多烦躁。干活儿的人举起袖子擦了擦脸上的汗，不耐烦地用草帽扇风，扇出的风是热风，嘴里骂着该死的天气：“还不入暑，就这么闷热，进了三伏天还不把人烤熟！”

田里的秧正努力地往上蹿，村里的人正在锄地，准备在田间地头种一茬黄豆和荞子。这些过去很贱的粗粮，只要不是灾荒的年成，人们除了逢年过节磨几回豆腐，夏天做几次荞粑粑，其余的都当饲料喂猪了，可现今一斤能顶几斤大米。真是山不转水转，人不变粮食在变，很多事情都颠倒了，贵重的变得下贱了，下贱的变得贵重了。以前老家的人把土地看得像命根子一样。为了一指宽的地界，动不动就你嫌他把洋芋种到我的地盘，她怨你越过地界把萝卜撒到她的地盘，不是吵架就是打架，经常为了多占一溜儿地打得头破血流，两家人在一个村子住着，老死不相往来。现在大片大片的田地，说不种就不种了，正眼不瞧就转身走了，出门打工去了。不种庄稼，地就开始长草，草长得和人一样高，地就不是庄稼地了，就变成生长野草的荒地了，地一荒就和人的关系疏远了，原本重农的农人轻农了，城里的地倒反而被房地产商吵得寸土寸金了。

本末开始倒置了，这些变来变去的理儿，让种庄稼的人赶不上趟儿……

阿爸曾说，山里的地薄，一亩地最多能收三四百斤粮食。地闲着也是闲着，撒几把种子埋进土里，一场雨下来苗就出齐了。不用撒化肥，山里的太阳就是有机肥，打雷闪电也会产生肥料。同一块地儿，撒同样的种子，种同样的庄稼，同样的太阳照着，同样的雨水润着，但庄稼的长势却有着天壤之别。不是太阳和雨水偏心眼儿，不是地厚此薄彼，而是人有勤快和懒惰之分。人出几分力，地就长几分庄稼，但地和人的力气一样，也有个极限，并不是人有多大胆，地有多丰产。山里肥沃向阳的地风调雨顺的年成最多能打三四百斤粮食，贫瘠背阴的地把肥料堆上一尺多厚，人没日没夜不停地劳作，也不过能产一二百斤粮食。对于我们彝族人来说，种庄稼就是种人生，种希望。彝族人有彝族人的性格，彝山有彝山的脾气，除了人和人交流，彝族人还和牲口交流，和土地交流，牲口和土地都能听懂彝话（彝族的母语），明白彝族人的心思，人也能听懂土地和牲口的话。在老家，人与牲口、土地交流和沟通，要比城市里人与人之间交流沟通容易得多。就像节气是老祖宗专门为农人设立，布谷鸟专门为节令而歌一样，只有农人才懂得节气对庄稼的重要性，只有布谷鸟才记得插禾的节令。生活在城市里的人，节气对他们来说只不过是一个陌生的名词，布谷鸟对他们也只是偶尔耳膜里的过客，空调和风扇把脾气暴躁的夏天调理得非常温顺，钢筋混凝土的建筑林占领了鸟类的栖息地。

老家的人除了收割完豆麦、荞子，平时下地都不穿鞋子，光着脚板泥里来，土里去，脚上磨出了茧子，踩在石子上也不怕疼，但最怕被太阳烤焦的热土，耕地的时候，犁铧一翻过去，潮湿的泥土立刻就被太阳烤干了，脚踩在上面，像开水一样滚烫。牛拉着犁走多快，人就走多快，向左走时人右手扶着犁，左手挥着鞭子，鞭子在空中甩几下，发出啪啪的响声，但并不落在牛身上，牛知道人的心思，明白人舍不得打它，就加快步伐用力拉犁；向右走时，人用左手扶犁，右手举着鞭子，鞭子在空中甩几下，发出啪啪的响声，还是不落在牛的身上。人舍不得打牛，但牛虻不同情牛的劳苦。牛虻是上帝专门派来折磨牛的，整个夏天，牛每天生活在牛虻的包围之中，承受着牛虻、马蜂、黄蜂的叮咬，一条尾巴从夏天甩到秋天，只能拍打到左右胯骨的牛虻，肚子上、头上、脸上的牛虻肆无忌惮地吮吸着牛的血液，比受酷刑还要难挨。拉犁的时候，牛的鼻孔里喘着粗气，连地上晒蔫的草都懒得去吃。农人动了恻隐之心，在地头树影之下歇息一会儿，让牛在沟里喝几口水，帮着拍打拍打身上的牛虻。靠卖力气生存，牛和人是相依为命的难兄难弟。

在彝家，学种庄稼得先学犁地，犁不直地（犁的地弯弯曲曲），永远都是半吊子。没有本事的人在彝家同样被人瞧不起：男人不和他一起吸烟，女人不和他打歌，老人不给他好脸色看，小孩不喊他啊耶啊啵（叔伯）。过好犁地关，才算过了做人关。地犁得直，做起人来就行得直，坐得端，走得正；家道就会殷实，说起话来就有分量，做人就有底气，在村子里就有威望，就能娶得上婆娘。

彝族人把犁地的“高手”叫“把式”，“把式”是通过长年累月的耕田种地练出来的，积累了丰富经验的人。同样是一袋烟的工夫，“把式”能耕半亩地，初学的人只能耕两三分地。三百六十行，行行出状元。犁是彝族人开垦土地的工具，发明犁的人是神农炎帝。远古时候的犁叫“耒耜”，时至今日，彝族人用来耕田播种的犁仍然保持了耒耜的外形。有了耒耜，才有了真正意义上的农耕和耕播农业，就是目前最先进的耕田农机，至今还能看见耒耜最初的影子。

彝家人劳动时弯腰弓背，俯瞰土地的姿势，是对先人们发明和改进农具的顶礼膜拜，也是对土地表达着由衷的感情，亦如布谷鸟职守于报节令一样。

又是一年紫藤花开

又是一年紫藤花开，热热闹闹地铺满了从大门到主教学楼的三十米长廊。每每看到她，都会激起我心里莫名的情愫。

第一次见到紫藤花，是在电视剧《紫藤花园》里。记得1995年，中央8台热播电视剧《紫藤花园》，幼儿园里正盖主教学楼。当时，我们老师都没有自己的住房，多半住在单位提供的宿舍楼里。一到晚上，大家就不约而同地聚在一起看《紫藤花园》，白天备课、做教玩具时，我们会情不自禁地去回顾、议论里面的情节。常常被那种满紫藤花的沈家大院迷醉，对沈源和紫藤四十年两岸分离的遗憾，对众人的爱恨痴缠有着深深的迷恋；常常被主人公紫藤的善良和无私触动心里的神经。个个都感慨地说，以后自己有了房子，一定要在院里种上紫藤花。那时，和蔼可亲的老园长总是对我们说："娃娃们，牛奶总会有的，面包总会有的。现在幼儿教育越来越受重视了，想当初五六十年代，幼儿园在老检察院那个地方，才有几十个娃娃，后来搬到招待所低矮、阴暗的小平房，老师也只有六七个，那时，谁都想不到，政府会给我们搬到这向阳的风水宝地，还给我们盖四层楼的主教学楼？你们那么喜欢紫藤花，等教学楼盖好了，我们自己动手，在园里栽上几棵，让她天天陪伴你们，和你们一起成长。"主教学楼竣工绿化时，进大门的花坛里真的种上了紫藤花。在这十多年里，紫藤不管是面对风调雨顺，霜打雪压，还是连年干旱，她永远都是园里最早的报春使者。

记得才种下时，小小的她隐藏在花坛的三叶草里，常常被小朋友们当作干柴棍和杂草拔起。一次，她竟然被拔起曝晒了好几天，才被我们发现。根系和叶子都干瘪了，反反复复地拔起栽下，大家都以为她活不了了，再次栽下，罩上栅栏，经过浇水施肥，第二年春天，她竟然爬上了竹竿搭起的花架，打苞回报我们对她的悉心关怀。一串串犹如"绒毛虫"的花穗，在花架上探头探脑，好似在和老师、小朋友们捉迷藏。在那一年，我对紫藤花有了近距离的接触，听到了紫藤花开的声音。

起初，从"绒毛虫"里钻出的是一串串紫色的花蕾，形状像豌豆花。两三天后，花蕾便伸展了羽翼，化成翩跹的紫蝶。当紫藤架上叶子更多更绿时，花已密集成了一串串，一团团，一簇簇，远远望去，似翠绿的浪花中升腾起淡紫色的云霞，典雅而清丽。微风过处，清香四溢。慢慢地，花架完全被花和叶子覆盖了，几缕阳光调皮地从枝叶间挤进来，跳跃在花瓣上，演奏出一首明丽的《春光美》。我常常站在花架下，聆听花开的声音。时而如管弦，发出丝丝的细碎声；时而似泉水，流泻出叮咚的清脆声；时而如瀑布，爆发出訇訇的宣响。每一小朵花亦如孩子的眼睛，仰望着蓝天；每一小朵花都有一个嘴巴，甜甜地微笑，亦如老师的笑脸；每一小朵花都有一双翅膀，在风中飞翔，亦如张开手臂奔跑的孩子。不仅是单朵的花，每一串花，每一团花也如此，都呈现出一种飞翔的姿态，飞翔在属于它们自己的天空中。

1999年昆明世博会那年，正当她那粉嫩嫩的芽苞在柔柔的枝头跳跃抖动、撒落一地春意时，一场倒春寒席卷而来，厚厚的积雪压倒了竹子搭的花架，压断了肆意疯长的枝条。待冰雪融化，它的枝干没有一寸肌肤是完好无损的，被凌厉的冰雪侵蚀得黯淡，皲裂，有的几乎要剥落掉。错综的枝条耷拉在地上。看着一地落英和七零八落的枝条，我们好心痛。那一年的紫藤花期，就那样失落在春雪里，大家都以为她活不了了。但第二年，她依然跃上了新搭建的钢铁花架，依然展开翅膀，呈现出凌空飞翔的姿态。

而后，年复一年，紫藤花钢铁花架的钢管换了一拨又一拨，一次比一次的粗壮。紫藤花的藤蔓一年比一年葱茏，花事一年比一年热闹，铺满了从大门到主教学楼的30米长廊。随着紫藤花的花开花落，我也有了属于自己的住房，但因住房没露天院落，就没能如愿地在自家种植紫藤花。不过好在每天都还能和单位的紫藤同在屋檐下。

自2009年，紫藤也和我们一道挑战了“百年不遇”的大旱，尽管喝的是洗菜、淘米和孩子洗手的二次再利用水，也不曾舒坦的沐浴过一次甘霖，但连年来，她还是倾心张扬自己的生命底色。在紫藤的花期中，在带孩子活动时，我总是情不自禁地往紫藤长廊投去几眼，而紫藤也似乎通晓人性似的，每次总会报以不同的美姿怡我眼目。李白有诗云：“紫藤挂云木，花蔓宜阳春。密叶隐歌鸟，香风流美人。”真个是道尽了紫藤之美。

韶华逝去，年岁渐长。对紫藤，我更多地关注到了她的枝干和叶儿。

好花不常开，紫藤花谢后就专心致志地向外拉长、拉宽、拉大生命的空间，凡是有可能依附的物件她绝不放过任何攀缘的机会，是属于“给点阳光就灿烂”的那种。驻足在藤架下，向上望去，参差的藤条蜘蛛网一样盘根错节，枝叶繁茂，很难觅到一块闲置的空间，这正是紫藤的追求所在，不给生命留下空隙。

也许有人认为，紫藤天生就缺骨性，更谈不上血性了。世人赋予了她柔性的气质，总认为没有他物依附，紫藤永远难以独立支持。其实，这是一种误解。应该说紫藤有着很强的向上发展的欲望，它占领低空藤架后，便会不失时机向高处争夺空间。这在某些人眼里看来也许显得有点不可思议，但紫藤却真真切切地做到了。固然仅凭一条藤是不能向空中发展的，强烈的生存意识促使紫藤扭结起来，利用自己既是缺点又是优点的柔性，像麻花一样缠成一个“头”，向着天空努力钻去，柔弱的生命在盘旋前进中壮美。毕竟紫藤先天柔韧，形成的“头”在风中摇摆，但“头”下部的藤条迅速变粗变硬，最终变得坚韧起来，此后其他的藤条不断地加入，藤条形成的“头”终究站立在藤架上，向人们显示着自己的存在。

一阵微风送来紫藤的清香，年轻的郭园长正在紫藤下和孩子们游戏，清脆爽朗的笑声和孩子们稚嫩的笑声，融入了来来往往采花酿蜜的蜂曲中，是那么的和谐甜美。在他们如花的笑脸上，我仿佛置身于和老党校置换的那所比现在大一倍多的新校园里，心里溢满了幸福，同时也对这旧园舍滋生了缕缕的不舍，这里虽然即简陋，又狭小，但毕竟是我学会起飞的地方。

抚摸着生长十多年的紫藤粗粝的枝干，那里面沉积着多少生活的磨难和艰辛，又承载着多少憧憬与梦想。每一次春天的萌动，都要走过冰冻尘封的冬日；每一朵花开，都会伴随着成长的疼痛，需要奋力剥开生命的躯壳。他们懂得这些，所以，才会把苦难当作养料，把考验当成磨砺，将梦想开成精致的花朵。我欣赏紫藤的这种生命不息的精神，在生命的盛期就抓住机会尽力炫耀自己，张扬自己的辉煌，以自己看似柔弱的身躯撑起了一片属于自己的天空。

作者简介

张国艳（1974～　），出生于贵州省六枝特区，现居六枝特区。

深夜，那一座清凉的大山（外3篇）

也许，在这钢筋水泥森林里生活的时间太长了，总有一种压抑，说不出来的闷气。总有一种想大声呐喊，爆发出真正灵魂和欲望的冲动。

是夜，深夜很静，但并不能将我白日的狂热和烦躁心情清除开去。心如麻，纠结白天的烦事，剪不断，理还乱……突地，心中出现一座清凉的大山，如前世的记忆。

大雨初过的山林，拾级走上铺满青苔的石头山路，空气里散发出雨后青草和树林里树叶的清香味。湿雾从林中缠绕升起，慢慢地罩满整座山林又渐渐散开。人呼吸到的都是洗心、洗肺的清新空气，脸上肌肤如鱼亲吻，所有的毛孔都尽情张开来，在深深地拼命地呼吸。

清冽的山风吹过，人渐进入深山处。这时，你的脚步会越来越轻快，你的身心是愉悦的，你的笑容如花开放，你的笑声如铃一样的响亮动听，响彻整个山林，而山谷回应你的也是一路一串串的如铃笑语。

高高的石阶尽头，一座小小的房屋静卧深山处，轻推远古的记忆院门，在吱呀声里，只见院内不知名的花花草草在阳光下、轻风里开放摇曳。干净的石桌、石椅边上坐着一位慈目善眉的主人，向主人讨一杯山泉泡的清茶解渴，喝下这凉入胃中，清至脑髓的茶水，人顿时身心疲倦尽消，这一世的尘土和疲劳也跟着除去，只会让你满心欢喜，欢喜这清凉如水的静，享受这山、这树、这风、这屋、这茶、这时的心情，不再是任何语言可以表达的了。

而现实的生活中，很是难得有这样一座清静如水，让你耳目清欢的山林，让你心欢情悦地拾级而上，宁静和谐的清凉净土。

今夜的幻想，让我明白，其时，每个人的心中都可有一座这样任你拾级而上的清凉大山。只要你闭上双眼，平心静气，把那些逼人的、世俗的凡尘破事，生活之累看开、看淡、放下。一座清凉的大山就能呈现在你的眼前。任你拾级而上，推开那扇可以让你洗心洗脑，喝上一杯清茶的门。让你少一分世俗，多一分清雅，除去你的贪、癫、痴。此时，无论你是在城里城外，山里山外，心静，即是清凉之地。

板栗之爱

立秋刚过，下班到母亲家蹭饭吃。车上，突闻到街道上飘来的炒板栗的香味。惊觉，又到了大街小巷炒板栗飘香热卖的季节。才到母亲家，母亲便端出刚买来的板栗给我尝新。当我接过那刚从报纸里拿出来的油亮亮、红彤彤还热乎乎的栗子，思绪也不由得有了深深的回忆。

板栗有“干果之王”的美称，在我的家乡又叫毛栗和栗子，我的家乡与板栗同类的还有一种壳斗科栗属的植物叫榛子。不过榛子个头很小，很难果肉与果壳剥落，一般没耐心的人是得不到几粒吃的。

现市上多是油光可鉴、深紫褐色皮、个大肉多的栗子、“看相”很好。母亲每次吃板栗时，总爱念叨，没老家板栗的味道，不正宗。老家板栗入口绵软，香气四溢，香不腻，干不涩。母亲说，这城里卖的板栗，卖相是好，但大都是科技种植出来的，个大肉多，却没多少回味的甘甜。我是感觉不到如母亲说的那样好吃的板栗，对于我这样长期食城里卖的板栗的人，是感觉不出有何差别的。

母亲从小长在农村，对板栗这种坚果子有独特的爱好。从小到大，吃板栗时，常听母亲说她与板栗的故事。

那时母亲上学，每天要走20多里路才能到学校。天一麻麻亮，自己热一碗苞谷饭吃了就去上学，这碗苞谷要管一天时间，直到下午放学回家，才能吃到晚饭。母亲说，家里的条件当时在村里还是好的了，有苞谷饭吃，好多同学都是几个洋芋解决一天的温饱。也难怪，母亲是20世纪50年代生的人，上学时正是国家困难时期。那时的母亲每天还要带着任务去上学，回家时要打一箩筐的猪草，如果是箩筐里的猪草堆不满，压不紧。回家后，还会受到老人的训斥，是在偷懒。

20多里的路都是山路，山上生长着板栗等各种树木。秋天，板栗成熟时，会自然从树上落下。这些果子就成了回家学生解决饥饿的最好食物。只要走到板栗树下，大家就在树下的草丛和枯叶中扒拉些小刺球——生栗子。剥不开，就用石头去砸或是嘴去咬开，一边吃一边拾。成熟后的栗子外壳上的刺很坚硬。母亲的小手常让刺戳得疼痛，有些小刺回家用针也挑不出来，后来在手上长成了肉痔。就这样，只要是秋天，板栗成熟时节，母亲每次回家都要拾板栗，都会食上这又嫩又甜，越吃越想吃，越吃越爱吃的生栗子。有时生栗子吃多了，把肚子都撑痛了，回家连饭也吃不下。等到拾的板栗集到一定数量，赶乡场时去卖掉，能换到几支心仪的铅笔钱。母亲每吃板栗时就爱念叨这事，当年上学如何的苦。而我们姐妹几个就会说：妈，都是什么年代了，还翻老皇历。这时母亲总会摇头道：你们啊，真是身在福中不知福。

因从小受母亲的影响，我也特别爱吃板栗。但是，总剥不出几个完整的栗子。所以，母亲就一颗一颗地将板栗剥好，姐弟几个早坐好在小木板凳上，伸出小手等待。母亲将剥好的栗子分别放在我们的小手心上，得到的人，一口吞下，口里的还没嚼完，小手就又伸出。有时还因分不均，哪一个多吃一颗，还会生气半天。

如今，农业科技发达了，一年四季都能买到板栗。但也只有八月，才是板栗大上市的季节。这时的大街上，多是纷纷忙这活的人。满街都会架起炒板栗的大锅，有机器炒的，也有人工用大铁锅炒的。有用沙子炒的，还有用糖炒的。我最喜欢玫瑰糖炒的，又糯又甜，栗子肉粉嘟嘟、香喷喷。

自己成家立业后，知道母亲的喜好，也会时常给母亲买板栗。回到母亲家，还时不时地躺在沙发上，一边看电视，一边伸出手，一边享受母亲剥的板栗。而吃栗子时的那种满足与陶醉，是在享受母亲剥的口中又糯又甜的板栗和那浓浓的母爱亲情。

旗袍情结

几乎每个女人的心里都会有一种喜爱和迷恋旗袍的情结。从最典型的女作家张爱玲迷爱的旗袍，到影视作品中的旧上海旗袍风情都能充分衬托东方女性之美，再到张曼玉表演《花样年华》电影中的旗袍秀，不知成就了多少女人的旗袍梦。旗袍，是一种内与外和谐统一的典型民族服装，被誉为中华服饰文化的代表。它以其流动的旋律、潇洒的画意与浓郁的诗情，表现出中华女性贤淑、典雅、温柔、清丽、端庄的性情与气质。

姑且不说旗袍如何显示中国女人的曲线美，旗袍特有的中国元素，就只说旗袍的穿着样式，都是方法多种多样的。有局部西化，也有在旗袍外搭配西式外套。局部西化的多指领和袖采用西式服装做法，如西式翻领、荷叶袖、开叉袖，还有下摆缀荷叶边，或缀不对称蕾丝等夸张的剪裁，那是明星和贵妇的社交礼服。于是，在旗袍外穿西式外套、裘皮大衣、绒线衫、背心等，在脖子上系围巾，或戴上珍珠项链是多少女人的最佳梦想的选择。

我也是个旗袍迷，但是旗袍与现代生活，尤其是过着普通生活的女人格格不入。所以，对旗袍的热爱，便只能寄托在想象穿着旗袍的梦幻中了。虽然有一句流行的话叫作“没有你做不到的，只有你想不到的”。记得在世博会召开的那年，先生给我买了一条绮芳牌子牡丹图样的丝绸旗袍，我兴冲冲地穿上去参加了市联召开的中秋座谈会，还专门盘了一个中国髻。当时，的确是惊艳了不少人，还有人认真地问我，今天你有演出吗？让我实在是有点哭笑不得。对于在小城市生活的人来说，穿着旗袍生活就是在演戏或是在作秀。旗袍与生活总是相去甚远。

我不喜欢西方化的旗袍，也不喜欢在旗袍外穿裘皮大衣、戴上珍珠项链什么的穿着方式。丝绸做的中式旗袍虽是我的最爱，但爱皱又不接近日常的生活。于是，亚麻的简式旗袍，便成了我的首要选择。亚麻的简式旗袍的普通、轻松、含蓄、简洁、内敛、小众、文艺范儿。就算是在喝茶的时候、在挤公交车的时候穿，也不会让人感觉你是演戏的，但却能体现一个人的爱好层次与欣赏水准。

日本最年轻的临终关怀医生大津秀一说：“人们临终前最常说的一句话就是，人这一辈子啊，太短了。”有人削尖脑袋往上爬，有人辞官归故里；有人自甘平庸，也有人孜孜以求。人生有很多活法，千万别被别人的价值观“绑架”，不要把别人希望你过的生活当作你想要的生活。想谈恋爱，现在就行动吧；想学点什么，现在就开始吧。人生就像个旅行团，你已经加入了，不走完全程，岂不可惜？所以，我说：想穿旗袍就行动吧！

其实，穿旗袍或者其他什么，也是人一生的一种生活方式的选择。有如在工作中，有人选择了努力地争权夺利，一生都在官场或商场里血拼。有人选择了平凡的工作和生活，心甘情愿地在别人的手下做一枚小小的棋子或者小老百姓。只是，无论我们选择的是升官发财，还是平静地花自开自落，都是自己人生绚烂的绽放；不管是选择穿西方化的旗袍，张扬的生活，在职场上、商场上刀光见血地实现自己的梦想，还是选择穿亚麻的简式旗袍挤公交车……很多时候你所选择的未必是你想尝试的，你未选择的也未必是你想放弃的，更未必是低人一等的，不是高贵的……

平淡的日子里，精心准备一番的你，穿上亚麻的简式旗袍，拉上孩子或是爱人的手，挤上公交车，开始一天的笑意和简单的生活。让这一天难忘，让你身边的人共同在岁月相守到珠黄的某日，能想起那个曾经年华美好的你。让你在暮年白发如霜的日子里，翻开一页页相册，看到相片里多年前那个穿旗袍的年轻女子与孩子一张张成长的照片，相信眼角会有幸福的泪花悄然地落下。

初 雪

凉城向来少雪，每年的冬天如果不阴也不冷，雪的影子许久未见，没有下雪，没有美玉般的洁净，总是一种遗憾，一些惆怅。

岁末的日子，一夜的雨声。刚起床，十指微凉，刺骨的冷袭来，感觉到冬真正的严寒。开窗，满目的白。下雪了，梦境一样的雪，真真实实地就在我眼前，眼里有了一点温润，突然而至在我眼前的美丽，竟让我有点不能自已，让人欣喜。一夜竟是枕雪而眠。什么时候，雨竟成了雪？初雪倏忽而来，给了我一场真实的梦。猜不透的天，给了我太大的惊喜，妙不成言的意境。

站在窗前看雪，脸上洋溢着知足的快乐。眼底全是纯净无瑕的白，我喜欢这银装素裹的世界，可将心情释放，如此单一和洁净，还原于真实与纯净之间，让人心境自然，一种回归自然的感觉，灵空万物，我心归一。远处的群山，层层的白雪覆盖，重重叠叠，天地交合。近眼的建筑成了童话的世界，成了一个虚幻的世界。路人走在街道上，踏雪，奔走，一步一个脚印。树木张扬着个性，包裹着银色的衣裳，严寒里万种风情。

心里吟诵出清代医家石成金的佳句妙词：“雪有四美：落地无声，静也；沾衣不染，洁也；高下平铺，匀也；洞窗照映，明也。见此天工剪絮，六花飞坠，满地琼瑶，且预知来年五谷丰产，是真乐也。”品之四美，道出了雪的梦幻意境，带给人静、洁、均、明的感触。

瑞雪兆丰年。想起小时候，每每下雪，老人总会这样对我们说，我却总会问：“为何会丰收啊，全是雪。”“因为雪给小麦做了被子，雪让害虫不能生存。”老人总会这样对我说。

儿时对雪的热爱，不仅是看雪，而是疯狂地玩雪，打雪仗，堆雪人，吃雪，不玩到全身湿润滴水，满脸是雪，两手通红是不会回家的。而今，城市里很少能让人四处玩雪，偶有几个少年抓起路边的雪互相对打一下，尖叫，快乐无比的声音街头传开，人们大都是匆匆忙忙地赶路。赏雪，也是在公园里，才能见多一点的雪，才能多一点地触摸到雪。

随着年龄的增长，越来越怕冷，摸雪的玩法，更是不可能。对雪的热爱却是一点也没减少，每年一到冬天，心里就想何时能下雪，只要下雪，也不在意天气有多冷了。

瑞雪心中品，佳景心里藏。只是，不管心里多喜欢雪给我创造的心灵纯净，完美世界。再长久的冰雪世界，最终，众雪会消融为冰水，化作涓涓细流，润物细无声。这时，心中总有一点难舍，一缕惆怅。这时，我盼望的是与冬天快快告别，让春天快快来临，万物轮回再萌芽，春暖人间。飞絮霜华，君临天下，天赐瑞兆，下一次初雪的再出现，我可以慢慢地等待。

作者简介

段海珍（1974～　），出生于云南省姚安县，现居姚安县。

叶落情痕（外1篇）

那个落叶飘零的秋季，小女孩静坐窗前，为谁泪迹斑斑。

佛说是前世有缘，今生相见。

是上苍故意安排，却说相逢恨晚。

我曾乘梦而来，只因你在梦中，既然已是前缘，等待也未必痛苦，只要心中为你留一块净土，相信终有一天你会为我而来。于是，在你必经的航程，点一盏童话的小灯。

一

佛说，如果五百年前你是画中的那棵老榆树，我定是最初长满你枝丫的每片叶儿，片片都是我前世的企盼，盼望三生有缘与你相依相伴。可是商时风唐时雨，岁月的年轮沧桑一再刻画了你的容颜。于是风卷雨来时，我不得不又一次含情带泪，依依难舍，为你憔悴、枯萎直至随风飘落……那又何止是落叶，那是我破碎飘零的心啊！

太阳老了，星星倦了。岁月远去，沧桑沉沦。我随着风雨的侵蚀，香消——玉陨，直至化作尘泥，化作养分，流进你的血脉里，再次继续着生命的轮回……然而，终于有一天，天地巨变，霎时天地间乱石滚滚，恶浪滔天，天地万物一片混沌。突然，天边燃起一团圣火，烈焰熊熊，火光冲天，顿时烧尽了世间一切万物生灵。我们就这样变成灰烬，化作轻烟，化为乌有。弹指间，你中有我，我中有你，了结了世间这难逢难遇的一世情缘。

历尽了岁月的雨雪风霜，错过了春花秋月，沐浴了雨露阳光。五百年以后，我们的灵魂在同一片圣地相遇，我们跪在佛前苦苦祈祷，祈求造物主再给我们一次生的机会。佛说，要修行五百年才可能出现在同一条船上，可是我们还有一世情缘未了。我们静坐佛前苦苦修炼，五百年啊，天地洪荒，广漠宇宙不知继续了多少次生命的轮回。相思鸟在我们发间筑巢，相思藤缠满了我们的肢体，我们发誓来生来世永不分离，至真至诚净化两个淑贞隽美的灵魂。佛被我们的真诚感动了，终于佛心大发给了我们一次重生的机会。

于是，我们约定，约定今生以人的化身来世，了结一世情缘。是因为我走得忙，你却步履蹒跚，所以我比你先来世三载。千年等一回，我在茫然尘世中苦苦寻觅，苦苦期待，唯恐错认了前世的你。

一波萍聚，未酬一段情缘，注定我颠沛流离一生也难留住你居其中的一道风景。

二

今夜，静坐窗前，聆听你的心事。

夜静，山空。水流山涧，一如那叶落伤痛的情痕。

遗憾固然美丽，错过却必然是悲哀，既然已是注定，拥有也未必幸福，对你的思念一如那紫色的音符轻轻跳跃在我生命的血液里。

窗外，山风拂月，夜静如那纯情少女思念的芬芳……

三

在离别的站台，飘满了含苞的愁绪。

笛声长鸣，流红渐远，风的语言牵绕着多少渴望的晶莹。心弦齐奏，无言的眼神已诠释了所有诗词的惘然。聚也难，散也难，在季节的河流里凄冷却衬托着一个美丽的远方。透过青纱神秘的梦，细心筑一道昧望的峰口吧！在秋风的征途，细细咀嚼彼此带雪的祝福……

四

是夜在哭泣吗？

在陌生的城市醒来，滴泪碎窗花……

千里梦回，长空洒落着苦涩的心事。告别喧嚣是心灵寂寞的旅途，驻足聆听，流浪的思绪却爬满了期盼的梦呓，思念的种子装满了沉沉的行囊。

乡愁，山川载不动。古老的月亮哭瘦了心灵，带泪的月华却沉醉在童话的潇湘……

短笛横吹

哭泣的鸟儿

独行的日子你要好好走啊！

今夜，我仿佛一只在雪地中冻僵的小鸟，栖落在陌生的街头。我年年岁岁唱着同一首歌，只为你平安到达你执意要去的那个地方。千万别叫醒我啊，我已在千年的相思中，睡去。

昨夜，我的眼泪像流星雨般飘落，飘落在你永不可踏入的山川。流星熄灭了吧，那满山的落红是否已化作春泥，长眠在冬日的山冈。千万别笑我软弱啊！我冰冷地离去，只是不愿惊醒隔世的美丽和伤悲。

风声，雨声，喧嚣依旧。听到了吗？那是一段永无休止的唱词，那是我在歌唱，在遥远的故乡，为你。

登　山

山风来时，山雨来时，你听见我思念你的声音了吗？

高处不胜寒啊！我在这座山头遥望你，你就在近水之外，远山之内的山巅。

说好了不分手的。还曾经说过，在途中，不论谁落下了，我们都会相拥着，搀扶着一起走过。山顶——我们的目标，共同的心愿。六年来的誓言就要实现。

就在那个岔路口，我们分手。你说你去之后，还会回来。我一边走，一边为你等候，左顾右盼，一路蹒跚，遥望你的消息。

可是，你没有回来，只为我没有在原地驻足的理由。

一路相思，一路离愁，不知你的行程是否也别绪幽幽。山峰连绵，山峦起伏，我忧郁的眼睛分不清哪一座山峰更高更远。莫非，注定我与你今生，只能两山相望而不能相伴么？

亘古的恋情

当红颜日渐剥落，我站在岁月的那一头，望你的心事。

那一日，柳色青青；那一日，鸟声啁啾。春的思绪里有你轻盈的脚步，那穿红衣的女子。

我在岁月的这一边等你呀，你却从我的窗前飘过，遥远成一个永恒的点。

企盼着……企盼着。等你的日子，我的思念静如止水。

等你啊，春雷声动。等我啊，秋风肃杀。等你，我的思念忧郁成永恒的孤寂。

等你，我就在岁月的那一头。

等你，是我亘古不变的哀怨。

你的呼机号码

紧紧握住，一串用陌生数字联结起来的相思符号，不敢轻易弹拨。生怕呼唤你的声音响起时，会牵动你忧伤的思绪。

日日夜夜，秒秒分分，瘦弱的心灵早已承载不了渐渐厚积的思念。

疑惑，喘息着。云朵也顾及不了你霎时的心情多么难懂。千山万水之外，我做了一颗快活温暖的星。在天边，俯瞰你的踪影。

感激的反面，有个陌生的声音在笑我，她们嗤笑我的多情与痴情。

相思的密码也会成空？有去无回里，立尽斜阳。

走吧，梦冷成冰。我已不能再呼唤你。

作者简介

蔡四梅（1975～　），出生于云南省大理市，现居贵州省道真县。

家乡的小吃

家乡的小吃有很多，大抵都吃过。除了市场上买得到的，最让人怀念的莫过于母亲用家乡的豌豆做的黄连铺油粉。对于交通不便的大山来说，这样的小吃便是比肉还美味的东西了，对于我们这群在大山里成长而又外出的农村娃来说，这样的小吃就是成长中全部的思念和乡愁。

红红的一锅油辣子，一臼白白的清水蒜泥，一罐母亲亲手做的陶醋，麻香的花椒油，荷花牌味精，油香花生末和早上地里摘回来的青翠的香葱和芫荽，是这道小吃的经典调味料。干活回来，吃上一碗，爽口又解乏。

记得小的时候，只要天气热了，不下雨的日子，母亲就会早早起来，拿出一些挑选好的自家种的豌豆，在手磨上，头道拉沙，二道由沙加水磨浆后过滤了，用滤下的浆水底下的芡粉，在锅里熬一锅好吃得不得了的黄连铺油粉。虽然，整个过程要花费母亲不低于六个小时的时间，可是看一家人吃得那么香，邻居也来凑一只碗的时候，母亲脸上总是带着满足的笑。

也许是油粉吃饱了，我们从来就不喝做油粉生产出来的附属品豆浆，尽管这些豆浆比市场上卖的醇香浓郁许多，是真正的豆浆，也只有父亲，每次吃完油粉都会用海碗喝几大碗，喝完就着草烟坐在屋角台坎上半晌不起来，有时候去喊他，都闭上眼睛睡着了。

那时候家里穷，剩下的都不浪费，豆渣煮了喂小猪，余下的豆浆就分成两顿，喂了家里唯一的老母猪。

一个村子的家庭主妇都会做油粉，比附近村落做的那叫一个好吃。一个村子，同一时期总有两家一到赶集便做了拿到集市上去买，只要不下雨，总是不出正午就卖光了回来。嫁出去的女儿在外面却做不出这个味道，有人说是豆子的关系，有人说是技术上的讲究，有人质疑是水的问题。我更相信是水的问题，因为我常常去村头的水井里担水，那水清澈见底，冰凉中透着清甜，仿佛就是油粉中透出来的丝滑感觉。一个村都吃这井水，包括牛马等牲畜。

二十多年后，当我再次站在水井旁，我知道我再也吃不到小时候那么好吃的油粉了。砌井的大条石已经被人取走，泥巴的坑也被封起来，据说现在水质差了，水也小了，只够一家人吃，全部被路坎下的那户村民顺地势，用管子接到家里去了。

母亲也老了，摇不动做油粉的十字木头架了。房子也老了，几十斤豆渣和水吊在十字木头架上，十字木头架上拴着的绳子吊在厨房木头房梁上，一摇，它就仿佛疼痛一般，吱吱嘎嘎地响了起来。母亲最后一次做完就把家什收了起来，说："不做了，唉，做不动了，以后想吃，就去做卖的那家买来吃。"

多年后的我望着故乡，它老旧地伏在向阳的半山坡上，村子里人不多了，渐渐空去的村子稀稀拉拉坐着几个老人，几只乌鸦窸窸窣窣地飞过，这几年它一张嘴便会带走其中的一个。我提心吊胆地走在越来越细瘦的山路上，除了鸟雀，看不到一个行人，走近村子，再也吃不到故乡的名小吃，再也闻不到以前乡街上遍街的油粉香。

看到我走进村口，远远的，那几个老人便跟我打招呼："四妹，回来了？"我突然鼻子一酸，好几年没有回来，只记得油粉的香味，却不记得曾经抱过我的乡邻的姓名和辈分，只一刻，长途跋涉后孤独饥饿的胃，一下子涨满了对故乡无限愧疚的情谊。

作者简介

桑梅（1975～　），出生于云南省瑞丽市，现居瑞丽市。

将玻璃打碎（外2篇）

经常有这样的情景：关着的玻璃窗上，一只或几只虫子不停地撞击玻璃，想要飞出去。它们以为，玻璃是不存在的，它们要过去眼前的世界，却不知道，面前横亘着看不见却触得到物体。一次、两次、三次，虫子无数次地展翅飞向自由，却一次次的被拦截下来。失败，继续；再失败，再继续；失败，再继续。 这样的情况下，如果可以，我得想想法打开窗，让它们飞出去。虫子们有的是巡回了几圈终于飞走了，有的却被我的举动惊吓了，虽然，窗已经打开，却不敢再过来，又飞到其他的窗台继续撞击玻璃窗，它不知道也分不清哪扇是玻璃，哪扇是开着的窗户。

也就经常有了这样的景象：玻璃窗台下，有着只只小虫子蜷缩的躯体。特别是夏天，窗内窗外均是。在盛夏的夜晚，一只只飞虫从黑暗中循着光而来，向着光明，奋勇地冲击、跌落。如果将声音分贝扩大，那是怎样壮烈的轰鸣。窗内的想出去，窗外的想进来，生命，就这样没了，在窗台上，在奋勇拼搏的战场上。

我望着这窗户，这一扇扇为人类遮风挡雨的玻璃窗，究竟是怎样的窗台。

有人说，这就是理想和现实，虫子愚蠢呀，丢失了生命。也有人说，小虫精神可贵呀，如果我们都这样坚持着自己的信念，百折不挠地往前走，终有一天会成功。

人类何其聪明，坦然地使用着玻璃制品，玻璃窗、玻璃门、玻璃大厦。我们在门内门外匆忙过往，不知道也聪明地活在玻璃屋内。我们已经习惯了生存在周围的空间里，外面的世界不过如此，就是我所认知的世界，外面的空气和屋内的空气是一样的；外面的风沙太大，不及屋内暖和，我何必要出去。这就是习惯，习惯就是玻璃，我们被指令、被安排，也被接受及认可。宿命感也就这样来了。

人与动物的区别是有思想和智慧，虫子尚且追寻光明。光明的意义很多，有心灵的塑造，自身性格的修整，思想的转变，人生意义的提升，价值观的转变。我们比虫子更聪明，会使用工具、技巧、技能和方法。怎样将禁锢自身的玻璃打碎，获得心灵的自由与光明。只需我们举起手来，将玻璃打碎！

你的玻璃，你想打碎吗？

天堂图书馆

“我一直在暗暗揣想，天堂，该是图书馆的模样。”这是阿根廷著名作家博尔赫斯的一句名言。

想起这句话的时候，我手里捧着一本书，在瑞丽市图书馆右侧的一棵大树下，沐着清风，坐在一张摇椅上静静阅读。此时，是羊年春节的正月假日期间，阳光正好，我和图书馆都舒适地沐浴在金色光芒下。是的，对于我而言，图书馆就是天堂的模样，她既是一幢使人沉寂身心、驱逐疲惫、潜心求知的思想驿站，更是一座使人获取知识、提取精神食粮、创造智慧的殿堂；更为可贵地是，她公平公开，向一切求知者无私敞开大门，为所有需要者提供知识养分。

“书中自有千钟粟，书中自有黄金屋，书中自有颜如玉。”宋真宗赵恒说。书里有千钟粟、黄金屋、颜如玉，那么一座汇聚着无数知识的图书馆呢？那自然是万吨粟、黄金城、颜如仙了。图书馆和我有着特殊的渊源，在我的生命里，就有着三座天堂与我情脉相连，难以割舍。

第一座天堂是地处于边疆瑞丽农场五分场的图书室，我们家在五分场的场部，分场图书室离家只有两百米的距离。在当时文化物质生活极度简单贫乏的20世纪80年代初期，那真是一座真正的天堂了。天堂里有着各种各样的书籍，分为阅览室和外借室，开放时间是每天的上班时间和晚上的8点到10点。阅览室里的书籍多以图文并茂的杂志为主。外借室的书籍则以当时的港台作家金庸、梁羽生、琼瑶等武侠言情系列小说为多，还有许多当时记不清的作家写的作品。小学时不用上晚自习，每天晚上，对书的渴望折磨得我坐立不安，我匆忙做完作业和家务，趁父母不备，偷偷溜出家门，在夜色中钻到灯火通明的阅览室翻阅杂志，常常是看到最后一个出去。渐渐阅览室的杂志已经不能够满足我的阅读需求，我想阅读有着奇妙故事情节的小说，遂向图书室申请办理了借书证，那会，我9岁。有了借书证，我徜徉于小说的世界里不亦乐乎，把当时能看的小说大都看完了，一直觉得神秘深奥且没有勇气借阅的是安插在书柜最上方，比方砖还厚的几本有着蓝本烫金大字的《宗教大辞典》。

第二座天堂是在昆明读中专的图书馆，严格地说，那是一间图书室。图书室不大，但也是天堂，天堂里有着当代大家作品、世界名著等好书。我不是个好学生，感觉教科书乏味无比，就常常跑到图书室里去借阅图书，课堂上、被窝里、树荫下都成了无比惬意的阅读地点。在这座图书室我认识了雨果、马尔克斯、勃郎特、路遥、霍达等中外名家的经典名著。如果说，中专时代知识量最大的收获是什么，那绝对是阅读了这些好书。两年的时间里很多时候就在大家的大千世界里起落，犹如时空倒流随着郑和的大明王朝的巨型船队出海一样，走出了国门，了解了另一世界的信息。

第三座天堂就是现在离家只有两百米的这栋三层小楼——瑞丽市图书馆，她位于市中心广场旁，一楼是电子阅览室，二楼是阅览室和外借室，三楼应该是办公室吧，我不是工作人员，不知道藏书多少。书籍大多是当代作品和时下畅销书，门类很多。在这里，我阅读了昆德拉、莫言、贾平凹的小说散文，泰戈尔的散文诗歌，也知道了郭敬明、韩寒等新生时代作家。此图书馆也是距家很近，但近年来由于工作和家庭繁忙，静下心来看书的时间很少，据说是进了些新书，虽在家门口，也没有时间再去借阅。但在天堂口栖居，与书香比邻，算不算得上是最佳的选择呢?

当然，获取知识的途径有很多，电脑、电视乃至于微信均有着广阔的知识量，但我还是更喜欢阅读图书，翻阅着一页页散发着油墨香味的书页，徜徉在自由未知而神秘美妙的世界里，感到无比的安宁和幸福，书里有我想到想不到的地方，有我想说而说不出的话语。在书本里，我游走于上下五千年之间，穿梭在天南地北宇宙寰宇当中，听圣人讲道，看世间奇妙，感人间纷繁……

对于这三座图书馆，我始终怀有着深深的敬意和谢意，感谢第一座图书馆在我启蒙时代让我感知了知识的魅力，领我进入了知识的家园；惊喜第二座图书馆在我求学时代适时地给了我向世界名家大家学习的机会，让我得以在荟萃了大师们思想精华的沙滩上拾取贝壳；欣慰第三座图书馆给了我了解当代文坛和社会的万千现象，让我通过图书馆这个窗口获知了外面的世界。

时光荏苒，岁月如梭，而谁会想到，当时仰望而不敢伸手翻看的《宗教大辞典》，早已经是我现在最爱查阅且随时摆在床头书桌前的资料。大千世界，一切未知犹如深远的海洋、浩瀚的宇宙一样充满了神奇，而图书馆这座天堂，有着解答其中奥妙的能力，一本本书就是一个个天使，载着我在天堂遨游漫步，此中幸福，夫复何求？

有个朋友，是图书馆馆长。他对我说，马上要退休了，毕生有个愿望，就是想退休了在他的家乡，一个偏僻的乡村修建一座图书馆，让附近没法看书看不起书的孩子们能看到更多的读物。还有一伙朋友自发组织，合伙在同是西南边疆的梁河县租了个四合院，搭建了一个书吧，名曰“先生书院”，其目的就是让更多人读起书来。对这些朋友，我由衷地尊重他们，我对他们说，你们好好做，我现在只能力所能及地做些能做的，等我空闲了，在你们那做义工，在图书馆和书院里清扫卫生，登记书目，为图书做些服务，与书为伴，足矣！

是的，我愿意在图书馆里与书本相约，希望在一栏栏的书架里闲步，喜欢阳光透过窗棂射进屋内的午后，照在翻开的书页上，照在那些凝聚着智慧之光的文字上。这些情景与画面，我想，是最美的。

漆黑的夜晚里，夜风清凉，四周寂静，一个瘦弱的女孩在点点萤火虫的陪伴下，深一脚浅一脚，向着那灯火最亮的地方疾行，她是如此焦急，焦急误了看书的时间，焦急图书馆的大门紧闭；她是如此渴望，渴望进入知识的殿堂里，渴望融入那天堂的幸福中。图书馆犹如大海里的一座宝塔，在黑夜里熠熠生辉，那温暖而强大的光芒，为无数迷途之灵驱赶了暗夜的黑，指明了方向。

博尔赫斯或许就在那个时候对女孩说：“孩子，去吧，去图书馆，那里是你的天堂！”

香额湖之莲

极为喜爱莲。5月底的瑞丽，荷塘里的荷花朵朵竞相争艳，得闲的时候跑了几个荷塘，照了许多莲的娇姿，觉得也很美。

有一天，突然听说，200公里以外的盈江县有一个一千多亩的湖泊，湖泊上开满了荷花。喔，一千多亩的荷塘，那该是多么广阔美丽惬意的画面，遂和几个朋友约了过去赏荷。

那是6月初周末的早上，我们到盈江时已经时近中午。我们在旧城镇按照香额湖路标下车，顺着竹林掩映的一条小径寻踪下去。下至坡脚，几股清澈的泉水从山脚喷涌而出，几个傣族大妈赤着脚在泉水边洗衣服。泉水哗哗流淌不止，注入旁边的几个水潭，大概是养鱼或是种植莲藕吧。

顺着一条溢满清泉的沟渠，转过路边的小屋，走出竹林，眼前豁然开朗。喔，盈江坝子！万亩丘田如绿色的棋盘平铺展开，远处山峰叠嶂起伏，白云缭绕，湖旁散落着圈圈鱼塘，潭边绿树环绕，处处绿意盎然。一面湖泊在田野上犹如一面明镜将蓝天白云倒映其中，原来山脚下清澈的泉水被引流至此，成了湖水。站在湖旁，迎着风，不禁心旷神怡，心也随着风飞扬起来。

呵！湖里没有荷叶，更没有荷花了，湖面上漂着水葫芦还有水菜。突然想起，是不是盈江的温度要比瑞丽低，所以荷花还没有长起来。虽没有荷，但湖边的风很清凉，心里也觉得很清爽。既然来了，就好好感受香额之湖吧。

我们跳上湖边的竹筏，撑着篙，向湖心而去。湖面上水波荡漾，风越来越大，头发被吹得四处飘舞。远处空中阴云沉沉，雷声隐隐，有丝丝雨水从空中飞下来，掠过脸颊，清凉无比。我们站在竹筏上，足浸入水中，犹如站在镜面上。环顾四周，真是有了苏轼的："水光潋滟晴方好，山色空蒙雨亦奇。"也有了释惠标的："舟如空里泛，人似镜中行。"

在湖水漫溯中，突然发现，在湖中央的水域里，居然有片片荷叶漂在水面上，这是想要生长还未长开的莲吧。她在随风飘荡的水波中，那么怯生，那么不引人注意。望着这叶，想起瑞丽荷塘里那一朵朵娇艳的荷花，相比之下，不觉心生怜意。她也是想要在这一季里，挣脱塘底的淤泥，在湖水微风中撑起一朵朵清香与美丽。雨渐渐大起来，我们没有带伞，回去也是湿了，不如就在湖中迎接初夏馈赠的礼物吧。

雨声唰唰，天上之水洒在片片荷叶上，想要助她快快生长快快盛开。我仰慕莲，喜欢她的冰清玉洁，喜欢她的空灵独秀。我不是莲，却希望自身能够祛除杂质，成为那一朵清灵。今日与莲无缘，那定是自己修为不够，那就唯心观照，审视自身，缘定那日，也就与朵朵莲花相遇了。

一晃，回来已经两个多月了，每次看到荷塘里的荷花，总是会想，这个时候，香额湖的荷花也开了吗？近期事情太多，暂时没有时间专程去看了，等有时间去的时候荷花也败了吧。唯有闭上眼，想，眼前的荷就是香额湖的莲，在雨水婆娑中吐露一湖芬芳，绽放一季清香。

作者简介

李慧媛（1976～　），出生于云南省永仁县，现居永仁县。

秋天的怀念（外2篇）

如果不是瑟瑟秋风，送来飘零的落叶，来敲打我的心，就不会勾起我对秋天深深的怀念。

秋收时节，母亲常常走在窄窄的田埂上，看金黄的稻浪。沉甸甸的稻谷向她点头弯腰。母亲走到地里，高粱涨红了脸，玉米、黄豆颗粒饱满换上秋天的盛装。等待母亲的检阅、收割。此时母亲满心欢喜心里细细打量着，她仿佛要把秋天收进自家小院、收进阳台、收进楼上楼下、收进屋里的每一个角落。

吃饭时，正是全家人围坐在一起的时候，母亲便开始安排工作："明天老大去请几个人来，帮忙把那丘大湾田的谷子收割掉，老二请李虎的拖拉机帮忙拉谷子。后天如果天气凑巧的话把那丘大沙田也进行收割……下星期一叫大爹、二婶、二姨妈家的马车和李培龙家的三轮摩托车等连人带车一同来帮忙。

再多叫几个妇女，把苞谷收了回来。如果来帮忙的人多的话把黄豆也一起收了。星期五、六，出钱找几个小工把板栗收了回来，然后联系老板把板栗拉去卖。”全家人默默地听着。说完后母亲又接着说：“今年烤烟收成不好，明年改种苞谷。烤烟的话是要种一点，把大长地、老虎坡那两块苞谷地换来栽烤烟。”饭吃好了，母亲把任务也安排好了。

没过几天，院里和楼上都堆满了谷子，抬头一看，阳台上满是苞谷，就连房梁上也挂满了金灿灿的苞谷棒。走进后院，房屋后墙的墙洞上横当直架地用竹竿挂满了黄豆、金豆、高粱……

庄稼大部分都收回来了，母亲的心也放了下来，接下来便心安理得地收拾、料理家务。天刚亮，母亲第一个起床，把院子打扫干净，然后把谷子搬到院坝里，接着用刮板将谷子均匀地铺开迎接秋天的第一缕阳光。之后，母亲开始做饭、喂猪喂鸡。吃完饭后，到了中午，太阳正热，母亲高兴地用刮板不停地在谷子上来回刮动，时而干脆脱掉鞋子，用双脚在谷子上来回划动，划出像火车轨道似的一条条沟沟。这样，谷子会晒干得更快些，每隔半个小时左右母亲便重复地做这样的动作，一天下来，母亲要做十几次。等到太阳偏西了，母亲就将谷子堆成圆锥形，然后在谷堆上盖上塑料布。如果天气好的话。一场谷子只要晒上三天就可以了。接着晒第二场、第三场……一年的庄稼母亲从不掉以轻心，总是颗粒归仓。家里的院坝虽然大，但是一年的庄稼总是要晒上一个月左右。母亲不怕苦不累，尤其不怕太阳晒，天气越是晴朗，母亲心里越是高兴。

要是天气不好的话，母亲总是皱着眉头，满脸愁容。如果碰上阴雨天，母亲更是吃不下饭、睡不着觉，一连几天都会唉声叹气。

有一次，突然下大雨，满院的谷子，把母亲忙得满头大汗，累得连腰杆都拉不直，母亲先很快地把谷子扫了堆起，然后找塑料布盖起来，接着怕谷子弄湿又将谷子陆续端到楼上，当哥哥嫂子赶回家时，母亲已将谷子全部搬到楼上，谷子没有被淋湿，母亲却全身都湿透了，母亲把粮食看得比自己的生命还重要。

晒完谷子，母亲又开始晒黄豆。母亲喜欢吃豆腐，全家人都一样。因此，家里每年都会种很多黄豆。后墙上挂满了黄豆把子，母亲将黄豆把子从后墙上取下来后抱回院子铺在院坝里，晒上半天左右，就用连盖打。黄豆把子在母亲有规律的敲打下，一颗颗饱满的黄豆从豆荚里跳了出来，直到豆秆打绒了，母亲才用筛子、簸箕将它们筛簸干净。一场黄豆打下来并弄干净的话只有一百斤左右。要将所有黄豆收拾完，母亲也要忙一星期多的时间。

忙完黄豆，母亲便又开始料理金豆了，母亲用同样的方法将所有金豆弄完。然后分门别类地将它们装进口袋里。忙完这些，母亲稍稍松了口气说："总算忙得差不多了。"说完，母亲便又开始将目标转移到阳台上的苞谷了。她每天只要有空，就端来一箩筐苞谷棒来抹，尤其是晚上看电视的时候一直抹至十一二点才休息。除了吃饭、睡觉之外，母亲几乎都在不停地忙碌着。尽管那样，母亲总是乐呵呵的，从来不叫一声苦。她总是说："忙，忙，忙，忙点好。有活忙，日子才过得好，如果没有活忙的话，那日子可就不好过了，那才叫真正的苦呢。"

到了中秋节前后，母亲的菜园又开始绿了，萝卜、白菜、豌豆、葱、蒜开始陆续上桌，除了一家人过上好的生活外，由于粮食丰富，猪、鸡、鸭、狗都长得膘肥体壮。过年的猪待遇却更不用说，连家里的那条大黑狗也喂得胖胖的，就像一头狮子。

看着家里这么富有：满屋、满楼、满院堆的堆、吊的吊、挂的挂、装的装，母亲脸上写满了喜字，有时还会听到母亲睡梦中发出的笑声。母亲也许在梦中梦到自己家变成一栋大砖房，猪、鸡、鸭都分别关在干净整洁的卫生圈里，阳台的铁栏杆上挂满了金灿灿的苞谷棒，院坝里停着一辆大卡车、一辆自用面包车、一辆三轮摩托车、一架耕田机。宽敞明亮的客厅里摆着冰箱、沙发床、50英寸的液晶彩电……她正抱着她的小孙子坐在沙发上和全家人一起围坐在电视机前，有说有笑……

在一个初冬的傍晚，母亲突然走了，带着对全家人的牵挂，恋恋不舍地离开了人世。

母亲一生勤劳，尤其是她那颗缜密的心灵，对家里一切事务明如烛火，洞察秋毫，杂乱琐碎的事务：子女的成长、就业、婚事，家禽家畜的成长，庄稼作物的栽种、收割，邻里之间的相处，人情世故的往来……一切的一切，都被她那无师自通的统筹方法做好安排，落到实处。

母亲一生的传统美德凝聚成了一粒粒饱满晶莹的珍珠，剔透璀璨！又是一年秋天到了，稻田里依旧是沉甸甸的稻谷，可是没母亲来检阅，它似乎很不高兴，低着头，悄悄地落下一颗颗金黄的泪珠，像是为母亲的离去落泪。此时，秋风牵动着我的思念，落叶揪住我的心房。母亲，您累了，您静静地躺着休息吧！可是几回回梦里与您相见，您总是那么匆匆忙忙，难道您来生的命也一样奔忙么？

我深深地怀念着秋天，也深深地怀念着我的母亲！

父亲如仙人掌

小时候，觉得父亲像整个天，再长大些，觉得父亲像一座大山，后来觉得父亲像一棵大树，现在觉得父亲如同老屋后院菜园里围墙上的那棵仙人掌。

站在老屋后院的菜园里，老屋不见了，取而代之的是一栋三层大洋房高高耸立在眼前，我的目光四处搜寻，想找回曾经的记忆，突然一阵微风吹过，围墙上一棵仙人掌孤零零地站在墙头上，超凡脱俗，我被深深震撼了，陷入了沉思，忽然眼前浮现出父亲的身影。他习惯地背起篮子，就像当年背孩子一样，背出家门又背着满满一篮子苞谷、谷子、柴、猪食等回来，额头上满是汗水，脸上带着一丝微笑，心里带着一丝欣喜。父亲想：他有一双粗壮的胳膊，有宽大结实的肩膀。为了我们一家人，他能背山越海，他有的是力气，任何困难都难不倒他，就算天塌下来，他也能顶得住。的确，父亲能从山地里掰一篮子苞谷过一条河翻两座山，满满的一篮苞谷，大概有一百五十斤左右重，父亲还嫌篮子小，在篮子口的边沿处用苞谷棒直插着，中间装一小捆苞谷秆，那苞谷秆是背回来给我们吃的，那甜甜的苞谷秆像甘蔗一样好吃。父亲说，不是所有的苞谷秆都甜，都可以吃，而是要选没背苞谷棒或苞谷棒背得小的那种华而不实的华秆。那时候我曾经想，要是苞谷全部长成华秆，不背苞谷或苞谷背小的话，全部的苞谷秆都可以当甘蔗吃那多好啊，饿了就可以吃甜甜的苞谷秆了。想着想着，心里就有一种快乐和无比幸福的满足感。

每天早晨天刚亮，父亲就到很远的山上砍柴，那时候家里没有骡子也没有马，家里所有的农产品，即苞谷、谷子、柴、谷草等全靠父亲一个人背，每天早晨八、九点钟父亲从很远的山上砍了一背柴回来，回家后又赶着牛到地里犁田。饭后又赶着牛和羊去山上放，父亲放牛时，常常戴着一顶草帽，挎着一个装满茶水的背壶，提着一个包，包里装着收音机。父亲非常喜欢听收音机。有了收音机陪伴，父亲放牛也不感到寂寞，每当放牛回家，父亲的包里总是有好吃的，有地瓜、土瓜、烧苞谷等。只要父亲一进家门，我们就会有好东西吃。父亲是一个诚实的人，没有太多的话，休息时，只是静静地坐着喝茶，抽烟，很多时候他在外面干活，和我们一起沟通交流的时间少，但他对子女要求严格，叫我们好好读书写字，把书念好。父亲能吃苦耐劳，思想觉悟高，干劳动积极，曾经当过生产大队的队长。

父亲一生勤劳、善良，无怨无悔地在贫瘠的土地上辛勤劳作一辈子。饱含艰辛，如火的骄阳灼伤他的肌肤，寒冷的雪霜把他冻入骨髓，他没有抱怨！当狂风把他吹倒，他又咬紧牙，挺直了腰杆；当暴雨把他的背砸弯，但他依然昂首向着蓝天；当雪想把他击碎时，他却始终坚贞不屈，相信生活不会总是阴暗，阳光总在风雨后。于是他等啊等，盼啊盼，盼着我们子女在蒸蒸日上地一天天拔节上长，突然有一天，历史性地长停了，长大成人了，他紧锁的眉头像阳光般灿烂了起来的时候，他却不知不觉地慢慢变老，变小，变得干瘪，如同墙头上的那棵仙人掌。当儿女们都成家立业，儿孙满堂时他却来不及享受幸福甜蜜的日子，在一个风高月明的晚上睡下去后，第二天就再也没有起来了。他活着的时候少言寡语，连走的那一刻，不知经受怎样的痛苦，仍然没有和子女们道一声别，怕子女们不让他走，默默地与眼前的一切诀别后悄悄地离开了人世，回到他该去的地方……

岁月轮回，数年后的今天，他化作了墙头上那棵耐干旱的仙人掌。吃苦耐劳，对人无所求，只图默默地奉献自己。仍然顽强地站在高高的墙头上“咬定墙头不放松，立根原在寸土中，千磨万击还坚劲，任尔东西南北风”。

我敬畏父亲及父亲一样高尚的仙人掌！

母亲的包头

母亲36岁生我，当我4岁，两眼只分得清黑白时，母亲白白净净的脸和头上黑乎乎的包头，形成鲜明的对比，深深地印在我的脑海里。至今想起母亲的包头，心里总有一种说不出的特别的感觉。

听母亲说，外婆17岁嫁给外公，外婆从嫁人那天起就开始包包头，一直到她离开人世的那一刻，都从未离开过包头。还听说，彝族妇女的包头有着深刻的含义，以前彝族人有个规矩，彝族姑娘年满17岁必须嫁人，嫁人那天，婆婆家必须拿新娘妆来接，其中包头布是最重要的，女人从嫁人那一刻起就要包包头，意味着要和丈夫共同承担起家庭的责任和重担，也表明她在新家占有一席之地，代表着成熟，肩负着成家立业的使命。

因此，已婚妇女包上包头后就一直要包到老，直到老死，无论阴天还是雨天，无论严寒还是酷暑，都不得摘下包头，不能披头发，也不能剪头发，否则就乱了规矩，就视为不守妇道。

到了母亲那一代，就没那么多规矩，母亲17岁嫁给父亲，但到四十岁以后才开始包包头，有时天气比较热时，还可以摘下包头，什么时候想包就包，不包包头也可以，没人约束，纯属自己个人的习惯和爱好。到了现在，包头一般年满60岁以上的老人才包，一旦包上包头，意味着她已能为德高望重的长老，头顶上一盘黑乎乎的包头显得整个人都很威严，如同太皇太后。

彝族妇女的包头布一般是用极其普通的黑色棉布做成的，有的是黑色的料子布，有的是黑纱帕。母亲的包头是黑色的料子布做成的，料子布更轻，且不容易褪色。

包头布一般宽半米左右，长三四米，边用针缝制，有的用缝纫机打，锁好边后，那块长长的黑布就成了包头布，做好的包头布一斤到一斤半，甚至两斤重。

彝族妇女包包头也很有讲究，很有学问。一般人都不会包的。母亲包包头前将长长的头发梳理好，收到后脑勺上高高扎起，然后将头发绕着别子绾起来，隆成发髻。别头发的别子是用银子打出来的，形状像梭子，两端扁平而且尖，像南瓜籽，中间细且直，大约8厘米长，上面有花纹，用它穿进发髻里，最后用网兜兜住。此时便可以包包头了。包包头时，将包头布一端完整地展开后包在头上，用左手将包头布的始端包在发髻上，连同发髻一起捏紧，然后右手捧起包头布，尽量收拢包头布，再从左往右不断地将包头布往上斜绕，绕紧后松开左手帮助右手，把长长的包头布绕完。绕完后将包头布末端别进包头顶部的空隙里，这样就包完包头。包包头不是朝左往右绕圆圈，而是绕成椭圆形，包好的包头看上去形状像南瓜籽，顶部是扁平的，十分结实，丝毫没有蓬松的样子。犹如纺织出来一般，可以随手将它整盘地端下来也不容易散乱。

彝族妇女头上的包头作用很大。包包头可以治头风病，可以遮风，遮阳，避小雨，可以防寒保暖。包包头就好比戴一顶草帽，起到冬暖夏凉的作用。除此之外，包包头还可以保护头发，使头发不受风吹日晒，因而变得乌黑光亮有弹性不开叉、不枯黄、发质好。母亲说，经常包包头的不会长白头发，我的母亲从40岁起就开始包包头，一直包到65岁，偶尔只见五六根白头发。轻轻地端起母亲的包头，解开网兜，解散发髻，母亲一头乌黑光亮的头发犹如瀑布直直地往下垂，一直垂到脚后跟，母亲有如此的秀发，是因为母亲经常包包头的缘故。

彝族妇女的包头不仅能保护头发，而且还美观大方，彝族妇女包上包头，显得十分端庄、优雅，美丽就更不用说了。黑乎乎的包头下，浓密的睫毛，乌黑的眼眸，再戴上一双亮晃晃的银耳环，漂亮得简直叫人不敢正视。

彝族妇女的包头布制作简单，朴实无华，不加任何修饰，不用其他颜色，专用黑色。不妖艳，不俗气，给人一种庄重、严肃、朴实的美。

彝族妇女的包头不仅代表彝族特有的民族传统，更重要的是一种象征，它象征着彝族人民世世代代团结一致，共同发展，也象征着一家人团团圆圆。

作者简介

岳霞丽（1976～ ），出生于云南省弥勒市，现居云南省开远市。

郑营印象（外1篇）

有时候会觉得，生活在城市很累。

城市的节奏，像斑马线上的红绿灯，跳转得行人步履匆匆。走在面色漠然的人群中想停下来，静下来，哪怕憩息片刻也是奢望。唯恐赶不上竞争的潮流。内心再累，表面也得撑出一副神采奕奕的斗志给人看。灯火阑珊处，谁又不是一身疲惫，一心的落寞。

终于抓住时间空隙，远离城市，和几个好友去乡下游览。车子沿高速公路到素有滇南文化名邦之称的石屏县。绕过城郊一段颠簸的土路，远山近绿中，忽然看见一群高低错落的黑白灰色建筑立在软泥新翻的田野中，不觉单调，只感素净。它的外形，乍一看就已很有故园情结，待到跟前，粉墙黛瓦，弓檐马头，硬山屋檐的民宅鳞次栉比，水塘清幽，树荫婆娑，一派江南旧居的风貌，古意盎然。这便是古建筑保存完好，被誉为云南第一村的省级历史文化名村——郑营。

据陪同的当地文化人士介绍，郑营历史悠久，自古这里就是彝、傣等少数民族聚居之地。在这片北临赤瑞湖，南依秀山山麓的丰沃土地上，先民们日出而作，日落而息，过着世外桃源般的宁和生活。明洪武十四年，太祖朱元璋派大将沐英远征云南，平定元朝余孽，平滇后的明军奉命就地驻屯。为防止士兵思乡逃亡，规定军士必须携带妻小全家迁入当地。有未婚者则令就地娶妻，繁衍后代。比起驻扎在塞外苦寒之地的兵勇来说，这些脱下战袍就回归田园的入滇将士显然要幸运得多。有温馨的家园，可以享受儿女绕膝的天伦之乐。万水千山外的故乡月反倒显得邈远而不真实了。

入滇军士把中原地区先进的文化和农耕技术带到了云南，不同民族通婚交融，这一切促进民族团结，大大推动了边疆地区经济文化发展。石屏从此文风蔚起，俊贤辈出。仅明清两朝，从异龙湖畔就走出过文武进士、翰林近百名。清代第一个经济特科的状元也出自这个远离中原文化腹地的偏远小城，因而石屏又有“秀才满街走”的佳话流传。

文风惠及，中原文化的痕迹也在郑营民居建筑上得以体现。古老的牌坊式石门，一座座白墙灰瓦组成的民居，错落有致地建盖在浓翠簇拥下的这块风水宝地上。三街九巷如经纬排列，青石砌就的路面延伸至历史深处。走在郑营午后静寂的古街，村口校园传来琅琅书声，让人不由得忆起当年那些摇头晃脑坐在私塾里念诵着“人之初，性本善”的垂髫童子。郑营的一弯一曲处都让人心生感慨。这家漆色斑驳的窗棂内，也许曾有过新嫁娘窃喜还羞的容颜。那家天井中，历经沧桑风雨的一口石磨，又不知碾过多少岁月的悲欢往事。抬首间一处门楣上朱漆脱落的匾额“司马第”三个字字迹依稀，彰显着当年光宗耀祖的气派……坐在门前石阶上抽着水烟筒的老爷爷，眼里一片慈蔼，村子里的每一块青砖碧瓦下，每一个角落里发生的故事都在他深邃的目光里隐隐闪现。

村中两大宗姓，郑氏和陈氏的宗祠及民居，以其规模宏阔、造型典雅而备受当地人推崇。陈氏宗祠始建于1925年，占地1240平方米。从砖石结构的牌坊式祠门而入，依次是石桥、莲池、中殿、正殿。端庄堂皇的殿阁依山面野，气派非凡。两侧厢房并峙，形成具有明清风格的一组宗祠建筑群落。祭祖的正殿外，一对青石狮子，或抱球嬉戏或抚幼而慈视，惟妙惟肖。采用漆金剔空透雕的殿堂门窗，雕刻工艺水平之高，令人叹为观止。院中莲池里三两芙蕖，亭亭出水，十数碧叶滚动着玲珑欲滴的露珠浮于水面上。倒映于水中的飞檐翘角，随着古老的风铃低吟，似乎在不断地倾诉遥远的故事……

陈氏民居则给人另一种感叹，画栋轩廊，幽暗深长的备弄，迂回曲折的走马堂，颇有"庭院深深几许"的格局。推开两扇棕漆木门，咿呀一声隔着些朝代的气味就扑上来拽住你。咿咿呀呀的京胡丝竹就在这空荡荡的老宅里回荡。恍惚一回首，一双执团扇的纤纤素手，正托腮沉陷在"人今千里，梦沉书远"的闺中愁思里。

这是一个天井套天井的大宅院。同样美轮美奂的木雕工艺，同样处处都透着富丽堂皇的豪门气势，然而民居毕竟是民居，与正襟危坐的宗庙不同，这里更透着生活的气息。厅堂、卧室、书房、闺阁、厨房、储藏室……一应俱全，仿佛昨日主人还在喜吟吟地张罗着宴席，一转眼，人去楼空，芜草席地，只剩檐下那口老井兀自凉意逼人。如果说陈氏宗祠一如旧体诗词中的唐诗，严谨端庄又不失大气，那陈氏民居就是一阕典雅浓丽的宋词小令，两者都蕴藏着中华传统文化的丰厚底蕴。那是经历过多少风雨洗涤历久弥新的气味。是从木材、漆色，甚至泥土里散发出的浓郁而古雅的沉香。

走入郑营，仿佛是走入一幅泛黄的水墨画，或是悠闲宁和的江南古镇一隅。这里没有喋喋叫卖纪念品的小贩，也没有导游高音喇叭的宣讲声。小村里的人一如数百年前的先人一样，诚实地耕耘着土地。不太较劲，也不太慵懒。将日子打发得流水一样平常，再心浮气躁的人步入郑营那古老深厚的文化氛围中，都会在悠然而又闲适的阳光下，清晰地触摸到一种熟稔的亲切，平和。

爱如琥珀

雨季漫长得让人起了倦意。

下午时分，因为要去邮局寄信，不愿出门的我不得不撑起那把紫色雨伞走进漾潆细雨中，街道旁的树木被雨水洗得墨绿透亮。五颜六色的雨伞在街头汇成了美丽的溪流。琳琅满目的商店橱窗和华贵气派的宾馆门厅呈现了世间的丰富与温馨。我边走边观赏着街景。在不经意的一瞥间，人群里一张熟悉的面孔映入我的眼睑，不由得感到心跳加速。他依然是那双曾令我心动的眼眸，不同的是此时与他相依而行的却是另一个女孩。我下意识地转过脸去，假装欣赏橱窗，任他俩毫不知晓地从我身边谈笑着擦肩而过。待我回首注视他们渐渐远去的身影，眼里已蒙上一层朦胧的泪雾，原以为已经淡忘的往事又历历在目。

五年前的那个雨季，我与他在“金急雨”树下嬉闹追逐，欢笑声随着纷纷扬扬的“金急雨”花瓣灿烂了整夏的青春。静静流淌的小河边，他怀抱吉他反反复复地为我演奏那曲《爱的罗曼史》；更忘不了，星群聚集的天空下，曾有我们怎样美丽而又慌乱的初吻……也是在雨中分别，尽管心中仍有撕裂般的不舍，忧悒的苦雨不停地打湿彼此曾燃烧过的心，我们黯然分手，背影相对缓缓走向各自的明天。

那时我们都太年轻，不懂得人的一生，无论走过万水千山，遇过多少同路人，最刻骨铭心的爱只有一次，这该珍惜的却被轻易放弃了。沉浮沧桑的岁月，洗去那段往事的悲欢色彩。曾一想起便会心痛的人，渐渐变成一个恍惚的名字。不知何时起，将关于他的记忆藏进心灵的抽屉，偶尔有朋友问起，也只是平淡地说：或许我们无缘吧！也曾想象过与他再次相逢的情景，凭着一份经历过风雨的成熟，我想我会再次与他面对，诚挚地问一声：“嗨！你还好吗？”今日相见却没有想到自己竟如此脆弱，毕竟他曾是我深爱过的人。

雨还在下，不知何时我的头发，脸庞已被雨水淋得透湿，冰凉的雨将我满腔的酸楚渐渐冲淡。望着街头熙熙攘攘的人群，不同的面孔一样的冷漠，也许每个人的心底都有着不能忘怀的故事。

爱如琥珀，生命里最不舍的那一页总是藏得最深。许多年后再回顾那个雨季和埋于岁月风雨之下的情结。那晶莹的雨滴已凝结成人生最美丽的瞬间。

作者简介

左中美（1976～　），出生于云南省漾濞县，现居漾濞县。

村庄在上

木　匠

听说，我爷爷是个木匠。

在乡村的各种匠人行当中，木匠是最受人尊敬的匠工。自然，在木匠本行当中，又因各自技能的高下而分别成不同的层次。

那些能做日常用的桌椅板凳，箱子柜子，升斗粮仓，床架圈栏的木匠，是木匠行当中的初级师傅，在乡村里，人们需要他们也最多。

更高一层的木匠师傅做房屋装修，包括装修房屋的门面、木隔墙，装楼梯楼板等等。装修师傅在木匠行当中虽属于中层，而当中亦有其自我的至臻境界，尤其是木工中的雕镂工艺。那些做得极精细的木雕，已然超出了生活的实用，而达到了精美艺术的境界。木雕工艺，业中首数剑川木雕。在村庄以及村庄所在的几乎整个滇西，稍有财力的人家，但凡装修房屋，必得请剑川木匠，那正房堂屋的雕花六合门，是剑川木雕的标志性工艺，也是一户人家的光彩门面。

最高层级的木匠是竖房架屋的木匠，村人们尊称其为大木匠，或者大师傅。

起房架屋是人生大事。一般情况下，一个生活在乡村的人，穷其一生六七十年，前二十年年幼，后二十年力衰，正当壮年不过短短二三十年，当中通常也就建一次房，能力强一些的或许两次。不用说，从计划建房之始，一家人便要节衣缩食，努力筹备，而当中最核心的便是筹备木料。一间正房需要的木料，包括柱、梁、抬楼、横料、椽子，柱子分前柱、中柱、后柱；大梁分上梁、下梁；抬楼分为左、右；横料有中格横料、边格横料，椽子有屋面椽、厦椽。此外，还要大量的板子，作为楼板以及门面装修。所有这些木料码实了堆在一起，能有半间正房那样高。自己能砍的，一根一根地砍，艰难地从高远的大山上运回家里。这样大量的活计，技术加上劳力，凭着一家人几乎不可能完成，要请人帮忙，当中便要费去极大的人力财力。若是自家不能砍运的，整个向人去买，更是要穷尽多年艰难积聚的财力。而在终于备好木料之后，不用说，还要努力攒粮，喂好大胖猪以及一大群鸡，至此，才能开始进入整个建房工作的具体程序。

先是选定大师傅，上门请师，并且商定动工时间，选定上梁吉日。建房这样重大的一件人生大事，当中的任何一个环节，都使得人们自然而然地流露出极大的谨慎以及尊敬。上门请大师傅时，要备一份厚礼，一来请大师傅给自家起房架屋，二来请大师傅根据家里男主人的生辰八字，选定动工时间，上梁吉日。通常，一个大师傅会带两到三个徒弟，一座房屋木架的木工，根据做工人数的多少，少则半月，多则月余，当中的松紧依着距上梁吉日的时间长短而定。竖架上梁当日，最后上喜梁的吉时则需确切到具体时辰。

大师傅进门这天，晚饭要杀大公鸡祷告祖先。吃饭的时候，将鸡头以及鸡卦庄重地敬给大师傅，大师傅剥了鸡头和鸡卦，要从鸡头头盖骨的色泽、鸡卦的卦相看这整场架屋是否能够顺利进行。当然，通常总是顺利的。

做木工的这半月到一月里，女主人每天都要好饭好菜上桌，以贵宾之礼相待。

时间在木工师傅们的砍削锯凿声中一天天向前，原本码实堆好的大大小小的木料，被加工成各自被需要的样子。院子里的木屑刨花堆成了半座小山。终于，喜日来到，木工如期完成。

上梁之日要办喜客。当日，村邻们一早前来相帮，所有的青壮年男子在大师傅的指挥下，先将四排纵架分别穿好，之后，赶在正午前把整个屋架竖到打好的石脚之上，然后才吃午饭。午饭后的时间，大家喝茶、闲聊，主人家忙着做好上梁的各项准备工作。

上梁的吉时一般在正午未时至申时之间（下午三时左右）。那根最后的正梁，又称“喜梁”，架在院子正中的一对木马上，正中部以一块画了八卦图的正方形红布以菱形包上，且中间包以一个包有五谷和硬币的祝愿富贵吉祥的“梁包”，两头拴上长绳。主人家备好一只大公鸡，一提篮拌有硬币、五谷和各种糖果的饵块粑粑，一桶水。饵块粑粑当中，有两只大的饵块筒子，其中一只里面包了硬币。

看太阳一点点爬到正中，那根喜梁的影子落在了它的正下方。吉时来到。大师傅起身，接过男主人递来的大公鸡，掐冠点血献梁，口唱吉语：“金丝梁，金丝梁，你在山中做树王，主人取得黄道日，把你取回做中梁。”“祭梁头，文登科，武封侯！”“祭梁中，代代儿郎坐朝中！”“祭梁尾，金玉满堂多富贵！”

献毕喜梁，大师傅唱：“一盘梯子长又长，主人请得两位财神童子上中梁。”听到这里，两名事先请好的年轻小伙“上梁童子”便从两头提着喜梁，从两把梯子上屋。大师傅唱：“一步上到承重木，主人万代有福禄。”“上梁童子”接着上梯子。“二步上到大插口，子孙后代高官代代有。”“三步上到金插方，子孙后代有福又安康。”在大师傅的吉语中，两个“上梁童子”将喜梁一步步提上正顶。大师傅手拿一把锤子，紧随“上梁童子”从正中的梯子上到屋顶，一边上，一边唱吉语。两个“上梁童子”按先头后尾的次序安放好喜梁，用木槌击紧，大师傅唱：“左响荣华富贵，右响子孙满堂。”大师傅每唱完一句，主人和众亲朋都在下面高答：“谢金口！”

喜梁吊上正顶，两个年轻人把吊绳放下地，主人将装有饵块的提篮和一桶里面放了瓢的水挂在两根绳上再让其吊上去。这时候，大师傅再敲三棰喜梁，开始撒粑粑。“一撒东方甲已木。”“二撒南方丙丁金。”“三撒西方庚星火。”“四撒北方壬癸水。”“五撒中央万基土。”每唱完一句，“唰——”撒下一把粑粑五谷，紧接着“哗——”地一瓢水洒将下去。观礼的人们挤肩擦背站在屋架的四面，等着抢捡这吉祥的粑粑、糖果和硬币，尤其是家里有婴孩的人，捡一枚这吉祥的硬币回去缝在孩子的帽子上，据说能避秽去邪，保佑孩子安康吉祥。大师傅一把糖果一瓢水洒将下来，水花四溅中，抢捡的人群里笑闹声融成一片。

待撒过东南西北中五个方向，仪式进入高潮。大师傅对着主人夫妻所在的方向撒下那两个饵块筒子，男女主人一人抢得一个，抢到里面包了硬币的饵块筒子的人，据说以后就能掌家理财。吊上去的那一桶水，大师傅在先前撒粑粑时，只是少量洒一些，大半桶水还在里面，专等着两个饵块筒子撒下之后，大师傅才将那大半桶水“哗——”的一声对着主人泼将下来，将男女主人淋个落汤鸡。据说，两个主人淋得越湿越透，以后家运才会越兴旺。

架屋完毕，大师傅离家之时，主人家除了支付预定好的工钱，还要给大师傅再带一份厚礼，外加一只大公鸡。

屋架即起，接下来是打墙，钉椽，盖瓦。钉椽是相对简单的木活，一般情况下，大师傅都不会做这样的活——大师傅自有大师傅的尊严。这上椽的活，有时候会让徒弟留下来做，也可以主人家另外请人来做。

接下来是装修，要请那做装修的师傅。在乡间，常年有多起剑川木匠师傅，不是在这个村庄，就是在那个村庄。

再下来是入家，这便需要桌椅板凳，箱柜仓斗，床架灶框。即便是一些用具有之前的可用，进了新家，总还要新添置一些。

一般情况下，做装修的师傅往往也会捎带做些桌椅箱柜这样的用具。只是乡村人家，积攒一点财帛不易，多数时候一次做不了，便今年做一点，明年做一点。一座房子，除去架屋前多年的积累和准备工作，从架屋到能够入住，总还要数年时间。

在乡间，能做一般木工活的师傅，每个村庄里总有一个两个，而起房架屋的大师傅则方圆百里才能有三五人。一般的木工活，学一年两年即可出徒，而要成为一个木工大师傅，少则三五年，多则七八年，且乡村间的大师傅，大多自有师门传承，并不是谁要学便能投到师的。一个卓越的木工大师傅，其需要具备的才学包含诸多方面，一般得要二十年左右方能成就。

听我母亲的讲述，我爷爷应该是那种普通的木工，而就是这一点手艺，在乡间也依然受到人们的尊敬。我爷爷奶奶没有儿子，只有我二姑到我母亲老五这四个女儿。母亲是老幺，在姐妹四个中也最伶俐，我爷爷便格外宠爱一些，出门给人做木工活时，常带着我母亲在身边，跟着他一块吃些好饭食。母亲也是她们四个姐妹中唯一读过书的一个。听说爷爷是在四十九岁上去世的，那年母亲才只有九岁。我那时候以为我爹已经老了，而今看起来，四十九岁的人还年轻得很啊。母亲六十多岁时忆起我爷爷的时候这样感慨。我二姑有一两回说起我爷爷来，说，我爹他就疼五妹。听起来，我爷爷是个稍稍严厉且霸道的家主，据说他做了酥肉放在柜子里，只许我母亲每天跟他一起吃一点，我奶奶以及我的几个姑姑们都没有份。

是我母亲有一次说起来，说我奶奶忆起我爷爷的一两点暖，一次是我爷爷对我奶奶说：白天要去别人家做活时，早饭可以少吃一碗，因为做活的人家白天会供晌午饭，早饭少吃一碗留在锅里，白天孩子们饿了可以吃一碗冷饭。另一次是一家人在山下江边的田里栽秧，天近傍晚还未栽完，我爷爷对我奶奶说：先回去吧，先回去做饭。就这一句，我奶奶就当作是我爷爷对她难得的体谅和关怀了，让她记了一辈子。

在我家的楼上，有一只古旧而精致的茶盘，是我小时候就有的，扇形的盘底，打了多道弧形棱的盘边，蝴蝶结形状的雕花盘把，盘子的漆内底红色，外底黑色，内底上的红色油漆在时光的浸染里，已变得有些旧暗。这只茶盘，平日里都不用，倒扣着放在楼上后墙高处的祭祀台上，一般只有两个时候才拿下来。一个是过年的时候，我奶奶或是我母亲把三只祭碗摆在里面，端着祭祀诸神；另一个是家里办事的时候，用来在客场上敬茶酒。村里的人家办事时，也常来借用我家这茶盘，我母亲总是再三嘱咐，让人小心不要弄坏。是在许多年后，我才无意间得知，这茶盘，是我爷爷的手工。我看着那精致的茶盘，想着一个普通的乡村木匠，也有着他对自己手艺的用心和谨敬。就凭着这一点，他们便是值得乡人们敬重的。

我似乎是听我母亲说过的，说我爷爷带着她出门，背上背着木工篮子，脖子上架着她。这是一个乡村木匠的父亲留给自己女儿的最温暖的回忆。

补 锅

那个补锅的外乡汉人师傅来到村庄里，定要先到村中古井头的大青树下歇歇汗。补锅担子放在面前，他的弯成了一张浅弓的扁担内侧正中常落肩的一段被他的肩膀磨得一片光亮。他从头上摘下草帽，用一只手捉着草帽头，将帽口向内用力地扇着。虽然大青树下一地浓阴，但他远道而来，头上、颈间都是汗。他用草帽用力地扇凉，这样，从他的额上以及颈间弯曲流淌而下的汗才去得快一些。

一阵扁担挂钩与水桶提把磨出的吱扭声传来，有人来井里担水了，看见坐在井头大青树下的补锅师傅，热情地打招呼道："师傅来了。"这些常年走村过寨的不同行当的师傅，村庄的人们大多认识他们，有些师傅还在自己家里吃住过。村庄人家，有得吃就让人搭一口，有得铺就让人住一宿，没有向人收钱的。师傅们吃住在人家里，便尽力给些回报，补锅的就给人免费做些修补；炸爆米花的就给人免费炸几炮爆米花；过年前来卖米花球的，就给人孩子几个红红绿绿的彩色米花球，把孩子高兴得满院子乱蹦。

补锅师傅应答着那问候的人，等人从井里打好水，向人借过瓢，自己从井里打上半瓢清凉的井水喝了，道过谢，然后问一句：家里要补锅补盆么?

若是刚好这家里要补锅补盆的，师傅便挑上担子跟了去。若是没有，师傅也要挑上他的担子，开始挨家挨户去喊："补锅咧！""要补锅补盆么？""补锅补盆补瓢补桶啰！"补锅师傅一路喊着，两只手左手扶着扁担，右手里的那根杵棍小心准备着，以防从人家院子里冲出来的大狗。

在家的人们听见喊声，循着狗吠，看见了那挑着担子的补锅师傅，便邀他到台坎上坐。在村庄里，每户人家屋厦下的台坎，就是敞开的客堂，饭桌摆在堂屋门外一侧，平日里一日两餐，一家人就在这桌上吃饭。吃完了饭，凳子收拢。客人来了，把凳子拉开，这桌子旁就是闲坐喝水的地方。补锅师傅挑着担子，问一声："要补锅么？"若是没有，他便谢了主人前往下一家；若是有，他便把担子歇下来，到台坎上坐下，等着人把要修补的东西找出来。那些需要修补的破锅破盆放在家里的某个角落，专等着这补锅师傅进村上门。庄户人家，勤俭吝物是起码的家训，用坏了某件东西时多不会想到丢，锅啊瓢啊盆啊桶啊用坏了，找个地方放置好，等补锅师傅来了，修好补好，又能用上好多年。篮子、背篼、提箩、撮箕等竹器用坏了边，找个时间请来篾匠，砍两根新竹子，再把它修补好。若是那实在修补不好的器物，也自有各自的用场。半个破盆子斜靠在墙脚，在里面打上半瓢水，便成为小鸡们喝水的水槽。一只破口缸，里面装上半缸土，家里的孩子可以在里面栽一棵太阳花。没法再修补的半只篮子搁在院外，里面平日里攒着灶灰，等种瓜种薯的时候，将灶灰拌在土里，又杀虫，又增肥。甚至于半块摔碎的碗片，捡了放在某个不碰手的地方，家里做洋芋菜的时候，可以用来刮洋芋皮。

补锅师傅坐在那里等着，看人把要修补的器物找出来，他站起身接过手来查看。这时候，补锅师傅的脸上常常会有一种欣悦的神情，那是一种无关于修补之资费的、一个匠人遇见可以施展自己才技的器物时的单纯的欣悦。他将那破锅或是破盆、破桶拿在手上，细细查看，一边谋划着对这器物的施补之方案以及步骤。待那方案和步骤在心中成形时，他的眉头便整个地舒展开来，脸上的神情从之前的欣悦，变成了一种成竹在胸的明快和开朗。之后，补锅师傅从他的担子里拿出一应用具和修补的材料，开始神情专注地叮叮当当敲打起来。

那些原本用坏的器物，在补锅师傅的细心敲打下，一一被修补好，原本漏水的盆又能装水洗脸了，原本通了洞的锅又能盛汤煮菜了，原本漏了底的桶又能重新挑水了。那些掉了桶底箍的水桶，若是那箍子还在的，补锅师傅用两只小铆钉，就能把它重新箍上。若是那箍子不在了的，补锅师傅的挑子里就有备用的，看桶的大小，大了的箍子，让它稍搭个口，或是用铁钳稍稍剪去一点；那实在小了一点点的，补锅师傅用锤子把箍子重新敲平，努力地往外抻一些，之后重又把它圈成圆箍上，一只桶便又好好的了，又可以吱扭吱扭到井里挑好多年的水。

补锅师傅一年里进一次村，有时候两次。而村庄里总有一些用坏的器物在等着他的到来，等着他敲敲打打地将它们修补好。补锅师傅挑着担子，从这家走到那家，有时候，隔壁邻近的人家要修补的器物也会将就拿到这家来修补，省去了补锅师傅将他的一挑子行当又收拾和摊开一回。

到了饭点，补锅师傅正在哪一家里修补，通常便在这一家里吃饭。为了答谢人家的饭恩，补锅师傅便不收这家的修补钱。若是这家里修补的器物少，补锅师傅甚至会自己找一找，看看还能给人家修补个什么的，若不然心里过意不去。遇到要修补器物的多时，补锅师傅要在村庄里住一晚，让他住下来的人家，补锅师傅一样不要人家的修补钱。

补锅师傅修补器物的材料，多数是锑、锡以及薄的白铁皮。那些用久了的器物，多数颜色暗沉深静，新的锑、锡或者铁皮初补上去，那沉暗和新亮便显出鲜明的对比，待用着用着，日月一天天在上面流去，那修补上去的地方，又被时光慢慢镀上了与原物一样暗沉而安静的色泽。

在村庄里，几乎每户人家都会有几样被补锅师傅修补过的器物，或是锅盆，或是桶瓢。一件器物从爷爷奶奶手下留下来，用一二十年，哪一天不小心用坏了，不着急，且放置在哪个地方，等补锅师傅来了，把它修补好，又用许多年，这一用，不定就用到了孙辈手里。一只桶，一口锅，一个盆，一把瓢，新十年，旧十年，修修补补又十年。一晃，那春种秋收的庄稼就收了数十茬，一辈人就走到了安静沉稳的中年。

我后来曾在书上读到，在某地的民间有一种焗碗的匠人，专为人补碗。我那时颇觉得诧异，一只碗，也有修补的价值么？在我的村庄，早年里大家用的都是青釉土碗，碗的内壁上，近碗口处一道毛线般粗细的蓝线，蓝线的下面，以相等的间隔画了三只盛了一条鱼的椭圆形蓝边盘子。一个土碗一毛钱或是一毛五。若是一个碗坏了，修补它的工费，按理得要比原价低许多。再高一些，总不能高过它的原价去。若是高过了原价，那便不值了。并且，一个碗若是摔坏了时，一般总要摔成几瓣，真要修补，得费去极大的工夫，真真是不值当了，故而，从没听说过竟有补碗的。虽然后来慢慢地，大家都用了细致的瓷碗，但按价值论起来，一个碗，依然不值得费工费力地来修补。

那书里说，那焗碗的手艺，而今在那乡间只剩下一两个还能做的匠人，也还都用不上，因为没有人将一个摔坏了的碗拿去补的。真正有补碗的，那却是另一番境界了，一个人，故意将一只漂亮高档的大瓷钵或是瓷盘摔坏，然后，一点一点，用金箔和银箔将它修补起来，以经年累月之耗，将它做成一件瓷与金银完美吻合的至精至美的艺术品。

我遂想起那年补锅师傅在村庄里某户人家的屋檐下，用心敲打着一件需要修补的器物时，脸上那种用心专注的神情。或许，在那其中，也曾有过他自己不曾察觉的为艺术般的心意。

庇　佑

我故去的爷爷奶奶驻在我家主屋楼上后墙正中的高处。他们慈祥的神灵所寄身的是两尊纸灵牌，具体说是两尊半尺多高的紫红色的小纸人，蹲在一尺多高、三四寸宽的蓝绿色底牌的正中，正面看过去，就像影子舞里两只蹲猫的剪影。在村庄里，所有人家楼上的先祖的灵牌都是这样的，这些紫红色的祖先“影像”，它们大多出自相同的手或是同一门师传，你家的祖先、我家的祖先、他家的祖先，被剪出的影像都是相同的模样，他们各自生前的样子，则只在我们这些后人的心里。这后墙的高度，人站在楼板上，踮起脚刚好能够到墙头。两尊灵牌的位置在耳朵高的地方。在两尊灵牌的下方，一块半尺宽、四尺长的木板搭在两根钉入墙中的拇指粗的木钉上，作为祭台。祭台正中摆着香罐，祭台的两侧，右侧罩着三四只小盅，旁边扣着我家那只听说是我木匠爷爷手工的精致的扇形小茶盘，左侧搁着一把草绿色的香，走近了，能闻到淡淡的香气。

每逢年节祭祀时，母亲先把从灶里点上来的香插到香罐里，把两碗饭食摆在爷爷奶奶面前，筷子规正地放在碗口正中，筷头向里。再拿一只小盅倒上酒，敬在奶奶的碗旁。据说我爷爷他不喝酒，但我奶奶茶和酒都喝一点。在我奶奶暮晚的那些年，每天早饭后，喂过猪食，她会坐到火塘旁的床沿上，烤一小罐茶。那是一只只有拳头般大小的土茶罐，奶奶从灶里稍稍扒出一些炭火来，将茶罐在炭火上烧热，待罐中冒起微微的青烟，奶奶用三根手指从那只黑旧的不知用了多少年的茶筒里撮出一小撮茶叶放进茶罐里。奶奶有一块用得黑亮的小手布，是专门在烤茶煮茶时用来垫着茶罐的手把抖茶和倒茶的。奶奶一只手把茶叶放进烧热的茶罐，另一只手紧跟着捏起茶罐边上像婴儿的耳朵一样小的手把开始抖茶，抖两三抖，将茶罐歇回炭火上，两趟呼吸的工夫，又捏起来抖，如是三四回。茶罐热，茶叶少，若不勤抖，茶叶很容易烤煳。抖的过程中，奶奶不时将茶罐凑近鼻子来闻，以把握火候，使茶叶烤到香而不煳。等到觉得到火候了，奶奶将茶罐放平，提起灶旁的铜壶往茶罐里倒上水，第一次先只倒少量的水进去，随着迸裂般“滋”的一声，沸腾的水沫立刻漫到了罐口，有时甚至溢了出来，沿着茶罐凹凸的外身流了下去。待稍过一会儿，水沫慢慢回落下去，奶奶继续往罐里倒上水，直到水位离罐口只有半截手指远。茶罐是烧热的，铜壶里的水也是先前涨过的，这第一罐茶，很快就涨了。奶奶用手布捏起茶罐的手把，小心地将茶倒到她惯用的那只茶盅里，一罐茶，刚好够倒出一盅。这第一罐茶色酽香浓，我曾好奇地尝过一回，知道这茶汤是极苦酽的，而奶奶在慢慢品饮这杯茶的时候，脸上却有着惬意和享受的神情。第一盅茶喝完，奶奶坐在那里闭目养神，稍歇一时，再往茶罐里续上第二道水。如此喝上三四道，一罐茶也就淡了。喝过了茶，奶奶开始摸摸着做事，剥豆子，剁猪菜，编草绳，提着桶到井里打水。至下晌，奶奶歇下来，要喝上小半盅酒。通常，她总是搬一只小板凳坐到廊柱前，将身子靠着廊柱，她的胸口以下被下午的太阳斜照着，而上面的部分在屋厦的影子里。奶奶靠坐在那里，一小口一小口，慢慢地啜着那半盅酒，脸上的神情安详自在。她一生的艰辛与沧桑，在这安静的午后，远远退隐到了时间之外。

自从奶奶去世后第二年我们搬到现在的家以来，因为厨房里的灶是窄小的节能灶，很不方便烤茶。但在重要的节日祭祀里，母亲会将灶里的炭火铲一些到火盆里，专门在上面烤一罐茶，给爷爷奶奶面前各倒上半盅。饭、茶、酒一一摆上，母亲退身在祭台下的楼板上跪下，给爷爷奶奶叩头祷告：爹，妈，今天是年三十（或是端午、火把节等等，一年中的各个节日，母亲都要一一敬告），您二老吃晚饭了（除了端午祭早饭，一年中，其他各个节日的祭祀都在晚饭）。我后来出嫁后，每逢年初二回娘家，初二晚饭祭祀爷爷奶奶时，母亲特意祷告：爹，妈，您二老的小孙女回来了，还有姑爷，还有重孙女，给您二老带了好糖好酒，您二老慢慢用。母亲还请爷爷奶奶护佑我们一家在外平平安安，康健和乐。母亲磕完头，我们一家三口一一跪下给爷爷奶奶磕头。

听说，我爷爷是在四十九岁上去世的，那年我母亲还只有九岁。家里没有留下关于我爷爷的任何影像，我对我爷爷的认识，除了我母亲的零星讲述，就是墙上那一尊绿底红人儿的灵牌。在爷爷去世后，我奶奶整整又陪伴了她的四个女儿四十年，并且，眼看着她的孙辈们一个接一个地出生，长大。奶奶甚至还带了我哥的两个孩子几年，到我奶奶去世的时候，我的侄儿已上了一年级，小侄女也已经五岁了。奶奶在世时，我家老屋的后墙上只有爷爷的一尊灵牌，因着时光以及烟火经年的熏染，灵牌显得有些旧暗。后来奶奶是在当时还只装修了一格的新房里落气的。奶奶总共只在床上躺了不多几天，不会说话以后，一家人把奶奶搬到新房这边，让她“领”了这未迁入的新居。奶奶去世后，在新房楼上后墙落灵牌时，家里给爷爷也一起做了新的灵牌。两尊纸灵牌，并排驻在洁白的新墙上，安静地注视着我们一家人的日子。

除了年节的祭祀，我母亲有时候夜里梦到我爷爷或是我奶奶了，第二天便会给爷爷奶奶灵前上香，祭献饭食，祷告二老在那边要好好的。每年的清明，我们去给爷爷奶奶上坟，去到坟地，母亲或是我的姑姑们拿出事先备好的镰刀，割开坟头及周围的草。母亲和姑姑们会告诉爷爷奶奶：爹，妈，我们来看您二老了。清明时节天和气煦，在坟地的四面，各种树木在春天的暖风里抽出一树一树的新绿，我们将爷爷奶奶的坟收拾得干干净净，在上面撒上青松毛，离开下山之前，在坟头压下嫩柳枝。

绝大多数时候，我们一家人的生活多艰而安宁。我们像祖祖辈辈生活在村庄的人们那样，日出而作，日落而息，一年一年，在土地上播种，在汗水里收获。大人们身体健康，孩子们平安成长。若是家里有人病了时，家人们带上家里攒了又攒的那点薄钱，带着生病的人上医院看病，在医院里待上三天五天，乃至做个手术待上半月，及至痊愈，便欣慰地回到家里来。偶尔，也有那样一些时候，家里的病人打了针吃了药，却一时不怎么见出好来，抑或是病情时好时坏，反复盘桓，这时候，母亲便会点上三炷香，到楼上给爷爷奶奶祷告，请他们保佑家人平安。这样祷告之后，祖先慈祥的神灵，在身上的病痛未去之前，先抚慰了我们在尘世的受苦痛的心灵。

除了我们的祖先，在村庄，还有众多的神灵庇佑着人们内心的安宁。“天地君亲师”，每年年三十晚上的祭祀，母亲庄敬地盛上五碗饭食，两碗到楼上祭献我的爷爷奶奶，三碗规正地摆在我家那只古旧精致的茶盘里，筷子摆在碗口上，在我哥或是我侄儿炸过炮仗后，母亲端着茶盘，一祭院中的天地树，二祭厨房里的灶君，三祭房后的山神，四祭村中的井神（龙神）。母亲端着茶盘出厨房门时，手中捏着一把点燃的香，天地树上插三根，灶君面前插三根，山神面前插三根，到了井神那里，把手里留下的香全都插上。村中的每户人家也都是如此，为此，在村中那口古井的一旁，总是插满了密密的香根。

村庄背靠的后山上有山神庙，我记得时，庙屋已不在了，留下一圈断墙残垣，每年正月初九一早，村庄的每一户人家都要去这里做素饭食祭祀山神。这天晚上，人们在庙台脚下的场子上围着火堆打歌，直至深夜。在方圆百里的彝族村庄，几乎每一个村庄都有一天这样的庙会，时间在正月至三月期间，具体日子各各不一。在没有电视、没有通信的年代，每一个村庄的庙会，都会吸引邻近各个村庄的人们前来打歌，尤其是年轻人。庙台的高处，有卖油粉的，卖乡土糖食的，卖甘蔗的，卖炒瓜子的，卖炮仗的，有从集上倒来在这里卖各种孩子喜欢的小玩意儿的。庙场的附近没有水，村庄里会有许多人，晚饭后从家里辛苦地挑一挑水到这里，供大家免费喝（我母亲每年都要这样做）。最后剩下来的水，用来浇灭打歌散场后的篝火。当黄昏退去，夜幕笼罩下来，星光一点一点洒上天幕，在庙台的上下全都站满了人，孩子们快乐地在其间穿梭追逐。打歌场上篝火熊熊，笛子声和芦笙声阵阵飞扬，人们围着火堆打歌对调，不断转圈的脚步，踏起一层又一层的灰土。山神在高处，安静地注视着这村庄一年一度的狂欢，注视着脚下不断生息轮回的人间。

在山神庙下来的半山腰上，有一棵山神树。正月初九早上人们祭完山神下来，要祭一祭这棵山神树。平日里谁家有牛马走丢了，会专门来祭这山神树，家里的牲畜养殖不顺时，也来这山神树下祭奠，祷告山神保佑家畜平安兴旺。

在众神居住的村庄，当一个人或是一家人的生活中出现了一再努力却不得解脱的困厄以及疾病，他们便会反观自身，省念自己是不是做了什么不好的事。当某种意外的灾祸突然降临到头上，人们会察看自我的内心，是不是自己做过的什么事触犯了神意，触犯了那些传承久远的天理人道。在滇西群山中的众多村寨里，常常有许多“先生”，为人们解疑释惑。当某个认识的或是陌生的人带着礼物和一把香上门请教某种困厄时，先生们给出的答案，往往是他们失去了某种敬畏，或是疏忽了某种神意。为此，他们需要虔诚地重新补救回来，以此救赎自己。

头顶三尺有神明。这大地上的众多神灵，一直引导着人们沿着一条敬畏之路，不断回到自我安宁的内心。

昵　称

村庄的人们这样给自己的儿子取名字：阿务，阿来，阿巴，阿切。这些彝语名字的汉语意为：老大，老二，老三，老四。在村庄里，但凡有儿子的人家，几乎每家都有一个阿务。阿务，它除了是一种排行，在它的含义里，还包含着对他未来担当责任、赡养父母、抚育弟妹的寄望和期待。另外，阿务在一些时候还是最棒的意思。从这个意义延开，人们往往把自家力量最大、最精壮的牯子牛称为“阿务牛”，为此在村庄里，许多人家也都会有一条阿务牛。拥有一条精壮的阿务牛，那是庄户人家的荣耀和脸面，是一个放牛孩子人前骄傲的巨大资本。村庄里众多的阿务，人们在说到他们的时候，常常以他们各自家住的小地名（村庄的每一户人家或两三户人家所在的地方就会有一个小地名）或大名或外号来进行区分。而在称谓那些众多的阿务牛时，则以主人的名字来加以分别。

与男孩的名字相比起来，当人们用遍生在大地上的花花草草给女孩取名字时，里面充满了柔和的爱意。也有女孩多的人家，用大妹、二妹、三妹、四妹这样排序的，而当这些名字在家人以及村庄人们的口里叫起来时，也一律地带着那种像花草一样的普通和像云朵一样的洁净和柔软。

孩子们在村庄里出生，顶着父母家人给起的那些像小牛犊或是小花草那样的名字，在时光里像小牛犊或是小花草那样粗放和随意地成长。直到七八岁，要上学的那天，那个被家人、被邻里、被村庄的人们一直叫着的在汉语里被称为乳名或小名的名字，不得不暂时地让到一边。村庄的每一个孩子，新入学第一天要到老师家去报到。村学的老师就住在我家隔壁。大人们带着自己的孩子来到老师家，老师就给每个孩子取一个学名，同住在一个村庄里，谁家的姓氏老师都知道，字辈排行老师也都清楚，给每个孩子取学名，其实也就是给他找一个字。我母亲带我去入学的那天，老师说，你哥哥叫左中辉，那你就叫个左中美吧，就这么着，我一辈子的大名（我后来才知道，我们所说的“学名”，在正规的称谓里被叫作“大名”）就给定下来了。

村庄里我们那一辈上的孩子，每个人的大名都是老师给起的。男孩的名字多为辉、军、伟、良、福、奎、华等，女孩的名字则为美、翠、英、花、香、芬、芳等。村中小学是一间草屋，老师就只一个，一、二、三年级的学生全坐在那间教室里。孩子们坐到里面，被老师叫作左中福、左中良、杨增奎、杨增英、杨玉中、杨玉华、罗瑞美、杨春花，这些名字，在课堂上被老师一次次叫起来回答问题，或是朗读课文。一学期两次考试的时候，这些名字写在试卷的右上角，等老师改过试卷发下来时，在这名字的边上，用红笔写着或多或少的分数，在分数的底下，一律地挑着两根“筷子”。上面分数高的同学被老师夸奖、表扬，分数少的同学被老师批评、督促。我家同院里阿喜的弟弟从寿，他不会读书，他的作业本和试卷上，几乎一直都是0分，大家就嘲笑说从寿最爱“吃鸡蛋”。从寿在学校里吃了“鸡蛋”，回家就要吃他爹的一顿“面条”。

一节课是四十五分钟。老师的左手腕上戴着一块手表，老师看着上面的时间，打铃上课，打铃放学。那些年在村庄里，只有老师和在漫湾电站当工人的阿谷她爹两个人戴手表。阿谷她爹一年里只回来一两次，平时戴手表的便只有老师一个人。老师的表有着银色的表带，白色的表盘，上面走动的指针，指引着我们上课以及下课。到了下课时间，老师拿起放在讲桌上的那只木把黄铜的手摇铃摇一摇，宣布下课。班长（一至三年级总共只有一个班长，一般由三年级的一个男生担任）起立并喊：“起立！”大家就跟着站起来；班长再带头喊：“老——师再见！”大家于是跟着喊：“老——师再见！”那时候，我们总是习惯把“老”字后面的音拖得很长。

喊过了老师再见，一教室里十多个学生从各自的桌子和板凳间挤出来，若出圈的羊群一般拥出教室，撒向操场。这时候，每个孩子的小名才又回到了各自的身上。阿喜、从寿、阿七、阿八、二妹、阿四、柳英、阿谷、阿才，我们相互叫着这些从小熟悉的小名，在操场上展开各种游戏，彼此间一时亲密如同一人，一时吵闹如同仇敌。在一次又一次的课间，以及每天晚饭后在学校操场上的游戏中，这些“密友”和“仇敌”不断互换着角色，如同微版的《三国》。

我们相互呼唤着这些彼此熟悉的小名，在游戏中，有时让谁拉着自己的后衣襟，有时叫谁牵住自己的手。有时候又是谁绊了谁的脚，或是谁揪扯到了谁的头发。其间，我们用从小学会的唯一的母语准确地称谓自己身上的衣服、鞋子以及自己身体的每一个部位，用这如同自己的身体般熟悉和亲切的母语表达游戏的过程和环节，表达自己的欢快和疼痛，用它与自己的队友沟通，与游戏的对方谈判。在这古老的村庄里，远古的彝族祖先们早已为这大地上的自然万物一一命名，为自己身体的每一个器官、每一个组成部分，以及人们不算长久的生命中将会出现的各种心理和情绪一一取下名字。祖先们把头发叫“尼趣”，眼睛叫“密色”。手叫“来帕”，脚叫“克帕”。高兴叫“吉地”，伤心叫“吉麻地”。痛叫“那”，痒叫“兹”。走路叫“尕许”，睡觉叫“尼达”。树木叫“斯字”，花朵叫“若鲁”。青山叫“库者”，河流叫“厄处”。男人叫“若巴”，女人叫“若么”。大地叫“密”，庄稼叫“汗”。肥沃的土地叫“密喜”。村庄的祖先们把村庄取名叫“密喜巴”，与南诏古国前期六诏中的“蒙嶲”相谐音。据说，我们是一千多年前的“蒙嶲”诏以及南诏国（738-902）的后裔。

而当我们在老师摇响的铃声中再次走进教室，各种正在进行的游戏和整个被祖先们命名的母语世界一起，作为一个共同的巨大昵称，被留在了教室外面。当这个世界里的许多东西以汉语的面目出现在课本上时，我们不知道那上面说的就是我们所熟知的各种花草树木，鸟兽虫鱼，就是我们的房屋和大地，庄稼和雨水，四季和日月。老师手拿着课本站在黑板前，在读过每一篇课文或是每一道数学题目之后，用母语一一地为我们讲述和解释，告诉我们它里面说的是什么意思。我们在老师的讲述里，一点一点认识这大地上的各种事物在汉语里的称谓，并且学习表达它们的方式。

多年以后，我从学校毕业，回到老家乡上的一所村学教书。我教的是一年级。在家乡，依然还没有学前教育，未上学的孩子如同我们当年那样，只会说母语。我亦一如当年我的老师那样，在给孩子们读课文，读自然和品德，读数学题的题目之后，用彝语一一翻译和解释，告诉他们里面说的是什么意思。

那是一个下午，我在语文课上给孩子们读课文《秋天》。秋天，天那么高，那么蓝，蓝蓝的天上飘着朵朵白云。当我给孩子们读完课文的时候，我在我的母语词库里面，却怎么也找不到直接对应“秋天”的这个词。在我们的母语里，四季是以大约等同于气候的“冷天”和“热天”这样来表达的，关于秋天，与之相关的表达是“落叶的时节”或是“收割的时节”。而关于春天的表达则是“花开的时节”或是“背粪的时节”。

在含糊地给孩子们解释过后，我又一次意识到，在汉语面前，我们的整个母语世界，依然是一个巨大的昵称。在教课中，在生活中，在与身边世界的交往中，我们越来越多地使用着汉语，然而有一些事物，有一些情绪，我们依然无法准确地将它们翻译成汉语，当我们要说到这些事物或情绪的时候，我们的表达就变得吃力，不能自如。我后来回想起我学习写作的这一路，其实就是一路寻找我的那个母语世界在汉语普通话里的表达方式。我在里面努力地学习，艰难地探索，试图把我的那个被祖先们逐一命名过的母语世界，用更多人能读得懂的汉语方式，呈现到人们的面前，以此告诉他们：这是我的村庄，这是我的大地，这是我的山川和河流，这是我的庄稼和四季。这是我的祖祖辈辈生活在这片大地上的族人们，他们在这里世代生息，耕种饮食。

而今，我工作和生活在离家一百公里的小小的县城里。在这里，有不算多的来自我家乡的有着共同母语的族胞，他们依然用我的家人给我起的、从小被叫着的小名称呼我。当这个名字从他们的口里亲切地被叫出来，便确定了我们相互之间精神上的亲密距离。在外面生活日久，我们有时候相互间的交流会慢慢习惯于用汉语来表达，而当我们遇上某个不能准确翻译成汉语的事物或语句时，我们便下意识地将这事物或语句换成用母语来表达。那些从小使用的母语词句，一直守候在我们内心的某一个角落，静静等待着我们在某个时刻的轻声呼唤。

会有那样一些时候，我们在城市的某条陌生的大街或是某间豪华的酒店，突然听到近旁有人在说着和自己一样的母语。这时候，不管他（她）正在用母语讲述的是什么样的事物，表达的是什么样的内容，我们的目光都会立刻循声向周边搜寻，寻找那个说话的人。当找到的时候，不管他或她怎样地西服笔挺，长裙华丽，与在纽约、在伦敦或是在上海的某一个繁华场所出现的都市人们没有任何差别，我们都会走过去，用母语向他（她）问候。在共同的母语里，我们会一起回到一个旧有的昵称世界，回到我们在内心里的最初的故乡。

书信

那些瓦，它们是这大地写给村庄的书信。

板瓦的上面是白天，一页一页的白天，接住两端夜色。筒瓦的下面是夜晚，一弯一弯的静夜，衔住两头日光。一方瓦覆的屋檐，一沟一沟的板瓦铺上去，一棱一棱的筒瓦扣下来，风吹在上面，雨落在上面，秋天的落叶在季节里倦了，飘来在上面停泊；天空的飞鸟在暮色里累了，飞来在上面歇翅；日月走啊走啊，送走了屋檐下的阿老阿奶，终于走得乏了，于是，来那一沟已然苍黑衰老的瓦沟里长成一株蒲公英，在春天的两场薄雨后，开出一朵寂寞的、黄色的花朵。

早年里，村庄那些瓦屋上的瓦，都是从隔江对岸邻县巍山的大仓买来的。村庄的人们把大仓那地方叫作“密舍”，多年之后我读了书才知道，村人们所说的“密舍”，就是一千多年前的“蒙舍”，是南诏古国的前身以及后世。一直到清末，那片地域还仍然被叫作“蒙化”，出现在各种汉语书写的文字资料里。“蒙舍”，是“密舍”的汉语音译。

村庄里绝大多数的人终生都没有去过“密舍”，人们在谈起“密舍”的时候，往往要加上“坝子”两个字，称作“密舍坝子”，我奶奶就是这样的，说的时候，话语和神情间带着遥远的向往，像是在讲述一个美好的传说。村庄里那时还不多的瓦屋上的瓦来自“密舍”，村庄里许多人所去过的最远最繁华的地方是“密舍”，村庄里的第一台收音机，第一台缝纫机，村庄的姑娘们身上最漂亮的衣裳，结婚的嫁妆里最抢眼的那口皮箱……但凡村庄里那些来自外面文明世界的美好东西，全都来自于“密舍”。

我猜想着，早年间的邻近乡间或也是有人烧过瓦的，然而在人们的认识里，最好的瓦还是“密舍瓦”。那些“密舍瓦”，在没有通公路的时代，我不知道它们是怎样涉过迢遥路途来到村庄的。在我出生前四年，村庄的山下通了一条林区采伐公路，人们去买“密舍”瓦，先从“密舍”雇大卡车把瓦拉到村庄的山下，御到路旁，再用马匹一驮一驮一路上坡驮到村庄里来。从车厢到马背，遥远的路途加上两装两御，瓦片会有许多损耗，需要一万匹瓦的，至少要买一万两千匹。

大约是1985年，我的二姑父在村庄身后离村庄五里路的皇家地开起了远近乡间的第一间瓦窑。那时候，我二姑父正当盛年，意气风发，大表兄二十多岁，气英才俊。父子俩携起手来，能将一个村庄换个模样。我二姑父请来的烧瓦师傅是来自“密舍”的一对父子（也或许是一对师徒，我已记不清了），大师傅五十多岁，小师傅二十多岁。两位师傅来到以后，我二姑父请了村庄的许多壮劳力，在大师傅的指挥下，砌瓦窑，挖泥坑，平瓦场，把一座瓦窑轰轰烈烈地建设起来。因为这个瓦窑的建设，从村庄到皇家地的原本窄窄的上坡山路一时间被踩得尘土飞扬。村庄放牛的孩子们每天都要把牛羊赶到皇家地去，新奇地看瓦窑的建设。而村庄里几个惯常游手好闲的懒汉，瓦窑也成了他们每天跑去看热闹的地方。

几个月后，一座崭新的瓦厂建成了，就着一个斜坡建的高大的瓦窑，宽阔的晾瓦场，盖了草顶的瓦棚以及做瓦间，圆正的大泥坑，整个瓦厂显出一种阔大的气势。瓦厂建好，那个大师傅回了一趟“密舍”，一个星期后，他回来了，牵来了一头壮实的老水牛。听说，他牵着这头老水牛，昼行夜宿，在路上走了两天半。在村庄里，人们养的都是黄牛，体格较小。大师傅不辞远路专门带这头水牛来，是要用来踩泥的。

挖泥，踩泥，做瓦，晾瓦，烧瓦，出瓦。泥都是就近取用。泥和水是烧瓦的最重要的条件，我二姑父选择在皇家地建瓦窑，就是看好了这里的泥质和丰富的水。泥坑是一个大约直径十米、深半米的圆坑。踩泥的时候，大师傅牵着那头老水牛，一圈一圈地在里面走，一坑放了适量比例水的胶土，在大师傅和老水牛的脚下，一点一点被踩成半坑胶韧如面团的瓦泥。

我们最乐意看的是大师傅做瓦。一个旋转自如的木轴芯，套着上、下两个圆木盘，下面的圆盘较小，离地只有半指高，圆盘的面上钉了多道木棱，脚不断蹬动这些木棱，就把木轴芯唰唰转动起来。上面的圆盘离地约八十厘米高，圆盘的中心是套在木轴芯上的瓦模。做板瓦和筒瓦，要换不同的瓦模。大师傅做瓦的时候，坐在圆盘面前一把高度恰好的椅子上，脚上不断蹬动下面的圆盘，手上熟练地溜抹瓦面。在师傅的右手边放有一个架子，上面支着一盆水，师傅在溜抹瓦面中，要不断地用手蘸盆里的水。大师傅做瓦快极了，一筒瓦，他不到一分钟就转好了，一筒板瓦均分为四块，一筒筒瓦均分为两块，待转好泥，师傅用线熟练地把瓦面一分，分的时候，把握着不把底面割断。待他手一放开，小师傅便过来用一个特制的提瓦器把瓦胚提走，提到瓦场上去晾晒。在小师傅提瓦胚的时候，大师傅已然从旁边的泥堆上割起一团新泥，小师傅的瓦胚刚离开瓦模，大师傅手里的新泥已拍到了瓦模上，随着瓦轴唰唰转动，大师傅的手在瓦模上将那团泥迅速地溜匀，抹平，待小师傅转回身来，不用多等，一筒新瓦就又做好了。

相比较起来，做筒瓦比做板瓦要慢。板瓦只需要做成一个圆筒，然后四分，而筒瓦要有瓦脖，要稍耽搁时间。有时候大师傅心情好，工期也不是特别赶，就会允许我们这些好奇的极想一试手的孩子坐到他的那把椅子上学做瓦。大多数孩子坐在那把椅子上，脚只能勉强够到下面的圆盘，而我们更大的困难在于：忙着去踩脚下的转盘，就忘了手上的动作；而手上去溜瓦时，脚上又忘了蹬转盘。在一次一次的努力之后，一部分人学会了做板瓦，但能学会做筒瓦的人则很少。当然，我们这些孩子做出来的瓦，即便自己觉得已经非常好了，大师傅也还是看不上，最后又把它们都回到了泥堆里。

而当大师傅要赶工的时候，自然就不允许孩子们来打扰了，甚至，就连围在旁边看也不行，他会把孩子们都赶开，说别来面前遮他光。瓦轴唰唰地转动着，大师傅割泥，拍泥，蘸水，溜面，当中，多余的泥被割下来丢在圆盘上。大师傅的瓦一筒接一筒快速地做出来，小师傅小跑着将它们一一提出去晾在瓦场上，并从远到近地摆过来。在那宽阔的瓦场上，无数排整齐摆放的瓦胚，恍若电影里列队待征的千军万马，在屏息敛声的寂静里，有着一种就要一触即发的壮阔气势。

也有一些时候，小师傅会换来做瓦，大师傅换他提瓦胚。大师傅每提起一筒瓦胚，都要用目光检查一遍。有时候，他会把提出去的瓦胚又提回来，丢进转盘一侧的泥堆里。

除了做瓦，窑场里也做砖。在晴好的天气里，瓦胚一个星期能晾干，砖胚则需要十天左右。那些瓦胚、砖胚在场上晾干后，要在边上的瓦棚里整齐地码起来，当中，瓦胚要用一个小锤极有技巧地敲开，一筒板瓦敲开成四片，一筒筒瓦敲开成两片（我到这时候才明白大师傅用线割瓦的时候不把瓦胚割到底的原因，瓦胚要是一开始就直接割开，就无法以圆筒状直立晾晒），整齐码放后，上面盖上稻草和塑料布。

待砖瓦做够一窑的数量，大师傅就要烧窑了。烧窑需要大量的柴。砍窑柴，搬砖瓦，入窑，出窑，所有这些活都需要大量的用工，为此，村庄的许多人在忙完自己的农活之后，余下的时间便去窑场上做工。

因为这间瓦窑的开辟，使村庄的人们买瓦的成本大大地降低，也因为那个年代木材的大量无序采伐，那些年里，村庄的瓦屋像雨后的森林中冒出的菌子那样飞快地增长起来，有的人家，甚至就连畜圈也盖上了瓦窑里烧坏的次品瓦。许多祖祖辈辈没住过瓦房的人家都在这些年里建起了瓦房。从四面的村庄里前来瓦窑的山路，被驮瓦的马匹们踩得尘土滚滚。我二姑父家里，东、西一对面瓦房同一天竖柱，两间房子一年内一起装修完工，成为村庄里史无前例的盛举。

二姑父的这间瓦窑开了有七八年，这窑里出来的瓦，改造了远近村庄里几乎所有的茅草屋。一些住了几辈人的老瓦屋也在这些年里翻盖了新瓦。这间瓦窑里烧出的瓦，被人们称为“皇家瓦”。这些用皇家地的胶泥和清水和成烧制的瓦，覆盖了村庄几乎所有的屋顶——以及屋顶下人们一日两餐的朴素日月。一天两次，炊烟从这些屋顶下袅袅升起，那青色或白色的炊烟里，散开柴火与五谷朴素的清香，年节的时候，则飘来腊肉和鸡肉的香暖气息。成年的孩子们在这屋檐下嫁娶，时光如水的流转里，又一辈孩子在这屋檐下呱呱降生，像墙洞里的那些麻雀那样，叽叽喳喳地一天天长大。

在这些瓦的深处，皇家地的泥土和泉水的模样远远退隐成一种底色。旧年里在那些泥土上曾长过的草，曾刮过的风，曾下过的雨，曾照过的月色，那头踩泥的老水牛曾踩在上面的脚印，那个做瓦的大师傅曾洒在上面的汗水，那个提瓦胚的小师傅手里的提手，晾瓦场上的阳光，盖在码好的干瓦胚上的稻草、塑料布以及夜晚的星光，瓦窑中数天数夜熊熊大火里的浴火重生，一一写在它如今安静的神情里。那一片又一片相衔而上、一棱又一棱相扣而下的瓦，是一页又一页的大地书，写给村庄炊烟起落、四季轮回的无尽的朴素日月。

惯常，那些从老屋上拆下来的旧瓦，瓦片要是还完整的，人们便舍不得丢，而是将它整齐地码在房侧或是院子的一角，想着或许什么时候还有用的。夏季里，两场雨水过后，在这些旧瓦的上面，便长出了一层绿绿的瓦苔，在瓦面以及瓦页的缝隙间无声而执着地蔓延。一年，两年，三年，四年，风吹来落在这瓦堆缝里的尘土越积越多，瓦面上的瓦苔逐年变厚，于是在这瓦堆间，竟慢慢长出了杂草来，甚至于开出了小小的花。

在屋檐上承载了数十年的风雨，这些瓦已经很朽了，小猫小狗们没事爬上去玩，又或是哪个来串门的人往那瓦堆上一靠，那上面的一片或是两片瓦就裂成了不规则的几小片。这些碎裂的残瓦，主人家在扫地的时候，把它们与垃圾一起扫了出去，倒在某一栅篱笆或是某一棵果树的下面。它们安静地混迹在垃圾和腐土之间，在日后漫长的日月里，一点一点、极其缓慢地回归于泥土。一片瓦，它覆在屋檐上的时光往往只有数十年，而它从一抔泥土变成一片瓦页、最后再回归于泥土的过程，却要历经数百年甚至上千年的漫长时光。

前年春节我回老家，闲着到村里去转悠，转到村子上头原来小学后面的小贵家里。听说从小贵母亲去世后，小贵出门去打工，已经几年都没有回村了。走进去，见小贵家的院心已成了一片野草地，这时节，上面的杂草全都干枯成了黄白色。上房里打了水磨石地板的台坎以及雕花的木装门面上落满灰尘。西侧厨房头上还不是特别朽旧的瓦檐间，左数的第三道瓦沟里，突兀地长出一株肥壮的仙人掌，第一节和第二节上都只有一叶，到第三节上，仙人掌分开成两叶，一叶直立向上，另一叶往上斜斜地指向上房。

这株长在瓦沟里的仙人掌，它是那渐渐老去的瓦页上写下的另一行大地书，代表这方院子里空荒流走的四季，代表那些被荒弃的土地以及果树，呼唤着离家数年杳无音信的主人从不知名的远方归来。

轮　回

——树叶的来生是树叶。

村中古井头上的那棵大青树，在每年的冬天里，满树浓密的叶子依然还是一片安静的深青。冬日早晨的阳光洒在这数百年的古树上，洒在村庄高高低低的屋檐上，洒在井旁不远处山坡上觅食游弋的那一群鸡身上，洒在院子里玩耍欢笑奔跑的孩子身上。安静的冬日早晨常常没有风，天气晴暖，天地里一片堂皇明亮。这井上的古树也安静着，浓密的枝叶间偶尔传出一两声啾啁的鸟鸣。

是年后，屋后道旁的桃花开始绽蕾，村庄的人们开始做秧田、往地里背粪，地里的豆麦和红花开始往家里收割。在一天比一天茂密起来的春风里，大青树的叶子像是睡过了季节猛然醒来一般，在短短大约一周的时间里，迅速地变黄，而后飘落。一阵风来，阔大的黄叶唰唰落下一层；再一阵风来，又落下一层。井头及井下周围的路上，黄色的落叶厚厚地盖住了地面，人和牛羊从上面走过，一片窸窣作响。早起的狗出来遛弯，在厚厚的叶子里拉下一泡屎，被赶牛路过的阿台老不小心踩一大脚，阿台老一边在旁边的落叶上蹭脚底，一边直骂这狗无德。

这厚厚的落叶会被井头路上面红星妹她妈妈扫起来，一篮一篮倒进她家牛圈里。圈里去年的老粪刚挖出去，圈底正空着，这落叶刚好拿来垫圈，省了她去山上割草。大约是半个月的时间，枝头黄叶渐渐落尽，在那满树古拙的枝柯间，已悄然鼓突出无数紫红色状若毛笔头的花苞。约莫七到十日的光景，这无数紫红色的花苞一一绽开，开成满树洁白如玉兰的花朵，令村庄的春天静美如绣。

春分前后，满树的白花瓣渐渐落尽。花落叶生，那如眉眼般新鲜的嫩绿，像是被春天的手从一只神秘的瓶子里倾洒而出，一夜间便洒满了枝头。继而，在十来日的晴明天光里，很快地撑开成一树细密的绿荫，踏入又一年绿的轮回。这时候，满村庄的桃树梨树亦已绿荫摇曳，翠绿的柳枝在暖风里婀娜摇摆，眼看着又一年的清明渐行渐近。

——花朵的来生是花朵。

进入六月后，雨水渐渐繁密起来。地里的庄稼一天一个样地往上拔节，间种在苞谷间的四季豆早早地开了花，花谢后，结出小铅笔刀一样的豆荚。篱下的牵牛花缠缠绕绕爬上篱栅，莹紫色的花苞在雨后的清晨开出一支一支小喇叭一样的清新花朵。

牵牛花是我在书上第一个认识到它汉语名字的生长在乡间的花草。从上学走入学堂的第一天起，我便一直寻找我的村庄、我的乡土世界在汉语普通话里的表达方式。牛叫什么，羊叫什么，各种庄稼叫什么，各种草木叫什么，村庄的各种事物在汉语里怎么称谓，乃至我的所有亲人们在汉语里怎么称呼。我在汉语的世界里，一点一滴努力地连缀我的乡村，努力学习用汉语描述它们的模样。记得课文里有牵牛花的图，我看着上面大约桃形的叶、细而弯曲的茎、喇叭一样的花朵，知道这就是夏天里开在篱上那一朵一朵紫色的小花。

我后来知道，牵牛花在书里又被叫作“朝颜”，或又叫作“夕颜”，花朵早开晚谢，不论是“朝颜”还是“夕颜”，皆言其花开短暂。而在一茎牵牛花藤上，紫色的花朵一路往前开着，能从夏天一路开向秋天。花谢后，牵牛花缠绕攀结的藤蔓上，结出一支一支有长柄的纽扣一样小而圆的籽荚。籽荚成熟后炸裂开，里面黑色小如芝麻的花籽蹦出几粒，落入篱下的泥土中。更多的籽荚则在那藤上，等着风，或是一只路过的松鼠，一只跳过篱栅的鸡，一只调皮玩耍的羊，用不经意的方式将它们吹落或蹭落。再不行还有时光，如水般不断往前流走的时光，终于要将那谁也蹭不到的籽荚连着干枯的藤蔓一起，萎于脚下的泥土。于是，待来年夏天，便又有一朵一朵莹紫色状若喇叭的花，开在雨后湿润的篱上。

——汗水的来生是收获。

书上说，从来没有一种坚持会被辜负。村庄的谚语说，春种才有秋收。

我母亲生命中的大半时光都是在艰苦的劳作中过去的。别人天亮下地，她不等天亮就起身；别人日落收工，她月下荷锄归来。母亲每天在地里、在山上劳作，她最大的恨是日头落得太快，每天，她计划好的活儿还没做完，日头就往西边山头上落。为此，母亲总说恨不能砍个树丫杈，把太阳撑住不让它落下。

夏天的大太阳下，母亲和哥哥嫂子在地里锄苞谷，三顶旧草帽下面，汗水一路一路往脖颈、往领口间淌。放在地头树荫下的军用水壶里的水两回就喝完了，乘着吃晌午饭，又去坡上的水井里打一回。一天两三壶水喝下去，那些水在肚子里打个转，一会儿又从额上、从腋下冒出来。身上的衣衫被汗水一遍一遍地浸透，又被太阳一遍一遍地晒干，汗水晒干后，在衣服上留下一道一道弯曲不一的白色的盐渍。

母亲这一生，言传身教于我们最深切的一件事，就是勤劳，勤俭。母亲有一个真实的故事，先用来教育过我哥哥，后又用来教育过我。母亲讲，邻村有两位孤寡老人，一个老人勤俭，有生之日总是舍不得闲，在他离世的时候，圈里有猪，楼上有粮。村邻们聚拢来，为他操办了丧事，好好安葬了他。另一个老人平日里荒疏，有一顿算一顿。在他离世的时候，家中里外空空，人们竟找不到什么东西来为他操办丧事。人啊，就是死了，身后也得有点抬你的粮。母亲这样说。

母亲数十年的人生里，始终信奉不移的信仰就是勤劳和汗水。种子下地，能在勤劳里抽叶开花。汗水下地，能在秋天时轮回成收获。

——一个生活在村庄里的人，他的来生不是某一面向阳的山坡上那一塚由新而旧，至而终于在时间里荒没的坟茔，而是他留在这村庄里、留在身后生生不息的血脉，是他留给子孙、留给这片土地的美德。

在这片古老的大地上，人们始终抱持着若愚公般的“子又生孙，孙又生子，子子孙孙无穷匮也”的朴素信仰，相信生有轮回，善恶有报。村人们骂无德的人说：你小心生个儿子没有鼻子。

我爷爷奶奶生育了我母亲她们四个姐妹。我母亲生育了我哥哥和我。我哥哥嫂子生有一双儿女，兄妹俩如今都各自成家有了自己的孩子。在我们家里，从我奶奶到我母亲，已经连续两代四世同堂，我哥哥的一对儿女，我奶奶带了他们好几年，奶奶去世的时候，我的侄儿七岁，小侄女五岁。而今，我母亲七十多岁，也当了太奶奶，看着小重孙满院子跑，她满心欢欣。一家人的日月多艰而安宁。这片土地春去秋来里的物产滋养着我们的生命，而那些世代相传的祖德，让我们一家人安静地共享天伦。

在村庄里，有许多像这样四世同堂和睦同乐的人家。家里的每一代人，都是上一代人生命的轮回，在他们的身上，投影着上一辈人生命以及一生德行的影子。那些儿女不孝顺的人，人们说他“自受的”，自己没有做好样子，没有教好儿女。家道不顺五离四散的人家，村人们小声说那是“祖上无德”。村庄里的每一个人，他只有先对自己负责，对自己的此生负责，才可能对下一辈人负责，为自己生生世世的轮回负责。

——村庄的来生，它应该是一片更加安宁和自在的大地。

在这片光阴久远的大地上，河水自然流淌，草木自然生长，野花自然开落。麻栗树和松树成熟的种子落入泥土，在来年长出嫩绿的幼苗。牵牛花和狗核桃成熟的籽荚炸开，种子落到身下，或是被风带到远方，待来年长出新的绿叶，开出新的花朵。鸟儿在山坡上自由飞翔和筑巢。燕子在春天按时回到村庄。麻雀在屋檐上飞起飞落，在猪圈顶上以及牛背上随意地跳跳停停。喜鹊在春天的桃树枝上喳喳鸣叫。候鸟飞过村庄深秋的天空。穿山甲在冬天安静地冬眠。多年不见的野猪和麂子，不知道什么时候又出现在村后的山林中。

季节循环有序，雨水依时而来。人们在春天里播种，在夏天里薅锄，在秋天里收获。一年又一年在大地上挥汗如雨，而后欢悦地收获土地对汗水的回报。地里的苞谷按时地吐出红缨，田里的稻谷按时地结出稻穗，四季豆的豆荚长得又长又饱满，收获的黄豆做出的豆腐又白又香。年后，绿油油的红花地里开出无数红色星星一样的花朵。饱满的麦穗在春天将要走远的时候，一天天弯腰俯向大地。

公鸡们依然每天每夜为村庄打鸣报时。村庄的土狗们依然各自忠实地守护着家院。桃花依时在春风里绽开。梨树依时在节令里结出果子。月亮不断地缺了又圆。太阳有规律地随着季节移动，让村庄的白天由长变短，又由短变长。

许多离乡漂泊的人们从远方归来，回到这出生和长大的村庄。

作者简介

李惠赟（1976~ ），出生于云南省漾濞县，现居漾濞县。

无量看樱花（外2篇）

传说中的无量山，山清水秀，传说中的樱花谷，神奇美丽。

近了，当大片的云南松丢在身后，大片的栎树林从身旁跑过，我知道樱花谷近了、近了……

樱花谷位于无量山国家级自然保护区南涧片区最南端，最近几年，位于这里的华庆茶厂当初栽来给茶树遮阴的冬樱花灿然盛开，给这里新添了一景。

计划已久，期盼已久，终于迎着州庆假日的第一缕阳光我们出发了。

当无量山樱花谷几个字映入眼帘，我们便迫不及待地下得车来，欢呼、感叹……不规则的山，不规则的地，铺向远方的却是错落有致，规整有序，曲线柔美的一垄垄无量山茶和一排排的冬樱花，让你不得不赞叹茶厂工人的智慧。樱花见得多了，冬樱花也见得多了，无量山的冬樱花你见过吗？青翠的茶树，暖暖的太阳，蓝得滴水的天空，柔软得棉花一样的白云，星星点点的冬樱花，粉红色里透着一抹紫……整齐而不死板，散落而不杂乱，她们是护山的精灵，是茶尖上的舞者，是画家泼墨而遗落在这山间的油画。震撼，一次次的震撼。

时节尚早，樱花谷里没我们想象的热烈、灿烂，我们见到的是一种别样的美，黛色的山，粉紫的花，没有山茶的热烈，没有梨花的忧郁，没有杜鹃的张扬，一山的怀旧与宁静，仿佛是与生俱来的脱俗，那是一种很轻很淡的美，不经雕琢、未经修饰的美，不着痕迹、清秀恬淡的美。

刚采过谷花茶的茶园整洁、清幽、宁静，连鸟儿都生怕惊扰了这里，躲到别处去玩了。漫步茶园，冬日温暖的阳光，悠缓而轻松的步调，清甜的风带着一丝茶叶的香涩拂过脸颊。刹那间，不知今夕何夕，时间已失去作用，仿佛自己就是金庸笔下的钟灵儿，脑海里只剩花开的声音、阳光的舞蹈、茶叶的馨香、泥土的气息，所有的尘世纷扰已不知所踪，世界似也凝固，让人忘记了一切，唯有陶醉在这跌落人间的仙境。

顺北边的石阶而上，几株山茶花和玉兰花欣然开放，这里是无量山保护区的核心区灵宝山，灵宝山正在打造新的栈道、观景台和围栏，刚修好的路边清一色地种满了冬樱花，可以想象几年以后的灵宝山栈道与樱花谷融为一体时该是一种怎样的美。

登临峰顶，北眺苍山白雪，南边樱花谷全景尽收眼底，谷底便是澜沧江。你会发现一个很奇特的现象，以峰顶为界，南边是云南松和较矮的栎树林，北边是繁茂的以常绿阔叶林为主的原始森林，两种完全不同的植被类型，是“一山分四季，十里不同天”的立体气候造就了这样的现象。清代诗人戴家政曾在《望无量山》中写道：“高莫高于无量山，古柘南郡一雄关。分得点苍绵亘势，周百余里皆层峦。嵯峨雄奇发光泽，耸立云霄不可攀。”诗中不仅描绘出无量山的雄奇险峻，更透显出一份清幽神秘。时至今日，无量山仍以其独特的立体气候蕴藏着无数鲜为人知的自然美景。

有风来过，樱花谷的颜色更加层次分明，黛绿、油绿、深紫、淡粉、朱红……一株株散落在茶园的冬樱花犹如五线谱上跳动的旋律——春的旋律，由近及远，由远及近。花开的声音传到耳畔，冬樱花又开了，一朵、一支、一树、一层、一坡、一岭、一谷、一山、一季……

是澜沧江养育了这片土地，是勤劳好客的南涧彝族同胞养育了这片土地。

相约冬季，相约南涧，相约无量，相约樱花谷。

今天，我在双廊

与古城相比，双廊，更像是一个待字闺中的少女，没被修饰，未经雕琢。

来到双廊的时候，是一个初春的中午。罗莳曲与莲花曲怀抱中的街道顺着海岸线弯弯曲曲地延伸，在清凉海风中勾出柔美的弧线。街道上，错落有致的大青树下是一个又一个的小摊。雪白的太阳伞，配上炫白的餐桌，沿海边的青石板路消失在远处。

坐下来喝杯咖啡或普洱茶，再来点小吃：烤乳扇、鸡蛋小粉煎银鱼等。茶香怡然，宝石般碧蓝的洱海，仿佛触摸就会滴水的天空，绵软的白云不知是挂在海里还是天上，聆听着大自然的天籁，久远的心事在清凉的海风中慢慢晾晒成为时光的标签，整理、删除、存储。心，随之淡然、平静。

寻间客栈住下，大大的落地窗，窗外雪白雪白的李子花开满一树，淡淡的幽香芬芳了整个院心。太阳有点烤人，伴着海浪的涛声，淡淡的花香，在这个温暖的午后，甜美地睡上一觉。

走进双廊，仿佛走进花的世界，它们在路口，在水边，在庭院里，以各种独一无二的姿态绽放着，沁人心脾。走在小巷里，你会瞥见从古老的土墙上摇曳着一两片三角梅，或者是一两株迎春，在蓝天白云下在向你微笑。和白族人家一样，双廊客栈的庭院也都是花草成丛。随便步入一个庭院，都能看到四合院被花花草草装点着，繁茂的花草使整个庭院生机勃勃。加上古道、深巷、斑驳的大门、苍山洱海以及独特的白族文化，造就了双廊独具特色的韵味。

村子里你可以随意转来转去，不时地有小猫小狗悠闲地从你身边路过，不会因为你的到访而扰乱了它们的生活。小渔村里最多的就是大青树，看起来都年代久远，繁茂的枝叶仿佛记录了小渔村悠远的历史。大青树下，大妈们做着白族手工，大爷们叼着烟锅，用好听的白族话悠闲地拉着家常。

小巷多得让你想走回头路都找不到，路的尽头还是路，小巷的尽头还有小巷，颇具创意的指路牌不时出现在转角处：海地生活、半月拖蓝、半岛63、河马吧、粉四等，大部分是客栈，也有小吃店：晴朗咖啡、经济半小食、板扎渔锅等。赏心悦目的名字如花儿般静静绽放在小渔村的角角落落。

双廊是南方丝绸之路的必经之地，依山伴海，地势犹如一个小山城，小巷里略显沧桑的鹅卵石和青石板镶嵌成序，经过岁月的洗礼早已没了棱角，光滑而圆润。一排排典型的老式的白族民居，顺山势而建，高高低低，井然有序。斑驳的历史感让你仿佛听见驼铃再次响起……

夕阳西下，晚霞映衬着海和村，海浪的作用，使得光影时刻变幻，各种深的浅的颜色装点着小渔村，花悠然，草悠然，小渔村更加淡然安静。水天一色、渔舟晚唱、天光云影的一幅油画呈现在你眼前。“目极湖山千里外，人在水天一色中”，不知这里是仙境，还是天上人间。

旅行其实很简单，不要带有目的性，随心所欲地走一走，逛一逛就会令你非常满足。双廊，虽然只是我们工作生活之余短暂歇息的地方，但每每翻看照片的时候依然觉得：面朝大海，心随花开。

沙溪：细数岁月的地方

沿黑潓江一路向北，弯弯曲曲的公路沿江边顺山势迂回前进。芦花、柿子、稻花、向日葵、玉米等，各种黄的、红的、绿的、蓝的颜色浸染过的秋天扑面而来，应接不暇。当第一个坝子出现在眼前，沙溪就到了。

沿寺登街往东走，一路都是不规则的红砂石板铺就的老街、小巷，老宅子、老店铺虽然经过装修，但依然能看出当初的繁华、厚重与悠远，说不出的久远与沧桑，让你产生一种错觉，不知今夕何年。

不觉间，四方街到了。四方街是沙溪古镇的中心，东面是古戏台，南边是一条狭长的小巷，尽头是南宅门，西面是兴教寺，中心是一棵老槐树，其余全部是有着悠久历史的老字号商铺。豌豆的春天、息来小屋、古道客栈、叶子的家、滮水居等一些极富诗意的名儿让小镇增加了一些现代气息。银器店、手工坊、咖啡屋、浪漫的小餐厅，发呆的地方都有了。

再往东走就是东寨门，用土坯砌起来的墙，有些许斑驳，两层青瓦盖的顶，六角飞檐，西面是一片厦，两边柱子上的一副对联概括了沙溪的全部：古街古巷古桥古树处处古迹，名宅名居名园名人赫赫名声。

一条不到300米的寺登街浓缩了沙溪的前世今生。古街、古戏台、古巷道、古寨门、百年老树、老马店、老商铺、功能齐备的千年古集市等，都在这300米的街道上集中展现，这个被世界纪念性建筑基金会专家们誉为“茶马古道上唯一幸存的古集市”，尽管已被炒得让“地球人都知道了”，还是依然一副安然世外的样子。

出了东寨门，视野立刻开阔，大片的田里清一色的稻谷向你昭示着沙溪的富庶，黑滮江由北向南纵贯沙溪，衬着巍巍青山蜿蜒曲折地淌过古镇，一座古桥弯月般地横跨在江面上，这就是玉津桥。玉津桥属于石柱石板护栏的石拱桥，始建于清康熙年间，光滑陈旧的青石板桥面上马蹄印依稀可见。伫立桥头，任风吹来，思绪不禁走远。这是茶马古道通往大理的第一桥，是南来北往马帮的必经之路，历经沧海桑田，如今的她依然那么优雅、安静、古朴，我想是因为她曾承载过那么多强健的生命，见证了那么多不同凡响的世事变迁，自然也就拥有了不一样的胸怀吧。想到这里，心里顿时一片澄静。

黑滮江江边翠绿的柳树、泛白的芦花，田里黄爽爽的稻谷，田间地头粉蓝的喇叭花，山坳里的水果，在半坡上裸露的以石头居多的红土地里跳动摇曳的野菊花，每一个高度，每一种不同的土地里都长着不同的植物，是随意又像仔细安排，是必然也是偶然。最喜欢这个季节的野菊花，石头越多的地方长得越旺盛，生命力极强，长着芫荽一样细长的碎碎的叶子，白的、粉的、红的、黄的、玫红的、深紫的花朵缤纷了小镇的墙头、瓦楞、角角落落。

古街不能进车，随意地在小巷里漫步，喝杯咖啡，来点小吃，幽深的小巷条条相通，路路相连。我们预定的客栈就在小巷深处。

桃源客栈，标识不怎么亮眼。走进院落，典型的剑川特色的白族民居，土木结构的两方正房，楼上楼下，剑川木雕的门、窗、围栏、茶几，无不透着温馨的气息。西北有一方耳房相连，使两方正房上下左右的走廊都相通，曲径通幽处，几串红彤彤的辣椒挂在柱子上，长的、圆的南瓜摆满了二楼的阳台，一只棕黑色的小狗跑来近前嗅嗅，摇摇尾巴后悠然走开，一切都那么和谐自然，让你陡然有一种回家的感觉。

打开门窗，迎进温暖的阳光，睡觉、看书、喝茶，和朋友说天文谈地，聊工作话未来，时间依然尚早，一切都在这丰盈的秋日里悠缓下来，安静下来，沉寂下来。

窗棂外一抹秋日的绿随阳光映进屋子，院心里一株石榴，一株小金橘，都预示着秋的丰收。茅草屋顶的小亭子旁两个与木雕门窗很搭调的摇椅，不禁让我想起那首歌：背靠着背地坐在摇椅上，听听音乐聊聊愿望，我能想到的最浪漫的事，就是和你一起慢慢变老，一路上收藏点点滴滴的欢笑，坐着摇椅，慢慢聊……

这就是沙溪，沐阳光雨露，闻谷花飘香，听风看水，这种奢侈的生活，只有这里才能享受到。

唯美沙溪，细数岁月的地方，你也来吧。

作者简介

王竹（1976～　），出生于贵州省纳雍县，现居纳雍县。

走好，环儿

我和环儿的相识，记不清是在什么时候，只记得那时她还是个天真烂漫的小女孩。

环儿是个长得很美的女孩，长长的睫毛，大大的眼睛，红彤彤的脸上长着一对圆圆的小酒窝，黑油油的头发扎成两只小辫，走起路来样子很迷人。环儿爱笑，也爱哭。初识时，便是陶醉于她那清脆的笑声，后来却又深深地眷恋着她的那双泪眼。和环儿在一起，总是自觉或是不自觉地受着她的感染，因为环儿无论是笑还是哭，都很有感染力。她笑的时候，那对迷人的酒窝里溢满了幸福与快乐，你没有理由不跟着高兴；她哭的时候，你就觉得仿佛天塌下来似的，心里无比压抑和难过。所以和环儿相处的日子，欢笑与泪水总是平分秋色，如此日复一日，直到我们长大。

环儿的爸爸是一个在信用社默默工作了几十年的老主任，环儿的理想便是将来继承爸爸的事业做一个合格的金融工作者。因此，在环儿书桌的抽屉里，有一把精致的小算盘，那是她爸爸送给她的，她珍视如生命，谁也不能碰一下，包括她深爱的哥哥。

终于，环儿要参加信用社干部的招聘考试了。她对我说："我已经学会了打算盘，我一定能考上，一定会干得很出色的，你信吗？"我说："环儿，你很自信，我相信你一定会干得很好的。"环儿自信地说："那当然！"可是后来走进信用社的却不是环儿，而是她那位高中毕业未能考上大学一直在家待业的哥哥。我很久没见到环儿，直到一年以后，我才见到她，而那时我已是一名真正的金融工作者了。

那天，和环儿对坐于我的小屋，我们开始谁也不说话，我看着她，恍若隔世，她明显地消瘦了许多，脸上已没有了昔日的红润，那原本明澈而深邃的眸子，如今却满是无奈和忧郁。我很想和她说些什么，却又不知从何说起，最后还是她主动打破了沉寂，幽幽地说："听说你上班了，是真的吗？"我无语，默默地点了点头。半晌，她接着说："真为你高兴！"说着，朝我笑笑，眼里却溢满了泪水。我终于有些忍不住了："环儿，这一年来你到底在干什么？为什么不参加那次考试？"她"哇"的一声哭了起来，泪水像断了线的珠子，不停地往下掉。我被她吓得手足无措，边给她擦眼泪边问她怎么回事，好不容易让她止住了哭，断断续续地向我诉说了没参加考试的原因……

原来，她们兄妹五人，只有哥哥一个男孩，自幼便很得父母的疼爱。受爸爸的影响，哥哥和环儿一样热爱金融事业，还在上高中的时候，点钞便已有了一定的专业水平，算盘也练到相当熟练的程度，屋子里的书，大多是些财务专业知识以及金融杂志。当初她考大学的时候，报的就是财经学院，后来仅以几分之差落榜了，但一直未死心，总想着有朝一日能走进金融系统，干一番轰轰烈烈的事业。好不容易盼到了信用社招聘干部，终于可以如愿以偿了，环儿和哥哥都兴高采烈地等着报名参加考试，可当通知下来的时候，环儿和哥哥都傻眼了，根据缺一补一的原则，他们所在的乡只有一个名额。也就是说，环儿和哥哥之间只能有一个人被录取。踌躇满志的环儿这下为难了，如果自己去参加考试，那一定有百分之百的把握，可哥哥怎么办？哥哥已经有了女朋友，是一位局长大人的千金，人很漂亮，对哥哥也很好，他们本来早就已经达到结婚年龄，之所以一直没结婚，不就是因为那位局长大人要等到哥哥的工作解决了才允许他的千金和哥哥结婚吗？这次考试对哥哥来说，可是一个千载难逢的好机会，如此想，环儿便决定把这次机会让给哥哥。哥哥知道后，对环儿说："环儿，哥哥知道你是个好妹妹，可你比哥哥更热爱金融事业，也更适合于干这项工作，哥哥宁可一辈子不结婚，也不能耽误你的前途，还是你去考吧。"听了哥哥的话，环儿什么也没说，只是伏在哥哥的怀里痛哭失声。但一向深爱哥哥的环儿始终都没有改变自己的决定，毅然去信用社给哥哥报了名，自己则离家乡，到深圳打工……

听完环儿的诉说，我心里一阵悸动，很想安慰她几句，却是词穷语塞，似乎所有的言语此时说来都显得那样空洞和苍白无力，只得默默地陪着她难过。

几天之后，环儿又要去深圳了。临走时，她把那把她一直珍视如生命的算盘交给了我说："这把算盘我送给你，希望你像我一样珍惜它。"我郑重地说："放心吧，环儿，我既然选择了农村金融这一行，那么，纵使前行的路上满是坎坷泥泞，荆棘密布，我亦会踏着金融战线上前辈们的足迹，坚定不移地走下去！"环儿笑了，拍着我的肩说："等着我，我一定会回来和你并肩前行的。"

前几天，收到环儿从深圳的来信，她在信中告诉我，在深圳，除了做事的时候，其余的时间她都放在了学习上。她说，等她攒的钱够交学费了，就回来，全心投入复习，明年再考财经学院，让我等她的好消息。环儿的执着与不屈，再一次深深地感动了我，我在心中默默祝福：远方的环儿，人生的道路还很长，前行中也难免会遇上风风雨雨，请你千万走好！

作者简介

安坤（1977～　），出生于贵州省黔西县，现居贵州省贵阳市。

坐着去喀什

有时候一觉醒来，真不敢相信，此时我正身处新疆腹地。

眼前的雪山、草原、湖泊，半山腰的赛马，草丛里躲着的獾，还有帐篷里的哈萨馕饼和奶茶，这就是新疆了。但这还远远不够，不是说没有到喀什就等于没有到过新疆吗？好吧，就让我朝着喀什的方向出发。

从新疆伊宁到喀什选择半卧汽车，要比乘卧铺汽车省下不少的费用。

在伊宁长途客车站等上车，我同其他两个人被一个司机模样的人带着离开汽车站，一路上听他们叽叽喳喳地说着维吾尔族话，我背着大包踉踉跄跄地跟在他们后头一句都听不懂，还好我们中的一位看样子是个当地汉族的老伯，他转告我，司机的汽车进不了站，我们要到另一个地方去上车。我们被带上一辆出租车，带我们找车的又换成了另一个人。出租车载着我们在市郊的小巷里绕了好几圈才找到我们要坐的车。车看上去很旧，车上已经坐满了人，我看了一下四周，除了我和一起同来的那位老伯，车上都是维吾尔族人。不过说实话，我旁边的这位老伯，我也不能肯定他一定就是汉人，因为他有一个汉人不常长的又高又挺的大鼻子。

在北京时间晚上9点15分，新疆时间晚上7点15分，汽车出发了。

汽车从两边都是白桦树的小巷里慢慢开出，扬起微微尘土，不知从哪里传来一阵小驴子的叫声，我喜欢听驴子的叫声，就像喜欢我的新疆之旅一样，窗外陌生的景色让人兴奋，而不知道前方会有什么正等着自己，则更叫人向往……

第一天

一睁眼，就看到车窗上一片金黄，忙撩开窗帘，看到阳光竟是洒在雪上，远处是树林而近处是草场。

清晨的林场被淡淡的白雾笼罩，墨绿的冷杉头上顶着薄薄的积雪，草地上的毡房上空升起一缕蓝色的炊烟，冷冷的空气里有羔羊声声的乳叫。

同行老伯也醒了过来，看我一脸兴奋，他微笑着告诉我，汽车驶入了天山脚下，七八月份有雪一点都不奇怪，汽车还要翻过雪山进入巴音布鲁克呢。我想他已经很熟悉这种景色了，但是当再次见到，这种美却又让人再次不禁面带微笑欣赏。

汽车向山中驶去，雪越来越厚。当汽车完全驶进山凹，山中雾气很大不透阳光，听说昨天这里是还不能通车的。汽车在山凹中慢慢绕行，周围除了雾什么都看不到。等车绕出山凹，在山腰停了下来，周边全是齐头高的白白雪峰，而雪峰后面衬着的是碧蓝的天空。

我前面坐的一对维吾尔族情侣，男的趁这短短的时间，下车在路边采摘了几朵小花，用嘴吹去花瓣上的积雪，把花从窗口递进来，献给他美丽的爱人！

汽车翻过雪山进入巴音布鲁克草原的时候，天空已经阴了下来，车里的温度也降到了零度。

汽车在一家餐馆前面停下来让大家吃早饭。这里的天很低，地很阔，茫茫草原上只立着这么一排房子。我问店里的小女孩厕所在哪里——还好她能听懂我说的话。她用手往房后一指，我立马跑到后面，一片阔地上只有一块土坯墙立在那里，墙上大大小小的洞，透风又透光，正犹豫，突然看出一个裹头巾的头从地下冒了出来，看到我冲我一笑，走近看，地上好大一坑，好吧，就是它了！

这里的草原长着一种紫色的小花，它们紧贴着地面生长，你要弯下腰才能注意到。花朵很小，但却是你能在这里看到的唯一的一种开花的植物，它们身上有一股淡淡的幽香。

草原上的路很难走，汽车的驾驶窗成30度左右上下不停地摇摆，眼都看倦了。远处的景色没有一点变化，感觉老走不出去似的，偶尔会有一只牦牛在路边低着头吃草。等打个盹醒来，天空成了碧蓝的样子，但车外的风很大，温度仍然很低。

下了草原就到巴伦台，我们已经是处在南疆的地界了，窗外的温度立马开始回升，要不是老伯告诉我，我并不知道汽车改了道。汽车的速度提了起来，深夜里，在睡梦中感觉汽车停了下来。

第二天

醒来的时候，发现汽车停在一个小村子里，而且周边都是车，打听了一下，才知道我们的车已经在这个小村里停了一个晚上，说是前面的一座桥被水冲毁了，这真是难以让人相信，新疆不是个缺水的地方吗？

村子旁边有一小片白桦林，白桦林边的一条水渠盛满了黄色的浑水。中午天气非常热，脚闷受不了，不得不放进水里泡一泡，水很凉，脚只放了一会儿就冻得受不了。一起在林子休息的一位汉族司机告诉我，水是从雪山上流下来的。他还说，雨从来都是下在山上，因为雨水多，今年喀纳斯的雾还会特别大，但到喀纳斯的路也会特别难行，遇上泥石流也是常有的事。

滞留的车越来越多，旅客也在不断增加，没有人知道路什么时候能通，大家只能等，一些旅客等不住，改乘火车去了，这里离库尔勒不远，我认识的那位老伯或许在我趴在小店门前的桌子上打瞌睡的时候走掉了，能同我说说话的人没有了。车上的维吾尔族同胞大多不能讲汉语，几乎是没有办法交流。

我所坐汽车的司机大叔对我很好，常常问我吃了没有，只可惜大叔能听懂的汉语也不多，当我对他多说上两句，他就开始摇头了。

几天来，除了糖果，我什么都没有吃，无福消受手抓饭，肚子不知何故，咕咕叽叽乱叫，真担心要是上路了，拉肚子怎么办。不过还好，它只是乱叫，没有其他问题，只希望它就这样叫着，到喀什再来其他才好。

下午，天变阴刮起了大风，大风扬起黄沙，把整个村子裹在里面，滞留的我们纷纷上车躲起来。

夜幕来临，饭庄门前的烤肉炉被点起，一会儿就被青烟笼罩，空气里飘散着一股浓浓的孜然味道。孜然是维吾尔族人在烤肉时一定会用上的一种香料，闻起来气味不错，当地的有些维吾尔族还用它来泡水喝。

不管白天怎么热，到了晚上还是冷，不敢四处闲晃，只能蜷在座位上睡觉。不知睡了多久，迷迷糊糊中被一些声音吵醒，仔细一听，是歌声。趴到车窗边借着昏暗的灯光，看到一些维吾尔族老人围坐在汽车旁边，弹着琴，吃着瓜，轮流唱着歌。一个当地的小孩经过，禁不住亮出一嗓子，引得众人一阵叫好。

此时，风已经停了，夜空中挂上了闪亮的星星和半弯皎洁的月亮，黑夜里歌声悠悠地回响，靠着车窗静静地听，没有烦闷，心境平静，听着听着朦朦胧胧地进入了梦乡。

第三天

一早，等大家吃过早饭，司机大叔就决定出发。

汽车开出去，才知道车堵得有多厉害，有五六公里长也不一定。汽车开出村庄不久，就不得不停在了一段沙漠公路上。整条公路上都停满了车，天很热，车里根本没法待，而车外除了车队，就是茫茫沙丘，能遮阳的地方都挤满了人。没有吃的，也没有水喝，如果到了下午还没通车，很多汽车都要开回就近的村子去。

没停一会儿，司机大叔又叫上车，汽车仍然朝前面的车堆里扎，不知为什么。还没等到一个小时，就从前面传来了通车的消息，真是不得不佩服大叔的判断力。在我们的汽车排着队等对面的车队经过的时候，如果有卖西瓜的经过，一些维吾尔族大哥通常会买几个瓜来给他们的家人解渴，而他们都会分我一牙，我就同他们一起趴在窗口，一边看着经过的车队和天上盘旋的直升机，一边啃着手里的西瓜。

从这里开出去一路都是坦途，司机们一个个都加快了速度，也难怪，跑这样的长途车，一星期只能来回一次，而现在被耽误了太多的时间，当然要尽量把时间追回来。

车外的温度是越来越高，头也不敢靠在窗户上，若把头伸出去一点，就有要被热风闷死的感觉，车外不要说是树，连草也很少见到一根，更不要说有人烟。

但是汽车是在飞驰的，朝着前方一刻都不停。希望，总是有的。

夜里，在车外找不到一丝灯光，四周黑漆漆一片，借着车灯，只能看见被汽车卷起的茫茫黄沙，也不知道被带到了哪里。

汽车在一座饭庄前停下来就让大家用晚饭，这或许是在几十公里外才能找到的一处有灯火的地方。黑夜把一切都包裹得紧紧的，让人看不透，让人更不敢走远。待在车上还是被蚊子不停地袭击，这里的蚊子又小又多而且很毒，我猜应该离喀什不远了，因为旅行书上说喀什的蚊子也是很毒的。

第四天

天亮了，天空是阴的，车外的风景看不出有什么新的变化，树很少，多的是绵绵黄沙，没有人能告诉我离喀什还有多远，我身上带的糖果和水已经没有了。但是有人可以下车，在被黄沙包围着的一丛树林后面却看不到有什么村庄。有人想自驾车游新疆吗？这一路过来，我认为那可不是一个好主意。

汽车驶进了一个客运站，我看到车里的人都在准备行装，当司机大叔看我还坐着不动就冲我扬起了手说，到了，到了，喀什——喀什！这就到了么？真让人有点猝不及防！

外出旅行，行经的过程有时候远比目的地来得更有意思，而且坐汽车睡觉还比坐火车舒服得多呢。我看了一下表，记下了：

——2002年7月28日，阴，北京时间上午8点25分，新疆时间上午6点25分，喀什国际长途客运站。

作者简介

梅菊（1977～ ），出生于云南省漾濞县，现居漾濞县。

手磨（外2篇）

我出生在高寒山区，老家主产的口粮多是荞麦、苞谷之类的杂粮。老家坐落在半山腰上， 附近几十里尽是些山泉小沟的没法建水磨坊，所以在那个吃杂粮靠磨坊的年代，手拉磨就成了村里每家每户必备的磨面工具了。

每至黄昏，在地里劳累了一天的人们总算清闲下来了。可清闲时也有清闲时的活计，吃过晚饭后，小孩子抹苞谷，大人们便开始拉磨。这时，村子里便嗡嗡声四起。家里劳动力多的人家，两人拉一组，轮换着拉磨不算太费力，家里劳动力少的人家就只好单干户了，那可不是闹着玩的。

我家的手磨很沉，一个人根本拉不动。那些年，父亲在离家很远的伐木场上找副业，母亲就只好硬拉着我上阵了。虽然我得站在方凳上才能够得着磨柄，但母亲说多少能帮着出点力。拉磨时，母亲怕我睡着了，就边拉边给我讲古（讲故事）。在嗡嗡的石磨声中，母亲绘声绘色地讲着慌张三的故事、阿凡提的故事和牛郎织女的故事……尽管这些故事我已听过上百遍了，但每次听来仍是那么津津有味。听着故事我忘了瞌睡，忘了劳累，甚至忘了手上磨起的水泡的疼痛。

刚开始跟母亲拉磨时，我的一双小手都被磨起了水泡，水泡磨破了又长，长了又破，一用力拉磨手就疼得要命 。那时，我多么希望故事中的七仙女也会来解救我。只要她一挥手，一发功力，便可把准备拉的苞谷籽、荞麦籽全变成面粉，免得我的双手再遭罪。还好，疼痛并不是长期的。一个月过后，小手便会起茧，慢慢地就没了疼的感觉了。这时，拉磨就不再是一种痛苦了，听着手磨嗡嗡，一阵高，一阵低，看着磨齿中多少不匀的苞谷面喷洒到磨盆中，心里还会有点成就感。

待磨盆里积起一层白白细细的面粉后，母亲就把小盆洗干净舀点水，用手小心翼翼地捧着刚从磨齿里喷出的面粉往盆里放，做个粑粑慰劳我。每每看到母亲做粑粑，我手痒极了，多想和母亲一起做呀！可母亲不准，她说：“收到这么点粮食多不容易，要是你不小心把面拌泼了多可惜。” 和好粑粑，母亲掏开火塘上的热子母灰把粑粑埋进去，然后把火重新拢好再继续拉磨。母亲很会算时间掌握火候的，每晚面磨结束，火塘里的灰闷粑粑也就熟了。这时，我便可四平八稳地坐在方凳上，美美地享受香喷喷的灰闷粑粑了。说到灰闷粑粑，最好吃的要数荞粑粑，所以，那时最希望磨的就是荞麦面了。就这样，手磨伴我度过了那些贫苦而有趣的童年时光。

自从我上初中后，就很少有时间待在家里，更没时间跟母亲一起拉手磨了。

去年五一劳动节放假，我抽空回家支农。刚回家那天，母亲嫌我干活慢没让我跟到地里去帮忙。可我觉得闲着过意不去，便决定去帮母亲拉磨。可当我到磨坊里时，不觉大吃一惊，磨盘已不知去向，只看见那合手磨东一扇西一扇的躺在墙脚上，上面落满了一层厚厚的灰尘，火塘的位置干净得不像曾经烧过火的样子。

当晚，我跟母亲提起此事，母亲指指楼上的一台小型电动磨，告诉我：“你很少回家，不太清楚村里的变化。如今村里家家户户都有自家的小型电动磨了，苞谷、荞麦的就全由小型电动磨代劳了，谁还有心肠再拉手磨。”我不解地问：“我听朋友们说，电动机磨的苞谷、荞麦面做的东西很难吃的，你们不觉得难吃吗？”母亲笑着对我说：“时代在进步，如今我们这些山上人也不只巴望着那几颗粮食过日子了。这么多年来，家家户户你赛着我，我赛着你的大力发展泡核桃种植业。如今，托核桃的福，我们自然不愁吃不上大米。每家都满仓满柜的大米，谁还会吃那些东西。至于荞粑粑、苞谷饭之类的东西，已成了村里那几家农家乐客庄里，招待顾客的主打时尚珍品了。”

看着墙角落寞的手磨，听着母亲有根有据的话，我不得不承认老家变了。

山茶谷

说起漾濞的小滥坝，就不得不提小滥坝山茶谷中那“万树茶花齐吞火，残雪烧红半边天”的美丽景观。

小滥坝山茶谷位于漾濞县西南部，离漾濞县城20公里，与享有“人间天堂”美誉的高山草甸大滥坝毗邻。因山茶谷中央的高山草甸与大滥坝之上的气象景观有几分相似，而得名小滥坝，故当地人便将小滥坝周围的山茶谷叫作小滥坝山茶谷。

在那个货物运输靠马帮的年代，博南古道从小滥坝山茶谷中横穿而过，小滥坝草甸上有马店，有小吃摊子，甚至还有人在草甸西侧开过盐矿。遗留至今的盐井遗址，乃至古道青石板上清晰可见的马蹄印足以见证它昔日的繁华。随着马帮驮运被汽车运输取代，小滥坝高山草甸便沉寂了下来，成了古道荒郊。然而小滥坝山茶谷中那满山遍野的山茶花，却越发如火如荼地盛开着，令来往过客赏心悦目，心旷神怡。

小滥坝高山草甸，宛如山茶花蕊般镶嵌在暗香弥漫的群山间，绵延起伏的山茶谷犹如山茶花瓣般美轮美奂地围“蕊”绽放。

草甸西侧有湾深水潭叫作白龙潭，是小滥坝山茶谷的“心脏”，山茶谷中的植物都依赖着它输送的“血液”生长。草甸上四季野花绚烂，与碧绿的潭水相映成趣，让人目眩神迷，“茶花请龙”的传说就出自这里。或许真有龙的庇佑吧，尽管小滥坝山茶谷的气候“一山分四季，十里不同天”，但白龙潭四季水尤清冽，且旱天不枯落，雨天不外溢。

皑皑白雪的隆冬，山茶谷中的“谷主”——山茶花便开始粉墨登场，漫山遍野的山茶花从山茶谷底至山顶依次绽开，多姿的树冠上“新蕾绽放老花落，瘦红才罢嫩红来”，直到立夏才“一地落红花谢尽”，花期长达4个月。

此时，在草甸中驻足仰望，碧空笼罩四野，千顷茶花云蒸霞蔚，蔚为壮观。矗立于山顶，伸手可拂云，鸟瞰广袤无垠的丛林，树树茶花吞云吐雾，红的像火，粉的像霞，白的似雪……

徜徉于花丛间，林中暗香浮动，花枝牵衣拂面，不免让人有种“人在花中游，花在‘画’中开”的感觉。伫立花间，仔细观赏这些气节不凡的“山中隐士”，它们朵朵清新淡雅，具牡丹之绚丽，有梅花之风骨，嫣红的富贵艳丽，粉红的娇俏可爱，热热闹闹地点缀着这方如画的幽境。

山花烂漫的暖春，杜鹃花、野樱桃、野棠棣花及叫不出名字的各色野花也一丛丛、一树树如珠似贝的摇曳在山茶花林间，与满谷的山茶花竞相绽放。

蝉鸣鸟噪的夏天，八角花、野丁香、鸡嗉子花、野桂花、月梁果花踏着最后一茬山茶花的落红霸气登场，红的、粉的、白的、黄的、绿的，花团锦簇，美不胜收。

秋风瑟瑟的金秋，山茶谷里金果飘香，秋花灿烂，满谷的山茶花铆足了劲地吸吮着山谷中的精华，为来日绚丽的绽放蓄势待发。

放牧人浑厚高亢的赶马调子，和骡马牲口脖子上那悠长的马铃声不时在山茶谷间回荡，让人仿佛回到了那个马帮络绎的年代。

天蓝蓝，花争妍，极目无限景；风悠悠，情悠悠，人间有仙境……这是游客对小滥坝山茶谷的赞叹。

大滥坝

老家与素有“小香格里拉”之称的漾濞高山草甸大滥坝近在咫尺，正所谓近水楼台先得月，我不仅能时常饱览到大滥坝那世外桃源般的优美景色，而且还可常到坝里老杨柳林中探寻陆地与地下暗海、暗河的神秘“交结点”。

大滥坝位于漾濞县的西南部，距漾濞县城24公里，海拔2315米，草甸长约4000米，宽约1000米，南北走向。因为它是一个梭子形的坝子，坝子的低凹之处全是泥泞不堪的沼泽地，而当地人称这种沼泽地为“滥滩”，因此便把它叫作大滥坝。

在多雨的夏天，空旷静谧的大滥坝上凉风徐徐，气象万千，忽而碧空万里，艳阳高照；忽而又云迷山头，雾罩林梢。草甸之上绿茵如盖，站在草甸中央目力所及之处，天草相接，蔚为壮观。芳草丛中点缀着的打破碗花、金莲花、野罂粟花、水仙花和各种叫不出名字的小花，姹紫嫣红，争奇斗妍，犹如一块色彩斑斓的大地毯。花草丛中沟壑四伏，这些只闻其声，不见其源的清泉，叮咚叮咚地唱着歌奔向草甸的中央，凝聚成一湾清凌的小溪自南往北潺潺流淌。在水肥草美的万花丛中，妖艳的斑蛾蝶三五成群，翩翩起舞，野兔、山鸡等野生小动物躲在深草里觅食，骏马、牛羊悠闲自在地在草地上吃草，雄鹰在蓝天上翱翔，白云蓝天之下牧童骑在牛背上叶笛声声，宛如一幅美丽的画卷。静听，草甸周围的青山绿水间，这边挖药材、捡菌子的大嫂、山妹子多情婉转的山歌才出口，那边打柴、放牧的大伯、小阿哥嘹亮的歌声便应声而起，“阿——哥——杨梅好吃嘛树难上，有情哥哥嘛难相逢……”小哥、妹子对的是情歌，诉的是相互的爱慕之情；中老年男女则不同，他们或是倾诉一年的艰辛，或是歌颂美好生活，或者相互打趣，你来我往应答自如，野趣盎然。

在百花争艳的春天里，大滥坝高山草甸上便会开满了紫色的龙耳报春花，站在草甸中央放眼望去，草甸便成了一望无际的紫色海洋，草甸附近莽莽绿林中的那些棠梨花、多依花、山楂花、杜鹃和山茶等各类山花也不甘示弱地竞相开放，到处鸟语花香，此时的大滥坝便成了花的海洋。

在金果飘香的秋天，大滥坝草肥籽饱，牛肥马壮，野花灿烂，草甸上一片金黄。四周浩瀚的林海中，满山彩叶，绚烂无比。密林深处，一摇曳于枝头的酸多依、金黄透亮的棠梨果和山楂果等野果，定会让来往过客口福满满。草甸边几户人家里的狗吠鸡鸣，大滥坝处处洋溢着秋天草甸的多彩情韵，是一个观赏秋叶品尝秋果的好地方。

在林寒涧萧的冬天里，紧围草甸的山丘上万绿丛中， 朵朵山茶迎着料峭的春寒，漫山争妍斗丽。逢雪天，大滥坝天地之间浑然一色，草甸如铺了一层厚厚的白絮，草甸周围的山林则银装素裹，玉树琼枝，在风力的作用下随物具形，千姿百态。此时，这白茫茫的大滥坝，又呈现出一派林海雪原的圣洁美景。

更奇妙的是草甸北端那片老杨柳林，因受阳光和风向的影响都呈向南倾斜状。柳树枝干相依相靠，造型独特优美，干不高但都很粗壮，枝不密却都很张扬。黄绿的藤萝挂在虬枝上，使柳树林更显沧桑古老。整片柳树林不屈的个性中又彰显相互包容，构成这与众不同又和谐统一的风景。烂滩泥淖的老杨柳林里泉眼星罗棋布，站在上面还会有种摇摇欲坠的感觉。

相传，林间有一眼深不见底的泉眼，泉眼下有暗河直通山下几十公里之外的漾濞江，在许多年前，落入此泉中的一口解放军的行军锅，后来竟在漾濞江边被人发现。

作者简介

陈俎宇（1977～　），笔名腊月，出生于贵州省黔西县，现居贵州省贵阳市。

叮叮糖（外1篇）

清晨的阳光穿过深深的小巷，在卖叮叮糖的老人背后投下阴影，他那不断敲击着的叮叮声，即是在这个时候能够顺着阳光飘进窗来，走进我心灵深处的唯一。此时，不论我正在做什么，一定要跑下楼去买上一小块来，慢慢地咀嚼回味。这条小巷只有我爱买叮叮糖，卖给我糖后，老人便缓缓地顺着巷道走去，长长的阳光投在他的身上，拉出更长的影子。

叮叮糖主要用玉米制成，在保山并不多见，但在我们贵州，它却是小孩子们最爱的食品，那叮叮的声音，是山村里小孩子耳中最动听的乐音。尤其在阳光灿烂的日子，叮叮的声音从深山里传来，更能撩拨孩童的视听。

在我记忆中，故乡的叮叮糖有三种，一种是黄灿灿如金子般的，一种是白扑扑如桃肉般的，还有一种是深咖啡色的，镶有核桃肉的是最贵的一种。卖叮叮糖的老者总是从山后来，在每一家的门口叮叮叮地敲一阵。那时候故乡人还不富裕，大人们往往被孩子磨缠得心软，就上炕楼去撮一筒（约有一斤）苞谷和老者以物易物。与所有的孩子一样，我的目光非常殷切，却总是充满着自信。我从小就是个不爱说话的心中藏得住祈盼的孩子，我从不哭闹着向父母要求什么，他们能给我的，一定会给我。卖糖老者每次到我家门前，总是高叫“大人咧，买糖哄娃娃了哈！”而不是像对别人家那样叫：“娃娃咧，叫大人买糖给你吃哈。”碰上父母都不在家，我就只好两眼直勾勾地盯着装有糖的背篓，默默地看卖糖老者摇摇头走开，目光被叮叮糖粘住，随着老者的远去越扯越长。母亲一向最疼爱我，碰上这样不巧的事，她必不肯要我受委屈，想方设法地要对我进行补偿。或是给我煮一个鸡蛋，或是煮甜酒高粱面颗给我吃。那时候这些都是奢侈的东西，是用来招待客人的。它们是如此的贵重，我自然会心满意足。

对于叮叮糖的记忆，并不都是美好的。我有时也会像别的孩子一样吵闹，这时候母亲准会说：“再闹呀！再闹呀！把你背去给卖叮叮糖的老者换糖吃！”

原来卖叮叮糖的老者也是恶魔的化身，一旦把我像苞谷一样送给他，他定会把我装进麻袋里变成糖的。想到将会被一块一块地敲下来给别人吃掉，我便很恐惧地住了口。也许我守在家门口盯着香甜的叮叮糖的目光过于贪馋却从不同卖糖老者说一句话的缘故吧，他那慈眉善目的模样让我也感到可怕。可是不管怎样，叮叮糖的香味和颜色散发出的诱惑力对我将是永恒的。

我长大后不常在家，离故乡也越来越远，但故乡在我记忆中却一直是那一串从深山里传来，又在深山里消失的叮叮声。

有一次回家，母亲特地买了几斤叮叮糖来给我吃。面对那久违了的甜食，我却不像孩童时那样急不可待，馋涎欲滴。我懂得糖吃多了会生蛀牙会长胖的道理，失去了最美的纯真。那几斤糖放在盒子里一晚就淌成了一块粘在盒底，母亲拿出来奇怪地说：“咦！你那么爱吃我才买，买来了你为什么不吃呢？”“粘牙齿的。”我说。“哦？”母亲诧异道，“你从来没有怕粘牙齿的呢！”我一时语塞。原来在母亲心里，我永远是一个需要呵护需要疼爱的孩子，永远是那个穿着开裆裤站在家门口出神地啼听叮叮声的丫头。

“不但你们，你妈妈对我也是这样的。”父亲说，脸上的皱纹绽放得像春天的田野。“那时候你妈妈从地里回来，总会攥着点地瓜桃李什么的给我吃，像哄小孩一样。”

“是真的吗？”我问母亲。我看见母亲居然羞涩得像初嫁的新娘，她脸红红地争辩道：“听你爸胡说些什么。撑饱了没事干怎的！”

我哈哈地笑得在床上打滚。在母亲心里，她爱的人都是孩子啊！难怪我们这个普普通通的家族在经历了那么多苦难岁月，经历了几十年的风雨坎坷，依然如此幸福温馨。原来母亲的爱，真如叮叮糖那样既甜又绵长，那甜甜的糖丝，永远牵挂着孩子、丈夫，粘住这个小家。

叮叮糖的爱，是最美好的向往，是我童年的最初。

在异乡的屋子里细细地品味，我的心即使是雨，也会找到晴朗的天空。

走在回乡的路上

冬日的阳光穿过重重障霭，在雪的身上烙下它绯红的影子。在远远的山的那边，在目光无法穿越的浓雾深处，是我的故乡。

是在喧嚣的城市待得太久了，或是与故乡分别的时间太长，总之我想回去。不为想念父母，父母早已进城居住了；不为拜望亲友，我认识的眷友们早已作古化泥；也不为看看老屋，它早就变为一片废墟。

我只是想在回乡的路上走走。

翻过高高的太平山，远望那条浅且清的溪河，那是我童年钓螃蟹抓石蚌打水漂的乐土。沿青石铺就的古驿道而下，咯噔咯噔的撞击声将我带回古老的历史。公元1388年，十九岁的奢香夫人佩着长剑带着兵丁，带着向朝廷进贡的珠宝和马匹浩浩行进，水西人民从此盼来了和平、进步与文明。发黄的古书上象形的彝文细细地叙述着那段辉煌的历史，历史上朱元璋捻着胡须微笑颔首，向年轻而富胆识和韬略的夫人举起了酒杯。

爷爷坐着清朝的大轿回乡来了，兵丁和随从们的前呼后拥，领头马儿四蹄飞腾，脖子上的大铜铃咣当咣当。从此，他的子孙们便躺在床上悠闲地吃大烟，偌大的家业就在烟筒中慢慢化为青烟。后来爷爷去世了，子孙们将家产分作几份，作鸟兽散尽。

靠着那份微薄的家产，奶奶把父亲的少年时光打扮得光辉灿烂。一个杜鹃花灼灼地燃烧的日子，父亲骑着匹油亮的黑马来到溪边，就遇见了我那正在梳洗长发的母亲，溪河名叫美人溪，这个美丽的含情的名字从古沿用到今。

咣当咣当的铜铃声渐行渐远，我已来到溪边，我在桥的这边徜徉。

是谁说过，人的一生不能踏进同一条河？记忆中的美人溪是一个繁华的小镇，通往山外的驿道从正街经过。街边有十二家马店，来往的客商在此穿梭往返，马蹄嘚嘚清脆地敲击着石板，这里还有一排溜客栈，却不剩半壁墙垣，如今长满了麦或者油菜，蓊郁的刺槐围着栅栏。只有石板街依然泛着悠远的青光，咯噔咯噔地告诉我历史的曾在。抬头望天，不再见迎风招摇的酒幡，凝耳细听，不再有袍哥侠客们的豪拳。难道这就是我拉着母亲的袖管，舔着大拇指瞪着豆豆眼，兴奋好奇地游过无数次的闹街？

在那儿，桥的那头，在小羊山脚下有一座神庙，青灰的瓦檐下青藤爬满了红墙，慈眉善目的菩萨撮指端坐，袅袅香烟终日不断。那曾是保佑我平安降生的福地，如今只剩下空空的山洞，终日不绝的是点滴回响的幽泉。菩萨早已微笑着在“文化大革命”的火光中涅槃，那绺红布是他留在凡间的衣袂。

昔我往矣，杨柳依依；今我来思，雨雪霏霏。历史已随着溪中流水漂逝得无影无踪。

十里坡那绵长的身影张望于近在眼前，那上面的春天，山茶花开得最艳，那是故乡的所在。三五座农院掩映在浓密的杉树林中，土地一片一片呈褐色与绿色，如农妇裤子上的补丁，既古朴又醒目。村边的龙潭还在，泉水清冽，奶奶曾告诉我她亲眼看见一条金光闪闪的蛟龙，在其中翻腾，对此我深信不疑，且相信龙王和他的子孙们在里面过着幸福的生活。夕阳的影子还在雪的身上恋恋不舍。回首来路，后面是重重叠叠的山，前面的山叠叠重重。峰回而路转，人生就像行走在山间。开拓不了平坦，便要一生走着崎岖；达不到峰巅，就只能永远在沟谷徘徊。

作者简介

邹燕（1978～　），出生于四川省金口河区，现居金口河区。

我道孚的藏亲家（外3篇）

总有一些偶然好像是注定的必然，比如那次意外的道孚之行和那个结成亲家的藏族女人。

喜欢早起煮一壶茶，这是在藏地养成的习惯。

茶香在屋中渐起，日子好像就立即鲜活起来。经历一个季度的材料堆积后，生出了劫后余生的感慨，虽还有材料需要完善，确实没有了心力。只想过回一个正常的周末，去街市走一圈。新鲜的蔬菜瓜果香总会把一个欣欣向荣的世界呈现得逼真而清新。在藏地那些年，每天也是这样怀念家乡的蔬菜水果。

我喜欢家乡的夏季，天空蓝得那么纯粹，一丝白云都要躲到山峰里，干净得热烈却不汗流浃背，那种穿梭在腋下的清凉，像极了山里人的爽朗。阳光落满街面，一种柔软而明黄的光亮，道孚时光无端地冒出来，记忆的闸门轰然打开，错落有致的民居，转经房里的老人，鲜水河和白塔，还有热情爽朗的藏亲家，全部挤到眼里，在明晃晃的阳光下，与这夏日的温度一道柔软，是一种说不出的，想。

年少去高原需要坐一个星期的车，道孚、炉霍、玛尼干戈、海子山，这些名字随着车轮，在母亲念叨里给记忆打了深深烙印。一望无际的草原，阳光下的寺院，满山的经幡，路途的白塔，在远山，在毡房，在河中，就这样一晃而过。当时只道是平常，多年后却成了生命里打不开的结。这些年，走过了太多的地方，最想回的却是童年走过的路，比如高原。每次路过武侯祠，听着藏音，看着商店里的转经筒，会莫名其妙地亲切，在默然的外表下有情绪的无数次频频回顾。

每逢年休总会回藏地，闻闻炊烟里的牛粪味，看看熟悉的野花，或者一只闭眼入睡的野狗，草地上的牦牛，都有热泪盈眶的感觉。我与藏人一起转山念经、转经筒、磕长头，高原的水珠滴落手心会忍不住泪眼婆娑，在经幡下在玛尼石边仰望天空，灵魂好像得到了片刻的安息与苏醒。

那天去道孚途经炉霍，县城对面的寺院在阳光下诱惑着我，想停下来，却有声音召唤着。毅然上路，道孚在一片青稞田园里出现，熟悉又陌生，对一切旧时光的相遇，我都想寻一处旷野放肆大哭，可我从来没有过这样的释放。旅馆对面藏式风格的院子再次把我带回童年，与旧时光相遇也只能擦肩而过的折磨大抵也是不能与人语，孩子这几年陪我周转藏地，她渐渐长大，在我的喜欢中喜欢，我感恩上苍。

望着窗外，对面的山岚布满夕阳，晚霞映照县城。远山的民居错落有致，炊烟缭绕，这大概就是文学里的诗意栖居。醒来的清晨，院落里飘来清晰的牛粪火味，这是熟悉的记忆里的味道，童年时为了避免写作业，总以捡牛粪的名义独自行走在无边无际的扎溪卡，奔跑的野兔、老鼠，河中的鱼，陪伴了无数次孤独的我。

与孩子行走在街市，在藏饰店把玩青金绿松和蜜蜡，悠闲出没在一栋栋风格有异，却又风情相似的民居组合出的巷子里，桑烟从煨桑炉里飘来，清香舒适，格桑花正艳，经幡和院里的花草映着藏饰窗格。与孩子讲我一直认为少数民族最具审美和表达能力，藏人又因信仰和地缘把自然的美与生活结合起来，无论建筑风格还是衣饰歌舞，都能给人迅速的愉悦感，能让心灵最快祛除烦恼和伪装，能让生命以最自然的方式存在。

一路与牦牛、马、野狗打招呼，哪里都是旧时相识。在一间挂着六字真言的经房里，几位老妇人唱念着喜悦而美丽的佛经，好像又回到了童年，放牧人把天空的云朵唱得跳起了舞。

与她认识应该是注定。那天，她的木门在阳光下向我打开，迎接我。我推门而入，屋内无人，只好离开，走出几步，心有不甘，再次推门而入，用藏语问候：朋友，在家吗？她在楼上回应，邀请上楼喝茶。相对于奢华的藏民居，她的屋子简洁而干净，她给我倒茶，闻着熟悉的茶香，我有了片刻回家的感觉。

藏茶里有浅淡的粗盐味，这是小时候的茶。这些年我喝茶，喝各种茶，从色、香、味、形与价位里去寻找一种认同，也从产地里去找情怀。却是她的那一碗茶，在我笑着的眼里落下了泪，我在怀念一种逝去的简单。

只是简单的家常，在异乡刚认识的她的家里，她翻箱倒柜把结婚时的衣服饰品用来打扮孩子，亦是明白了她对我们的欢喜，在异乡一个平常日子，我们结为亲家。买菜、做饭，素餐。她带我们去亲戚家串门，所有人皆待我们如久别的亲人，孩子喜欢画画，又去观摩当地一位有名的唐卡画家作画，她放下所有的事，全力陪着我们。

去观看道孚锅庄，她与各色人热情招呼，聊天，也不忘介绍我们，这座城，从那一天起，接纳了我和孩子。去她做义工的寺院，登白塔，倾听这座城和鲜水河的过往。景色有了人情自会多一份温暖和深厚，离开，她送到车站，拥别有了临时降下的雨滴，会增添一些不舍和离愁，孩子落了泪，我仰着头，她红着双眼念着六字真言祈福接下来的行程。

八美修路、堵车，沿小路走去一片青稞地深远的村庄，在一片玛尼石和佛塔的村落里，一对母女以惊讶笑迎我的闯入，用最简单的藏语交流，邀请去家里喝茶休息，还礼告别，不想再有一次不舍。

一别经年。

走在大渡河边，会想起鲜水河，想起经幡起伏错落有致的道孚民居，却没有像在这个周末，在落满阳光的街面，这般刻骨地想转经房里的诵经声和她，那个藏族亲家。

马　灯

尹老特意打电话说他在一个收藏展会上定购了一盏马灯，等展会结束后送给我。依稀记得是在“陌上”做客时，对主人那几盏挂在屋檐上的马灯露出过贪婪，刻意问了途径，算下来也是几年前的事了。

“陌上”是李静为了诗和远方，辞了工作到乡下经营炊烟和故乡的伶仃之地，她把这些年走乡串户，东游西逛捡回来的各种旅游纪念品，破布条烂罐子挂满了租来的青瓦红砖房，还在屋子中央砌了一面欧式风格的壁炉，好在有半屋子书，压住了那些花里胡哨的气息，硬是在这农家田园里戴着头巾，披着文化衫，蹬长皮马靴出版了个人诗集《我问伶仃》。“陌上”自开张以来，成就了一方文化人士的诗意栖息，闲得生非了就去那里待上一天，喝茶，吹牛，读书，晒太阳。最喜欢和女主人的中华田园犬打闹，能够免去不做事的尴尬。

马灯还没到手，部老师电话打来请求转让，这马灯原本可有可无，老人慈父的情怀，部老师知遇之恩，罢了，一只羊有一只羊的烦恼。倒是想写一点和马灯相关的文字了，哪件事不是闲事呢，写什么都是写。财富是忙出来的，闲人发不了财，文化是慢出来的，得闲人来欣赏，当社会开始怀旧的时候，说明社会已经进入了富足阶段，比如诗和远方，回不去的乡村和故乡。

马灯应该是民国以后的产品，和走马灯不是一个物件，走马灯是用来庆祝节日的灯笼，很传统，秦汉唐宋元明清，绝对出够了风头，外面点缀各种景色、人物，里面点上火红蜡烛，那个美啊，想想桨声灯影旧京城，喜庆之气，扑面而来。马灯的产生有没有借鉴走马灯原理不得而知了，物质和生活与一个时代对应起来是一件非常有意思的事情，马灯以铁做架子，下面装入煤油，密封，棉的灯芯点燃罩上玻璃罩子，适合屋外使用，尤其草原民族骑马时，小时候经常见，现在在红色影视剧里面也不少，尤其和主席有关的影视题材，有一篇文章还专门写了他老人家和马灯的事，名字记不清楚了。

家里有一盏马灯，除非有贵客来需要走夜路，母亲才舍得点上让别人先拿回家，隔日再去要回来，不然都挂在堂屋上做摆设。那个年代家里照明都以煤油灯为主，煤油不算紧俏商品，但用起来也觉得吃力，母鸡下了蛋赶紧存起来拿去换盐和煤油，制作煤油灯极其简单，就是红岩墨水瓶子加一根五号电池铝皮扭的灯管，内放一束蓝线，也可以是棉花搓的灯芯，倒入煤油就可以用了。前几年半夜停电，找不到蜡烛，还临时做了一个煤油灯应急，只是灯管用的膨胀螺丝外壳，灯芯用的鞋带，灯油用的色拉油。油灯亮起来的瞬间，孩子给予了膜拜的惊叹，这算什么呢，滑板车、推推车、竹枪、旋转飞机，小时候哪样不是自己做呢。但打游戏、玩电脑也不如孩子利索，一个时代有一个时代的玩法。

煤油灯点起来光很柔和，灯影摇晃中平添一丝神秘气息，总能引发无端遐想，思维随光影散发到触摸不及的角落，多出许多想象和美好。特别喜欢烧出火球的灯芯，用铅笔挑着可以玩半天，真是极开心，只是这样的时候不多，写完作业大人用竹签挑起来的灯芯会立即被吹熄再拨短。那时候没有电灯的对比，那一簇煤油灯的光明真温暖，真让人留念。寒冷的冬天孩子都早早上床睡了，女人会就着微弱的煤油灯缝补衣物，小时候穿的衣物大多是母亲在煤油灯下缝制的，她的手艺很不好。有客人来家里会比较宽松，农村礼节重，有客人的时候不能训斥孩子，怕客人误会，也就能混扎在火塘里听他们摆龙门阵，守着火塘的微光，闻着老茶气息，听他们说一些农事，那时候的人淳朴，讲的多是一些玄之又玄、神话啊、鬼神之类的事，天文地理给予了无限幻想空间，或许这也是后来爱读书的原因吧。

这几年，母亲和村里人聊天的内容却不怎么听得下去了，在东家长西家短的感叹里有岁月的落寞，有看不惯却又无能为力的事，日光灯下礼教越来越少，农村文化渐渐荒漠，人情世故没有了想象和温暖的空间。听起来让人失落，不如不听。煤油灯很微弱，心是暖的，日光灯那么亮，日子却空了，晴耕雨读的村庄被入侵的城市文明压榨得只剩下佝偻的老人和无人管束的孩子。

家里的马灯在不经意间失了踪影。在草原上看到过一种马灯的替代品，石棉灯，和马灯样式差不多，雪白的石棉罩子取代了玻璃，父亲的同事第一次以炫耀的姿态点的时候，折腾了很久，那种白光比所有的煤油灯、马灯、蜡烛光都亮，但想到他折腾得汗水都出来了，也就不羡慕了。一晃，马灯走出生活几十年了。

去年在安徽屏山一家卖古物的小店里看到一排马灯，当时想买上两盏，可惜路途遥远，与之前买的一堆茶具比又不是必须。郜老师说马灯挂家里一个人看，放展会上无数人看，要真喜欢，下次帮淘一个更好的马灯，他有很多这方面的资源，包括其他物品。

任何东西都是可有可无的吧，在意一些旧物并不是物质的本身，而是里面寄存的一些记忆和感情，比如家里那盏失踪的马灯，比如这盏还没到手的马灯，但记忆和收获的情感会在心底留存，如童年那些点着煤油灯的夜晚，用铅笔扎灯花时的欢乐。

遥远的瀑布

我苦苦思索记忆之始，好像是一场梦的突然醒来。

山与溪流，草屋和青瓦，生活与山河岁月一样亘古。人也许有别于禽鸟，不会把第一眼看到的景象认为是母亲。

我溯源而上追寻。

我的第一眼看见了什么？群山还是大地，生命到底来自生生不息的繁衍还是前生今世的轮回。

找不到生命的伊始，只好依附生命的源流，那就是故乡。可是给了我姓氏的父亲没有故乡，也没有把他的族别延续到我的户籍。依照传统，故乡和母亲无关，可我只能在那一道道深深山梁的跌落之间，插上一块故乡的标杆。

我的故乡依附了母亲。

沿着陡峭的山路爬上一千多米隆起的山崖退出的台地，从种了玉米、土豆、豌豆、胡豆的土地上经过，遇到熟悉或不够熟悉的面孔，和他们亲切招呼后一直走到有林木遮掩的几户青瓦石板墙的山梁上，踩上那条夏天才有溪水叫“弯弯”的小沟，再走过外婆家的水井，是母亲的也是我的故乡。

当年一个疯了的表叔总喜欢把井边的木桶重复扔到井里，当木桶在并不清澈的水面砸出一圈圈水波，发出啪啪的声音时，他会兴奋得手舞足蹈，一脸心满意足。

井边两扇废弃的直径约一米的青石磨盘，取代了户籍意义上的村组，“磨盘石”是村民心领神会的故乡名字的精确定位。

疯表叔有一个漂亮的老婆，在他没疯之前，阳光明媚的时候，他漂亮的女人喜欢用手指梳理我的黑发，阳光和她的手指一样温暖。她是村里对我最好的人，或许是可怜我父母都去了远方。村子的温情和良知通常存在于男人对待强者和女人对待柔弱的态度，反之好像不能说明什么。

疯表叔几乎没有被人取笑过，我们这些看热闹的孩子仍然会礼貌地称呼他。

表叔疯了几年后，死去，表婶改嫁去了远方。这是后来听说的事。每次回老家，我会有意无意隔着一片种植玉米的庄稼地望几眼疯表叔家渐渐破败的房梁，这座大山的村子里，荒败的房屋随处可见。在越来越浓密的植被中，能飘出炊烟的屋顶越来越少，没有了年轻人的村子老得不成样子。

还是说点好的吧，比如那道瀑布。

有瀑布那条沟叫“岩山沟”。是村里最大一条溪流，终年不断流，山崖垂直千米直到天际，气势澎湃。在习惯的景物中，村里人对溪水瀑布除了饮用之外都是平常，与藏人对河流山川的敬畏比起来，没有信仰的土地描述起来异常枯燥。瀑布是上学后课本里对这种因山崖突然断裂垂落的流水的统称，村里人没有这样叫过它，我也没有听到过。

瀑布的气势通过玉米地的浮动来感知，这些当年学大寨建起来的梯田式石坎，怎么都种不出大米，也只好继续种植从墨西哥引来的玉米。玉米沿阶梯攀爬，一直爬到瀑布垂落的山崖下整理好队伍又反扑回来，被瀑布气浪推动的层层玉米叶子相互摩挲，阳光在瀑布的雾气上画上一道又一道的彩虹，玉米叶子和擦身而过的风说着秘语。

她是我生命里看到过的最美的瀑布。

崖山的青色纹理细腻，和我写字的砚台颜色相似，每到秋季农闲时。村里的石匠就会搬出风箱，选好錾子，山崖里就会响起哨哨哨之声。清脆如磬，在玉米枯黄的山崖中，深邃而悠远。这些上好的青石被村民用来铺地，做墙面，朴素而坚实。

我到过瀑布的源头。十岁那年，同表弟一起给在深山烧炭的舅舅送粮食去。爬上一座一座高山，沿途各种野草莓和高山杜鹃、画眉、山鸡带来的惊奇在疲倦的攀爬中失去了所有的吸引力。身体进入了机械的惯性运动，从日出到阳光直射丛林，我们穿过了乔木灌木的各种林带，仍然是没有尽头的莽莽大山。

就在已经走不动的时候，满山散开的溪流在卵石和树根之间绕流，激起无数欢快的水花，一丛丛野生杜鹃和那些叫不出名字的野花在溪水之周。后来的很多年走了很多地方，再没有比那次看到的源头更美的景致。

在我成年后，想去拍摄故乡的瀑布时，却找不见了。我以为记忆错乱，但山崖之上瀑布冲刷的痕迹依然清晰存在，那些失去了水的滋润而干枯的苔藓植被在青石上颓败，一些凹进去的地方长出了新的植被和叶子。

站在失去了瀑布的山崖前，故乡再一次和退出去不到百米即跌落的悬崖一同跌落。对于故乡起于童年那些短暂的记忆维持的亲近，比生命在历史长河中的短暂还要脆弱。

在瀑布再次汇聚成溪流的地方，有一座青石砌成的石拱桥，桥还在，遍长青苔，鹅卵石下的溪水只润湿了浅浅的细沙，一只黄黑相间的蝴蝶落在桥墩上，玉米仍然层层攀上山崖。

我知道，瀑布和溪水是被小水电站拦截走了。奔腾的大渡河都可以被拦截成一截一截的湖，村子哪里有能力阻挡。

我没有责怪的权利。

记忆也会逝去，一代人有一代人的记忆。老家的房子被拆了，地基复耕种了萝卜白菜。每次走到那块迎接我生命的土地上，我坚定地认为母亲当年做出的决定是一个不能改正的错误。接下来的很多年走了无数地方，搬了无数次住处，生命被时间和地名切成了一段一段，我已经没有了真正意义的家的概念。

我率先在故乡的流离之前流离失所。

在他乡的残垣断壁前，我可以用思维一次次复苏那些场景。而故乡的家的土地上，远处的山萧瑟或者苍翠，那些山与山环环相扣画出的天空顶着金色的阳光，仍然不能安抚弄丢了故乡的恓惶。

对于故乡，对于昨天，和那道瀑布一样，只会在记忆中越来越远，我，是不是该选择缄默不言。

唇边温情指尖暖

一味，知般若。喝茶，贪的是唇边温情指尖暖。若是恋了其中滋味，那是不必苛求茶道或参禅之境的。

都说禅茶一味，喝的是茶，修的是禅。我悟不到其中诀窍，的确是俗心太重，以至于一点欢喜即可陷入。贪恋唇齿间的味道，贪恋浸喉时的温润，贪恋入体时的温情，贪恋茶杯在指尖的暖。外出或在朋友家做客，坐不久就得急急往家赶，只是为了喝壶自己煮的茶，真是深陷其中，不能自拔。

邂逅安化黑茶，还是密友赠予，以消解脂肪。曾有一些时日急速发胖，见我颇为烦恼，便推荐了黑茶。茶入手，打开一看，是要借一句诗了：与君初相识，犹如故人归。他年，少不更事，随父母远行青藏高原寄读，连续多年喝砖茶，那时喝茶除了解渴需要，更多是补充维生素。现在物产丰饶，又要喝这茶，眉头微皱一秒。想着给予时的心情，再说还能瘦，那就喝吧，喝！到底也是不讨厌。

撬一块，冲洗，注水，有泡沫，倒了再泡，色泽微红，入口清润，下喉有粗茶梗的糙，对茶，始终是挑剔的，但不影响口感，喝了一段时间找到了某种感觉，也就欣然三五天临幸它一次，心里更多还是想借这粗枝大叶的发酵物消去体内多余脂肪。

眷恋上它，在某日，具体时间没记下，喝到一壶朋友珍藏的黑茶。茶叶黑而亮泽，金花如星。闻之清香、入口细软，甘柔，入喉细润，凝练、一路下滑到肺腑，身体瞬间像干涸的田野被注入了清泉，自唇、舌、喉氤氲舒展开来，在体内缓缓推行，直至心口意无法言说的好，通透舒适之意，存天地而自然。

但凡对一样事物上了心，犹如闺中女子动了情，那是欢喜又惶恐的事。犹如在最美好的年华遇到最好的人，其他时日的所有经历连铺垫都是算不得了。把讨来的黑茶喝光后，整日魂不守舍，开始关注关于安化黑茶的一切，极力了解当地风情茶事。

书友邓兄乃益阳人氏，好书，因职业相同，时常在微信里互动。某日，邓兄发一帖，关于安化黑茶，好不喜欢，留言：走过这么多路，喝过这么多茶，唯有安化黑茶，入口入心，真既是：既见君子，云胡不喜。

还说了什么不记得了，虽然平常也爱口舌之快，胡言乱语，但对安化黑茶的喜欢，那是没有一点虚浮的成分，也是不必捧一而棒杀其他。奈何邓兄不好这口，每每说到黑茶，只剩独自馋念的份。邓兄老家安化某村，家有小岛，绿水环绕，屡屡邀请前往，没有黑茶的吸引，还是觉得遗憾。

那日，邓兄留言：见你喜欢，托人找了一块八年黑茶。毫不客气笑纳。为此，专门购置铁壶一把，候之。之前为了熬制黑茶专门置办了小火炉和陶壶，却被翻滚的茶水皴裂了。铁壶到了后，用普洱茶多次滚煮，备之。黑茶至，是多年前的那种普通牛皮纸包装，茶味干如枯草，茶梗较多，再看，西北专供。老兄，你是真的不懂茶。

掰了一点，陈了些许时日，煮，或许是铁壶，始终提不出来茶味，不如泥壶通透，也有茶质的原因，入口仍是干草的糙。突然同情高原的牛羊，那么冷的寒冬，只能咀嚼粗糙的干草，是怎样一种忧伤，如我对那味黑茶的怀想。邓兄若看到这文，也是要忧伤了，那可是他费心费力讨得的，八年陈茶，也不容易找了。

安化黑茶，但凡好一点的几乎被当地土豪囤积，现在市场上能买到的，多是外地茶倾销过去的贴牌产品。想来也是，虽然人口近百万，但是土地有限，种植更是有限，被那么多人炒作，那么多人收藏。得安化黑茶真茶不容易，好茶就更不容易了，是不是要写一句：喝茶容易，真茶不易，且喝且珍惜。

每每看到被囤积的好茶，贪欲之心压都压不住，一下就理解周幽王了，当年看到褒姒和我看到囤积的黑茶感觉应该差不多吧。愿得一人心，白首不相离，却又如周幽王，倾国倾城的给予都不能换来美人一笑，他老人家烽火戏诸侯也是千金难买一笑。为了褒姒，逃跑之时宁愿被杀也不丢下，这样看来，他是比唐玄宗专情重义，多疑残暴的项羽更是比不得的。他也算是真男人了，可惜贵为天子，若是平民，想多了，想多了，他要是平民，褒子哥哥也不会把老婆褒姒送给他了。

几经周折，总算得好茶半支，买罐醒茶，每天都忍不住打开，闻其味，观其形，隔三岔五小煮一壶，等待的日子真是煎熬。口感在慢慢接近，咽下后喉底却有些许干菜叶味，想来是包装叶片没干透所致，真是提心吊胆，好怕这份欢喜变成永久的找寻。如在爱情里遇见最好的那个人，一旦错过，余生只能凄凄惨惨戚戚了。遇到最好，到底是幸还是不幸，千人有千人的答案。与我，是愿用余生来思念，也不愿不知何为好的。

这样惦念安化黑茶，也是要提一提这方水土了，山丘之地，风景旖旎，气候宜人，四季分明，温润多雨，适宜茶叶生长。至今可见茶马古道，还有风雨桥若干，梅山文化发源地。明清两朝，安化黑茶无数次涉及国家安危和地方政权更迭，朱元璋的女婿因私自囤积黑茶被斩，清代安化县令也因黑茶成为唯一的五品县令。至今在高马二乡还立有界碑，这都不是最重要的，重要的是好茶难得。

当年武陵人捕鱼为业，定然是丰衣足食，鱼米双欢。山气日夕佳，飞鸟相与还。陶公是怎样在这片土地上悠然自得的呢。陶公，你喝黑茶吗？如今，晓得陶公和这片土地关系的人大抵不多，如柳公和永州，女书和江永。但不晓得安化黑茶也是不好，毕竟代表了黑茶精华，不管现在市场上只能买到贴牌还是一时喧嚣。无论怎样闹热，总有落幕的时候，无论怎样炒作，总有回归的时候。喜欢文玩的人就会明白这个道理，爱炒股票的人感受应该更深一些吧。

我不是茶客，喝茶，初始也只是止渴的需要，随着时光见老，人事荏苒，心境渐稳，才开始懂得喝茶的好。去年底，家父中风，难过之余思量下来，真个是“祸从口出，病从口入”。断了酒，饮食回归清淡，茶也就成了必不可少之物。后来爱上安化黑茶，也是必然，仅那一口，就注定了是灵魂里的欢喜。

总有那样的一天，一定要在安化的茶山驻足，亲手抚摸那片茶园，听茶语，闻茶香。和风雨桥的千年往事，幽幽茶马古道对饮。喝茶，喝的不只是心境，还有唇边温情指尖暖。

安化黑茶，始于初见，止于终老。

作者简介

陇忠丽（1978~ ），出生于贵州省赫章县，现居赫章县。

木楼吟（外2篇）

依傍着老屋的木楼，是一件精美的艺术品。

两层独立的木楼，全部由质朴厚重的原木搭建而成。尤其是屋檐前那根曲里拐弯的柱子，远看活脱脱就像一条正迎天而上的飞龙，张牙舞爪，雄伟奇特。整幢小木楼，除了四面的墙壁和房顶上的瓦片，所有的东西都取材于木质材料，而且是原汁原味，没有经过丝毫的染色过漆。木门、木柱子、木楼梯、木地板，甚至于窗棂都是木的。为收集够这幢小木楼的建房材料，记得当时每到假期，我们兄妹几人总在父亲的带领下，每天早早地就到大山梁子上去找寻各种各样奇特的树木来装修、修葺木楼。木楼共分两层，四间。楼下两间，楼上两间。木楼的走廊雕刻着各种花草虫鱼，栩栩如生，极为漂亮。木楼的窗户每间两扇，不大，观景吹风却是足够。

一楼有一间用来装放各种农用工具，另一间成了父亲的医疗小诊室。从未学过医的父亲对医学的理解与运用可以说是自学成才，无师自通，无论是西医还是中医，都略知一二。加之父亲脾气好，所以来找他看病的人非常多，父亲也从来不收他们的钱，而村人们的病基本也就是针灸针灸，拔拔火罐，按摩擦洗之类的，治不死人，有时却有着独特的奇效。所以父亲在那个缺医少药的年代，一直是乡村医生的角色，就算现在，也有很多人会来找父亲给他们看病。木楼的二楼，是我们家最为漂亮的地方，也是我们玩耍的天地。每一个房间里都安放着木床，铺着素净的被盖，被两个姐姐收拾得清爽干净。向北的房间里还安放了一张用原木打制的书桌，坐在桌旁，便会有一股淡淡的香味若有若无地飘入鼻中。如果来亲戚了，木楼是我们家招待尊贵客人的地方，没人来时，我们几姐妹便会在上面玩耍休息。

在木楼的一角，母亲种的月季花枝丫斜搭在楼梯上，一年四季开放的月季花，相隔老远就能闻到一股淡淡的清香味。很多时候，总喜欢折下一两枝月季插在父亲喝完酒后的酒瓶里，盛了水，放在房间的书桌上，顿时，房间里便弥漫了花香。在走廊的另一边，却是一棵樱桃树，每年的三月，满树洁白的樱花在春风的吹拂下摇摆、绽放，三三两两的蜜蜂在花枝上飞来飞去，煞是热闹。花期过后，树上便渐渐结满了青色的樱桃颗粒，然后，我们开始掰着手指头算日子，一天几回地观察樱桃长成什么模样了，每每想到熟得红润甘甜的樱桃，嘴里就会不由自主地淌出了口水。秋天，站在楼梯上，伸手出去，就能采摘到成熟的苹果和梨，不用削皮，脆脆的一口咬下去，顿时香甜可口的水果会让人一身的疲惫与劳累消除殆尽。吃得急了，汁水就会沿着嘴角流淌下来，打湿了胸前的衣服。现在与父母谈到往事时，他们还会拿儿时的趣事来取笑我们。

木楼最为靓丽的时刻，我还小。全是原木打造的木楼，坐在屋前檐下都能闻到一股淡淡的木头气味。乡村的空气原本就清新，再加上到处溢满花草气息，木楼让很多到过家里的人很是艳羡。人品和模样都不错的两个姐姐经常坐在木楼上做针线活，她们无论是绣花还是做鞋垫，都做得特别漂亮、耐看。特别是下雨天和冬天，因为做不了农活，村里的姑娘都喜欢和姐姐们相约到木楼上学花样、讨针线、拉家常。她们在木楼上的笑声歌声飘出去很远很久，那种欢快的氛围让我们这些小不点很想早点长成大姑娘。当时村里淘气的小孩编了这样一首山歌到处唱：“几个花姑娘，坐在绣花楼，绣花绣朵绣鸟雀，绣得满脸红扑扑。”有时，母亲还会将炸好的苞米花或者煮好的洋芋用圆圆的篮子装了，送去给她们边做边吃。

我占据木楼，得以独享木楼，是在两个姐姐出嫁后。从学校回到家的第一件事就是把木楼打扫干净，然后美美地睡上一觉。早晨醒来，推开窗，山间清爽的风扑面而来，木楼下的花开了一大片，而开得最欢的就是那簇月季，每一朵粉红亮丽，拳头那么大。奔下楼去，低下头，嗅一嗅，沁人心脾。不想看书，不想写东西的夜晚，放任自己，呆呆地坐在窗前看远山在朦胧的雾色中蜿蜒起伏，听窗前的雨点敲打梨树叶发出的唰唰声，莫名的伤感会让我泪流满面，心碎难受。易于幻想的我，把自己的人生设想得太过完美，曾对自己有着太多的期许。现在，回过头看看，才发现，其实，平凡如我者，安于平淡的生活才是最佳的选择。

后来，木楼曾作为弟弟和弟媳的结婚新房，充满喜庆与诗意。

斜依窗前，听雨点雨丝与木楼轻舞飞扬，那种虚无缥缈的意境，是种弥散的行云流水，入了眼，入了耳，然后浸入心，飘在微风中，飘过流失的岁月。无他，只有那弥散开来仍是浓得化不开的思念依稀可辨。

雨打芭蕉敲无力，夏花落地听无声。

木楼仍旧在，斯人已远去。

老　屋

老屋就像一串风干的辣椒悬挂在记忆中，历经风雨，在微风过处，抖落一地的，仍是不屈的辛辣与无尽的回味。

早已没有居住的老屋，几经修葺，它真的有些苍老了，但却一直被勤快的父母收拾得干干净净的，院中的树木花草也依然充满生机与活力。走近老屋，迎面扑来的阵阵花香会让人迷醉，那些虽搁置已久，早处于退休状态的闲屋，每一处都溢满家人的亲情、回忆与怀念。古人云：“白发高堂游子梦，青山老屋故园心。”哪怕走得再远，老家的老屋也是每一个游子魂牵梦绕的地方。因为老屋给我们的远不止是遮风避雨，更多的是一种别人无法体味的情怀，一种无法用语言去表达的思绪。所以，即使有了自己的家，每当忙里偷闲时，坐看远山黄昏夕阳如诗，几只山鸟飞过，眼前便会出现老屋安详地站立在阵阵风中，母亲在厨房里忙碌的身影，屋顶上几缕炊烟迎风飞舞，父亲坐在老屋的门前，手捧一卷古书安静地阅读，而那条无数次侵入梦中的大黄狗蜷缩在墙角的那块石板上，双眼迷蒙，似睡非睡，好像在沉思着什么，怀念着什么……小时候是最调皮的孩童，自从记事以来，一直特别喜欢爬上爬下，像个男孩子一样自由自在地玩耍。那份舒心自然的快乐生活，让我每当看到自己的孩子坐在宽敞明亮却抬头不见天空的房间中玩着玩具时，便会回想起那些以放牧牛羊，玩耍泥巴为乐的童年。于是，在不经意间，关于老家，关于老屋的许多往事便会在无眠之夜进入头脑中，反复回旋、碰撞，直到心被纠结得淡淡地酸痛。

老屋以中间一正房两边为偏房的标准农村住房形式而修建，掩映在绿树丛中，有花有草，有果有鸟，不说富丽堂皇，却是温馨而美丽，令人难舍。在老屋的左边，一排柳杉一年四季葱葱郁郁，充满无限生机。高大的院墙外，种植着苹果树、桃树、梨树等各种各样的果树，春天来临，单单各种花的香便让人如痴如醉。而到了水果成熟的季节，吃不完的果子经常被父母摘下来让我们送给周围的邻居和亲戚。如果和小朋友玩躲猫猫的游戏，最喜欢的就是翻过高高的围墙，像一只调皮的小猴一样悬挂在树枝上，看到小伙伴们在树下到处张望到处翻找的样子往往会笑得透不过气来，于是粗重的喘息出卖了自己，如果不乖乖下来，小伙伴们便会抱着树干一阵狂摇，让你不得不缴械投降。陪伴着我们长大后，老屋变成了名副其实的老屋了。斑驳的墙壁，漏光的屋顶，渗水的地皮，无处不显示着历经风雨后的老，于是父母也搬到了新的家里去生活，时间久了，让我们儿时许多的回忆变得遥远而不可捉摸。

最为怀念居住在老屋时有雨的天气，特别是秋天。因为无事可做，村里人都喜欢结伴相约到附近的山上去采摘野山菌和野果子。运气好时还能捕捉到山鸡和兔子。野山菌采回来了，用大蒜和红辣椒炒好后加入腌好的酸菜炖汤，那种味道之鲜美，至今想起仍然要流口水。如果运气好采来的多了，吃不完，便用绳子串成串，挂在屋檐下风干，不管用来炖鸡还是煮排骨，味道都非常好。最好玩的是捉到野山鸡，先把毛剪下来，做成各种各样的漂亮装饰品，然后把短毛的野山鸡拴在绳上，让它在院坝里觅食，直到孩童们玩厌倦了，才会成为一家人的美餐。

许多时候，恋旧老屋是一种心灵的彻悟，一种安于命运的怡然自得，一种难舍过往的情愫。曾经在一本书上读到过作家周克武在《老屋》一文中对老屋情感的抒发，“老屋真的‘老’了。落日衔山时分，我站在村口远远望去，它像在酣睡，许是太累，睡得那样安详、静谧。”“我默默走近老屋。夕阳下，风如佛手，柔柔地摩挲路边的草木，没有声响。鸟儿慵倦地栖落在树上，伸出尖尖小嘴巴梳理自己的羽毛，没有鸣唱。也许它们此刻一如我的心情——轻轻抚摸深褐色的大门，却不敢推开，怕惊扰了老屋，惊碎了它的梦。”这种对老屋的极致思念成就了老屋在记忆中回放出的美景，把对老屋的那份深深的爱恋与不舍抒写了出来。而我，何尝不是如此，只是少了那份唯美的文笔。不久前家中遭遇变故，看着父母亲人悲痛欲绝，整个人，也撕裂般的疼痛。一个人跑到老屋去痛哭了一场，任泪水洗刷着疲惫而节节碎裂的心，任老屋堂前的风轻抚过我过早衰老的容颜。面对突然袭来的灾害，人的一生何其艰难，原本以为风调雨顺的日子竟然会在晴天霹雳中让一切华堂丽影都在瞬间变成废墟，让微笑与富足变得一无所有，让生与死赤裸裸地呈现在眼前。此时，纵然想珍惜生命，却已是天各一方。

万事如烟，唯有老屋，似智者，以它隐忍的姿态历经生命的年轮，在风雨来临时，毫无怨言，张开它温暖的双臂接纳曾经离开的主人，庇护心灵与肉体遭受了重创的孩子。每当阳光升起，立在村头，远远地，仍然能看到伫立在那块养育着生命安抚着亡灵土地上的老屋。

韭菜花开

满山的花海淹没不了你深情的眼神，伫立在如云的青山绿水间，你巧笑嫣然，只看一眼，所有的目光便为你沉醉。

——题记

秋风习习的八月似乎已不适宜花们展示自己的妖娆与妩媚，到处呈现出的秋景用沉重的果实点缀着世间的繁华与喧嚣。唯有在那高高的韭菜坪脚下，一方净土用自己宁静淡泊的心境支撑绽放着只属于自己的生命之花。

韭菜花，不管是近看还是远观，那些或淡紫或深紫的花朵儿在山风的吹拂下总显得婀娜多姿，优美迷人。初露头角的韭菜果在花儿们的陪伴下恬静自然，嬉耍有趣。远方，阳光明媚，蓝天白云将远山近树紧密连接，使山与山之间被一层金色的轻纱静静笼罩，低头啃草的羊群仿佛从天而降，牧羊女孩的歌声在山峦间回荡，低鸣。那些或远或近的村落里升起的炊烟点缀着远山近屋，在一片青山下，一笼将熄的篝火灰烬中，山上劳作的农人们留下的烧烤得黄澄澄的洋芋，握一个在手里，温软清香，吃一口在嘴里，一路远行的疲惫顿时消失殆尽。

在大韭菜坪，最美的风景是花海中有人，人面红花相映衬的时刻。选一处高高的山坡上自由自在地躺着，看那些在花中妖娆妩媚着的女子展露出美丽的笑容，举手投足间涤荡着春情与炫艳的光彩。这是一种极致的享受，在这些美丽花儿的衬托下，就是最平凡的女人也会神采飞扬，耀眼无比。那些原本躲藏在花丛中的农家小孩，在长时间的观看后慢慢地也走入了游人的镜头，他们羞涩腼腆的微笑，与宁静的山水相连相依，给人一种恍如隔世之感，似乎此时的自己回到了陶公笔下那不染纤尘的世界中。

望着美丽的花与优雅的人构成的绝美图画。眼中仿佛出现了传说中的美丽苗族女孩，正身着花裙依偎在情郎身边，应和着情郎的木叶声声唱出飘荡在群山间的天籁之音。一会儿天边飘过几朵阴暗的云彩，少女的歌声低沉起来，渐渐消失。一群家丁穷凶极恶地追赶而来，将情郎捉走，唱歌的少女哭瞎了双眼，眼中滴出的鲜血染红了满山遍野的韭菜花，从此，每到八月，山顶上约万亩郁郁葱葱的野韭菜开出了艳丽的韭菜花。想象还未结束，友人们谈笑的声音惊醒了我正在梦中悲伤的思绪。摇摇头，想把那些莫名的想法一同驱走。为何爱情总要以悲剧结束？为何不能想象成两人建立了美满的小家庭，从此过上了男耕女织的生活，种下了满山绚丽灿烂的韭菜花？从不敢自诩为文人，一直给自己一个定位，那就是一名热爱文学一直渴望接近文学的女子。于生活也总是力求充满希望与活力，然而经常性的病痛与伤害让自己很多时候总活在想象中，总想用想象来驱散生活中的一切不如意。哪怕就是面对最美的事物时也总会莫名地往悲剧的立场去想象与编写，明知这样的自己很消沉很悲观，却无力走出自己构筑的樊篱。

所以，原本早就有着很多次前往大韭菜坪观看韭菜花海的机会，却迟迟没有成行，因为心中一直有一个拒绝的声音，无法想象自己用脚踩踏在那些美丽的花儿上时，她是不是会发出痛苦的呻吟。直到今日，实在受不了朋友、同事从花山上拍摄下来的美妙图片的诱惑，才跑去与她们相会。古人说花开堪折直须折，莫待无花空折枝。是啊，花原本就是让人欣赏与攀折的啊，没有人的欣赏再美的花儿也失去了价值。还是抛开自己那些矜持做作的想象，将身心融进来，享受美丽的景致，任山风吹化心中的阴霾，带给自己愉悦与快乐，才是最重要的。

作者简介

阿硕诗若（1978～　），汉名李思妤，笔名叶小鱼、蓝朵儿，出生于云南省建水县，现居建水县。

冬天的味道（外4篇）

冬天，最喜欢阳光的味道。一种清新的米香在阳光中弥漫，暖暖的，渗进每一寸肌肤下的每一个细胞。

在冬天，母亲总会选择一个暖暖的日子，盛一盆糯米和香米淘洗一下，倒进木甑里蒸，不一会儿，一股淡淡的米香便弥漫在空气里。

米饭蒸熟后，母亲用一个大木盆装着，用清洗干净的竹筒使劲舂，直到米饭变得又黏又软，再放到砧板上搓揉成圆筒状，用刀切成一小节一小节后，放入清水中浸泡。吃时，切成薄片或条状，或煮汤或炒肉或烘烤，味道鲜美，滑而不腻，又香又软，每每吃得满嘴盈香。每次母亲做香米粑粑时，我们姐妹总抢着舂煮熟的米饭。闻着清新的米香，整个冬天都会感到温暖。

冬天的味道，是香甜的烤红薯味道。

小时候最喜欢和父母到山地挖红薯来烤。

到了山地，选一处较平坦的地方挖一个坑，用土块围着坑垒一个圆锥形的土窑，像一个小小的蒙古包。我们姐妹拣一些干树枝放进土坑里点燃。直到土块被烧得通红时，把坑里的木灰掏干净，再把一个个红薯扔进土窑里，然后把土窑推倒，用锄头细细地整平，不留一丝缝隙，一顿饭的工夫就可以吃到香喷喷的烤红薯了。红薯的外皮虽被烤煳，但里面是诱人的橘红色，香喷喷，热腾腾，甜丝丝，一口咽下去，烫得肠子直溜，周身暖洋洋的。因此，冬天搭窑烤红薯是最诱小孩的活儿。

现在，我也会寻一个好天气，带上儿子和父母一起去山地挖红薯，然后打一个土窑烤一些香喷喷、甜丝丝的红薯，看着儿子大呼小叫地吃成一个花猫脸，心里总会涌起甜甜的幸福。

冬天的味道，还是餐桌上的味道，热气腾腾，暖洋洋的。父亲在家时，餐桌上就会有炊锅。那是一个黄铜炊锅，中间是一个直耸的烟囱口，底下烧木炭。不一会儿，烟囱口四周的锅边就会嗞嗞地响。锅里放着豆腐、白菜、芋头、莲藕、菠菜、豆角等小菜。一家人围坐在桌旁，边吃边吸着热气。父亲总会微眯着眼，一筷一筷夹起滑嫩的豆腐、水灵灵的白菜，放到我们姐妹的饭碗里，一个劲地让我们多吃点。外面虽冷，家里却是暖暖的。

冬天，无论多冷，家里总是弥漫着温暖和开心的笑语，我的心总是暖暖的。

找回的歌声

春天像只燕子，悄悄来了。今年的春天似乎比往年柔和，红花，绿柳，燕子的呢喃，午后的阳光，空中的云彩，仿佛都是水做的！

这是我居住的小城的春天。小城是个县城，人口不多，古街古道，不算繁华，但对这生我养我的小城情有独钟，感到亲切和舒畅。春天的傍晚，我常邀约朋友走在春风习习喧闹非凡的街上，放松疲惫的身心。东门城楼茶坊，是我们常去品茶的地方。静静地坐在那里，看闪烁的霓虹灯和正在兴建的商业城，看匆匆来往的人流，看燕子轻软的呢喃，心情像午后的阳光，在良辰美景中轻歌飞扬。

我们正在温暖的时光里惬意地享受着小城的春色，忽然耳畔飞来音色优美，激情弥漫的歌声："阿哥阿妹上山撒荞籽儿，掀起了阿妹的草裙边儿，阿妹喉咙痒，唱起了啊嗦喂，阿哥激动嘿吹起了石榴叶儿，哎……山寨多姿美，楼田层层迷人醉，阿哥恋阿妹，阿哥阿妹就像鱼和水……"

这民歌听起来令我怀旧，不禁想起儿时门前的桂花树下，两鬓斑白的奶奶一边编竹篮一边唱小调："青菜青，两小盘儿，白菜开花嫩腾腾儿，韭菜开花两道节儿，石榴开花一小团儿，岔科篮儿，细篾篮儿，吃了一篮又一篮儿，哎舍里罗舍舍里罗舍。"

奶奶唱得真好听，《青菜青，两小盘》《录穿花》《西庄坝子一窝雀》等，都是奶奶的拿手好戏。在奶奶的熏陶下，我慢慢也熟悉了一些民歌小调，有时也跟着奶奶哼上几句。

奶奶是个民歌手，对民歌小调入了迷，上了瘾。她说："有民歌小调听，有民歌小调唱，就是旁边有桌酒席，也不稀罕。"奶奶和她的姊妹们舞姿豪放的烟盒舞和热情洋溢的琴声歌声，清脆悦耳，缠绵悠扬："西庄坝子一窝尼雀，一起飞到石崖尼脚，不落不落又想尼落，要落要落又不尼落，天晴搭个尼窝，下雨得躲尼躲，得躲尼躲，得躲尼躲。"舞姿绰约，歌声轻扬。

醉人的民歌小调，不知何时消失了，田间地头再也听不到了，会唱的人越来越少了。今天在东门城楼突然听到这久违的歌声，我感觉仿佛回到了儿时的梦里，感觉心里装满了幸福，就像丢失了多年的宝贝突然被找了回来。听着听着，温馨缠绵，被找回的歌声有如那盈香满袖的春夜，在我心底一路蔓延开来……

童年是条河

童年是条河，河滩上洒满五彩的贝壳。出身农家的我，经常到菜地里捡拾颗颗闪烁着童心的贝壳，串成人生不老的珍珠。

我家的后院有桃树、梨树、石榴树，花开的季节，红的像火，粉的如霞，白的似雪。果树的中央，有一片菜园。我常跟着在那里种菜的奶奶转，学奶奶的样子，拿把锄头乱钩一阵。有一次抬头看见绿蔓上吊着一只黄瓜，跑过去摘下来就吃……玩累了，扯些杂草铺在桃树下当垫子，把草帽盖在脸上睡觉。奶奶把水往天空一泼，大喊着："下雨啰！下雨啰！"我一瞪，骂道："讨厌！"起身跑开。一天天的，奶奶渐渐变老，我渐渐长大。我长大了才明白，奶奶是怕我感冒，故意把我赶走。

菜园里热闹得很。傍晚，蜜蜂、蝴蝶、蜻蜓、蚂蚱在飞，我和小伙伴也像蝴蝶一样飞，像蚂蚱一样跳。蝴蝶的种类很多，最多的是白蝴蝶和黄蝴蝶，最好看的是色彩斑斓的花蝴蝶。蝴蝶漫天飞舞，在阳光下像些彩色的肥皂泡，很是好看。我常常溜入菜园捉蝴蝶，看见一棵菜花上停了只花蝴蝶，轻手轻脚走过去，捉了满身金粉的蝴蝶，绑在棍子上。我总是指缝里夹满蝴蝶，有时嘴里还叼着一两只，跑回家，关好门窗，撒开手，任蝴蝶满屋子乱飞。欣赏够了，再费些周折把它们重新捉住，或分给要好的小伙伴，或放飞大自然。

除了捉蜻蜓，有时也捉些蚂蚱带回家，洗净后放进油锅里炸脆了，就是一道美味佳肴。捉得多了吃不完，就送到食馆换取散金碎银，买回自己喜欢的发卡、指油或香瓜子。

我们在菜园里玩得最多的游戏是捉迷藏，猫着身子，往菜地沟一蹲，小伙伴们一垄地一垄地找，藏着的伙伴则悄悄跑到我身后了。菜园成了充满欢乐的游乐园，我们常常流连忘返，贪玩到天黑，大人来喊回家时，才带着满身花香，恋恋不舍地消失在夜色中。

菜园的地沟边还有些嫩生生的野菜，春天柔和的风里，像我们无忧无虑地生长。暖暖的阳光照过来，给人暖暖的舒畅。这样的日子正是挖野菜的好日子。马蹄叶、苦麻菜、野萝卜、金针菜、灰灰菜，还有许多我叫不出名字的野菜，开出灿烂的花朵。一会儿，篮子里就有了不少的野菜，一般都是女孩子挖得比较多，于是就分些给男孩子。大伙嘻嘻哈哈地闹，灿烂的晚霞映红了我们绯红的小脸。

如今菜园消失了，而我童年的菜园却是记忆犹新！它像一条清澈的小河，流淌着我的欢乐。

玉手镯

一天下午，我打开衣橱，想清理一下里面的衣服。当拉开衣橱里的暗格时，一个红色呢绒盒子出现在眼前。打开一看，一只绿色的玉手镯静静地躺在盒子里。手镯泛着绿莹莹的光，晶莹剔透。这手镯，本是父亲送给母亲的珍贵礼物，是母亲生前最喜爱的东西。那是1996年，父亲的学校组织职工到景洪游玩时，父亲买下的。当时买了两对，一对银白色的，一对绿色的。银白色的那对手镯，送给了我的表嫂。绿色这一对，母亲离开时，戴走了一只，这一只，就永远地留给了我。

其实，在我结婚时，母亲就拿出这只手镯要给我，说：“妈没什么像样的嫁妆给你，就把这手镯给你吧。这样你去到婆家，也有点面子。”这是母亲心爱之物啊，我怎能随便要呢？做女儿的不能给她什么，已经很是惭愧了。于是，我笑着说：“妈，今年流行钻石。你看，我已经有这条钻石项链和这条铂金手链了。”母亲“哦”了一声，收起了手镯。

看着母亲失望落寞的眼神，我很想重新开口留下这只手镯，但最终却什么也没说，而是转过身，把那份不舍和难过压在心底，微笑着走向婚车。

在母亲心里，女儿永远是她的心头肉，总想着把最好的都给女儿。虽然他们并不富裕，但母亲对儿女的那份爱，深沉、无私而伟大。“我寂寞夜里呼喊着你，你坎坷一生守护着我，我不知不觉走得太远，我突然想喊我的娘亲，她总是微笑不言不语，我终于明白你是我一生，不会沉默不变的爱。”远处，不知哪家的音响，传来《娘亲》的歌声，直透我的心底。

我一直是母亲最担心牵挂的人。我从小就经常生病，出生不久，就因为痢疾住进了医院。没多久，医院就下了病危通知书，母亲哭得双眼红肿，她不相信她还没满月的女儿就要离开她。她要和死神抢夺自己的女儿。

母亲抱着我回到了家，然后马不停蹄地到山上去寻回一些草药，熬好给我喝。每次到山上寻找草药，母亲都得带一根结实的木棍，一来可以当拐杖，二来可以防身。因为山上蛇很多。有一次，母亲去寻药时，遇到一条蛇，吐着猩红的信子，母亲被吓了一跳，脚下一滑，摔了一跤，幸好被一棵小树挡住，不然后果不堪设想。后来，母亲还是每天都去山上寻药。最终，母亲把我从死神手里拉了回来。每每说起此事，父亲都会说，要是没有你妈，你早已离开这个家，离开我们了。

母亲不但给了我肉身，还给了我重生。可是，自己太没本事了，直到母亲逝世，我也没能让母亲过上一天好日子，还时时让母亲牵挂，不停地嘱咐父亲和姨妈们，让她们多帮衬我一些，让我尽快有个家，不要让人欺负我。

结婚之后，我以为我找到了自己的幸福，可以回报母亲了。可是，我错了。我在对的时间遇到了错的人， 只好带着无奈和不幸回到母亲身边舔舐伤口。这期间，母亲一边安慰我，一边帮我带不满一周岁的孩子。我知道母亲很辛苦，可是我又很无奈。不工作吧，我和孩子的生活都无法保障；去工作吧，孩子成了母亲的负担。而母亲总是叫我安心工作，不要担心孩子。正因为有了父母的帮衬和鼓励，我才慢慢从那场不幸婚姻的阴影里走了出来。

孩子长大要入学了，我决定在城里买房子，让父母跟我一起到城里居住，可是房子刚装修好，母亲就病了。最让我难过的是，母亲生病期间，领导不批假，我一直没能在母亲身边尽孝。那段时间，我觉得自己是世上最无用的女人，也是最不孝的儿女，常常一个人偷偷躲在宿舍里哭。好不容易熬到放假，在母亲病床前照顾了一周，母亲就永远闭上了眼睛，带着对女儿和孙子的牵挂去了天堂。

如今，看着这晶莹剔透的手镯，我的眼泪又一次如断线的珠子，一颗，一颗，滚落下来。

窗外有树

一方空庐，残园旧屋，花木初生。

窗外有树，树下有石。大多数的时候，树石无言，唯有一群可爱的鸟儿，日日在叶间歌唱，它们的叫声圆润而轻巧，犹如婴啼。它们很依人。

窗外的两棵树，茂茂盛盛的枝，层出不穷的叶，相互重叠合拢着，风吹不透它们，只能反弹起呜呜的回音。重重叠叠的枝丫，漏下斑斑点点细碎的日影。碧绿的叶片下边隐隐约约藏着些小小的红果，是那么鲜亮，那么诱人。每年春天，它们一旦抽出绿枝，立即汹涌澎湃，生命的力量横生着，挡也挡不住。它们在夏天的模样更是鼓舞人，树冠蓬蓬勃勃起来，叶片肥肥硕硕起来，雨水浇在上面，亮晶晶地四溅。黄昏细雨，这两棵树在平静之中，使周围的气氛因亲切而可靠。在冬日，它们又是令人敬畏的伟丈夫，没有情趣却有影响力，虽不能共饮，却可以寄托。

黄昏的阳光缓缓地将寂静的树蒙上一层金黄，凉爽的晚风尾随而至潜入林梢，轻轻一摇，树的目光便清澈而透亮。窗外阳光温柔，树影婆娑，树下的石缝里生出些无名小草、米粒般的小花。这草、这花使残旧的小屋渐生意境。

面对窗外的树，寂寞的我的思绪常常不可抑制，“谁非过客，花是主人。”轻声低吟，冷峻而凄凉，过客与花朵，飕飕剑气与淡淡芬芳，在心里一掠而过。

在这寂寥的下午，独坐窗前，与树为伴。阳光下，鸟儿们开始歌唱。玲珑轻巧的身影带点调皮在微风中荡起一片绿色的波浪，嫩绿的枝叶倚着明亮的阳光微笑着，涌动着……

作者简介

李得梅（1979～ ），出生于云南省姚安县，现居云南省楚雄市。

倦鸟归林（外1篇）

半瞑中感觉是在火车里，梦被摇来摇去，睡一下，惊醒一下，真的醒来了，眯眼看四周，满室缕缕金黄，似晨又似暮，无法知晓。轻推卧室门出来，空无一人，父亲儿时送我的小铜钟在空旷的大厅里嘀嗒着，屋里静谧得令人怀疑自己真的是在梦里。瞬间，浓浓的惆怅、失落，梗住了我！

一觉醒来已是地老天荒！

走到院里，杏树下一个小土锅正在焦炭炉上咕嘟着，盖儿被气浪掀动，奏着它自己的安乐曲，一股红豆的气息扑嗤着从里面源源不断地冒出来，滴在焦炭炉上嗞嗞地乍乎，香味弥漫着整个小院，这气息轻抚着我的鼻翼，也充盈了我的胸腔。闻着这熟悉又爱极了的气味，所有的惊惶消失殆尽，一种久违的幸福很快让我的眼睛模糊了。我是个爱哭鼻子的人，父亲总这样说，父亲也总在人前爱怜地责备“这孩子感情太重了”。“重感情不好吗？”我一直问父亲，可父亲笑而不语。而虚度了二十八个春秋，经历了许多聚散离合，虚虚假假，沉沉浮浮，我依然爱哭，我还是没弄明白，重感情到底好不好，父亲也依然没能回答我！

头顶掠过一声鸟鸣，恍然凝眸间，却只看到一片斑斓的杏叶悠悠地飘落，飘落的过程如蝶舞，袅袅娜娜地与我擦肩而过，无声无息地贴在了地面，相继又是几叶落下。忽然想到了“叶落归根”，莫名的伤感一丝一丝地涌上来，急忙推开院门奔向屋后的栗树林。

金秋十月落英缤纷，栗树林里被黄与绿点缀得如一个身穿花色、风姿绰约、风韵袭人的成熟女子。林间我看到了父亲和母亲，父亲背对着我正在挥舞着斧头劈一根圆木，穿着我儿时看惯了的天蓝色泛白的汗衫。山里已经微冷，父亲背上却隐隐冒着热气，父亲依然健康，我心里感动至极。母亲蹲在地上捡拾着父亲劈下的柴块，几块聚拢后又抱到栗树林边沿，一块一块地靠在围着林子的篱笆上，柴块就如列队接受检阅的士兵。母亲那么专注，那么仔细，就如孩提时为我缝制“虎头帽”，在为我的第一套彝族服装挑花绣朵。

我是真的迷醉了，醉得泪眼蒙眬，抬头想把眼泪收回去，却发现许多鸟儿在漫天的红霞里飞来飞去，都在忙碌些什么呢？一切就是那么美，天地就此凝固吧，不愿要求更多！

“给你煮了最爱吃的红豆！”言语不多的父亲正回头看着我，“到村口坐坐，等你妈妈做饭！”父亲放下斧头缓缓走向我……

母亲搂着柴块温柔地对我笑着，眼里的满足在我和父亲转身后依然能感觉到。挽着父亲的胳膊踏上寂寞了多年的小路，路面铺了一层黄叶，在我们脚下窸窸窣窣地响着，我和父亲同时深深叹气。以前我和父亲不回来，这路是专属母亲的，母亲在这小路上留下了多少寂寞的脚印啊！她是离不开“血地”的一朵松茸，孤寂半生，陪伴着和她一样至死不愿离开故乡的奶奶，默默地默默地等我和父亲归来。

并肩席地坐。在村口的坡头，我和父亲眺望着对面的山坡，远处连绵的群峰、大地沉浸在一片金黄色的宁静中，父亲似乎完全融入了这一刻的情与景，不敢惊扰他的我只能低头用手指在泥土上画圈圈。一只匆忙的蚂蚁被我圈住了，总走不出去，焦急地试探着，在圈里乱冲乱撞。有陌生的气息，它不敢贸然行动！我琢磨着这小生灵要急着上哪儿呢？要回家吧，心里突然悸动了一下，捡了节树枝把圆圈扫出了一个缺口，蚂蚁终于冲出了我为它而设的重围，欢快地晃着小触须走了。

父亲依然陶醉在故乡的夕阳里，从来没有想过会有这么一刻我和他会这么静静地在故乡看晚霞。父亲在商场驰骋了半辈子，从小我就不愿和总虎着张脸的他亲近，脾性相近的父女俩又总是水火不相容，把母亲弄得痛苦不堪。其实母亲最清楚我最敬佩父亲，父亲一生也以我为傲，可我们嘴里都不愿意说，说出来的都是相反的话。当我哼着“外面的世界很精彩，外面的世界很无奈”，觉得自己身心都已疲惫，历尽了沧桑，酸酸苦苦都已经尝遍，觉得我能感觉到某些东西了，但此刻我还是无法体会和言说他这一刻的心情。也许一切都只是我的自以为是，我还得等岁月再来改变我不够忧愁的脸和不够仓皇的眼，才能体会父亲这一刻的心情。

一只只一群群鸟儿在我们头顶盘旋咕嘟，然后又慢悠悠地飞向林子，引起了父亲的注意，父亲竖着耳朵在听，突然问我：“听到没有？”

“三果架——三果架——”清清楚楚地响彻了山野！

我会心地对父亲笑了。那是家乡人说的报时鸟，当这鸟儿叫最后一遍时，就是人们劳作一天后归家的最后时刻了。鸟儿散尽了，对面的土坡上出现了一头甩着铃铛的黄牛，后面跟着扛着犁耙的农人，渐渐是两三头黄牛，骡马，一群人，在夕阳中悠悠走入谷底消失了。夕阳的余晖，有一种薄薄的暖意，它就像一个人内心深处一直渴望的那一点点的温暖和些许幸福。

约莫一个多钟头后，谷底的耕牛一头头在我们眼前冒了出来，“呼哧——呼哧”地嗅着我们的脚，却不见人，也许勤劳的家乡人又顺带摸进菜园子里打理了。父亲挥着手对牛群说：“回家吧——回家吧！”我忍俊不禁父亲的孩子样，吃惊的是牛群们乖巧地绕开了我们，甩着尾巴迈着四平八稳的脚步缓缓地往村里走，父亲拉着我跟随着牛群也往村里走。我和父亲当了一次牧人，而且是村里有史以来拥有最庞大牛群的牧人。

当最后一只飞鸟急匆匆如石子般坠入了黑色的林海，夜摇曳着婀娜的身姿来到透着微光的窗外偷窥，看到我正如孩童般趴在桌前滴着涎水痴看母亲灵巧地在红豆汤里撒碧幽幽的青葱丝！

母亲的幸福林

母亲去世后，突然不知何处是故乡！昨夜梦里，母亲说：丫丫，去看看那个林子吧！醒来鼻子眼睛酸酸涩涩的，眼前一片迷蒙，迷蒙里似乎看到了母亲，看到了那片林子——母亲的幸福林。

孩提时每个初春季节，母亲都要带我回外婆家。外婆的小山村离我家很遥远，那时候还没有公路，要翻山越岭徒步行走。不懂距离的我只知道天蒙蒙亮就揉着眼睛随母亲出发，天又蒙蒙黑才到外婆家对门的那座山，我和母亲摸黑在林间小路行走，母亲在前，我揪着母亲的衣摆在后面跟着，母女俩像辆小火车似的和着微微腐烂的落叶伴着黑色的泥土，一路滑到山脚，母亲再如火车头似的把我拖到外婆家。灰暗的油灯下，外公外婆布满沟沟壑壑的脸在和蔼幸福地笑，母亲也在笑。

去外婆家的路上会经过一个林子，小时候的我非常害怕这个林子。南朝文学家吴均有文《与朱元思书》，文中言："夹岸高山，皆生寒树。"一直觉得"寒"字用得很传神，仅一字便把树木的茂密点得淋漓尽致，如有来者，恐难再超越。每每为学生讲解此文，我的脑海都会不由自主地浮现这个林子——被母亲誉为幸福林的林子。

林子人烟稀少，明明大正午阳光灿烂的时刻，踏进林子后似乎已是黄昏如入梦境。每次进入林子时在无奈中必定得鼓足勇气，随母亲前行，这时只能紧紧地拽住母亲的手。柔弱的母亲、幼小的我走在这样的林子里，小脑袋里就会情不自禁地幻想这个林子里会有许多怪物，四面埋伏，处处都是危险。母亲感觉到后，轻轻地把我紧握的小拳头舒展开来，然后柔柔地钩着我小小的指头，把我带进密林。较之于我，她则是满溢着欣喜与幸福，我们对这片林子的感觉是迥然不同的！

林间疏条交映，遮天蔽日，一条小路蜿蜒开去……

密林深处，骤然出现一片平坦的空地，是一个个高耸的石堆。母亲往往会摘取一段树枝，再捡一个石块，把树枝添加到其间一个石堆上，用石块压住，成为石堆的一部分，但在石堆里特别显眼，因为其他的树枝已经枯黄，而母亲的则是绿茵茵地欲滴翠。

很小的时候，我不知道这些石堆的意义，后来知道，每一块石块与每一段树枝，都是一个人许过的愿望。一段段的树枝，一块块的石块，是一个个人许下的美好愿望，不过他们都许了什么呢？因为从来不曾遇到一个正在许愿的人，所以无处可问，也许问了，人家也未必会告知。别人不可问，母亲是可以的。每次我都会问她许了什么愿望，她会万分怜爱地揉着我黄黄的茸茸的头发，一一告诉我。母亲的愿望很多很多，联系到家人的健康、五谷的收成，有许多是关于我的，但却没有一个是她自己的。那时候我奇怪母亲自己许的愿，为什么会唯独遗漏了她自己？

渐渐地，我不再惧怕这个林子，因为我知道这个林子对于母亲来说，是个充满愿望的林子，充满希望的林子，她一生所有想要的都在这片林子里了。有时候，我也会学母亲取一块石块与一段树枝，加入到石堆里去，但是却不知道该许什么愿，也许是因为那时候稚龄的我不知道自己想要什么。

记得有一次我和母亲难得地遇到了一个砍柴的汉子，把柴担子放下，专程进入林子来堆石块与树枝，然后围着石堆绕三匝轻松愉悦地离去。我估计他的愿望是把一身疲惫卸载去，因为母亲也做过同样的事情。砍柴汉子的疲惫来源于他沉重的柴担子，母亲的疲惫却来自于幼小的我。

小时候的我体弱多病，是母亲的孩子们中间最柔弱又最娇气的，爱使赖也爱撒娇，也是最让她操心的，不过她却因此更疼我。每次回外婆家，遇到上坡路，母亲总背着我，平坦地段才放下让我自己走。背时母亲或用双手托着背，或解下包头布系着背，我经常听到她的喘息声，随着我的年龄渐增，她的喘息声越明了。

林子前，是一段长长的上坡路，每次到密林入口处，母亲会把我小心翼翼地放下，但还没等我离开她的背，她就一屁股坐下接着往后轰然倒下，往往把我压住，但那股力量却又是控制着的，不至于伤到我，这时我会顺势搂住母亲的脖子，把她带个四脚仰天，继而是哈哈大笑。稍微懂事后，母亲背我时我都会挣扎着往地下蹭，不愿意她再背我，可母亲却坚持着。我懂得母亲的心思，能让孩子少受点苦与累，她什么都愿意去做。

想起那一串串喘息声那温暖的背那些母亲许的愿望，如今的我总会禁不住泪满衣襟，而那时候，却未曾在意过。一次和学生说到母爱，让他们谈谈母爱，学生似乎茫然，不知该从何说起。我知道原因，因为母爱在每一年每一天每一刻，已经化作了点点滴滴，没有了具体的事例，已经感觉不到独特。就如空气对人们而言是如鱼儿和水一样，一刻也离不开，可人们却不会刻意地想起或从不曾会想起空气，而一旦我们有一天被迫与空气隔绝，却是一分钟都难以忍受的。

母爱亦如此！这是我在母亲离去后才领悟到的。母亲走后，我一直失魂落魄，没有了依托，心里空得痛难当。她留下了所有的爱，一生艰辛的所得，却什么都没有要就走了，走远了！是的，母亲！我会去那片林子的——您的幸福林，折一段树枝，捡一石块，许个愿望，给您，这是我唯一还能为您做的。

作者简介

宋晓溪（1980～　），出生于云南省宜良县，现居宜良县。

茶花影中不愿醒

一

茶花总会跟着初春的脚步开放，茶花开了，春天就走来了，总想到年幼时的老家（清水塘村），那时我和父母，妹妹总会在春节前后到豹子箐采那些漫山遍野的野山茶花，白的、红的、黄的……直到采得抱不下了，才高高兴兴地带回家插满屋子，一家人围坐在松毛地上吃饭，一直都在想茶花为何这么惹人喜爱？随着年龄的增长，终于悟出了一些道理，茶花的美好，是因为她不像梅花那样迎寒独自开，让人高不可攀；不像莲花出淤泥不染尘埃，空灵、脱俗、飘逸不忍把玩，只可远观；不像玫瑰热情、刺激、芬芳、招摇，带着刺，不小心就能让人受伤。随着年龄的增长，更爱上了茶花，爱它的平和安详，淡淡幽香，不靠艳丽吸引人，虽然茶花也很美丽，但它就那样温温和和地开，然后默默无闻地凋零，那只是一种对生命力的赤诚，不争艳，不怒放，慢条斯理地开过一季，走过一春。

曾细致地读过一本书，叫《茶花女》，是法国亚历山大·小仲马的代表作，那是我第一次看以爱情为主题的小说，一部描写错爱的悲剧，一个万人宠爱的美丽女主角每次出场都带着一束茶花，她就那样凄婉孤独地走过最后的人生旅程，让人看透了人生的寂寥苍凉。

还记得年幼时我父亲写过一部小说叫《送你一朵山茶花》，在《上海电影电视文学》发表，当时的稿费，够我们一家人吃喝好长时间了，从那时候开始，我就对茶花有了一种特殊的感情，茶花代表幸运，代表爱情故事，但父亲热爱的文学并没给他带来什么前途上的转变，我们家依旧过着平凡普通的日子。

二

2013年1月的茶花节，冬日太阳绵绵地暖着人，微微的风儿吹得人慵慵懒懒，有幸和文学界的几位领导和老师悠悠闲闲地相聚，我们说着笑着一起到安宁的八街赏茶花。一路上都在猜测会看到一株如何傲然挺立的茶花，之后终于来到了安宁八街的樟富营村，茶花真是一种有个性的花，陈约红老师告诉我们，它喜欢在佛门净地生长，不喜欢官府衙门。这让我更加对茶花情有独钟了。走到了在安宁八街樟富营村庄深处，斑驳的老宅院木门紧闭，敲了半天，来了一位村委会的老者，他慢腾腾地打开了那把锁，一棵古茶树映入我们的眼帘，这是一棵无从考证树龄的老树，倔强地迎着有些微凉的冬风盛开。我惊叹眼前的古茶树，不怒不争，坦坦荡荡地立在天井里，古墙碧瓦，一种岁月辗转的气氛仿佛把人带到了传说中“伽蓝寺”。站在天井里，闭上眼睛，幻想风雨声声，寂寥的夜里，雨水在古老的院落里滴滴答答，破败的老宅在雨中矗立着，沧桑感油然而生，满怀对历史的敬畏抚摸着雕花的门栏，那些历史中沉睡的老爷小姐，丫鬟和姨太太们仿佛慢慢地走在这高深的天地里，还有害羞的大家闺秀在二楼小阁楼的绣房木镂空窗背后用扇子遮住美丽的脸偷偷看前来提亲的斯文俊公子，羞红了怀春的脸儿！我们的到来惊醒了古宅里的灵魂。

倒塌的院墙，岁月风雨洗旧了红墙碧瓦，那隐约可见的雕梁画壁，感受着那种远离繁华的空灵味道扑面而来，曾有多少的繁华声折杀了世人，不知道多少的黄粱美梦偏偏在世道中冷却，多少爱恨让这古老的旧梦中的佳人才子们辗转一生，最后遁入空门，在年轮上又写了几本情债，痴情的女子坐在门廊期盼着，但都是生死枯等，最后只能伴着一盏残灯。在正堂的灵位上供奉着财神爷，提示岁月一圈圈的轮回，看着尘埃中渐渐倾塌的破败的木门，我呆望着高大却不繁茂的古茶树，一切旧梦在这古刹里转身，痴情女子等了情郎一世一生，春日里等酒香醇，秋日里等着情郎哥哥来一起弹一曲古筝，美人儿抬头看见茶花树上不知何时落下的花瓣，随着泪雨纷纷，这老旧的故里草木渐深，哀怨的佳人始终一个人，斑驳的木门，青石板上盘踞着老茶树根，石板上回荡着绣花鞋的莲步轻移的嗒嗒音，闭上眼，体验着老旧村野远处隐隐传来牧笛声，随着梦幻的飘荡仿佛有哀怨的叹息，缘分始终没有落地生根，是那日夜期盼的痴情人当她们和红颜老去，才发现青春渐远，新人的笑声羡煞旧人，那史册留下的故事下笔都太狠，让人眼看尽了烟花易冷，人事易分，而女人还在痴痴追问薄情郎是否还认真，千年后累世情深，而如今历史早已不在纷争，这里的茶花依然美丽地开放着，没有了哀怨的丽人儿还在茶花树下垂泪等谁归来，那些人的哀怨情仇早已淡了，随风而去了，我能想的故事又岂能不真？佳人魏书洛阳城，盼望着再跟情人前世过门，浪迹天涯的男人只能跟着红尘跟随浪迹一生。让美人白了头发，旧了容颜，他们只能遗恨一生。

叹息着斗转星移，把我幻想的旧梦拉回到今生，只见到乌鸦在古宅外面参天高大的公鸡树上叫嚷着，再回头看一眼那棵寂寥的古茶花树，恋恋不舍地轻抚斑驳的老宅门，倾听着破裂的墙洞灌出来的风，呼呼作响里传来岁月的声音，它仿佛在述说一个又一个哀怨的爱情故事，穿过土墙青瓦散发着泥土味道的村庄巷道，和师长们聊着古今中外的故事，恋恋不舍地离开村庄斑驳的老宅院，赶往下一个地点继续赏茶花。

三

安宁兴街的关圣宫门口一个大香炉，烟火未燃，冷冷的青灰堆满，眼见红墙碧瓦，显然是后期修缮维护过的，门口晒着苞谷，一个村民拿着耙子刮来刮去，寺庙对面一个破败的古戏台，建成的历史无所知，但建得很大气，一看绝对不是俗流的工匠所作，定是出自名师之手，古戏台墙已经坍塌了，估计在清代戏剧盛行时候，这戏台底下满是看客，戏子们在台上表演，下面的看客大声叫好，但时空早已转变，作为现代人的我们早已看不到这些剧目的风采，我们只能转身跨入寺庙的大红门。

见三个尼姑在茶花树旁的关帝殿门口说着话，马秘书长还有随行的老局长都说，这是养活了一所学校的古茶树，看着满树被嫁接剪切过的光秃秃残枝条，这棵疲惫的树只有几个寥寥的骨朵儿在挣扎着，骨朵儿在春光中还未开放。

张菊枝老师对守寺院的老尼姑说：“这棵树太累了，要好好地保养一下了，不能再剪它的枝条了。”老尼姑点头称是，我们问道这棵茶花树的历史，老尼姑说是清嘉庆初年间一个乡绅董洺所植。这里曾经兴盛一时，起名兴街，其他的她也不知道。古茶树对面一棵同样古老的桂花树枝繁叶茂，寺庙虽小，但有三个侍奉关帝的尼姑，显得安静整洁，清清幽幽，确实是个修行的好地方。我好奇地打量一个年纪轻轻的小尼姑，问她：“你爱看书吗？”她和我年纪相仿，笑起来露出可爱的白牙齿，有些腼腆地说：“偶尔看看。”我不由得心生爱怜，送了她一本自己写的长篇小说《风的味道》，她很开心地翻看着，无法理解她这么年轻美丽就遁入空门，陷入了猜测，她拿出数码相机给我看她拍的照片，她说是寺院做法事诵经时拍的照片，确实如她说的，照片上有炫目的异光，她努力说服我们那是佛光，当天她们在2012年12月的据说是世界末日那天诵经，隐约感到大地在颤动，她坚持说是她们的诵经超度，感动了佛祖，地球才没有毁灭。我不敢反对，点头表达支持她的观点，她打开了关帝殿的门让我磕头，我虔诚地许了愿，他日实现，我一定前去还愿。

也许人生真的不可预测，这三个女人究竟是什么缘故，放弃美好的生活，守着青灯寺院度过日日夜夜，我不由得和陈约红老师讨论，也许每个人都是一段独特的人生吧！也许是受过伤害，看破红尘，出家为尼。和小尼姑离很近，隐约可以闻到她味道，香香的，猜想也许是宗教的虔诚，决心修炼，期盼着有一天能得道成仙，想到印度恒河边的那些来自世界各地的教徒，不知是否宗教真能救赎心灵，但人岂能真的脱离红尘的困扰，只要活着，就会有欲望，这滚滚红尘的存在定有造物主的安排，很多宿命其实不是逃避可以逃脱的，尽管我身陷红尘，我的心，却一直在童年的梦里飘荡。这寺院照样建在纷乱的凡尘，虽有古茶花的芬芳，还有善男信女的膜拜，但不免心生悲凉，我真愿她们有朝一日能达到心中所愿，得道成仙。摄影家叶老师每到一处都拍了很多照片，忙碌个不停，历史虽然可以使这些古代建筑消失，但只要照片还在，那些记忆就会存留于世，我们一行欢欢喜喜地在古老的茶树下拍照留念，留下了这美好的瞬间。

四

三合寺地处八街，新修的寺院占地面积很大，古树参天，青烟袅袅，朝拜的人稀稀疏疏，也种有奇花异草，但显然是现代人种下的，没有古茶花，突然若有所失，原来一棵花的背后，有很多故事，或者它见证了一些历史的变迁。就像一个人，外表能看到的东西确实很有限，需要了解其复杂的背后故事。每个殿都供奉着佛像，寺庙门口的对联写得还不错，大雄宝殿里供奉着如来佛。一个朋友曾说过：“释迦牟尼佛与我国孔子同时代，是古印度北部迦毗罗卫国王子，释迦牟尼在少年时候，看着人们受生存之苦，有感于人世生、老、病、死等诸多苦恼，他舍弃了皇室舒适奢华的生活，出家修行。35岁时，他在菩提树下大彻大悟，开启佛教，一生都在印度传教。80岁拘尸那迦城示现涅槃得道，终于成为佛祖。”茶花喜爱生长在寺院，在官府衙门却容易枯枝败叶，可见植物也是有个性的，如来佛祖也是在植物（菩提树）下得道的，但植物不会发出声音，不能表达意愿，也许它们都是大彻大悟了的哲学家吧！语言对于植物早已是多余的。茶花在每座寺庙里都会见到，茶花在大雄宝殿的侧边开得美丽庄重，走近凑上鼻子闻闻，没有浓烈的香味，有着一种缓缓的令人舒服的芬芳气息，不俗不艳，不争不抢，一切如同圣人般冷静安详。

走过八街镇干净的街道，呼吸着从远古的唐朝盛世传来的气息，唐朝政权机构曾经在“八街”设河东州州府，取名“华纳城”刺史王仁球在“华纳城”掌管军政大权，以军队命名的地名“九所十八营”沿用至今。“华纳城”的残墙断壁在20世纪70年代“农业学大寨”的呼声中，填于落陷的沼泽中，后改为良田，没有被填的至今在沼泽中尚存在着，等待着被挖掘发现。

今天正是街子天，村民们都背着背篓，挑着箩筐，开着农用三轮车来赶集了，绕了几个弯，穿过林荫道路，一直到八街的农贸市场里去，陈老师看中两个大南瓜，买了，搬回车上，不胜喜悦！不知不觉来到老局长家的小楼前，应他的邀请去他家坐坐，他的小楼就是一栋别墅，宽敞的门庭，真是个温馨的家，屋顶有花园，他退休在家种了不少花卉和蔬菜，整个楼顶绿意盎然，平日里他一家人就在屋顶花园里打打麻将，赏赏花儿开放，闻着兰花的幽香品着香茶，很羡慕他悠闲的家庭生活，他的太太和蔼地为客人们削着橙子，老局长很有情趣，每日里吟诗作对，书房里书画雅致，可以看出来他退休生活确实丰富多彩。

五

看着车窗外的风景，光秃秃的山，在太阳下劳作的农民，这个坝子有些缺水，很少看到河流和小溪，偶尔见到一个养鱼塘也是人工挖掘的，一个干涸的坝子，心里不免遗憾，不知不觉车子来到一座山脚下，进山的路口有个堵卡点，一个工人要求登记一下，和他说明了来意，他点点头终于放行，车子爬了几分钟的山坡，来到一个当阳的小山包上，一个大婶说她是守着王仁求碑的工作人员，和她聊了几句，见到门口的碑文上写着现代人对王仁求碑的介绍：“碑建于武则天统治年间，公元698年。”刺史王仁球死于八街，这里是墓碑遗址。我们坐在门口休息了一阵，大家都生怕错过了风景和历史遗迹，纷纷拿着手机或者相机拍照，门口有个驮着碑文的石龟，还有一个图腾石雕不知道是什么神兽，大婶说这是搬出来的，以前在墓地前，门和围墙是中国传统的琉璃瓦和红墙式样的建筑，进入王仁求墓园门，听老局长说刺史王仁球死后安葬于小石庄后山，就是这座山的后面，坟墓至今尚存，新建的亭子里有一代女皇武则天造的字刻碑文还完好无损，细细看碑文，述说了河东州州府“华纳城”因地震全城落陷，震中现出一片汪洋，昭示着“华纳城”在这里的兴衰，只有震后的零星残墙断壁在诉说着它的千年往事。碑文有些被青苔模糊了，但细细端详，还是可以看出古人的一番苦心。

往上走去，一个稍大点的亭子里有座仿佛是墓地的坑，但老局长说这个不是王仁求的墓地，他死于中年，他的墓地就在这座山上。

出了门，马秘书长和叶老师，张老师他们要跟着老局长去山上看王仁求的墓地，我和张菊芝老师、陈约红老师都懒得去了，我们坐在门口的石台阶上喝着水，聊着天，享受着山风拂面的轻松，但过了一阵，他们却回来了，说是王仁求的墓太远了，不去了。只好带着遗憾离开了这个地方，真希望下次还能来，下次我一定要亲自看看那壮年死亡的王仁求的墓，这个辗转了大半生的地方官员值得后人怀念。

六

从安宁回到昆明城，吃过饭，老师们都回家的回家，只有我们游兴未尽，还想去翠湖拍几张茶花的照片，于是驱车前往。

来到翠湖边上，已经是七点多钟了，从西门进去，迎面看见一个茶花节的展览点。顺着墙绕了半天才找到入口，但遗憾的是已经大门紧闭了，好在天上的月亮还明晃晃的挂着，满天的繁星，月下的人儿，一边呼吸着带着茶花香味的空气，一边看着依然热闹的游人。漫步翠湖边，一棵棵垂柳在湖边轻抚过倒影，泛起点点涟漪。鹅卵石铺就的曲折小路，踩上去坑坑洼洼的，路人扔的冰棍纸、葵花籽皮、水果核、饮料瓶、塑料袋……随处可见，但还是未扰乱我们的游兴，顺着曲曲折折游路穿过人群，一边赏着花卉一边向前走，供展览的各地州和区县的茶花中也不乏新品种，茶花品种很多，有大红色、白色、黄色、粉红、红白相间等等不一的颜色，花都大小不一，各有各的看头，在月光和路灯下显得朦朦胧胧，别有情趣，真让眼睛应接不暇，茶花散发着淡淡的香，游人三三两两说着笑着，簇拥着。闲靠着湖边的栏杆，身边不时有男女说笑打闹，我们聊起了文学，聊起了很多朋友，聊起了当代的电影，说《都灵之马》这部德国电影拍得很抽象，大风吹个不停，整个剧情里只有几句简单的台词，但能给人一种淋漓透彻的视觉享受。天南海北地聊着，这样轻松的日子真令人忘了很多世俗的烦恼，茶花随处可见，看见棵好看的都会走过去细细地观赏，然后再向前走去，期盼着下一朵更美丽更独特。

公园里还有不少传统的茶花品种，平日里都见过了，那些紧闭的展厅门也宣告了夜幕渐渐地深了，透过玻璃窗，看见一个个高脚杯里插满了品种不一的茶花，小标签写着茶花的名字、产地，不由得佩服起这些培育者，他们是如何弄出那么多的新品种来的，他们一定付出了很多时间和精力吧！

游人渐渐散去，走出公园门，传来了欢快的打击乐声，我们被吸引过去，走近才看清楚是几个衣着时髦前卫的年轻欧洲男女正敲着各式样子的非洲鼓，鼓声此起彼伏，抑扬顿挫，非常有节奏，火辣热情，见他们边敲鼓边摇摆着身体，真羡慕他们这样悠闲无压力的生活态度，中国人很难像他们这样放开自己，看了一阵想到明天还要赶回单位上班，只有离开了。

依依不舍地互相告别，真希望以后还能一起畅游美景，探讨人生和文学。

作者简介

罗蔚华（1980～　），出生于云南省弥渡县，现居弥渡县。

梦回树密（外1篇）

这久，总在翻来覆去做同一个梦：十八九岁的我顶着星光独自穿行在深山老林里，要去一个叫“树密”的村子……

山路九曲十八弯，路旁的树木密不透风，松涛阵阵，虫鸣啾啾，间或还夹杂着几声夜鸽子闷声闷气的笑。花样年龄的我心里像揣着只小雀，欢欣着、雀跃着，没有一点单身女子独自赶夜路的孤独或恐惧：因为，梦里梦外我都知道，我的背箩里藏了一把菜刀！什么妖魔鬼怪、劫财劫色的，胆敢出来统统杀无赦！

午夜梦回，忍不住要笑出声来：我哪里是在做梦，只不过将我曾走过的那条山路颠来倒去地放在了我的梦中。呵，初老的自己想要回树密了，那个我最初参加工作的地方。

十九岁那年，我师范毕业，被分配到一个叫树密的山村教小学，一、三年级复式教学，外加几个学前班的娃娃。接到分配通知时，心里有种宿命的欣喜——我早逝的父亲曾在那里当过几年校长，儿时的自己也曾跟着父亲住过校，我喜欢那里的一切。

从我家到树密，原来是通公路的，后来公路被水毁，一直没有财力修复，加之没有车，走公路反而越绕越远，村里人到树密都是翻山越岭抄小路。那时，我到树密教书，也是从来不绕公路的。到了周日，早早在家吃过晚饭，别过寡居的阿妈，背一背箩够一个星期吃的粮食蔬菜便上路了。为给自己壮胆，来去都要背上一把菜刀。我清楚山里人朴实，拦路抢劫、杀人越货之类的事是不可能发生的，带把菜刀完全是为了战胜胆小的自己。那时一个人在密林中穿行，最常想的是养一条大狗，名字就叫“勇士”，每天陪我冲锋陷阵。

一般到了黄昏时分，我就能爬到那个叫“石丫口”的坡顶。站在石丫口的高处，既能回望群山脚下的家乡，又能远眺对门山上的树密。暮色苍茫中，一个弱质姑娘站在群山之巅，想着“一览众山小”“山登绝顶我为峰”之类的名句是非常不搭调的，那时我脑子里都是些云里雾里的东西，我常傻想如果我站成一尊石人也应该是件很美丽的事情。

在石丫口的背风处，有座简陋的小庙，供奉着掌管群山的山神老爷，山里人上山下山路过都要进去拜拜。从小，我就对这些民间的、民俗的东西有一种莫名的亲近，每次路过山神庙，都要进去歇歇脚，顺便祈求山神爷爷答应我一些随心而变的请求。当时我正在参加自学考试，求得最多的就是要山神老爷保佑我自考顺利过关。现在回想过往的种种，也忍不住会为过去的自己感叹：多么纯真向上的一小青年！

在山神庙歇过脚，一路狂奔下山，风从耳边呼呼地过，心里就一个念头：跑！保证在天黑透前赶到树密小河。过了树密河，再爬半个坡就到学校了。

学校还是那个学校，对比十几年前父亲在时也没什么太大的变化，只是更显斑驳、老旧。校领导照顾我年幼爱瞎讲究，给我分了一间相对整齐的宿舍。我没有像其他老师一样随遇而安，在墙上裱几张报纸搬进去就住了。我在村里的小卖部买了几打白纸，自己调了面糊，熬了一个通宵，把屋顶和四面墙都裱白了，才把我的家当给安置了进去。屋里材质可疑、颜色古怪的桌椅全被我蒙了一层粉嫩的棉布，又拿出那个我读书时在苍山脚捡的瓦罐，随意插几枝野花野草，往书桌上一摆，就是一幅绝美的画。老师们邀约着来看我熬了一宿的劳动成果，校长点评说我是学校史上最热爱生活的老师，我心里那一个美，心想一定要用这份热爱生活的心把我的学生教好。

周末回家休息了两天，刚回学校就发现，我辛苦熬夜裱的屋顶让耗子给跳出了两个大洞，哭笑不得，便用吹塑纸剪了个黄色的月亮，剪了颗蓝色的星星，把洞给完美补上了。又逢周末，回家过完双休返校，屋顶又被耗子给跳通了，还是一一剪了星星补上，乐此不疲。等我三个月后调离树密完小时，已是星月满天。

我的学生是几个纯朴的山里娃子，有的甚至没见过公共汽车。还好，我读书时学过简笔画，便在黑板上给他们画一切他们想知道的东西，轻而易举就俘获了他们的心。他们常在上学的路上给我采来各式各样的野花，偷偷插进我的瓦罐里、讲桌上的空墨水瓶里。实在插不下了，就找几个空酒瓶、空罐头瓶插得满满的放在我的宿舍门口。

十八九岁的年纪，已经开始憧憬爱情，也开始有了小伙子们的追逐，可我依旧是云里雾里的一个人，幻想太美，便不太敢碰触现实生活里的情情爱爱。记得当时有个小伙子从远方托人送来一件礼物：一把精美的匕首。我被礼物本身所蕴含的深意感动得快要落下泪来，却因送礼物的不是我幻想中的那个人，就硬生生回绝了他的心意，也不说一句抱歉。如果时光能够倒转，我很想向他真诚地说声抱歉，同时说声谢谢！

机缘巧合，三个月后，我被调到乡里搞群众文化工作，几经周折又调进了县城，树密离我渐行渐远，树密的消息却常常传来：通往树密的公路修复了，进出方便了，村里人都富起来了，学校也重新选址另盖，成了村里最标志的建筑，我教过的那几个娃娃，有的上大学，有的进城务工，都发展得很好……

真想回树密看看，哪怕是在梦里。

心路弯弯

离开山里已有六七个年头了，我总在我记忆的网页里搜索，在山里，有多少往事可以忘却，有多少故事可以续写，有多少乡情可以回味。山路弯弯山路长，车辆穿行在回乡的崇山峻岭之中，我的心路也跟着弯弯曲曲……

单位的挂钩联系点在保邑，保邑是家乡——牛街彝族乡下辖的一个村委会，高寒冷凉，偏僻落后。全机关四十几号人的联系户便散落在保邑的每一个旮旮旯旯里。一下子就有这么多熟悉的人直接沉下去帮助我的同胞，面对面，手拉手，我满心欢喜。

由于队伍庞大，为避免给基层带去不必要的麻烦，机关干部职工下保邑是分期分批去的。我是第一批下去的，四辆车，二十人，鱼贯而入。看着车窗外红红火火盛开的马缨花，一时顿悟 “心花怒放”一词的精妙，希望我的同胞听到我们下来的消息，他们心里头的花儿也会绽放。

山高、水长、路漫漫。同车的同事都是些爱说爱笑的主儿，平时哥们姐们的贫惯了，一路欢歌笑语是必然的。他们总结说，牛街人有“三好”，一是好客，二是好吃，三是好酒。我从小在牛街长大，对此感触颇深。村里十冬腊月杀年猪，就跟竞赛似的，你家杀两头猪，我家就杀个三头四头，你家待客十七八个菜，我家怎么凑也要突破二十。一个年猪客盘下来，有一头猪是要吃个精光的。山外人可能觉得这是胡乱攀比瞎浪费，可山里人认为，辛辛苦苦一年了，也就破费这么一回，值得！再说了，年猪客的丰盛程度可是山里人家家底的象征。

遇到山里人家杀猪，不管你认不认识主人家，你都可以空手白脚地进去做年猪客，主人不仅不会将你拒之门外，还会将你邀为上宾，候上八仙桌的上八位，好吃好喝的伺候着。如果你觉得不随份子，不拼人情，就把年猪客给做了，脸没处装，那你就扛箱啤酒去吧，山里人好酒，主人家定会喜欢得紧。

传说我们牛街有两个“销量第一”，一个是两轮的摩托，另一个就是各个品牌的啤酒。

“看得见，喊得应，跑断腿。”说的就是山里的路。山路大多崎岖不平，摩托车是个挺适合山区的交通工具。摩托车一进入牛街市场，马上风靡开来。就像我一同事说的：要是村里的小伙连摩托车都“夹”不起一张，小姑娘是瞟都不会瞟一眼的！所以说这摩托车不仅仅是交通工具，还是山里小伙说媳妇的工具，要紧得很。如今山里人靠栽烤烟核桃、搞养殖做副业，大都已经富起来了，买辆摩托车自是不费劲，没富起来的那一小撮，就是东挪西借也要买，这摩托车关系的可是讨媳妇传宗接代的大计。

说到牛街人好酒，尤其是啤酒，让我想起了一件往事。那时我还在牛街搞群众文化工作，有一次坐着大篷车去保邑送戏下乡，到了半路，冲出一七八十岁的老头，硬生生戳在路中央，挥舞着双手，大有“此树是我栽，此路是我开，要从此处过，留下买路钱！”的架势。司机哥哥一看慌了，忙问我：“咋个说？”我笑了，说：“可能是搭便车的，拉他一截，老人家不容易。”摇下车窗一搭话，那老人家说：“你们是不是推销啤酒的？放放羊口渴了，想买点啤酒喝。”听完我们一车全乐了，牛街人好酒可见一斑。

说说笑笑间，就到了我们挂钩联系的保邑村。一看时间，快11点了，正是村民们收工回家做早饭的时间，大家伙便没有继续前往村委会，直扑联系户家中。保邑村的狗可真多，叫得又恶，怕被狗咬，同事们便三三两两搭伴而行。

刚进同事的联系户家中，主人家就把啤酒、饮料一瓶瓶塞进我们手中，要我们就着瓶子喝。想起一路上说的牛街人好客好酒的事，同事们会心一笑。

我的联系户家，只有一个二十出头的小伙子在家，家里正在建设中，相信不久就会跟邻家一样整齐漂亮了。非常意外，小伙只是给我们上了一杯热茶，就不再拿啤酒、饮料等“袭击”我们。我们心里都挺欣慰的，总算有人会精打细算、勤俭持家了。小伙子说，父母都去地里劳作去了，他刚从上海的一个船厂打工回来，为家里的建设尽点力。土里是刨不出什么钱的，等家里的建设搞好后还要继续出去打工赚钱。

跟我搭伴的女同事的联系户不在家，一问村里人，说是赶着骡子驮粪到地里去了，去去就回。这户人家也没有围墙、大门什么的，就进去院子里等。他家的正房还算整齐，可是下面房的土楼塌了一边，没塌的另一边还关着牲口。可能是没钱修，凑合用着。可是从院角停放着的两辆摩托车看，这户人家的经济状况还算可以。主人家左等也不回，右等也不回，快一点了，我饿得心慌意乱，清口水直淌，只盼着主人家快些回来，做完民情调查就返回村委会填肚子。

女主人终于吆着她的骡子回来了。她顾不上擦去脸上的汗水，就把我们请进堂屋里，端出瓜子款待我们。见了瓜子，我是顾不上客气了，猛嗑瓜子充饥。跟女主人拉拉家常，才知道她的两个儿子跟儿媳都出去打工了，小儿子还没娶媳妇，家里就剩老两口领着小孙孙守守家盘盘庄稼。儿子儿媳都是勤俭节约的人，打工苦了钱也不乱花，净往家里带。俩弟兄也是兄友弟恭，以前大儿子讨媳妇的钱是弟弟打工凑的，家电也是弟弟给哥哥买的。现在兄弟俩结伴去打工，就是盘算着要给弟弟讨个媳妇。女主人感叹说，现在山里说媳妇比什么都难，姑娘们一波一波地出去打工了，见了世面，就再也不愿回这穷山沟，村里的精壮伙子十条有九条是单的，她真不愿意她的小儿子讨不到媳妇。我们听了，心里酸酸的，却无能为力。

拉拉杂杂地说了半天，才知道这女主人竟是我一个久不走动的远房亲戚，我应该叫她一声“表孃”。认了亲，表孃有些激动，翻箱倒柜地又找了些糖果、饮料往我们手里塞，那可是她们用辛苦钱买的，我们的肚子再造反，也只能象征性地吃一点。临出门，表孃又折回屋里，翻了一塑料袋麻子出来，硬要塞给我。盛情难却，我和女伴每人抓了一把便跑，那麻子她可以留着哄哄她孙儿的小馋嘴。

回到村委会跟同事们汇合，一同志哥嚷嚷说：“都说牛街山清水秀出美女，在各村各寨绕了半天，不要说美女，连年轻点的女人都见不到一个。”立马有一伙同志抨击说他不懂乡情，姑娘们都出去打工嫁去外乡了，连村里的母鸡都恨不得飞去城里，哪里还有美女愿意继续原生态、无公害地窝在山沟里。那同志哥忙解释说，他就是为了引起大家对这个问题的重视才嚷嚷的。这家伙嘴巴虽贫点，倒真是个悲天悯人的主儿，他所引发的是又是一场没有终点的大讨论。

如今，城里的男女离婚了，女人就变成了二手车，只有跌的份，而男人则变成了二手房，那价噌噌地越涨越高。离婚这破事到了农村，又是另外一个局面。人家两口子前脚才去了乡镇府民政部门办离婚手续，闻讯而来的各式婚史清白的小伙就在乡镇府大门外候着了，巴不得能送送那刚离婚的小媳妇，获取点好感，人家能拖儿带女下嫁于他。没有待好媳妇而遭离异的汉子就惨了，他就只有等着孤独终老，人家多少好小伙都没个安排，他硬去凑热闹也是抓瞎。

晚上，我没有跟同事一起挤在村委会里。我跟着以前在牛街一起工作的同事住到了另一个同事老张叔家。他家就在保邑村，离村委会不远，因为保邑大搞新农村建设，老张叔家熟悉村情，说话办事方便，乡里便将他派回家搞新农村工作。保邑的初春还是寒颤颤的，可老张叔家早就拢好暖烘烘的炭火，烤着酽酽的香茶，备好烫呼呼的洗脚水等着我们了。老张叔家是那种保邑特色的农家小院，整齐漂亮，装修簇新。土木结构的两层瓦房，内里是时尚的天花板、瓷砖，家具、家电跟城里无异，还有笔记本电脑。老张叔说，现在保邑人只是吃点穿点都不愁了，愁的是交通、水路和花椒等特色产业的培植问题。老张叔家大学毕业的儿子在广州打工，发展得挺好，便将刚新婚不久的小儿子夫妇也带出去了。

老张叔将我和同事安置在他小儿子的婚房里，婚床上是红艳艳、新崭崭的被子，这么高的礼遇！让我和同事有点不忍上床。同事和我和衣躺在床上，说着说不完的话。突然间，鸡叫了，我笑道："难道这保邑村也有周扒皮，大半夜的把鸡给戳叫。"一看表，竟快天亮了，倒真应了我们牛街的那句老话："一夜叙到胡子白，天亮起来光下巴。"

刚洗漱完毕，老张叔媳妇就把满满的一大碗鸡蛋汤圆端到了跟前，感动得我快要落下泪来。走时，老张叔又给我们捞了几袋子泡梨及葵花要我们带走。以前在牛街和他一起工作时，就吃了他家的多少泡梨和香瓜子，如今来一转也要鬼子进村似的“扫荡”一回。

车行进在山路上，保邑离我渐行渐远。下去了一回，没有给我的同胞办成一件事，自己却满载而归，心里惴惴不安，我一直在思考什么是我能为我的同胞做的，却一直找不到明确的答案。

在山里，山外是神话；在山外，山里是思念。走出山里的我总会爬上文笔峰顶朝着山里的天空，仰望山那边的云霞，云霞下的大山深处，有我无人守望的家。我会把山里的人和事永远种在我的心田，让它长成一地青草，四季疯长。

作者简介

吉狄康芸（1980～　），出生于四川省会理县，现居会理县。

回家（外3篇）

我和她，以脚步丈量过了一段不算远的山路，来到一个房前屋后有着不同风景的小村庄，停在一条小河边的一扇木门前，我很熟悉这门。小时候，我的小村里家家都还没有换上铁门，院门都是这种出自本地木匠之手的，做工算不上精细的木门。我的家人在搬进城以前，就一直住在这样的木门里，却从没有被入室盗窃过，所以我非常喜欢这种白天大开着，到了天黑时也只需插上木插销即可的大门。

“这里就是我家，谢谢你陪我回来，我爸年轻时是木匠，他舍不得换掉自己亲手做的大门。”她见我盯着木门发呆，边解释着推开门。她，是我最近认识的一位朋友，有着略施脂粉就很精致的脸庞，有一份还算体面的职业。就在这之前，我们俩刚刚参加完城里一项“很有意义”的活动，她穿着合体而得体的职业装，作了一场精彩的演说——这身衣服还没来得及换下，就拖上我风尘仆仆地赶回来了。至于为什么要屏蔽其他人，却拖上我？也许是因为我们都一样的亚健康，最近都挤着午休的时间在进行理疗——我们就是在理疗室认识，感觉非常投缘而成为朋友的。

跨进门，边上是一棵正开花的黄角兰树，微微的香味随着轻风细雨入鼻而来。小院洁简干净，就像她。

“这是我爸”，她介绍着，我这才发现自己手上空空如也，非常窘迫地打了招呼，随带着解释匆忙中的失礼。叔叔是典型的庄稼汉，黝黑的皮肤上开始显出深深浅浅的皱纹。回应着我的招呼，神态温和中带着些许的生涩，看得出他并不像女儿那么善于社交，眼神中却也透着热情真诚。

一番礼节后，他们开始切入正题。说话间，一位阿姨从里间走出来，我这才明白了，她是父亲的独生女，母亲是继母，从别处被离婚，弃子而来，与她的父亲因故没再生育子女，就这样伴着她长大。此时，说着就要离开她们家，回到自己的孩子那边（前夫已经过世，儿子也早已结婚生了子，要接她回去终老）。

阿姨提上一个似乎装着衣物的编织袋，很是决绝地迈步出门，叔叔一动也没动，虽然痛苦和不安就装在眼里，身子却又不动声色地静坐在那根可能是他自己手工打磨出来的板凳上。

我一时间不知所措，见她跟上母亲，也只得尾随其后。跨出院门的一瞬间，她突然冲上去抱住瘦小的母亲，失声哭了起来……断断续续地倾吐心声，回忆着小时候与妈妈的亲密无间，那些在田间地头和妈妈一起打猪草的日子，似乎就在眼前……如今妈妈怎么能狠心丢下他们……

随着她声嘶力竭的哭诉，母亲的眼里也噙满泪水，将她揽进怀里，抚摸着她的头发，说着一些无边的安慰话，她们母女的哭声和着眼泪，却都流进了我的心尖，我也无力地蹲在地上失声痛哭起来……

泪雨里，妈妈还是毅然决然地留下她，眼见之间，那个背影就越缩越小了……我的朋友似乎还在追着，终于瘫软在门外的小河边，我急忙跑去扶住她纤瘦的身体……

小村旁的小河涨水了，最近是雨季呵！站在岸上，我明显听见了哗哗哗的流水声。这声音敲击着我的心，我轻轻动了动头，睁开了婆娑的泪眼。哦！原来这是一个梦。我发现自己正躺在温暖柔软的大床上，旁边是两个睡得正香甜的女儿，我轻轻翻翻身，抱紧了她们。湿润的眼角像是要告诉我刚才的旅程是真实的。耳畔传来窗外窸窸窣窣的雨声，还夹杂着滴滴答答敲打防盗窗的声音，又是绵绵一夜的雨。

最近女儿放了暑假，昨天我加班到晚八点半才回的家。我妈妈，白天负责帮我看管女儿，等我回来，天快黑时，才打着雨伞回她自己家去了。

眼前浮现出多年前的那张网络图片，那个在地上画妈妈抱抱的小女孩，也不知道是哪位内心柔软的人士放上去的，他是想试图唤醒人们心中沉睡的温情吧！现在，每每逢年过节，网络上不乏各种热热闹闹的告白，亲情、友情、爱情……我们是情感的动物，只是我们的情感常常轻而易举就被刷屏，也会被千万个资讯瞬间淹没。我们的情感需求，在白天里，被无尽的欲求掩盖事实，只留在这样寂静的雨夜，才轻轻掀开了心扉。

醒来，擦拭过眼角的泪痕，发现我们已经体无完肤。

回乡路

下班后，眼见黄昏将至，向来因胆小而不喜欢孤身行路的我，却匆匆骑上电动车出了县城，把古色古香的“文化桥”留在身后，拐上了弯弯曲曲的山路。前方十公里处就是我那许久没有回去的小山村，当年深一脚浅一脚的泥坑路早已修成了新农村水泥路。此行，是为着回去给爸妈即将离乡进城生活做些准备，虽是欣喜之事，走着走着的，却还是莫名地升起了一股子幽幽的伤怀，也就对这趟路特别地在乎了起来。

夕阳的余晖还在轻柔地抚摸着远处的山脊，极像一个不舍放手老去的母亲。间或有枯黄的草坪把算不上高大的树林分散得像操场上一群不听话的孩子，三三两两地稀稀疏疏排着没有规矩的队，又似在勉强着精神等候我这个外行教官的检阅。山下那个住户集中的小村落，已是一派新光景，遍地的小洋楼，这个时点上，也不见了当年的袅袅炊烟，怕是都已经享用过了电器做的饭菜，一家老小该是正低头刷着手机上的网络段子吧？

当年，老住着红泥巴房子的我每从这路上走过，瞅见白色墙砖那户人家总生羡慕，想着要能住上那样的房子也许就叫作富裕了吧？现在，它却已显出了破败，偏又没有重修，再跟旁边那些盖着琉璃瓦的小洋楼一比，就如同一个破了产的富翁还老停留在上流社会的圈子里，已经不成体统。它就生生地让那半垮的颓废样子摆在我眼前，专门为着印证我那孩提时代的历史似的。

弯窄的通村路上车辆并不算多，除去农人出行代步的摩托车以外，还不时地迎面开来满载沙石的大货车，看得出来村里沙场的老板这些年可能尝到了距离建设不断的县城很近的好处，在这里怕是赚了不少的钱。路边那片趁着年轻放心大胆地吃着青春饭的山坡，也不知它将来的养老是打算交给谁来负责？唉，真是庸人自扰之！想那么多干吗，反正也不会跑到我头上来，我这普通的工薪人士，面对年迈的农民父母已经够“头疼”的了呢！

而今，已过六十的爸妈是越发地显老，这辈子为着把我们三姐弟供养读书，直至进城工作，可谓是呕心沥血，再给唯一的宝贝儿子娶了媳妇，也算是功德圆满了，这“进城养老”自然就逐渐提上了议事日程，城里房子看好，乡下接手土地的下家谈妥，这才有了我今天的回程。

自接到爸妈准备离开小山村的电话以来，就凭空增添了这么一丝的愁绪，为着爸妈没有养老金的老年生活，为着“养儿不足以防老”的现实，也为着自己对这散发着泥土香气的农村将再无回顾的理由。但，听说，城镇化是现代化的标志。我也必须适应，因为我玩不来穿越。

收起无谓的思绪，经过了沙场就是龙会水库，我却总喜欢把它叫成“农会水库”，也许我的人生真抹不去一个“农”字情结。在它的上游，几块地里有农人在劳作，见我停下车照相，用怀疑的眼神瞄了我一阵，弄得我颇为自己的矫情而难为情，只好继续赶路。

终于是看见了我那三十年没有大变化的土坯房子的家，老爸老妈已经等在门前，和当年我放学回家的情景也相去并不远，似乎就在弹指之间。细看时，他们却是变作了稍显佝偻的外形。门前的红土地里，有种子正在萌芽，一如千年来不曾变化般，爸妈却真是已经老了，再迎不来了一次次全新的收获……

这趟乡路，我也恐怕是最后一次回了。人的一生，又有多少路是曾经无数次地走过，却是终要彻底地远离。只在某刻回头看看时，一些情愫涌上来，却也转瞬又逝……

老弟的婚礼

我的老弟，是父母膝下独子，也是我姐弟三人中的老幺，今年国庆期间喜成婚，遂了一大家子人的殷切期盼。

为这全家老小翘首以待的婚礼，一大家子人可是准备了数月之久。老父母是遵循族人规矩筹备彩礼以及打点家中礼数，众（表）兄弟姐妹们是协助老弟为婚礼（在县城办的喜宴）做着各种细节的准备。可谓众人皆忙乐着。

话说这彩礼是彝族人自古以来行下的规矩，旧时许是男方对女方长辈辛苦培养之感恩心情的一种表达。近年来，随着人们生活水平的不断提高，物质的越发丰盛，这彩礼在婚事中的分量却有了愈演愈烈之趋势，常有谁家谁人几十万的身价成为人们茶余饭后的谈资。

我老爸那人思想有些与众不同吧，当初族人大都反对女孩子读书成才，说终究成为别人家的货，他却固执地让儿女同平台读书习文，故此才有了我姐弟三人的现在。后来，在我和老妹出嫁之时，他又放口说：“我不是卖女儿，男方适当随礼数给点儿就行，没必要拿钱的问题去为难对方。”我们姐妹两个是没值多少点身价就进了别人家。故此，造成了在准备为儿子打算媳妇的当儿，却发现别人家的女儿身价已不菲，我们家即使以两个女儿想换回一个儿媳，就算再翻倍也不能及了。自老弟参加工作，家里有所打算以来，两老也就只能拼足了劲地筹备。

终究喜得老弟与弟媳的缘分。可由于我们家经济不宽，最终也没能像别人大堆钞票送彩礼，只是尽了些许礼数而已。说来惭愧，甚而感觉有些对不住一家人非常喜欢的弟媳。不过，也许还有值得欣慰的一点，经过父母一辈子的辛苦努力，在我们姐弟三人读书时没欠任何外债，在迎娶弟媳的过程中也没有欠下任何外债。不是我吃不到葡萄说葡萄酸，其实我还是听到有些家庭为了迎娶媳妇送巨额彩礼，欠下不少外债的情况，也许最终就成了女人家自己挣钱买自己也未可知。话说回来，作为普通家庭和参加工作之初的男人来说，几十万可不是这么容易的金额，当然若是姑娘家有幸遇上了那十之一二的大富贵之家庭就自是不在话下了。

老弟的婚礼在一片欢喜中如期举行。似乎也没忙什么，兴奋而紧张的情绪却一直纠缠着我（老父母作为彻底的农民，对这城里办酒席是完全不在行的，我也就不得不绷着了紧张的神经），招呼宾朋，留心细节，跟掌事的家族老辈子们商讨各种事宜……

直至婚礼第二天，送走远道而来的宾客后，一大家子的兄弟姐妹们便趁机借着都在假期可欢聚几天了。“家搭子”杀开以后，我就落下了带孩子的任务。跟着几个孩子楼上楼下里里外外地折腾下来，终于体会了当年老爸的弟兄姊妹们聚到老家时，面对我们十余个叽叽喳喳的孩子，平时最疼我们的爷爷奶奶也会嫌我们闹得大人头疼。我是一边担心着孩子们的安全，一边还要调解他们之间的小矛盾（这些小家伙自尊心一个个的强，调解他们的矛盾可不是一件容易的事情），一天下来，感觉比上班还要累人！不由得也感叹过去的时代一个家庭就要养一群娃娃，不知究竟是怎么带大的！

婚礼第四天，按着家里算好的日子，小姑和我们弟兄姐妹几个便陪着新人回到了乡下家里。我、老妹、堂妹三人是想陪着弟媳，好让她不至于感觉孤单和陌生。同为女子，我们是知道第一次去到对方家里那种坐立不自然的感觉的（尽管是处在新时代了，但第一次到男方家总难免有些不习惯的）。我这人吧，生来就内心敏感热情，总想尽心关照一下新人，让她不因陌生而感到无聊。我那可爱的小女跟她的小舅娘是特别投缘，一整天牵着弟媳的手往门外山上跑，可是亲热了，这倒也给新人带来了一些生趣。

当天村子里左邻右舍的都到家来凑热闹，我也见到了好些年不见的邻居们（往常回家也只是匆匆看看老父母就离开了）。还在世的老人们步履越发蹒跚了，叔叔阿姨们也显出了斑白头发，小孩儿们大都是我离开村子以后出生的，已经认不得了哪个是哪家的。摸着明显衰老的邻居婆婆粗糙的双手，这下多心思的我又要感叹一番，年少在家时件件亲切往事又历历在目。山还是那山，水还是那水，苞谷还在那块地里，人却都非当年的模样了！幸而我那小村子里的纯朴民风，还是没有被外面物质欲望的风给吹散了去……

回到家的第二天，小姑一家和我们弟兄姐妹们就都走了，老弟也带着弟媳回娘家去了。家里又剩下孤零零的老父母对着那陈旧的红土墙。人虽回到城里自己家，我的心中还是无法平静下来，老父母今天晚上一定又感觉到孤单了。小时候在家是亲身体会过一大家子人聚会热闹后，第二天外面回来的人走完时，留下的那种牵挂和空落落的感觉的。那时，老爸的兄弟姐妹们带着我的堂（表）兄弟姐妹们离开，我总跟着大人送他们到家门口公路那下坡转拐的地方，站着目送他们走远，看不见人影了，我们总还要在那里坐上好一阵子，谁也不说话，似乎都在回味着什么。那时候（特别是自小姑家也从我们那里搬到别地去居住以后，我们姐弟和从小一起长大的表弟妹们也就常年分开了），小小的我总是有些感伤于亲人们常年的相隔和偶尔的欢聚。

下午才听妹说大姑决定晚上回去和我爸妈清静地摆摆龙门阵，大姑现常居成都，她们姐弟也是常年难见面的，难怪她要固执地拖着年迈的身体再回去住一晚，那心情我是理解的，本也想跟着再回去的，但两个娃娃回外婆家这几天有些感冒，我就不得不放弃了这个想法，心中也生了些许的遗憾。后来在电话里听了大姑说她那晚趁着家里再没客人就跟我爸妈三人聊了一夜（我不知道这三个老人那晚是熬夜到什么时间，但人越来越老了，也许真的是到了聚一次就少一次的时候了），我此时又只能默默地在心里祈祷他们都能身体健康，只要一切像现在这样安好，让他们能在电话里听听彼此声音就好。

老弟的婚礼——带来幸福、温馨、欢乐的日子。这是一对新人幸福生活的开始，是亲朋好友欢聚一堂的日子，是爸妈弟兄姊妹久别再聚的日子，是我们年轻一代弟兄姐妹们趁着小假期开心“家搭子”的日子，更是小女和她哥哥姐姐弟弟妹妹的那帮小小家伙们“躲猫猫”、游戏欢闹的日子……

梦里桃林

当一场倒春寒如约而至时，我们全家三口人就在春的喜悦中，猝不及防地齐刷刷感冒了。为防止两个宝贝女儿的病情加重，我只得带着她们尽量待在家里。就这样，把春景生生地关在了小城以外。在病中的日子，提笔气乏、翻书头晕，于是借着病人的名号，下载了最近很是红火的电视剧《三生三世 十里桃花》，算是给自己找一种放松的“治愈”方法。不知是应了春景，还是应了剧情，朋友圈被“桃花”不断刷屏，电视情节在三生三世的爱恨纠葛中缠绵缱绻，我们家的感冒也随着主人公的眼泪和笑靥，悄然而愈。

这是个慵懒闲暇的周末清晨，跟两个宝贝一起，伸着胖胖的懒腰醒来时，发现太阳也已经懒懒地照在了我们家的飘窗上，透过窗纱，仿佛在地板上投下了斑驳的花影，心中的那片十里桃林，如梦初醒，越显清晰。此情此景，赏花该是正当时。说来就巧，好朋友的电话打进来了——相约去城外赏桃花。

那片传说中“灼灼其华”的本土“十里桃林”，其实就在我老家，村里的水库边，山坡上。我们远远地停了车，走向它。弯弯绕绕的山路，依然通向山背后的村子，路边原本是一片松林的地方，早被“开发”，露出了熟悉的红泥土，一阵风来、一辆车过，尘舞扑面。向着那水、那山，我这太熟悉的人眼里，却怎么也少不了几分苍凉。在我小时候，这个四面环山的水库，周围除了几座老坟以外，并无人家。水库清澈而静谧，近旁的公路虽是泥路，却不会尘土漫天。这里鲜有车辆经过，只有散学归途中的孩子们，会踩着时点而来，成群结队，上蹿下跳地“疯跑”，偶尔也会丢个石子，惊起一圈圈漂亮的水波来。那时候，水库四周的山，还是天然野生的，林木葱郁，野花野草也各自繁盛丰腴着，相安无事。

放眼这路边天然停车场的车辆、岸边“农家乐”和远处裸露的山脊，如今，只怕这水库是“桃花一片，情感纠结”。此刻的我不禁失了神：昆仑虚拜师前的白浅和她的青丘狐狸洞，是一如儿时记忆里水库的样子吧？然而，一旦出洞，虽说终是要艺成飞升的，却注定历尽一番爱恨恩怨的天劫。甚至难免被敛了记忆和仙气，化身凡人，遭遇伤痛，只能借助一碗汤药，试图忘却前尘往事……

同行人逗乐着小朋友，不知不觉间，已经走近了桃林。这不过是开发者在几块开荒而来的山坡地里，种了小片的桃树，并没有想象中的那般十里芳华、仙气缭绕、避世脱俗，脚下坡坡坎坎、石多土软的，野花小草随意生长着，桃树也还稚嫩得散出一股人工种植的痕迹，反倒是显得凡尘地气十足。

不过呢，还是别小看这土里土气的小块桃林：当你远观时，苍凉的山坡上只是一星点毫无生机的桃色，甚而不如裸露的红泥土显眼。待你真正走到树间，身临其境，却不难发现这美——它是美得纯朴、美得真实、美得动人。这些个络绎不绝、前来赏花的人吧，多数是像我这样久居城市的。我们这是已经度脱尘凡“成道成仙”，飞升到了空中楼阁。平常日子里，我们脚下是不踏“实地”的，在家也是踩着半空仙气，种着阳台花草、赏着屏幕里智能合成的斑斓色彩，过着“十指不沾泥”的“干净无菌”日子的。今天来到这土里土气的桃林里，当指尖轻轻滑过山野雨露滋养出来的花朵时，我们似乎触摸到了什么是“真”。我这个曾在泥堆堆里沐浴着雨露和阳光长大的人，更是感受到了久违的人间烟火、泥土气息。

这泥地里长出来的桃，这正盛开的花，它的美是多角度的，是鲜活的。大家都不由得举起了手机，竞相拍照。在不同的镜头里，这花幻化出了不同的色泽和气度：有时它是偏粉的，有时它是偏红的；有时它是娇柔的，有时它是硬朗的；有时它在群舞，有时它在独秀……人在花间笑谈，花在人间恣逸：映着淑女的脸，它显出了雅静；映着美人的脸，它显出了妖娆；映着孩童的脸，它显出了纯真；映着男人的脸，它显出了稳实……蓝天白云下，它像繁星点点；红泥土地上，它似果实累累……

身藏花间，惹人遐想。人活一世，怎能缺了自然气息的人间烟火，又如何舍得下浪漫幻化的奇情妙境？我们在理性的现实生活中游历，又会带着感性的诗情，不停地飞奔着找寻，找寻着我们想要的那些唯美、纯善、真爱……所以，我们会沉迷入一本书，感动于一句话，眷恋上一个人……我们写下了一些故事，吟诵着一阕诗词，也流尽了一世的眼泪……我们的肉身深埋在旦夕福祸里，精神飘飞在仙幻氤氲中。所以，我们在伦常的礼俗中生根发芽，在文艺的滋养中花开繁盛。

今时，我们似乎只为追逐一部电视剧而向往着遇见这“十里桃花”。其实，只是这剧情，它恰好在这个春天里，唤醒了我们沉睡中的浪漫柔情。于是，因缘应景而生，我们也就寻着了这片梦里桃林。

作者简介

李慧（1981～ ），彝名罗薇诗娜，出生于云南省大姚县，现居大姚县。

苦荞花开（外2篇）

如果不是昨日在我们家的菜园看到，我似乎真的要将它遗忘了——苦荞，十多年的光景，稍纵即逝，离开老家后我们便一直没有种过苦荞，虽然也偶尔做苦荞粑粑，但是早已经忘记了苦荞开花的场景。

年前，曾记得母亲提过想种点苦荞，但是真的空间有限，没有地方可以播撒。我以为母亲只是说说罢了，没想到执拗的母亲还是坚持播撒了一小块苦荞。看着那一小片雪白，虽说只是小小的一片，心中还是溢满喜悦和亲切，不禁欢呼雀跃。

那花瓣挨着花瓣，一朵又一朵，那花朵挤着花朵，一簇又一簇，相拥着欲要盖过那片曾经主宰苦荞地的绿。但他们却并不招摇，悄然自在。一阵微风过后，在阳光沐浴星星点点的白花，娇红着小脸，轻柔地蠕动，小心翼翼地紧挨着，摩挲着，像是在窃窃私语。我欲低下身子倾听，却被一群闻香而来的小蜜蜂挡住了。勤劳的小蜜蜂们，在苦荞花上辛勤劳作，满载而归。不多时，一只黑蝴蝶摇翅而来，它的到来更显得荞花的雪白了，时而这朵上停留，时而停留在那朵，生怕漏下了似的，真是一只花心的蝴蝶。这片让蜂蝶流连忘返的芳香之地哦，为我家寂静的菜园增添了多少生机。

苦荞花，相对于姹紫嫣红的杜鹃、娇艳婀娜的樱花，是那样的微不足道，也因它的微不足道，它有意避开春季的百花争艳，小心翼翼地在夏天绽放，那一片片星星点点的苦荞花不知曾为山区的农家人孕育过多少个期盼与希望。

苦荞，是一种杂粮，研磨出的面微黄，略带苦味，最初一直不被人们所喜爱。但是在母亲那个饥寒年代的山村，靠天吃饭的日子里，苦荞却成了人们的希望和依靠。苦荞，不卑不亢，不分生地熟地，只要人们愿意将它播撒下，它便一定不辜负人们期许，争先恐后发芽，默默开花，安静结果。苦荞，生长期比较短，播种下去，几天就发芽，很快就开花，且花期比较长。一般情况下，两月半至三个月就能成熟。为此，不少农民把苦荞当作重要的“救命粮”。正因为如此，母亲对苦荞有着另一种情愫。 对于这片小小的苦荞花，我想一定早已摇曳在母亲的心里，曾荡起层层的波。

母亲从小就经受了无数的苦难，挨过饿，受过冻，所以对于粮食，母亲总是比我们要有爱惜之心，在母亲的心里，苦荞是我们家不可或缺的食物。母亲总说吃五谷杂粮，身体会更健康。

说起来，苦荞还真是一种好东西，它含有丰富的赖氨酸成分，铁、锰、锌等微量元素比一般谷物丰富，而且含有丰富的膳食纤维，有降低人体血脂和胆固醇、软化血管、保护视力和预防脑血管出血的作用，还具有降低血糖的功效。还真是农家一宝。

这看似不起眼的荞面到母亲的手里，母亲总能做出可口的面点。她时常会为我们做苦荞粑粑，或是荞糕。我是个怕吃苦的人，苦荞粑粑我是不爱吃的，因为我怕苦荞里的那苦味，但是配上那甜甜的蜂蜜，我还真能吃下很多。对于荞糕，一提起，我马上得咽口水，那味道简直是好极了，和米糕可以相媲美，甚至还更高一筹。吃着母亲亲手做的面点，心里无比的实在和甜蜜。那冲泡出的一杯杯苦荞茶，往往能很有效地消解内心的焦躁和疲劳。一个个温暖舒适的荞壳枕头，那更是母亲一心为我们制作的。枕着苦荞壳枕头，闻着荞花香，总能让我的文字衍生出无数美好的故事。

其实，在我的心里一直有着这么一个场景此生无法抹去，就在山风一遍又一遍轻抚下，老家后山那片贫瘠的山坡，苦荞花迎着热烈的阳光小心翼翼地打起了花蕾。继而，细细碎碎的小白花，漫过山冈，形成一大片白色的花海。老家那一茬又一茬的苦荞花应时而开，随季节而收获，一次次填补了山野的寂寞，一次次养肥了山村的期盼。

似水流年，在我的心里似乎也多了一块苦荞地，在苦荞地里随风轻摇着和白云一样自由绽放的苦荞花，此时，我便伸开双臂，去拥抱我的山村，张开鼻翼，去呼吸苦荞花香甜的气息。我深爱着这片宁愿将洁白举过头顶，却将深红埋在心底的苦荞花。它不像稻谷那样越是谦卑弯腰的稻穗越饱，而它越是娇艳的花朵，越是结果不多，而唯有慢慢变黑的才是成熟。它喻示着我们，做人要学会放低身架，不管你身在哪里，要学会随土壤而生一样，去适应环境，而不能挑三拣四，眼高手低，要踏实做事，低调做人。

站在母亲辛苦播撒的苦荞地边，我贪婪地嗅着苦荞花散发的清香，那不仅仅是花香，我分明尝到苦荞面的味道。我要拍下这一景，和我的朋友们分享这一美丽，我要去告诉母亲，关于苦荞花开的消息。当我转身时，看到母亲，正在我的身后擦拭着眼泪……

母亲的糍粑

天，越来越冷。屋外，寒风刺骨。出行的人们裹紧衣服，快速地消失在寒风里。就连屋外生命力最强的野草，也蔫蔫的，耷拉着脑袋，似乎想找个缝钻回泥地里。不觉间，突然想起家里暖暖的火塘，想起母亲做的糍粑。

从小我就爱吃糍粑，但是因为那时家里比较穷，一年也吃不上几顿米饭，更不要说那用糯米做成的糍粑。直到我上到高中，家里的生活条件相对好些，我便能如约在每年的冬至日吃上母亲亲手做的糍粑。

每年冬至那天，也是母亲最忙碌的一天，其实母亲的忙碌要从冬至前夜开始。因为做糍粑的工序还是比较繁杂的。先要在前夜将上好的糯米在冷水中浸泡，还要掌握好时间，泡水的时间过长过短都会影响糍粑的质量。第二天一早，就要将泡过水的糯米捞起放在木甑子里蒸，蒸熟后，倒入石碓中舂打至烂，取出后可以按个人喜好，揉捏成团或者饼状食用。

母亲一直习惯采些青松毛铺在筛子里或者簸箕里，将还带着温度的糯米团趁热揉捏拍打成饼状，放在青松毛上，摆满一层再铺上一层青松毛，再放一层，如此，可放至三四层。待到要食用时，一个一个取下撕掉上面的青松毛，依个人口味在火塘烧吃或是烤吃，又或者油炸。我们吃不完，母亲会很耐心地将这些糍粑分到一个个的小食品袋子里给老家的亲戚，每次做糍粑都是如此。

母亲现在已经快70了，依然还是做糍粑，不仅冬至日的时候做，平时做的次数也增加了，这让我有些不解，因为母亲身体的缘故，母亲一直不能吃糍粑，并且做糍粑是一件比较考究人的体力活，而母亲却乐此不疲。

直到有一天，我才突然明白，在经济社会发达的今天，市场上都能买到比糍粑更好吃的食品，甚至有些超市的糍粑比母亲做的糍粑还要好吃，但是亲戚们依旧那么爱吃母亲做的糍粑，母亲也愿意为我们辛劳并无偿地做糍粑，因为母亲将她对我们的爱融进了这一个个小小的糍粑里。

母亲的糍粑里满满的都是爱。

昙华，昙华

昙华，冬春多雪，有北国风光的美景；夏秋多雨雾，云雾弥漫，缭绕山间，变化无常，幻若仙景，雨后初晴，彩虹飞架，景色绚丽，古人谓之“月华扬彩昙”。昙华的森林覆盖率为92.5%，植被分布比较明显，是个天然的大氧吧。近年来，不断地吸引着热爱大自然，想要回归大自然的人前来旅游观光，来与昙华做零距离的接触。

昙华，是一座隐藏在大山深处的小镇，她似乎存在于时光之外，不论时光怎样流逝，她总是安详地端坐于美丽和妖娆之上。这里的一切似乎都是经岁月沉淀过后的精华。灵性横溢，惹人往返。横亘的山峰、茂密的丛林、飘逸的云朵、妩媚的杜鹃、火红的马樱花、古老的摩崖石刻、苍翠的千柏林，这些神秘而平凡的元素符号，看似零散却又集中地安营扎寨在了这里，似乎总有很多的话语想要向天空和人们诉说。昙华是上苍不经意间遗落在深山里的一颗明珠。

春天的昙华，是一幅诗海中自然天成的山水画。天，蔚蓝如洗。地，万物复苏，山花烂漫。

在三月的一个清晨，我一头撞进昙华的深山。最先与我做亲密接触的是那漫山的雾气，她给了我一个湿漉漉的亲吻。那些薄雾丝丝缕缕，悄无声息地从千柏林一直漫到山巅，是那样闲适，那样宁静。远山如黛，娴静羞涩，似村姑披着轻柔的面纱，亭亭玉立。目光可及之处，皆是梦境。闭上眼，伸开双臂，就似在空中飘飘欲仙。那些充满了阳刚之气也不乏造物主赐予的温情和文静的远山，披着一层绿色的外衣紧挨着，你不离我也不弃。此时云朵开始聚集于山顶，那些自由飘行的云，说走就走，说变就变，给昙华的深山增添了一席朦胧美丽的外衣。

昙华的深山到处都是宝，这里有珍贵的药材黄山药、木香、何首乌、半夏，有珍稀的树种红豆杉、罗汉松、白杨木、铁杉、红梨木、毛竹，还有可以做药材的松茸等菌类。

初春的千柏林最是惹眼。据说是当年来此地隐居的高氏父子所种植，这真是一片宝啊。千柏林由上千棵松柏组成，这些松柏雄伟苍劲，巍峨挺拔，树冠盖如荫，枝条遒劲，翠叶欲滴。原本高大雄峻的山峰因这些松柏而增添了几许灵气，使一切的生命在它们的面前显得苍白逊色，一阵风吹过，树叶沙沙地响着，飘下几片树叶，在空中荡来荡去，像一只只飞舞着的小绿蝶，很能触景生情。一棵树一个绿浪，层层叠叠卷上去，像一个立体的湖泊，也荡起了我心中丝丝缕缕的思念。现在的千柏林已经成了昙华一个象征性的标志，更是大型活动举办的中心地。看着这游离莫测、变化无常的千柏林，透过古树的灵性与诗韵，穿越百年的沧桑至今高傲地挺立，仍然生机盎然，确实不得不让人遐想无限，静坐松柏林，松涛阵阵，似乎在为我们讲述高奣映父子俩传奇般的禅意人生。

在古柏丛中攀缘，实在是清幽极了，空气里充满柏叶的清苦味，似乎置身于琼楼仙阁的香火缭绕之中。突然，我不禁被眼前漫山的马樱花吸引，那绿林间火红一片，其间还配有朵朵山茶，片片杜鹃，花潮似海，那红红的花朵点缀在一望无边的林海之间，勾画出一幅红绿相辉的美丽画卷。此时好想化为一只蝴蝶或是一只蜜蜂，奔走在花丛中，纵使辛苦却也是甜蜜。走出林荫小道。半山腰上，牧羊的女孩飞针走线，不一会儿一朵朵艳丽的马樱便出现在绣布上，有的在为心爱的人儿绣着手帕，有的在为自己准备着结婚的礼服。羊儿悠闲地吃着草，游人靠近，只是抬头望望，没有要跑的意思。我想羊儿是习惯了，已经不怕生了。走着走着，时而传来林间小鸟的欢歌，时而传来高亢的彝族小调掺和着悠扬的口弦声，听着彝家痴男情女的梅葛对唱，无比惬意，让你不想迈步。

风，拂来花草的清香，泉水弹奏着动人的旋律，这里的水是那么的多情，总是围着山转；这里的山是那么的执着，总是随水而生。站在瀑布群前，我不由得背诵起袁枚的《大龙湫》一诗：“龙湫山高势绝天，一线瀑布兜罗绵。五丈以上尚是水，十丈以下全为烟。况复百丈与千丈，水云烟雾难分焉。初疑天孙工织素，雪梭抛掷银河边。继疑玉龙耕田倦，九天咳唾唇流涎。谁知乃是风水相摇荡，波回澜卷冰绡联。分明合并忽分散，业已坠下还迁延。有时轻舞工作态，如让如慢如盘旋；有时日光来照耀，非青非红五色宣。”这虽然是写龙湫山瀑布的，不过此时拿来此处，确实是昙华瀑布群最好的诠释。顺瀑布而下，溪水清清，时而如江南女子的柳腰细细瘦瘦，缠绵蜿蜒，时而如北方汉子的粗犷奔放，一副奔流到海不复回的豪情。青山秀水写意出一幅奇幻的山水画，静谧得万籁俱寂，悠远得如涉远天，清幽旷达，和谐至极。

中午的河水，欢畅地流着，万千的鹅卵石安静地躺在河里，任由河水千遍万遍地抚摸和击打，小鱼儿和蝌蚪快乐地游着。浅绿的青苔附着在大石上，顺着河流的方向疯狂地生长着，我不知道如果我们不去采摘它，它会不会和我们的头发一样长得很长很长。或许会，也或许不会，我不想去纠结于这个问题，因为自然界的万事万物总是有规律可循。此时，正是核桃树开花发芽的季节，花开得越多，预示着来年的收成越好，有些花儿已经脱落，偶有牧羊的人在拾捡核桃花。核桃花，其实是一道很好的菜肴。它可以炒着吃，也可以腌成腌菜来吃，还是很好的降压药。看着满箐的核桃树，看着满山郁郁葱葱的树木，看着满树火红的马樱花，我真是醉了。

在昙华，当你穿行于松涛阵阵的千柏林，吟诵摩崖石刻上的禅诗，抚摸圣僧曾经打坐修禅的石床，静坐于昙华寺遗址，与十八月太阳历塔对视，仰望杨森雕像，在心间会不由得荡起无限的遐想。很想静心打坐于昙华，随时光穿越回那个时代。

昙华不仅是一个静心的天堂，更是抚慰灵魂触发灵感的圣地。高奣映想“柴役虽设未尝关，闲看幽禽自往还。尺壁易求千丈石，黄金难买一生闲。雪消晓嶂闻寒瀑，叶落秋林见远山。古柏烟消清昼永，是非不到白云间”。他不仅这样想也这样做了，父子俩在万山归一的昙华寺中诵经念佛，赋诗作画，过着“闲看幽禽自往还”“是非不到白云间”的世外生活，身居昙华深山，不问世事，不堕红尘。曾经就有多少人向往并长居于此，今天依然成为人们的向往之地，昙华确实是一个适合隐居的世外桃源。

就连昙华山上的石头也是有灵性的。在山中，随处可见奇石，有的像飞禽，有的像走兽，形状怪异，形态逼真，引人遐想。最吸引文人墨客前来的还是要数坐落在昙华乡政府背后的摩崖石刻，摩崖石刻从时光的深处走来，浸渍着清代的诗香画墨，轻沾着民国的尘埃，走过三百多年的风风雨雨，朝朝暮暮的日照和霜染，文墨痕迹斑斑驳驳，但依然厚重清晰，向人们诉说那已久远的往事。

高氏父子辛苦培植的高耸入云的千柏林，和昙华寺遗址就这样遥遥相望，像一对相知却永不能在一起的情侣，只能用阵阵的松涛传送爱意。昙华寺不复存在了，千柏林却留了下来，并且与世无争地生长着，在几十年后，终于还是迎来了昙华寺的重建。

走进新昙华寺，此时却是十分的幽静，没有香客，只有守值的僧人，院落里绿叶丛生，花瓣嫣红，阳光从屋瓦流泻，尤显耀眼，给寺庙添了几许灵秀和诗意，暗香扑鼻，禅意竟生，时间和空间似乎在这里定格，让我把所有的烦恼抛入前世，心静如空谷。

昙华宁静和谐的氛围，足以抚平尘世的喧嚣与浮躁，温润我干涸的思绪。今天，我怀着虔诚和愉悦的心，认真地品读于你，我愿插一朵昙华的马樱，喝一捧昙华清凉可口的山泉，拍一张昙华的美景，做昙华一世的情人。我更愿化作一棵小树，张开所有的根须，沁入昙华的泥土里，让你久久拥我入怀，汲取你丰沛的营养，让我这抹绿永荫在昙华的山林。

作者简介

阿微木依萝（1982～ ），出生于四川省宁南县，现居广东省东莞市。

捕食者（外2篇）

命运捕食者

这是个不大的镇子，比起周围的繁华镇区，它小得像一颗豌豆。在这里居住的人很多，如果他们全都涌到街上去，会感觉无路可走。天桥就是这样出现的。从空中开出一条路，让人们从拥挤中解脱出来。

最初占领天桥的是几个乞丐，之后来了一群卖各种小玩意儿的货郎。算命先生是最后到天桥的人，他们最像天桥的守护者，无论天晴下雨都会长期蹲守。

一年前天桥装修了一次，地面和棚顶都镶了彩灯，夜间看着像一条闪光的彩虹。来这里卖小货物的商贩多了起来，并且聚集了几个卖手机的，甚至卖古董的都来了，一下子不知从哪里冒出一批人，我从来没有见过这些面孔，但一种奇妙的直觉告诉我，这些人是从别的镇子或别的天桥上来，他们举手投足都带着一股天桥游民的味道。他们围着那些手机和古董指手画脚，最后一样也没有买。

有时逛天桥就像逛露天剧院，尤其是傍晚时分，天色暗淡灯光昏黄，一种天然的剧院特效就展现在眼前。你看到的算命先生，如果他微闭双眼又摇着扇子，如果顶棚的彩色灯光像蝴蝶一样落在他的扇面上，你很有可能怀疑他是从古画中走出来的白胡子老者。而那些来算命的人，会让你想到塞缪尔·贝克特，想到他的《等待戈多》。这种神经错乱的想法荒谬却让你倍感惊喜，你似乎可以确定那位伸出手掌摆在算命先生眼前的人，他有一张幸运儿的脸，同时还有一股奇妙的神色。算命先生扮演着戈多的角色，不，他本人是虚构的——这一点你很清醒——他占卜的讯息才是那位算命者期盼的戈多。戈多不存在。但是戈多存在。这种错乱的幻想一直到算命先生和问卦人离去，才孤零零觉醒。

我好奇算命先生的住处，但这永远像一个谜，他们只会在天桥五十米远的人群中出现，然后也消失在那里。我感觉他们不是从某个地方走来，而是从那些掌纹里走来。

我熟悉的那位算命先生，黑色挎包里装着签筒、镜子、老皇历、一张宽大红纸、一只不锈钢饭盒，以及他的老花镜。如果早一些走到天桥，就会亲眼看见他从黑色挎包里掏出这些东西，然后以每日不同的方位摆下，有时镜子往左，红纸向右，老皇历压顶，签筒垫底；而他本人斜靠栏杆，始终保持一贯的坐姿和神秘莫测的脸。若去得晚了，就只能见他戴上老花镜，两眼盯着一只女人的手说：“小姐生于十九日，十九乃太阳日，酉时辰，命相喜忧参半，你且听我细说……”——他已开始替人推算。

他的那张写着“神算子”的宽大红纸总是摆在最显眼处。这大概是唯一不需要测算方位摆设的东西。

神算子的摊子靠近一排热闹的电器市场，他必须提高嗓门说话，路过的人都可以听见一小段谁的命运。有人说他故意找了这么一个吵闹的位置，好让他有理由高声说话，以便吸引更多人算命。不管他是不是这个目的，反正这个效果已经达到。当他高声说，“你且听我细说”时，人们会自然而然停一下脚步。

在没有人找他算命的清闲时刻，他就靠着栏杆闭目养神，或用两根手指敲击膝盖听歌。有一次我看见他免费给摆摊的小贩算命，不过那样子不太严肃，有些玩笑味道。小贩们说，你既然会给别人算，为何不给自己算？哪里发财就往哪里去。

这样的话一定有不少人说，神算子轻轻抬一下手，回了半句：“你们不懂，天机不可泄露……”

另一位算命先生坐在天桥中央，他是后来者。在他之后没有算命先生再来。所以这座天桥只有他们两个。都说一山不容二虎，这一桥，却可以容下两个算命先生。他们从不往来，可能他们的八字不相生，也不相克，一南一北，各安天命。

有时我在想他们谁的本领更高超，按照有算命经历的人的讲述，年龄越大本领越高，尤其是那些蓄了山羊胡子，半瞎眼，腿脚不十分灵便的人，他的推算十说九准。

那么，这位后来的算命先生，他的年龄足够大了：白胡子，白头发，老花镜的年龄也不小，用绳子绑来架在耳朵上。他没有签筒，签条像掷在地上的令牌，如果没有人翻动，那些暗藏玄机的批语将永远被捆成一扎放在那里。我注意的是他银色的头发，稀稀疏疏，因为所处的天桥中央有个风口，从那里来的风正好吹在头上。如果这时候你站在他面前，你会肯定他是算命先生中的算命先生。他头上稀疏散乱的头发和脸上古旧的老花镜，他面前陈旧的摊子和摇着羽扇的手，都给你一种世外高人的感受。

可他生意并不十分好。因为他看上去有一种与生俱来的深厚沉默，这种沉默像百年老屋，过于苍茫，过于沉寂。人们喜欢在算命人身上找到高深莫测的感觉，但同时，这种高深莫测不能是苍茫的低沉之气，不能像深渊，不能像无底洞。不过，即使来得比他早的神算子也有生意不景气的时候，所以生意好坏，不能完全归咎于他不入世的态度。

有时生意又很火爆，忙得他忘记了作为算命人要保留的“天机不可泄露”。他算来算去算漏了一条——点到为止。人们有时喜欢将自己的命运算透，有时又愿意藏掉一些。可他脑子一热就捅破天机，他说：你初运平平，中运渐佳……你感情波折，流水落花。

不管怎样，这种偶尔的失算人们也会谅解，不然那短暂的火爆生意将不会发生。

很多时候算命先生充当着炼金术士的角色，他们要从这些人的命运中提取发光材质，炼出人们内心希望的黄金。提炼人们内心的黄金不仅需要从掌纹中获取，还得从他们的脸上寻找，所以神算子和另一位算命先生都有一块小镜子。所有想知道自己命运的人都照过这两面镜子。神算子也照过，不过他只是端着镜子修剪胡须。镜子在他们用来是极其普通，就像天上的桃子和地上的桃子，一样都是桃子，但一个叫仙桃，一个叫桃，可是在他们看来，没什么两样。总之在这天桥上，你永远不会看见这两位算命先生照着镜对自己说，我初运平平，我晚运潦倒。

我从来没有照过那两面镜子，它会让我想到乡下一些人家门檐上挂着的照妖镜。

声音捕食者

来这条小巷唱歌的不是流浪歌手，这里热闹的时候太热闹，冷清的时候太冷清。在巷子很远的一家银行门口，我倒是见到一个流浪歌手，他唱一首我从来没有听过的歌。我仅见过他一次。他的声音透着寂静和孤独，长得像我少年时候的一位音乐老师。

人们在流浪歌手的身边或走或停，有时往那只摊开的黑色背包上放一两张小面额纸币，那些纸币和他稍长的头发一样，在微风里翻动着。之后在那家银行门口再没见到这位流浪歌手。银行旁边的理发店把两个大喇叭装到门前，喇叭里轰出的歌声可以淹没十个流浪歌手。流浪歌手可能去了地铁站，或者某个不热闹也不冷清的街。他没有选择来西街献唱。

这条被我称之为“西街”的巷子没有迎来一个正儿八经的流浪歌手，但每天可以听见很多歌声在巷子里回旋，歌声来自一些特殊人群，他们靠那声音获取人们的帮助，然后换取食物。因为行动缓慢，那声音像地鼠捕食在沙土上的响动，细碎而清晰，几乎可以用耳朵辨别他是否捕到食物；若声音响亮悠长表示食物充足，声音低沉又断断续续表示收获惨淡。

我住在三楼，距这条巷子200米，那些声音大多是从我楼下流过去。

在这些声音的主人中，一位失去双腿的人趴在一块可滑行的木板上，他长期出现在西街。没有人知道他来自哪里。人们无法从他的歌声中辨别他的故乡。也许他没有故乡，在他失去双腿那一刻，故乡也一并失去了。我比较主观地认为，乡土一定要用双脚去行走，一个失去双脚的人等于失去了故乡——起码失去了绝大部分。他只能以手代足去接触故乡的泥土，但这与亲自走在泥土上的感受大不一样。

不过他还有上半段身体，好歹这半个身体让他得以存活。有时他唱歌提不起劲，该是高音的部分却以中低音滑过去，那声调恰好是《二泉映月》里转音时低沉嘶哑的味道。

对于这位残疾人，人们在同情的时候也表现了警惕。在类似西街这样的小巷，时刻会遇见几个残疾人，他们有的真的残疾，有的假扮残疾。人们的同情心是悬在心尖上的露水，就像日月之精华。因此，在受到虚假落难者的欺骗时，人们会痛心疾首，会心灰意冷。

也许为了表示自己的诚实，在西街出现的这位残疾人将自己的截肢部分裸露在外，令人看着是一种残酷的可怜，无法同情，也无法不同情。

我在意的是他的歌声。他隔一段时间就会把歌声送到西街。他的嗓音并不好，但唱得十分投入；嘴角右边有一条纹路，唱歌时，那纹路展开，像一片叶子落到耳侧，也像一朵隐藏在脸部的模糊笑容。这笑容在阳光强烈时更加显眼。

他的歌声与滑板在地上蹭出的响混合在一起，组成粗糙的喧闹，这种声音闭门听到是一种厉害的骚扰，而站到他身前，那明亮光线下展开的脸部纹路出现在你的视线时，你就会被那引线似的纹路牵到他的心境中。你可能会感受到一场难以说清的悲伤，若你听过大悲咒，走进你耳朵的他的唱曲，就会变成那些经文流淌在你的血液。这时，你会想到人生短暂、及时行善等这样的感悟。你不会在意他的唱词是当下最为流行又粗制滥造。

当然，人们不会时常感叹“人生短暂”，因为有时也会感到人生漫长。

不管人们心情好坏，木板上的滑行者总会出现，他的歌声总会响在这条巷子。夏天时他来得勤一些，唱的曲子也欢快一点，在那滑动的木板上站着一个比他高的箱子，里面装着唱曲用的音响，也顺带在箱子顶端开一条投放钱币的缝隙。箱子是黑色的，与夜晚的颜色一样，但它不是夜晚的颜色。夜色虽然深沉，偶尔会有星光，箱子是一种单调的纯粹的黑。

我很想在他箱子的一侧画一个太阳，另一侧画一个月亮，在这太阳和月亮下画一些高山流水和花草树木，这是我从小喜欢画的事物。但又一想，也许他根本就喜欢黑色，这是一种封闭但安稳的底色。

汉字捕食者

第一次去一个诗人朋友的家里，他带我绕了好几条巷子，巷子两边除了店铺就是一排正在开花的紫荆。那是一条非常适合诗人经过的巷子。那巷子的中间也有一所适合诗人居住的出租屋。

我从前想的是，一个诗人一定是性格奔放又有些闷骚和神经质，他可能喜欢流浪、好酒、说一些不着边际的话，为生活颠沛流离，房间杂乱，衣着随意；当然，他也可能是世上最完美的人，性格开朗或者内敛，可能还是个情种，喜爱干净，物质不缺。不管他们是哪一种人，我想他们心中一定住着一只可以飞翔的鸟，但事实证明我并不完全了解诗人。

我这位诗人朋友的房间在二楼，楼道狭窄，楼梯扶手锈迹斑斑。他喜欢靠着墙壁上楼，与生锈的楼梯扶手保持一点距离。而我喜欢把着扶手走路，在我摸着那些锈迹斑斑的扶手时，它们身上发出的咝咝声，像一种看不见的光阴的回响。这种感觉原本不应该是我这个写散文的人该有，可是我想，不一定非要写诗才是诗人。在上楼和下楼的那两个时间段，我的诗人朋友不停地跟我说，铁锈有毒，不能触碰。当我们走到外面，走到那条开着花的紫荆巷子，他又说，叶片上有细菌，不能触碰。我们不过是第一次这样长时间地走了一段路，既不是恋人也没有相当好的友情基础，但我还是忍无可忍地告诉他，生活的真相在满是锈迹的楼梯扶手里、在沾着灰尘的叶片上；你不去摸一摸楼梯扶手，不去摸一摸沾着灰尘的树叶，你怎么感知生活。他点头。可我知道，他没有点头。

人和人有一种天生的陌生感，即使亲人之间也难免。我和这位朋友虽然谈天说地，研究写作题材和交流心得，他也带我经过一条长长的巷子拐进他满地啤酒瓶的家，也还是难免生活方式或者性格上的差异所造成的陌生感。然而我和这位朋友的陌生感竟然让我感到庆幸，我庆幸我们不是恋人，不然要天天听他念叨，这样不能触碰，有毒，那样不能触碰，有细菌，我想我会烦躁不安，会有逃跑的心思。

有人说能找到志同道合的人就找到了半个知音。我不相信这样的话。不是所有志同道合的人都是半个知音。他们也可以是天生的仇敌。他们有时互相赞美，有时互相抵触，有时关注，有时取消关注，他们的社交自由和他们组织汉字的自由一样，随心所欲。当然，他们永远是孤独的。尤其组织汉字能力越强的人，孤独感越强。这种孤独是内敛的，加之他们的修养和自尊心，使他们不愿意释放孤独，他们用一种悲壮的享受来接纳孤独，并且认为，在这样的圈子中最安全，也最适合组织汉字。

永远不会有人理解这些汉字组织者为何喜欢熬夜，他们浪费清梦，浪费约会时间，浪费谈情说爱，浪费劳动力。尤其是浪费劳动力。对于这个浪费劳动力，我本人深有感触，但也有应对的措施。我跟某位写散文的朋友说，千万不要向别人解释“我写作也是劳动”，尤其当你收到邮局寄来一张写着“稿费27元”的通知单时，不要哈哈大笑，也不要低声下气，要拿出你汉字组织者应有的气质，淡泊地走到柜台，然后拿着你的27元去超市买8.98元一斤的火龙果，回到家，在挂着“气节”两个大字的墙壁下吃完它。对于汉字组织者来说，应该懂得生活需要真实铺垫，更需要虚构填充的道理——组织汉字是你真实的选择，而27元是虚构的。你得这样想，李白也只说他“举头望明月，低头思故乡”，却没有明着告诉谁，他颠沛流离，壮志难酬。

在我看来，酒桌上的汉字组织者是最可爱的，虽然酒让他们感情脆弱狼狈不堪，但这时候他们活得最为真实，也最为豪气。他们之中没有一个人是李白，可能连姓李的都没有，但是他们在酒桌上一定会说一些李白的话——古来圣贤皆寂寞，唯有饮者留其名。

我那位诗人朋友的客厅放着一张大号圆桌，就是专门为喝酒准备。可惜我不喝酒。

在东莞观音山我看见一个写散文的人，他的醉大概就是李白式的醉，或者徐霞客的醉。他爱写游记，言行举止都是一股沾着露水的清朗的游记味道。那天下午，他喝醉后就把自己放在一棵树下的石桌子上睡觉。那时深秋，不管南方天气怎么暖和，在一棵树下吹风睡觉还是会感冒的。他果然就感冒了。他感冒后写了几句感冒的话，那些话带着一股清淡的酒味。他说：“看别人吃一顿饭一掷千金，我就为写字的人心疼。”这些话只有经历过熬夜，经历过“27元”才能说出来。当然，我想他说完一定又投入熬夜写作中，因为“27元”可以是钱，也可以是一种力量。

当我再一次去那位诗人朋友家，他告诉我，他已经和小舅子合伙开了一家小吃店。没有办法，养妻养儿，还要养一所刚购买的房子。这个自称房奴的朋友把钱包抖开，从夹层里掏出35元放在桌上，他大概想跟我表示他的家当全部耗在那间小吃店和新买的房子上，现在就剩下这35元，但他最终什么也没说，又将那35元啰啰唆唆装回去，就像装一个已经暴露在阳光下但他还想继续隐瞒的秘密。

自从我那位诗人朋友做起了小吃生意，他约我晒太阳的时间就少了。也许他的店面朝着东方，他一开门就可以看见早晨第一缕阳光。我以前很少去想象一个拿笔的诗人拿漏勺和锅铲是什么样子，而现在这位朋友除了要拿漏勺和锅铲，听说还要兼顾跑堂和洗碗抹筷的工作。

其实我应该恭贺这位诗人朋友，他从此不用再熬夜，也不用再孤独地组织汉字。以往他房间总是亮到深夜的灯现在可以提早熄灭。更不用烦恼周边喧闹的人群搅扰他组织汉字的思路。总之，那份清苦的坚持现在可以放下了。可是我没有恭贺他。

像我那位朋友一样选择做生意或者做兼职的汉字组织者逐渐多了起来，他们有的已经发财，有的正在努力发财。他们说，生活比诗歌重要。

生活确实比诗歌重要。可是他们也知道，生活里不能没有诗歌。尤其是他们曾经与诗歌为伍。一个有精神世界的人永远不会在富足的物质生活中感到舒适和快乐。对这些人来说，世界就像一个越来越紧的夹板，只能侧身前行，对诗歌和生活都保持着自己的怀疑。

我想只有拥有近乎愚蠢之耐力的人才能长期与汉字为伍，他们大部分时间宅在家中，写到口干舌燥才会想念超市里的火龙果——假如他像我一样住在南方，并且喜欢火龙果的味道——火龙果清热化痰，润肺排毒，味道清淡，正适合熬夜之人。

工厂捕食者

晚上出去才会有清净的空气，尤其在那一股长风的吹拂下，能闻到走廊边红色三角梅的味道。现在春天，三角梅开得正好，可是我很少有兴致在晚间赏花散步。我丈夫早出晚归，或者晚出早归，他是一家外企的普通工人，两星期转一次班，疲惫，匆忙，精神紧张，少白头加深他的年纪。他的大部分时间给了工作，余下的时间给了睡眠，只有在睡眠和工作的夹缝中挤出来的时间才是我的。他没有多余的时间陪伴我，像那种花前月下的日子很难发生在我们身上。我们的恋爱结婚都是匆忙式，闪电式，节俭式。当然，这并不影响我们组成一个幸福圆满的家庭。

有时我会接到一些表示关心的电话，询问都比较直接，丈夫做什么工作，有没有车子房子等等。我只能理解他们。就像理解农夫把桑树截断后重新嫁接是为了使它长得更好。他们不会认为这样的行为有什么过分，有什么残忍。这样的行为属于人之常情。

可是，当你不断去理解别人的时候，上帝也会不断考验你的耐力。上帝要历练和督促一个人的成长，总会给这个人设定无数关口。他可以给你吃一口蜂蜜，也可以让一只蜜蜂叮咬你的耳朵。但是，上帝给你吃的不一定是蜂蜜，他派的蜜蜂也不一定真的让你变成聋子。他有时试探你的耐力，有时试探你的定力，有时试探你的慧根和悟性，有时试探你的良知，总之，他会试探你承受一切的内心底线。

我想我那位已经十年不联系的初恋男朋友就是上帝派来的，也可能是猴子派来的。他从前穷得像个拾荒者，如今他说，他占了天时地利人和，企业占了他的土地，他得了一笔赔偿款和一所安置房后，还准备买一辆车。他把他近年得到的人生大菜一盘一盘端给我看，然后问我这些年过得怎么样，他很伤心愧疚当年娶了别的女人，他想得到我的原谅，如今他忏悔难过，也许哪天他就要离婚了。他叨叨地说了一大串。我知道他并不是想得到什么原谅，他无非想表示，他如今比我这位昏天暗地上班的丈夫更有能力和条件，更有出息。他可能认为一个男人只要有钱就是有出息，就会比我这位拿着普通工资的丈夫更有条件获取一个女人的欢心，哪怕他曾经犯下难以宽恕的错误，也可以用今天得到的物质地位来抹平那些错误。事实证明他确实比从前更有自信，他的语气充满过去没有的底气。当他问到我丈夫做什么工作，我如实回答了他。他说，他的直觉告诉他，我可能过得不是很好，如果哪天遇到什么困难，一定要告诉他。最后他自信地挂了电话。

接完那场电话，我丈夫也睡醒了，他刷牙洗脸，然后给我做了一碗面条。面条里加了一小撮绿豆芽，几丝青椒。味道正好。

跟那位有钱的初恋男朋友比起来，我丈夫如今更像拾荒者，头发里躺着早年在建筑地脚手架上摔出来的一寸半伤疤，睡眼惺忪，鼻梁上架着一副掉漆的黑边框眼镜。只有戴上这副眼镜的时候，你才会觉得他不是拾荒者，而是一个落魄的书生。即便他是这样一个落魄书生，你也能毫不费力感受到他的勇敢和坚毅。我觉得他像一棵长在悬崖的树，每一节根须都在石壁上蜿蜒，像寻找阳光一样寻找石壁缝隙里少量的土壤。我见过那样的树，在故乡的峭壁上，它们的根须在石壁表面四散延伸，哪一节根须先遇到土壤，它就扎根在那里，其他的根须继续前进，直到它们都在峭壁上找到扎根之处。树就是那样被无数根须定在峭壁上，它本身并不高大，长得也弯弯扭扭，但它的根须必定粗壮有力，看上去好像整座山都在这棵树的怀抱中。当然，我只是这样比喻。我丈夫只是一个普通工人。他和树唯一相同的是，树有很多根须，他做过很多工作。这些工作和树的根须一样，它的作用都是让它的主人在世上安稳存活。遗憾的是，不是每一棵悬崖上的树都那么容易存活，因为它分布出去的根须很可能找不到扎根的土壤，那仅仅够发芽的土壤永远不能提供足够的养分。人和树一样，终身奔忙于给自己提供养分的路上。

树有不幸的时候，我丈夫当然也有找不着工作的时候。来南方之前，他在北方一家菜市场门口蹲着，十五岁，找不着工作，身无分文，那是挨饿的第七天。七天前他和另一个少年还坚持四处找工作，白天出去，晚上回到菜市场，在那些摊子背后捡别人不要的好一半坏一半的水果充饥。他们这样坚持了六天，直到第七天，他们的意志在这一天崩溃。另一个少年不知去向。我丈夫一个人蹲在菜市场门口。他说，他当时虽然很饿，但是思想活跃，他已经计划了很多越轨的事情。当他决心要这样干的时候，一个中年女人解救了他。那个女人开一辆轿车停在菜市场门口，她住在菜市场旁边的七楼上，她买了一树盆景，要雇人帮忙。我丈夫在最倒霉的时候遇到了最幸运的事，那个女人选中了蹲在墙根角的他。虽然他搬这树盆景歇了十五次气，眼冒金星，满头大汗，但总算完成了任务。原本说的十元钱，那个女人却给了他二十元。他买了几个馒头，吃了一碗热面，之前想好的计划在那一顿饱饭后全部忘记了。

事情就是这样，上帝让他十五岁出门他就十五岁出门，让他饿七天他就饿七天，让他饿七天后遇见一个需要搬花的女人他就遇见这个女人。最后上帝的考验暂时告一段落，让他来了南方，进了这家厂。

有时我在畔湖西街遇到我丈夫的同事，会忍不住想象他们从前是干什么的，会不会也有蹲墙角的经历，会不会因为搬一树盆景改变命运。或者向他们的妻子打听，问她们的丈夫是不是也和我丈夫一样，在看到春天走廊边的三角梅，只提起三分欣赏的力气。但我没有去问。我想到悬崖上的树，它们在峭壁的缝隙中生根发芽，有向阳的秉性，也有孤独封闭的性格，它们在忙于输送养分的路上，最喜欢寂静的、不受干扰的生长环境。

最后的阵地

母亲说她抽烟是为了治病。我不信。我从来没听谁说抽烟的疗效。他们只说抽烟之后无法摆脱的烟瘾。

但她好像真的生了什么病。我后来知道是胃病，也可能是胸口痛，还有可能是偏头疼，也或者是颈椎，反正她也说不清具体什么毛病，似乎全身都是毛病。抽烟缓解疼痛的“偏方”是无意中发觉的。在吃了很多我父亲从树上剥下来的树皮引子做的药，不见起效，并自发研究出了这么个妙方。

从此一发不可收拾。当然了，为了证明自己不是真的想当个烟鬼，她挂在嘴边的还是从前的话：我明天就戒了。

不管我们是否相信，她自己挺认真地做出戒烟的决心和行动。早上出门干活之前，到商店买一包糖果，据说是用来堵截烟瘾。想抽烟了就往嘴里放一颗。然而晚上你必然会发现她既吃光了糖果也抽完了一盒香烟。那种战败的兴致还挺好，因为得到了糖果的热量也满足了烟瘾，你会看到她是哼着山歌回来，远远地看到你的时候，露出有点抱歉的笑。当然很快那抱歉的笑就会转成另外一种神色在眼眉上飘荡：不就是抽了几根烟吗？

看她像男人那样随身装着打火机，还配着专门的烟袋，用熟练的手势点烟，将流畅的话从两片夹着烟的嘴唇里放出来，我觉得抽烟也不是什么坏事，反而可以让她思维冷静、提高与人交流的口才，这一系列潇洒的动作简直是天生的，不抽烟才是一种遗憾。如果她是一条鱼，那么从此找到了优质的水源。往常她的脾气暴躁，易怒，抽烟之后一切都发生了改变。她习惯隐忍，慢慢将怒火消磨。对任何从前令她恼火的事物都能接受。那一层飘荡在脸边的烟雾仿佛是她的保护膜。是她生活了半生才寻得的阵地。现在谁也别想让她从那片阵地中退出来。

我并不反感她抽烟。尤其是在高原地带生活的女人，缩小了说，是在我们这个村庄生活的女人，只有很大的岁数才有抽烟的资格，像她这种年纪还从来没有见过。她从四十岁不到学会了这个本事。她破坏了人们惯常的规矩。因此她也的确受到一些指责。当然这些指责大多是暗地里传言，无意中才流落到我们这些子女的耳朵里。我当然不会告诉她外面发生了什么流言。因为我有一股来自她那儿的叛逆和毫无畏惧的勇气。因此，我母亲驾驭烟的能力和驾驭那些荒地上的杂草一样干脆利落，人们的指责当然也被无形地架空、忽视了，他们看到她时，只能笑着赏一根香烟或者两句问候。谁也不能嘲笑不满四十岁的女人抽烟的事实。他们接受了这个事实。大概也因此觉得所有的规矩都是可以打破的。当这个女人发现香烟可以治病，那么，所谓的规矩就不能死守。可是时间久了我就烦躁起来，事情十分明显，我对这件母亲干出来的光辉的事情有了厌倦感，香烟的苦味时常钻进我的喉咙，脚下任何时候都能踩着几颗烟头，我出去走一圈，别人能闻到我身上的烟味，以为这个年轻人又走了和她母亲相同的路。他们有时会绕着弯子说，那谁谁，学会了抽烟，而他本人的个头还没有香烟长。这种讽刺和我母亲嘴里吐出的烟雾一样呛人。可我没有勇气与人争论。在某些时候我的表现非常懦弱。我假装她不会抽烟，有抽烟的朋友来访，我也不会及时跟他们说：看到我的妈妈，要敬上一支香烟。

我母亲在我的忽视和设计好的冷漠的人情中表现得相当镇静。仿佛这些事情只是我们的疏忽，不是有人故意刁难。

明天你该戒烟了。又不是什么好吃的东西。苦巴巴的，自讨苦吃吗？我用不太好的语气说这些话。

她满脸的烟雾使我看不清神色。丢出一句话更让我不好回答：对啊，又不是什么好吃的东西。

她的脸已经被烟雾熏黑，往哪儿随便坐下来就是一张黑白老照片。父亲向我表示了他的担忧：看样子，给你妈买烟要用火车皮运过来，一盒两盒是不够了。作为同样抽烟的人，父亲觉得自己虽然烟龄比较长，但跟母亲这种以烟为治病良药的人一比较，他还只能算个抽烟票友。

某天，我母亲从街上回来，进门就是一张喜气的脸。我以为她中了彩票。不对，我以为她要收拾东西跑路了。在我们这些反对者的眼皮底下，她过够了。就像从前的某一天，她也是摆着这样一张笑脸——当然，我们并不清楚这张笑脸完全是在半道上经过无数演练回到家中才摆出这样一副毫无破绽的笑——事实上，她刚刚才在街上与人大干一架。为了一台别人借给她看的旧彩电。事实上是送的。只是后来那人有些反悔或者别的什么原因。总之她们在街上相遇了。那人要把彩电搬回去。母亲不太情愿，又不能占人便宜，最后只好低声下气请求将彩电卖给她，希望得到对方允许，暂时赊账。这怎么可以呢！那人态度明确，必须马上归还。那时候我们正在追看《傻儿司令》，跟在我父亲屁股后面满山乱转，顶着两三颗夜星去给学校放录像。我们在路上摔跤，鼻血都摔出来了，但是我们哭着爬起来继续跟在父亲屁股后面。我们给人放录像，一晚上三块钱，或者五块。这是我们当时的经济来源。然而仅仅是短暂的两三个月，这台原本是淘汰的旧彩电又要物归原主了。她肯定很气愤，但是我们只看见一张笑脸。我们并不知道她在街上受了什么委屈，转身就哭，一路哭着离开那条闹哄哄的长街。她后来告诉我，那是她走过的最长的街道，曾经以为那是人生最长的困境，是人情凉薄的真实面貌。然后，回到家中给了我们那样一张好看的笑脸的第二天，她准备离家出走，到外面去讨生活。可是脚还没有踏上班车她就反悔了。这个出走失败的女人又倔强地回到村里。

她这次的笑脸完全不是为了要掩饰离家出走的举动才摆出来。她的确很高兴。事情是这样的：她在街上遇到了一些熟人，他们围坐在一起抽烟，其中一人散烟的时候却单单漏掉了她。那人明明是知道她抽烟的。但是他假装不知道。等那支香烟抽完之后，她从容地起身也拿出香烟，挨个散了一遍，单单漏掉那个不给她香烟的人。那人说，你怎么不给我烟。好啊，太好啦，机会来了，她傲气地回答（肯定是早就准备好了这样的气势，像从前哭过之后还能淡然地准备一张笑脸），你刚才看不见我，我现在也看不见你呀。那人脸红羞愧，偷偷溜走。

他肯定不清楚，其实这句话并非说给他，也未必说给别的人，她可能是说给自己，也或者，仅仅是想说这样一句话，来回击对过去生活所遭的冷眼。

这是她笑着回来的真正目的。

她像是报了什么大仇，心情愉快，又抽了一整包香烟。

“干得不错。”我说。

“当然了，难道我是好欺负的人吗？”她这样回答，非常得意。

可我还是不习惯她房间里的烟雾，甚至对那张烟熏的黑黄的瘦脸也感到陌生。她才五十多岁，看着却比实际年龄大很多。从前我们走在一起，人们会指着我跟她说，哟，你妹妹啊？现在人们指着我跟她说，哟，亲戚吗？

我很少在她的房间说话。而她有说不完的话，她有时被自己制造的烟雾呛得咳嗽，明显听到气管中“空空”地响，也不能阻碍她要一段一段将往事翻出来。

如果我要近距离说话，只能走进那缭绕的房间去寻找她。我喊，妈。她想半天才答应。如果我说，妈，你知道红薯放在哪儿吗？她迅速就站起来，准确地找到我要的东西。只有对这样的事情感兴趣，或者说，她习惯听这样的声音，问她要吃的和穿的，就能勾起她的条件反射。

不过她也有懒散的时候。蒙头大睡，抱怨风大，抱怨牙疼，抱怨饭太硬或太软，抱怨她的衣服被烟火燎出一个破洞。

她还有傲慢的时候，叼着香烟，走在马路上，或者骑着她的女式摩托车慢慢地跑在马路上，遇见熟悉的人突然不想打招呼就这么过去了。那人肯定要扭头看一眼，他肯定会有点生气，所以他才会把这件事情记在心里，等我回去的时候跑来跟我说，你妈妈，好拽的样子。

我也好拽的样子。我没有把他的话当回事。我认为这是世上最潇洒的态度。那天如果有风，风会吹亮她的烟蒂，夜色沉下来的时候，会掩住那张黑瘦脸上的皱纹，而那双被烟熏黑的手指，以为握着的是天边一颗星。她是这样的心情：我只想抽一支烟，在马路上走走，不搭理任何人。

冒险家

山间有清泉流过的时候冒险家走了出来。现在她再也不是过去的样子了。她肯定是在这座城市荒废了少年，以致容颜憔悴脑袋像霜打一样低着。我们在路口相遇时她手里夹着花花绿绿的矿泉水瓶子，眼光茫然但可以看出其中还夹杂了一点高傲和冷漠的气质。她是闯红灯过来的。而我的背后——也就是她要去的那个方向正是可以畅行的绿灯，许多人走了过去，只有她像个守规矩的人那样站着不动。我突然明白这个人是把规矩搞反了，她在等红灯亮起然后像个冒险家——当然在她那里不存在这个概念——大摇大摆走过去。

我为发现这个问题而高兴，连忙跟我的同伴说，你看这个人，她对绿灯视而不见，她在等红灯！但很快我又陷入平静，因为她的冒险精神在她进入我视线那一刻就已经被感觉到——我说，山间有清泉流过时冒险家走了出来（在看到她的那一刻我直觉地感到亲切，便确信她是从山间走来的，她绝不是土生土长在这儿的人），她来到了城市，闯着红灯向我们靠近，然后我们等绿灯的时候她等红灯——所以这个发现实在不值得兴奋。

为了更多了解我偷偷地观看她。她依然用那种漠然的态度稳稳地站在那儿，不看我也不看别人。我向后望了一眼绿灯心里替她着急，仿佛她不过去这一生就要过去了。

她身上背着的孩子像个刚刚从天边冒出来的太阳，那孩子眼神里挥发的温热而天真的光芒直直地照着我。我不好意思地跳开视线。也许我观看他奶奶的眼神有点带着神灵一样的慈悲和漠然，就像观看一块长着不起眼庄稼的贫瘠的土地。

确实我看到她脸上的皱纹像土地那样龟裂，从心底莫名地生出一股慈悲之情但很快就淡了。因此在他的眼神照到我的时候，我才会羞愧和不安。

我从眼角看到孩子的眼睛望到了远处的高楼——他终于不看我了。我也悄悄顺着他的视线望着远处的高楼。那是一座正在修建的只有骨架的楼房，顶上站着的人穿一身黑正在朝什么地方无聊地吹口哨。“那是鸟吗？”孩子说。他可能在问我们站在这儿的每一个人。由于他没有点名并且还是个孩子，我们谁都不理他。“那是不是鸟？”这回他有点不高兴的味道。他的奶奶——那个冒险家——用冷淡的眼神朝房顶轻轻看了一眼说，是鸟。好戏接着就来了，这个任性的孩子弯腰去抓那些矿泉水瓶子，闹着要用它们将鸟儿扫下来。

我们谁都不好意思向他解释说，“哎呀，你奶奶刚刚说了谎话，那不是鸟，那是和我们一样站在高处面目不清的鸟一样的人”，然后我们接着撒谎，“由于我们站在地上不能飞翔而心中总是羡慕自由，于是建起了像这样一座一座的空城爬到高处，在那儿我们可以获得和鸟儿一样的心情”。

显然我们如果真这样解释那就犯了冒险家的大忌。她既然说高处的人是鸟，一定有她的道理。说不定她这些年在城市，正是靠着这样一股想象力生活。

孩子在她背上安静下来。她也一动不动抓着那几个空瓶子等红灯。我看见她的嘴唇有点干裂而手中紧紧抓着的瓶子却没有一滴水。我潜意识中又出现那条山间穿行的小溪，阳光带着树叶的碎片漂在水面……这个念头只是一闪就不见了，眼下是她遮掩不掉的苍老模样，而我实在没有能力舀一瓢过去的水解救她现在干裂的嘴唇，这种无能为力的心境使我仿佛陷入一片枯黄的深草不能动弹。

就在这个时候她扬起一只手擦汗，我看见她手上的疤痕被汗水打湿。我想走过去跟她说，你手上的伤疤和我的一样。但我羞于走过去。我不能揭穿一个冒险家过去可能和我一样的艰涩的生活。我要为她保持一种起码的尊严，哪怕她的困窘其实已经无法掩饰。

而事实上我心里已经崩塌，甚至想象我们一起抱头痛哭的样子——我们可能会说，活了这么久总难免洒点眼泪吧？然后她说和她一样年岁的人已经死了好几个，我也说和我一样年岁的人也死了好几个。也可能会说，我第一眼看到你就觉得我们是同一类人，虽然你不捡这些别人不要的空荡荡的瓶子，但你总是干一些别人不干的空荡荡的事——最后因为某种原因和力量又不得不突然神一样地站起来，像陌生人那样——就是现在等红绿灯的样子，各自保持着一股高傲的漠然的表情背道而驰。

她的衣服被风掀起来，好像站不住往后退了一步。也许这个不能控制的动作让她有点尴尬，忍不住看向我，毕竟一个人时常保持一种冷冰冰的态度板直地站在那儿，却突然被一阵风险些刮倒，多少要露出一点难堪的神色。

这个时候我已经不想将她视为没有一丝弱点的冒险家，于是向她点了点头。为了表示诚意，我抬手指着后面的绿灯说，你可以过去了，现在是绿灯。

她对我的好意没有任何回应，眼睛也看向别处。刚刚那种难堪的神色过去之后，她又恢复到那种高傲的漠然的样子。

我想象有一天我也老成这个冒险家的样子，身上背着我的孙儿手中抓这样几只无用的瓶子，嘴唇干裂却像个冒险家一样怀着年轻时候余存的高傲和冷漠稳稳地站在这儿等红灯。

“疯子！”我听见这个声音的时候路口已经多出一个年轻女人。而我的背后红灯亮了，那位冒险家背着她的孙子逼停了一辆一辆的车，从容地走过去。冒险家走到路那边回头看了一眼，我认为她在看我，其实是在看对面那盏我不敢闯过去的红灯。我旁边站着的年轻女人吃惊地望着那个背影，这时候我替她想了这样一句话：这个时候她闯不过去，她的一生就过去了。

作者简介

李晓萍（1982～ ），出生于云南省牟定县，现居牟定县。

我的乡村生活（外2篇）

生于大山、长于大山的我，从小和乡村结下了不解之缘。不管是居住在城市，还是漂泊在外，儿时的乡村生活总是令我魂牵梦绕，难以忘怀。

背　粪

我居住的村庄没有毛驴和骡子，庄稼地里的农家肥只能靠人背。母亲把粪草从猪圈里挖出堆在墙脚，等收割和播种完毕，就把粪草背到田地里。

我家的田地有远有近，近的就在村庄对面，需要上一个很长的陡坡。每当父亲一声吆喝：“背粪去了。”全家大小出动，最小的是我，十二三岁。我很老实，力所能及地使出最大力气为田地送去一篮又一篮粪草。我跟在父亲身后，父亲背一趟，我背一趟；父亲途中休息一下，我也休息一下。每次背粪，都是接连几天背完。刚开始还吃得消，慢慢地，我的力气越来越小，腿脚越来越软，腰越来越酸痛，但还是得面对，直到背完为止。

最远的田在五公里外，每年全家四人要背三天才能完成任务。幼小的我像一只蜗牛，背着一篮臭气熏天的粪草，吃力地爬行在山路上。每背一次，我就害怕一次，可害怕没用，我不敢向父亲诉苦。父亲是农民，我是农民的女儿，父亲干什么，我就得干什么，否则就喝西北风去。热辣辣的太阳烤在大地上，烤得我汗流浃背，累得我嗓子直冒烟，背上的粪压得我喘不过气，但我必须得向前走。

一次，我实在背不动了，就找了个理由说肚子疼。聪明的父亲识破我的伎俩，怒气冲冲骂了一顿，说我一点都不争气，那么小就学会偷懒。骂得我流了一个上午的眼泪。当时，我恨父亲，恨他一点都不宽容我，哪怕让我休息一下也好。现在，我理解了父亲，父亲也是被逼无奈，是贫瘠的黄土地逼父亲。

麦秸暖身

那一年，我在乡村小学读三年级。学校住宿条件很不好，我们二十多个女生住在一间破庙里，四面透风。在寒冷的夜里，刺骨冰冷的风不停地从破旧的窗里猛刮进来。我身上只有一条薄薄的旧被，只能哆嗦着睡在床上。尽管我的身体很健壮，但还是抵挡不住寒冷的侵袭，在一个阴雨绵绵的早晨病倒了。

母亲得知我病了后，背着一篮家里储藏的麦秸，沿着曲曲折折的山道翻过三座大山，来到我的学校。在母亲走进校门的时候，我没有看到她的身体，只见一篮麦秸向前移动。到了宿舍，才看清是母亲。那篮麦秸像座小山，深深扎进我的心里。

母亲说，我听到你病了，就赶紧背了一篮麦秸来给你暖身，这麦秸在院里晒了三天，干燥暖和，铺在床上一定会舒服。母亲说完就从篮子里拿出细细碎碎的麦秸，整整齐齐铺到我的床上。

床上有了麦秸，周围弥漫着麦子的香味。我睡到蓬蓬松松的床上，有一种温馨的味道，感觉很舒畅。那个雨天，我的病有了麦秸的温暖，很快就好了。

那时候，母亲的麦秸不仅给我暖身，在家里也发挥了很多作用。家里养的猪离不开麦秸，每年秋季刚收完小麦，母亲会把麦秸碾成麦糠，作为猪的饲料。还有家里的牛，在寒冷的冬季没有青草，那又脆又香的麦秸自然成了它的最佳食物。家里的鸡窝、狗窝、猪窝都是麦秸铺成。在下雨的日子里，麦秸是做饭的燃料。

现在，我远离了乡村，远离了麦秸，我的生活已不需要麦秸。但母亲的麦秸，像一颗璀璨的珍珠，时时在我的内心深处发亮发光，让我怀念。

藏在腌梨里的爱

前天，一大早就接到母亲从农村老家打来的电话，说天气变冷了，要注意保暖，上下班多穿点衣服，千万别弄感冒了。母亲说完，父亲又接过电话问我，这几天有没有吃到腌梨。我说，在小城里能吃到，平时市场上就有人卖。挂了电话，我的泪花在眼眶里打转，思绪也随着回到儿时的农村生活，回到父母亲那温暖的怀抱里。

在我们南方，能吃到腌梨要在过冬时节。每年秋收完毕，父亲会带领着我们儿女到田园里的梨树林，摘几篮又大又好吃的梨背回家。母亲在锅里熬几桶淡盐水，和梨放到大缸里腌。两个月后，几缸黄澄澄的腌梨就会惹得我口水直流。腌梨的味道很美，酸而甜，是农村食品中的一大美食。

记得我十岁那一年，母亲不小心把脚崴伤了，躺在床上两个月都不能下床。那一年，我家梨园里的梨又大又圆，但母亲没有能力为我们腌梨。到了冬天，村里的人们个个吃上甜滋滋的腌梨，而我家的大缸里却什么都没有。母亲躺在床上说对不起我们，让我们吃不到可口的腌梨。

岁月如流，转眼间我已16岁，初中毕业那年的冬天，母亲专门背着一袋腌梨，从老家翻过九座大山，徒步20公里来到我们的学校，让我吃上了一年没有吃过的腌梨。接过母亲手中的梨时，我看到母亲额头上密密麻麻的汗珠。我深深知道母亲的艰辛，家里的十亩田地要她一人支撑，因为父亲已出门打工去了。她一人不仅要操劳好田园里的农活，还要照顾好家里的鸡、猪、牛。吃着甜蜜蜜的梨，我的眼里满是泪花。

那一年中考，我以全校第一名的优秀成绩考上了省城的一所中专学校。去报到的第一天，母亲从家里的大缸里取出了几个黄澄澄的腌梨，叮嘱我在路上吃。

中专毕业后，我分配到了家乡县城的一个行政单位上班。每年冬天一到，母亲总会从老家乘车50公里，把一大袋好吃的腌梨送到我手里。我深深知道，那些腌梨里藏着的是深深的爱。

母亲与狗

暖暖的阳光照遍村前屋后，村里来了一辆买狗的农用车，车上装满大大小小的狗，它们即将走向另一个世界，狗贩子要用它们的生命去赚钱。

不久，车走了，我家门前却多了一条狗。狗是趁车主不小心之际，悄悄跳下。那是一条黑狗，半大，全身的毛亮晶晶，是一条精神面貌很好的狗。这狗很聪明，它懂得保护自己的生命。

黑狗没有去处，整日睡在我家门外的公路上。没有朋友，就和我家的小白哈巴狗闹架玩，一日两日，两条狗真成了朋友。第三日，黑狗实在饿得不行了，趁母亲不注意，悄悄跑到院里把小哈巴狗的剩饭吃掉。随后几日如此，母亲心善，见黑狗没有去处，就收留了它。

母亲说：“狗来福，猫来穷。”家里突然跑来一条狗，意味着今后一定有个好福气。母亲每天把黑狗喂得饱饱的，狗盆里，随时盛着一些饭菜，为的是不让黑狗饿着。煮好吃的肉，母亲也不忘黑狗，总往狗盆里放几块，或在切肉时，就扔给黑狗吃。

黑狗很听话懂事。家里杀鸡杀猪时，母亲把肉摆在它面前，它从不流露出嘴馋的样子。家里没有一个人，厨房里地上摆着好吃的腊肉或新鲜肉，黑狗就在旁边，可它从不偷吃，而是好好守护。黑狗明白，那不是它的食物，不是自己的就不能吃。

母亲很为黑狗的斯文高兴，在我面前，不止一次夸黑狗乖巧聪明。母亲把黑狗视为家里的一员。

两年后，黑狗长成了一条大狗，一身亮亮的毛在阳光的照射下，熠熠生辉，光彩夺目。黑狗成了村里最壮的土狗。家里来了客人，它心知肚明，乖乖躺在院里，摇头摆尾，对客人表现出友好的情意。家里来了讲话大声大气或充满敌意的人，黑狗毫不留情，冲上去就是大肆撕咬，吓得其后怕不已。黑狗爱憎分明，不怕邪恶来扰。它是一条重情重义的狗。

我因工作和琐事原因，近两年来，很少回到故乡，一年只那么两三次。黑狗记性很好，每次我回到家门口，会喊一声：“老黑，我回来了。”黑狗总会在清风中摇起潇洒的尾巴，欢迎我回家。饭后，黑狗会静静躺在母亲身边，与母亲一同老去。我继承了母亲爱狗的基因，看着充满活力的黑狗，我忍不住向它示好。先是轻轻摸摸它的头，黑狗有一点害怕，把头转向另一边，我没有灰心，又柔软地摸摸它的手，脸上挂满笑容。黑狗看到我笑意融融的脸，很快接受了我的友好。我的心很柔很软，世界上一切有生命的东西，只要你敞开心中的善意，美好地给予对方，那生命就会充满生机活力，绽放出鲜艳夺目的友好光芒。

不知何时，父亲总是念叨，岁数大了，没有能力种稻谷养活黑狗了，它的饭量很大，能吃下一个成年人的饭。想想也是，父亲和母亲都是六十老几的人了，真的老了。两人都患有严重的风湿病，干不动重活。况且故乡土地贫瘠，拼尽全力也挣不到好收成。父亲看着黑狗，心有余而力不足，他也很爱黑狗。

母亲听从了父亲的话，忍住心头所有的痛，把黑狗卖了。几十里外的一个年轻人看上了黑狗的壮与懂事，他要培养黑狗为他放羊。年轻人对黑狗不友好，带黑狗走的那天，他把它的嘴绑着，双手双脚捆着，丝毫动弹不得，黑狗难受，发出可怜的哀叫声。

捆走的黑狗，被年轻人关进一个黑屋子里，看不到一丝阳光。一日，趁年轻人开门的时候，黑狗使尽气力，咬断挣脱绳索，跑了出来。它翻山越岭，吃了无数苦头，找到正在放牛的母亲。当见到母亲的那一瞬，黑狗一下跳到她的肩上，又亲又吻，足足亲吻了十来分钟。

母亲说："这狗的记性真好，那么远的路，也能找着回来。"在黑狗心里，只有母亲对它最好，母亲对它的爱是无私的，没有一点杂质。正是这纯洁干净的善良，足以感动黑狗一辈子。黑狗心中装着母亲圣洁的善，不管路途如何遥远，它终于寻找到那个最爱它的人。几日后，年轻人来寻狗。母亲坚决回拒："狗我不卖了，把钱退还你。"年轻人悻悻而去。

母亲依旧把黑狗养得壮壮的，每日和它梳毛玩耍。不管岁月如何走得快，母亲与黑狗，日日相伴，年年相依，母亲吃什么，黑狗就吃什么。她和它，在生命的年轮里，相互用一个"爱"字温暖对方，用一个"善"字诠释世间的美好。

羊皮褂

在我的记忆里，羊皮褂都是黑乎乎的，就像一件170万年前元谋人穿的原始衣服，散发出古老、悠远、野性的韵味。

羊皮褂是一件山羊皮改制的，与其说是改制，不如说只是简单地在羊皮上方用剪刀剪开两个洞，让人的双臂从中穿过去就行。地瘠民贫的家乡坐落在山窝窝里，幼小的我是没有多少衣服避寒的，一到冬天，母亲不时把羊皮褂穿到我瘦小的身上，除了露出一颗人头外，全身上下就像一只黑山羊，黑漆漆的羊毛随寒风摇曳，在倾诉着寒冷的无情和岁月的艰辛。尽管如此，我对羊皮褂还是充满了无限的依恋，是它为我驱寒逐冷，是它给了我快乐的冬天。黑黝黝的羊皮褂似母亲温柔热烈的胸怀，幸福着我稚嫩的心河。

后来，羊皮褂经过技术上的改进，令人耳目一新。母亲选用一种质量上乘、颜色美观的蛇皮口袋做原料，经过一双巧手的精心设计与缝制，一件亮灿灿、白生生的羊皮褂展现在眼前。母亲一生忙忙碌碌，辛勤耕耘，羊皮褂如难兄难弟般一直陪伴在她左右。阴雨绵绵的清晨，在雾霭重重的包围中，在冷冰冰的大风的侵袭下，羊皮褂静静地拥抱紧母亲外出劳作，为母亲挡住了多少风雨多少寒冷多少辛酸。在寒风凛冽的冬日，羊皮褂不管狂风有多大、霜雪有多浓，羊皮褂始终挽住母亲的双臂，傲然蔑视尘世间所有的艰辛与沧桑，伴随着母亲走过风雨交加的岁月。

母亲总是用充满温柔、爱恋的目光深情地注视着羊皮褂，像母女，像朋友，如痴如醉，乐此不疲。

羊皮褂不仅能为母亲遮风挡雨，还能使母亲远离物体的摩擦。茫茫大山里的农村，是依靠柴火生火做饭，所以一到冬日，是要准备好足够全年燃烧的柴火的。天刚破晓，母亲和羊皮褂的身影总是沿着家乡的羊肠小道绕来转去，在郁郁葱葱的森林里，母亲举起砍刀，一阵有节奏的“咚咚咚”声后，一大捆潮湿笨重的柴火重重地压在母亲瘦弱的背上，然后使尽全力背回家，这时，母亲总是将羊皮褂垫在背上，隔离柴火对背部摩擦带来的伤痛。一个冬天过去，羊皮褂已是伤痕累累。日复一日，年复一年，母亲不知磨烂了多少羊皮褂，羊皮褂吃苦耐劳、坚韧刚毅、不畏风雨的高尚品质，深深植入了母亲的心中，注入了母亲的血脉，与母亲瘦削而刚强的身体融为一体。

羊皮褂是母亲的宝，是母亲的心肝，是母亲生命的一部分。

作者简介

陈陌（1982～ ），出生于云南省金平县，现居金平县。

河西行纪（外2篇）

假日出游，抵达通海县河西镇，这是朋友的家乡。

追忆往事的我们，跟着古城的时间，缓缓打开时光里潜藏的记忆。河西的历史、习俗，以及我们一路走着遇见的人和事，都像一朵朵绚烂的花在眼前燃放。

河西的“城”

走在街上总能听到人们提到一个地名“西城”，一直好奇“西城”何在。后来听朋友介绍，河西镇是历代县治所在地，为玉溪市四大古城之一，所以河西人把河西称之为“西城”。

据说，在明成化七年之前人们叫它“乡绅村”，“乡绅村”顾名思义那时这地方人才荟萃，能为地方发展出谋划策的人才聚集，算得上是个“智库”，也因为有了这个“智库”，成就了“乡绅村”日后成为全县的政治文化中心，从一个小小的村庄发展成一个古朴雅致、市井繁盛的小古城。

行走在河西条条古色古香的小巷子，白晃晃的阳光透过屋檐投射到石板路上，我们沿着墙根行走，用手触摸陈旧的墙壁，猜想多少风雨在此划下过痕迹。一整个下午的时间，粗略地把河西古城走了一遍，有时停在沧桑的老宅前品味古朴的韵味不舍得再移动脚步，有时快步追赶时间的足迹嗅一嗅历史的气息。

在河西，四合院已所剩无几了，难得被保留下来的几处，也分成了三四户人家居住，已显得有些散乱。每个院子里都有一口老井，井水清澈透亮，河西人生活俭朴节约，尽管家家户户都通了自来水，但除了日常饮用之外，其余所需用水就是用这井水了。这井水长年不干，而把井打在院子里或房屋的大堂里，也起到调节温度和湿度的作用，使得河西的房屋冬暖夏凉。

岁月的齿轮在历史的变移中不曾停步，河西也随着时间的长河发生变化，而几百年来，古城的东、西、南、北四道城门始终默默守护着小城里一些沉睡未醒的梦，它们凝视着古老房檐下的黑白倒影，抚摸着那些被时光琢磨的沧桑。

站在高处，辽远而广阔的天幕，透着纯纯的蓝，谁的巧手把朵朵白云拉成薄薄的丝绸飘荡在空中，往来的风吟唱起一首徘徊婉转的歌。

河西的“话”

河西是一个文化底蕴深厚的小镇，古有“儒学名邦”之誉称。

抚过朱红大门，高高的围墙把文庙圈在时间之外，怀揣敬仰的心情去感受儒学文化的深远，遥想旧时儒学弟子们三五成群讨论着学术的情景。几个世纪过远去，文庙或许已失去了当初的作用，如今这成了老人们休闲下棋聊天的场所，但是在这里，能听到很多关于河西的故事，也能深深感受到儒学文化对河西人有多深的影响。

静坐在文庙的老树下享受谧宁时光，看来来往往的人打着招呼，聊着家常，而让我不能听懂的是相熟的人们见面的对话。

“您请了吗？”

“请了，您给有请？”

“我也请了。”

……

当没头没尾地听到这样的对话，如果是你或许也会像我一样满头的雾水，真不知这是在讲什么之乎者也。经朋友解释方知这是相互在问有没有吃饭。据说河西人之间忌说“吃”，以“请”代替，在他们语言认识中“吃”是极不礼貌的说法，如果要宴请他人，或约亲朋好友到家聚餐，你开口说“来我家吃饭”。这话一出定不能把人请来了。不管是对平辈还是长辈，河西人在语言上都容不得一点马虎和随意，朋友离家十几年，习惯了外面的话语，回到家有时会冒出“吃什么、吃不吃”之类的话，她母亲总会很生气地责备“出去几年就没礼貌了吗？我们西城人是‘请’”。

除了“请”字，河西人还有一句话让人感到很亲切。走在街上，不论你进入哪家商铺，不管有没有购物消费，出门时店主必说“来玩哦”。起初，想着店主是朋友熟悉的人，所以送客时说的不是“慢走”，而是“来玩哦”，走的店铺多了就发现这是他们共同的礼貌待客之道。简单的一句话却把陌生的距离消除了，似乎店主与顾客之间已建立了朋友之谊。

河西的“寺”

在188平方公里的土地上，散落着佛学文化的园明禅寺、大兴福寺和道教的财神庙、山神庙、北极宫等。节假日，前来烧香、求佛、许愿的善男信女特别多，寺庙的香火特别鼎盛，甚至通海城、玉溪市区的人们都会自驾前来朝山进香。到古寺求佛，如今成为一种旅行休闲的方式之一。在城市，快节奏的生活步调让人疲惫，各种压力更让人窒息。找个晴朗的日子，放下名利欲望和生活的重担，逃离到古寺的静谧中，听听禅音、闻闻禅香，也算是一次净化心灵的清修之旅。

圆明寺，一座600多年的历史沉浮的滇中名刹，始建于元至正年，清咸丰六年因战乱被毁，直至光绪十四年，得先妙禅师圆泰募资重建。圆明寺殿姿崔嵬，依山就势，逐级叠层，四进一大院，配有楼、阁、水榭，院内有历代游客诗人、著名书法家赞颂的匾额楹联，正院中栽种着四季不凋花草，在佛泽之下，盛开得悠闲自在。寺院右前有瑞莲池，池中央有一阁，名曰“瑞莲阁”，阁有两层，皆画栋雕梁、翘角飞檐，整个院内幽邃曲折，可谓寺中有园，园中有寺，静中生趣、今人联想翩跹，故亦称为“圆明寺公园”。寺院紧靠普应山，为中轴线一进四院五重式建筑，由大悲阁、大雄宝殿、天王殿、东西厢房、涤尘楼、山门、望海楼、地藏殿、卧佛殿等组成，佛教香火自元代就没有断绝过，即使在“文化大革命”中，和尚们仍然终守寺院，如今不仅是滇中佛教文化的传承之地，更是宗教文化旅游的极佳场所。

走到一偏厅，朋友指着一扇雕花木门告诉我，那是她和几个邻舍共同捐修的门。河西盛行各类宗教祭祀活动，“捐门”就是其中一种表示对礼佛虔诚的方式。朋友参与“捐门”时仅二十出头，她并不信仰宗教，但从小受佛学文化的影响深远，“捐门”只是为表达对诸佛菩萨的礼敬、感恩。

河西的“关”

说起曲陀关，大多数人都会脱口而出“甜白酒”。而真正提到曲陀关的历史，就算吃过曲陀关“甜白酒”的外地人也是所知甚少。

曲陀关是河西辖区内的一处历史遗址，是元代“临安元江车里等处宣慰司都元帅府”的所在地，也是当时设立在滇南的最高军政机关。景泰《云南图经》上说："曲陀关，一曰万松营，河西县20里，其顶平衍，中有甘泉38穴，400条岗环抱。"明代天启《滇志》也说道："元帅府，在县（河西）北三十里，夷名曲陀关，又曰万松营，元至元二十年建。"曾不止一次往返省城途经曲陀关停车休息，采购一些当地特产甜白酒、豆末糖、咸菜等等，也会去看看纳家营的刀具，但一直未知这地方曾是繁华要塞之地。

由于弥漫硝烟的战争肆起，曲陀关的元帅府被毁，但"曲陀关"这个名字至今一直被沿用。当了解一段历史之后，突然觉得曲陀关三个字变得厚重，而尘封了700多年的印迹也忽然在我脚下复活。眼前浮现古道、驿站、客栈和被风吹起的酒旗，远远听见战马的嘶吼，阿喇帖木耳奉命调任云南"宣慰司总管"，后来被特授为元帅府都元帅，他带领着山东、江苏、浙江、河北、山西、陕西的"一十五翼"兵马镇守曲陀关，管辖着四境百户、千户及万户府，曲陀关逐渐繁盛，都元帅死后由其子旃檀袭其位。檀后建立卧龙寺、武安王庙，在帅府周围种植松树和桃花，桃花盛开的时节，许多学士到此观赏，被后世称为"帅府桃林"。不知在这桃林里发生过多少浪漫的故事，而今所能寻到的是元朝一位诗人在这帅府桃林里写下的诗句：

阳关形势扼新兴，百骑飞来如建瓴。
三面山春通海白，一天风扫似峨青。
朝廷里战三军乐，官府无私百姓宁。
闻说元戎不好武，新诗吟满半山亭。

可惜啊！元朝这位"新诗吟满半山亭"的都帅在与明军作战时寡不敌众，把生命结束在曲陀关。明兴元亡，而当时"为商旅辐辏之地"也早在"明初废于兵燹"，驻扎在曲陀关的蒙古军队在战败后来不及返回蒙古草原，在杞麓湖畔以捕鱼为生，过起安居乐业的生活，后来他们扎根的地方被命名为"渔夫村"，直至中华人民共和国成立后更名称兴蒙乡。历经磨难走过700多年的春秋之后，他们至今仍保留着蒙古族语言、服饰、饮食和宗教的习俗，只是已从牧民变成了农民，并将一直延续下去……

悠悠700年的曲陀关，往事随风一去不复还，在历史前进的脚下，都帅府已消失了踪迹，只能在文字记载中找到它曾经的风华之貌；只有曾经为它而开的花儿把它记在心瓣上，随风凋零落入泥中化作下季春。

河西的“事”

晌午时，路过河西农贸市场，一位老大爷正在炸爆米花，这不是吃到的放了奶油的爆米花，而是老式传统的用炭火烘烤的。老大爷坐在小板凳上，熟练地一手摇动黑不溜秋的椭圆形铁罐子，一手转着鼓风机，小火炉被吹得通红，蓝色的火焰把我的记忆拉回了童年时代。

“嘭！”随着一声脆响，一团白烟腾空而起，瘪蔫蔫的麻布口袋瞬间就涨满了肚子，飘出了浓香的味道，我情不自禁地咽了一口口水。移开锅，就看见白生生的玉米花，这时不知从哪里窜出几个孩子，争抢着购买这新鲜出炉的爆米花。由于年迈，老大爷每个动作都略显缓慢，做完孩子们的生意，他挺了挺身，抬眼看了看我，说：“姑娘，来尝尝。”我挑了一粒放进嘴里，甘甜酥脆，轻轻一咬，来不及咀嚼就化在舌尖。

就是这个味，孩童时最熟悉、最美好的味道。

我的童年在乡下度过，最美味的零食就是这种爆米花。记得那时，去上学时总把衣服口袋装得满满当当的，一路上边吃边蹦蹦跳跳，有时不小心弄掉了几粒也要拾起来吹吹丢进嘴里，真是乐滋滋的。炸爆米花不是天天都有，要等到每星期的赶集日。那时还上小学，馋嘴的我一到赶集日就兴奋不已，放学后立即约上小伙伴们，从家里带一口缸玉米或大米，装着两角钱去街头炸爆米花。炸米花的阿叔很受孩子们喜欢，大家都叫他“米花叔”，来炸爆米花的人很多，排着老长老长的队伍，人们一手提着玉米、大米，一手拿着大大的麻布口袋，有的人知道要等很久，干脆就提个小板凳来坐着等。

有时没钱去炸米花，也会去蹲在旁边看“米花叔”摇动着米花炉子，当要把米花倒出来时，“米花叔”会扯着嗓子喊：“把口袋拿来，米花要飞了。”这时围观的孩子们就会跑到较远的地方，用手捂着耳朵，咬紧牙齿等待着那一声“嘭”的巨响。有时，“米花叔”没把口袋封好，开盖时产生的力会把米花喷出袋子外，我们一群小伙伴就一哄而上，抢着掉落出来的米花。“米花叔”总要狠狠地骂一句：“你们这些小屁娃娃。”然后又从袋子里抓一把放到簸箕里分给我们吃。

现在街头巷尾，处处可买到爆米花，口味也丰富多样，也可以自己到超市买一袋包装好的拿回家用微波烘烤，三分钟炸出一大包美味的爆米花，这虽然也能享受口福，却找不到与童年时那种感觉相契合的味道，只有老式爆米花机以一声“嘭”爆出来的爆米花最正宗。

看炸爆米花的过程是一种享受，品尝爆米花更是一种美妙的味觉之旅，此次河西行让我真实地穿越回到趣味的童年中。

在河西游玩了几天，看了这儿的城，听了这的话，走了这儿的关，尝了童年味道的爆米花，虽不能说是惊艳或是美得令人醉了，但细细咀嚼，河西是能让人美到心里去。

翻阅滕王阁

踏着历史的足迹，轻轻吹开岁月的尘埃，一步一步临近，滕王阁赫然于跟前，抬头仰望，翘起的飞檐，碧色的琉璃瓦，在苍穹之下折射着唐时的显赫辉煌。翻阅一篇篇与滕王阁有关的诗文，旧时的风在年轮的背影里停息，多少繁华被斑驳，多少光阴被抛掷，但曾经的过往还留在墨香里，曾经的故事还藏在书页间。

一页页，一句句，细细翻阅蹚过历史河流的滕王阁……

认识滕王阁，是从王勃的《滕王阁序》开始的。往日的滕王阁与我隔着珠玑之字，而在这个雨季，才知道，我可以与滕王阁那么亲近。烟雨漂洗的滕王阁，宛如一幅淡雅清逸的水墨画，温润的色调、幽深的寂静，在绵长的时光中自然庄严。

滕王阁，始建于唐朝永徽四年，唐太宗李世民之弟李元婴任洪州都督时所建，李元婴曾受封“滕王”，故以“滕王阁”冠之。自王勃提下《滕王阁序》后，滕王阁千古名传，而继王勃之后，唐代王绪写《滕王阁赋》，王仲舒写《滕王阁记》，史称“三王记滕阁”。其后，更有韩愈《新修滕王阁记》写道：“愈少时则闻江南多临观之美，而滕王阁独为第一，有瑰玮绝特之称。”滕王阁总占地一万多平方米，可谓气势庞大，阁楼有九层，高达五十多米，高插云天之上，耸立赣江之滨，为南方现存唯一一座皇家建筑。它与湖北黄鹤楼、湖南岳阳楼并称为“江南三大名楼”。史上的滕王阁先后重建达29次之多，屡毁屡兴，每一次的摧毁，每一次的重建，都把历史和现实整齐地叠加。现在的滕王阁整体布局已发生巨大的变化，它在南昌城西形成了一片规模宏大、配套设施齐全的仿古建筑群落。

走近滕王阁，如赴一场前世未了的约定，有些着急，又有些胆怯，生怕一个不小心惊扰了那千年的宁静。

怀着难言的情愫，一种追逐被石阶拉得深长。进入一层大厅，扑入眼帘的是一幅汉白玉浮雕——《时来风送滕王阁》，这是根据冯梦龙所著《醒世恒言》中的名篇《马当神风送滕王阁》的故事而来。整座浮雕高5.4米，描述了当时水神马当护送王勃于重九之日及时赶到洪都参加洪都府阎都督遍请江右名儒的神话故事。浮雕的主体部分，一袭青衫、儒雅俊逸的王勃昂首立于船头，英姿焕发；右为王勃被风浪所阻，得神力相助日趋七百里赶赴洪都的情景；左为王勃赴滕王阁盛会，挥毫作序的场景。整个构图巧妙地将滕王阁的动人传说与历史事实融为一体，朦胧的灯光，栩栩如生的浮雕，我仿佛走入那幽远悠扬的意境之中，遇见才名鼎盛且浪漫不羁的王大诗人。看着王勃意气风发的姿态，想着他沉浮而又短暂的一生，才华横溢却两次被贬，死里逃生写下《滕王阁序》后，乘坐一艘船前往当时的交趾（今为越南境域）看望父亲，见到父亲的生活窘困，须发也愁白了不少，王勃的内心无比愧疚。不久后，王勃便踏上归途，正值夏季的南海风急浪高，王勃年轻而又富有才华的生命竟被那无情的海水吞噬，终归逃不脱命运的轮盘，那年他才27岁。当唐高宗得知王勃溺水而亡时也喟然长叹："可惜，可惜，可惜！"

滕王阁本是风流王爷李元婴用于寻欢作乐之所，最终却能流传千古，1300年的风霜也无法将其淹埋和侵蚀，这得益于王勃的《滕王阁序》。试想，如果曾经王勃未为滕王阁写下此篇序，之后还会有那么多文人墨客登楼作文吗？此间，滕王阁还会挺立于赣江边上，成为中国文化史和中国建筑史上的丰碑吗？或许，滕王阁早已沉入历史的记忆中。

登阁楼，赏佳作。《人杰图》《临川梦》《地灵图》等壁画无不让人流连赞叹。每一层都有一个主题，与阁楼有关，虽说这是仿造的阁楼，但仍然保留着唐宋时代的那种雄伟、瑰丽和典雅的风格，无愧于"瑰玮绝特"之称。五楼西厅东壁的悬挂大型磨漆画《百蝶百花图》是我最钟情的，一直喜爱蝴蝶毫无理由。据传李元婴亦爱蝶，更擅画蝶，自成一派，画界称为"滕派蝶画"。这幅磨漆画便是寄托了今人对"滕王阁"创始人李元婴的怀念，可惜这阁楼未能留下滕王的墨宝，这不得不说是一大憾事。但此幅《百蝶百花图》的精致美妙弥补了人们的一丝遗憾，此画以三合板为底色，贴金箔纸为底色，蝴蝶乃是用细铜丝勾勒线条，用贝壳碾成的粉末涂成翅膀，盛开的白色花丛是南昌市市花金边瑞香，花瓣用蛋壳拼成。

登上九重天，大厅中央有汉白玉围栏通井，下可俯视第五层，其上方成圆拱形藻井，寓含天圆地方的意蕴。西厅为仿古的展演厅，正巧遇到歌舞表演，在小戏台上看一场大唐戏，舞姿翩跹曼妙，歌声优美绕梁，那如梦如幻的场景，让人瞬间如回到了诗意的唐朝，一个朝代在眼前鲜活起来，在一粒粒浸染了历史的音符中，似乎遇见几缕英魂在执着的守护着这座阁楼。我很想问，滕王阁上演的故事里谁是主角？ 李元婴，王勃，还是此时戏台上的舞者，或是正在看戏的我。或许，谁都是主角，谁又都不是主角，在人生缤纷的戏台上，独自舞着生活百态和冷暖情怀，而在光阴的悄然流逝中，一场戏的开始，一场戏的落幕，皆由时间这个强大的主角在操控。

独坐阁楼一隅，目光穿透斜逸在风中的垂柳，跳跃的思绪在瞬间凝固，静静感受滕王阁纷繁过后的寂寥。长廊里回流着古典的挽风，一种惆怅无处安放，眺望远方，只有一种苍茫的颜色，此时微微细雨打湿了豫章城。穿过漫漫风雨，历史的繁华犹在，一条呜咽的江水从历史流到现实，多少悲喜来来回回，一次次复制的阁楼，多少人在此怀古凭吊。

旧时的遗韵在时光中散去，许多事物都染上了苍苍郁迹，滕王阁却在一次次苦难中重立于赣江之滨，成为一道千古不朽的风景。

作别滕王阁，江水依旧流淌，远远回望阁楼，空留一地寂寞……

独吟一句：“阁中帝子今何在？槛外长江空自流。”

村庄落在睫毛上

我的村庄，在记忆里辽阔而又孤独。

一直觉得，村庄是有灵魂的，就藏在家门前的大石板下。

随着春节的气氛在桃花枝头越开越浓，隐匿在记忆深处的村庄清晰在我的眉睫间。多年来，我与我的村庄渐行渐远，也越来越陌生，或许，它已遗忘了我曾在它的襁褓中酣睡。但是就在梦里，它一次次出现，依然是曾经素色的模样。但我知道，泥泞的黄土路已不见了踪影，如今的它已让我找不到回家的路。只是，久远而温暖的记忆不曾离去……

记忆像一只寻花的蝴蝶，四处觅着村庄的芬芳，眨一眨眼，无数颗粒状的思念落在睫毛上。

童年的歌谣唱响心的归宿，谁在梦中种下永不凋谢的山花？村庄，虽无言，却在最绚烂的时节，倾尽全部的诱惑。

思绪闯进村庄的旧时光，被遗弃的水井还滴着水珠儿。村口的老树努力地抽着新芽，仿佛在与岁月做最后的抗争。间或有几只麻雀啄食猪槽里的残羹剩饭，眼睛盯着趴在墙根下那只倦怠的老黑狗，黑狗打个喷嚏，麻雀们“扑吱”一声全飞到大石板上。房檐上悬着的红辣椒和老玉米为暗淡的老房子增添了一抹鲜活的色调。一只公鸡的鸣叫把晌午的宁静撕开，一阵微风吹过，暖暖的阳光沿着山坡流动，“暧暧远人村，依依墟里烟。狗吠深巷中，鸡鸣桑树颠”的意境油然而生。

这就是我出生的村庄，它有一个朴素的名字——石板寨。

石板寨，这是高寒山区常被用于为村庄命名的好名字，而养育我的石板寨之所以叫作“石板寨”，我执意认为是因为我们家门前的大石板。记忆是夜空里的星星，东一闪西一闪，关于大石板的片断却不曾遗忘。岁月磨平了石背，始终静静的守护着村庄，典藏在我心中儿时的情景，依稀就在昨日我坐在大石板上翻晒童年乐事。在温暖的季节，坐在大石板上，阿妈边缝补衣服边给我讲“老变婆”“憨女养猪儿虫”等一些小故事。而那时，小孩子不听话就会被大人们用“老变婆”来吓唬，“老变婆”也成了我孩童时最可怕的恶魔，天黑后就不敢离母亲太远。

每到过年时，阿奶踩响了石碓，舂出香软的糯米粑；阿婶推开了石磨，一粒粒豆子跟着节奏律动，乳白的豆浆从石磨嘴里流淌出来；阿叔们把一头膘肥的过年猪按翻在地，撕裂的叫声让我害怕得躲到小阁楼上。这些踩碓声、推磨声、杀猪声，声声混杂在一起渲染出了农村的年味，更生动了农村人生活的“乐章”。

石板寨是父亲的村庄，母亲是从隔壁村嫁到父亲这儿的，没有经历恋爱的婚姻却让他们30多年相濡以沫。我真正生活在村庄的时间仅是几年，但我固执地认为村庄是可以遗传的，父亲的村庄遗传给了我和姐姐，姐姐的村庄也遗传到了我那可爱又顽皮的小侄儿，每到接近过年小家伙总会问他妈妈要不要回石板寨过年，其实8岁的他仅去过一次石板寨，但那么一次村庄足已在他幼小的心田里发了芽。我相信，村庄的名词正一点点融进他的血脉里……

前些日子，从村庄进城做身体检查的远房表哥提起，从勐桥街到石板寨的公路正在加铺水泥，再过一些日子就要通车了，这让父亲听了很激动，说今年过年一定要回去看看。

在我初始的记忆中村庄是没有公路的，运输往往是通过人背马驮，每次回去都要走上两三个小时的山路，山路坡陡路滑，遇到雨天那是连滚带爬的，每走一步都胆战心惊，有时干脆就把鞋脱了，用脚尖死死地抓着地面，手紧紧拉着路边的野草，黄泥巴都快把小小的我包裹起来。后来，我的乡亲们自筹资金，投工投劳挖开了一条土路，天气晴朗的日子，有拖拉机、摩托车、小货车来来往往运送日常用品和赶集的人。我的老叔老婶也从这条路通往乡政府驻地的公路寻找到了商机，在途中的一个岔路口开起了一家小饭店，赶集回来的人们相约坐下来点上两个小菜，一边冲壳子一边喝小酒，天色渐谈，人们酒足饭饱后方才优哉游哉的绕着黄昏的山路回家。

公路通后，村庄迎来了美好的时光，迎来了前所未有的繁忙。如今，清晨叫醒村庄的已不再是打鸣的公鸡，而是刺耳的摩托车的喇叭声；寨子从昏黄的灯光逐步到夜夜灯火通明，电视机的嘈杂声也掩盖了狗吠声；访友串亲到夜晚的人们不必像多年前那样点燃火把照亮漆黑的路，每一家窗子门缝透出的光足够让人看清楚一条路的曲直；土墙草顶的农舍已难得一见了，家家户户盖起了小平房；一条一条干净的卫生路不会再有黄泥巴在人们的裤腿上描摹着彝家人的风雨图腾了，人们的生活从浓雾中迈进了阳光里；一些飞鸟在或远或近的地方舞动着村庄的动词，催促着人们开始美好的一天。

时光把往昔雕刻在记忆中，一阵风偷来乡间的炊烟，村庄不再遥远……

呼啸的风从村庄背后的竹林吹来，鸟鸣从枝丫上滑入我的耳际。树叶和黄昏一起落下，村庄陷入寂静，闪烁的星星像镶嵌在黑色天幕上的宝石，尘封被时光遗忘的往事，一季又一季丰收的谷物在谷仓里酝酿甘甜的梦，满山遍野的马樱花绽放的声音延伸到山外边，温润远离村庄的人们。收割后的镰刀插在房门后，生出点点锈迹，磨刀石在水井边沉默寡言，堂屋里长年不灭的火塘不温不火地缄默着，把日子煮得红火，老屋也被烟熏得墨黑色，推开两扇木门就能闻到岁月的腊香味。或许，这便是真正的人间烟火了。

作者简介

白成丽（1983～　），出生于云南省弥渡县，现居弥渡县。

窗前盛开的菊花（外3篇）

秋天姗姗地来了。大地满是丰收的金黄的同时，亦无法避免百花凋零的惆怅。天气越来越凉，一阵淅淅沥沥的秋雨，萧瑟的秋风提醒人们及时添加衣裳。然而就在这时，我窗前的菊花却绽放了。

那片菊花是我今年春天才移栽的，本没想今年就盛开，不过借此打发时间，消遣消遣而已。窗前的土地本就贫瘠，加上一棵高大的桃树遮挡住阳光，夺去许多营养，无论种菜栽花都不容易活，即使活下来也瘦弱不堪。因而我在栽下菊花后并没好好打理，连水都没浇过几回。然而出人意料的是，菊花不仅全部成活了，长势也很好，抽枝发叶，一株株变成一丛丛，最后成了绿茵茵的一片。更没想到，今年秋天，它们竟然开放了。

那天傍晚，天阴沉沉的，我在宿舍忙着批改作业，阵阵冷风使我下意识地裹紧了衣裳。这时一个同事在窗前叫我，说我的菊花开了。我跑出去，惊讶地发现，在那片绿色的枝叶间，果然绽开了一朵粉红色的小花：嫩黄的花心，片片细小的花瓣从中间向外散放出去；最中间是浓艳的粉，往外慢慢变成了淡粉，末端就是粉白了。在飒飒的秋风中，阴暗的暮气里，小菊花安然怒放着，像一面粉红色的小小的旗帜，面对着秋天欢笑，起舞。

我心里泛起一阵惊喜。连日来只顾埋头工作，从没想到过我的菊花竟然会悄无声息地开放。

几位同事被吸引了来，同声感叹：开得真早啊！他们中也有人种菊花，全都没做花苞呢。没想到我这片瘦瘠的土地上新种的，倒先开放了。

那天以后，惊喜便接踵而至：我窗前的菊花一朵接一朵，次第绽放了。粉红的，暗粉的，淡粉的，粉白的，一尘不染的白色都有。一缕缕淡淡的清香四处飘散。最后整片菊花都盛开时，粉红雪白一片，就像一朵烂漫的云霞降临人间。从此我窗前有了一道亮丽的风景线，给我的住所增添了无限的生机与诗情。置身花间，便会轻轻吟出“采菊东篱下，悠然见南山”的诗句。

这片风景吸引来了不少人。同事，好奇的学生，顽皮的小孩，或摘花，或聊天，把窗前变得异常热闹。当我为工作忙得焦头烂额，疲惫不堪，或是心情低落，意志消沉的时候，看看这片菊花，便会平静下来，轻松起来。有时我也会摘一束菊花插在案头或教室。室内原本平淡无奇，因为花，便诗情画意起来。

后来听同事的建议，我开始摘下菊花晒干。两三天摘一回，全开的半开的都统统摘掉，然而第二天，窗前照样又粉粉白白一片了。菊花晒干了容易保存，清咽利肺，药用价值高着呢。生平第一次，在花间感受美丽的同时，还收获这么多实惠，我心里的欣喜自然不言而喻。

窗前的菊花一直盛放着，花香四溢，生气勃勃。无论艳阳高照，还是风雨如晦，无论寒霜欺压，还是暴雨摧残，它们都不改本色。清楚地记得那个夜晚，电闪雷鸣，暴雨如注，我们都紧闭房门不敢出去。原想我的菊花这回完了。但第二天去看时，除几小朵扶倒在泥水中外，大多数菊花仍旧迎风怒放；

带着晶莹的雨水，越发显得精神抖擞，娇艳动人了。

我顿悟：花和人一样，常常是无法决定生活的境遇的，更不能预料生命中何时会袭来风风雨雨，然而生命的美丽和芳香便不会因此而消减。拥有一颗坚忍而坦然的心，相信终究能穿越风雨泥泞，迎来一片艳阳天！

感谢我窗前盛放的菊花，带给我这么多美丽，这么多诗意，那么多启迪。

轻轻地心疼

我们的日子静静地向前流淌着，平淡、真实而温暖。

我们一样有过牧歌清扬般的青春，风花雪月的爱情。然而，在情感的道路上，品味了甜蜜，也饱尝了伤痛，一切已由浮华走向纯真，由绚烂归于平淡。我们开始成家生子，守护着自己平凡而幸福的婚姻。我们坚信：我们会一直走下去，直到地老，直到天荒。

可生活的河流常常会泛起层层波纹。也许，因一粒石子的落入，因一片叶子的飘荡，便会激起浪花朵朵，漩涡个个！

当某天走过那个熟悉的街道，意外地邂逅那个人；当收拾东西，无意中从箱底翻出他送的那条手链；当路过花店，忽然看到一束几乎一模一样的鲜花；当……那一刻，心底便会有一丝轻轻地心疼，记忆中的片段，便放电影一样浮上脑海……

是的，你爱过那个人，刻骨铭心地爱过！在那个如诗的年华，爱情携着排山倒海的力量而来，酒一样醉倒你的青春。你可记得那初见时的倾心？你可记得月下的徘徊，睡梦里的踟蹰？可记得被爱的那份甜蜜？……你又是否记得，磕磕碰碰的痛楚，相思煎熬的伤神，走到尽头的痛彻心扉？爱情终究是美好的，无论是两个人相恋，还是只有他爱你，或者你爱他，无论最终的结局是美满，还是遗憾。

记忆如花，香味也许会变淡，颜色也许会变浅，却没有人能抹去那份美好。一起爬过的那座山，还会在心中苍翠；一起走过的那条街，仿佛还有灯火辉煌的那种绚烂；等待他时依偎的那扇窗，还有月色满窗的诗情……在爱中，他就是歌，就是诗，就是酒，就是一切！怎能忘记，他灿烂如阳光的笑容；怎能忘记，他说过的那些动人的情话；怎能忘记，相依相伴的温馨？你们一起看星星，听流水，也一块吃饭，说笑，甚至争吵——点点滴滴，都令人着迷。牵动你的神经，让你欢笑让你流泪，入骨入心。

然而，恍惚中，那个人，那份爱就被错过了。就像美丽的水晶无意中被打碎了，等你回过神来时，只剩下满地的碎片了。你也许甚至到现在都弄不明白，为什么你错过了！是因为爱只是一颗心弹奏出的单曲，因为年少轻狂不懂珍惜，还是因为相遇的时间和地点不对？……千般愁绪万般遗憾，谁能寻到一个说法，谁又能给谁一个圆满的解释？我们清楚的，只是一切都破碎了，失去了，错过了，什么也握不住抓不牢。

流年似水。谁能留住飞逝的青春？谁又能为曾经的那些爱情做证？当一切尘埃落定，忍着疼痛，不管愿不愿意，我们不得不给那段故事画下句号。然后，走入新的生活。我们一样爱人，一样生活，甚至让爱终于开花终于结果，但那份爱的心情却不一定一样了，那种彻心彻骨的感受也不一定再有了。就算还有，就算还一样，曾经经历的，又怎能彻彻底底，完完全全地忘记？

怎能不心疼？青春曾经那样葱茏过，爱情曾经那么美丽过，你曾经那样执着地爱过，醉过，伤过？

怎么可能太心疼？那么多美好的日子等着你继续。你现在爱的他，你们温暖的小家，都让你留恋。枕边的他，也许没有曾经的他好，或者比他更优秀。但这些已不再重要，重要的是，他将一直陪在你身边，给你温暖，给你力量。无论前面是风雨，还是艳阳，你们已经约定，携手一起度过，一辈子不再放开对方的手……你又怎可能沉溺于回忆，一味放纵自己的心情？

所以，那些记忆，只能是你生活中一些片段，一些插曲。

所以，你只会，也只能偶尔地心疼。

——轻轻地心疼。

清明，回家上坟去

“清明时节雨纷纷，路上行人欲断魂。借问酒家何处有，牧童遥指杏花村。”唐朝诗人杜牧的这首诗，缠绵悱恻，意味深长，牵动人们对清明的无限情思。吟着多情的诗句，伴着花香鸟语，绿柳青青，一年一度的清明又到了。

放了假，母亲打来电话，说等我回家去上坟。家在那高高大山上，离工作地有些远，来往不太方便，加上手头有些工作还没做完——可是，我的心已经迫不及待了。每一年回家上坟，已不知不觉中成为我生活中的一件大事。假如清明哪年没回家，就总觉得缺了什么似的。于是我暂且抛下手头的事情，赶回家去。

一路上，到处看见来来往往，背着炊具，手持杨柳的人群。蓝天白云下，青山绿水间，山间的坟地到处炊烟袅袅，欢声笑语，一种属于清明的感动就暖暖地流上心头了。

今年的清明依旧很热闹。和往年一样，出远门的，搬迁外地的叔伯妯娌，大爷堂哥们大都回来了。于是忙着商量，先往哪上坟，哪天上好，怎样方便……只要时间能凑在一起，祖坟相近，血缘稍近些的亲戚本家就争取一起去。于是，背了炊具，带上油米茶盐，老老少少便都欢欢喜喜上路了。

到了山上，年纪稍长的大伯给祖坟一一烧香，叔叔兄长们升火煮饭，我们则择菜找柴。平时生活中煮饭做菜大多是妇女们的事，但上坟时则相反。接着，大伯和父亲“铲坟”。在我们故乡的习俗中，坟场中长大的野草要趁清明铲除，俗称“铲坟”，每一处都铲得干干净净，弄得平平整整。在饮食中，苗香菜和青豆是必不可少的菜。每一个坟头都要压上几枝杨柳……每一个习俗里都含有对祖先的缅怀和追思。如杨柳代表思念，茴香菜是回味和缅怀的意思。铲着坟，挤着豆米，大家说说笑笑，谈谈庄稼聊聊生活，外出工作的讲讲工作情况，其乐融融。年纪最大的大爷满怀深情，给我们讲逝去的亲人的故事：哪位祖爷爷特别勤劳，哪位奶奶为人贤惠，大家围在身旁入神地听着，不时插问两句，小孩子们尤其听得津津有味。身旁的祖坟静静地卧着，似乎黄土地下的先灵也在倾听我们说话，在和我们无声地交流。平时左邻右舍，叔婶婆媳间难免会有些嫌隙，隔得远点的也会有些疏远，但此刻一切都消融了，彼此之间是那样亲密无间，融融泄泄。

坐在亲人中间，感受着那份浓浓的亲情，抬头看青山绿草，轻松而释然，工作生活中堆积的那些烦恼便都飘到九霄云外了。

豆米飘香，火腿味浓，饭熟了。大伯招呼我们各处磕头，祭拜。我们在坟间散了松针，摆上饭食，团团围坐在一起吃饭。勺起筷落间，气氛更加热闹起来，大家说说笑笑，叫叫嚷嚷，总是在你不经意间，谁又给你添了饭，夹了肉和菜。于是，饭菜吃下去，甜酒喝下去，和着浓浓的亲情，暖暖地吃下去，喝下去……

吃完饭，最后再一次给祖先们磕头，收拾好东西，老人们高叫着“回去了，我们都回去，谁也别留下……”之类的告别词，大家叫着嚷着回家了。姑娘和小孩，总不忘采一束映山红或别的野花回家。

清明，我迷恋着回家上坟，迷恋着那浓浓的真情，暖暖的感动，让它们一遍遍流淌过心间……

三月的大理

离开大理快五年了。五年啊，那苍翠的苍山，明秀的洱海，古朴的城墙，长长的青石板路……总是在梦境里不断重现，令人魂牵梦萦，梦萦魂牵。

阳春三月，鸟语花香。单位为庆“三八”，组织我们游大理。我兴奋极了。终于又可以回到它的怀抱了，我久违的大理，相思的大理!

一路上，我不停念叨：“大理，别来无恙否？别来无恙否？”我正于疲惫中昏昏欲睡，忽然听到一声欢呼：“啊，好美！”睁开眼，客车已到洱海边了。一副绝美的海天图梦幻般呈现在我们眼前：天是蓝莹莹的，水也是蓝莹莹的，水天一色的蓝映得苍山如梦如幻，仿佛镶嵌在其间的一个蓝玉簪。艳阳高照，海风习习，天地间却弥漫着一片氤氲之气，使整个大理缥缈迷幻如人间仙境。大理城在海的那边安谧地静卧着。苍山上的雪还没有完全消融，但群山却已苍翠欲滴，越发显得温婉秀气。洱海宽阔无边，蓝得多么柔媚，温软。微波随风荡漾，那细小的涟漪在阳光下金光跳跃，海面不时驶过白帆点点，两三只水鸟优雅闲适地穿梭其间……

我们陶醉了，眼前的景色美得让人简直喘不过气来。在大理求学的三年，登过苍山，游过洱海，对一切已很熟悉，但从未从这个角度欣赏过它的美。想不到今天又一饱眼福了。

客车沿海边一路驶去。大理变换着角度让我们尽情欣赏它的美姿。公路是依水而建的，此时我们与洱海是这般亲近！岸边，或有垂柳依依涉水而绿，或有民宅临水而伫。田野、牛羊、悠闲劳作的白族人民……一路的陶醉一路的美。这一切，让你切身体会到田园牧歌似的和谐生活不止文艺作品中有，它就在你真实的生活中!

旅途的劳顿一扫而光，大家说说笑笑，指指点点。这才朦胧地意识到，为生活奔波劳累之余，我们已好久未停下来走近大自然的怀抱了。

环游洱海一周，重温了风情岛的万种风情，再品尝过大理特色鱼的新鲜美味，夜幕徐徐降下来，客车慢慢驶入了大理古城。

此时古城华灯初上，一片璀璨。城楼，城墙和古建筑浸在夜色中，越发朴拙肃穆，散发着一种悠悠的古意，引你深思，引你沉醉。夜风习习，古城的气息多么熟悉！

走进古城，有种回家的轻松舒适。路依旧是青石板路，房屋依旧那么古拙。正是樱花盛开的时节，路灯下，红色的樱花次第而开，芳香阵阵袭来。道旁时有一两株垂柳，悠然垂着绿丝条般的发辫；间或一两盆娇艳的鲜花，把春天的气息渲染到了极致。青石板下，泉水叮咚；杂货店中，游人穿梭。我们走进店，店内是清一色的白族特产：扎染衣裙，丝绒领褂，绣花布，花花绿绿的珠宝、玉器琳琅满目，令人眼花缭乱。店主人身着白族服饰，软软的，亲切的白族口音，和善的语气，使得讨价还价都如唠叨家常。物品是很便宜的，比如那些款式新颖，风格独特的扎染裙子才卖20多元一条。我们欣然满载而归。

漫步在悠悠的青石路上，求学时期一幕幕往事渐渐鲜活起来。那时正是十七八岁，花一样的年龄。多少次，和同伴们嬉戏进出于古城各个店铺；多少次，聚在苍山脚下，在青山绿水间畅谈未来；多少次，默默站在城墙上，背对夕阳，为那个年龄的感伤而感伤……在我如诗的年华里，大理给了我多少欢笑，多少思索，多少诗情啊！岁月终将带走我的青春，但我庆幸，大理城会记载着我青春的足迹！

第二天早上起床，到古城门口合影。阳光明媚，古城已经苏醒。此时游人已经热闹了。这时看清楚了怒放的樱花，开得是那样明艳，那样繁盛。一团团，一簇簇，深红，浅红，粉红，沿街开过去，把街道点缀得花香四溢，诗情四溢。街道刚被冲洗过，蓝天白云，红花绿柳，古宅流水……古色古香的大理城就像一位身穿彩色锦袍的古典美人，风姿绰约地沐浴在朝阳里，安宁而和谐。古城越来越美了，它不愧为中国十大魅力城市之一，难怪吸引来了那么多世界各地的游客!

因为昨晚在夜色中进城，没能饱览古城近貌，我本想进去再看看，因同事提议到天龙八部影视城，就放弃了。影视城中，古老的宫殿、书籍、古物、传统的杂技表演，让我们又一次感受到了大理浓浓的文化气息。

临近傍晚，客车终于缓缓驶出了大理。回眸凝视，夕阳斜照，大理古城，苍山洱海温柔地躺在迷离的暮色中，像一幅活的油画。“再见了，大理，再见了！”我在心里默念着，依依难舍，忍不住一次次地回头……

作者简介

施建玫（1984～　），出生于云南省峨山县，现居云南省澄江县。

我是彝人的女儿

爷爷念经的声音铿锵有力，穿透昏暗的土掌房，荡漾在这彝山清丽的春日。门前那株高大的木棉已吐出红火的花蕊，那只寂寞的小鸭子躲在墙根下，扑腾起泥土味儿，风携着世俗的烟气拂过这个已然有了疲态的山村。

这一天，爷爷破天荒摆起了供台，锈迹斑斑的法器在他的手里发出有规律的碰撞声——这个沉寂多年的老毕摩在这个春天发声了！人们纷纷前来探听——是的，老毕摩还在！我在供台前小心地跪下，深深叩首，饮下爷爷酒葫芦里最后一滴酒。这是1989年的春天，我的爷爷，一位彝族老毕摩，在长长的叹息之后，吼出了作为彝族毕摩最初也是最后的呼喊。

从此，我是毕摩的孙女。

其时，这是一个寂寞的村庄，没有电视，没有汽车，没有手机，惊心动魄的是那世代吟诵的经文和山歌。是的，1989年的春天，荣耀的是开拖拉机的父亲，他是毕摩的儿子。

作为老毕摩的儿子，父亲不负众望。父亲十多岁就赶马车，一头老马，拉一辆半新的马车往返于镇上的集市和各个村寨之间。爷爷说，你不知道，当年，你父亲的马车是我们这条河唯一的车，十里八乡的村民拉人载货都靠它呢……那个年代，驾马车的父亲英雄威武，接受乡民们的顶礼膜拜，尤其是那些孩子，早早地等在父亲必经的路旁，看一眼父亲和他的马车，摸一摸，蹭一蹭，听父亲讲讲路上的见闻！

我出生的时候，改革开放的春风吹遍，责任田里一片新绿，山坡上牛羊成群，家里也已经有了自行车、收音机、缝纫机等大件，父亲的马车渐渐淡出人们的视线。于是，一天，父亲开回一辆拖拉机，轰隆隆的机器声让这个寨子一度沸腾……人们不约而同地涌到我家里来，今天这家拉柴，明天那家拉粪，后天要去送人……父亲的日子被拖拉机填得满满的。

那些日子，我和哥哥们时常追赶父亲的拖拉机。车子卷起的尘土，和着淋漓的汗水，涤荡着我们色彩斑斓的梦想——我真的只是想坐上拖拉机去看看那个卖着弹珠、汽水以及漂亮衣服的镇子。可是，发动机轰鸣的声音淹没了我们真诚无力的嘶叫，日出日落的艰辛里，谁会在乎一个孩子的梦想？生活是一道深可见骨的伤，未及愈合，就已启程。

和赶马车一样，父亲依然忙碌，除了拉货载物，他的拖拉机也是病人们的临时“救护车”。乡亲们生病了，摔伤了，或者要生产了，总会在第一时间想到父亲，再请父亲开着拖拉机把他们送到医院，打针、吃药、手术，父亲再把他们拉回村里。有意思的是，曾经有急性子的小朋友不及等到医院就降生在父亲的拖拉机上。

在父亲颠簸的拖拉机上，村民们开始认识到现代医疗，这种与彝族传统医药迥异的医疗方式渐渐被认可，现代医疗走进生活。

无处安放的寂寞中，我们追赶着拖拉机，生出辽阔苍茫的梦想。我抱着那只和我一样寂寞的小鸭子在学校门口徘徊，我究竟要到什么时候才能走进这个叫学校的地方？

有一天，我竟真的上学了。彼时，村里的学校撤撤并并，只剩下了3个年级，一共6个学生，有一个民办教师留守。老师会说彝话，也会说汉语，而我们上课说的都是彝话，汉语不是母语，被我们自觉地供在神圣的课本中，偶尔读来也咿咿呀呀，味道总也不对。11岁，四年级了，我到村委会的小学去上学，住校生是个全新的称谓，住校，也是新的生活。但是，老师同学说的话我一句也听不懂，书上的字我也不认识。我突然恐慌起来，在冷硬的木板床上暗暗哭泣。

很快，我学会拼音，学会查字典，书上的课文拼拼凑凑也能看懂七八分，同学之间的交流也顺畅了。我疯了一样关注一切有文字的东西，看见了就拼命地看、读。但是，在那些年岁，除了课本，课外书是很难找到。遍寻不着。爷爷戴上老花镜给我写他烂熟于心的经文，那是我从未见过的彝文字，而我总是画不出那些优美的图画一样的文字，爷爷沉沉叹息：这么多孙儿女，就你愿意学，可你却学不会……要是那些书还在，我也可以慢慢教你……爷爷喝着酒，吐出长长的气，疲惫不堪。

爷爷是世代承袭的彝族毕摩，收藏有数百册古籍古书并视若生命。“文化大革命”一夜风雨，这些书销毁殆尽……此后的十多年，爷爷不写彝文，不念经。直到改革开放以后，爷爷时常念叨起他的彝文，他的书籍——他的时代没落了，没人理睬。此后几年，爷爷喝喝酒，念念经，生活闲适。

偶尔，爷爷也写汉字，带着浓重的口音教我念，爷爷说：学会了这些，以后你去外面才有门路。我点点头又摇摇头：去哪儿呢？爷爷抬起头深深地望着我说，走出这个村子就是外面呵，长大了，你就明白了。外面！外面？后来我明白，“外面”一直在不断延展扩大，我无从紧握。

一个落满霞光的夏日，爷爷悄然离世。至此，村里没有人再懂彝文，卷裹着生命奇迹的经文遗落在流年里，渐行渐远。老毕摩的时代断裂了。

我的未来，还不见模样。

打了架，不敢回家，我悄悄躲进了队长家废弃的牛圈里。牛圈里除了风干的牛粪，还有一个大竹篓，百无聊赖之下，我翻腾起竹篓里的东西，旧衣服、破草帽、酒瓶子、打了半边的碗，还有一窝刚出世的小老鼠，扭动着光溜溜的身子，“唧唧”惨叫……竹篓底是一叠印着字的纸，被老鼠啃咬过，留下细细碎碎的纸屑。我小心地抽了出来，看见《云南日报·高原周末》几个字，这些报纸还散发着薄薄的油墨清香。我读这白纸黑字，文意不甚了了，然而我真切地感受到了文字带给我的力量，文章或新奇，或深情，也有好玩的……每一种体验都是全新的，那是我从不知晓的世界。

高三那年我考上大学，村里第一个大学生的殊荣，父亲甚为满意，他在土掌房上摆起长长的宴席，十分热闹。我收拾简单的行囊，远走西北，我知道，远走是为了更好地靠近。

我不在家的日子，一条横贯南北的国际大通道在我的家乡修建起来，从山梁翻越而过。父亲的拖拉机一换再换，最终被乡亲们一辆辆崭新的汽车远远地甩在了身后，汽车让这个村寨迅速转身，攀着时代的脉搏安然前行。

父亲不再争强好胜，他安心地侍弄着地里的庄稼，抽口烟，喝口酒，戴上老花镜学会使用电磁炉、微波炉、电冰箱等电器，还学会收发信息。一部手机，牵着我和我的父母，联系着我的城市与我的山村，衔接着“外面”与未来。

生活的百转千回之后，这个春天，我站在这里，看春色满园。爷爷的经文，父亲的拖拉机，我的厚重的剪报，它们以奇妙的方式一一呈现。我知道，心中鲜活的梦想就是时代的最强音，无论是爷爷、父亲还是我，每一次的转身都是一种使命。生活扯出长长的路，梦想是什么？是骨髓里浸透的泥土的味儿，是锲而不舍的坚守，是下一个路口的柳暗花明，是镌刻着生命恒久不变的温暖。

作者简介

赵钰（1984～　），出生于云南省宾川县，现居云南省开远市。

人生似河（外2篇）

文学大师萧伯纳说：“人生是一支由我们暂时拿着的火炬，我们一定要把它燃得十分光明灿烂，然后交给下一代的人们。”一代才俊巴斯卡说：“人生是芦苇，是自然中最脆弱的，却是一枝会思考的芦苇。”文学才女张爱玲说：“人生是一袭美丽的长袍……”人生是什么？在我眼中，人生好似一条河，一条绵延前进、奔流不息的长河。

人生似河，保持最平和的心就是最好的姿态。河流的源头犹如人的出生，舒缓、温柔、纯洁；河流前进的过程犹如人的成长经历，酸甜苦辣、跌宕起伏、勇往直前；河流最终汇入大海，正如人生的成功，奔流不息、海纳百川，内敛、淡泊、宁静。一条河的流淌是人一生的轨迹，保持最平和的心，可以让我们在面对困难险阻时，远离悲观、失落、痛苦，保持乐观、豁达、坚韧；

可以让我们在获得功名利禄时，远离浮躁、狂妄、狭隘，保持睿智、冷静、清醒。

人生似河，需要我们用勇气、坚韧去承载和前行。河的流淌过程就是生命的旅途，有的狭长，有的宽阔；有的弯曲，有的平直；有的水流急促，有的风平浪静。当我们需承受生命中不能承受之重、之痛时，当我们面对生活的挫折和不平时，当我们经历种种的坎坷和劫难时，唯有靠勇气和坚韧去承载担负，靠勇气和坚强去坚持到底，甚至逆流而上、勇往直前、到达终点！

人生似河，我们用大爱来拓展生命的宽度。每个人的出生都是河流的源头，仅仅是一个小小的入口。而成长的过程和河流的流淌一样，我们克服了懵懂羞涩而跨过一道道阻碍，我们不断地吸取知识而获得了前进的力量，我们通过努力和奋斗让人生之河变得宽阔。当狭隘的河道变得宽阔时，我们还要克服自私、嫉妒、贪婪，懂得博爱和给予，懂得无私和关爱，懂得为别人鼓励和喝彩，才能用大爱之心去升华生命的价值，拓展生命的宽度。

人生似河，岸边的风景是最美的礼物。人生百态正如河流前进过程中岸边的风景。有时岸边荒芜寂寥、毫无生气，没有人来关注，也没有伯乐来发掘，这时需要我们耐住孤寂、积蓄力量、冲破障碍、不断超越。有时岸边鸟语花香、郁郁葱葱，得到他人的肯定赞扬，也有的人来奉承，这时我们要过滤庸俗、吸取精华、保持品位。一旦生命掺和太多泥泞杂质，可能就会像泥沙一样沉淀下去，那样就不用再为了前进而努力，也就永远不能享受阳光、奔腾入海。只要我们坚定信心，用高雅、独特的眼光来发现其中的精彩和闪光，那么无论哪种风景都是人生最美丽的礼物。

人生似河，小河淌水，总会诉说最动人的故事。一条河是一个故事，两条河合成交集的故事更唯美动人。一条河流总会寻找另一条交汇的河流，人生总会拥有最适合的另一半。也许因为彼此的距离而心伤，也许由于种种阻隔而彷徨，也许是水流的湍急让温柔逝去……可走过万水千山，经历千辛万苦，最珍爱的那个人会在前方。当两颗心靠近，当暖暖的爱河汇集，当彼此承担忧愁痛苦，当共同分享欢乐喜悦，当用最惜福的心去珍惜拥有，就是最动听的天长地久的故事。

人生似河，似河人生。愿我们用平和的心，用勇气、坚韧、大爱来获得最美的风景和最动人的故事。愿每个人的河流都谱写最精彩绚丽的篇章。

碧色寨，我只是路过

碧色寨，一个读起来就充满诗情画意的名字，一个听起来就给人无限遐想的地方。

曾了解过她的苦难，她是帝国主义争夺侵占中国的沧桑缩影；曾阅读过她的记载，蔡锷、朱德得到了她的庇佑，并与之交集；曾幻想过她的繁华，她汇集了中国早期进入现代的华丽图景……

终于，我与一群摄友一起走近并探寻这片土地。相比摄友们装备齐全的长枪短炮，我只带了很多年前购买的普通单反；相比模特们各式各样的服装造型，我选择了最钟爱的旗袍。不愿禁锢于光线影点线面，只为，用我的角度、我的姿态，去发现、去寻找。

当“碧色寨”几个字赫然眼前，那一抹别样黄色呈现的异域风情，让人突然有些时空交错的恍惚。站台就在那里，凋零冷清，呈现出一种被遗忘的宁静。三面钟就在那里，原来，时间就雕刻在那里，停留在那一刻。

寻访一座座旧址，那些陈旧的仓库、倒塌的木屋、人去楼空的旧房、落满灰尘的法式木窗……不知道那些残垣断壁，曾经铭刻了多少事件、交织了多少情感。如今，却是言之不尽的悲伤，安静、荒凉、寂寞。唯有那有序堆砌的石头墙，带来一点温暖；唯有那石缝里挤出的绿色，给了一丝念想。

驶来一辆货运火车，呼啸而过，毅然决然。那一刻，想起1910年开来的列车，那些络绎不绝的人流，那些盛极一时的辉煌，那些悲欢离合的故事……在历史的洪流中，在逝去的岁月中，渐行渐远，充满悲怆。如今，有文友、摄友探寻，有徒步者、骑行者驻足，有外来游客、新婚夫妻拍照，沉默的铁轨，续写着新的故事。

坐在“滇越铁路碧色寨车站”牌匾旁休息，遇到住这的一位老人，闲聊得知是前任火车站长邹麟昌。这位83岁的老人，是历史的参与者、见证者和守望者。听他叙述他的经历、他的见闻，莫名地感动、感伤，听他提及他的老伴、他的子孙，又有很多感悟、感恩。我们就坐在木椅上，在倾诉与倾听中，任时间流淌。离开时回望，碧色寨，就在那个地方，沉淀一切厚重，雕刻一段时光，温馨与缄默！邹老，也就在那个地方，任人来人往，看花开花落，等待与守望！依然，始终，永远。

告别碧色寨，再见长桥海，经过石榴园，又闻稻花香……时空交错间，谁还会记得，那段时光，那份等待，那种守望？无论从哪里来，到那里去，我们或许打扰了那片宁静，辜负了那片时光。当离开时，碧色寨，我终究只是路过。

回忆里，煎凉粉的味道

昨夜，我又梦见了吃煎凉粉。在梦里，我吃完煎凉粉在外婆的背上又做了个梦，在梦里的梦里，一群儿时的伙伴相聚在一起，欢歌笑语……

童年的时候，我和外婆生活在农村老家，吃煎凉粉是件很郑重的事。每个周四的赶集日外婆都会带我去逛街，挑块漂亮的纱巾，买点酸梅粉水果糖……逛得差不多了，就去街口的一个老婆婆家买煎凉粉。黄灿灿的豌豆凉粉是老婆婆自己做的，放在筲箕里，旁边摆着炉子，上面放个平底锅，在锅里放上油，把凉粉一片一片四四方方地切到锅里，翻来覆去地用慢火煎。不管人多人少，老婆婆都是不紧不慢，用够时间和火候。看着凉粉扑哧扑哧地在锅里跳，我很着急，外婆却告诉我要懂得等待和坚持。煎好以后的凉粉又香又黄，铲到碗里，五片一碗，一碗两毛钱。等外婆为我放上葱、香菜、酱油，还有最特别的酸味调料——老婆婆家自制的杨梅酱水，我就迫不及待地开始享受美味了，外婆边笑眯眯地看着我边轻轻拍我的背。吃完凉粉，我就开始瞌睡了，外婆背着我，一边哼着歌曲一边回家，云淡风轻，我的梦很甜。

到了读书的时候，我回到了城里父母的身边。小学和初中的那段时光，吃煎凉粉是件很惬意的事，因为学校门口就有很多小摊位，每天都卖着煎凉粉。遇到举办什么活动，特别的日子，或者放学后小伙伴们想小聚一下，一群人就相约去一个大妈的那吃东西——大妈自己泡了泡梨，所以煎凉粉的酸味调料就是泡梨汤，既爽口又爽心。天空湛蓝，我们点上五毛钱一碗的煎凉粉，买上几支糯米冰棒、几杯凉虾，边吃东西，边嬉戏玩耍，那么开心和满足。我们也谈一些天真的梦想，许几个单纯的愿望，期盼着快点长大，依依不舍地告别回家。

后来，我到了离家远的大理古城读高中；再后来，我去了更远的昆明上大学；毕业后，又考取了滇南某个城市的公务员成为一名警察，不知不觉中离那人、那物越来越远。尽管我也在其他城市吃到过煎凉粉，但已经换成另外的做法和陌生的口味；尽管外面的精彩世界有数不尽吃不遍的美食，但是故乡煎凉粉的味道却烙在了我的心里，成为一种越来越深的情结。我也曾回到当年熟悉的地方去寻找，却已恍如隔世、物非人非——外婆已经离世，子欲养而亲不待；同学们为了各自的理想和生活，各奔东西。尽管老街变宽了，母校教学楼高了，但是老婆婆的老房子拆了，大妈的小摊位也转手给大老板了，凉粉早已改为机器制作了。独自点一碗煎凉粉，没有了老婆婆的杨梅酱水，也没有了大妈的泡梨汤，那酸醋兑的水让人鼻子阵阵发酸，心也隐隐作痛，不禁泪流满面。

有的回忆，承载着一种独特的味道，每当飘过心田，都令人感慨万千。时过境迁，我们都已改变，唯独这份挂念一如从前。敬爱的外婆，孙女已经学会了等待和坚持，您在天堂是否微笑？亲爱的朋友，当初的愿望还记得吗？实现了吗？你们在远方过得可好？

作者简介

何丽（1984～　），出生于云南省永平县，现居永平县。

静水深流（外2篇）

每个人都有自己的人生态度，有的人，喜欢一生光明磊落、坦坦荡荡；有的人，喜欢自己的人生金碧辉煌，总是被鲜花和掌声包围；有的人，则喜欢活得清清静静，如涌泉静水深流。对于我来说，最欣赏是第三种人！

这种人心静如水，从来不会为一些世间杂事而烦恼。面对生活、工作中的不称心、不如意，他们总是能坦然面对，因为他们觉得只有那样，人生才会更精彩，他的价值才能得到更好的体现。

这种人心胸宽广，能容常人所不能容之事。即使他（她）最亲最爱的人背叛了他（她），他（她）也总是以一颗宽容之心待他（她），甚至有一天，当背叛他（她）的人落难时，他（她）还会尽自己所能助他（她）一臂之力。而且他（她）这样做的出发点既不是要羞辱对方，也不是要让对方感激他

（她），他（她）仅仅是想让自己的内心因为助人而感到开心、快乐罢了。

这种人为人低调。他们虽然有过人的智慧和才华，但他们在别人面前永远是谦恭的，内敛的，因为在他们看来，炫耀自己的智慧和才华不仅会伤害别人的自尊，同时还会给自己树立很多敌人，那对于自己人生发展只会有害无益。

听　风

喜欢听风，在早晨。装点好一天的心情，迎着第一缕朝阳，走在上班的路上，听着周围小树在风中摇曳的声音，似乎在向我问好，告诉我今天的一切都将是美丽无比。

喜欢听风，在午后，结束了一个上午的忙碌，沏一杯好茶，坐在家里那把有些年代的老藤椅上，闭上眼睛，晒着太阳，听着狂热中那隐约的风声，心情会在不知不觉中找到一种久违的宁静，就在这份宁静中，慢慢睡去……

喜欢听风，在黄昏，一个人，静静走在乡间的小道上，任随晚风轻拂我的脸面，收拾自己心里的碎片，考问自己灵魂，思考人生的善恶美丑，让自己的心灵在风中得以净化、升华。

喜欢听风，在夜深人静的时候，站在窗前，看着外面的万家灯火，听着外面呼啸的寒风，心有一种紧紧的感觉，望夜空，群星璀璨，然却不知哪颗是我，思乡之情突然涌上心头，久久不能退却……

外婆的一生

外婆姓赵，具体名字连她的儿女也不知道，也许因为她没上过学，所以根本就没有学名。

外婆8岁嫁给外公，当时遵从的是所谓“媒妁之言、父母之命”，自然，之前外婆外公压根儿就没见过命。不过外公和她一辈子倒也没大闹过，只是她婆婆实在是个不修好之人，总是想尽各种办法刁难外婆，好在外婆脾气好，从来未曾和她婆婆正面冲突过。后来，终于媳妇熬成婆了，又遇上儿媳不怎么孝顺，从来不知心疼外婆，80多岁的人了，还上山砍柴、挖地，完全当作壮年劳动力来使唤。我家多次劝说她来和我家住，怎奈外婆总认为如果来和我们在那是丢舅舅的脸，于是她就这样忍着，一直到她闭眼……

外婆的脾气极好，而且她也从来不讲别人的是非，所以寨子里的老老少少都很敬重她，只要她需要帮助，大家都会毫不犹豫地伸出援助之手。她的这些优良品质都深深影响着她的儿女们，所以她的孩子们都很少讲别人的不是，都有着超常的忍耐力。

外婆为人很慷慨，每次我们回去给她带的东西，她都会拿出来散给家里来的客人，而她家的客人又恰恰很多，所以每次我们带给她的东西，她都只吃到一点点，后来在我们多次“批评教育”下，她总算有所改正，可有时还是忍不住要给，次数多了，我们也就不再说她了。外婆待人很慷慨，但自己却很节俭，好的衣服舍不得穿，好的鞋子也总是锁在柜子的最底层，所以最后清理她遗物时，竟有4双鞋子没有穿过，而平日里只要下雨，她就舍不得穿鞋子。

可以这么说，外婆的一生很平凡，然而她却活得很有意义，至少在她闭眼的瞬间，有很多除她亲人以外的人真正为她落泪。

作者简介
赵禹超（1989~　），出生于云南省大理市，现居云南省昆明市。

心中的哈达

2010年的春节，有幸全家一起到香格里拉享受一番藏家的年俗。雪域高原，在我心里格外慈祥，好客的藏族人家，醉人的青稞酒，越煮越浓的酥油茶，无时无刻不在温暖着游人陌路的心。青青的牧场，伟岸的神山，飞翔的小鸟，悠闲自在的牛羊，随风飘舞的经幡，酥油灯祈福的光芒……

藏家有个不会熄灭的火塘，点燃我无尽的思绪。在香格里拉那个被亲情和友情包裹着的高原小城，依拉草原给我腾出一个宽阔的想象空间。当几位武警叔叔出现在我的眼前并与阿爸紧紧相拥，在他们情同手足、促膝而谈的那些场景里，我开始借助火塘的亮度，第一次静心细读我的阿爸；也是在奶渣的特殊香味里，真切地品味我的阿爸。

我愣住了，高原温暖的火塘边，阿爸渐白了的头发亦如春联一样醒目，显眼得就像那条挂在我胸前的哈达。

阿爸是20世纪60年代初出生的人，来自于澜沧江畔的一个小村庄，黝黑的肤色是红土高原阳光的恩赐。30多年前，阿爸踩着铺满牛粪的山路，跟在牛屁股后面，哼着山歌，随牛羊满山满洼地闲走着，等牛儿吃饱卧地反刍，他才从麻布包里掏出那个爬满蚂蚁或是沾满灶灰的苞谷粑粑，与乖巧的牛羊们一道享受大自然的怡然清风，静听山脚下江水流过的声音，看一山一山的野花，用心描摹白云流动的倩影。好多次不小心打个盹，却酣然睡熟过去，一觉醒来已是满天星光。夜空是一潭宁静的湖水，繁星像珍珠一样撒在夜空上，微风袭来，芳香迷人醉，星光温柔地将阿爸拥在怀里，牛羊们围住阿爸没有擅自离去……依我猜想，后来阿爸心胸中奔涌的诗情，丰富的灵感和冷峻的思路，一定是来源于少年时代那无边无际的清澈夜空，彝家山寨火红的火把和热情奔放的打歌场。

澜沧江的江水润泽了阿爸洪亮的嗓音，也滋养了他很好的乐感。“雄鹰展翅带我去飞翔，把爱播种在白云下。你就像那天上的月亮，陪我走过海角天涯。”2010年新春，有一张名为《梅朵姑娘》的专辑在依拉草原传唱。专辑里有一首题为《回到香格里拉》的歌就是阿爸作的词。石卡雪山做证，为了给战友央金梅朵写歌，阿爸多次进入雪域高原。“醉人的青稞酒，香浓的酥油茶，五色的经幡系着阿妈的牵挂……”在藏族歌曲铺天盖地而且好歌不断的今天，阿爸在那些似曾相识的词曲里读懂了庄严而飘逸的五色经幡，还有人世间最厚重的母爱。

17岁那年，阿爸告别了篱笆墙，走出了茅草屋，脱掉了那套涂满红泥巴的半毛裤子和蓝卡其上衣，穿上了军装，一路小跑地跟随招兵干部走出了从来没有离开过的故乡。从公社到县城，阿爸与另外6个新兵走了整整两天。阿爸一直以来为自己那悠久的马锅头家史，而给自己紧结了一个牢固的故土情。他相信马帮传承的家族荣耀一定会在自己身上延续，因而走再远的路，都将回到始发的那座老屋。祖祖辈辈当着“马锅头”的爷爷的爷爷们，很早以前就在南方丝绸之路上赶马，马帮留下的悠远业绩，后来被阿爸用笔墨、用文字反复地歌咏着、刻画着和纪念着。

那是阿爸第一次出远门，当兵之前他从来没有到过县城。走出大山后，他就留在了部队，一干就是27年，彻底抖散了他骨子深处那种浓之又浓的“马帮情结”，转而培养了阿爸对军营挥发不尽的爱心。于是，阿爸把一份感恩的心化作勤奋的动力，天天读报看书。因为家境贫寒，读完小学就辍学的阿爸，是用一种怎样的坚强毅力走出一条文学之路来的，我没法做廉价的评说。在连队那阵子，阿爸只能躲躲藏藏地写点小豆腐块。据他后来的描述，最怕的是被别人笑话自己那歪歪曲曲的字迹，还有那读不通顺的语句。有些时候就躲在军被里，在小手电的微光下，阿爸的笔墨如澜沧江水一泻千里。5年的基层生活，让阿爸的文字见之于《人民日报》等报刊。当兵后的第5年，阿爸从连队调入武警总队。

阿爸供职的部队在昆明，妈妈工作的单位在大理。我3岁那年，被阿爸带到昆明上幼儿园。从此，他开始承担既当爹又当妈的双重责任。一个大男人独自带孩子，绝不是件容易的事，那是对一个人的耐性和生活能力的大挑战。可是阿爸没有在艰难面前退缩，也从没有对生活抱怨。为了女儿，也为了岗位，他只是一直默默努力着。翻开写于1993年的散文《遥寄女儿》，有这样的记述：“女儿，你作为千千万万与父母两地分居的儿女中的一员，你以两汪泪眼证实自己是合格军人的后代。有你这样的乖孩子，爸爸能不去争做一个合格的军人吗？你的调皮和童心，是爸爸唯一的精神财富。你的灵光把爸爸的灵感，推上创作实践的深层，那是一笔爸爸无法采撷完的财富。那里面有疯长的思念，祝福，祈祷。我要让你在还没有言语的时候，在你的盈盈企盼中，堆砌成篇成篇的语境。让你在未来的日子里，懂得什么是祖国，什么是爸爸，什么是军人，什么是和平与安宁！”

无论岁月如何变迁，无论时光如何艰难，阿爸始终保持着坚强、勇敢、坚毅的品质。直到现在，他还是像我小时候那样严格地要求着我，也在严格要求着他自己。作为军人，阿爸总是把军装穿得笔挺笔挺的，就算在家也听着军号按时作息，他的个人物品总是摆放得整整齐齐，一丝不苟。到今天，离开部队3年了，他依然保持着军人的作风。在苏帕河水电开发有限公司上班，阿爸丝毫没有怠慢过二十几年来养成的良好作风。始终如一的豆腐块状的被子，被同事们作为榜样夸赞着。每天的晨跑也没有轻易间断过，他说：“一个人的队列也是队列。”我似乎读懂阿爸这样一个人生命题：一个人的早操，也是一支队伍的再现。

作为诗人和作家，阿爸的文字，总在我的眼眸浮现这样一幅幅画面：边关冷月下静悄悄的哨所，年轻的战士背着枪，那犀利的目光注视着的是整个世界。天空的弯月，让阿爸回想起星夜赶着牛群回山寨的情景。下哨了，他摁亮手电筒缩在军被写呀写。哨所与书写，那是阿爸青春的注解。阿爸总是把军旅生活过得如诗一样清新、浪漫。阿爸提炼出了军旅生活的著名诗句：“士兵的名字，是从汗水里打捞起来的！”他把这句诗当作自己的座右铭，并请了书法家用不同字体“泼墨”。对于阿爸，橄榄绿不仅仅是一种颜色，更是融入了生命的那份和平色彩，他用作品升华着对橄榄绿的爱。绿色军营赋予他的已是生命中不可缺少的责任和意义。

“把军旅诗和爱情诗，进行到底。”这不是阿爸虚弱的口头禅。他先后在《十月》发表组诗《人在军旅》《知音相随》和《父子关系》，并出版诗集《生命线》《我从哨位走来》《口令之上》《红土之上》和两本散文集，面对他的这些业绩，我担心自己的这篇小文章能否写好我的阿爸！

在我的成长过程中，阿爸对我管教的严厉程度已经近乎极端，我从过去的不理解，甚至是痛恨，再到今天的感谢，这是一个多么艰涩的过程啊。其实，阿爸也是一个懂得浪漫，注重细节的男人。我收到过他在情人节送的玫瑰花；那个午夜他亲自驾车带我到滇池西贡码头看流星雨；今年生日，他给我准备的生日礼物是在新浪开的一个名为“心形圈”的博客，把我平时写的小文章全搬进去了……而我却从来没有为阿爸庆祝过一次生日，这是我感到最心酸的地方，因为他根本不记得自己准确的生日是哪一天，他总说：“农村孩子，哪记得住自己的生日？”

思绪缓缓回到依拉草原的时候，耳际又响起《回到香格里拉》那首歌的优美旋律：“雄鹰展翅带我去飞翔，把爱播种在白云下。你就像那天上的月亮，陪我走过海角天涯。”阿爸渐增的白发，让歌声溢满了无尽的亲情。如果说白发代表了阿爸逝去的青春，那么白发更是蕴含了阿爸无悔岁月里沉淀下来的丰华果实和饱满收获。

就让神山见证我对阿爸的感激和感恩，千言万语捧在胸口，浓缩在女儿敬献给阿爸的哈达里！

作者简介

张静瑜（1990~　），出生于云南省元谋县，现居元谋县。

拾荒老人（外1篇）

几乎每天在学校都会见到她们。

每次见到那个老人，都是领着她的小孙女在学校拣可以卖的垃圾。有时候老人是拉着她，她东看西看，发现瓶子就撒开老人的手兴奋地冲过去捡起来；有时候是背在背后，小孙女在她背后熟睡，而老人忙碌地将手伸进每一个垃圾桶，努力地寻找着，不会漏掉一个可寻找的机会。

看久了会感觉心酸，老人已经很枯瘦了，身材矮小，脸上的褶子包裹着骨头，颧骨高高地凸起，黄里透黑的皮肤，满头的白发里夹杂着几根分明的黑发，身上穿的都是深色的衣服，这样会不容易弄脏。老人不管晴天还是雨天，都会穿梭在学校，比上班的人都还忙碌。为了生活，一切的付出都是被允许的，哪怕是有人会投去异样的眼光，都不重要，因为自己是靠双手在支撑着自尊，比起当街要饭的人要强很多。

小女孩每天都似乎很高兴，学着奶奶的样子去检查每一个垃圾桶，偶尔手上会拿着吃的。或许她还不知道这种生活的艰辛，为了生存下去，才会每天不需要理由地拣这些东西。她还小，只是觉得有了这些饮料瓶子，她就可以买吃的东西。有些时候我看见她在老人的背上睡觉，很理所当然的样子，我会有些生气，自己有腿能走，怎么还要去加重老人的负担，让老人弯下腰去的重量更多，行走的脚步更乏力。不过想想，老人拣瓶子又不能时刻注意她，走丢了，老人会承受比这些还要多的苦。

想起有一次，晚上我从外面回学校，在门口又一次看到她们，老人手里拿着几个瓶子，把小女孩背到蹲在花台前的保安面前，说："你替我看着一会儿我的小孙女，我再去学校里面转转，再拣几个瓶子来，马上，我很快就会回来。"保安笑了，点点头，临走老人对着小女孩说："你要听叔叔的话，在这不要乱跑，我待会儿就回来了。"把小女孩拉到保安面前，小女孩就在台阶上坐着，听着保安跟她说话，老人急匆匆地走着还不时回头看看。那时候是冬天，天黑得很早，我想，老人恐怕还没回家吃饭，或许已经吃了，但不管是怎样，都得出来转转，多拣些瓶子就能多卖一些钱。

见老人的次数多了，就有一些想了解的想法。但不知道为什么，我心里不敢去，生怕我正好跟老人说话的时候被认识的人看见，怕他们会笑话我。这种想法被害怕一天一天地压住，潜伏在心里最深处，我知道，有一天会再次悄悄地爬出来，涌上心头。我找了机会，跟班里的一个朋友说我有这种想法，她很支持地答应着，我笑了，因为我知道她会支持的，她是一个有爱心的人，从来都不会把别人异样的眼光当回事。那天下了晚课，我同她一路，在球场边又遇到她们，我指给她看并示意一起过去。过去了之后我朋友就开始很轻松地跟老人交谈起来，开始我还不敢说话，一边不时地看四周有没有认识我的同学朋友会经过，一边还假装莫不在心地听着她们的交谈。老人说，那是她的小孙女，儿子被水淹死了，儿媳妇有工作，但还坚持和老人住在一起，为了分担一点家庭经济，她平时就在附近转转，拣拣废品来卖钱。我听了这点后心里不知有什么感慨，也不知道我是该安慰还是该继续沉默。这时老人拉着我朋友的手，问她姓什么，问过之后笑容满面地转向我，问我姓什么。我一时间被那笑容给打败了，喏喏地回答说姓张。老人听了笑了更高兴了，说她也姓张，我和她是一家人呢。我不禁向前走了几步，走到她旁边的台阶上站着，离她近了一点，她又瘦又小的身体才到我的肩膀。生活就是这样逼迫着每一个人必须坚强，即使被压弯了背，也要抬头走下去。

老人说，小妹，你们都是好心人，学校里有的同学会把不要的东西给我，有时候还会给我小孙女吃的，这孩子，可怜。我家住在下面麻园里，离你们学校很近，有空就去我家玩玩吧。我朋友笑着答应着老人，我也跟着敷衍地笑着，因为我们不可能去她的家。交谈应该告一段落的时候，我们跟老人道别，老人一边清理着白天拣来的瓶子，一边对着我们笑，我不禁加快离开的脚步，我怕会被这种笑容而打败，为自己敷衍下的面孔而感到羞耻。

我跟老人有了一次交谈后似乎也没什么关系上的进展，依旧是她在弯腰拣瓶子的瞬间我擦身而过，生活轨迹不同，亦不会有过多的交集。偶尔宿舍会有空的饮料瓶，我会留着等她路过的时候递给她，老人依旧是热情地感谢我，我不需要感谢，只是觉得那对我来说是举手之劳，但也许对于老人来说，是多了一点点收入，多了一点对生活的希望。老人的热情，是她不对生活失去希望，希望让她在瘦小的身体里支撑起如钢般的脊梁。那次交谈对老人来说可能是很多次中的一次，但对于我来说，对待生活，又会注以新的寓意。

风沙无法搁浅希望，希望让生活闪闪发亮。每个人都有自己的生存本能，无论怎样去生存，生活，还是要继续。

也许，怜悯

徘徊过橱窗，看着琳琅满目的商品却囊中羞涩时，你会毅然地离开还是继续徘徊不前？如果你是身无分文，在橱窗前看着食物饥肠辘辘的时候，你会徘徊不前还是毅然离开？生活中有很多的需要，是必需的，一旦需要变成了一种奢侈的时候，你有没有想过，还有一些人，为了生活，为了自己，必须毅然地扛起肩上的担子，因为生活，不允许他们徘徊不前。

每当我看到我自认为是可怜的人们时，就会心存怜悯。而我定义的可怜，是看上去没有应付生活的能力，但还要坚持用他们瘦弱的身体去不停地为生活付出的人。每到那个时刻，我总是不断徘徊在决定与放弃之间，是否要学着身边的眼睛一样漠然，而我漠然之后的心，却像丢失了东西一样，失落。

如往常一样，我到农贸市场买菜。

走过每一个菜摊，又会看见陌生而又熟悉的脸。陌生是因为我跟他们不相识，熟悉是说每天我都要看见他们但又不说话。这种矛盾的相识感让我加快步伐，我怕感情用事去买了不想买的菜。

路过补鞋的地方，我仍然在左右张望。突然听见一个中年妇女说："大妈，你怎么今天来摆摊了？有几天不见你了。"我应声抬起头，看见一位老人穿着一件墨蓝色的上衣背对着我坐在一个伞墩上卖菜，路的两旁都被菜民占满了，显然老人是来晚了。我走过她，低头瞟了一眼她的菜，一只竹篮放在她前面，上面横放着一块木板，木板上只有一根黄瓜，十多棵小菠菜，还有一些用南瓜叶盛放的小米辣，我顿时觉得心酸，抬头加快步伐走过。

我不敢回头，也不敢抬头。两旁卖菜的人似乎都变成了老人的脸，招呼着我去买菜。我低着头一步一步地向前走，只有我的脚尖不会欺骗我。

走到大门口，我站住了。我一面对着门，一面对着走向老人的路，踟蹰着。顾盼四周，看着行人匆忙寻找的眼神，和卖菜人兜售的声音。突然发现我每天都在做的事情里，有哪些不是麻木地去做的，想要改变，却安于现状，置身于海绵中，越想将体内的水挤压在外，却吸收得越多。

我走向了老人，远远地看见她还是背对着我，如一个孩子在等待般坐着，我加快了脚步，竟显得有些迫不及待地走到她身边。她抬头看我，我弯下身子尽量凑到她耳边问："这个黄瓜怎么卖的？"她似乎费了很大劲才明白过来，随之伸出枯槁的手比了一个一字说："这黄瓜只要一角钱。"我愣住了，不是因为黄瓜的廉价，也不是因为想临阵退缩，我只是看着她满脸褶纹的脸，心里暖了一下。我掏出钱，把几张一角的压在最后，抽出一张五角的递给老人说："哎，我没有一角的，就只有这张零钱了。"她接过钱，缓缓地在裤兜里掏了起来，我急忙拿起黄瓜说："不用找了，我装零钱没用！"转身就走了。走了几步，我忍不住回头看了看老人。没有我自以为是的回眸，也没有自以为是的微笑，有的依然是我当初见到老人的那一个画面，背对着我，如一个孩子，坐立在路口等待。也许，手里还握着一个冰激凌。

我略带失落地如释重负，也许我该等着老人给我找钱，看看她口袋里的钱是零散的，还是整齐地叠好的。一个人的生活态度不只是满足于吃饱喝足，而是在琐事上还认真严谨。如果老人的钱是整齐地叠好的，那她每天早上起床时，都会慢条斯理地穿好衣服，待把头发扎好后还要弄些水，把一些翘起的发丝压下去，然后没有过多言语地做着自己想要做的事情，即便是几块钱的事，自己想做，都会变得有意义。

看同一幅画，每个人的感觉不同，就如悲观的人和乐观的人看着半杯水都会发出不同的感慨。也许有人会认为是怜悯，但我只是做了一件自认为有意义的事而已，与怜悯无关的一件小事。

作者简介

杨亦[illegible]（1991～ ），出生于云南省漾濞县，现居云南省大理市。

素颜的古城（外2篇）

看过很多与大理有关的故事，曾在其中捕捉到这样一句话：“在大理街上，我极少见到化妆的本地女人。”说这句话的人，确是懂得大理的，素颜的、简单的女人，一如这座古城，素颜的古城。

眉不描而黛，发不漆而黑，颊不脂而红，唇不涂而朱，虽算不得倾国倾城的佳人，大理却称得上一位淡妆天然的素颜美人。泡花茶，把干瘪暗淡的干花投入沸水，瞬时，温热的水汽充盈在干花每一个休眠的细胞中，它在水里缓缓绽开；就是这种感觉，你可以想见雨中的古城。苍山，城墙，街道，甚至还有人，都是干花；雨水冲泡下来，浸泡着，分不清是雨唤醒了古城还是古城诱惑了雨。抿一口花草茶，苍山是水中舒展的青色茶叶，平整的叶面上有一些微小的褶皱，是苍山层跌宕开的峰峦。亮色的花瓣在水中游离，它是玲珑精致的古城，歇在苍山身边；古城的街道是花瓣上细细的斑纹，它在水中膨胀，逐渐清晰，雨水汇入城中的水沟，路边的花草被雨水搓揉得湿湿的。石板路面被水染成暗青色，上面躺着几堆待售的鲜花，可能是老板来不及收拾，可能是老板故意的；不可否认，睡在雨中的鲜花却是比蜷缩在塑料桶里的鲜花多了些血色，它们是鲜活的，就像这座古城。低着头的柳被淋湿了头发，如果它是动物，会不会甩甩头把水弄干，然后低下头，继续淋雨；它早已习惯了趴在这里和流水倾心交谈，早已习惯了以这种姿势作为古城的一部分。原来，“恋物”不仅仅是人的专利，身在简单而亲切的古城，万物都凭空多了一份情愫。花瓣在热水里泡得久了，花汁渗在水里，雨后的古城，阳光把湿润的空气染成淡红色。屋檐上残留的水滴下来，打在了一只小麻雀的头上，麻雀张开濡湿的翅膀，懒懒地飞向有阳光覆盖的地方。端起花茶，轻轻摇晃，搅乱了茶叶和花瓣，一点也不烫手；素颜的大理古城，美得自然，美得毫无压迫感，一点也不烫手。

大理古城不是刻意的，甚至有些随意。外地游客逛大理城，沿着街道走，乍一看两边还是专卖旅游产品的商铺，转眼路边就成了本地人出入的日用百货商店。这并不奇怪，大理的旅游区和生活区是连在一起的，这是大理的特色，更是大理的本色。大理不是细致梳妆后在台上荡着水袖的花旦，却是在山水间高歌，等人唱和的姑娘；大理是一座值得深深融入其间的古城。小吃摊的老板操着易懂的本地方言给外地人讲小吃的做法，淘碟铺的外地老板轻哼着《大理三月好风光》的调子，穿戴民族风服饰的游客走在洋人街上……在大理，每一个人都可以“喧宾夺主”，而且这与你原本是“客”还是“主”无关。因为素颜了，所以笑得更随意了。因为随意了，所以亲近了。

在大理，有的人离开了，有的人来了；有的人离开了又回来，有的人来了就留下了。始终觉得大理不是纯粹意义上的旅游景点，因为它真实，没有缀饰。它不是一个存在于某本书或是某个故事中的代名词，而是一座生活化的古城。大理的时钟总是走得很慢，让人有足够的时间停在生命中那一片有阳光附着的区域。在素颜的古城，一切都没有你想的那么复杂，一切都比你想的生动。

古洲·渔歌

海舌是旧时叶榆十六景之一的“鹳洲浮浪”，海舌不是景点。

在参差错落中寻求美感，尽管早在七十年前老舍先生就曾在《滇西短记》中盛赞“喜洲却是个奇迹”，难免还是有人怀揣着武陵人的情怀，透过青瓦白墙雕柱石坊，寻找“体面”之外的“脱俗”。好在，喜洲确是个值得推敲琢磨地方；世外山水，烟火人境，各安天命，相得益彰。

苍山、万花溪、霞移溪泥沙尽下冲堆的水中沙堆，因形似长舌入海得名“海舌”，毫无缀饰，甚至连山水名胜惯有的传说也俭省了。通往海舌，如果足以俯视，沿途连缀的鱼塘就是木门上的镂空雕花，填了或蓝或绿的彩，不含不露，是隐昧的暗示，转眼却是坐着绿铁皮船的女人在水上捕鱼捞虾。去海舌，不过是进到了一个村子的最深处。

世代生息于此的人对洱海这个名为海形似河的高原湖泊有着不可名状的感情，不用太多的文字语言雕缀，只是存着一种默契，正如在海舌的空气中踩到干鱼干虾的腥臭也会觉得无比亲切。杂草出水，柳杨若浮，没有细沙白石，只有碎杂贝壳，晓不得经了多少人的踩轧，镶进沙地成了螺钿。有渔船没有烟雨，有柳浪没有莺啼，没有诗曲意境却是大理独有的景致。草没足处放养奶牛，就着半边的垂柳滩地，竟是在乳品广告中才能寻到的画面。站在海舌舌尖触摸层叠的不加节制的蓝，流泻的天，凝冻的水，纵然没有如大海般旷达的心境，也能背枕着近乎传奇的古镇笑叹一句：有水的地方确实是有灵气。

有近居的年轻人在滩洲上游赏，或许还是循了“耍海会”的规矩，女人坐在水边的空地上，男人伏身水边捞拣海菜螺蛳刺菱角。几瓶啤酒，一捧刺菱角，人走之后滩地上一切照旧，不增不减，海舌不过是自家的后花园罢了。也有“深度游”寻访至海舌的外国人探手海中，起身后只一径拍在水中捞海菜的陌生人的肩肘，嘬嘴在自己的手背上做着吮吸的动作。陌生人笑了：“哦，你说的是钉螺，没有事，我们天天都捞呢，咬不着我们。”两个语言不通的陌生人在海舌的对话，这不是多余的风景。

曾见过一张名为《华大师生游览喜洲海舌》的照片，单寡的黑白色，20世纪70年代前的老故事。1937年抗日战争爆发，华北华中大部国土相继沦陷，武昌华中大学应喜洲乡贤盛邀，辗转迁驻喜洲办学长达八年之久。于当年的师生而言，到底是在西南边地寻到了一张安静的书桌。远离故土，长途跋涉，一个今人无法揣度的时境，“游览”也是一种干涩的慰藉；海风、渔歌、炊烟，恍恍间就是一些与故土有关的错觉。

水边坡地，两艘旧渔船，篷顶上有接收信号的“锅盖”，渔船上的家也能避风遮雨，篷布一阖，足以在天地间容放一个家。世代生息，当渔船被风蚀成化石，萦绕耳际的还是那些唱了一遍又一遍的渔家调子，或许这就是衍养于此的人与万物定下的契约。船下窝着主人的狗，被人惊了，吠声不止，路过的时候走慢些，因为海舌渔船上有住家。

双廊，半月结庐

金梭玉几相对，罗莳莲花互现，不过二岛二曲。“洱海最美是双廊”，双廊的宣传语极简，倒能从中抽剥出一句同义的：未能抛得洱海去，一半勾留是此村。

顺着路识走，不如从背街背巷进双廊。骑摩托带着老倌的老太顺手一指：“喏，从那个口口进去就到海子边上了。”村口一棵大青树，绕树一圈就是整个菜市街，售卖着生活必须而旅行无须的东西。土墙上悬的木质招牌只能让人

"误入歧途"，路的尽头是临水的创意旅舍，洱海，眼波流转。

"山则苍茏叠翠，海则半月拖蓝"，名儒杨升庵眼中的双廊。水岛滴翠，两两抵对就是鬓间一把缺月簪。水色裙裾半笼环山，跣足掬水就是映了一捧绝景，点染一句"半月拖蓝"，竟让双廊有了切切的形意。海边的建筑，水天间仅有的异色，潮声恰到好处，没有盖过酒吧唱片的声音。沿海边栈道堆垒的客栈酒吧餐厅不是齐一的外形，却是一色的石木建筑，有一种行吟诗人的洒脱，逐水而栖。还有那些与花有关的意象，窗台上盆栽的无名野花，窗帘上的碎花，面朝大湖一样可以"春暖花开"。尽管只是暂时的，这个村子有了理想化的意味。杨升庵登高临风，客栈里的租客被透窗的朝阳戳醒，在双廊，他们看到的是同一个洱海，情怀抑或情绪，让它悉数笑纳。

出水半岛，三面环海，恰到好处的海风潮声，一直觉得住在双廊月尖玉几岛的人都是得天独厚的。玉几岛因岛上的玉几庵得名，相传大理国开国皇帝段思平去世后，他的王后在玉几岛上筑庵出家；故事的尾巴还是传奇的初始，或者根本无关故事传奇。岛上巷道挤窄，素净白墙不着纹饰，低檐处的出枝，墙角边的杂花，仅此而已。近水的行道是就着海边礁石凿的，混着草香的海腥气渗进缠绑着青藤的石墙；民居的后门不通，后门是海。树的荫翳一分为二，一半混迹水中，一半潜形人群。绣鞋垫谝闲话的老大嬷，年轻女人支了油锅卖煎鱼炸虾煮刺菱角，边卖边吃。女人的笑声是溅到油锅里的水，只要一旦被撩拨起来就会传染。一层淡淡的尘嚣，对于真实的玉几岛，不必苛求。

有舞蹈家也有画家还有一群追随者在双廊结庐，让双廊有了一种后天形成的性格，游走于现实和理想、生活与艺术之间。对于那些世居于此的人来说，暂居的物事只是旅人；对于千年渔村，世居的人们也成了旅人，双廊的美没有具象，它与跳搏千年的生命有关。将抵岸的绿铁皮船，捞海菜的女人蓝褂白衫，刻意把裹头毛巾上的花露在外面。逐日作息是一种可遇难求的生活状态，是光影修饰的电影画面。船首撕开水面浅覆的水草，渔网滤了晨昏，男人收网回家，听见女人骂娃娃的声音，饭菜还热乎着。经过双廊，取几个片段，点到为止，不用去触及片段背后的生活琐细，在意念中结庐双廊。放生、祭海，住在海边的渔民至今存留的习俗。较于良田丰沃的海西，在地处海东的双廊很难寻到一枕无尽的阡陌田园，于是，这里的人过着另一种生活，渔船摇橹，结网作耕。他们感恩，把这一切视为上天的恩赐，在不适作物的临海瘠地遍植装点渔村的梨桃；然后，一个特定的时间，不固定的地点，放归洱海的幼子，祭祀庇佑一方的本主，如此，沿亘千年。

路边的废弃老渔船，用松果装饰门面的酒吧，在木瓜树下营业的饭馆……在双廊转过一圈，竟很难再想起它最初是凭借着什么具体的人事而闻名的。眼中风景因人而异，没有想象中的双廊，只有感受到的双廊。在双廊，半月结庐，哪怕只是在迎着海风阖上眼皮的一瞬间。

作者简介

阿库乌芝（1992～　），出生于四川省美姑县，现居四川省西昌市。

静静的童年

一

“小孩小孩你别馋，过了腊八就是年。”腊八来了，新年也就近了。

腊月初八在北方是个重要节日，那里的人叫它“腊八节”。临近腊八的前几天母亲总会在附近的集市买各种各样的米。有大米、小米、糯米、黑米，还有些我叫不上名字的。买这些米做什么呢？当然这和本地的风俗有关，就是制作腊八粥。

腊八粥里面放的是各种干物，说是用来敬奉农神，祈求风调雨顺，年年丰收。腊八前一晚，母亲把买来的米混合其他干物一起洗干净，然后用水浸泡几个小时，这样做是为了让腊八粥更加黏稠，煮起来更容易熟。

腊八早上，鸡还没叫，母亲就从炕尾迅速起来了。北方的腊月正处在三九，都说数九寒天，大地就会生出一道道口子，小孩儿手上的冻疮也泛起红斑。有耄耋老人的家庭是最怕数九的，春节前后谁家都不希望添了丧事的。从小我一直听着这样的顺口溜：一九二九不出手，三九四九冰上走，五九六九沿河看柳，七九河开，八九雁来，九九加一九，耕牛遍地走。可想而知，三九四九是数九当中最寒冷的。在冰天雪地的腊月家里就依靠着一个宽大的土坯炕过冬，这个土坯炕长四米宽两米，上面铺了芦苇编的炕席，炕席上面还铺了一层炕被。说起这个土坯炕可是父亲的骄傲，村里不少人都知道父亲修炕的手艺。修炕是很讲究的，炕洞修不好的话，灶膛烧火时产生的烟就不会往后走。只要一生火，炕沿和灶台就到处漏烟，搞得屋子里乌烟瘴气的。实在呛得没法的人家就会在房顶的烟筒上按个抽烟机，为了节省抽烟机和使用抽烟机损耗的电费，父亲就把修炕的手艺学得那是没得说。

母亲每天都把灶膛里的火烧得旺旺的，晚上我跟弟弟睡在炕头就不会被冻醒。母亲起来后我听到动静也就跟着醒了，我把被子蒙在小脑袋瓜儿上仔细地听着外面。我睡炕头弟弟睡我旁边，外面的锅台跟我只隔着一个纸窗户，纸是糊在木框上的，包括屋子的顶棚也是这样糊上去的。当时的老房子是很少有人家用得起玻璃窗的，一年四季无论风吹雨打都是靠着这薄薄一层窗户纸遮风挡雨，半透明的窗户纸能遮住什么呢？其实更多时候是母亲用小小的身体挡住的。

母亲的一举一动我听得真真切切，有时母亲灶膛的火还没点燃我就馋得不行了，迫不及待裹着被子站在炕头的窗台上，吐点唾沫在冻得通红的小手上，轻轻地把窗户纸捅一个小洞，再把那双贼溜溜的小眼睛对准小洞往外看。再看这扇隔着外屋的窗户，除了被风刮破的那几个大洞，都是我的杰作呢，好像我说起来还骄傲了几分似的。每次我趴在窗子后都会被发现，母亲就装作什么都不知道，一直忙她的腊八粥，因为她知道我是被饿醒的，不是因为别的。

母亲起来做的第一件事就要把灶膛里的火烧燃，引火儿是一把麦秸，清晨火柴划燃的声音如此响亮，只听刺啦一声，火苗就照亮了整个外屋，我的世界也跟着亮了起来。

有句俗话这样说的，谁家的灶囱先冒烟，谁家的高粱就先红尖。母亲每天巴不得地里的庄稼长得又快又壮呢。粮食是家里的主要收入，家里满满的两个粮仓装的全是玉米和小麦，至于吃不完的，等到第二年新粮食收获时就会粜掉陈粮来补贴家用。好不容易有这样一个机会母亲当然会抢到别人前面。

母亲用炊帚洗干净灶台上蹾着的大铁锅，炊帚是父亲用高粱穗做的。冬天外面冰天雪地找不到活做的时候，父亲就把玉米地里插种的高粱搓好，用来刨笤帚炊帚拿到集市上卖，一把笤帚能够卖四五块，炊帚能卖两块钱呢。这门手艺好像在农村也快失传了，种高粱的地被政府规划了，高粱还哪里来呢。那大铁锅直径有八十厘米宽，看起来比她的身体还大。母亲把两个水桶挂在扁担上准备去院子里的大缸里挑水，扁担的钩子有些长，母亲的个子有些矮，她踮着脚一步一步走出去。被冻得硬邦邦的水桶总是在母亲挑起的扁担上唱起歌来：夜半三更哟盼天明，寒冬腊月哟盼春风。

冬天的北方夜晚气温零下二十度，被草帘子包得严严实实的储水大缸，晚上还是结了冰，旁边二十多年的压水井更是冻得一点水也压不出来。母亲抡起锈迹斑斑的水舀子就往水缸里砸，还好，冰不是很厚，三两下就把冰砸开了。水缸里的冰碴我们还拿来当冰糕吃，现在想想真的是不嫌冷啊。舀满两桶水母亲几步小跑就挑到了屋里，她把水一股脑倒进大铁锅，加入泡好的各种米，还有红枣、燕麦、红豆、花生，总共要用八样食材，经济条件好些的时候，母亲会用板栗、菱角代替花生和小麦。总之，从我吃腊八粥的记忆里，板栗和菱角是不常见的。

母亲一米四几的身高，干起活来十分麻利，满满一大锅腊八粥在旺火下慢慢熬煮，为了粥的味道更浓稠，母亲一直坐在灶膛旁边加柴，因为这个柴是不禁烧的。平原地区找不到那么多木柴，秋天收割完玉米，我们就要储备一个冬天的柴火了，那时玉米秆是最抢手的，家家户户都赶着驴车去地里拉柴。用铁镐一根一根从坚硬的泥巴地里刨下来不说，还要装上驴车拉回来，在自家大门口垛成一个跟墙一样高的柴垛。可见作为农民不劳动就有活活被冻死的可能了。包括玉米皮、小麦秆、棉花秆，都是过冬急需的柴火。谁家门口的柴多，谁家就能暖暖地熬过漫长的冬天了。

那年爷爷得了一场大病，为了给爷爷看病，驴和小拉车一起卖了。我们烧的这些柴，是母亲在一公里外的田里用自己编的柳筐一筐一筐背来的。母亲来北方的年头不多，手艺却学了不少。编筐头的手艺是跟隔壁的闫爷爷学的，河沿上刚割来的柳条一捆一捆地靠着墙头晾晒，趁着柳条韧性十足正是编筐头的好时机，筐底是决定一个筐头好坏的重要部分，那时母亲一天能编五六个，除了自己用的还有送给亲戚朋友的。当然柳条也不是谁想割就能割的，要提前去村上的大队申请，大队同意了才可以去，不然早就被割完了，哪还轮得上我家。有些富裕的人家已经开始烧蜂窝煤取暖了，也就屈指可数的那几户。北方的冬天没有柴的话孩子和老人是最难熬的，虽然我也是小孩，但不觉得有那么冷，可能那时还有家，还有母亲。

八种食材在铁锅里发出“咕嘟咕嘟”的声音，香气扑鼻。我整个小身子在被子里待不住了，光着小屁股，半穿着父亲的大船鞋就往外跑，母亲看我馋得不行，就拿勺子舀一点塞到我的小嘴巴里。我拼了命地往勺子里舔，那个勺子比我的脸还大，为了吃上一口母亲熬的粥，粘的我满脸都是米粒，那小脸粘的跟小花猫似的。

母亲就在我的小脸蛋上亲了两口，脸上立马就不粘了，这个待遇在弟弟懂事后就再也没享受过了。她赶紧把我抱到屋子里，一来是怕我冻坏了，二来是怕我把弟弟给吵醒，这个小家伙只要醒了比我还闹腾，睁开眼就哭，只有母亲干瘪的乳房才能堵得上他一直张着的小嘴巴。

满满的一锅腊八粥熬好了，母亲说这下够我们一家人吃上两天了。父亲、爷爷也都起来了。忙活了大半天这该死的天还没亮，我的小嘴巴里一直嘀咕着什么。

母亲给弟弟穿好衣服，把被子叠好放到墙角，放上四四方方的炕桌，一家五口人盘坐着围着炕头，喝一碗香甜的腊八粥还带着吧唧嘴的声音，肯定是我的臭毛病又犯了。说说笑笑的，日子简单幸福地过着。

那时，弟弟还小，还不会跟我抢吃的。我的碗里会多出好多香甜的板栗，吃不完的时候，我就把上面的粥用舌头舔干净包在袋子里藏起来，留着明天粥里看不到板栗的时候吃。后来弟弟长大了，我碗里的板栗越来越少，就连我偷偷藏起来的几颗也不见了。

父亲是个瓦匠，虽然没读过书手还算灵巧。吃完腊八粥他骑上结婚时买的永久牌大梁杆自行车就赶往工地去了。说起这辆自行车那简直太不容易了，那是他走了一天路去北京市里用购车票换来的，父亲那个年代买粮要粮票，买车要车票，不像现在有了钱除了星星月亮摘不下来，什么都买得到似的。当时村子里能买自行车的人很少，父亲的购车票还是托北京的亲戚拿到的，听说那个亲戚发了大财，六亲不认了，认不认得反正我也没想过巴结他家什么，也就没打听了。

院子里的地面满是白霜，头顶的枣树和槐树结满白花花的树挂，这冰冷的早晨。每次父亲在大雾里渐渐消失，母亲都在门口的大雾里静静地站一会儿才进来，我知道她是在担心什么，这么多年她从没说过。过了很多年，母亲没说的话我替她说了。

时间啊，不知去了哪里。当我不只想在窗子上偷偷看看母亲的时候，当我想去为母亲搭把手的时候，当我再想尝尝寒冬腊月里的腊八粥的时候，母亲不知去了哪里。我坐在大西南的暖阳下感觉比北方还冷，南方没有故事，腊八节像一个传说，在我的脑海里流过来淌过去，我想她时她更像母亲温暖了这个寒冬腊月。

从北方到西南，二十多年的土坯房，院子里的老井，烧得暖暖的土坯炕，我知道我开始怀念一种味道，想念一些事了。

二

“廿三糖瓜儿粘，灶王老爷要升天。”虽然离过年还有几天，北方的年味已渐渐地浓起来了，噼噼啪啪的鞭炮声早已吵醒熟睡的人们，忙忙碌碌中最容易被人遗忘的就是疲惫了。

大西南的天空静静的，只听得到城市的声音，在这个彝族聚集的城市，最隆重的节日就属彝族年和火把节了，春节似乎成了可有可无的节日似的。即使我住的是汉族人家修的房子，也从来没见过有关春节的隆重场面，毕竟这是彝族自治州，春节不被人提起也是情有可原的，更何况在这里我的亲戚朋友都是彝族，如果我说我想过春节，估计又要被他们说，你看，这个被汉化的娃，操着普通话不说，还学人家过春节。虽然他们说的是彝语，大概意思我还是听懂了。

回到这里三年之久，总觉得连回忆的自由都失去了一般，我越来越不喜欢说话。我没听说过春节比较注重的风俗习惯更是没参与过与春节有关的活动。对了，这里春节人们更多的是选择去寺庙烧香拜佛，除了国家法定的春节假期会提醒我春节到了，其他的再没别有什么可以提醒我了。此刻围绕我的都是关于春节的记忆，还有的就是快乐，关于腊八粥的事足以让我潸然泪下，更何况我要说的还有那么多。

廿三北方的风俗就是吃糖瓜儿，祭灶神。

腊月廿一，村子两公里外的集市一大早就热闹起来。太阳出来，已经是九点多钟，母亲把我裹得严严实实的，头上包着她的红花头巾，四四方方的头巾，对折成三角形包在头上，大人们也是这样戴的。母亲生怕我被一点风吹得感冒，我紧紧跟在她身后，走一个小时的路去集市上买廿三要吃的糖瓜儿。

集市上雪白雪白的糖瓜儿，堆成一座座小山，圆乎乎的，又脆又甜。我站在糖瓜儿摊的前面，脚一动也不动，这个大集市人们摩肩接踵的，一不留神我就跟母亲走散了。小的时候我不爱哭，好像没什么事情值得我哭似的。我更是不好动，父母去田里干活，把我丢在地头上，我一坐就是一个上午。看母亲不见了我就坐在糖瓜儿老板的摊位前数着糖瓜儿：一个，两个，三个。我坐在那不慌不忙的，可母亲却急坏了，回头看我不见了，就在人群中发了疯地呼喊我的名字，这是一个母亲的本能反应，没有什么方式比在街上“发疯”更有效了。还好，她走得不是很远，听到母亲的声音我赶紧应了声，她的小身体立马就出现在我面前。母亲看我望着糖瓜儿傻傻地一动也不动，嘴里还流着口水，真的是哭笑不得，只好买了两斤糖瓜儿让我拿着。回来路上我紧紧地抱着那两斤糖瓜儿，就像抱着什么稀罕宝贝一样爱不释手。趁母亲不注意赶紧把小手伸进口袋，迅速拿了一颗塞进小嘴巴里，感觉好像从来没吃过这么好吃的东西，又香又甜美滋滋的。圆圆的糖瓜儿把我的小嘴撑得鼓鼓的，母亲牵着我的手一路也没跟我说话，好像她又知道我在干什么坏事似的。

廿三晚上要祭的灶神我们叫他灶王爷。灶神是玉皇大帝派遣到人间考察一家善恶之职的官。灶神左右随侍两神，一捧“善罐”，另一捧“恶罐”，随时将一家人的行为记录保存于罐中，年终总计之后再向玉皇大帝报告。廿三晚上灶神就要离开人间，上天向玉皇大帝禀报一家人这一年来所有的日子，又称“辞灶”。那时人们信奉的众多神灵中，灶神在汉族民间的地位最高，每家每户都有自己的灶台，灶台的侧面供着的就是灶王爷爷，每家每户都要“送灶神”。祭灶时，糖瓜儿和酒是必不可少的，酒是为了让灶王爷喝得忘乎所以，晕头转向，而糖瓜儿又甜又粘，把它糊在灶神嘴上，一来糖瓜儿吃甜了，就不好恶言恶语只能说好话，二来灶神粘住嘴巴，想说坏话也张不开口，只能说个含含糊糊。

祭灶神一般都是爷爷的任务，而我是为了祭完灶神剩下的糖瓜儿和水果凑热闹的，除了满满一盘糖瓜儿还有橘子、苹果，每盘装了四个，摆成塔状。爷爷说这么多年了，灶神是不是也像我一样腿脚不灵活了呢？他要做一个天马带灶神上天。爷爷颤颤巍巍用他发抖的双手找来几根高粱秆。这个事情我是不能帮忙的，即使我心里很想帮忙。爷爷说在他还能走动之年，祭灶神的事他必须亲力亲为。说实话我真的被爷爷感动了，八十岁高龄的人，对神灵的信奉始终如一，而现在年轻人心里早已没有了鬼神之说，当然善恶之念也模模糊糊了吧。

爷爷把找来的高粱秆剥掉晒得皱巴巴的外皮，然后一节节划开，他用里面的芯子做马的鼻子、眼睛和四条腿，柔软光滑的第二层皮用来衔接。几分钟一只惟妙惟肖的天马就做好了，我觉得好玩就拿起地上的高粱秆摆弄起来，这个东西看着简单，做起来真的有点困难。爷爷看我坐在地上迟迟不起来，便用剩下的高粱秆做了一个小灯笼，让我到一边去玩，说是要祭灶神了喊我不要添乱，否则灶神会不高兴的。

总之，从我记事起家里凡是有祭祀的事情都要让我站得远远的，而弟弟却可以跟他们一起磕头烧香，祭奉各路神仙。北方的农村是比较重男轻女的，连在祭祀方面都分得清清楚楚。我很不服气，晚上趁爷爷睡熟了，就说是想去茅房，其实是偷偷地跪在灶王爷面前去说了好大一堆话呢，我轻悄悄地不敢发出一点声音，这要是被他们知道了，可要吃不了兜着走的。那天晚上估计是我有太多的话要说，灶王老爷听得烦了就把耳朵堵上了，这也是为什么我的愿望一个都没实现的原因吧。

“廿四扫尘土”，也就是我们说的扫房子，这个风俗也是由来已久。中国在尧舜时代就有春节扫尘的风俗。按民间的说法：因“尘”与“陈”谐音，新春扫尘有“除旧布新”的含义，其意义是要把一切“穷运”“晦气”统统扫出门。这一习俗寄托着人们破旧立新的愿望和辞旧迎新的祈求。

一大早，老天爷都还没睡醒，我也在被子里睡得迷迷糊糊，母亲早已做好早饭等我们起床。天冷得干巴巴的还刮着西北风，母亲一直喊着“快起来扫房子了”。我随声应了几声呼噜呼噜地又睡了，母亲从外屋一边喊一边向我冲过来，一下子把冰凉的手贴在了我的小身板上，我大声喊着：“哎呀！妈呀！”母亲一副得意的表情望着我：“好暖和啊，起不起床？再不起我可要掀被子了。”我这小身板哪里受得住这等残酷的刑罚啊，自己乖乖把衣服穿好就出去了。至于弟弟，被抱到爷爷的屋子里睡得那个香啊。

墙上的年画贴了几年也没舍得换，有一张观音像，一张毛主席像，还有一张年年有鱼画。我小心翼翼地揭下来，抹干净上面的尘土，卷在一旁放好。年画旁边贴的是我一年级到四年级的奖状，只有一个是第三名，其他都是第二名。说起小学的成绩，还是值得让父母骄傲的，虽然他们从来没鼓励过我，还总说邻居家谁谁考了第一名，谁谁会做包子，谁谁会做面条。我就是在这种批评教育下一点点长大的，但轮到邻居夸赞我时，他们的笑容就已经出卖他们了。我把奖状用塑料袋遮好，拿了根长长的向日葵的秆子，将扫炕的笤帚绑在上面，从里到外，从上到下，像模像样地扫来扫去。几十年的土坯房再怎么扫依旧是老了。“它生病了吗？怎么咳出这么多尘土啊！”我一边扫一边胡思乱想着。

三

距离新年还有两三天，家里便开始准备年货了。

村子里通常都喜欢腊月廿六去集市采购年货，四里八乡的人们也都喜欢这个集市。熙熙攘攘的集市就像买东西不要钱似的，一通疯抢之后我小脑袋都快被挤爆了。过年前的这个集是最热闹的，卖衣服的两条街，卖鞋子的一条街，卖糖卖菜的一条街，还有卖鱼卖肉被里被面的，总之过年想用的想吃的，在年集上都能找到。卖鞭炮的也跟着起哄，“噼噼啪啪”的鞭炮声吸引了很多年轻人。每家卖烟花爆竹的都要放上一个上午，哪一家的声音更响亮，哪一家围得人就越多，生意自然也就越好。爷爷总说小闺女爱花，小小子爱炮。弟弟对烟花爆竹那么情有独钟，虽然人不大，见了鞭炮就喊着买，不给买就躺在地上打滚儿，所以家里赶年集从来不带他，不过父母比较疼爱弟弟，还是给他买了一些烟花。父亲买了他的一捆双响还有一挂初一早上吃饺子要放的鞭炮。我的两朵小头花粉嘟嘟的，漂亮得很，爷爷的大棉帽，也暖和得很。唯独母亲什么也舍不得给自己买，还总说我什么都不缺，等明年再说吧。明年明年，母亲也不知说了多少个明年，才舍得给自己添一件紫色的棉袄，那件衣服我现在还保存得好好的，有时想她了我还会拿出来看看。集市持续到下午三四点才散集，我们背着两大口袋的年货回家了，也算得上是一年的收获吧！

父亲拎着一大块猪肉还有一嘟噜灌肠，一共有二三十斤的样子，在我眼前晃来晃去的，我看着看着口水就出来了，真是恨不得上去咬两口。毕竟一年没怎么见过肉了，谁见了不流口水才怪。父亲把整块猪肉和灌肠放进了后房檐下的铁桶里。这个铁桶可是家里的宝贝，一到过年邻居家的猫猫狗狗甚至藏在洞里的老鼠都对它充满了兴趣，当然也缺不了我这个小馋猫。那时没有冰箱，我们就靠这个铁桶用古老的方式储存食物，铁桶里加了父亲从屋后河里背来的冰块。把年货放进去，盖上盖子然后在上面压上几块青砖。北方的冬天长得像个无底洞，零下十几度的温度能够让这些年货很好地保存，这样一来这一桶年货就可以吃到明年开春了。

下午我跟着父亲去村子最南端磨高粱面，现在村村都通电了，家里的手推石磨拿来垒了猪圈，供养了几代人的工具最后拿给猪用了，实在是可惜了。村子南北很长，我家在最北边。父亲把我放在车子前面的大梁上，他车技很熟练身体也很棒，一路上都没停下歇歇，这么长的路硌得我的小屁股生疼。快过年了，磨高粱面玉米面的人真多哩。一大口袋红色高粱在电磨的摧残下几分钟就成了粉末，我们骑车驮回来，父亲把高粱面拌上水放在大笸箩里晾了晾，然后拿出了他独门秘制的高粱秆蒸屉，父亲说：“要吃上好吃的年糕，必须要用这个秆蒸屉。”又大又笨重的秆蒸屉放进那个养了父亲大半辈的铁锅里，这样一口锅蒸出来的年糕怎能不好吃？秆蒸屉的上面放好洗干净的白菜帮，为了防止年糕蒸熟后粘到秆蒸屉上。白菜上面铺了一层红豆，象征红红火火。重头戏在后面呢，几十斤的高粱面拌上自己家枣树在八月十五打下来的小枣。枣树从我记事的时候就有的，是最晚发芽的树木，每年我们都盼着枣树快快发芽，秋天就会有果子吃了，一串串的小红枣挂在离墙头不远的地方，枣子熟了，树上有一种绿毛怪物是非常令人毛骨悚然的，农村人都喊“会儿会儿”，它身上的毛只要粘在皮肤上就别提有多疼了，不管是药酒还是什么都减轻不了那火烧火燎的疼痛。所以啊，到了打枣子的时节人们都要全副武装起来，当然我也不除外。那时我虽然年龄很小，爬墙摘枣的本事可厉害着呢。爬上二十厘米宽的墙头还会在上面跑上几圈，现在不要说爬墙了，走个路都快走不稳的样子了。父亲把一笸箩高粱面全部倒进锅里，经过两三个小时的大火蒸制，清香软糯的年糕总算好了。爷爷年龄大了牙齿不好，最喜欢吃年糕，我还总喜欢学着爷爷把年糕串在筷子上蘸着白糖吃，就像吃冰糖葫芦一样。

父亲说，做年糕的火候是最讲究的，你们已经学不来了。趁我现在还能扭动，以后扭不动了可能就吃不上这个味道了。当时，蒸好的年糕放冷后被切成一块一块的十分均匀，一股脑也放进了房檐后的铁桶里，等吃的时候蒸一蒸就像刚出锅的一样，至于这个桶光顾最多的人就属我和弟弟了。

社会发展越来越快，电冰箱的普及代替了传统的方式，再加上全球不断变暖，北方也很难得看到大雪纷飞了。记忆中的雪总是来年开春才化完。每次过年我还会偶尔回到北方，只是过年再看不到一大坨一大坨的过年肉和房檐后的大铁桶，年糕的味道也是那些年的事了。

四

盼来盼去，终于盼到除夕。

我们都说年三十，其实这一天还不算过年。关于除夕有一种传说：是古时候有个凶恶的怪兽叫夕，每到岁末便出来害人。后来，人们知道夕最怕红色和声响，于是年三十晚上，家家户户贴红春联，燃放爆竹，来驱除夕兽，以求新的一年安宁。这种习俗从此流传下来。这天，是人们吃喝玩乐的日子。除夕的美食足以把我诱惑得神魂颠倒，才不去关心那些呢！

除夕早上，四合院就散发出各种美食的香味了。

我们家一直保持着一个习惯，除夕的中午一定要吃猪肉炖粉条，我们土话说炖菜，那是父亲的拿手好菜。一说起父亲的炖菜，村子里很多人都知道，就连村长都点名吃我父亲做的炖菜。三四斤的五花肉切成一片一片的，薄厚均匀。父亲做了十几年的饭，刀工和厨艺比起专业厨师真的是毫不逊色。我坐在灶膛边不断往灶膛里加着火，父亲说熬糖色的手艺你一定要学了去，看炖菜香不香主要看糖色熬得好不好。我坐在旁边洗耳恭听，把这些话牢牢记在心里。放多少糖，加多少油，用什么样的火候，我都记得清清楚楚，因为以后只有我能传承父亲这个手艺了！

父亲舀了一勺油放进锅里，然后加了三勺白砂糖，勺子不断搅动，随着气泡爆开，白糖不断融化，起初白色的糖几秒钟就变成暗红色。父亲看着糖色说，气泡没了，糖浆渐渐清澈，这样就差不多了。这时候火就要小一点，把五花肉放进来慢慢煸炒。这样一盆五花肉倒进去，几秒钟就翻出了香味，肉的颜色慢慢被糖色染红，肥肉慢慢炸出了很多油脂。父亲舀了四五舀子水倒入锅里，加入葱姜蒜八角提味，盐要等肉七八分熟再放，这个我记得十分清楚，一大锅炖菜，经过小火慢炖香味充满了整个屋子。我是最勤快的，一直守在灶膛旁边，时不时就会问父亲："快熟了吗？我尝尝是不是熟了！"我用筷子夹起一块肥肉就往嘴里放，完全忘了它是从沸腾的锅里拿出来的，烫得我的小嘴巴一张一合，像个小哈巴狗在那呼哈呼哈地喘气。肉熟了，加了一把红薯粉用余火再焖二十分钟就可以出锅了。

除夕的午餐是每人一碗炖菜，炖好的五花肉肥而不腻，里面的粉条十分劲道，除了这两样里面还放了父亲亲自炸的豆腐泡，咬上一口鲜香的肉汁流上一嘴，那味道在其他地方绝对吃不到的。

后来条件好点了，生活水平也跟上了，除夕那天我总跟父亲说怎么年年都吃炖菜啊？吃了这么多年有点吃腻了。就这样一番话让无比坚强的父亲含着泪对我说，孩子！父亲老了不中用了，我做了几十年的炖菜，已经不会做别的菜了。除夕是很忌讳说脏话或者掉眼泪的，我知道父亲是会做很多菜的，从那以后父亲在的时候，每过春节我们还是保持老的习惯吃着炖菜。父亲离开了，虽然我学会了这门厨艺，但在除夕时候从来没有用过，我害怕我做不出父亲的味道，同时也害怕失去这种味道！

午饭过后我会抢着做一件非常有趣的事情——贴春联，贴福字，贴年画。

别看这么简单的事情，里面的学问可多着呢。我用面粉在火炉上打了糨糊，把对联什么的，一张一张地刷上糨糊。父亲总提醒我，贴春联要从里往外贴，屋里的门框上贴了，然后是院子里的，水井上贴“井泉龙王”，猪圈上贴“肥猪满圈”，羊圈上贴“六畜兴旺”，粮仓上贴“丰谷满仓”，车上贴“人车平安”。那时我还不怎么识字，最搞笑的一次就是把“肥猪满圈”当成“阖家欢乐”贴在了屋里，真的是让人笑掉大牙了！除了贴这些最主要的就是贴大门的门神。贴门神，历史悠久，然地方不同，时代不同贴用的也不同。我们这多用白脸儿的秦叔宝和黑脸儿的尉迟敬德。这样做以祈人安年丰。

除夕这天还算比较忙的，除夕前要把所有事做完，到了正月里人们不能做其他活，说是正月里做活会劳累一辈子。

母亲有时闲不住，大年初一都会做点什么，所以一辈子都没闲下来。除夕晚上，母亲在准备初一早上要吃的饺子，我也在一旁凑这热闹。母亲总说，过年吃的饺子你就不要添乱了，包不好煮破了不吉利。我说，我不是添乱，只是看您太累了帮帮忙而已。任我好说歹说母亲就是不同意我动手，我就在旁边一直看着，学着母亲的一举一动。除夕包饺子用的面和馅儿一定要剩下，说是年年有余才好。母亲和好面，有三四斤的样子，一盆猪肉韭菜的饺子馅也做好了，这时父亲过来了，说是帮着压片，他俩一唱一和的，一个个晶莹剔透小巧可爱的饺子一圈圈摆在排帘上。

包饺子的时候母亲特意在里面放了一枚硬币，说是谁吃到了，一年都会平平安安而且有钱花。每次我为了吃到这枚硬币，为了有钱花，初一早上就拼命吃饺子。

“平时你不怎么吃饺子啊，怎么今天这么积极？”母亲说。

“今天的饺子好吃，肉多。”我回答。

其实谁又不知道我的小心思呢！饺子准备好了，一家人挤在炕头看春晚。此刻才是真正的一家团圆，所有的事情都暂且放一放，没有比此刻更重要的事了，这种方式又叫守岁。十四寸的黑白电视机，外面风大，高频道的信号不好，我死死地一直盯着里面看也不知道在演些什么。这一刻也不需要看里面演了些什么，只需要感受就好！十二点的钟声敲响，争先恐后的鞭炮声四起，寂静的小村庄被吵醒了，新的一年又有了新的愿望，而我只希望这个温暖的家一直在。

大年初一，必须趁天没亮就起床，母亲烧了一大锅开水把饺子慢慢地摇进锅里，煮沸了的饺子就像鱼儿在水中翻起浪花。“南边来了一群鹅，噼里啪啦滚下河。”这是爷爷经常考我的，是形容饺子下锅的一个谜语。“捞饺子喽！”母亲喊。父亲把鞭炮挂在院子里的晾衣绳上，用一根燃鞭炮的香对准鞭炮的火芯待了几秒钟就往屋里跑，鞭炮声掩盖了一年所有的悲伤，此刻除了鞭炮声过后的欢笑再听不到其他声音了。

吃了饺子就赶紧准备拜年了。

弟弟跪在地上给爷爷磕了头：“爷爷，新年快乐，长命百岁。”弟弟从小就机灵，嘴巴甜。爷爷赶紧掏出红包给了压岁钱。至于我是没有压岁钱的，农村女孩子是不能拜年的，初一早上母亲偷偷塞给我一块钱的压岁钱，还生怕被弟弟知道。

“今年考了第二名，就只能给一块，明年考第一就给你两块。”母亲说。

为了这两块钱我比其他的孩子要刻苦得多。其实我只是想得到家里人更多的关注，更多的爱罢了。弟弟跟着父亲走了，从叔叔家开始给村子里有老人的亲戚家去拜年了。我跟母亲就招待着前来给爷爷拜年的亲戚，一个上午人一拨又一拨，茶水一杯又一杯，忙得脚都快断了。不过我也不能抱怨什么，因为我跟母亲一样都是女人。

五

正月十五逛花灯，这是人们说的“上元节”，也叫“元宵节”。

在大西南，没有元宵，没有花灯，可以说也没有了团圆，元宵节就这样在记忆里远去。这个节日象征寒假的结束，但愿夜晚还有一轮圆月挂在天上，陪着我陪着你。

母亲又在忙了，黑色的芝麻大铁锅里炒着，上蹿下跳还噼噼啪啪地响。

这点芝麻是母亲在花生地里插种的，每年母亲都会种上一点，等着正月十五做元宵用。炒好芝麻紧接着炒花生，花生在锅里要老实得多，可能是它的果实是土里结的，本身就带着一种厚重感，而芝麻是悬在空气里的，本身就缺少一种品质吧。炒好的花生脱了皮和芝麻一起擀成面糊，浓浓的香味已经朝着鼻子扑过来。再加上白糖和花生油搅拌均匀，芝麻馅就做好了。糯米粉湿漉漉地洒在一个很大的笸箩里面，这样是为了让面粉更好地黏在元宵上。母亲端着这头，父亲端着那头，颗粒状的馅在笸箩里快乐地摇摆，不一会儿小黑圆球就变成大雪球了。我看得傻了眼，觉得好神奇，夺过父亲手上攥着的一头就一通乱摇，摇了半天黑球不但没变大，反而摇散了。

原来这所谓的粗活还是有很多技巧的。

“我长大了，才不要摇这个，多麻烦啊，到时候我就去买现成的。”我心里面说。

没想到这么一句无心的话却成了真。现在看到市面上琳琅满目的元宵，我还是喜欢母亲做的。

十五的元宵算是准备好了，那玩的呢？我一大早就开始准备了，农村离城市太远，没地方赏花灯，故只有自己做了。爷爷平时喝酒剩下的空酒盒，我看着好看就把它收起来，有的时候我忘记保存，就把爷爷没开封的酒盒打开，把盒子拿来做了灯笼。有时会被发现就遭爷爷骂：“这个穷孩子，这是留着明年串亲戚用的，你打开了明年怎么用？”我也没听那么多，反正从小到大我是不怎么讨爷爷喜欢的。母亲在旁边一言不发，等我离开爷爷的屋子她才小声说，你拿去做灯笼吧，明年没有纸盒我给你在集市买个装电池的灯笼。听到这句话我兴奋不已，拿着纸盒就跟小伙伴一起做纸灯笼了。只是第二年家里没了喝酒的人，纸盒找不到，花灯也没人给我买了。

我把酒盒从顶部沿着边往下剪，剪到三分之一的地方用手向下折一下，然后剪成三角形，四个三角对在一起，既挡风又美观。下面的每个面先用笔画好自己喜欢的图案，然后用烧红了的铁丝慢慢烫孔，不一会儿整个图案就出来了。因为我比较笨，灯笼上的图案每年都是一样的，除了花就是简单的兔子或者是四不像。图案镂空完成后，用颜色不同的纸蘸点糨糊粘在酒盒的四个面上，这种纸是过年吃糖的糖纸，那时有一种酒芯糖，它的包装纸又大又好看。过年那几天我都会存几张，夹在父亲的《毛泽东选集》那本书里，里面夹满了母亲做鞋的鞋样子，家里除了这个再也找不到其他书了。纸粘好后，就要在里面放蜡烛了，蜡烛太高容易把顶部的纸盒点燃，一根蜡烛分成两半。纸盒底部固定了一颗细细的钉子，把蜡烛插在上面就不会倒了。灯笼顶部穿上四根线，加上一根木杆，一个花灯笼就做好了。

天还没黑下来，我就约好小伙伴往外跑。

“吃了元宵再去，十五的元宵必须要吃。”母亲隔着门大声喊我。

我很不情愿地跑回来，端着我的碗吃了两三个，然后说：“妈！你最辛苦，我这些也留给你吃吧！”

“快去吧，记得带上钢镚。”母亲说。

我在存钱罐拿了两个一分的硬币拎着灯笼就出去了。十五晚上就算不逛灯笼，也要出去走走。“十五十六走百病”，我们那边都这么说。走百病的时候还要消灾祈福，就是把带好的硬币丢掉，这个硬币上有疾病霉运什么的，丢在街上一年里就会健健康康顺顺利利。丢的时候不能对着人家的门口丢，不然会把霉运丢给他们，当然村子里还是有让人讨厌的人，不信十六早上看他们家门口就知道了。我左手拿着两个硬币，右手提着灯笼，围着整个村子绕了半圈，就顺手把硬币丢了，嘴里面一直在念叨着什么。

母亲是最不喜欢出去走的，她肯定又在灯底下纳鞋底了，一家人穿的鞋子都是母亲一针一针缝出来的。我的两枚硬币其中一个是替母亲丢的，她一年到头不知道休息，时间长了身体吃不消就难免有些小病。丢了硬币母亲就会健健康康，我也记不清替母亲丢了几次了。

满街的花灯各式各样，虽说都是用酒盒或者饮料瓶做的，但是比起街上买的一点不差呢。只是手工做的禁不住燃，风大的时候蜡烛燃烧太快，一根蜡烛走不了多远就要换。

我提着小灯笼，美美地走着，旁边的小伙伴们一直在说，咱们比比谁的灯笼好看。我知道他们的灯笼都是家里人做的，这么多年我都是自己摸索做的，我肯定比不上。一说比灯笼我赶紧打断了他们的话，比什么灯笼啊，咱们还是赶紧走百病吧，这样身体才能好，才能快快长大！我们在皎洁的月光下一边嬉闹一边走，说说笑笑一晃我们就长大了。

作者简介

苏钰琁（1993～　），出生于云南省永仁县，现居云南省昆明市。

罗茨和温泉无关的事（外1篇）

罗茨是一个地图上不能找到的地方，作为地名它已经消亡了，但仍有每天到那里的班车还记得“罗茨”。年纪大一点的人知道它，年轻一点的人也许只知道它的温泉，不会在记忆里搜罗到更多的词汇。广义上的罗茨指的是罗茨坝子，包括勤丰镇、碧城镇和仁兴镇——这也是我现在才知道的事。说起来，罗茨并不该算是个典型的风景区，因为它没有统一而崭新的景区规划，也没有举着相机一步三留念的游客。大大小小的酒店挤在街道各处，街道上则是贩卖山货的乡民。很多泡完温泉的人，脸蛋红扑扑的，穿着拖鞋就走到小贩面前讨价还价，做些普通生活的琐碎事。不过，大概也正因为这样并不显得匆匆的旅途，让我看到了更可爱的罗茨，一个到处是可爱动物的罗茨，所以，我并不打算说温泉，我更想说的，是罗茨和温泉无关的事。

赶人的马

从武定到罗茨，是树林掩映无数弯道的二级公路。行程中，绵延的大山顶上有很多白色的“大风车”。“大风车”长长一排，从未间断地出现在我们的视野中，于巨大的蓝色天幕里旋转着，给人一种莫名的安心力量。

“风力发电机啊……”妈妈伸手指了指，“会不会有鸟停在上面？”

“不会吧，鸟停不住的。”我很快否定了妈妈的想法。

“风车不转的时候总可以吧？”妈妈锲而不舍地假设道，我并没有答话。

“笃笃笃——”

行车的速度不快，由远及近的马蹄声十分清晰。前面的弯道处，约莫七八个汉子围着一匹马，中间似乎是一根十多米长的“风车杆”。这一幕让我不禁感叹起来，如此长的杆子竟然不用卡车拉，难道说，山上那么多的风力发电机材料都是用马车驮上去的吗？也太原始了吧。

紧接着，我开始在脑海里拼凑起这样一些画面——破旧的山间小屋，古老的青石板路，被柴草压弯了脊背的老妇。今晚我们就要在这样的地方过夜？我使劲摇着头，企图把这些乱七八糟的想法甩掉。

马车走近了，如愿，我看到了“风车杆”、马、马车和人。我之所以要把马和马车分开罗列，是因为它们的的确确分属两部分。一半的壮汉按着车头，另一半扶着车尾，吃力地想要保持“风车杆”的平衡，行进十分缓慢。而那匹悠闲的马，则独自一匹在人群外跑得正欢，满脸春风得意。我想我一定是眼神不好，那匹马脸上的表情好像在说：天哪，这群傻大个儿为什么要抢我的车？快走！驾——

这下可好，我又得感叹些别的了，见过赶马的人，赶人的马还真是头一回见。看来投胎果然是门技术活，做一匹罗茨的马才是上上之选啊！

蜻蜓徽章

我始终觉得，碧城是个美丽的名字，会让人联想起诸如碧海蓝天、碧树花海这样的词语。不过，禄丰县罗茨坝子的碧城镇，显然不会是个海滨小镇。碧城最热闹的街道叫作龙街，每到周二，附近的乡民都会聚集到这里“赶龙街”。我们去的时候不是赶集的日子，只有一些卖水果和干货的人。卖柿子的女人家在五公里外的山上，她一个人挑了几十公斤柿子，徒步到街上贩卖，价钱也十分低廉。我们只买了六个，她许是觉得太少，但并不纠缠，反而很热情地让我们吃了再买。筐子里有压坏的柿子，橙黄的汁液淌得到处都是，女人便指着裂开的柿子，让我们只管拿去吃。我在心里邪恶地想，要是我们吃的比买的还多，那女人会不会哭。然而我没有那样做，毕竟我不想变成坏人。

冬天的阳光包裹在身上很舒服，让人变得懒洋洋的，景物也变得懒洋洋的，当然，动物也是。路边有几只胖胖的哈巴狗，毛被泥土黏成一片，将眼睛遮得严严实实，但这也不妨碍它们享受日光浴。大舅和妈妈走过来了，妈妈手里捏着一只蜻蜓。妈妈递过来的时候，蜻蜓翅膀已经被捏成了波浪形。

“怎么想起来捉蜻蜓了？”我一边想着要不要把蜻蜓放掉，一边又想接过来看一眼。

“它自己飞来的，停在你大舅衣服上就不走了。”妈妈一边说，一边把蜻蜓放在大舅胸前。

“看看，我的蜻蜓徽章，哈哈！”大舅一边高兴，一边又不敢笑得太大声，生怕把蜻蜓吓走。

蜻蜓全身都是阳光的金黄色，尾巴上有一绺蓝线，是天空的颜色。大概是晒多了太阳，才会这样大胆地停在陌生人衣服上懒得动弹吧。我捏着蜻蜓的翅膀，把它放到大舅的衣领上，又放到墨镜上，看它在各处变成一朵“蜻蜓花”，又拍了几张照，蜻蜓也丝毫没有要离开的意思。要不是它偶尔扇一扇翅膀，我几乎以为它其实已经死了。后来，我们一群人围拢过来，开始热烈地讨论它，不断给它一些新身份。

“放到头上吧。”

“对呀，像朵花一样。要不然放到我这里？”

也许是太过打扰它的午睡，蜻蜓最终还是抻了抻波浪形的翅膀，朝着阳光里飞走了，带着它可爱的蓝尾巴，就这样消失在了碧城的街道上。碧城的蜻蜓也像碧城的名字一样，有些清新脱俗呢。

晴风里的狗

离开碧城，我们继续朝着勤丰出发。勤丰也和它的名字一样，处处是勤劳和丰收。一路上都是清一色的小洋楼，小楼周围要么是宽阔的场院，要么是更宽阔的田野。田野十分平坦，一眼就能看到远处环绕的山，的的确确是个“坝子”。小楼前，颗粒饱满的玉米捆在一起，像一根根柱子拄在那里，昭示着今年的丰收。除了玉米，更常见的是在风里招摇的萝卜条，几乎每家门前都有一排杆子，萝卜条在杆子上整整齐齐挂成白白的一大片，如果非要用个比喻……

“像一排小栅栏，关小兔子的那种。”妈妈说。

“嗯……像……一排尿布……”舅妈接话。

“我不太想把吃的想成尿布啊……”妈妈有点为难。

一语概之，妈妈是浪漫主义者，舅妈是实用主义者。我呢，听一听就好，毕竟我也不太清楚尿布是不是萝卜条的样子。

按理说，我们去时已是冬天，早该有些萧瑟的枯枝，或者，至少也应有些颓败的迹象，然而，勤丰的一派风和日丽中，田间地头还开满了各色小花，颇有点“春来发几枝”的意思。停下车，大人们都去田里“接地气”了，开始怀念起他们小时候的日子。我只是不断地点头、点头、点头，毕竟他们指着田里的“大叶子白菜”告诉我那是苤蓝的时候，我也说不出什么反驳的话。大舅蹲在沟渠边，舅妈忙着拍照，妈妈则去到了更远的田埂，寻找更深的绿色。我走到一条土路上，面向广阔的田野，终于感受到了带有一丝冷意的风，这才该是冬天该有的温度嘛！

“窸窸窣窣——”

左边传来一阵拨动干草的声音，原来是一只小黄狗。我冲他笑了笑，他却警惕性很高，完全忽视了我的友善，伏低了身子向后退着，一边发出粗鲁的声音。我没有理他，转过头去，他倒好，还冲我大叫起来。我朝右边看了看，原来，那边有只小白狗，看来小黄是怪我堵住了他约会的鹊桥。

为什么我会知道他们的性别？嗯……我只是看到了小黄在草垛上抬腿撒尿的样子，而小白，我只是固执地认为此处应该有女主角。小黄叫唤了一会儿，看我没有理他，就没有什么动作了，大概也是觉得我这个“恶势力”难以攻破。他站在我左边，望眼欲穿。至于小白，则在右边灿烂的阳光下无忧无虑地奔跑着，时而闻闻花香，时而追追蝴蝶，完全没有发现小黄这只苦情的狗。小黄就这样痴痴地看着，有时，蝴蝶停在他耳朵上，他也只是烦躁地甩开，并不觉得这是个浪漫的时刻。

就这样，安静的时光停滞了一会儿。小白终于察觉到了我这个异族，睁大了惊恐的大眼睛，扬着尖细的嗓子吠起来，显得十分娇弱，仿佛我已经对她做了什么十恶不赦的事。这时，小白身后的房脚传来一阵更强大的浑厚呼应，原来，是另外一只大黄狗出来保护她了。小白像是找到靠山一般，头也不回地便跑向了大黄狗。由于“第三者”的强势插足，小黄被遗留在我的左边，变成了孤零零的一只。他抬头看了看我，最终还是悲愤地跑远了。这件事证明，没有勇气同恶势力斗争的狗不配拥有爱情。

那么至此，当大家还在田野中穿行的时候，我仍旧只想在这晴朗的风里，看太阳穿过树木，掀起一阵婆娑的冬色。勤丰，或者我想叫它——晴风。而这些所有关于罗茨的事，比起温泉滚烫的温度，更能沁入我的心脾，让我记住了一个更为真实可爱的罗茨。

龙街的水、火、风、空

一片热土。

写下这行字时，我脑海中开始充斥某些欲罢不能的想象。也许是五月里太阳升到头顶，热而厚重的风像一团棉絮，缠绵在口鼻间，人们只好张开嘴喘息起来。我一下一下地，握紧拳头捶在胸膛上，表明我理顺呼吸的决心。太阳不是金灿灿这三个字足以形容的，是略带橙红的，像凤凰花那样，像开在路边，甚至挤开橙红的山岩，从火的土壤里溅出来的凤凰花那样，太阳是开在天上的凤凰花。这样暴戾的太阳，又让我想起火，想起彝族。

行车的柏油路镶嵌在山壁与悬崖之间，车轮轧过去，路就自己写一行字，某年某月某日，某人到此一游。有时，路也会张开嘴，想要咏唱，或是呼唤山对面的自己。我急着刹车，崖下有一条蜿蜒的泥河，它正努力地跃起来，企图舔舐我。我也努力着，将微微发颤的双手，和方向盘的震动调到同一个频道。这样强烈的成功总使我长吁一口气。

当延绵的山群夹道躬身时，太阳变得沉默，只散发一些无言的热烈，想象逐渐成真。龙街和它光芒万丈的名字一起，扑面而来。阿来写，“世界是水、火、风、空”。龙街也有它的水、火、风、空，只不过龙街的四元素，与世界构成无关，而是我“到此一游”的“根子”。

一

去龙街的美泗村之前，我深深沉迷于这个名字。美泗美泗，大抵是有美之泗吧，我这样想着，于是眼前开始有些腰肢似水的少女走近。不过白日梦总是短暂，且破灭得轻而易举。走遍美泗村，我们也只遇到一个年近八十的老妇，除此之外，再没有一个雌性动物出现。幸好，村口有条小河，终于让美泗有了一半的名副其实。

美泗的五月，雨季还没有正式到来，河水流量不大，却很清澈，能看到伏在水草上的青蛙。顺着青蛙的视线越过田埂，可以看到一个广阔的田坝。田坝伸手，揽住一片生长得过分自在的农作物，绵延到更远的山脚。进村需要经过河上的一座石桥，那石桥大概一车的宽度，人踩在上面，再隔着袜子和鞋底，不要说感受它的气场，就连石头这种不同于柏油、泥土、水泥的材质，人也是感觉不到的。可它又确确实实不同，原因很简单，这里印着徐霞客的足迹。

明崇祯十一年（1638）十一月初六，徐霞客徒步从昆明出发，历时一个月，从今天的元谋新华进入大姚县境内考察。龙街镇的美泗村，正属于大姚。今天的美泗，是一个保存比较完好的古村落，村中街道五尺宽，全由石板铺就，是当年茶马古道重要的一程。提起这五尺道，我不得不说声佩服，以前恰能容下一辆马车，现在恰能容下一辆轿车，古今似乎从未被时间分隔。五尺道两旁的房屋大多已无人居住，但那种临街商铺的气息仍然十分浓厚。商铺的房门非常矮小，连我这样的小个子想要进入，都不得不弯下腰来。那些小小的房屋里，以前如果不是住着白雪公主和小矮人，就是住着霍比特人吧。

当我抚摸那些墙壁，几乎能想到当时是何等繁盛。也许徐霞客经过，就曾在这里买过一碗豆花，向古井边卖茶的妇人讨了杯水喝，刚好侧身避过官府的车马。直到身后传来马帮的铃响和嘚嘚的马蹄声，他抬头望向天空中的烈阳，就像我此刻这样，然后，我们彼此擦肩而去了。

古井斜上方是守城的关卡，现在看来倒更像别墅顶层的阁楼。我端直上身大步大步地朝前迈，假装自己是东土来的高僧，要到西天拜佛求经，只是这通关文牒嘛……估计又被妖精顺走了。

“到我家去看看呀。”方才提到的唯一的女性出场了，她开口拦住我，像白骨精拦住唐僧一样。除了在电视里，我还是第一次听到有人主动对陌生人这样说话。

老妇停顿片刻，用手揪着自己灰蓝色布衣的一角，再次开口：“就从这里去，顺着石板路，一直到最高的地方，是个书香世家呢。”

我们一行人还没有放下从城市带来的戒备心，于是只冲她点点头，并没有立刻决定行程。老妇看看我们，自顾转身悠悠离开。等她走远，我们像是被什么牵引了似的，竟真的跟了上去。

“对嘛对嘛，到前面去看。”一个身着中山装的老头突然出现在我们前面，顿时让我们觉得自己非常英明。说完，老头也很快消失踪影。

我们面面相觑，觉得有些好笑，这里的人民都很热情嘛。

顺着石板路往山上，一直走到尽头，远远便看得到一扇大门。若为它添上被时间刮掉的精致色彩，再修补好与它对望的残缺照壁，最后加上本就存在的、明显不同于商户的巨大尺寸，我们可以得出结论，以前一定是个大户人家。门楣上有几个题字的残影，辨认良久，原来是“乌衣世第”。

“不是乌鸦，不是乌鸦。”穿中山装的老头又出现了，肩上多出一副摇摇晃晃的扁担，扁担两头是两个铁桶。

“是乌衣吗，乌衣世第？”我问。

“哦，对，世第。不是乌鸦。”老头回答。

我皱眉看他，表示不理解。

估计是肩上的东西太重，老头朝后撤了半步，铁桶撞到墙上，发出“嘣”的一声闷响。老头偏头想了想：“哎呀，我不识字，反正是什么世第。”

“乌衣世第？”我又问。

“对，对，乌衣世第。”老头肯定地点头。

“咳。”我假意清了清嗓子，把接下来的话遮掩下去：难道我两次说的不一样？

“你们去看嘛，大地主哦。”老头忽然兴奋起来，铁桶又“嘣嘣”地撞了两下土墙。

我向屋里跨进几步，看到一个宽敞的废弃院落，东南西北都有房屋，有的堆着木柴，有的黑乎乎耷拉着蛛网。堂屋高高立在台阶上，门都朽了，梁上吊着个巨大的海簸。“海簸”这个名词也是老头告诉我的，说是用来装粮食。我上下打量一番，明明是个巨人戴的草帽。

“落魄地主，哈哈哈。”老头自己说着，居然笑起来，抬手对我们示意，“你们来，这边，她家新房子在这边。”

我们完全被他操控着，一窝蜂地涌到“地主”家，进门一看，竟是五尺道上遇见的那个老妇。

老妇家确实宽敞得很，院里可以停三四辆车，灰色的水泥地非常干净，像主人刚刚刷洗过的样子。老妇见到我们时，显然是高兴的，但眉眼里透出局促。

“谢家不得了哦，大地主呢。”老头凑过来，一边笑一边用眼睛朝老妇瞟。

老妇马上装出很忙的样子，开始用葫芦做的水瓢从水缸里打水：“你才地主，我不是。”

“落魄地主啊，被斗惨咯，一个儿子死了，一个女儿嫁到外地。”老头把扁担挑到屋里，很快又出来站在我们身边，指着墙上的壁画，“这是另一个儿子画的，叫小觉民，现在出家当和尚了。”

我很吃惊，和尚？这个职业远远超出了我的认知范围。

这时，老妇转身瞅了老头一眼，老头连忙笑呵呵地往后躲：“开玩笑，开玩笑嘛，不说你是地主了。”

同行的人都笑起来，问他俩是不是一家人，老头摆摆手：“好朋友。”

“你们留下来吃饭嘛。”老妇忙无可忙，终于端着空水瓢对我们说。

我们谢绝之后，准备告辞。可是刚跨出门，老头又跟来了。

“谢家祖上啊，了不起。原来是张保村酿酒养猪的，搬来之后，谢家人去后山放猪，却发现每天都有一匹大白马，跑来跟他家的猪待在一起。于是有人告诉他，一定仔细盯着那匹大白马，肯定有问题。有一天，大白马去到山里就突然消失了，谢家人跟过去，把那个地方挖开，发现下面居然埋着几百个大铜坛子，打开一看，全都是白花花的银子。所以就发家咯！当时那个势力哟，胜过本地的田家和马家，成了头号大地主。你看那下面——”老头指着山下，正是我们来时路过的大田坝，“谢家有五湾田，那只是其中一湾。”

我震惊了，用手从左往右划了一百八十度：“这才一湾？”

老头点点头，得意地扬起一侧嘴角：“对啊，厉害吧？”

旁边有人问：“那你家呢？有没有给地主家干过活。”

老头听完笑得更欢了，一直跟我们走到山脚：“干过的嘛，当长工。我们家祖上有二十亩田，后来为了躲匪患，就把田契藏在坟地烧香的罐子里。再后来嘛……哈哈哈。”老头笑得手舞足蹈，“再后来被谢家发现，就占为己有了。”

“那你们不争取一下就给了？”

“怎么不争取，都告到县官那里了，结果呢，谢家当时有人做了指挥官，我们怎么告得赢哦！”老头又“哈哈哈”了一阵，停住脚步，示意就送我们到这里。

分别后，我满脑子都是老头的“哈哈哈”，简直是挥不去的魔咒。缘分真是奇妙，祖上多少恩怨也都留在了那个时代，现在两家竟成了好朋友。至于这个一上午就有了“几面之缘”的老头，也很奇妙，比起偶遇，倒更像是上天特意安排来给我们讲故事的。老头提起从前，似乎根本与他无关，只单纯为了这段故事不被尘封。历史和传奇的长河之所以源远流长，大概也正是因为有老头这样的使者吧。

我再次踏过徐霞客脚下的石桥，再次沿着小河走到了柏油路上。再回头时，半山的美泗村就像一个弯腰打水的老妇，正梦想着她的亭亭年少。

二

龙街的“太子会”也很有意思。我说的有意思，倒不在于仪式本身，而是因为“太子会”的传说。

关于龙的传说很多，人们一提起龙，总是不由自主歌颂它的神威。关于龙的节日，也大多与水脱不了干系。龙街“太子会”意在祈雨，只是这个“祈”字，还真是有待考量。别的地方都是龙王爷普降甘霖，然后人们跪谢君恩。龙街却是因为有了龙，反倒没了雨水。

传说东海龙王喜得四太子，派三太子以五日为限向南海龙王报喜。两天后，三太子途经龙街川主庙，恰巧看到许多人端着丰盛的贡品进庙。好笑的是，三太子这个又饥又渴的吃货，一看到贡台上的美食根本走不动了，趁人不备将东西吃个精光。加上他贪酒，竟在熟睡中露出原形，还把土主神给吓跑了。一觉醒来，剩余的三天早就过去了，结果呢，三太子一想，龙王爸爸本来就更喜欢四太子，现在做错事情跑回去，岂不是要失宠了？这里好吃好喝的，干吗要回去讨爸爸骂呢？于是，三太子索性鸠占鹊巢，天天让人给他送吃的，要是吃得不开心，他就指使太阳升温，任性得很。后来，人们终于忍无可忍，趁他睡着，把他绑了来，放在太阳底下烤。在龙街晒太阳，那真是十级酷刑，三太子皮娇肉嫩，很快就投降逃跑了。现在的“太子会”，就是为纪念百姓赶跑三太子这件事。我不知道，如果三太子看到这一幕，会有什么感想。活脱脱一个熊孩子捣蛋记，最后爸爸没出场揪耳朵，反而被别人教训了。

“太子会”当天，早上天还是阴的。当游街的三太子仪仗队到达最终场地后，云彩居然散了些，太阳也开始出来凑热闹。扮演三太子的是个小帅哥，红衣金袍，站在高台上，俯瞰他的“子民”。大祭司宣布仪式开始后，负责敲锣打鼓的法师相继入场，一齐摇头晃脑地，听大祭司念祭祀词。“三太子”左看看他的金龙仪仗，右看看他的草龙仪仗，乐呵呵地冲大家笑，丝毫没有被“烤”的自觉。我甚至在想，他是不是被真的三太子附了身，所以才有恃无恐？于是我不由得非常担心，万一小帅哥突然现出原形，周围人这么多，我可怎么逃得掉？再万一，我被抓住了……万一被抓住了，我就沾沾三太子的光，每天跟他一起吃好吃的贡品好啦。想到此，我兴奋地期待起来，毕竟我还从没见过真的龙呢，更别说还要跟着他吃吃喝喝！

大祭司的祭祀词念了很长时间，太阳也趁机越升越高，我被烤得昏昏欲睡。“三太子”仍站得挺直，没有半点要变身的意思，我的兴奋值一点、一点、一点地，被消磨得干干净净。真是条倔脾气的龙啊，希望他做什么他就偏不做，逆反心理有点重呢。

"太子会"结束后，三太子的逆反心理仍然持续着。太阳大大方方露出全貌，似乎在嘲笑说：你们这些愚蠢的人类，不要再妄想下雨了！

大祭司若在古代，此刻真得擦擦汗，越祈雨太阳越大，小命估计是保不全了，须得求皇上开恩才能留个全尸。

三太子除了能指使太阳，难道还能喷火，是条喷火龙吗？我慌忙撑开伞遮太阳，唯恐慢上一步，三太子的龙须就会朝我甩来。然而即便如此，火一样的阳光也总能准确找到阴凉遗漏的地方，热辣辣地燎在我裸露的手臂上、脚踝上，用一种灼伤似的痛感，证明三太子的威压。

散场时，我是逃走的。哪怕三太子正在天上对我挑衅，我也不打算还击了，不然，水做的女人也是会被烤干的啊！

三

石关村是一个彝族聚居村，当地被谈论最多的地标是一座石桥，相传是由杨司所建，且留有一块特别的石碑，上刻"桥倒碑来修，碑倒桥不管"。其中的渊源早已留给了时间，不过这两句话，总让我脑海中多出一对痴男怨女——桥是个美丽骄傲的姑娘，桥是个忠厚老实的痴情男。

距村委会约一公里处的半山坡上，是大平地村民小组。我们开车经过石桥，抵达目的地时，忽晴忽阴的天空彻底被厚厚的云层遮住，风也一改它温和的脾气，多出几分苍凉，"呼呼"朝我领子里钻。所以大平地首先给我留下印象的，是风。至于风如何刮起燎原的火种，须从一段凄婉的爱情故事说起。

1980年8月15日，易上潮出生在湖南长沙一个普通农民家庭。1986年，飞琼芬出生在云南省楚雄彝族自治州大姚县龙街乡石关村委会大平地村民小组一个贫困的彝族农民家庭。2002年，同在昆明打工的两人相遇，并互生情愫。两人的感情愈演愈烈，短短几月便已如漆似胶。由于飞琼芬年纪小，家里又有一个尚不懂事的妹妹，她父母得知两人相爱后担心不已，于是借口家中有事，把飞琼芬唤回老家，并将她锁在房中。与飞琼芬失去联系的易上潮坐不住了，但他对飞琼芬的家乡仅有些零碎的记忆。他只身来到楚雄市，四处打听飞琼芬家的地址，终于从一名同住的房客口中得知：离此地100多公里的大姚县龙街乡，有一个彝族聚居的山区村委会就叫石关！石关村委会大平地村民小组距离大姚县城还有30多公里，下车后还要走十几里的山路，易上潮边走边问，好不容易来到了飞琼芬家。

飞琼芬的父母对易上潮的到来意外非常，但仍觉得易上潮家离大姚太远，满足不了他们招婿的心愿，因此对易上潮并不热心。易上潮没有气馁，每天争着帮忙干农活，对飞琼芬也十分关心体贴。飞琼芬父母看在眼里，这才稍稍松口，允许飞琼芬再次外出打工，并默许了二人的交往。经过这段波折，飞琼芬和易上潮更加珍惜他们来之不易的爱情。两年后，也就是2004年，易上潮说服远在湖南的父母，决定到飞琼芬家“上门”做女婿。两家人商定后，把婚期定在了2005年2月16日（农历正月初八）。婚期到来前，两人双双去到湖南易上潮家。这天，易上潮出门上班，留下飞琼芬独自在家，一同留下的，还有他攒了两个月工资才买到的神秘礼物——婚纱。惊喜万分的飞琼芬马上烧了一大盆开水，打算把自己洗得干干净净的，再试穿那套洁白的婚纱。湖南的冬天要比云南冷很多，为增加室内的温度，她又将炭火盆也端了进去，关上房门静静地洗澡。只是，她忽略了一点，洗澡间空间狭小且密不透风，炭火燃烧所产生的一氧化碳足以令她致命。等易上潮再见到飞琼芬时，飞琼芬已成了一具冰冷的尸体。本应欢天喜地迎娶新娘的2005年春节，被悲痛的乌云笼罩。

正月十四下午5点，易上潮如同两年前来找飞琼芬一样，突然出现在飞家的大门口。他静静地站在那里，仿佛是在等候自己所爱的人再次飞奔过来，然而奇迹并没有出现。奇怪的是，易上潮一如往常地笑着，也一如往常地孝敬飞琼芬父母。直到正月十七下午6点，飞家在飞琼芬坟前，发现了喝农药自杀身亡的易上潮，以及他留下的遗书。而他唯一的要求，就是穿着新郎礼服与飞琼芬合葬。

这件事情在当年轰动一时，易上潮和飞琼芬被媒体称为新时代的梁山伯与祝英台。我们去到飞家时，那里只有一座门扉紧闭的小院，院内一栋二层小楼安静伫立，院外一排牲口圈空空如也。我爬上旁边的土坎朝院里张望，许是因为下过雨不久的原因，水泥地上没有一丝落尘。高高的芋头叶子规规矩矩长在花坛中，花坛边上堆放着锄头和耙子。屋顶的太阳能板上，两只蜘蛛正在结网。干净、整洁，以及类似的词语，飞家的小院只能如此形容。我却从这些词语中，看到一股悲凉朝我扑来。风在那一刻停了，树的婆娑声、虫和鸟吱吱的鸣叫声、我们的脚步声，也在那一刻停了。小院像从未被人居住过一样，内脏是空洞的。

“全家人都外出打工了。”同行的知情人叹了口气，对我们解释道，“只有过年才会回来。”

“还要去打工？”

我们叹了口气，不知该怎样打破此时令人窒息的平静。

易上潮和飞琼芬的坟墓，离飞家小院只有几十步路。坟墓和小院一样，都背靠着山，望着对面的另一座大山。坟墓不高，没有修碑，周围的草却长得很高，掩映着两棵同根而生的瘦杉。坟前放着一只空碗，盛着风干的泥土，余有几点香火痕迹。我透过泥土，仿佛看见了里面相拥的恋人。当我背过他们，视线扬过对面的高山时，贫瘠仿佛一道惊雷，在我眼前陡然炸开——那是强烈对比下，令人震撼的贫瘠！高山绿一块、黄一块，是个容貌丑陋的癞子，梯田则像三两道伤疤，割在山的脸上。田里稀稀拉拉种着些农作物，农作物大多是枯黄的，即便有绿植，也大都委顿在地上，如同畸形的瘤子。山顶有一排风力发电的“风车”，一圈一圈缓缓旋转，却没有任何声音可以传来。听说在那山箐中，有株一围来粗的红豆树。五月正是红豆树的花期，想必爱人的灵魂早已相携去采这相思物了吧。只是这座坟墓，即使有爱情的滋润，也是孤寂的。

梁祝的故事大概只属于想象。我总以为，相爱的人若要合葬，应是流水缠绵花草的地方，再添几声啁啾的自然乐声，作一幅草长莺飞的山林美卷。总之，无论如何，也不会是眼前萧瑟的样子。我能想象梁祝，却无法想象这样的土地上，竟有一段如此惊心动魄的爱情，即便我就站在这里，就站在他们的坟前，也无法抵消我内心对想象的拒绝。

我再次轻轻叹气时，风又开始吹了，像少女的手抚过我。两棵瘦杉摇曳起来，像一簇火苗，焕发着周围贫瘠的生命。

“情不知所起，一往而深，生者可以死，死者可以生”，这就是爱情。

四

我们只在龙街停留了短短几天，所见所闻却远远超出预期。离开的时候明明是个清早，我却想起刚到龙街的第一个夜晚。那时我还不认识龙街，记忆仍是个空瓶子。

那晚吃过饭，马淑吉姐姐带我去散步。马姐姐是个很可爱的大人，原本我并不想用“大人”来称呼她，但她年纪轻轻，女儿却已经上高中了。于是以辈分论，她应是我父母一辈的，然而，我还是忍不住有种管她叫姐姐的冲动。刚走几步，她就挽住我手臂：“有点醉呢。”

我看向她，试图观察到她的一丝醉态，但我失败了。她脸颊微微发红，眼睛眯缝着，冲一侧的山岩发出“咯咯”的笑声。正是那一刻，我被她迷住了。

这种痴迷，令我在接下来的很长时间里，看山的时候觉得山很美，看云的时候觉得云很美，哪怕沿路都堆着的、一丛一丛的黄色工业沙石跑进我鞋里，与我的脚后跟、脚趾们缠斗在一起，我也仍然觉得，这真是一条金子般的柏油路啊!

不过遗憾的是，这种令人痴迷的时刻一旦来临，夜幕总是要比平时到来得更迅速一些。黑夜垂落，逐渐地，我开始无法看清她的脸了。

我们散步的地方，不是龙街的主要街道，所以，路上没有路灯，没有建筑物里透出的光，更没有车辆的灯光。唯一的光源，来自月亮和星星。

龙街的月亮不同于城市的月亮。城市的月亮再大再亮，也比不过高楼大厦和路灯车流，从早到晚的嘈杂更会让耳朵不得半刻安宁。城市所拥有的大部分情调，都与月亮无关。龙街的月亮，此刻却是龙街的全部。它照亮的生活范围很小，小到只能容下我自己一人，哪怕我身边还有他人的窸窣步伐，也通通消融在黑暗中了。

由于根本看不清脚下的路，我索性仰起头走路——这也是城市不能容纳的方式。若我这么做了，城市会驱使他的铁壳奴隶们，嗖地从我脚边飞驰过去，再嘀嘀地骂上几句。在龙街，倒是完全不必担心，因为龙街安静得连只蛐蛐路过，也会发出礼貌而微小的问候。

也许天上的事物也无时无刻不在观察着我，所以当我仰起头时，这样的小动作仍然惊动了它们。月亮轻轻扯过云帘，遮住自己白皙的胴体，将天幕留给星星。随着行进，猎户座又带着它三星连排的“金腰带”渐渐绕到我们后方去了，余下碎钻似的其他星星肆意散落。柏油路的两边，除了马主席致意的一侧是山岩，另一侧则是山崖。许多星星游走在山崖外面，纠缠一两丝薄云，像个害羞的少女正在银河中戏水。她泛滥爱意的眼睛望着我，引得我也只好放慢脚步，深深望向她。望向她的瞬间，世界蓦地远去，我如同化作辰星一般，与她水乳交融在一起，内心空前宁静下来。那一刻我所能想到的词语，是永恒。

离开的清晨我开着车，厚厚的云层压近山头，只有凤凰花还在歌颂热土，至于其他的，与来时似乎并无不同。我的视线偶尔瞥下山崖，山崖就迫不及待地将我带回那个夜晚去。我想，龙街的记忆由星星带来，也该由星星带去。随着文字的流出，我所有的记忆被一点一滴抽空，汇入它们应属的大千世界中去了，汇入漫天星河中去了。与其说喜欢龙街，不如说，我喜欢在龙街时，终于能够完全放空的自己。在龙街，世界好像总是善意的，这才成就了它独有的“水、火、风、空”。

作者简介

吉克安妮（1993～ ），出生于四川省普格县，现居普格县。

天佑我爱人

若我不普通，变得坚毅无忌，并没有秘方，这是纯因你。

——题记

你是淡然的，寂静的，与世无争的，从来不抗拒命运，就算是洪水猛兽也从未见你低眉。你藏在了爱的光晕下给予我一切明媚的希望与力量。

往事如烟，萦绕在天空，你的身影一直在我身旁相伴相随。所有爱恋，所有眷念，所有的一切的美好都只想与你共享。

当风吹来，庭院的草发酵成经年的影片，场场放映你的美轮美奂，你的柔情似水，你的坚韧不屈。我学着你的样子，长成另一个你，延续你的命途，你的爱。

当你在我身边时我便已开始怀念，怀念你的每个微笑，每个拥抱，怀念你的每句唠叨，每句慰藉。只因，我知道，不知何时，我就得离开你的臂弯。

你曾说，遇到问题，别回避，因为你多年后会讨厌当时的自己；你曾说，放轻松，别在意太多东西，因为你多年后会发现那些并不是你需要的；你曾说，别任性，任性不是坚持不懈，因为你多年后会悔悟当时伤了最爱的人；你曾说，我是你最爱的人……

你会发光，你亦会发火，你的每个笑容我都铭记于心，你的每次愤怒我都知道原因。你说我越来越像你，我说我越来越懂你。荒无人烟的地方长出的花更惹人爱，而你便是我心野上盛开的唯一一朵花。学着你的样子就会发现，更爱这个世界，更有理由努力，更容易寻到自己。

走在路上，把拉长的身影甩身后，挽着你的臂膀。你说着你的幸福，我看着你笑靥如花的脸；你说着你爱的人，我听着你字里行间稳稳的幸福。我看见的每个明天，都是你慢慢滋长的爱铺成的。

你教我抓紧生命浓度，几多雨纷飞，从不知占卜的我们却能一语中的我们的未来，从不懂何为命理的我们却能坚定自己的信念。与你的岁月，我依旧看不见尘土飞扬，看不见大雨倾盆，看不见黑夜绵绵。

我偷走了你的青春岁月铸成我的青葱年少，我夺走你的自由坚毅炼成我的青春无悔，我还你满头银发，步履蹒跚。

毫无征兆地，你会在某天跟我讲怎样煮出的饭更适合我的肠胃，怎样用同样的食材做不同的佳肴，怎样把一坛泡菜好好保存，怎样把腌肉正确地放进冰箱，怎样照顾身边的人。你会轻拂起我散落的发轻轻放在耳后，呢喃着说，一个人，也要好好吃饭，好好照顾自己。

凝住每个温柔瞬间，留住每个幸福时刻，看住每个我爱的人。我最偏爱你的笑，最心碎你的泪，最想拥有一切你想要拥有的。

你时常会挂牵多年后的我的日子，我时常会笑着和你嬉闹说你想太多。你何曾知道，我日日奢望，夜夜祈祷，天佑我爱人。你要的一切我都会给，现在的你只用在荏苒时光中做我最爱的那位美人，留住你那没被我消耗的容颜，泰然自若做最美的自己。

生命中，不会出现无奈，因为我们对彼此的爱能够打败一切无奈；生命中，不会出现遗憾，因为我们的努力都不会让它出现；生命中，不会出现别离，因为我们永远拥有彼此。

今日，明日，我都把爱给你，天佑我爱人，我只愿两鬓斑白时，依旧能在推开门的瞬间对依旧笑靥如花的你说："妈，我回来了。"

作者简介

马海阿晶嫫(1993~),出生于云南省宁蒗县,现居新疆。

论马尔镇的自由(外2篇)

公共汽车每天都按时经过万格顶山的不远处,也就是马尔镇的山道上。来来往往的人群在这里相互交流着彼此的语言。有的带来大蒜并且种在马尔镇的最后一块泥土里,有的带来无情的现代化磨灭着马尔镇纯洁的肌肤……每天来往的人络绎不绝,但是我不愿与他们产生一丝的关系,他们热爱的是五彩缤纷的时代,而我依然生活在马尔镇的自由里。

曾经的马尔镇像万格顶山的喷泉一样纯洁,诗人或是歌唱家都站在山风里记下它的历史。它如同万格顶山的森林一样幽静,像密西西比河的羊羔一样自由。那时我以一个孩子的身份站在瀑布里游牧着我的部落,羊群和空中的神鹰飞翔着我童年里的神话。神话传说到哪里,哪里便是永恒的春天。如今春光仍在,可岁月已经消失。那开着汽车的人在这里自由排放尾气,那手里提着生产机的人在这里自由开放了塑料时代，那种植大蒜的人在这里擅自实施了不平等的商业规则……飞鸟失去了天空，羊群和森林失去了灵光……我要抗拒来自世界的传染病，也就是人类要回归到古老的马尔镇的自由中去。

从童年时光到青春时期，马尔镇上依然演奏着飞鸟的歌曲。马尔镇在无数次冬天的结束中结束了自己整个躯体，只有一小部分的古老埋藏在透明的最后一层泥土里，又在无数次的春天里绽放出古老之花。它永远容纳着陆地的海洋，布满了人类获得自由的芳香。我要歌颂人类，还要歌颂马尔镇的自由，羊羊和森林也要歌颂古老的马尔镇。

论森林的生命力

早晨，请带我回到开始童年的地方，回到幽灵出没的地方。我核算过了，在城市里生活比在出生地生活需要更多的支出。我们需要付出更多的时间，需要牺牲太多的健康来获得生活的权利。因为我们的“仓库”已经充满了废墟和疾病还有扰乱的机械声。

早晨的阳光请带我回到梦中的森林里。

我来到森林里已经四个月了。我每天在森林的曙光中按时起床，它给了我无限的快乐感和孤独感。同时也会带来愤怒感，当然带来怒气的是那些失去理智的伐木工人……那些伐木工人早早地在森林里计算着一天的收获，用松树的高度来衡量自己的劳动所得。我在行走的影子中看见自己背后的声音，我原本还以为是树林中的飞鸟或是豹子或是野猪又开始歌唱了，甚至会以为外来的一些年轻人在这里自由歌唱。我转过眼睛来看真实的物体时，原来是我土木房屋旁的那棵巨人般的松树倒下了，伐木工人连忙赞叹道：“真是一棵很有价值的树，它的皮就可以达到我斧头的价格还要翻一番。”那些需要树木做材料的人通通赶集到森林的拍卖会上，喊出最高的价钱，会场充满了杀气。

我在森林里反复听到这样的杂声，一批伐木工人走上了市场，另外一批又走进森林发出无比喧闹的声音。最后一棵松树的皮被剥开了，供人们使用。可是它在雪花里依然挣扎着生命的力量，我觉得它的鲜血在流淌，因为我看到了春天发芽的小树林。

马尔镇的清泉在迅猛地喷涌着，伐木人也随之一次次地劈开树林，森林暴露出了洁白的肌肤，光芒山的树林走进了孤独的荒场。全世界有关砍伐的人类都来到了森林的拍卖场上，他们在这里获得了成堆的果实，但果实缺少了雪花上的元素。战不败的最后一棵松树在春天小树林的基础上健康茁壮地生长成为茂密又强大的夏天，在雪域中获得崇高的敬意。我认为它更像世界的一个公民，它在努力挣扎的泥土中生产出属于自己的果实，同时也维护了一个新世纪的权益。

论“雪湖”的品质

在这里冬天更平静，连寒冷的感觉都比夏日的正午暖和些。为了看到雪湖结冰的景象，我常常会在早晨六点左右起来爬上雪霜的小路，甚至比那些早起的鸟儿和农夫要更早些。我不是为了攀阳光的福而是要与太阳的升起争夺时间，我必须在曙光出发前赶到湖岸，这样才能看到最纯净的冰块。

这些日子，我每天都及时赶到雪湖的现场。我每次都会赤着双脚踏上它的洁白，它会带给我世间最温暖的礼物——洁白、坚韧不屈。有些时候我在它的肩膀上抛出石头来预测白天的幸运度。如果我心灵不贪婪又情不自禁地抛出手掌上的命运牌，雪湖的力量就会带动石头的自由抛向远处。如果我心灵上装卸着食欲还有事业上的琐事，那么石头就注定摔倒在我的脚下。我三番五次地做了这个实验，我终于明白了雪湖的品质：它的世界容不下一滴来自黑暗的物质。

干净的心灵的灵魂之湖。它从来没有违背过时间的规律。它在冬天结冰，在春天解冻滋养大地，在夏天和秋天发展和收获自己的粮食。它在几百万年前就成为马尔镇的血湖，歌唱着马尔镇的健康品质。今日，我是第一个看见冰块的人。一块堆在另一块上构成美丽的图案。这样的美让我遗忘了婴儿的肌肤是如何呈现出世纪的美的。其次赶来的是渴望飞翔的鸟儿，此时雪湖似乎更加暴露自己的躯体。第三位来者是商会的主持者，雪湖立刻收缩自己的影子渐渐消去了一部分。阳光越来越强，所有的人群都来到湖岸举行着无秩序的交易。我忽然望望雪湖的天空，发现冰块变形成了黑色的液体，飞鸟不知飞向了何方。我无限地寂寞起来，在人群中寻找不到精神存在的裂痕。

让我无法忘记的是2003年12月的一个早晨。那天雪花飘落，整个湖面静得只听得见雪落下的声音。没有商人和贩卖者来访，没有刽子手的袭击，更没有机械的开垦。整个湖面就只有飞鸟和森林白色的影子。那日我的船划到了历史上最遥远的地方。我走访了整个岛上的所有幽灵。最后我们欢聚在大雪纷飞的湖面上平等地交易，彼此互换天使的善良与品质，目的是让大家在春天里健康生长。今日又是一次雪花降落的日子，可是我的那些真诚的朋友不知去了何处。美丽的雪冰上布满了黑色的金属的蝗虫侵蚀着我宁静的早晨。

在另外一个早晨到来时，我依然还会去寻访那些善良的天使那些富有精神品质的灵魂。在这个早晨结束时，我们将在雪湖上开放古老的市场，自由买卖雪湖美好的品质和灵性。

作者简介

莫色布都（1996～　），出生于四川省喜德县，现居喜德县。

痕迹（外1篇）

我的忧伤，是你们青春的印迹……

——题记

我是一个简单得可以在逛街时被朋友遗忘，被店主忽略的女生，怎么办？长相属于中等偏下，性格差得父母都懒得理我，习惯是一边吃着薯片，一边看着韩剧，一边流着泪。

我以为我的人生会一直这样简单……

二十五岁之前，过着宅女的生活。二十五之后，找一个可以值得托付的人就那么平静地过完一生，直到有一天白发苍苍，另一半还可以牵着我的手去菜市场挑选着晚饭要用的菜，然后一起走在夕阳的余晖里，若隐若现，直到看不见背影……

我今年十九岁，如花一样的年纪，在阳光下熠熠闪耀，但现实却是那么残忍，每天都会与题海奋斗，晚上做梦会梦见自己高考失败，醒来以后害怕的不能自已，因为所有人都知道高考会是人生的一个转折，每天看着身边的朋友能量爆棚，我却找不到自己的目标，浑浑噩噩地过着每一天，心里的苦却无处发泄。我害怕失败，我害怕读“高四”，我害怕父母失望的眼神，害怕朋友的关心会降温，害怕我再也追不到你的脚步……

于是乎，我迎来了高三，这个充满魅力却又有着地狱气息的年级，我又和当年的你一样，过着起床靠毅力，洗澡靠勇气的生活，在两个城市的我们，过着不同的生活，和不同的人打着交道，为了不同的目标而奋斗着。窗外的雪停了，此刻的你会在干吗？和朋友聊着明天起床后会做什么，在寝室里弹吉他，还是在操场上打着篮球？有人说思恋是一种习惯，可以戒掉。为何我却坚持了那么多年，从懵懂的年纪到不再轻易说爱的年纪，仿佛一个世纪那么长，唯有你的故事我还在续写，是不是不值得，是不是你已经忘了我，是不是你已经有了自己的新生活……好吧，祝你幸福，我曾坚持过，以为你还会在转角处默默地看着我走回家，却没想过你已经不在了啊！你和我的城市距离那么远，你的呼吸我差不多忘记了，你的温度不复存在，你说你喜欢我安静坐着的模样……我喜欢你带给我的幽默感，我喜欢看你在操场上打篮球，我喜欢你弹吉他的模样，专注而又温暖，美丽却又短暂。

可我曾珍惜过，曾在乎过，只是如今换了谁在你身边嘘寒问暖？安慰得了别人的话却安慰不了自己，为别人找的借口却用不到自己身上，大道理谁都懂，但又有谁可以做到。

一切就这样成了回忆，仅仅只是脑海里存在的画面，你的模样越来越模糊，我害怕会忘记，我害怕会一直记得，多么矛盾。

我是个恋旧的人，喜欢被人们称作复古的歌曲，喜欢以前用过的东西，喜欢以前的朋友，喜欢以前坐过的位置，喜欢以前的老房子，但时光可以让一个人面目全非，不变的容颜，可是再也找不到当初的感觉，再也见不到那个在星空下谈论梦想的少年，再也见不到那个说会为我建城堡的少年，我们的轨迹也越来越长，再也找不到当初，“人生若只如初见，一眸微笑定终身”是不是就不会有那么多的难忘和刻骨铭心。最后变成了不再联系，然后成为最熟悉的陌生人。

高三了，最爱的都已成为回忆，最在乎的也成了曾经，只许一天之中在脑海中闪过那几个画面，是你在球场上的背影，还是和她一起去门口小卖部路上的疯言疯语，画面真的变模糊了，不是我记不住而是回忆真的好模糊，真的努力了，可是没办法，这次好像真的要结束了，真的从此只是路人。

后会有期，我最爱的马干。一路走来，欢声笑语，痛哭流涕，撕心裂肺，彻夜买醉，所有的故事我们都一起淌过，你最爱的他我也曾在意过，后来你们结束了，可能是不合适吧，我看你睡觉都在流泪，我真恨我帮不了你什么，我真讨厌自己什么都不能替你分担，我无能为力，我只能陪你夜夜买醉，然后哭得死去活来。是青春吧，我们曾安慰自己，谁年轻的时候没爱过几个人渣，谁的青春会没有几个重要人的印迹，我们的忧伤，一直是别人青春的印迹，不需要借口，爱淡了就分手，多么简单，不在乎你的人，何必用尽自己的余生来为别人埋单。如今，我们在一起的时光已在高考的打压下变得越来越急促，更多的是学习上的交流，而不复当初谈着吴亦凡和谁又有绯闻了，又有新专辑了，又有新电影了。我的权志龙你一直都说你不喜欢，可是你知道的权志龙就是我的全世界，没办法，喜欢一个人哪里来的那么多理由。以前总觉得在一起的时间还长，分离对我们来说也很遥远，可是看着黑板上的高考倒计时，有时候会莫名地难过。舍不得，好不容易开始的友谊转瞬即逝，好不容易融入的新班级就在一句“多联系”当中结束。你说我不是你，不会明白你对于我的意义。我也想告诉你，我从来就不会把觉得重要的人挂在嘴边，我会放在心里。因为住在我心里的人真的不多。

可能我天生心胸狭隘，装不下那么多的人吧。

我是一个自尊心极强的人，我不愿把不堪的过往当作我的青春，不愿把苍白的故事当作创可贴，不愿主动联系我在乎的人。没勇气，我胆小如鼠，会在晚上把家里的灯全都打开才能睡得着。我害怕黑夜，害怕有一天我会失去与你的联系。我一直都想成为你难过时第一个想要联系的人，太冷时第一个想拥抱取暖的人……如果可以，以后多回头看好吗？

因为我会一直在你后面。替你记录你的人生有多么完美。我想陪你布鞋到高跟鞋，校服到婚纱，到最后子孙满堂，我们一起在路口的花店里为彼此买一束最爱的花，你的薰衣草，我的百合，会一直记得的吧！可是现在可能要分开那么一段时间，几年的时光不足以消去我们之间的感情吧！

后会有期，就像你说的，如果未来我们还能在七老八十的时候来一场美丽的邂逅，一定不可以哭泣，因为我们要把最好的一面留给对方，要留下最美的微笑来为彼此的人生画上完美的句号。不要因为满头的白发，满脸的皱纹感到伤感，走过了大半辈子，我们如若还能相遇，岂不是世上最珍贵的礼物。

青春是一去不复返的时光机，岁月是一场扣人心弦的演唱会，钢琴上还残留着远去爱情的余温，你的吉他早已不知踪迹，我却还在痴寻。因为，有些人不是不在乎了，而是不敢再在乎了，越在乎越难过，朋友们都说我笑起来没心没肺，哭起来没日没夜。可能我天生就是悲情演员，为市面上的各种纸巾牌子代言。岁月是场无波无澜的悲剧，时光是有聚有散的旅行，守着一座城等着一个人，大雁南飞，什么时候才可以相见。但年轮和青春终是不忍相认，于是随秋叶埋葬于地底下，等来年再翻开，却早已沉淀，痕迹都无法触摸。我爱默默倾听全世界，可全世界可曾在乎过我的痛，错误的相遇注定一场漂亮的悲剧，既幸福也心酸，既痛苦也不悔。最后遍体鳞伤，才知犯了不可饶恕的错。是谁的魂魄在谁的心里驻扎，无法离去，是谁的眼泪在谁的眼眶里表演，即兴的舞步，即兴的音乐，即兴的离别。

再见，我曾经刻骨铭心的过往，不再见，我曾声嘶力竭的青春。祝你岁月无波澜，愿我余生不悲欢。

箱底的黑白照，诉说着谁的年轮和童话。一场盛世不惊的相恋在岁月中若隐若现，一段伤疤在人们的谈论中越发血淋淋，谁都不是谁的终点，谁都不配做谁的未来，人生那么长，会有几个驿站，会有几段撕心裂肺，会遇见几场花开花落，会有几束百合一直在为我绽放。

再见，我最在乎的你。以后不会再犯傻了，不会再为一个人做自己不喜欢的事情，不会为了你而放弃任何事情，我的未来不该那么痛苦，我有更美丽的生活在等着我，我有更好的选择在等我。我不该就这样过完我的一生，不该一直以你为全世界，公园里的秋千不再为任何人开放，不知不觉，后知后觉，我竟坚持了那么久，一直都是你的日子有多么难过。

再见，我的高中年代。再见，我最青涩的回忆。

再见，吉他和篮球。

我明白，高三不再纵容我大哭大叫，因为这是人生的转折，但很奇怪，我总是不知道自己的目标是什么，可能就是堕落吧，我变得不再有当初的热情，不再有当初伟大的梦想，我竟开始混日子，得过且过的状态终于变成了我每天的日常，自己以前一直不敢正视的生活我已经过得“有滋有味”，终于变成了自己最讨厌的模样，给我一个巴掌让我清醒吧！万事沧桑，每天也过得很累，会整夜整夜地失眠，会疯狂地想改变自己，但却找不到方式，我也不知道为何会变成这样，不知道为什么会突然对身边的一切都失去信心，然后我发现我已经没有了喜欢和讨厌，都一个样，身边的人和事，没有什么区别。我行尸走肉，没有灵魂，没有思想，没有疼痛。我想要改变，因为我输不起，我不是一个厚脸皮到失败都可以笑着对别人说“失败乃成功之母”的人，我有我的自尊，我必须撑起我的未来，所以我知道我应该努力，不管是不是会失败，至少努力你就不会有遗憾。

后会有期，我最爱的同学和老师们，我们一起度过了说长不长，说短不短的三年时光，我们从相见相识到相离，可能毕业以后我们之间的联系会很少很少，但可不可以不要忘记我们的回忆，哪怕是班级友谊赛，哪怕是得倒数第三的体操也是回忆，别忘记，因为不可能再有相同的场景，不可能再重温这些场景，别忘记我们一起取笑班长有胡子时的笑容，别忘记我们一起互扔粉笔头时的愤怒，别忘记给老师取外号时的兴奋，别忘记被巴久老师罚跑时不愉快的表情……尊敬的巴久老师，再见，可能我生性躁动，让你很生气，可能我经常接你的话让你很不满，对此我先跟你说声对不起，可是这也是种回忆，我们都明白，你可以带无数届的高中学生，但我们的高中生活就仅此一个班主任而已，你会成为我们大家共同的记忆，但是我们还是希望，也许十年也许二十年后，我们见到时，打招呼时你还能记得我们的名字，这样就够了，毕竟你的学生会有成百上千，但我们的高中班主任真的就只会有一个，愿你往后的时光可以越过越美丽。愿岁月不会在你脸上刻上过多的年轮。

深深记住狠狠忘掉，别总是让不重要的东西让重要的人吵架，因为后来我学会了不再把自己的痛向全世界宣告，不再因为一句话就去否定任何一个人，我想我需要一个更成熟的思想，更明朗的明天，更美丽的校园，别骑单车了，别再学弹吉他了，别再在手上刻字了，很痛，会流血，会留疤。因为我要毕业了，会有新的生活，有新的朋友。毕业季我们不会有那么多的泪水，毕业季我们会学会把最好的一面留给对方，所以我们要大笑，我们要记得大家一起打牌，开玩笑，说谁很帅很漂亮之类的话题。谢谢所有在高中阶段传授过知识给我们的老师，可能我们偶尔会让你们很头疼，但别忘记，我们也是独一无二的。

题海，同学，老师，好像真的到了要说再见的时候了，青春不枉和你们相遇，愿我的余生还可以和你们一起大声说笑，一起为自己的空白画上色彩。别再轻易说放弃，别再轻易说爱着谁，大好年华，我们不该如此堕落，我们的未来还得自己去拼搏。

同学们，十字路口再见，下一个转角我们再见吧！别忘了，带彼此最爱的礼物。

那年盛夏

如果有一天我把悲伤写成了协奏曲，请一定仔细聆听，因为那是我的青春在呐喊。

——题记

有人说，世界上有一种病，叫选择性综合失忆症，得了这种病的人大多会记住那些年美好的回忆，却会选择忘记那些年青春给的疼痛。回忆苦涩的青春，好似它留下的年轮，承载着青春的密码，那密密麻麻的年轮，是否蕴含着我的青春一波三折，也许明天，也许下一步我会忘记我该往哪儿走，是留在原地，守护那懵懂的曾经，还是勇往直前，去寻找青春的独奏曲。或许，我该踏上那段未知数的旅程，给多年后的青春留下美丽的插曲，让我有足够的故事可以去叙说。

还记得那年我们追过的剧《致我们终将逝去的青春》吗？敢爱敢恨的玉面小飞龙，敏感而又有强烈自尊心的陈孝正，邻家哥哥林静，一直不离不弃的阮阮，最后他们都相信了一句话："爱对了是爱情，爱错了是青春。"春去秋来的茂盛，却遮住了我们原有的色彩，等到寒夜剩我一个人，独自反复酝酿那不痛不痒的青春，雨点稀稀落落地打在窗户上，好似青春给的旋律，动荡，起伏不安却又充满了刺激，让人不得不幻想那未曾相逢的青春，到底是何许？也许就好似仲夏夜之梦，醒来之后，只剩若有若无的痕迹，我拼命寻找，却再也找不到它来过的痕迹。

高一的青春是白色的，纯洁好似白纸，等待着给它涂上色彩，高二的青春是墨绿色的，在高一的基础上用彩色笔画上了高二应有的色彩，高三的青春是黑色的，无尽的压力和永远做不完的试卷就是证明。啊，想到这儿不得不为高三的学姐学长们捏把汗，哪怕我自己也即将是一名高三的学生，会面对黑色的青春，但我选择不放弃不后悔。

等清晨，等下一场电影，看着那屏幕，放着那些年所有的记忆，一幕幕在脑海重演，就像重新经历了一般，又一次在伤口上撒盐。痛彻心扉，声嘶力竭。想问一句，留在初三的记忆是否还会有人记得，是否还会有人说起时，还会面带着对曾经的向往。那就趁还来得及，狠狠地记住属于初中的所有回忆吧，哪怕，都是过往，都是记忆，也在所不惜。1095天以前，我的大脑或许是空白的吧！1095天以后，我满载而归，带着所有的回忆离开母校。可是，那些被老师罚站在门口，还对着彼此做鬼脸；被老师罚跑，还知道听着歌曲。完全不顾老师的唾沫横飞，被老师叫起来答题错误后的尴尬，那些似乎都成了不朽的回忆。点点滴滴都是美丽的协奏曲。

荒草丛生的青春，倒也过得安稳，代替青春陪着我的是回忆，数着一圈圈年轮，将往事都封存，修改一次次离分，都是伤痕，我承认，曾幻想过永恒，可惜却还没有人肯陪我到最后，中途以后烟消云散。任凭所有情绪在我脸上发呆，故事的花开花落，都有了结局，没事儿，还好，有青春陪着我，让我有机会去实现自己的所有愿望，我想：我已经知道了，青春，没有太多的彩排，只有无尽的现场直播，但这只会让我更加珍惜，珍惜那还未掉落的青春符号，只想用自己的方式去为青春拼一次。

作者简介

阿兰（1998～　），出生于四川省峨边县，现就读于山东大学哲学专业。

一个人的反抗（外2篇）

今年暑假，过的算好又不算好。好在这是最后一个最完整又最长的暑假，坏在人祸：家里的小霸王霸占着电视，看人追熊，狼追羊；升入高中以后，父母紧迫感陡增，在家里闲一会儿，他们就会像针扎了一样跳起来抓你进房学习。我从没料想这样的情况会发生在我家，我是远远不如小时候舒坦了。但我又不觉得自己会得抑郁症，因为好在我有一颗反抗的心，它让我绝不甘于委曲求全。

就今天下午，我把家人全打发出去了，自己坐在家中，电视、电脑、桌子……都属于自己了。现在我就在听着贝多芬的《命运》，写着我的文章，充当下高雅文艺，只是因为闲罢了。

在此前从未体会过家长逼迫学习之苦，现在倒切身尝到了这种被困于家长的爱护之牢笼的忧伤和愤怒。叛逆的缘故吧，家长让我学，我反而更不愿学习，觉得这罪恶至极，即使知道这是多紧急的事。也许带点恶作剧成功的可耻快感。与其被别人逼，还不如自己情愿，否则在牢骚中已浪费不少时间，效果更差，心情更糟。这种恶性循环更易将人激怒，重则可致人寻短见，酿成悲剧。于是我还发泄着，反抗着，以保持内心健康。心理问题的最有效治疗也许就是要表露问题，承认问题，肯定问题，否则会腐烂生蛆，污染心灵。

我再夸张点，我在反抗，也是在小心地锻炼心境，因为我将来不愿做一个委曲求全，畏首畏尾的人，希望自己珍视肩膀上的那颗健全大脑，自己独立的灵魂，遇见不公可以站出来，遇见不仁可以表示不赞同，遇见压迫，可以给被压迫的人尽一份薄力。我希望自己敢爱敢恨，不安于现状，即使被现实打得头破血流，但我仍知道自己信仰正确。年轻人大都这么想。

我可以给"同病相怜"的你支个招，如果你对父母逼你表示不满，并知道这是为了你好，你可以试试把你关在房间一直学习，做题，看一会儿小说，又听一下音乐，吃饭叫你几声你也磨磨蹭蹭不要出去，说吃面包就好。坚持个三四天，保证父母又开始心疼你。父母对我们的爱，如同我们对他们的一样矛盾，这个小花招可以巧妙地找到一个平衡点，只不过自己辛苦点罢了。对于爱你的明理人，要用过度的顺从去代替伤人的反抗，不要伤害他们，你懂的。

这样的遭遇在《意外的幸运签》里有过独特细致的展示。设定悬疑，画面写实，细节和音乐处理相当到位，你会感觉就是在窥视普通一家人的日常和情感的细腻变化。熟悉的家人间的矛盾，父母的过失和隐忍；孩子的孤独绝望，故意显露出的惩罚；家人间沟通的不配合和缺失……像我们凄风苦雨的青春期。我曾经也是个孤僻的孩子，也经历了中考，所以，当看到主角在饭桌上的真情流露时，过去的记忆也像白鸽的双翅拍过心田般涌现。再次重温这部片子让我充满感激与宁静。平淡是生活，平淡也是真。我们会做很多重复的后悔的事，现在就是那个被等待的分岔口，下一步就是幸福。我们不该再以伤害自己去报复依恋着我们，我们也依恋的人。他们的过错也许已成无可挽回的悲剧，我们也不应该一直困在受害者的默剧里顾影自怜。你会陷进悲苦的沼泽，像那位爱上自己倒影的古希腊美少年，他反而得不到真正的爱情。少年不知道自己长什么样，爱上美丽的倒影，而我们也多半并不清楚真正的悲苦，沉沦在巨大的罪与罚之间的情感震动。每个人都在全力投入自己设定的角色。从另一方面来说，这样的愤怒苦恼，何尝不是关心的表现。我们知道我们在他们心中的分量，这就是筹码。不免有些卑鄙。

人有两种力量，一种是生下来就有的规律，另一种是“自我”的力量。人的一部分看似自由的行为其实是由另一种力量操控的，比如在集体无意识下做出的行为，有的哲学家认为被道德束缚的行为才是自由的行为。我反抗着的是老旧的观念，控制的魔爪，灭绝人性的残酷？总之，反抗该是为了真正的自由，更好的未来。我这样一个人的反抗实则太普遍，美国“垮掉的一代”是群绝好的代言人。今天的反抗者会成为明天的被反抗者。在世界的眼里，我们这一生太渺小，太短暂，但对我们来说，我们想过好一生，我们在反抗着，我们要好好地反抗。

年　到

终究要聚少离多。多少年没回家过彝年呢？十个指头还数得清。将近六年，虽没我的岁数大，但快将近我岁数的三分之一。来，把镜头拉远，在模糊中拉近，我的家乡就在眼前了。

一条蜿蜒的大马路在群山间破了个口，冬季的雪泄露出来，飘飘洒洒，远方千仞白壁倚天而来，成了场旷久的凝视。这种凝视，发生在每个注视着自然的人与自然之间。从眼前的画面里，可以感觉到一种不一样的东西，也许是久远的无声无息地来自洞穴的记忆。一群穿着毛皮兽衣的穴居人依偎在一起，静静地观雪，露出遇难者纤细的目光。现在大家自由地各奔东西，到了观雪的季节，还是要重新聚在一起。雪，绵绵密密地编织，让人有些看不清了。

人们都说，雪最清白，白茫茫一片，大地就无暇了。纵使有别的颜色裂开一块来，也让白雪衬得清新可爱，外加几分静穆。还没来得及从上一站米线的温柔乡里醒来，寒气就把人拽回了地面。我家只有长假会回老家的传统，寒假过年是一定要冒着雪灾回来的。作为城里的“稀客”，魅力蛮大，这不，好些父老乡亲都来寒暄，和我一样黑红的面孔在头顶密密麻麻。大人有大人的圈子，小人自然也有小人的交际。作为全村大姐大面前的红人，是可以有一些无害的殊荣的，谁叫我可爱呢？照老规矩，沿着大路走一遭，一来问候更多人，二来好好看看家乡面貌。我们的三人小队仿佛带着宣告的喇叭，反正队伍是越来越长，更多小孩儿加入了。一路上，要乖巧回答大人的问话，小小“应酬”一番。

路面都结了冰，反倒使脚底干净，不用沾一裤腿的泥，路畔很平坦，看得出河漫滩平原的特点。两边的衰草都结成了有颜色和形态的冰坠子。在璀璨光华的冰坠里，凝结的是生命的时间。松软的雪，凝聚的冰，混在一起含蓄无比。我眼睛一亮，拍着表姐再向前一指。不少地方立着大型“冰雕”，活脱脱是一尊尊供着的佛！大自然真是鬼斧神工。看到她的眼睛也亮起来，我提议：“我们搬一尊回去吧。”于是，在山间，一群蠕动的小点聚在一起，又向一方进发。浩浩荡荡的搬冰工程拉开序幕。我当时戴着露手指的毛线手套，如果你在心里默默心疼的话，我得告诉你，一点感觉也没有，冻僵了，冻麻了。那尊佛像在院子里待了一段时间，后来不幸被孩子们遗忘了。

一条泥泞小径连着三户人家，大清早，我在大山还睡眼蒙眬时就挨个去串门，等着哥哥姐姐们在下一个翻身后起来。表姐家住的最高，地方最斜，雪也最厚，一大块木板，就是滑雪的好材料。坐在上面，从头滑到尾，虽没有那种优雅帅气，却也别具风味，快乐是足够的。这里雪人不好堆，还没到雪最厚的时候。我记忆里第一个雪人是大家一起堆的，在红色大塑料盆里。他们忙着使身体更像，我在最下面画了个环形车道，拿个雪球一捏，什么样的车就都有了。眼睛是临时用红墨水点的，真是个馊主意，墨水到处乱流，感觉非常不雅观。济南，到了一月份也没怎么下雪，初雪下了一上午，积雪是指望不了的。

怀念那淹没脚脖子的雪，那踩在脚下被压紧实的声响，那一连几天，令人如痴如醉的大雪，有好几年只在那个孩童的记忆中。我记得有一年的期末考，早上一醒来，突降柳絮般的大雪。每个人在雪里走走停停，格外有韵律。我做完卷子，检查了一遍，抬起头静静观雪，心里干干净净的什么念想也没有。还好，我坐在窗边，无作弊之嫌。当时我在走廊看雪等人，有个同学刚好也喜欢在里面走来走去，一连碰到了不少次，最后一次，我忍不住扑哧笑了出来，然后再也没看到过那位同学，据说他上另一层楼去了。在不少艺术作品中，初雪总是意蕴非凡，那种罗曼蒂克的情意是否在每个人心头都涌动着呢？我想念家乡的漫天飞雪。我很高兴在南方，雪花从未在我的经历中迟到。雪啊，这天地缠绵悱恻的暗语啊，也一样融进我们的血液。

彝人，是美丽的蒲莫列依的子孙，英雄支格阿尔的后代。彝人啊，是雪的儿子，与草，宽叶树，针叶树，水筋草，灯芯草，藤蔓，蛙，蛇，熊，鹰，猴一起组成了“雪子十二支”的大家庭。祖先们在积雪消融中看见生命的复苏，平静下的积蓄，感受到雪不一样的力量，让自己有了美丽传奇的出身。对啊，我是雪的后代，是自然家庭中平等的一员。雪该是有怎样的魔力？

彝族人，过年最热闹不过拜年，杀猪，做腊肉。白雪覆盖的日子，什么都安静，什么都缓慢，人爱热闹的心格外活跃。杀猪前阵子是拜年的好时候，大家不用外出劳作，孩子们当然也不会扑空。山间盘绕着一条条小“蛇”，活动在人家间，一户也不放过。孩子们嚷着：“拜年咧，拜年咧！”童稚的声音是福气的跫音，听到的人家都备好了糖果和泡水酒，孩子们的要求不高。泡水酒，透露出粮食和时节相遇的好运气，甘甜可口，否则会涩口难忍。酒好，那运气也应该会更好。主人咧着笑脸，小孩们通红肿胀的手里握着糖，装出大人的样子海饮，觥筹交错。我和妹妹因为可爱乖巧总是得到优待。扫荡一圈，再相约来下一圈，没有人会介意好运多来几次。有一次拜年，两个村子间的孩子倒是发生了一场野蛮的争执，血性和野性显露，不过这样的事件在过年的时候过得意外的快。

杀猪是新年鸣奏曲的高潮。摆好木桩子，家人们不急不慢地收拾着，我在高地上翘首等待，自愿去当忠诚的报信人。他们从栅栏中出现了。由男子组成的小队负责挨家挨户帮忙杀猪，由德高望重者排头掌刀。排头一直是我的爷爷。

一声嚎叫撕破耳膜，直冲天际，猪要被捉拿出门。我心头发紧。调侃声，夸赞声，呐喊声震天。有人斗牛士一样揪住猪耳，有人擒住猪前腿，有人在后面推，七手八脚把猪撂在架子上，按好，刀进，搅一下，刀出，血也跟着喷涌，和着含糊的呜咽声，还冒着白白的热气。猪的圆眼里定格的是急剧弯曲的苍天。

等渐渐平息了，杀猪的人从中心散去，再依次向下一家出发。家里人在猪身上堆好干草垛，点把火，烧光猪毛，再刮洗去表面的焦黑，露出黄灿灿的表皮，然后再用熟练的刀法剖开猪腹，处理好内脏，将猪从中一分为二，再割成若干块。这些肉有的腌上盐，熏干后就成腊肉。有的切成碎块，加上蔬菜，灌进肠衣做成腊肠，放锅里一烫，挂上。我最喜欢萝卜丝，可有时会加土豆块，荤素搭配很合健康需求。后来爸爸说，那是因为疼惜那些肉，舍不得做全肉肠。也许许多的浪漫都源于悲苦吧。全家忙到夜晚，小屋包不住昏黄的灯光，灯光裹挟着暖心的欢声笑语，溢出来了。

杀猪后才是正式的拜年，这个时候是亲朋间的拜年，由家长带领着去。筐着猪肉，穿过林海，翻过山丘，踏过河床，来到一年一会的亲戚家。这样的行程没有人会抱怨，因为，年到了，幸福永远值得劳苦。我们就带着幸福。

每天，烤着火，看白烟向乌黑的屋顶飘去，弥漫在肉和肠之间，总是希望自己能有某种掌握时间的能力。期待慢慢发酵，美好的日子即将散发馨香。我的五脏六腑都在呼应着，胃部更是回荡着一种迫切的呼喊，用着那么原始的、本真的声音。

最长的夜晚

家里的电脑和键盘引起我的惊奇，感觉和之前很不一样，路边的景象也是。五个月原来长到可以改变那么多东西，我从没知悉这些变化，因为我们其实交流不多，或者交流的方面从来不会扯上这些。时间到了，让人准备好去忍受的苦难到了。

我要回去了，打点好后，再确认一遍清单。由于下午突然的一场大雪，我要去机场坐一晚，早上5点多就要取票安检，我要去熟悉场地，免得到时误了机，最近的住处打的也要近一个小时，在雪天，应该更没有人愿意在四点出车，送我来的司机说他最多开到3点就休息了，希望他们能好好休息。

我下了楼啊，一个背包，雪花兴奋地往露着的脸上扑，再也忍不了她们寒冷的热情。踩在柔软的白雪上，坚定的灯啊，驼着背，雪紧密的在灯光里闪烁而过，像密密麻麻的草书小字，又像正上演的音乐剧的群舞。预感已经有了，我会想念这个地方。我就是要命地怀旧。.

去机场要一个多小时，灯光暗淡的路上看不见雪在下，济南，早就黑了，这里的夜很长。路滑，因为铺了层雪，出租车甚至还在路上转了个圈儿，我很淡定地看着前面转了三百六十度的景象，像在梦里，无所畏惧，反正不是最坏的事。

机场里还在忙。候机厅里有一方最有年味的景。美丽的红梅，红灯，红扇，全是红火，散发着精致的，玲珑剔透的暖意，在小小的一处渲染开来。我朝着发光的屏幕坐着，再次翻开杜斯拉的《情人》。上次看的匆匆，这次我可以慢慢地品，时间还长。让隐秘的潮水淹没思维的深处，从瞬间转换的视角、口吻去体会另一种维度的独特人生。还是因为雪，取消了不少航班。夜深了，黯淡的候机厅里，活跃的是冗长慵懒的睡意，它的磷粉撒到的地方都会熄灭。那片暗红的小丛林里，人们栖息着，入睡了。他们找到了安眠曲。我选择坐一晚，偶尔有风来，贴着腿绕过，提醒我不要睡着。我要顺畅地回去，哪里都不出岔子。偶然遇见一位在外打工准备回家的叔叔，相聊甚欢，睡意全无。他沉默的样子颇有一番气质。他谈到自己在农村的孩子，一双儿女，还有一对双胞胎，可以想象家庭的压力，特别是在优质教育成本高昂的现代，我心里布上阴云，不过他很坦然，讲一家人的乐事，叹惜孩子和爸爸不亲。他走过许多地方，都是我向往的城市。回家过年总是喜事多。后来他一直叮嘱我不少事宜，我推荐了几本适合他孩子阅读的书。我们相贺新年快乐。我的意识消失了，马上，闹钟响了。

迷迷糊糊取票，过安检，找到登机口，等待。125，成都。此时应该有人在呐喊："摆渡车来了！"钢铁铸就的摆渡车冒着风雪，冰冷，洞开。我在摆渡车上看雪，眼皮发困，极欲彼此贴合，雪也一定困极了，它下了一晚，铺好了路，平静下来，也该是睡的时候。雪要睡倒了，要倒在大地寒冷的呼吸里。那种气息，也要冻住人的血，人感官的通路，人的其他欲念，人只要暖。我听到哆哆嗦嗦的乡音，竟然觉得新奇，忍不住想笑。摇摆到飞机前了。在叮嘱中下了车，雪依旧很软，大片连接的白色很梦幻，因为天也是迷蒙的，隔着黑网，天边一大片黄褐色的衰草映入眼帘。这里仿佛是山东荒凉辽阔的大西北。高昂的灯像太阳一样亮，可能也在一样发热。有个年幼的孩子，在雪上学走路，每个人都在相约赏雪。我抓起一团，捏成球，任意一掷，也就消散了。从窗子里看外边，浑然一幅写意的铅笔画，线条简易传神，画面朦胧苍茫。那远处的灯，还是隐忍地矗立着。

飞机停留在另一个夹层，在孤独的高空中飞行，下面雾蒙蒙一片，也许我会被捎到另一个地方。"我从未与上帝交谈，也不曾拜访过天堂，可我好像已通过检查，一定会到那个地方。"我想起这句诗。我靠在座椅上睡着了。这架飞机从雪压的树枝上跃起来飞走，准备到南方过冬。有友人问我："我想知道，下飞机的那一刻，看到雪已经消失，那一刻，你是什么感觉？"我想，就像心情一样，看到雪，觉得喜欢，没看到雪的，但感到熟悉的东西，心情也一样好，就像心情这类自然而然的变化吧。

窗外是铁轨边的田块、农舍、竹林，还有湖泊、河流、拱桥，一派静谧平和。我经历着记忆的倒流，几个月前，我从这里离开家。当时我心怀忐忑，现在倒很平静。夹道的芦苇意味着乐山站近了。我喜欢芦苇，它似乎永远蕴含着水汽，挂着白露，半开半合地摇曳着，优雅地波动风铃。有一首诗的意境与我对芦苇的印象极相符，诗人这么说："远山遥无影，折苇动有声。"淡然律动的身影，就是芦苇。现在的心境，就仿佛是我正坐在芦苇岸上。行程渐渐停了。她从这个站台跳下去，又乘另一辆动车回来。逗留一会儿，再次启程，灯光追随她的脚步渐远，音乐渐起，依稀可闻，在攒动的人群里，她消失了，仿佛滴入大海。

后 记

阿索拉毅

我有一个梦想，那就是把已有的当代彝族文学成果完整地呈现给世人。

从2011年起，我停下个人创作，专注于此，埋头收集、梳理与编纂。在吉狄马加先生的倾力指导下，在云、贵、川、桂各地彝族作家的大力支持下，已经编辑出版《中国彝族当代诗歌大系》（一、二、三、四卷），《中国当代百名彝族女诗人诗选》（上、下卷），《中国彝族当代母语诗歌大系》（上、下卷），以及即将付梓的《当代彝族女性小说选》《当代彝族女性散文选》《当代彝族女性诗歌选》三部选集。另有两部文学大系在规划之中。经过七年的不懈努力，我越来越接近梦想的灯塔。

这三部当代彝族女性文学选集，首次将彝族女作家群创作的小说、散文、诗歌整体性推出，在彝族文学史乃至当代少数民族文学史上具有开拓性，也具有文学文献档案等多重功能与意义。这些作品，显示出了彝族女作家们旺盛的文学创作力。在她们契合各个社会历史时期的发展变化而创作出的文本中，彝族女作家们把握住了“人”在各个不同时期微妙的心理变化与行为差异，体现了非常难得的文学自觉与素养；同时，彝族女作家们打破了以往少数民族作家颂歌体式的单一空洞的创作模式，拓展了创作维度与空间，甚至涉猎科幻领域，以开放性思维，引领着写作潮流，彰显了个性解放，对彝族传统文化的批判都有不同程度的碰触。

在彝族历史上，彝族女性文学有悠久的创作史。彝族文学界公认的最早彝族女作家是1700多年前，被彝人尊称为“圣女”的阿买妮，她集诗歌、诗歌理论著作等身。此后，有清末被称为“奇女”“才女”的彝族女诗人安履贞（1824—1880），她著有一本汉语古诗集《园灵阁遗草》。当代彝族女作家中，最早进行文学创作的则是从云南石林走向革命圣地延安的第一位彝族女作家李纳，她的汉语散文在华语文学中独树一帜。之后，有最早用规范彝文开始创作母语文学的女作家阿蕾，她以彝汉双语文学并进，为传承彝族母语文学做出了不朽的贡献。另还有一张长长的名单，比如巴莫曲布嫫、冯良、黄玲、禄琴、杨格、段海珍、张菊兰、阿微木依萝、鲁娟……从20世纪20年代到90年代出生的，各个年龄段的彝族女作家都为彝族文学的繁荣与发展做出了贡献。

这三部文学选集中，入编的彝族女作家共一百多位，有些作家的小说、散文、诗歌都有被选入。但是，受多种因素影响，书中没有编录所有彝族女性作家的作品。在此，希望能得到未编入者的谅解，也希望以后有更多作家主动联系并推荐更多更好的作品。

特别需要说明的是，本次出版的当代彝族女性文学选集没有把彝族女作家的母语文学作品加进来，只能留待以后完成。

值此当代彝族女性文学选集出版之际，我谨以个人名义，向入编的一百多位彝族女作家致以崇高的敬意！

你们是千里彝山最美的索玛花，作为彝人，我们将以你们为荣！

2018年5月20日于峨边县大渡河畔